John Updike

Bessere Verhältnisse

Roman

Deutsch von
Barbara Henninges

Rowohlt

Die Originalausgabe erschien 1981 unter dem Titel
«Rabbit is Rich» bei Alfred A. Knopf, New York.
Schutzumschlag- und Einbandentwurf Hans Hillmann

1. Auflage März 1983

Gesetzt aus der Garamond Lasercomp bei LibroSatz, Kriftel
Gesamtherstellung Clausen & Bosse, Leck
Printed in Germany
ISBN 3 498 06862 8

Abends zündet er sich eine dicke Zigarre an und klettert in seine kleine alte Kiste und flucht vielleicht über den Vergaser und saust nach Hause. Er mäht den Rasen, oder legt ein paar Golfübungen ein, und dann ist er bereit zum Abendessen.

Sinclair Lewis,
«Babbitt»
(über den idealen Bürger)

Die Mühsal, am Ende des Tags, zu denken,
wenn gestaltloser Schatten die Sonne verdeckt,
und nichts als der Glanz deines Felles bleibt . . .

Wallace Stevens,
«A Rabbit as King of the Ghosts»

I

Der Saft geht ihnen aus, denkt Rabbit Angstrom, während er hinter den sommerstaubigen Fenstern im Ausstellungsraum von Springer Motors steht und den Verkehr auf der Route 111 beobachtet, einen Verkehr, der irgendwie dünn und verschüchtert ist, verglichen mit dem, was er einmal war. Dieser dreckigen Welt geht das Benzin aus. Aber ihn werden sie nicht drankriegen, noch nicht, weil keiner von den Klapperkästen da draußen sparsamer im Verbrauch und billiger in der Wartung ist als seine Toyotas. Siehe *Consumer Reports,* April-Ausgabe. Mehr braucht er den Leuten gar nicht zu erzählen, wenn sie in den Laden kommen. Und sie kommen, die Leute spielen allmählich verrückt, sie merken, daß die große amerikanische Autofahrt zu Ende geht. Schlangen an den Zapfsäulen, obwohl die Gallone schon neunundneunzigkommaneun Cents kostet und neunzig Prozent der Tankstellen an den Wochenenden geschlossen bleiben sollen. Der Gouverneur des Bundesstaates Pennsylvania will Fünf-Dollar-Mindestabnahmen einführen, um das panikartige Nachtanken zu unterbinden. Schon schießen Lastwagenfahrer, die kein Diesel auftreiben können, auf die eigenen Laster, mitten in Diamond County an der Schnellstraße nach Pottsville soll so was vorgekommen sein. Die Leute drehen durch, ihre Dollar gehen baden, sie verpulvern das Geld, als gäbe es kein Morgen. Er erklärt ihnen, wenn sie einen Toyota kaufen, machten sie ihre Dollar zu Yen. Und an die glauben sie. Hundertzwölf neue und gebrauchte Fahrzeuge an den Mann gebracht in den ersten fünf Monaten des Jahres 1979, und allein in den vergangenen ersten drei Juniwochen acht Corollas, fünf Coronas, darunter ein Deluxe-Modell, und einen von diesen Celicas, von denen Charlie sagte, er sähe wie ein Zuhälterschlitten aus, mit einem Bruttogewinn von durchschnittlich achthundert Dollar pro Wagen. Rabbit ist reich.

Er ist Besitzer von Springer Motors, einer der beiden Toyota-Vertretungen in Brewer. Genauer gesagt, er ist zusammen mit seiner Frau Janice Mitbesitzer des halben Firmenanteils, da ihre Mutter Bessie auf der anderen Hälfte sitzt, die sie vor fünf Jahren beim Tode des alten Springer geerbt hat. Aber Rabbit fühlt sich, als gehörte ihm alles, kreuzt Tag für Tag im Ausstellungsraum auf, wacht über Papierkrieg und Personalkram, wandelt in seinem sauberen Anzug in der Reparatur- und Ersatzteilabteilung ein und aus, wo die Männer ölverschmiert werkeln und weißäugig von den mit nackten Birnen ausgeleuchteten Motoren aufblicken wie aus einer Art Unterwelt, während er den Kontakt zum Publikum, zur Umwelt pflegt, er, der Stern und die Speerspitze dieser gut zwei Dutzend Angestellten und der neuntausend Quadratmeter Gewerbefläche, die einen stattlichen Schatten hinter ihm zu werfen scheinen, wenn er da vorn seinen Mann steht. Die mit Tannenholzfurnier verkleideten Wände des Ganges zu seinem Büro hängen voll von gerahmten alten Zeitungsausschnitten und Mannschaftsfotos, darunter zwei von Bezirksliga-Auswahlteams aus seinen glorreichen Basketballzeiten vor zwanzig Jahren – nein, vor über zwanzig Jahren inzwischen. Selbst hinter Glas vergilben die Bilder zusehends, ganz unabhängig von der Lufteinwirkung, es muß irgend etwas mit der chemischen Beschaffenheit des Papiers zu tun haben, so ähnlich wie die angeblich immer deutlicher werdenden Spuren der Sünde, mit denen einem die Leute früher Angst einjagen wollten. ANGSTROM HEIMST 42 PUNKTE EIN. *«Rabbit» bringt Mt. Judge ins Halbfinale.* Die Idee, diese Ausschnitte wieder auszugraben, die seine Eltern jahrelang auf dem Dachboden hinter dem Weihnachtsschmuck aufbewahrt hatten – mit Leim in Sammelalben geklebt, der eingetrocknet war, so daß sie abfielen wie Schlangenhaut –, stammte von Fred Springer, ebenso wie der Satz, der Ruf einer Firma sei so gut wie der Mann an ihrer Spitze. Da Fred schon lange vor seinem Tod wußte, daß er sterben würde, konnte er Harry in aller Ruhe auf die Rolle des ersten Mannes vorbereiten. Wenn man der Toten gedenkt, muß man dankbar sein.

Vor zehn Jahren, als Rabbit aus seiner Stellung als Maschinensetzer entlassen wurde und sich mit Janice versöhnte, stellte ihr Vater ihn als Autohändler ein und besaß fünf Jahre später, als die Zeit reif war, die Liebenswürdigkeit zu sterben. Wer hätte gedacht, daß so ein kleiner aufgeregter Pinsel es zu einem dicken Koronarinfarkt bringen würde? Übererregt: sein systolischer Blutdruck war jahrelang zu hoch gewesen, so um die einhundertzwanzig. Aß Unmengen Salz. Schwang leidenschaftlich gern republikanische Reden, und als Nixon ihn verstummen ließ, war er praktisch explodiert. Er hatte es zwar noch ein Jahr lang in die Ford-Ära hinein gemacht, aber die Haut in seinem Gesicht war immer angespannter geworden, und die roten Flecke, da wo Wangen- und Kieferknochen von unten durchdrückten, wurden immer röter. Als Harry auf ihn hinunterblickte, wie er mit Rouge im Gesicht im Sarg lag, war ihm klar, daß es so hatte kommen müssen. Fred hatte sich kaum verändert. Janice und ihre Mutter führten sich auf, als hätte eine Mischung aus Prinz Eisenherz und Moses ins Gras gebissen. Möglicherweise war Harry verhärtet, da er bereits seine beiden Eltern begraben hatte. Er blickte hinunter, stellte fest, daß Freds Haar falsch gescheitelt worden war, und empfand nichts. Das Großartige an den Toten ist, daß sie Raum schaffen.

Solange der alte Springer noch im Laden herumscharwenzelte, war das Leben hart gewesen. Er machte spät Feierabend, ließ den Ausstellungsraum sogar an Winterabenden geöffnet, an denen nicht einmal ein Schneepflug auf der Route 111 unterwegs war, und leierte unentwegt mit seiner fisteligen Gebetsmühlenstimme Litaneien herunter von wegen Leistungsrichtlinien und Verlustgeschäften und Dienst am Kunden und konnte stundenlang darüber räsonieren, wenn ein Mechaniker einen Daumenabdruck auf dem Lenkrad von irgendeinem Blechkasten oder eine Kippe in einem Aschenbecher hinterlassen hatte. Wenn er sich auf dem Firmengelände aufhielt, war es, als versuchten alle, eine Art Riesenhaut auszufüllen, die Springer sich ständig unter Aufwendung seiner gesamten Zeit und Kraft ausmalte – seine Idealvorstellung von Springer Motors. Als er starb, wurde diese Haut Harrys Haut, die zuerst noch etwas locker um ihn herumhing. Jetzt, seit er Herr im Hause ist, gefällt ihm der Laden: das rund viertausend Quadratmeter große Asphaltareal, der Geruch von neuen Autos, den selbst die Reklamebroschüren und Prospekte an sich haben, die Toyota mit der Post aus Kalifornien schickt, der schamponierte Auslegeteppich, die vergilbenden Basketballhelden und die Plaketten vom Kiwanis Club, von den Rotariern und von der Handelskammer an den Wänden und die hoch oben auf einem Brett stehenden Pokale von Mannschaften der Schülerliga, die die Gesellschaft fördert, die weitläufige kantige Friedlichkeit dieses Männerladens, dem die Mädchen in Buchhaltung und Rezeption, die unter den Fittichen der guten alten Mildred Kroust kommen und gehen, den nötigen Pfiff geben. Und ihm gefallen die Visitenkarten, auf denen steht: HAROLD C. ANGSTROM, GESCHÄFTSFÜHRER. Der erste Mann. Ein Spielmacher, nachdem er früher Stürmer gewesen war. Es hat etwas Prickelndes für Harry, in der eigenen Haut dazustehen und einen Schatten zu werfen. Die Autos verkaufen sich von allein, das ist seine Devise. Ständig sind die Werbespots von Toyota im Fernsehen und machen Jagd auf die Gehirne der Leute. Es gefällt ihm, dazuzugehören; es gefällt ihm, daß Mitbürger, die ihn seit der Schulzeit wie Dreck behandelt hatten, den Hut vor ihm ziehen. Die Männer im Rotary Club und in der Handelskammer sind bei näherem Hinsehen auch nur die Burschen, mit denen er früher Basketball gespielt hat, oder ihre häßlichen jüngeren Brüder. Es gefällt ihm, in Geld zu schwimmen, er hält sich für einen netten, patenten langen Lulatsch, einsneunzig und mittlerweile rund fünfundneunzig Kilo schwer, Taillenweite einhundertfünf, wie der Verkäufer in der Herrenabteilung bei Kroll ihm weismachen wollte, bis er seinen Wanst einzog und der Daumen des Mannes widerwillig das Bandmaß enger hielt. Er meidet Spiegel, die er einmal so gern mochte. Das Gesicht von früher – Bürstenhaarschnitt, spitzes Kinn, schläfriger raubtierhafter Teenagerblick – auf den glänzenden Mannschaftsfotos hat in seinem gegenwärtigen Gesicht den gleichen Stellenwert wie die Chromstäbe des Kühlergrills in der Vorderansicht eines Autos mit Kotflügeln. Die Nase ist noch immer klein und gerade, die Augen sind vielleicht etwas weniger verschlafen. Ein großzügiger, wie gefönt wirkender Managerhaarschnitt verdeckt die Ohrläppchen und zeigt Fülle, wo die Haare an den Schläfen zurücktreten. Er hat nie viel übrig gehabt für die Gegenkultur mit ihrem Drogenkult und der Drückebergerei der Kriegsdienstverweigerer, aber es gefällt ihm, seine Haare in Maßen wachsen lassen zu können, länger als die alten Marinehaarschnitte, und er hat es gern, wenn sie locker fallen. Im Rasierspiegel sieht er einen unansehnlichen Wust von Hautlappen und schlaffen Bändern unter dem Kinn wuchern. Und dennoch ist es eine Lust zu leben. So pflegten die alten Leute zu sagen, und als er jung war, fragte er sich, was sie damit wohl meinten.

Vergangene Nacht hat es in Brewer und Umgebung gehagelt. Körner, groß wie Murmeln, sprangen von den abschüssigen kleinen Vorgärten hoch und trommelten gegen die Blechschilder, die für die neonflimmernde Innenstadt werben; dann folgte ein Wolkenbruch, in dessen Wasserlachen sich ein Morgen grau wie Stein spiegelte. Aber daraus ist ein luftiger lichter Tag geworden, und der gefleckte und weißgestreifte Asphalt auf dem Firmengelände ist trocken am späten Nachmittag dieses langen letzten Samstags im Juni, des ersten Kalendersommertags. Gewöhnlich fallen an der Route 111 die Kaufwilligen samstags wie Bienenschwärme über die Ladenpassagen her, die aus ehemaligen Feldern herausgehackt worden sind, auf denen einmal Mais, Roggen, Tomaten, Kohl und Erdbeeren wuchsen. Gegenüber, auf der anderen Seite der vier Betonfahrbahnen mit dem durch viele längst vergessene Unfälle zerbeulten Mittelstreifen aus Aluminium, steht ein niedriges Gebäude mit einer dunklen Klinkerfassade, das in den Jahren, seit seine Außenhülle unter Harrys Augen aus Sperrholz zusammengeklopft worden war, eine Folge erfolgloser Gaststätten beherbergt hatte und jetzt als Imbißbude dient, spezialisiert auf Gegrilltes zum Mitnehmen. Auch an der Imbißbude scheint es heute ruhig zu sein. Auf dem Gelände dahinter, das übersät ist mit plattgewalzten Wegwerfkartons, trinkt ein einsamer Baum, ein verstaubter Ahorn, aus einem Fluß, der zur Kloake verkommen ist. Unter seinen Zweigen gammelt in allzu großer Nähe der überquellenden Mülltonne, die vor die Küchentür der Gaststätte gestellt worden ist, ein ungenutzter Picknicktisch vor sich hin. Der Fluß ist die Grenze zu einem Stück bereits verkauften Ackerlandes, das noch auf seine Erschließung wartet. Der wohlgestaltete alte Ahorn drüben scheint immer Harrys Mitleid erregen zu wollen, was er aber ignoriert.

Er wendet sich vom Fenster ab und sagt zu Charlie Stavros: «Die haben sich ganz schön bange machen lassen da draußen.»

Charlie blickt von seinem Schreibtisch auf, an dem er Papiere bearbeitet – einen Kaufvertrag und einen Werkstattprüfbericht für einen Achtzylinder Barracuda, Baujahr '74, den sie am Vortag endlich für zweitausendachthundert losgeworden sind. Keiner will diese alten Spritsäufer haben, aber man muß sie in Zahlung nehmen. Charlie ist für die Gebrauchtwagen zuständig. Obwohl er schon doppelt so lange wie Harry bei Springer Motors ist, steht sein Schreibtisch in einer Ecke des Ausstellungsraums, mitten im Getriebe, und auf seiner Visitenkarte steht STELLVERTRETENDER GESCHÄFTSFÜHRER. Aber er hegt keinen Groll. Er legt seinen Schreiber hin, genau parallel zum Papierstapel, und antwortet seinem Chef mit der Frage: «Hast du das neulich in der Zeitung gelesen? Da waren ein Tankwart und seine Frau irgendwo mitten auf dem Land am Benzinzapfen, und einem in der Autoschlange rutscht der Fuß von der Kupplung, und die Frau wird zwischen seinem und dem Wagen vor ihm eingequetscht, ich glaube, sie hat sich die Hüfte gebrochen. Und während der Mann sie festhält und um Hilfe bittet, haben die Leute aus den Autos, statt ihm zu Hilfe zu kommen, sich über die Zapfsäulen hergemacht und gratis vollgetankt.»

«Ja», sagt Harry, «ich glaube, das hab ich im Radio gehört. Nicht zu fassen! Oder das mit dem Kerl aus Pittsburgh, der immer zwei Kanthölzer dabeihat, auf die er mit den Hinterrädern drauffährt, damit er für 'n paar Cents mehr Benzin abkriegt.»

Charlie stößt ein spöttisches kurzes Lachen aus und erklärt: «Der kleine Mann macht es schon genauso wie die Ölgesellschaften. Sich selber bedienen und die anderen verarschen.»

«Ich kann's den Ölgesellschaften nicht verdenken», sagt Harry gelassen. «Die sind auch überfordert. Unsere alte Erde trocknet eben langsam aus – das ist der Punkt.»

«Scheiße, Mann, du gibst nie irgendwem die Schuld», sagt Stavros zu dem hochgewachsenen Mann. «Dir könnte das Skylab direkt auf den Kopf fallen, und du würdest noch im

Zusammenbrechen sagen, die Regierung hätte ihr Bestes getan.»

Harry versucht, sich dieses Ereignis vorzustellen, und stimmt zu. «Kann schon sein. Denen sind heutzutage die Hände gebunden wie allen anderen auch. Das einzige, was die in der Bundesregierung noch tun können, ist, ihre eigenen Personalkosten zu bezahlen.»

«Und das werden sie auch garantiert tun, diese Aasgeier. Hör zu, Harry. Du weißt genau, daß Carter und die Ölmultis uns den ganzen Schlamassel eingebrockt haben. Was will denn die Ölmafia? Größere Profite. Was will Carter? Weniger Ölimporte, weniger Dollarabwertung. Er hat Schiß, mit dem Rationieren anzufangen, also hofft er, die Preiserhöhungen erledigen das für ihn. Noch vor Jahresende werden sie uns bleifreies zu einsfünfzig andrehen.»

«Und die Leute werden es bezahlen», sagt Harry mit der Abgeklärtheit des Mannes in den mittleren Jahren. Die beiden Männer verfallen in Schweigen, als seien sie zu einem Waffenstillstand gelangt, während der verschüchterte Verkehr vor der Reihe von Geschäften an der Route 111 Staub aufwirbelt und die ungekauften Toyotas im Ausstellungsraum den Geruch von neuen Autos verströmen.

Vor zehn Jahren hatte Stavros mit Harrys Frau Janice eine Affäre gehabt. Harry stellt sich Charlies Schwanz in Janice vor und spürt, wie sich feindselige und wohlige Gefühle in ihm die Waage halten und die wohligen die Oberhand gewinnen. Als der alte Springer Harry einstellte, hatte er ihn gefragt, ob es ihm gegen den Strich ginge, mit Charlie zusammenzuarbeiten. Rabbit sah keinen Grund, der dagegen sprach. Er witterte aber die Chance, feilschen zu können, und sagte, *mit* ihm würde er arbeiten, aber nicht unter ihm. *Gar keine Rede, außer mir hast du keinen Vorgesetzten, solange ich am Leben bin,* hatte Springer beteuert: *ihr beide werdet Seite an Seite arbeiten.* Und so waren sie denn Seite an Seite durch dick und dünn gegangen, hatten auf Kundschaft gewartet und über die Pingeligkeit ihres Chefs lamentiert und allmonatlich darüber nachgedacht, welche von den Gebrauchtwagen aus ihrem Bestand sie nie an den Mann bringen würden und als Sonderangebot abstoßen sollten, um Lagerhaltungskosten zu sparen. Seite an Seite hatten sie mit Springer Motors gelitten, als Datsun die Konzession für Brewer und Umgebung bekam, und dann in den Jahren, als alle Welt VWs und Volvos kaufte, und auch jetzt wieder, wo die neuen Modelle von Honda und Le Car als der letzte Schrei, als fahrbare Sparbüchsen angepriesen wurden. In diesen neun Jahren hatte Harry fast dreißig Pfund zugelegt, während Charlie sich vom griechischen Muskelprotz, der, wenn er eine Sonnenbrille und einen karierten Anzug trug, wie der Eintreiber der örtlichen Wettmafia aussah, zur verschrumpelten kleinen Buchmachertype gewandelt hatte. Charlies Pumpe hatte schon immer Ärger gemacht, seit er als kleiner Junge Gelenkrheuma gehabt hatte. Janice war davon gerührt gewesen, von dieser verborgenen Schwäche in seinem Innern, in seinem vierschrötigen Brustkasten. Wie ein Sprung in einem Kristall, dessen Krakeluren sich bis an die Oberfläche verästeln, hat sein Leiden ihm mit der Zeit das welke, zimperliche Aussehen eines trockengelegten Trunkenbolds verliehen, eines Körpers, der sich von einem Tag zum andern über Wasser hält, indem er Vernunft annimmt. Die Augenbrauen, die früher wie eine Eisenstange quer über seine Stirn liefen, sind zu dunklen, unzusammenhängenden Klümpchen geschrumpft, fast wie die Kohlekleckse, die Clowns tragen. Die Koteletten sind schlohweiß geworden, aber das Deckhaar sieht strähnenweise gefärbt aus. Jeden Morgen, wenn er zur Arbeit kommt, tauscht er, kaum ist er zur Tür herein, seine lavendelgetönte Hornbrille gegen eine bernsteinfarbene und stakst durch sein Tagewerk wie ein ergrauter gravitätischer alter Gamsbock, der aufpaßt, daß er nicht ausrutscht und über eine Klippe abstürzt. *Seite an Seite, ich verspreche es dir.* Bei dieser Beteuerung, und wann immer der alte Springer sich einer Sache mit ganzem Ernst widmete, glühten die rosa Flecken in seinem Gesicht rot auf, und seine verkniffenen Lippen wichen von den Zähnen zurück, so daß sein Schädel noch markanter wirkte. Schmutziggelbe Zähne mit grauen Füllungen oben an den Zahnhälsen und ein Schnurrbart, der nie ganz glatt, geschweige denn ganz sauber aussah.

Die Toten, Jesus Maria. Es werden immer mehr, und sie blicken flehentlich zu einem herauf, wollen, daß man zu ihnen kommt, und beteuern, es sei gar nicht so übel, sondern sehr schön ruhig da unten. Pop, Mom, der alte Springer, Jill, das Baby, das in seinem bißchen Leben Becky hieß, Tothero. Sogar John Wayne neulich. Die Nachrufseite in der Zeitung jeden Tag zeigt die Bilanz einer unendlich reichen Ernte, die Gesichter von ehemaligen Lehrern, Kunden, lokalen Berühmtheiten wie er selber, die kometenhaft aufleuchten und verlöschen. Zum erstenmal seit seiner Kindheit ist Rabbit einfach glücklich, am Leben zu sein. Er sagt zu Charlie: «Ich nehme an, mit dem Öl wird's etwa zur gleichen Zeit zu Ende gehen wie mit mir, so um das Jahr zweitausend. Hört sich vielleicht komisch an, aber ich bin froh, zu meiner Zeit gelebt zu haben. Die armen Jugendlichen, die jetzt heranwachsen, werden von Brosamen leben müssen. Wir haben das üppige Mahl gehabt.»

«Da hast du dir einen Bären aufbinden lassen», erklärt Charlie ihm. «Du und eine Menge anderer Leute. Die Ölreserven, die die Multis ausfindig gemacht haben, reichen noch für fünfhundert Jahre, aber sie geben es nur tröpfchenweise ab. In der Delaware Bay sollen im Moment siebzehn Supertanker vor Anker liegen, siebzehn, die warten, daß die Preise hoch genug klettern, ehe sie reinkommen und in den South Philly-Raffinierien ihre Ladung löschen. In der Zwischenzeit wirst du in den Tankstellenschlangen umgebracht.»

«Hör auf zu fahren. Lauf lieber», sagt Rabbit zu ihm. «Ich habe mit dieser Joggerei angefangen, und das tut wirklich gut. Ich will dreißig Pfund loswerden.» Tatsächlich hat er den Vorsatz, jeden Morgen vor dem Frühstück zu laufen, vor Tau und Tag, nicht einmal eine Woche lang durchgehalten. Jetzt begnügt er sich damit, ab und zu nach dem Abendessen um den Block zu traben, um seiner Frau und ihrer Mutter zu entschlüpfen.

Er hat einen wunden Punkt berührt. Charlie gesteht, als hielte er Zwiesprache mit dem Werkstattprüfbericht: «Der Arzt hat mir gesagt, wenn ich mit irgendeinem Sport anfange, wäscht er seine Hände in Unschuld.»

Rabbit wird ein bißchen verlegen. «Wirklich? Das klingt aber ganz anders als das, was dieser Doktor Soundso immer gesagt hat. Dieser White. Paul Dudley White.»

«Der ist gestorben. Jeden Tag fallen Fitnessfanatiker auf den

Trimmdichpfaden tot um. Das kommt bloß nicht in die Zeitungen, weil die Fitnessindustrie das große Geschäft macht. Erinnerst du dich noch an all die kleinen Bioläden von den Hippies? Weißt du, wer die jetzt betreibt? General Mills.»

Harry weiß oft nicht so recht, wie ernst er Charlie nehmen soll. Er weiß aber, daß er im Vergleich zu seinem einstigen Rivalen ein robuster Riese ist, unbestreitbar von Gott begünstigt in dem Lotteriespiel rein animalischer Gesundheit. Wäre Janice damals mit Charlie durchgebrannt, wie sie es eigentlich vorhatte, wäre sie jetzt die reinste Krankenpflegerin. Statt dessen spielt sie drei-, viermal in der Woche Tennis und hat nie besser ausgesehen. Harry möchte sich am liebsten immer ganz leicht machen, da oben über Charlie, um den weniger stabilen Mann nicht mit der Last der eigenen Schicksalsgunst zu erdrücken. Er schweigt, während Charlies Gedanken sich mühsam von der beschämenden und bedrückenden Vorstellung, wie sein Arzt sich die Hände in Unschuld wäscht, zu den Energiereserven der Erinnerung zurücktasten. «Benzin», sagt er unvermittelt mit diesem griechischen Kichern, das beinahe wie ein Keuchen klingt. «Haben wir das früher nicht, nur aus Jux, in die Luft gejagt? Ich hatte mal einen Imperial mit Doppelvergaser. Wenn man bei dem den Filter abnahm und durchs Einlaßventil runterguckte, während das Ding im Leerlauf nudelte, sah es aus, als ließe man auf dem Klo die Spülung laufen.»

Harry lacht, möchte sich mitreißen lassen. «Und immer auf Achse», sagt er, «wenn die Schule aus war, sind wir dauernd mit dem Wagen durch die Gegend gekreuzt. Die Central Street rauf und runter, immer wieder. Diese alten Achtzylinder, was meinst du, was die gesoffen haben? An die zwanzig Liter? Kein Mensch ist damals auf die Idee gekommen, das nachzurechnen.»

«Meine Onkel wollen heute noch keine kleinen Wagen fahren. Sie sagen, sie wollen nicht zerknautscht werden, wenn sie mit einem Laster zusammenstoßen.»

«Weißt du noch, diese idiotischen Mutproben? Komisch, daß nicht viel mehr von den jungen Kerlen dabei umgekommen sind.»

«Cadillacs. Wenn einer der Brüder meines Vaters sich einen Buick mit Heckflossen zugelegt hat, mußte mein Vater einen

Cadillac mit noch größeren Flossen haben. Und noch und noch Rücklichter! Von hinten sahen die aus wie Schachteln mit lauter roten Ostereiern.»

«Da war einer in meiner Schule in Mt. Judge, Don Eberhardt, so hieß er, der hat sich, wenn er mit dem Dodge seines Vaters den Berg hinter der Pappfabrik runterfuhr, aufs Trittbrett gestellt und von außen gelenkt.»

«Der erste Wagen, den ich mir gekauft hab, war ein '48er Studebaker. Von vorn sah der aus wie ein Flugzeug. Er hatte rund hunderttausend Kilometer auf dem Tacho, das war im Sommer '53. Aber die Kiste ist vielleicht abgehauen! Beim Anfahren hatte ich das Gefühl, als ob die Vorderräder gleich abheben – genau wie bei einem Flugzeug.»

«Da muß ich dir was erzählen. Eines Tages, als wir noch ziemlich jung verheiratet waren, war ich sauer auf Janice, wahrscheinlich wegen ihrer blöden Art, und bin nach West Virginia und wieder zurückgefahren – in einer Nacht. Das könnte man sich heute nicht mehr leisten, ohne vorher ans Sparbuch zu gehen.»

«Ja», sagte Charlie langsam und gedämpft. Harry hatte ihm keinen Dämpfer versetzen wollen. Er kam nie so recht dahinter, wie sehr der Mann Janice geliebt hatte. «Das hat sie erzählt. Du hast dich damals ganz schön rumgetrieben.»

«Ein bißchen. Ich habe den Wagen allerdings zurückgebracht. Als *sie* mich verlassen hat, hat sie den Wagen mitgenommen und behalten. Wie du weißt.»

«Ach, ja?»

Er hat nie geheiratet, und das ist ganz schön schmeichelhaft für Janice – und damit auch für Harry, so wie die Dinge gelaufen sind. Ein Mann schläft mit deiner Frau, das steigert ihren Wert, in gewissem Maße. Harry möchte das Gespräch wieder auf das fröhliche Gefilde der schwindenden Energievorräte zurücklenken. Er erzählt Stavros: «Da war ein ganz netter Witz in der Zeitung neulich. Er ging so: Christoph Columbus ist bis heute ungeschlagen im Energiesparen. Bedenken Sie nur, wie weit er mit *drei Galeonen* gekommen ist.» Er spricht das entscheidende Wort deutlich und jede Silbe betonend aus, aber Charlie scheint nicht zu kapieren, er lächelt nur schief, als ob er Schmerzen hätte.

«Die Ölgesellschaften haben uns angestiftet», sagt er. «Die haben uns doch dazu verleitet, das Zeug wie die Verrückten zu verheizen, mit diesen Highways und den Einkaufszentren und dem ganzen Quatsch. In hundert Jahren werden die Leute es nicht mehr für möglich halten, wie wir gelebt haben.»

«Es ist wie mit dem Holz», sagt Harry und tappt suchend zurück durch die Geschichte, die für ihn nichts als schillernder Dunst ist, in Jahrhunderte eingeteilt wie ein Fußballplatz in Felder, mit ein paar Zahlen – 1066, 1776 – zur Markierung und ein paar teilnahmslosen Gesichtern – George Washington, Hitler – am Rande des Spielfelds. «Oder mit der Kohle. Ich weiß noch, wie ich als Kind immer die Anthrazitkohle die alte Kohlenrutsche runterrattern sah, mit diesen roten Punkten, die sie damals hatte. Mir war schleierhaft, wie die draufgekommen waren, ich dachte, das wäre schon in der Erde passiert. Von kleinen Elfen mit roten Pinseln draufgemalt oder so. Heute gibt es kein Anthrazit mehr. Das Zeug, das sie im Tagebau abbauen, zerkrümelt einem in der Hand wie schimmliges Brot.» Es tut ihm gut, gibt ihm das Gefühl, reich zu sein, so über die Schwindsucht der Welt zu sinnieren, zu wissen, daß auch die Erde sterblich ist.

«Nun ja», seufzt Charlie, «jedenfalls wird das die gelben und die schwarzen Kanaken daran hindern, jemals eine eigene industrielle Revolution zu veranstalten.»

Damit scheint das Gespräch beendet, obwohl es Harry so vorkommt, als hätten sie beim Thema Energie etwas sehr Gewichtiges, Lebendiges unter den Tisch fallenlassen. Aber viele Themen verlaufen im Sande, erschöpfen sich gewissermaßen – das ist ihm in letzter Zeit oft aufgefallen, in privaten Gesprächen und sogar im Fernsehen, wo die Leute dafür bezahlt werden, alles durchzudiskutieren; als sei alles gesagt worden in dieser Hemisphäre der Welt. Auch in seinem Innenleben mogelt Rabbit sich heute zwischen mehr blinden Flecken hindurch als früher, zwischen öden Inseln ausgebrannter grauer Zellen, wo früher wilde Begierden und Träume und panische Ängste hausten; er schläft, zum Beispiel, bei jeder passenden und unpassenden Gelegenheit ein. So wenig hat er damit am Hut. Mit dieser Redensart hatte er früher nie etwas anfangen können, aber er hatte auch nie einen Hut getragen, und jetzt setzt er sich beim ersten kalten Windhauch einen auf. Sein Dach wird undicht, das Licht der Sterne schimmert schon durch.

SIE WOLLEN IHN – WIR HABEN IHN! verkündet das große Transparent am Fenster des Ausstellungsraums im Einklang mit der derzeitigen Werbekampagne von Toyota im Fernsehen. Das Transparent schneidet ein Stück von der Nachmittagssonne ab und gibt dem Ausstellungsraum die Atmosphäre eines Aquariums oder eines großräumigen gesunkenen Schiffes, in dem die beiden Coronas und der giftgrüne Corolla SR-5 Liftback darauf harren, gekauft und ins Freie gehievt zu werden und jenseits der Glaswand sicher auf dem Boden des Firmengeländes und der Route 111 und der dahinterliegenden Asphaltwelt zu landen.

Aus dieser Welt kommt ein Wagen herangeschaukelt: ein dicker altersschwacher Country Squire-Kombi, mit ausgeleierten Stoßdämpfern und einem eingedellten, mittelprächtig ausgebeulten, nur mit rötlichem Rostschutz vorgestrichenen Kotflügel. Ein junges Pärchen entsteigt dem Wagen, das Mädchen milchig blaß und langbeinig und in der Sonne blinzelnd, der junge Mann wettergegerbt und sonnenverbrannt, die Jeans dreckstarrend von soeben getaner Arbeit auf den roten Feldern der Gegend. Oben auf dem verchromten Dachgepäckträger ist eine Art Kiste montiert, aus rohen grünen Brettern, und von seinem Standort aus, einen Annäherungswurf weit weg, kann Harry erkennen, daß Bezüge und Polsterung des Wagens durch seine Nutzung als Farmtransporter ramponiert sind. «Hinterwäldler», sagt Charlie von seinem Schreibtisch her. Die beiden treten schüchtern ein wie zwei hochaufgerichtete Tiere und atmen schnuppernd die klimatisierte Luft ein.

In einem Anfall von Beschützerlaune, Gott weiß woher, Charlies spitze Bemerkung noch im Ohr, geht Harry auf sie zu und forscht mit einem flüchtigen Seitenblick nach einem Ehering an der Hand des Mädchens. Sie trägt keinen, aber dergleichen hat heute weniger zu sagen als früher. Junge Leute ziehen einfach mit Sack und Pack zusammen. Das Mädchen schätzt er auf neunzehn oder zwanzig, der Junge scheint etwas älter zu sein – etwa so alt wie sein eigener Sohn. «Kann ich was für euch tun, Leute?»

Der Junge streicht sich das Haar zurück, wobei eine niedrige weiße Stirn sichtbar wird. Das breite gebräunte Gesicht sieht ihn an, als ob es lächelte, auch wenn es das gar nicht tut. «Wir wollten uns bloß mal umsehn.» Dem Tonfall nach kommt er aus dem Süden, sein Akzent hört sich nicht ganz so ruppig an wie das deutschgefärbte Pennsylvanisch im Norden, wo die Türme der Backsteinkirchen sich wie Spieße in den Himmel bohren und die Häuser nicht aus rotem Sandstein, sondern aus Kalkstein gebaut sind. Harry vermutet, daß sie von irgendeiner Farm wegziehen wollen in die Stadt, wo es keine Zaunpfähle und Heuballen und Zuckerrüben gibt, oder was sonst noch in dieser armseligen Kiste verstaut und herumgekarrt wurde. Sich in irgendeiner Bude einnisten, sich Jobs in der Stadt suchen und in einem spritzigen kleinen Corolla durch die Gegend flitzen. WIR HABEN IHN! Aber vielleicht kundschaftet der Bursche auch bloß Preise für seinen Vater aus, und die Freundin ist nur so mitgefahren, ist vielleicht gar nicht seine Freundin, sondern eine Schwester oder eine Anhalterin. Sie sieht ein klein bißchen nuttig aus. Die Art wie ihr weicher Körper aus der spärlichen Bekleidung fast herausquillt, aus den verwaschenen Jeansshorts und dem weinroten Baumwollbüstenhalter, die schimmernde sommersprossige Haut der Schultern und Oberarme und die buschige, lustvolle, lässig gebündelte Fülle der bräunlich-roten vielfarbigen Haare – eine versunkene Glocke fängt an zu klingen. Sie hat tiefliegende blaue Augen und das Schweigen eines Mädchens vom Lande, das gewohnt ist, die Männer reden zu lassen und derweil an einem süß-sauren Geheimnis in ihrem Mund herumzulutschen. Etwas grotesk, der Disco-Look der Schuhe mit den hohen Korkabsätzen und den gekreuzten Bändern an den Knöcheln. Fleischige Zehen, lackierte Nägel. Die wird nicht lange bei dem jungen Mann bleiben. Das hätte Rabbit gern so, und er bildet sich ein zu fühlen, wie unbewußt etwas in ihr ins Schwimmen gerät und ihm entgegentreibt, obwohl sie in vollkommener Regungslosigkeit verharrt. Ihm ist, als wollte sie sich vor ihm verstecken, aber dazu ist sie zu groß und zu weiß, plötzlich auch zu sehr Frau, zu nackt. Die Schuhe betonen die Länge der Beine; sie ist überdurchschnittlich groß und nicht eigentlich dick, obwohl sie zur Üppigkeit neigt, besonders um die Brust herum. Die Oberlippe liegt wie eine geschwollene Wunde auf der Unterlippe. Dieses Mädchen ist verwundbar, er will sie beschützen; er befreit sie vom Druck seines sekundenlang zu aufdringlich auf ihr lastenden Blicks und wendet sich dem jungen Mann zu.

«Das hier ist ein Corolla», sagt Harry und tätschelt orangefarbenes Blech. «Das zweitürige Modell fängt bei dreineun an und verbraucht auf langen Strecken sieben und im Stadtverkehr dreizehn bis vierzehn Liter. Ich weiß, andere Hersteller werben mit noch weniger, aber Sie können mir glauben, daß Sie in ganz Amerika heute nichts Besseres kaufen können als diese Mühle hier. Informieren Sie sich in der April-Ausgabe von *Consumer Reports*. Wartungs- und Reparaturkosten in den ersten vier Jahren weit unter dem Schnitt. Und wer behält in diesen Zeiten schon einen Wagen sehr viel länger als vier Jahre? In vier Jahren schieben wir vielleicht alle mit dem Fahrrad durch die Gegend, wenn es so weitergeht. Dieses Modell hat ein Viergang-Synchrongetriebe, Transistorzündanlage, Vorderradscheibenbremsen mit Bremskraftverstärker, kunstlederbezogene, stufenlos verstellbare Schalensitze und, was allmählich ganz schön wichtig wird, einen verschließbaren Tankdeckel. Ist Ihnen schon aufgefallen, daß neuerdings in sämtlichen Läden für Autozubehör die Absaugschläuche ausgegangen sind? In ganz Brewer kriegen Sie weder für Geld noch gute Worte einen. Raten Sie mal warum. Den alten Chrysler meiner Schwiegermutter haben sie neulich direkt vor dem Friseur leergezapft, jetzt nimmt sie die Kutsche fast nur noch aus dem Stall, wenn sie zur Kirche fährt. Die Leute werden immer brutaler. Haben Sie heute morgen in der Zeitung mitgekriegt, daß Carter den Farmern Benzin wegnehmen und es den Fernfahrern geben will? Da sieht man, was man mit einer Kanone erreichen kann, stimmt's?»

«Ich habe keine Zeitung gelesen», sagt der Junge.

Er steht so phlegmatisch da, daß Harry mit einem schnellen Wechselschritt um ihn herumgehen und sich seitlich an einer glückstrahlenden Pappkundin mit Hund und Einkaufstaschen vorbeidrücken muß, um giftgrünes Blech zu tätscheln. «Sollten Sie allerdings Ihren großen alten Kombi, ein ziemlich vorsintflutliches Modell, gegen einen anderen Kombi tauschen wollen, der Ihnen fast ebensoviel Raum bietet, aber in der Haltung nur die Hälfte kostet, dann dürfte dieser SR-5 attraktiv für Sie sein – *Fünf*ganggetriebe mit Schongang, der auf langen Strecken spürbar Treibstoff spart, und einzeln umklappbare Rücklehnen, die es Ihnen ermöglichen, einen Fahrgast hinten unterzubringen und trotzdem noch die verlängerte Ladefläche daneben für Golfschläger oder Zaunpfähle oder sonst was zu nutzen. Ich verstehe nicht, warum unsere Leute in Detroit nie auf die Idee mit den geteilten Rücksitzen gekommen sind. Angeblich ist das Autoparadies hier bei uns, aber die guten Ideen bringen die Ausländer. Wenn Sie mich fragen: Detroit hat uns im Stich gelassen – uns alle, zweihundert Millionen Amerikaner. Ich hätte sehr viel lieber mit unseren eigenen, amerikanischen Wagen zu tun, aber unter uns gesagt – sie taugen nichts. Nichts dahinter. Alles Schwindel.»

«Und was ist mit den beiden da drüben?» fragt der Junge.

«Das da ist der Corona – falls Sie sich in die Spitzenklasse vorwagen wollen. Größere Maschine, zweikommazwei Liter statt einskommasechs. Eine eher europäische Karosserie. Ich fahre selber einen und bin restlos begeistert. Meiner braucht knapp neuneinhalb Liter auf langen Strecken und etwa fünfzehn in Brewer. Das hängt natürlich von der Fahrweise ab. Ob Sie einen Bleifuß haben oder nicht. Diese Testfahrer von *Consumer Reports* müssen wirklich wie die Henker fahren; die Verbrauchsziffern, die sie angeben, sind das einzige, wo sie sich meiner Meinung nach völlig verhauen. Das Heckklappenmodell hier kostet sechstausendachthundertfünfzig, aber Sie müssen bedenken, daß Sie praktisch Yen für Dollar kaufen, und wenn es Zeit für den Tausch gegen einen neuen Wagen ist, kriegen Sie Ihre Yen wieder zurück.»

Das Mädchen lächelt bei dem Wort «Yen». Der Junge, der allmählich mutiger wird, sagt: «Und der da?» Der Jungfarmer hat die Hand auf die rassige schwarze Haube des Celica gelegt. Harrys Begeisterung erlahmt. Wenn er den sehen wollte, dann war er nicht ernstlich an einem Kauf interessiert.

«Sie haben Ihre Hand da auf eine *der* Supermaschinen gelegt», erläutert Harry. «Das Celica GT Sport-Coupé, ein Wagen, der es jederzeit mit einem Porsche oder einem MG aufnimmt. Stahlgürtelreifen, Quarzkristalluhr, Stereoradio – alles serienmäßig drin. *Serienmäßig.* Da können Sie sich ausmalen, was die Extras sind. Der hier hat Servolenkung und Schiebedach. Der Preis ist saftig, zugegeben, fast eine fünfstellige Summe, aber, wie ich immer sage, es ist eine gute Kapitalanlage. Unter dem Aspekt kaufen die Leute jetzt immer öfter ihre Autos. Die alte Wegwerfmentalität nach dem Motto ‹Alle zwei Jahre ein neues Auto› ist vom Winde verweht. Wenn man heute einen guten, soliden Wagen kauft, dann hat man eine ganze Weile was davon, während die Dollars, die man auf die hohe Kante legt, bald beim Teufel sind. Schaffen Sie sich gute Sachen an, das rate ich jedem jungen Mann, der auf einen grünen Zweig kommen will.»

Er hat sich wohl allzusehr hinreißen lassen, denn der Junge sagt: «Wir wollen uns nur umsehn, sozusagen.»

«Ich verstehe Sie sehr gut», sagt Rabbit rasch, dreht sich um die eigene Achse und sieht das schweigende Mädchen an. «Ich will Sie nicht unter Druck setzen. Ein Autokauf ist wie eine Partnerwahl – das braucht seine Zeit.» Das Mädchen errötet und sieht weg. Harry quillt immer noch über von wohlwollender väterlicher Redseligkeit. «Wir leben schließlich in einem freien Land, noch sind die Roten nicht über Kambodscha hinausgekommen. Ich will euch nichts aufschwatzen, bevor ihr nicht so weit seid, Leute. Für mich ist das Jacke wie Hose, dieses Auto verkauft sich von selbst. Sie haben sogar Glück, daß wir so gut sortiert sind, vor zwei Wochen ist gerade eine Lieferung gekommen, und die nächste wird erst wieder im August eintreffen. Japan kann gar nicht genug von diesen Wagen herstellen, um allen Wünschen nachzukommen. Toyota-Importe stehen weltweit an erster Stelle.» Er kann die Augen nicht von dem Mädchen lassen. Die tiefliegenden Augen. Die milchigen, mit Sommersprossen gesprenkelten Schultern, die sanfte Einbuchtung im Fleisch da, wo die Büstenhalterträger einschneiden. «Sagen Sie mal, welche Größenordnung schwebt Ihnen eigentlich vor? Wollen Sie mit einer ganzen Familie in der Gegend rumkutschieren oder bloß zu zweit?»

Das Mädchen errötet noch heftiger. Heirate ihn nicht, diesen Waldschrat, denkt Harry, seine Brut wird dich bloß unterbuttern. Der Junge sagt: «Wir brauchen keinen neuen Kombi. Mein

Vater hat einen Chevy-Pritschenwagen – er hat mir den Squire vermacht, als ich die Highschool hinter mir hatte.»

«Ein toller Schrottkarren», räumt Rabbit ein. «Man kann mit ihm machen, was man will – er ist nicht totzukriegen. Sogar 1971 haben sie noch mehr Blech verarbeitet als heute. Detroit gibt den Geist auf.» Er schwelgt – in ihrer Jugend, in seinem Geld, in diesem strahlend sonnigen Juninachmittag, der für morgen, Sonntag, schönes Wetter für sein Golfspiel verheißt. «Aber für Leute, die den Bund fürs Leben schließen und Nägel mit Köpfen machen wollen, da muß schon was anderes her als so ein Rührstück, da muß schon eher so was her.» Er schlägt mit der flachen Hand wieder auf orangefarbenes Blech und erkennt Verdruß in den kühlen blaßblauen Augen des Mädchens, als es zu ihm aufsieht. Vergib mir, Süße, aber die Rumsteherei in diesem Laden ist so stinklangweilig, daß bei der erstbesten Gelegenheit das Mundwerk mit einem durchgeht.

Stavros, in Vergessenheit geraten, ruft quer durch die Ausstellungshalle, die in fast horizontal einfallende Sonnenstrahlen gebadet ist: «Vielleicht würden sie gern ’ne Runde drehen.» Er möchte Ruhe haben für seinen Schreibkram.

«Kleine Probefahrt gefällig?» fragt Harry das Paar.

«Es ist ziemlich spät», meint der Junge.

«Dauert keine fünf Minuten. Sie kommen doch nicht alle Tage hier vorbei. Gönnen Sie sich den Spaß. Ich hol nur eben Schlüssel und ein Nummernschild. Charlie, sind die Schlüssel vom blauen Corolla draußen am Schlüsselbrett oder in deinem Schreibtisch?»

«Ich hol sie», ächzt Charlie. Er stemmt sich mühsam vom Schreibtisch hoch und verschwindet vornübergebeugt hinter einer hüfthohen Trennwand aus Milchglas, die Fred Springer noch gegen Ende seines Lebens hat einbauen lassen. In dem Gang dahinter mit einer Wand aus nußbaumfurnierten Spanplatten gehen drei Leichtbautüren ab, eine zum Büro von Mildred Kroust, eine zu dem des Mädchens, das die Rechnungen schreibt, wer immer das in diesem Monat auch gerade sein mag, und eine zu dem dazwischenliegenden Büro des Geschäftsführers. Die Türen stehen meistens offen, weil das Mädchen und Mildred ständig mit irgendwelchen Fragen hin und herrennen.

Harry ist lieber draußen in der Halle. Früher gab es lediglich drei Stahlschreibtische und einen schmalen Läufer; eine einzige geschlossene Tür kennzeichnete die Firmentoilette mit dem Seifenspender, den man umkippen mußte, um etwas herauszubekommen. Die Rezeption ist jetzt anderswo untergebracht, in einem kleinen Kabäuschen neben dem Wartezimmer, in dem so gut wie nie Kunden warten. Die Schlüssel, die Charlie braucht, hängen zwischen unzähligen anderen, von denen etliche weit und breit kein einziges Schloß mehr aufschließen. Sie hängen an einem von fettigen Fingerabdrücken dunklen Schlüsselbrett neben der Tür zum Ersatzteillager: das Ersatzteillager, dieser Stollen aus vollbeladenen Stahlregalen, von dessen Schiebefenster aus man den metallisch hallenden Werkstatthades überblickt. Es gibt keinen Grund dafür, daß Charlie geht, nur den, daß er weiß, wo alles ist, und weil man Kundschaft nie verlegen wartend herumstehen lassen soll. Da es gerade nichts zu sagen gibt, können sie das leise Pfeifen von Charlies keuchendem Atem hören, als er mit den Schlüsseln des Vorführ-Corolla und dem Händler-Nummernschild mit der rostigen Halterung zurückkommt. «Soll ich die jungen Leutchen ein Stück fahren?» fragt er.

«Nein, setz du dich hin und ruh dich aus», sagt Harry zu ihm und fügt hinzu: «Du könntest schon mal anfangen, hinten abzuschließen.» Laut Firmenschild haben sie samstags bis sechs Uhr geöffnet, aber an diesem bedeutungsvollen treibstoffarmen Junitag sollte Viertel vor genügen. «Bin gleich wieder da.»

Der junge Mann fragt das Mädchen: «Willst du mitkommen oder hierbleiben?»

«Ach, *komm*», sagt sie, und Ungeduld wetterleuchtet in ihrem sanftmütigen Gesicht, als sie sich umdreht und ihn mit seinem Namen anspricht: «Jamie, meine Mutter *wartet* auf mich.»

Harry beruhigt sie. «Es dauert bloß eine Minute.» Meine Mutter. Er wünscht, er könnte sie bitten, diese Mutter zu beschreiben.

Draußen auf dem Firmengelände weht sonniger Wind den Sommer herbei. Die Grastupfer auf dem Asphalt kokettieren mit buttrigen Löwenzahnklecksen. Er klemmt das Nummernschild ans Heck des Corolla und überreicht dem jungen Mann die Schlüssel. Er kippt den Beifahrersitz nach vorn, damit das Mädchen hinten einsteigen kann; während sie das tut, gibt der Jeansstoff ihrer Shorts einen Moment lang ein Stück Pobacke frei. Rabbit zwängt sich auf den Todessitz und erläutert Jamie den Schnickschnack am Armaturenbrett, auch die Stelle, wo sich ein Kassettenrekorder einbauen ließe. Alle drei Insassen sind eher groß geraten, der kleine Wagen fühlt sich überfüllt an. Trotzdem setzt der Toyota seine Fracht mit importiertem Temperament rasant in Bewegung und reiht sich in die Überholspur auf der Route 111 ein. «Spritzig», sagt Jamie anerkennend.

«Und läuft erstaunlich rund, der Motor», fügt Harry hinzu und versucht, nicht auf dem nackten Boden mitzubremsen. Er ruft zu dem Mädchen nach hinten: «Alles klar bei Ihnen? Soll ich meinen Sitz vorrücken, damit Sie mehr Platz haben?»

«Nein, es geht schon, ich setze mich schräg hin.»

Er möchte sich umdrehen und sie ansehen, aber in seinem Alter kann er den Kopf nicht mehr so leicht drehen, und an manchen Tagen wacht er doch tatsächlich mit Schmerzen im Nacken und in den Schultern auf, ohne jeden Grund, nur von seinem bleiernen Gewicht im Bett die ganze Nacht. Er erklärt Jamie: «Das ist der Sechzehnhundert-Kubik. Es gibt auch ein Zwölfhundert-Standardmodell, aber mit dem geben wir uns nicht ab, ich will es nicht verantworten müssen, daß jemand umkommt, weil sein Wagen nicht genug unter der Haube hat, um an einem Laster oder sonstwas auf unseren amerikanischen Straßen vorbeizukommen. Außerdem haben wir es uns zur Aufgabe gemacht, eine möglichst große Palette an Modellen zu führen; sonst fühlen Sie sich, wenn Sie einmal Ihren Altwagen in Zahlung geben wollen, übers Ohr gehauen.» Er schafft es, sich so weit zu verrenken, daß er das Mädchen ansehen kann. «Diese Japaner haben bei allen sonstigen Vorzügen ganz schön kurze Beine», sagt er zu ihr. So wie sie sitzen muß, hängt sie mit dem Hintern fast auf dem Boden, und die Knie ragen in die Luft, diese jungen schimmernden Knie, nur Zentimeter vor seinem Gesicht.

Selbstvergessen schiebt sie ein paar lange Haare zurück, die ihr über den Mund geweht sind, und starrt durch das Seitenfenster auf das Einkaufsviertel am Stadtrand von Brewer. Schnellimbiß-Kioske mit Blickfangfassaden und Einzelhandelsläden für alles, von der Brautausstattung bis zu Gipsplanschbecken für Vögel, haben mit ihren Parkplätzen die Ränder der alten Weisertown-Schnellstraße ausgefranst und das letzte alte Haus mit seinem amputierten Vorgarten als schmerzlich ragenden Stummel übriggelassen. Die Läden der Konkurrenz – Pike Porsche und Renault, Diefendorfer Volkswagen, Red Barn Mazda und BMW, Diamond County Automotive Imports – lassen ihre Energiespar-Transparente im Winde flattern, während die von ihren Lockrufen flankierten Zapfsäulen abgedeckt sind und Abschleppwagen die Zufahrten blockieren, über die bisher die Autos heranrollten, vollgetankt wurden und weiterrollten. Das Ganze macht den Eindruck einer feindseligen Barrikade so spät am Tag. Wo stammen die Abdeckungen her? Manche sind raffiniert geschnitten, gutsitzende viereckige Überzüge aus grellrotem Segeltuch. Ein neuer Industriezweig, Zapfsäulenüberzüge. Zwischen leeren Asphaltseen bieten ein paar kleine Stände Erdbeeren und Früherbsen feil. Ein hohes Reklameschild weist auf einen Zementklotz abseits der Straße hin. Rabbit kann sich noch erinnern, daß es einst ein gigantischer Mister Peanut war, der auf einen niedrigen Laden deutete, wo man gesalzene Erdnüsse, in gläsernen Behältern aufgereiht, kaufen konnte, und ganze Cashewnüsse und, zu einem etwas niedrigeren Preis, die kaputten. Diamond County war zwar eine gute Gegend für Nüsse, aber so gut nun auch wieder nicht, und der Laden machte Pleite. Seine Außenwände wurden teilweise abgerissen und doppelt so hoch wieder aufgebaut und als Nachtclub aufgetakelt, das Schild wurde neu bemalt, der Zylinder blieb zwar, aber aus Mister Peanut wurde ein menschlicher Nachtschwärmer im weißen Frack und mit Fliege. Nach etlichen entstellenden Operationen wurde das Schild zu einer ungestalten weiblichen Figur umgemodelt, einer schwarzen Silhouette, ohne Andeutung von Textilien, mit zurückgeworfenem Kopf, von dem – wie Blasen – die Riesenlettern DISCO herunterträufeln, als lösten sie sich eine nach der anderen aus ihrer durchschnittenen Kehle. Hinter diesem Reklamerummel liegen in einem dunstigen Schleier die ausgelaugten grünen Hügel, und blaßgelbe Felder verdorren, während der Mais in langen Reihen reift. Das Wageninnere erwärmt sich vom Gemisch der menschlichen Ausdünstungen. Harry muß an den Anblick des langen Oberschenkels des Mädchens denken, als sie sich auf den Rücksitz zwängte, und meint Vanille zu riechen. Möse wäre ein gutes Aroma für Eiscrem, die Leute bei Sealtest sollten sich mal damit befassen.

Das Schweigen der beiden jungen Leute irritiert ihn. Er bricht es. Er sagt: «Das war vielleicht ein Unwetter heute nacht! Ich habe heute früh im Radio gehört, daß die Unterführung Ecke Eisenhower und Seventh Street über eine Stunde lang unter Wasser gestanden hat.»

Dann sagt er: «Wissen Sie, ich finde es wirklich gespenstisch, all diese geschlossenen Tankstellen, als ob jemand gestorben wäre.»

Dann sagt er: «Haben Sie auch in der Zeitung gelesen, daß die Firma Hershey neunhundert Leute entlassen mußte wegen des Fernfahrerstreiks? Nächstens werden wir auch nach Hershey-Schokolade noch Schlange stehen.»

Der Junge ist gerade damit beschäftigt, einen Freihofer Bakery-Lieferwagen zu überholen, und Harry antwortet an seiner Stelle: «Die Geschäfte ziehen alle weg aus der Innenstadt. Im Zentrum gibt es bloß noch Banken und die Post. Diese albernen paar Bäume haben sie doch bloß angepflanzt, damit sie mal ein Einkaufszentrum dort hinsetzen können, aber das wird auch nichts bringen, die Leute scheuen sich immer noch davor, ins Stadtzentrum zu gehen.»

Der Junge fährt stur weiter auf der Überholspur, im dritten Gang, entweder aus Jux oder weil er vergessen hat, daß es einen vierten gibt. Harry fragt ihn: «Na, freunden Sie sich langsam damit an, Jamie? Wenn Sie umkehren wollen, da vorn kommt gleich eine Kreuzung.»

Das Mädchen hat verstanden. «Jamie, wir sollten lieber umdrehen. Der Mann möchte nach Hause.»

Als Jamie Gas wegnimmt, um sich an der Kreuzung rechts einzuordnen, schert ein Pacer – ein Witz auf Rädern, sieht aus wie eine auf dem Kopf stehende Glasbadewanne –, ohne zu gucken, nach links aus. Der Fahrer ist ein fetter Puertorikaner in einem Hawaiihemd. Der Junge haut, vergeblich die Hupe suchend, aufs Lenkrad. Toyota hat die Hupe tatsächlich an einer merkwürdigen Stelle untergebracht: auf zwei kleinen Höckern in Daumenreichweite an der Innenseite des Lenkrads; Harry greift rasch hinüber und hupt für ihn. Der Pacer schwenkt zurück in seine Fahrbahn, über dem Hawaiihemd schießt ein düsterer Blick nach hinten. Harry dirigiert: «Jamie, Sie müssen jetzt an der nächsten Kreuzung links abbiegen, über die Schnellstraße rüber und bei nächster Gelegenheit wieder links, dann sind wir gleich da.» Dem Mädchen erklärt er: «Die Strecke ist netter.» Er denkt laut: «Was kann ich Ihnen sonst noch über das Auto erzählen? Es hat jede Menge Schlösser. Diese Japaner hocken so eng aufeinander, daß sie einen regelrechten Abschließfimmel haben. Machen Sie sich keine Illusionen, wir kommen auch noch dahin, ich werde es nicht mehr erleben, aber Sie. In meiner Kindheit kam kein Mensch auf die Idee, sein Haus abzuschließen, und heute tun es alle, außer meiner schußligen Frau. Wenn sie die Haustür abschließen würde, würde sie den Schlüssel verlieren. Was mich reizen würde, nach Japan zu fahren – Toyota schickt seine Händler ja manchmal hin, aber man muß einen größeren Umsatz haben als ich –, das wäre, daß ich gern mal sehen würde, wie man ein Papierhaus abschließt. Wie dem auch sei. Sie kriegen den Schlüssel nicht aus dem Schloß, ohne diese Sperrvorrichtung da zu entriegeln. Und das Kofferraumschloß wird von diesem Schalter aus bedient. Über den verschließbaren Tankdeckel wissen Sie ja schon Bescheid. Hat einer von Ihnen die Geschichte von der Frau gehört, die sich letzte Woche irgendwo in der Nähe von Ardmore in eine Schlange vor einer Tankstelle gedrängelt hat? Der Typ hinter ihr war so sauer, daß er heimlich seinen Tankverschluß auf ihren Tank gemogelt hat, und als sie an die Zapfsäule kam, konnte der Tankwart ihn nicht abkriegen. Sie mußte abgeschleppt werden. Geschieht der Ziege ganz recht, wenn Sie mich fragen.»

Sie sind zweimal links abgebogen und fahren nun auf einer kurvenreichen Straße, wo die Felder bis an den Straßenrand heranreichen, so daß man die Furchen des Pfluges in den roten Lehmschollen noch glänzen sieht, und wo die Geschäfte – wie LAWNMOWERS SHARPENED oder DUTCH QUILTS PENNSYLVANIA – aus einer noch früheren Zeit zu stammen scheinen als die an der parallel verlaufenden Route 111. Neben der Straße, zwischen Briefkästen, von denen einige mit Herzen oder Bienenwabenmustern bemalt sind, blühen leuchtend violette Wicken. Auf einer Anhöhe schieben sich die elefantengrauen Gasbehälter von Brewer ins Blickfeld, und ziegelrote Häuserzeilen klettern den Mt. Judge hinauf – Farbkleckse auf seiner Flanke. Rabbit wagt die Frage: «Sind Sie hier aus der Gegend?»

«Mehr nach Galilee hin. Meine Mutter hat dort eine Farm.»

Und heißt deine Mutter Ruth? möchte Harry fragen, unterläßt es aber, um sie nicht zu erschrecken und um sich selbst nicht um den Kitzel der Erregung, der ungeprüften Möglichkeit zu bringen. Er versucht, noch einen verstohlenen Blick auf sie zu riskieren, um zu sehen, ob ihre weiße Haut wie ein Spiegel ist und ob das unschuldige Blau ihrer Augen dem seinen gleicht, aber sein massiger Körper und die Enge im Wagen hindern ihn daran. Er fragt den jungen Mann: «Verfolgen Sie die Spiele der Phillies, Jamie? Was sagen Sie zu der Sieben-zu-null-Schlappe gestern abend? Daß Bowa Mist macht, kommt ja nicht alle Tage vor.»

«Ist Bowa der mit dem dicken Gehalt?»

Harry wird aufatmen, wenn er diesem Trottel den Toyota wieder abnehmen kann. In jeder Kurve spürt er, wie die Fliehkraft an den Rädern zieht und wie das jähe Geheimnis sich in ihm ausbreitet, in immer größer werdenden Kreisen, wie Saat, die unsichtbar in den Boden sinkt und, wenn sie aufgeht, nicht mehr aufzuhalten ist, die die Gestalt annimmt, für die sie programmiert war und ihr Schicksal erfüllt, so gewiß wie der Tod und wohlgeformt. «Sie meinen wahrscheinlich Rose», entgegnet er. «Der hat auch nicht viel gebracht. Sie werden in diesem Jahr nicht weit kommen, Pittsburgh ist zur Zeit unschlagbar, entweder die Pirates oder die Steelers, einer von den beiden gewinnt immer. Jetzt müssen Sie links ab, da, bei dem gelben Blinklicht. Dann brauchen Sie bloß noch geradeaus, über die Route hundertelf rüber, und dann kommen Sie von hinten aufs Firmengelände. Na, wie sind Sie zufrieden?»

Von der Seite aus betrachtet, hat der Bursche etwas Orientalisches – eine großflächige Partie zwischen dem roten Ohr und der roten Nase, vortretende Augen, deren Glitzern nichts preisgibt. Leute, die dem Dreck ihre Existenz abringen, sind geradezu zwangsläufig verschlagen, das hat Harry immer gefunden. Jamie sagt: «Wie gesagt, wir wollten uns nur mal umsehen. Der Wagen hier kommt mir ganz schön klein vor, aber das liegt vielleicht daran, was man gewöhnt ist.»

«Wollen Sie mit dem Corona auch noch mal fix 'ne Spritztour machen? Da drin kommen Sie sich vor wie in einem Palast, wenn Sie vorher in einem von den Dingern hier gesessen haben, man sollte es nicht glauben, er ist bloß rund zwei Zentimeter breiter und fünf Zentimeter länger.» Er staunt über sich selbst, wie glatt ihm die Zahlen über die Lippen gehen. Noch fünf Jahre mit diesen Autos, und er wird Japanisch sprechen. «Sie sollten sich aber besser dran gewöhnen», belehrt er Jamie, «Ihre Maßstäbe ein bißchen runterzuschrauben . . . Die großen alten Dampfer sind passé. Die Leute geben sie in Zahlung, und wir bleiben drauf sitzen. Die Hälfte werden als Okkasionen verschleudert, und die Käufer machen Blumenkästen draus. Die fünfhundert, für die ich Ihren in Zahlung nehmen würde, sind reine Kulanz, das können Sie mir glauben. Wir greifen jungen Leuten gern unter die Arme. Ich glaube, daß wir beschissenen Zeiten entgegengehen, in denen ein junges Pärchen wie Sie sich weder einen eigenen Wagen noch ein Eigenheim leisten kann. Wenn man in einer Gesellschaft, die so funktioniert wie unsere hier, nicht mal die unterste Sprosse erklimmen kann, werden die Leute den Glauben an das ganze System verlieren. Die Sechziger waren ein Pappenstiel im Vergleich zu dem, was uns bevorsteht, wenn die Dinge nicht in Ordnung kommen.»

Lose Kiesel knirschen auf dem rückwärtigen Teil des Hofes. Sie halten in der Lücke, wo der Corolla stand, und der junge Mann kann die Entriegelung des Zündschlosses nicht finden, Harry muß es ihm noch einmal zeigen. Das Mädchen, das endlich hinaus will, beugt sich nach vorn, und ihr Atem wirbelt die farblosen Haare auf Harrys Handgelenk durcheinander. Das Hemd klebt ihm an den Schulterblättern, wie er plötzlich spürt, als er sich im Luftzug zu voller Größe aufrichtet. Alle drei recken sich langsam wieder in die Höhe. Die Sonne scheint immer noch hell, aber Federwolken hoch oben am Himmel werfen Zweifel auf die Wetteraussichten für das morgige Golfspiel. «Gut gefahren», sagt er zu Jamie, da er jegliche Hoffnung auf einen Verkauf aufgegeben hat. «Kommen Sie noch auf einen Sprung mit rein, dann gebe ich Ihnen Material mit.» Drinnen im Ausstellungsraum scheint die Sonne durch das Transparent am Fenster, so daß die Buchstaben NHI NƎBAH ЯIW durchschimmern. Stavros ist nirgendwo zu sehen. Harry gibt dem Jungen seine Karte und bittet ihn, sich in das Kundenverzeichnis einzutragen.

«Wie gesagt . . .», setzt der junge Mann an.

Harry hat die Lust an dieser Eskapade verloren. «Das verpflichtet Sie zu gar nichts», sagt er. «Toyota wird Ihnen eine Weihnachtskarte schicken. Ich mache das für Sie. Vorname James – ?»

«Nunemacher», sagt der Junge zögernd und buchstabiert den Namen. «R. D. Nummer zwei, Galilee.»

Harrys Schrift hat sich im Laufe der Jahre verschlechtert. Da ist ein Zucken am Ende seines langen Arms, der dennoch nicht lang genug ist, so daß er nicht deutlich sehen kann, was er schreibt. Er besitzt eine Lesebrille, aber seine Eitelkeit verbietet ihm, sie zu tragen. «Fertig», sagt er und wendet sich allzu beiläufig dem Mädchen zu. «Und Sie, junge Dame, wie ist es mit Ihnen? Derselbe Name?»

«Keineswegs», sagt sie und kichert. «Mich lassen Sie aus dem Spiel.»

Ein Funken Frechheit flammt in den kühlen blassen Augen auf. Wie alle Frauen bewegt sie sich im Kreis, albern, ausweichend. Als ihr Blick ihn trifft, findet Harry ihre unteren Augenlider und die Schatten von zuwenig Schlaf darunter irgendwie sexy. «Jamie ist unser Nachbar. Ich bin bloß mitgefahren. Ich wollte mir eigentlich bei Kroll Badeanzüge ansehen, wenn noch Zeit gewesen wäre.»

Etwas lange Versunkenes funkelt aus Licht. Heute fallen die schrägen Strahlen der Sonne bis auf das Regal, auf dem die von Springer Motors gestifteten Pokale der Verleihung harren; ovale Ornamente schimmern auf ihren gewichtslosen weißmetallenen Außenflächen. Behalt deinen Namen für dich, du kleine Votze, noch leben wir in einem freien Land. Aber er hat ihr den seinen gegeben. Sie hat seine Karte aus Jamies klobiger roter Hand genommen, und ihre Augen, hell glänzend wie bei einem Kind, gleiten von den Buchstaben zu seinem Gesicht und weiter zu der Wand hinten, wo die alten Schlagzeilen mit seinem Namen hängen und vor sich hingilben, von der Zeit gebräunt. Sie fragt ihn: «Waren Sie mal ein berühmter Basketballspieler?»

Die Frage ist nicht so leicht zu beantworten, es ist so lange her. Er erklärt ihr: «Vor vielen Jahren mal. Wieso fragen Sie, haben Sie meinen Namen schon einmal gehört?»

«Nein, nein», schwindelt dieser Gast aus verlorenen Zeiten fröhlich. «Sie haben bloß so was an sich.»

Als sie gegangen sind und der Country Squire auf seinen watteweichen Stoßdämpfern davongeschwankt ist, geht Harry an Mildred Krousts Tür vorbei den Korridor mit den Milchglasscheiben entlang zur Toilette und begegnet Charlie, der gerade vom Abschließen zurückkommt. Trotz aller Vorsicht gibt es noch immer Diebereien, fressen sich unerklärliche Fehlbeträge in die Bilanzen. Geld ist wie Wasser in einem undichten Eimer: kaum ist es drin, rinnt es auch schon wieder weg. «Wie fandst du die Kleine?» fragt Harry den anderen, als sie wieder im Ausstellungsraum sind.

«Mit meinen Augen sehe ich die Mädchen überhaupt nicht mehr. Und wenn ich sie sehen könnte, würde mir das bei meiner Kondition auch nichts nützen. Sie sah dick und doof aus. Nix wie Beine.»

«Nicht so doof wie der Trottel, mit dem sie da war», sagt Harry. «Gott, wenn man so sieht, auf was sich manche Mädchen einlassen . . . man könnte heulen.»

Stavros' kohlschwarze Augenbrauenkleckse gehen in die Höhe. «So? Manchmal könnte man auch sagen, daß es umgekehrt genauso ist.» Er setzt sich an den Schreibtisch und wird geschäftlich. «Hat Manny schon mit dir über den Torino gesprochen, den du in Zahlung genommen hast?»

Manny ist der Werkstattleiter, ein untersetzter, vornübergebeugter Mann, auf dessen Nase schwarze Poren prangen, als wühlte er sich mit dieser Nase durch die tägliche Dreckarbeit. Natürlich nimmt er Harry übel, daß er dank seiner Heirat mit Springers Tochter im Rampenlicht des Ausstellungsraums herumtändelt und klapprige Torinos in Zahlung nimmt. «Er hat mir gesagt, die vordere Spur wäre nicht in Ordnung. Und er meint jetzt, strenggenommen müßten die Ventile erneuert werden. Außerdem meint er, der Besitzer hätte den Kilometerzähler manipuliert.»

«Was hätte ich denn machen sollen? Der Kerl kam mit der Preisliste in der Hand anmarschiert, ich konnte ihm doch nicht weniger als den Listenpreis geben. Wenn ich ihnen nicht den Listenpreis gebe, kriegen sie ihn bei Diefendorfer oder Pike Porsche, darauf kannst du Gift nehmen.»

«Du hättest ihn von Manny durchsehen lassen sollen, der hätte dir auf einen Blick sagen können, daß es ein Unfallwagen ist. Und wenn er den Braten mit dem Kilometerzähler gerochen hätte, dann hätte er dem Scheißkerl ganz schön eingeheizt.»

«Kann er nicht die Vorderräder so auswuchten, daß sie nicht mehr so eiern?»

Stavros legt nachsichtig die Hände auf der olivgrünen Schreibtischplatte nebeneinander. «Das ist Vertrauenssache. Der Kunde, dem du diesen Torino andrehst, wird nie wiederkommen, das garantiere ich dir.»

«Was rätst du also?»

Charlie sagt: «Setz ihn runter und verkaufe ihn an Ford in Pottsville. Du hast ein Plus von neunhundert gemacht bei dem Geschäft, so daß du es dir leisten kannst, zweihundert draufzulegen. Es wäre besser, als dich mit Manny anzulegen. Er muß für die Ersatzteile was draufschlagen – im Interesse seiner Abteilung, und wenn es Ersatzteile von Ford sind, ist sowieso schon ein Aufschlag drauf. In Pottsville werden sie ihn einfach überpolieren und irgendeinen jungen Kerl für ein paar Tage damit glücklich machen.»

«Klingt gut.» Rabbit will raus, möchte durch die Abendluft gehen, von seiner Tochter träumen. «Wenn's nach mir ginge», sagt er zu Charlie, «würden wir die amerikanischen Modelle jedesmal gleich wieder mit Rabatt abstoßen. Die will doch keiner mehr haben, außer den Schwarzen und den

Puertoricanern, und selbst die werden eines Tages aufwachen.»

Charlie ist anderer Meinung. «Man kann immer noch was rausholen auf dem Gebrauchtwagensektor, man muß nur einen guten Riecher haben. Fred sagte immer, jeder Wagen findet irgendwo seinen Käufer, man darf ihn nur nicht für mehr Geld in Zahlung nehmen, als man selber dafür auf den Tisch legen würde. Es ist Bargeld, verstehst du? Zahlen sind bares Geld, auch wenn du keinen Kies auf die Hand kriegst.» Er kippt mit seinem Stuhl nach hinten und reibt quietschend mit den Handflächen über die Schreibtischplatte. «Als ich 1963 anfing, bei Springer zu arbeiten, verkauften wir nur gebrauchte amerikanische Modelle – einen ausländischen Wagen hast du überhaupt nicht zu sehen gekriegt so weit ab von der Küste. Wir haben die Karren von der Straße reingekriegt und überlackiert und ein bißchen frisiert, und kein Hersteller hat uns die Preise diktiert, wir haben den Preis mit Rasiercreme auf die Windschutzscheibe gemalt, und wenn die Karre nach einer Woche nicht weg war, haben wir ihn wieder abgewischt und es mit einem anderen versucht. Keine Importsteuer, keine Geldabwertung; das war noch ein sauberer Konkurrenzkampf.»

Die glorreichen alten Zeiten. Traurig mitanzusehen, wie Charlie darin versackt. Harry wartet rücksichtsvoll, bis die wehmütige Stimmung verflogen ist, und fragt dann, wie aus heiterem Himmel: «Charlie, wenn ich eine Tochter hätte, was denkst du, wie die aussehen würde?»

«Häßlich», sagt Stavros. «Sie würde aussehen wie Bugs Bunny.»

«Es wäre hübsch, eine Tochter zu haben, nicht?»

«Weiß nicht.» Charlie hebt die Hände, so daß die Beine seines Stuhles auf den Boden knallen. «Was hörst du von Nelson?»

Harry reagiert gereizt. «Nicht viel, Gott sei Dank», sagt er. «Der Bengel schreibt ja nie. Das letzte, was wir von ihm gehört haben, war, daß er den Sommer über nach Colorado gegangen ist mit so einem Mädchen, das er irgendwo aufgegabelt hat.» Nelson studiert sporadisch an der Kent State University in Ohio und muß noch etwa ein Jahr lang Punkte sammeln, bis er Examen machen kann, obwohl der Bursche fast dreiundzwanzig ist.

«Was für ein Mädchen?»

«Weiß der Himmel. Ich komme da nicht mehr mit. Eine ist komischer als die andere. Die eine war eine jugendliche Alkoholikerin. Eine andere sagte aus den Karten die Zukunft voraus. Die war, glaube ich, auch Vegetarierin, aber vielleicht war das auch wieder eine andere. Ich glaube, er sucht sie sich nur aus, um mich zu ärgern.»

«Du darfst den Jungen nicht aufgeben. Er ist alles, was du hast.»

«Gott, was für ein Gedanke!»

«Geh ruhig schon. Ich will das hier noch fertig machen. Ich schließe ab.»

«Na gut, mal sehen, was Janice zum Abendessen verbrochen hat. Willst du nicht mitkommen, auf gut Glück? Sie wird entzückt sein, dich zu sehen.»

«Danke, aber *Manna mu* erwartet mich.» Charlies Mutter, die auch immer klappriger wird, lebt jetzt bei ihm in seiner Wohnung in der Eisenhower Avenue, und das ist ein weiteres Band zwischen ihnen, da Harry mit seiner Schwiegermutter unter einem Dach lebt.

«Na denn. Mach's gut, Charlie. Bis Montag dann, in alter Frische.»

«Mach's gut, alter Junge.»

Der Tag ist noch in Gold getaucht draußen, Altgold jetzt, in Harrys langem Leben. Er hat den Sommer so oft kommen und gehen sehen, daß sein Schwinden in seinem Herzen eins ist mit seinem Kommen, obwohl er die Feldblumen, die nacheinander im Laufe des Jahres blühen, immer noch nicht mit Namen kennt, und auch die Insekten nicht, die ebenfalls in einem bestimmten Rhythmus erscheinen, fressen und eingehen. Er weiß, daß im Juni die Schulferien anfangen und die Spielplätze aufmachen und das Gras gemäht werden muß, immer wieder, wenn man ein Mann ist, und daß, wenn man ein Kind ist, wieder draußen gespielt werden kann, während das Geklapper des Abendbrotgeschirrs aus der vertrauten elterlichen Küche klingt und der Mond einem plötzlich vom immer noch blauen Himmel herab über die Schulter scheint und man einen mysteriösen silbrigen Wolfsmilchtropfen auf dem Knie vorfindet. Großes

Glück. Im Juni schnellen die Verkaufsziffern hoch: für einen Händler wie Harry, der dreihundert Wagen im Jahr umsetzt, bedeutet das über fünfundzwanzig Geschäftsabschlüsse, einundzwanzig davon sind schon getätigt und noch sechs Verkaufstage in Sicht. Ein Bruttogewinn von achthundert im Schnitt, mal fünfundzwanzig, macht zwanzig Riesen, minus schätzungsweise fünfundzwanzig Prozent, die sie für Gehälter und Erfolgsprämien rechnen, bleiben fünfzehntausend, davon gehen noch einmal acht bis zehn ab für andere Gehälter, für diese süßen kleinen Votzen, die Eintagsfliegen in der Rechnungsabteilung, eine hieß Cissy vor ein paar Jahren, eine Polin, sie waren schon beim Fummeln angelangt, wenn sie im engen Flur aneinander vorbei mußten, und für die Miete, die Springer Motors selber zahlen muß, da der alte Springer nichts von Eigentum hielt, über das die Banken verfügen konnten, aber selbst er mußte irgendwann die Hypothek abzahlen, Mann, die Zinssätze heute mußten jeden kaputtmachen, der bei Null anfing, das konnte doch kein Mensch mehr finanzieren, die Brewer Trust Bank hatte es jahrelang getan, und mit den zwölf Prozent muß man die zwei oder drei Prozent verrechnen, die als Verlustabschreibungen wieder hereinkommen, bei denen keiner gern von Schwarzgeldern redet und die das Finanzamt den zu versteuernden Gewinn nennt, und dann die laufenden Stromkosten, dieser Diagnosecomputer Sun 2001, den Manny gern hätte, würde eine Menge Saft verbrauchen, wie auch die Elektrowerkzeuge, die können ja nicht einmal mehr eine Radmutter mit der Hand festziehen, es muß alles maschinell gehen, *rrrrrrt,* und die Heizung, Gott sei Dank gibt es jetzt ein paar Monate Verschnaufpause, diese Drecksaraber drehen uns den Hahn zu, und die Mechaniker wollen partout keine Pullover unter den Overalls tragen, die jungen sind am schlimmsten, sie behaupten, das Fingerspitzengefühl ginge ihnen flöten, und die Krankenversicherung, noch so ein Aderlaß, immer weiter rauf, in den Krankenhäusern halten sie Leute am Leben, die eigentlich schon tot sind, ein Spielchen, das sie sich auf Kosten von Mediaid erlauben, und dann die Anzeigen, er fragt sich oft, wieviel sie einbringen – nach einer Faustregel, die er irgendwo gelesen hat, etwa eineinhalb Prozent Absatzsteigerung, aber wenn man sich die Autoangebote in der Sonntagszeitung ansieht, da steigt doch keiner mehr durch, lieber schlichte Preislisten, und dann sein Image als Geschäftsführer, wie der alte Springer gesagt hatte, die Figur, die er bei den Rotariern und in den Restaurants in der Innenstadt und im Country Club macht, das sollte er alles unter Geschäftskosten laufen lassen, und in den fünfhundert pro Woche, die er sich genehmigt, sind die Anzüge, die er braucht, um einen gepflegten Eindruck zu machen, nicht mitgerechnet, drei oder vier braucht er pro Jahr, allerdings nicht mehr von Kroll, er kann den Verkäufer nicht leiden, der seinen fetten Wanst gemessen hat, Webb Murkett hat ihm einen kleinen Laden in der Pine Street genannt, so gut wie eine Maßschneiderei, und dann noch die Grundsteuern und die Halbstarken, die dauernd mit Steinen die verglasten Schilder draußen einschmeißen oder mit Luftgewehren darauf schießen, wir sollten lieber wieder Holz nehmen, aber die Firma Toyota hat ihre Richtlinien – wo war er noch gewesen, ja bei plus minus neuntausend fixe und variable Kosten im Monat, bleiben viertausend netto, minus tausend für Inflation und Diebstähle und Unvorhergesehenes, das man immer einkalkulieren muß, dann bleiben immer noch dreitausend, fünfzehnhundert für Ma Springer und fünfzehnhundert für Janice und ihn, plus die zweitausend Grundgehalt, während sein armer, toter Vater für vierzig Dollar die Woche jeden Morgen um Viertel nach sieben in die Druckerei losziehen mußte, und das hielt man damals keineswegs für eine schlechte Bezahlung. Harry wüßte gern, was sein Vater sagen würde, wenn er ihn jetzt sehen könnte – reich.

Sein fünftüriger 1978er Corona Liftback Deluxe steht auf seinem Stammplatz. Der Farbton nennt sich Rot Metallic und geht mehr ins Bräunliche, wie abgestandene Tomatensuppe. Wenn die Japaner eine Schwäche haben, dann ist es ihr fehlendes Farbgefühl: ihr Kupfer-Metallic ist in Harrys Augen eher schmutzigbraun wie Karbolineum, das Pfefferminzgrün etwa so, wie er sich Zyankali vorstellt, und das, was sie Beige nannten, ist schlicht ein bläßliches Zitronengelb. Während des Krieges gab es überall Karikaturen, auf denen die Japaner mit dicken Brillengläsern dargestellt waren, und er fragt sich jetzt, ob sie vielleicht wirklich nicht gut sehen können, denn ihre Farben liegen alle irgendwie zwischen den Regenbogenfarben. Trotzdem, sein Corona ist ein schöner Wagen. Solides Luxuswagengefühl, gepolstertes Lenkrad, Sitze mit verstellbarer Rückenlehne, stufenlos regulierbar, serienmäßig eingebautes Radio – Langwelle, Mittelwelle und UKW – mit vier Lautsprechern. Er genießt dieses Radio, wenn er durch Brewer gleitet, die Fenster hochgekurbelt und von der elektronisch regulierten Ventilation umflossen, genießt die Discomusik, die aus vier Richtungen ertönt, als käme sie aus den vier Winkeln des Ballsaals der Seele. Die schmissige, einschmeichelnde Musik erinnert Rabbit an die Musik, die man in seiner Highschoolzeit im Radio spielte, «How High the Moon», mit dem umwerfenden Klarinettensolo, Lakritzenlutscher hatten sie das Stück immer genannt, «Puttin on the Ritz»: Musik aus der Stadt, nicht wie diese Country Music der Sechziger, die uns in die gute alte Zeit zurückversetzen und uns besser machen wollte, als wir sind. Junge schwarze Frauen mit metallisch klingenden Stimmen singen unsinnige Worte zu einem pulsierenden elektrisch verstärkten Beat, und es gefällt ihm, sich vorzustellen, wie diese schwarzen Mädchen, die vermutlich aus Detroit stammen und deren Freunde am Montageband vor sich hindösen, in ihren schimmernden Glitzerfähnchen im rotierenden Discolicht in allen Farben schillern. Er und Janice sollten den Disco-Schuppen an der Route 111, den er heute bestimmt zum hundertstenmal im Vorbeifahren sieht und in den sie sich noch nie hineingewagt haben, wenigstens mal ausprobieren. In Gedanken versucht er, Janice und die farbigen Mädchen und die rotierenden Lichter zusammenzubringen, aber das Bild fällt immer wieder auseinander. Er muß an Skeeter denken. Vor zehn Jahren war dieser kleine schwarze Mann aufgetaucht und hatte bei ihm und Nelson gewohnt. Sie hatten eine verrückte Zeit zusammen verlebt. Jetzt ist Skeeter tot, er hat es kürzlich erfahren, im April. Ein anonymer Absender schickte ihm in einem länglichen hellen Umschlag, sauber in Blockschrift mit Kugelschreiber adressiert, einen Zeitungsausschnitt in der ihm vertrauten Satztype des Brewer *Vat,* bei dem er als Maschinensetzer gearbeitet hatte, bis der Maschinensatz veraltet war:

EHEMALIGER EINWOHNER VON BREWER IN PHILLY ERMORDET

Hubert Johnson, ehemals wohnhaft in Brewer, erlag im General Municipal Hospital von Philadelphia mehreren Schußwunden, die angeblich von einem Schußwechsel mit Polizeibeamten stammten.

Johnson soll ohne jeden Anlaß die ersten Schüsse auf Polizisten abgegeben haben, die bei ihm eine Hausdurchsuchung durchführten wegen wiederholter Verstöße gegen Hygiene- und Wohnvorschriften, und zwar in einer religiösen Wohngemeinschaft, deren Führer Johnson gewesen sein soll. Der Messiah Now Freedom Family gehörten eine Anzahl schwarzer Familien und Jugendliche an.

Zahlreiche Beschwerden wegen nächtlichen Singens und ruhestörenden Lärms waren in der Nachbarschaft lautgeworden. Die Messiah Now Freedom Family hatte ihren Sitz in der Columbia Avenue.

JOHNSON WEGEN MEHRFACHER VERGEHEN GESUCHT

Johnson, zuletzt wohnhaft in der Plum Street, Innenstadt, war in seinen Kreisen allgemein unter dem Namen «Skeeter» bekannt, er war aber auch unter dem Namen Farnsworth aufgetreten. Nach ihm wurde hier in der Stadt wegen zahlreicher Vergehen gefahndet, wie von offizieller Seite in Brewer bestätigt wurde.

Polizeileutnant Roman Surpitski aus Philadelphia berichtete der Presse, daß er und seine Männer keine andere Wahl gehabt hätten, als das von Johnson eröffnete Feuer zu erwidern. Glücklicherweise wurden weder Polizeibeamte noch andere Mitglieder der Wohngemeinschaft bei dem Schußwechsel verletzt.

Die Mitarbeiter des aus dem Amt scheidenden Bürgermeisters Frank Rizzo lehnten eine Stellungnahme zu dem Vorkommnis ab. «Wir haben es heute nicht mehr mit ganz so vielen von diesen Verrückten zu tun wie früher», kommentierte Leutnant Surpitski.

Dem Ausschnitt war keinerlei Kommentar beigefügt. Dennoch mußte der Absender ihn gekannt, etwas über seine Vergangenheit gewußt haben und ihn heimlich beobachten, wie es angeblich die Toten tun. Gespenstisch. Durch Skeeters Tod war der Welt ein gewisser Glanz genommen, eine Kühnheit, das Versprechen, daß alles aus den Angeln gehoben werden könnte. Skeeter hatte es vorausgesagt, seinen frühen Tod. Harry hatte ihn das letzte Mal gesehen, als er über ein abgeerntetes Maisfeld gelaufen war, inmitten von körnerpickenden Krähen. Aber das war so lange her – der Zeitungsausschnitt, den er im April in die Hand bekam, löste in ihm kaum andere Empfindungen aus als irgendeine andere Nachricht oder als die Berichte über seine früheren sportlichen Erfolge, die in seinem Ausstellungsraum gerahmt an der Wand hingen. Auch unser Ich stirbt nach und nach. Der Teil von ihm, der Skeeters Zauber erlegen war, war geschrumpft und verschüttet worden. In seinem Leben hatte er mit keinen anderen Schwarzen näher zu tun gehabt und sich, ehrlich gesagt, jenseits aller Furcht und allen Unbehagens geschmeichelt gefühlt von den Aufmerksamkeiten dieses feindseligen Fremden, der herniedergefahren war wie ein Engel; ihm war, als würde er von diesem zornigen Mann mit neuen Augen gesehen, durchleuchtet wie mit Röntgenstrahlen. Und doch, er war zweifellos ein Wahnsinniger und seine Ansprüche ungebührlich und unersättlich, und seit er tot ist, fühlt Rabbit sich sicherer.

Während er gemütlich in seinem gut abgedichteten und sauber montierten Wagen sitzt, rollt die ehrwürdige Stadt Brewer wie ein stummer Begleitfilm vor seinen geschlossenen Fenstern vorbei. Er folgt der Route 111 am Fluß entlang nach West Brewer, wo er einst mit Skeeter hauste, und überquert dann die Weiser Street Bridge, die nach irgendeinem verstorbenen Bürgermeister neu benannt wurde, dessen Namen kein Mensch mehr in den Mund nahm, und dann, um die Fußgängerzone mit Brunnen und Birken zu umgehen, die die Stadtplaner in den zwei ausgedehntesten Straßenquadraten anlegten, angeblich um die Innenstadt zu verschönern (der Witz war nur, daß sie doppelt so viele Bäume pflanzten, wie sie brauchten, in der Annahme, daß die Hälfte eingehen würde, aber in Wirklichkeit gediehen beinahe alle, so daß es jetzt eine Art Wald im Stadtzentrum gibt, wo bereits eine Anzahl Raubüberfälle stattgefunden haben und Penner und Drogensüchtige ihren Rausch ausschlafen), biegt Harry von der Third Street links ab und fährt durch ein Wohn- und Geschäftsviertel, in dem vor allem Augenärzte ihre Praxen haben, zur diagonal verlaufenden Hauptverkehrsader namens Eisenhower Avenue, quer durch das Viertel mit den alten Fabriken und Rangierbahnhöfen. Eisenbahn und Kohle waren einst der Lebensnerv von Brewer. Überall in dieser Stadt, einst die viertgrößte von Pennsylvania, inzwischen jedoch an die siebente Stelle gerutscht, zeugen Bauten von verbrauchter Energie. Hohe schöngeformte Schornsteine, aus denen seit einem halben Jahrhundert kein Rauch mehr aufsteigt. Verschnörkelte gußeiserne Lichtmasten, die seit dem Zweiten Weltkrieg kein Licht mehr geben. Die Häuserblocks weiter unten an der Weiser haben sich dem Verkauf von Sonderangeboten und Verbotenem verschrieben, und das einzige neue Warenhaus ist ein großer fensterloser, aus weißen Backsteinen errichteter Anbau des Schoenbaumschen Bestattungsunternehmens. Die alten Textilfabriken sind zu Ramschläden verfallen, strotzend vor marktschreierischen Spruchbändern, auf denen FABRIKBASAR steht, oder Parolen wie *Wo der Dollar noch ein Dollar ist.* Dieses Riesengelände mit stillgelegten Eisenbahnschienen und Depots und Halden von alten Rädern und leeren Güterwagen steckt wie ein großer rostender Dolch im Herzen der Stadt. Das alles war im letzten Jahrhundert hingestellt worden von Leuten, die uns heute wie Wirtschaftsgiganten erscheinen, in einer Orgie aus Eisen und Backstein, deren Ergebnisse heute noch unversehrt erhalten sind in dieser Stadt, in der die einzigen neuen Gebäude Bestattungsunternehmen und Behörden, Arbeitslosenvermittlungsstellen und Rekrutierungsbüros der Armee sind.

Hinter den Eisenbahndepots und der Unterführung an der Seventh Street, die letzte Nacht unter Wasser stand, steigt die Eisenhower Avenue steil an, zwischen eng aneinandergeklebten Reihenhäusern, solide von den Spar- und Kreditvereinen deutschstämmiger Arbeiter errichtet, nur die Lünetten aus Buntglas frei von späteren Schichten von Aluminium- und Kunststoffverkleidungen, Polen und Italiener jetzt verdrängt von Schwarzen und Puertorikanern, die in Harrys Jugend eingepfercht waren in die Häuserblocks unten am Fluß. Dunkelhäutige Jugendliche, die in Sprachen denken, die nur sie verstehen, gaffen von den dreieckigen Steinveranden vor den alten Eckläden herab. Die entschwundenen weißen Giganten gaben, als sie das Straßennetz von Brewer vollbauten, diesen höhergelegenen Straßen, die von der Eisenhower Avenue gekreuzt werden, die Namen von Früchten und Jahreszeiten: Winter, Spring und Summer Street, nur eine Fall Street gab es nicht. Drei Monate lang, vor zwanzig Jahren, lebte Rabbit im Sommer mit einer Frau, Ruth Leonard, in der Summer Street. Dort zeugte er das Mädchen, das er heute gesehen hatte, falls es seine Tochter war. Es gibt kein Entkommen; unsere Sünden, unser Samen fallen auf uns zurück. Die Discomusik wechselt jetzt zu den Bee Gees, weißen Männern, die das Wunder vollbracht haben, sich einen Sound wie schwarze Frauen anzueignen. «Stayin' Alive» fängt gerade an, mit dem ganzen verstärkten Tamtam und einem seltsamen nasalen Gewimmer als Begleitung: der John Travolta-Titelsong. Für Rabbit ist Travolta noch immer einer der Sweathogs, aus Mr. Kotters Klasse, auch wenn ihm eine Zeitlang im letzten Sommer die USA hundertprozentig ergeben waren, da wollte jedes Zähnchen unter fünfzehn mal von einem Ex-Sweathog auf dem Rücksitz eines mitten in Brooklyn geparkten Wagens vernascht werden. Er denkt an seine eigene Tochter, wie sie hinten in den Corolla einsteigt, die Beine nackt bis zum Hintern rauf. Er wüßte gern, ob ihre Schamhaare rötlichblond sind, wie die ihrer Mutter waren. Dieser Hügel, wo eine zarte reife Frau nur noch ein paar Zentimeter entfernt ist, gleich um die Ecke sozusagen, wo kein häßlicher Penis hängt wie eine Wurst am Haken, blaugeädert. Ihre Augen sein Blau: wie schön sich vorzustellen, daß aus ihm eine Frau mit einer Möse geworden ist, eine geheime Botschaft, von Genen durch all das Kommen und Gehen in all diesen Jahren getragen, durch den blutigen Tunnel von Wachsen und Leben, von Überleben. Er darf nicht weiter darüber nachdenken, es erfüllt ihn zu sehr mit sinnloser Erregung. Bei einer bestimmten Art von Musik geht ihm das auch so.

Irgendein Wagen mit doppelten Scheinwerfern, ein gelber

LeMans mit der dicken vertikalen Stange in der Mitte des Kühlergrills, fährt so dicht hinter ihm auf, daß er langsam hinter einen parkenden Wagen ausweicht und den Dreckskerl vorbeiläßt: eine junge Blondine mit einem stupsnasigen zarten Profil sitzt am Steuer, wie oft das heutzutage der Fall ist, bei irgendeinem drängelnden Kolonnenhopser, über den man sich krank ärgert, stellt sich heraus, daß ein Mädchen am Steuer sitzt, die irgend jemandes Tochter sein muß, und in dem gleichgültigen Ausdruck ihres Gesichts ist nichts, was darauf schließen ließe, daß es ihr bewußt ist, wie rücksichtslos sie ist, sie will nur vorankommen. Als Rabbit anfing zu fahren, waren die Straßen voll von Schlafmützen, die zu langsam fuhren, und jetzt scheint es nur noch Junge zu geben, die in höllischer Eile sind, drängeln. Sein Motto ist: laß sie vorbei. Vielleicht fahren sie sich irgendwo an einem Telefonmast zu Tode. Er hofft es.

Sein Nachhauseweg führt ihn in die Gegend der stattlichen Brewer High School, der sogenannten Burg, erbaut seines Wissens im Jahre 1933, seinem Geburtsjahr. So etwas würde heute nicht mehr gebaut. Kein Glaube an die Bildung. Es wird sogar behauptet, daß jetzt, wo das Bevölkerungswachstum sich fast der Nullmarke nähert, nicht mehr genug Schüler da seien für die Schulen, sie schließen schon eine Menge Grundschulen. Auf dieser Höhe waren den Stadtplanern die Jahreszeiten ausgegangen, und sie gingen zu Namen von Bäumen über. Den Locust Boulevard säumen, östlich der Burg, Häuser, die ganz von Rasen umgeben sind, obwohl die Grasstreifen dazwischen schmal sind und dunkel und die Rhododendren aus Lichtmangel verkümmern. Die Wohlhabenderen leben hier oben, die Knochenchirurgen und Staranwälte und das mittlere Management der Betriebe, die nicht den Absprung in den Süden schafften oder sich erst kürzlich hier angesiedelt haben. Da wo der Locust Boulevard sich in den Stadtpark windet, wird er zum Cityview Drive, obwohl bei den vielen Bäumen, die mit der Zeit gewachsen sind, nicht mehr viel Sicht vorhanden ist, einen Blick über ganz Brewer hat man nur vom Pinnacle Hotel aus, heute eine Stätte des Vandalismus und Terrors, wo früher getanzt und geschmust wurde, aber irgendwie scheinen Puertorikaner etwas gegen knutschende weiße Pärchen zu haben, sie umzingeln ihre

Autos, schmeißen die Windschutzscheiben mit Steinen ein und schlitzen den Mädchen die Kleider auf, während sie die Jungs zusammenschlagen. Was für eine Welt für heranwachsende junge Menschen, besonders für junge Mädchen. Er und Ruth waren ein- oder zweimal zum Pinnacle hinaufgelaufen. Die Stufen aus Eisenbahnschwellen waren sicher inzwischen morsch. Er erinnert sich noch, daß sie ihre Schuhe auszog, weil die hohen Absätze im Kies zwischen den Eisenbahnschwellen versanken, er erinnert sich an ihre stadtblassen Füße, die sich vor seinen Augen hoben und senkten, für ihn sahen sie nackt aus. Die Leute gaben sich damals mit weniger zufrieden. Im Park richtet ein als Denkmal aufgestellter Panzer aus dem Zweiten Weltkrieg seine Geschützrohre auf die Tennisplätze, auf denen die Netze, sogar die aus Maschendraht, ständig niedergerissen werden. Was für Kraft diese Halbstarken aufbringen, nur um zu zerstören. War er in dem Alter auch so? Man will ein Zeichen setzen. Die Welt erscheint unzerstörbar und läßt einen nicht los. Laß sie machen.

Harry kommt an eine Ampel, biegt links ab und passiert Häuser mit Giebeln und Türmchen, wie sie zu Beginn des Jahrhunderts gebaut wurden, als die Männer noch Strohhüte trugen und Eiscreme mit der Hand gemacht wurde und die Leute mit dem Fahrrad fuhren, und dann kommt ein Einkaufszentrum, wo ein Kinokomplex mit vier Filmsälen auf einem Leuchtschild hoch oben, wo die Vandalen nicht hinreichen können, um die Buchstaben zu klauen, verkündet: ALIEN MOONRAKER MAIN EVENT ESCAPE FROM ALCATRAZ. Er will keinen davon sehen, obwohl Barbra Streisands krause Mähne ihm gefällt, und diese jüdische Nase, nicht nur die Nase, da ist etwas Jüdisches in dem frechen Timbre ihrer Stimme, das ihn erregt, hat wohl was damit zu tun, daß sie das auserwählte Volk sind, sie scheinen sich mehr zu Hause zu fühlen hier auf Erden, jedenfalls die wenigen, die er kennt, mehr voller Elan. Komisch mit dieser Streisand, wenn sie nicht gerade mit einem Ägypter wie Sharif zusammengespannt ist, hat sie es immer mit den superkonservativen Typen von der Ostküste wie Ryan O'Neal zu tun; genau wie Woody Allen, Diane Keaton ist nicht die Spur jüdisch, krause Haare hat sie allerdings auch, fällt ihm gerade ein.

Die Musik hört auf, jetzt kommen Nachrichten. Eine junge weibliche Stimme spricht sie, mit einem näselnden Unterton, als wüßte sie, daß sie uns die Zeit stiehlt. Benzin, Fernfahrer. Die Untersuchungen in Three-Mile Island dauern an. Zeitpunkt der Skylab-Rückkehr verschoben. Somoza in der Klemme. Aussetzung der Hinrichtung des für schuldig befundenen Florida-Mörders abgelehnt. Der frühere Führer der Liberalen Partei Großbritanniens von der Anklage der Beihilfe zum Mord an seinem ehemaligen homosexuellen Geliebten freigesprochen. Das ärgert Rabbit, aber seine Entrüstung darüber, daß dieser aufgeblasene Schwule ungestraft davonkommt, geht unter in seiner Neugierde über die nächste kriminelle Tat, von der in den Nachrichten berichtet wird, die eines Arztes aus Baltimore, der angeklagt war, eine Kanadagans mit einem Golfschläger umgebracht zu haben. Die Verteidigung führt an, näselt die lustlose weibliche Stimme weiter, er habe die Gans aus Versehen mit einem Golfball getroffen und die verwundete Kreatur dann mit einem Schläger ins Jenseits befördert, um ihre Qualen zu beenden. Die Stimme fragt abschließend: «Gnadentod oder gemeiner Meuchelmord?» Er lacht laut auf im Wagen, allein. Er will versuchen, sich das zu merken und es der Clique morgen im Club zu erzählen. Der morgige Tag wird sonnig werden, versichert ihm die Frau bei der Wettervorhersage. «Und jetzt der absolute Spitzenreiter unter den Schlagern zwischen Atlantik und Pazifik, ‹Hot Stuff›, gesungen von der Königin des Disco, Donna Summer!»

Sittin' here eatin' my heart out waitin'
Waitin' for some lover to call . . .

Rabbit mag den Refrain, wo die Background-Sängerinnen einfallen, man kann sie sich vorstellen, wie sie Kaugummi und sonstwas kauend in irgendeinem schwülen Winkel der Stadt rumhängen und singen:

Hot stuff
I need hot stuff
I want some hot stuff
I need hot stuuuuuff!

Doch er mochte Donna Summer am liebsten, als sie diese Schallplatten machte, auf denen sie keuchte und stöhnte wie eine

Frau kurz vor dem Höhepunkt. Vielleicht war es nicht sie, vielleicht war es irgendein anderes schlankes schwarzes Mädchen. Aber er glaubt, sie war's.

Die Straße trägt jetzt eine Zahl, 422, und windet sich um die Rundungen des Mt. Judge, der rechts steil abfällt und die Sicht auf den Viadukt freigibt, der früher von Norden her quer über die schwarze Weite des Running Horse River hinweg Wasser in die Stadt brachte. Zwei Gaswerke kennzeichnen den Anfang der Stadtgemeinde Mt. Judge; statt weiter auf der Straße Nr. 422 in Richtung Philadelphia zu fahren, steuert Harry seinen Corona von der Schnellstraße herunter auf die Central Street, vorbei an der granitenen Baptistenkirche und dann schräg die Jackson Street hinauf und nach drei Häuserblocks nach rechts in die Joseph Street. Wenn er noch zwei Häuserblocks auf der Jackson Street weiterführe, käme er an seinem alten Haus vorbei, das vorletzte vor der Ecke Maple Street, aber das tut Rabbit sehr selten, seit Pop starb, nachdem er noch eine ganze Reihe von Jahren ohne Mom durchgehalten und die ganze Gartenarbeit und die Staubsaugerei und Kocherei selber gemacht hatte, bis sein Emphysem so schlimm wurde, daß man ihn wie ein Häuflein Elend in einem Sessel vorfand, zusammengekrümmt wie eine Hand, die eine blakende Kerzenflamme vor dem Wind schützt. Die Leute, an die er und Mim das Haus verkauften, hatten alles Holzwerk in einem schrecklichen Apfelgrün gestrichen und eine ultraviolett angestrahlte Blumenampel in das große Vorderfenster gehängt. Genau wie die jungen Leute in Brewer, die meinen, mit einem Reihenhaus könne man alles machen, wie verrückt es auch sein mag, und sie glauben, sie tun der Welt noch einen Gefallen damit. Harry hatte der Mann nicht gefallen, weder sein Tonfall noch sein Haarschnitt, noch seine Freizeitkluft; nur der Preis hatte ihm gefallen, den er gezahlt hatte: achtundfünfzigtausend für ein Anwesen, das Mom und Pop 1935 viertausendzweihundert gekostet hatte. Obwohl Mim ihren Anteil nach Nevada mitgenommen hatte, war die Kapitalgewinnsteuer eine bittere Pille gewesen, fast die Hälfte von der Hälfte von der Hälfte, oder siebentausend Dollar, ganz zu schweigen von Grundsteuer und Rechtsanwaltsgebühren – die stecken ihre Nase auch überall rein, wo Geld den Besitzer wechselt; um die Kapitalertragsteuer zu umgehen, hatte er Janice seinerzeit gebeten, ein neues Haus zu kaufen, nur für sie beide, vielleicht drüben in Penn Park in West Brewer, fünf Minuten vom Geschäft. Aber nein, Janice meinte, sie dürften Mutter nicht im Stich lassen: die Springers hatten sie aufgenommen, als sie kein Zuhause hatten, ihr eigenes Haus war abgebrannt, und ihre Ehe war am Nullpunkt, und Harry war gerade als stellvertretender Geschäftsführer eingestiegen, um die Zeit, als Pop starb, und Nelson hatte in seinem Leben schon so viel Erschreckendes erlebt, und in dieser Ecke von Brewer schwelten noch so viele böse Nachwirkungen, die gerichtliche Untersuchung wegen Jill und die polizeilichen Ermittlungen und ihre Eltern, die im fernen Connecticut an eine Anklage dachten, und die Versicherungsgesellschaft, die eine Ewigkeit brauchte, um die Schadensersatzansprüche zu bearbeiten, weil es verdächtige Umstände gebe, und die arme Peggy Fosnacht, die hatte bezeugen müssen, daß Harry bei ihr war und es nicht selbst gelegt haben konnte – angesichts dieser ganzen Situation schien es ratsamer, nicht aufzufallen, sich hinter dem Springerschen Namen in dem großen Stuckhaus zu verstecken, und aus den Wochen waren Monate und aus den Monaten Jahre geworden, ohne daß die jungen Angstroms in ein eigenes Haus zogen, und dann, als Fred so plötzlich starb und Nelson aufs College ging, schien es mehr Platz und weniger Grund denn je für einen Umzug zu geben. Das Haus Joseph Street 89 unter den ausladenden Bäumen und mit dem kahlen Rasen rundum erinnert Harry immer an ein Hexenhaus aus Kuchenteig, mit Vanilleschnitten als Wänden und Lakritztafeln für das dicke Schieferdach. Obwohl der Bau von außen groß wirkt, ist das Erdgeschoß vollgestopft mit Mobiliar, Erbstücken aus Ma Springers, der Koernerschen Verwandtschaft, und die Rouleaus sind immer halb zugezogen; abgesehen von der mit Fliegendraht vergitterten Veranda hinten und dem kleinen Raum im Obergeschoß, der früher Janices und Nelsons Kinderzimmer gewesen war, in den fünf Jahren, bevor er nach Kent ging, gibt es im ganzen Springerschen Haus nicht einen Winkel, wo Harry das Gefühl hat, daß er richtig atmen kann, daß das Licht bis zu ihm durchdringt.

Er biegt in die mit blauem Tonsandsteinkies bedeckte Zufahrt ein und stellt den Corona in die Garage hinten, neben den tiefblauen '74er Chrysler Newport, den Fred der alten Dame in dem Jahr, bevor er starb, zum Geburtstag kaufte, und in dem sie, beide Hände um das Lenkrad geklammert und mit einem Ausdruck im Gesicht, als könnte jeden Augenblick eine Bombe unter der Motorhaube in die Luft gehen, in der Stadt herumfährt. Janice läßt ihr Maverick Cabrio immer draußen an der Bordsteinkante stehen, wo die vom Ahorn herabtröpfelnden Säfte das Verdeck garantiert ruinieren. Wenn es warm wird, läßt sie das Verdeck manchmal ganze Nächte lang offenstehen, so daß die Sitze immer klebrig sind. Er zieht schwungvoll das Garagenkipptor herunter und trägt sein befremdliches Bewußtsein, nicht einfacher, sondern zweifacher Vater zu sein, wie Doppelscheinwerfer in einem Tunnel mit sich über den Zementplattenweg durch den Garten hinter dem Haus.

Janice empfängt ihn in der Küche. Irgend etwas ist los. Sie trägt ein kurzes Hausgewand mit pfefferminzgrünlichen Streifen, aber ihr Haar ist noch zottelig und feucht vom nachmittäglichen Bad im Clubswimmingpool. Beinahe jeden Tag hat sie eine Tennisverabredung mit einigen ihrer Freundinnen im Flying Eagle Tee and Racquet Club, in dem sie Mitglieder sind, einem Verein neueren Datums, der an den unteren Abhängen des waldigen Bruders vom Mt. Judge mit dem indianischen Namen Mount Pemaquid liegt, und den Rest des Nachmittags schlägt sie am Schwimmbecken tot, plaudernd oder Karten spielend, und läßt sich langsam mit Spritzers oder Wodka und Tonic vollaufen. Es gefällt Harry, eine Frau zu haben, die so viel im Club sein kann. Janice mit ihren vierundvierzig wird langsam füllig um die Mitte herum, aber ihre Beine sind noch fest und hübsch. Und braun. Sie hatte immer einen dunklen Teint, und schon lange bevor der Juli kommt, nimmt sie die Hautfarbe einer Wilden an, Beine und Arme sind fast schwarz und die Schultern so dunkel wie die einer kleinen Polynesierin in einem alten Film von Jon Hall. Ihre Unterlippe ziert eine Spur Zinkoxyd, die sexy wirkt, obwohl er den sturen, verkniffenen Zug um ihren Mund nie gemocht hat. Ihr feuchtes, nach hinten gebundenes Haar entblößt eine hohe Stirn, die irgendwie gesprenkelt ist, wie braunes Papier, auf das Wasser getropft und angetrocknet ist. An den Hitzewellen, die sie ausstrahlt, erkennt er, daß sie und ihre Mutter sich gestritten haben. «Was gibt's schon wieder?» fragt er.

«Es ist wild hergegangen», sagt Janice. «Sie ist in ihrem Zimmer und sagt, wir sollen ohne sie essen.»

«Ach, na ja, sie wird schon runterkommen. Aber was gibt's denn zu essen? Ich sehe nichts auf dem Herd.» Die im Herd eingebaute Digitaluhr zeigt 6 Uhr 32.

«Harry. Ich schwöre dir, ich wollte einkaufen, sobald ich wieder zu Hause war und die Tennisklamotten ausgezogen hatte, aber dann lag diese Postkarte da, und Mutter und ich haben uns deshalb die ganze Zeit in den Haaren gehabt. Außerdem ist sowieso Sommer, da solltest du nicht so viel essen. Doris Kaufmann sagt – ich gäbe sonstwas drum, wenn ich ihren Aufschlag hätte –, sie nimmt mittags nichts zu sich außer einer Tasse Eistee, auch mitten im Winter. Ich dachte, vielleicht etwas Suppe, und dann der Aufschnitt, den ich gekauft habe und den ihr nicht anrührt, du und Mutter, der muß irgendwann gegessen werden. Und außerdem – der Salat im Garten wächst jetzt so schnell, daß wir anfangen müssen, ihn zu essen, bevor er anfängt zu schießen.» Sie hatte einen kleinen Gemüsegarten angelegt in dem Teil des Gartens, in dem Nelsons Schaukel gestanden hatte; sie hatte einen Mann aus der Nachbarschaft angeheuert, und er hatte die Erde mit seiner Motorfräse umgebrochen, wunderbar weiche und würzig duftende Erde unter der winterlichen Kruste, und Janice voller Begeisterung draußen am Werk mit Pflanzleine und Harke im gefiederten Schatten der knospenden Bäume; aber jetzt, wo der Sommer da ist und die belaubten Bäume den Garten in Schatten tauchen und die Spiele im Club wieder anfangen, hat sie die Gemüsebeete ins Kraut schießen lassen.

Und doch kann er dieser braunäugigen Frau nicht abgeneigt sein, die in diesem Mai gerade dreiundzwanzig Jahre lang seine lustlose Ehefrau gewesen ist. Er ist reich dank ihres Erbes, und dieses gemeinsame Wissen klebt zwischen ihnen wie eine Form von Sex, bequem und tückisch. «Salat und Salami, mein Lieblingsessen», sagt er resigniert. «Zuerst brauch ich was zu trinken. Ich bin eben im Geschäft noch aufgehalten worden, gerade als ich losfahren wollte. Um was für eine Postkarte geht es eigentlich?»

Während er am Kühlschrank steht und sich einen Gin mit Bitter Lemon mixt, wohl wissend, daß die gezuckerten Zusätze den Kaloriengehalt des Alkohols erhöhen und seine Leibesfülle erhalten helfen, aber mit dem Gedanken, daß dieses karge Samstagabendessen den Kalorienüberschuß kompensiert und daß er vielleicht nachher noch etwas laufen wird, geht Janice durch das dunkle Eßzimmer hinüber in das muffige Gemach vorn an der Straßenseite, wo die Rouleaus zugezogen sind und Ma Springers griesgrämiger Geist herrscht, und bringt eine Postkarte mit zurück. Darauf ist ein weißverschneiter Abhang unter einem tiefblauen Himmel zu sehen; zwei dunkle nach vorn gebeugte kleine Gestalten ziehen s-förmig ineinander verschlungene Skispuren in den Schneehang. GRÜSSE AUS COLORADO steht in großen roten Lettern quer über dem Himmel, der aussieht wie blau angemalt. Auf der Rückseite entziffert er in der vertrauten krakeligen Schrift, die so verklemmt ist, als sei etwas in dem Jungen zu fest gequetscht worden, als seine Handschrift geboren wurde:

> *Hallo Mom & Dad & Grandmom: Gegen diese Berge ist der Mt. Judge armselig! Nur: weit und breit kein Schnee, bloß jede Menge Gras (Haha). Lerne Drachenfliegen. Job hat nicht geklappt, der Bursche war ein Gauner. Es zieht mich nach Penna. Kann ich Melanie mitbringen? Sie kann sich einen Job suchen und wird niemandem zur Last fallen. Alles Liebe. Nelson.*

«Was für eine Melanie?» fragt Harry.

«Deshalb haben Mutter und ich Krach gehabt. Sie will nicht, daß das Mädchen hier wohnt.»

«Ist das die, mit der er vor zwei Wochen angebändelt hat?»

«Das habe ich mich auch gefragt», sagt Janice. «Aber ihr Name war, glaube ich, eher Sue oder Jo oder so.»

«Und wo soll sie schlafen?»

«Na, entweder im Nähzimmer vorn oder in Nelsons Zimmer.»

«Bei dem Jungen?»

«Also ehrlich, Harry, das würde mich nicht so fürchterlich überraschen. Er ist dreiundzwanzig. Seit wann bist du so puritanisch?»

«Ich bin nicht puritanisch, bloß praktisch. Es ist nicht dasselbe, ob die Gören in der Welt herumziehen und Drachen fliegen oder sonstwas machen, oder ob sie ihren ganzen Drogenkram und ihre Schätzchen mit nach Hause bringen. Das obere Stockwerk ist unpraktisch gebaut, das weißt du doch selbst. Der Flur nimmt viel zuviel Platz weg, und man kann nicht niesen oder furzen oder vögeln, ohne daß alle anderen es hören; es ist doch, ehrlich gesagt, ein Segen, daß bloß wir hier leben und Ma. Denk doch bloß an das Radio von dem Bengel, als er in die Schule ging, bis zwei Uhr morgens, und dann ist er immer eingeschlafen dabei! Sein Bett reicht gerade für eine Person, sollen wir etwa ein Doppelbett kaufen für ihn und diese Melody?»

«Melanie. Ich weiß auch nicht, sie könnte auf dem Boden schlafen. Die haben doch alle Schlafsäcke. Du kannst ja versuchen, sie im Nähzimmer unterzubringen, aber da bleibt sie bestimmt nicht, das weiß ich. Das hätten wir auch nicht gemacht.» Ihre verschleierten dunklen Augen starren durch ihn hindurch in andere Zeiten. «Wir haben unsere ganze Kraft darauf verwandt, uns durch die Treppenhäuser zu schleichen und uns auf den Rücksitzen von Autos rumzudrücken, und ich habe gedacht, wir könnten unseren Kindern das ersparen.»

«Wir haben ein Kind, keine Kinder», sagt er kühl, während der Gin sein Inneres dehnt. Sie hatten einmal zwei Kinder gehabt, aber die Tochter Becky starb im Säuglingsalter. Es war die Schuld seiner Frau. Die ganze eingeengte, beschnittene Form seines Lebens ist ihr Werk; bei jeder Gelegenheit hat sie wie ein Bollwerk seiner Freiheit im Wege gestanden. «Hör mir mal zu», sagt er zu ihr, «ich habe seit Jahren versucht, aus diesem deprimierenden Dreckshaus rauszukommen, und ich will nicht, daß dieser arrogante Taugenichts, den wir großgezogen haben, zurückkommt und mich hier festnagelt. Diese Bälger meinen anscheinend, die ganze Welt ist nur dazu da, sie zu bedienen, aber ich habe es satt, nur dazustehen und darauf zu warten, ob ich von Nutzen sein kann.»

Janice baut sich vor ihm auf, fast ohne mit der Wimper zu zucken, bewaffnet mit ihrer Country Club-Bräune. «Er ist unser Sohn, Harry, und wir werden keine Gäste von ihm wegschicken, nur weil sie weiblichen Geschlechts sind. Wenn es um einen von Nelsons Freunden ginge, würdest du dich nicht so aufregen, was dich so in Wut bringt, ist, daß es eine *Freundin* von Nelson ist, eine Freundin von *Nelson*. Wenn es eine Freundin von *dir* wäre, wäre es dir oben nicht zu eng zum Furzen. Er ist mein Sohn, und ich will ihn hierhaben, wenn er hiersein will.»

«Ich habe keine Freundinnen», protestiert er. Es klingt kläglich. Will Janice sagen, daß er eine haben sollte? Frauen werden, wenn der Sex sein Tabu verliert, zu Ungeheuern. Man ist ein Ekel, wenn man sie fickt, und ein Ekel, wenn man es nicht tut. Harry geht ins Eßzimmer, wobei er die Glasscheiben der altmodischen Vitrine zum Erzittern bringt, und ruft durch das dunkel gebeizte Treppenhaus nach oben: «He, Bessie, komm ruhig runter! Ich bin auf deiner Seite!»

Von oben kommt Schweigen, wie von Gott, dann das Quietschen eines Bettes, von dem ein Gewicht weggenommen wird, und zaudernde Schritte, die sich schlurfend über die Decke dem oberen Treppenabsatz nähern. Mrs. Springer wankt auf ihren schmerzenden wassersüchtigen Beinen die ersten Stufen herunter und sagt: «Dieses Haus gehört von Rechts wegen mir, und dieses Mädchen wird nicht eine einzige Nacht unter dem Dach eines Hauses verbringen, für das Janices Vater sein Leben lang schwer gearbeitet hat.»

Die Scheiben in der Vitrine erbeben wieder; Janice ist ins Eßzimmer gekommen. Sie sagt in einer Stimme, die jetzt streng klingt, wie die ihrer Mutter: «Mutter, du könntest dir dieses riesige Dach über dem Kopf gar nicht leisten, wenn Harry und ich nicht die Haltungskosten mit dir teilen würden. Für Harry ist es ein großes Opfer, daß er bei seinem Einkommen kein eigenes Haus hat, und du hast kein Recht, Nelson zu verbieten, nach Hause zu kommen, wann er will, *absolut* kein Recht, Mutter.»

Die füllige alte Dame schleppt sich ächzend bis zu dem Treppenabsatz drei Stufen über dem Eßzimmerfußboden herunter, verweilt dort und sagt mit tränenumflorter Stimme: «Ich bin glücklich, Nellie zu sehen, wann immer es ihm paßt, ich liebe den Jungen von ganzem Herzen, auch wenn er sich nicht so entwickelt hat, wie sein Großvater und ich gehofft hatten.»

Janice sagt, um so ärgerlicher, je mitleiderregender die alte Dame sich gebärdet: «Du bringst immer Daddy ins Spiel, weil er sich nicht mehr wehren kann, aber als er noch lebte, war er *sehr* gastfreundlich und tolerant zu Nelson und seinen Freunden. Ich weiß noch, wie Nelson zu seinem Schulabschluß das Grillfest hinten im Garten machte, da hatte Vater schon seinen ersten Schlaganfall hinter sich, und als ich raufging, um ihn zu fragen, ob es ihm auch nicht zu laut sei, da hat er bloß mit seinem schiefen Lächeln gesagt» – jetzt ist auch ihre Stimme tränenumflort – «‹Der Klang von jungen Stimmen tut meinem alten Herzen gut.›»

Das schlüpfrig-schnelle Verkäuferlächeln, Rabbit sieht es noch vor sich, wie ein Klappmesser, ohne den Schnapplaut.

«Ein Grillfest im Garten ist eine Sache», sagt Mrs. Springer, plumpst in ihren schmuddeligen blaugrünen Hausschuhen die letzten drei Stufen der Treppe herunter und sieht ihrer Tochter in die Augen. «Eine Hure im Bett des Jungen ist eine ganz andere.»

Harry findet, das ist starker Tobak für eine alte Dame, und lacht laut auf. Janice und ihre Mutter sind beide klein geraten; sie wenden ihm, wie zwei Marionettenköpfe, die an denselben Drähten hängen, zwei identische braunäugige, schmallippige Gesichter zu, die sein Lachen entrüstet quittieren. «Uns ist nichts davon bekannt, daß das Mädchen eine Hure ist», rechtfertigt sich Harry. «Wir wissen lediglich, daß sie diesmal Melanie heißt und nicht mehr Sue.»

«Du hast gesagt, du wärst auf meiner Seite», sagt Mrs. Springer.

«Bin ich auch, Ma, bin ich. Ich sehe nicht ein, wieso der Bengel Hals über Kopf wieder nach Hause kommen muß; wir haben ihm genug Geld als Starthilfe mitgegeben, und mir wäre es lieb, wenn er sich irgendwie da draußen in der Welt durchbeißen würde. Das wird er nie schaffen, wenn er den ganzen Sommer hier herumhängt.»

«Ach, du mit deinem Geld», sagt Janice. «An was anderes kannst du nicht denken. Und was hast *du* anderes getan, als hier herumzuhängen? Dein Vater hat dir den einen Job verschafft und mein Vater den nächsten, das kann ich auch nicht gerade eine große Heldentat finden.»

«Geld ist nicht alles, woran ich denke», setzt er lahm an, als seine Schwiegermutter ihm ins Wort fällt.

«Harry will gar kein eigenes Haus», klärt Ma Springer ihre Tochter auf. Wenn sie sich aufregt und fürchtet, sich nicht verständlich zu machen, bläst sie die Backen auf wie ein Kind und bekommt hektische Flecke. «Er hat noch sehr ungute Erinnerungen an das letzte Mal, als ihr zwei auf eigene Faust losgezogen seid.»

Janice ist hart, jünger, beherrscht. «Mutter, davon verstehst du überhaupt nichts. Du hast keine Ahnung vom Leben. Du hockst in diesem Haus und siehst dir idiotische Quizsendungen an und redest am Telefon mit den paar Freundinnen, die noch nicht tot sind, und dann willst du dir ein Urteil anmaßen über Harry und mich. Du hast *keine* Ahnung vom heutigen Leben. Keine *blasse Ahnung*.»

«Als ob das Tennisspielen im Country Club mit den Neureichen und der Schwips, mit dem du jeden Abend nach Hause kommst, dich klug und weise machten», gibt die alte Dame zurück und klammert sich mit einer Hand an den Knauf des Treppengeländerpfostens, wie um die Schmerzen in ihren Fußgelenken zu lindern. «Du kommst nach Hause», fährt sie fort, «und bist zu beduselt, deinem Mann ein anständiges Abendessen zu machen, und dann willst du dieses Flittchen in ein Haus schleppen, in dem ich den ganzen Haushalt mache, obwohl ich mich kaum auf den Beinen halten kann. Ich bin diejenige, die hier mit ihnen leben müßte, du gondelst ja dauernd in deinem Cabrio herum. Und was sollen die Nachbarn davon halten? Und die Leute in der Kirche?»

«Es ist mir egal, ob es ihnen egal ist oder nicht, was ich bezweifle», sagt Janice. «Und die Kirche ins Spiel zu bringen, ist lächerlich. Der letzte Pfarrer von St. John ist mit Mrs. Eckenroth durchgebrannt, und der jetzige ist so schwul, daß ich meinen Sohn nicht in den Kindergottesdienst gehen lassen würde, wenn ich einen in dem Alter hätte.»

«Nellie ist sowieso nicht oft hingegangen», erinnert sich Harry. «Er sagte, er bekäme Kopfweh davon.» Er möchte die Hitze zwischen den beiden Frauen mildern, bevor sie zum Kochen kommt und Tränen verursacht. Er muß hier raus, muß ein eigenes Haus haben, bevor ihm der Saft ausgeht. Außen Steinmauern, innen Balken und ein tiefer liegendes Wohnzimmer: das ist sein Traum.

«Melanie», sagt seine Schwiegermutter gerade, «was ist das eigentlich für ein Name? Klingt wie der einer Farbigen.»

«Ach Mutter, komm mir nicht mit deinen Vorurteilen. Du sitzt vor dem Fernseher und lachst dich scheckig über die Jeffersons, als ob du eine von ihnen wärst, und Harry und Charlie halsen den Schwarzen alle ihre alten Benzinfresser auf, aber wenn wir ihr Geld nehmen, können wir das, was sie sonst noch anzubieten haben, auch nehmen.»

Ist sie womöglich schwarz? fragt Harry sich fasziniert. Kleine Schokoladenbabies. Skeeter wäre hingerissen.

«Und außerdem», redet Janice weiter und sieht plötzlich wie gerädert aus, «keiner hat gesagt, daß das Mädchen schwarz ist, wir wissen lediglich, daß sie Drachen fliegt.»

«Oder ist das die andere», fragt Harry.

«Wenn sie kommt, gehe ich», sagt Bessie Springer. «Grace Stuhl hat so viele leere Zimmer, jetzt wo Ralph nicht mehr ist, und sie hat schon mehr als einmal gesagt, wir sollten uns zusammentun.»

«Mutter, ich finde es er*nie*drigend, daß du Grace Stuhl gebeten hast, dich aufzunehmen.»

«Ich habe sie nicht darum gebeten, der Gedanke kam uns beiden, ganz von allein. Ich würde allerdings erwarten, daß ich hier ausgezahlt würde – die Häuser in der Nachbarschaft sind immens im Wert gestiegen, seit sie die Straße für Lastwagen gesperrt haben.»

«Mutter. Harry *haßt* dieses Haus.»

Er sagt, noch immer in der Hoffnung, die Wogen zu glätten: «Ich hasse es nicht direkt, ich finde bloß, daß das Obergeschoß –»

«Harry», sagt Janice. «Könntest du nicht in den Garten gehen und ein paar Salatköpfe holen, wie wir es besprochen haben? Und dann essen wir erst mal.»

Nur zu gern. Er ist froh, dem Haus zu entrinnen, den Klauen der Frauen, ihrer Hitzigkeit. Verrückt, wie sie mit den Gespenstern von Männern aufeinander eindreschen, Vater tot, Nelson aus dem Hause und selbst Harry eine Art Gespenst, so wie sie über ihn reden, als stünde er nicht leibhaftig vor ihnen. Tagein, tagaus Mutter und Tochter unter einem Dach, das ist widernatürlich. Blut muß wie Wasser fließen, sonst gerinnt es. Die alte Dame war schon immer mollig, und Handgelenke und Knöchel sahen aus wie Würste, aber jetzt ist auch ihr Gesicht gedunsen wie bei diesen Filmstars, denen Watte in die Backen gestopft wird, wenn sie gealtert aussehen sollen. Ihr Gesicht nicht nur dicker, sondern auch breiter, als drücke eine Schraube im Innern ihren Schädel seitlich auseinander, die Augen werden immer schmaler, Janice entwickelt sich in dieselbe Richtung, obwohl sie versucht, ihre Figur in Schuß zu halten, Erbanlagen lassen sich nicht leugnen. Manchmal, wenn er müde wird, hört Rabbit in letzter Zeit den eigenen Vater im Geiste reden.

Mit dem abklingenden Bitterlemongeschmack im Mund, einen Aluminiumdurchschlag angenehm leicht in der Hand, geht er die rückwärtigen Backsteinstufen hinunter ins willkommene Freie. Er fühlt, wie die Geräusche aus der Nachbarschaft zu ihm durchsickern und die Stimmen in seinem Hirn verstummen. Dunkles Grün um ihn herum atmet die Feuchte des nahenden Abends, obwohl die schwebende Helligkeit dieses langen Tages über den schattigen Massen der Bäume sein Auge überrascht. Dachfirste und Giebel stanzen Muster ins Blau, das immer tiefer errötet dort verunstalten auch elektrische Leitungen und Fernsehantennen mit ihren Krakeleien den zarten Horizont, und ein paar Schwalben proben, wie immer am Ende des Tages, ihre Sturzflüge in den mittleren Luftlagen über den zusammengewachsenen Gärten, in denen wenig mehr als ein Drahtzaun oder eine Reihe von Rosenstöcken die Trennlinien zwischen den Grundstücken kennzeichnen. Wenn er genau hinhört, vernimmt er Küchengeklapper und die Laute von späten Spielen, die sich in diesem gemeinsamen Bereich lebendig mit dem

Bellen eines Hundes, dem *Kiwitt Kiwitt* eines Vogels, den rhythmischen fernen Schlägen eines Hammers vermischen. Eine Gruppe Mannweiber ist ein paar Häuser entfernt eingezogen, und sie werkeln unermüdlich, in Nagelstiefeln und Latzhosen, mit Leitern und Hämmern an irgend etwas herum, sie können alles selber, von den Regenrinnen bis zu den Kellertüren: umwerfend. Manchmal winkt er ihnen zu, wenn er in der Dämmerung dort vorbeiläuft, aber sie haben ihm nicht viel zu sagen, es sind Wesen von anderer Art.

Rabbit stößt das wacklige kleine Tor auf, das er im Frühling vor zwei Jahren gebastelt hat, und betritt das umzäunte Geviert schweigenden vegetabilen Lebens. Der Salat sprießt zwischen einer Reihe von Bohnensträuchern, deren Blätter zusehends von Ungeziefer zerfressen werden und deren Stengel bei der leisesten Berührung abknicken, und einer Reihe gefiedertem Karottenkraut, kaum noch zu erkennen unter einer Invasion von Gras und Wegerich und Miere und einem emsigen, fleischigen Gewächs mit weißgelben Blüten, das jede Nacht etliche Zentimeter größer wird. Es läßt sich leicht jäten, die Wurzeln geben bereitwillig nach, aber es sind so viele, daß er innerhalb weniger Minuten die Lust daran verliert, die Dinger herauszuziehen, die feuchte Erde von den Wurzeln zu schütteln und das Zeug in Bündeln am Maschendrahtzaun entlang aufzuhäufen, als Abdeckung und als Barriere gegen die eindringenden Gräser. Gras, das auf dem Rasen, wo man es anpflanzt, nicht wachsen will, wuchert hier wie wild. Samen, in widerwärtiger Menge, Natur, etwas grausam alles Verschlingendes. Er denkt wieder an die Toten, die er gekannt hat, an die wachsende Schar, und an das lebendige Kind, wenn nicht von ihm, dann von einem anderen Vater, das ihn heute besuchte, mit ihren langen weißen Beinen auf Korkstelzen, und an das andere Kind, zweifelsohne das seine, die gemeinsamen Gene allein schon in der hastigen verschreckten Art sichtbar, in der der Junge einen ansieht, der seine Heimkehr angedroht hat. Rabbit knipst die größeren Salatblätter ab (aber nicht die ganz großen unteren, die schon hart und bitter sind) und sucht in seinem Herzen nach Willkommensfreude, nach freudiger Liebe für seinen Sohn. Statt dessen findet er einen Klumpen Beklommenheit, in Form und Struktur wie ein Handtuch, das noch feucht zerknautscht im Wäschetrockner liegt. Er findet Hunderte von Erinnerungen, einige lebendig wie Fotografien, aber bedeutungslos, vom Gehirn aus unerfindlichen Gründen aufgenommen, und andere, bloße Fakten, Dinge, von denen er weiß, daß sie wahr sind, von denen er aber keine Bilder hat. Unser Leben verblaßt schon, ehe wir sterben. Er hatte den Jungen in dem trostlosen Apartment hoch oben in der Wilbur Street gewickelt, er hatte mit ihm ein paar wilde Monate in einem apfelgrünen Ranch-Haus mit dem schönen Namen Vista Crescent in Penn Villas verbracht, und hier in der Joseph Street Nr. 89 beobachtete er, wie aus ihm ein Oberschüler wurde, mit einem haarfeinen Schnurrbärtchen, das man sah, wenn er im Licht stand, und mit einem Stirnband wie ein Indianer statt eines Haarschnitts und mit einer kostspieligen Sammlung von Popschallplatten, die er in dem sonnigen Zimmer aufbewahrte, unter dessen Fenstern Harry jetzt steht. Er und Nelson haben eine halbe Ewigkeit miteinander gelebt, und doch ist sein Sohn weniger wirklich für Harry als diese zerknitterten Salatblätter, die er in die Hand nimmt und pflückt. Traurig. Aber was soll's? Die ruhigen Augen des Mädchens, das heute im Geschäft auftauchte, spuken durch die sinkenden Schatten, ein Geheimnis tritt in sein stumpfes Leben, der Tod nimmt Maß mit den unsichtbaren nachbarlichen Hammerschlägen: jeden Tag hat er etwas weniger Angst vor dem Sterben. Er erspäht einen Japankäfer auf einem Bohnenblatt und schnippt mit dem Fingernagel – breite weißliche Fingernägel mit auffallenden Monden – das irisierende Insekt weg. Stirb.

Als er wieder ins Haus kommt, zetert Janice: «Du hast ja Salat für sechs gepflückt!»

«Wo ist Ma hin?»

«Sie ist vorn im Flur und telefoniert mit Grace Stuhl. Wirklich, sie ist unmöglich. Ich glaube wirklich, sie wird allmählich senil. Harry, was sollen wir bloß *machen?*»

«Die Dinge nehmen, wie sie kommen.»

«Wirklich toll.»

«Na ja, Liebling, es ist ihr Haus, nicht unseres und Nelsons.»

«Ach, häng dich auf. Du bist keine große Hilfe.» Eine Erleuchtung taucht langsam in ihren düsteren, vom Gin getrübten

Augen auf. «Du willst gar keine Hilfe sein», erklärt sie. «Du magst es nämlich, wenn sie und ich Krach haben.»

Der Abend geht dahin mit fadem Fernsehgeknister und unterdrücktem Groll. *Waitin' for some lover to call* . . . Ma Springer, die sich dazu herabgelassen hat, mit ihnen am Küchentisch eine klumpige Pilzsuppe zu teilen, die Janice aufgewärmt hat, und den vom langen Liegen im Kühlschrank schon etwas fettschwitzenden Aufschnitt und den vielen Salat, den er gepflückt hat, stakst nach oben in ihr Zimmer und schließt die Tür mit einer solchen Resolutheit, daß es in der ganzen Nachbarschaft bis hin zum Mannweiberhaus zu hören sein muß. Ein paar Autos, die die Gegend nach scharfen Sachen abklappern, pirschen vorbei auf der Joseph Street mit einem Geräusch wie von nassen Reifen, das Harry und Janice das Gefühl gibt, allein auf einer Insel zu sein. Zum Abendessen haben sie eine Zweiliterflasche Gallo Chablis aufgemacht, und Janice treibt es immer wieder in die Küche, um sich vollaufen zu lassen, so daß sie gegen zehn Uhr nur noch torkelt – was er haßt. Er findet nichts dabei, wenn Leute viele Laster haben, aber er haßt Unkoordiniertheit, seiner Meinung nach die Wurzel allen Übels, denn ohne Koordination kann es keine Ordnung, keinen Zusammenhang geben. In diesem Zustand stößt sie an die Türrahmen, wenn sie hindurchgeht, und stellt ihr Glas so auf der Sofalehne ab, daß die Flüssigkeit wie eine große durchsichtige Zunge über den Rand schwappt und in den struppigen grauen Stoff eindringt. Gemeinsam stehen sie *Kampfstern Galactica* durch und noch genug von *The Love Boat,* um zu erfahren, daß es diesmal keine besonders schöne Kreuzfahrt wird. Als sie aufsteht, um ihr Glas abermals zu füllen, schaltet er um zum Baseball. Die Phillies werden von den Expos in Grund und Boden gespielt, er traut seinen Augen nicht, einen Dampf haben die drauf. In den Nachrichten ist die Rede von Unruhen in Levittown wegen Benzin, die Leute schmeißen mit benzingefüllten Bierflaschen; sie explodieren, und es sieht aus wie alte Filme aus Vietnam oder Budapest, aber es ist Levittown, nur wenige Kilometer weit weg, nördlich von Philadelphia. Ein streikender Fernfahrer wird gezeigt mit einem Plakat, auf dem steht TO HELL WITH

SHELL. Und in Three Mile Island, nur ein paar Kilometer in der anderen Richtung, rinnen radioaktive Neutronen in die Umgebung. Die Wetteraussichten für morgen sind gut, da ein ausgedehntes Hoch über den Rocky Mountains das Wetter bis hin nach Maine bestimmt. Zeit fürs Bett.

Harry weiß nur zu gut, das hat er im Laufe der Jahre erfahren, daß Janice, wenn sie am Tag mit ihrer Mutter Krach gehabt und zuviel getrunken hat, abends mit ihm schlafen will. Im ersten Jahrzehnt ihrer Ehe war im Bett nicht viel los mit ihr, es gab eine Menge Dinge, die sie nicht machen wollte, von denen sie nicht einmal wußte, daß man sie machte, und gerade auf die schien Harry am schärfsten zu sein, aber seit die Affäre mit Charlie Stavros sie etwa um die Zeit des ersten bemannten Mondflugs zugänglicher gemacht hat und der Zeitgeist Schrankenlosigkeit verordnet, und seit der Tod sich schon weit genug in ihren Körper hineingefressen hat, so daß ihr klar ist, er ist gar kein so kostbares Gefäß, und es gibt auch keinen solchen Supermann, für den es lohnt, ihn aufzusparen – seitdem kann Harry sich nicht mehr beschweren. Wenn es Beschwerden in dieser Hinsicht gibt, dann eher von ihr über ihn.. Irgendwann kurz nach Carters Amtsantritt kam sein Interesse, das ziemlich zuverlässig gewesen war, ins Wanken, und jetzt ist eine echte Vertrauenskrise da. Er schiebt es aufs Geld, darauf, daß er endlich genug hat, was ihn rundherum zufrieden macht; auch das Geld selbst, das friedlich auf der Bank ruht, wird von Tag zu Tag weniger, und das geht ihm jetzt durch den Sinn, was man dagegen tun soll, und was es sonst noch so gibt: die Phils, die Toten und das Golfspiel. Er ist mit wahrer Leidenschaft in das Spiel eingestiegen, seit sie im Flying Eagle Mitglieder geworden sind, allerdings ohne sich wesentlich zu verbessern oder jedenfalls ohne sich über die absolute Reinheit und Kraft im Spiel seiner Muskeln mehr zu freuen als über die paar Glückstreffer in den ersten lässigen Partien seinerzeit. Golf ist wie das Leben selbst, insoweit als das Gelingen sich nicht erzwingen läßt und das ihm zugrunde liegende Prinzip nicht verträgt, daß man es zerredet. *Arme wie Stricke,* sagt er sich manchmal selber, durchaus mit Erfolg, und dann, wenn das mißlingt, *Gewicht verlagern,* oder *Nicht so mit den Armen rudern,* oder *Paß auf den Winkel auf,* womit er den Winkel zwischen Schläger und Arm bei abgewinkelten Handgelenken meint. Manchmal denkt er, es ist alles in den Händen, und dann in den Schultern, und sogar in den Knien. Von den Knien aus beherrscht er es nicht. Basketball war irgendwie mehr Instinktsache. Wenn man über die Art, wie man sich auf der Straße bewegt, soviel nachdenken würde, wie man über Golf nachdachte, würde man garantiert auf die Nase fallen. Und dennoch, ein guter gerader Treibschlag oder ein weicher kurzer Annäherungsschlag steil zur Flagge hin erfüllt ihn mit derselben Wollust, die ihn früher überkam, wenn er an Frauen dachte und sich vorstellte, mit ihnen auf einer einsamen Insel zu sein.

Nackt rammt Janice auf dem Weg vom Badezimmer ins Schlafzimmer den Türrahmen. Nackt torkelt sie aufs Bett, wo er versucht, die Juliausgabe von *Consumer Reports* zu lesen, und stößt ihm die Zunge in den Mund. Er schmeckt Gallo, Salami und Zahnpasta, während er im Geist noch versucht, die Tugenden und Mängel der großen Auswahl an Dosenöffnern auseinanderzuhalten, die auf fünf eng bedruckten Seiten getestet werden. Die Sunbeamfabrikate erwiesen sich als außerordentlich brauchbar für das Öffnen rechteckiger und verbeulter Dosen, durchstießen aber Kaffeedosen mit solcher Wucht, daß das Kaffeemehl in alle Richtungen stob. Bei anderen kam es zu einer gefährlichen Bildung von Metallspänen, oder die Magnete schnappten so heftig zu, daß der Doseninhalt herauskleckerte, oder die Schneiden reichten nicht tief genug in die Kerben, und eine kleine Plastikvorrichtung nutzte sich so schnell ab, daß das Modell (Ekco C865K) als unbrauchbar bewertet wurde. Wie ein augenloser gefräßiger Aal drängt sich Janices Zunge mitten in diese technischen Feinheiten und ärgert ihn. Seit sie sich mit Ende dreißig die Eileiter unterbrechen ließ, um weitere schädliche Nebenwirkungen der Pille zu vermeiden, hat ein fatales Gefühl des Verlustes (nie mehr Kinder, nie mehr) ihrer Sexualität eine irgendwie unechte Betriebsamkeit verliehen, ein falsches Feuer. Als ihr Gesicht sich von dem Kuß, dem er sich zu entwinden versuchte, zurückzieht, sieht er keinerlei Anzeichen dafür in ihren Augen, daß sie ihn wahrnimmt, nur einen glasigen Alkoholschleier und nackte lieblose Lust. Im Schein des

Lichts, bei dem er zu lesen versucht hatte, sieht er die abstoßende schlaffe Haut am Halsansatz, rötlich und verzerrt wie eine abgeheilte Brandwunde. Er würde es nicht so deutlich sehen, wenn er nicht die Lesebrille aufhätte. «Mein Gott», sagt er, «warte doch wenigstens, bis ich das Licht ausgemacht habe.»

«Ich habe es lieber an.» Sie kann ihren Wunsch nur noch nuscheln. «Ich möchte gern all die grauen Haare auf deiner Brust sehen.»

Das interessiert ihn. «Sind es viele?» Er versucht, am Kinn vorbei nach unten zu schielen. «Die sind doch nicht grau, nur blond, oder?»

Janice zieht ihm das Bettlaken bis zur Taille herunter und kauert sich über ihn, um ihn Haar für Haar zu untersuchen. Ihre Brüste hängen herunter, so daß ihre Brustwarzen, im Farbton wie Hamburger, wenige Zentimenter über seinem Bauch baumeln. «Doch hast du welche, hier, und hier.» Sie reißt jedes graue Haar einzeln aus.

«Au! Verdammt, Janice. Laß das.» Er stößt seinen Bauch vor, so daß ihre Brustwarzen verschwinden und ihre Brüste gegen ihre zerbrechlichen Rippen gepreßt werden. In seinem Zorn über die Belästigung greift er ihr mit der einen Hand ins Haar, während er in der anderen noch die Zeitschrift hält, in der er sich über die Griffigkeit von Magneten hatte informieren wollen, und drückt seine Wirbelsäule so durch, daß sie von seinem Körper herunter auf ihre Seite des Bettes geworfen wird. In ihrem schwummrigen Zustand mißversteht Janice das als Liebesspiel, zerrt ihm das Laken noch weiter herunter und greift mit fahriger, tattriger Hand nach seinem Schwanz. Ihre Berührung ist kalt, weil sie sich gerade im Badezimmer die Hände gewaschen hat. Die nächste Seite von *Consumer Reports* ist auf blauen Grund gedruckt und wirft die Frage auf: *Kühlung im Sommer 1979: Klimaanlagen oder Ventilatoren?* Er versucht die Liste der Vor- und Nachteile der verschiedenen Systeme zu überfliegen (*Sperrig und schwierig zu montieren* einerseits, und *Leicht und transportabel* andererseits, *Teuer in der Haltung* einerseits und *Billig in der Haltung* andererseits, der Ventilator scheint alle Punkte einzuheimsen), kann sich aber dem Aufruhr unterhalb seiner Gürtellinie nicht ganz entziehen, wo Janices begierige Finger wieder und wieder dieselbe Frage zu stellen scheinen, ohne die gewünschte Antwort zu bekommen. Wütend knallt er die Zeitschrift an die Wand, hinter der Ma Springer schläft. Etwas behutsamer nimmt er die Lesebrille ab, legt sie in die Nachttischschublade und knipst das Licht aus.

Nun muß sich das aufdringliche Fleisch seiner Frau mit dem plötzlichen Schlafbedürfnis auseinandersetzen, das die Dunkelheit bringt. Es war ein langer Tag. Um halb sieben war er aufgewacht, um sieben aufgestanden. Seine Augenlider sind zu dünnhäutig geworden, um das erste Tageslicht zu ertragen. Selbst jetzt, kurz vor Mitternacht, fühlt er schon, wie sich ihm das frühe Dämmerlicht des kommenden Tages entgegendreht. Er denkt wieder an die blauäugige Erscheinung, die ein Gemisch aus seinen und Ruths Genen zu sein schien; und das erinnert ihn nach so langer Zeit wieder daran, daß es Ruth war, die er zum erstenmal von unten vögelte und die in seine Überraschung über ihre Schönheit «He, du» sagte, ihr Körper aufrecht im Licht der Straßenlaterne von der Summer Street ein einziger langer Unterleib, sein Schwanz aufrecht in dieser Süße über ihm, «He, du», es kommt ihm wie ein trostloser Abstieg vor, daß ein so großartiges Schauspiel zu diesem blindwütigen Wühlen von zwei alten Körpern verkommen ist, der eine schlaftrunken, der andere betrunken. Janices Gewerkel an seinem Penis ist ruppig geworden, weil er nicht stehen will; ihre Aufmerksamkeit konzentriert sich auf ihn wie von einem Vergrößerungsglas gebündelte Sonnenstrahlen auf einen Fetzen Seide, Kinder töteten früher Ameisen auf diese Weise, Harry sah zu, beteiligte sich aber nie. Wir sind grausam genug, ohne es zu wollen. Er verübelt Janice, daß sie ihm in ihrem Eifer, das Gefühl ihrer Verlorenheit nach dem Krach mit ihrer Mutter und vielleicht auch aus Angst vor der Rückkehr ihres Sohnes zu lindern, keinen Raum und keine Zeit läßt, in der das Blut sich sammeln kann, wie damals hinter seinem Hosenladen in der Algebrastunde in der neunten Klasse, als er neben Lotty Bingaman saß, die ihm, wenn sie den Arm hob zum Zeichen, daß sie die Antwort wußte, Büschel von Achselhaar zeigte und dabei den dünnen Baumwollstoff der Bluse enger an das elastische Stützwerk ihres Büstenhalters preßte, so daß er blaßrosa hindurchschimmerte. Und dann die Angst, daß es zur Pause klingeln könnte und er mit seinem Ständer aufstehen müßte.

Er beschließt, an Janices Brüsten zu saugen, um sich selbst eine Chance zu geben, sich zusammenzureißen, es wird langsam peinlich. Schluß da vorn, man braucht zwischendurch eine Pause da vorn, um Schubkraft zu entwickeln. Sein Speichel glitzert in dem dunklen Umriß über ihm; das Kopfende ihres Bettes steht zwischen zwei Fenstern, die vor dem Licht der Sonne und des Mondes gleichermaßen abgeschirmt werden von einer mächtigen Blutbuche, deren Blätter aber doch ein wenig Straßenlicht durchlassen.

«Das fühlt sich hübsch an.» Er wünscht, sie würde das nicht sagen. Hübsch ist nicht genug. Ohne jede Spur von Angriffslust oder Zügellosigkeit wird es zu einer Aufgabe, zu einer Pflichtübung. Zu denken, daß Lotty die ganze Zeit dasaß und ganz verrückt darauf war, gebumst zu werden. Es war nicht nur er. Auch sie hatte eine geile Begierde zwischen den Beinen, genau wie es immer an den Klowänden steht, diese Zeichnungen und Worte, von denselben Kindern hingeschmiert, die die Ameisen mit der Lupe zu Tode brennen, das kleine schmatzende Geräusch, mit dem sie starben, man konnte es hören, ob Mädchen auch so ein Schmatzgeräusch machten, wenn sie sich öffneten? Der Gedanke daran, daß sie genau *wußte*, wenn sie den Arm hob, legte ihre Bluse sich in Falten, die alle auf ihre Brustwarze zuliefen, und ließ ein Stückchen von dem blaßrosa BH in dem baumwollenen Ärmelausschnitt mit den gekräuselten jungfräulichen Härchen aufblitzen, und daß er nur darauf gewartet hatte, es zu sehen, bewirkt doch noch einen Blutandrang. Im fahrigen sorgenvollen Dunkel, durch ein paar Gipsschichten von Ma Springer getrennt, die ihren Groll ausschläft, präsentiert Harry Janices Hand noch einmal wie von ungefähr seinen steifgewordenen Schwanz. Heiße Sache.

Aber eigene Gedankengänge haben ihren Eifer gebremst, und ihre Berührung teilt das mit, sie ist zu grob, deshalb zischt er ihr in einer verzweifelten Anwandlung von Selbsterhaltungstrieb «Nimm ihn in den Mund» ins Ohr. Was sie auch tut, indem sie sich umdreht, ihr Kopf wie ein Stein auf seinem Bauch. Quer über das Bett geflätzt streckt er einen Arm aus, als wollte er gleich abfliegen, und streichelt ihren Hintern, diese unteren Hügel, weniger kugelförmig als einst und das Fell dazwischen leichter auffindbar für seine Finger. Cunnilingus hat sie gelernt, als sie mit Stavros fremdging, aber sie geht nicht richtig ran, nuckelt nur an den vorderen drei oder fünf Zentimetern. Um scharf zu bleiben, versucht er, an Ruth zu denken, an dieses hingerissene «He, du» und daran, wie sie es einmal geschluckt hatte, aber der Versuch bringt mit diesen Einzelheiten die alten Schuldgefühle über die Monate mit ihr zurück, und, Betrug im Betrug, seine hasenherzige Flucht und den abgrundtiefen Ekel am Ende.

Janice läßt ihn aus ihrem Mund gleiten und fragt: «Woran denkst du?»

«An die Arbeit», lügt er. «Ich ärgere mich über Charlie. Er schont sich so, daß man sich kaum getraut, irgendwas von ihm zu verlangen. Ich betreue praktisch sämtliche Kunden jetzt.»

«Warum auch nicht? Du genehmigst dir ja auch doppelt soviel Gehalt wie er, und er ist seit Ewigkeiten dabei.»

«Ja, aber ich habe die Tochter vom Chef geheiratet. Das hätte er auch haben können, aber er wollte ja nicht.»

«Uns ging es nicht ums Heiraten», sagt Janice.

«Um was dann?»

Zerstreut streicht er ihr über die langen Haare, die ihm weich vom vielen Schwimmen über den Bauch fließen. «Da kam heute ein junges Pärchen ins Geschäft», fängt er an zu erzählen, besinnt sich aber eines Besseren. Jetzt, da ihr sexueller Drang vorüber ist, wird sein Schwanz steif, die störende Abwehrspannung ist endlich abgeflaut. Aber sie, sie ist jetzt so entspannt, daß sie mit seinem Schwanz vor der Nase eingeschlafen ist. «Willst du mich in dir haben?» fragt er sanft, bekommt aber keine Antwort. Er schiebt sie von seiner Brust und wälzt ihren schlaffen Körper herum, so daß sie hintereinanderliegen und er sie von hinten bumsen kann. Sie wird gerade so wach, daß sie «Uh» schreit, als er in sie eindringt. Er rutscht glatt hinein, zieht das Laken hoch, über sie beide, und fängt langsam an zu stoßen. Noch nicht heiß genug für eine Entscheidung Ventilator-contra-Klimaanlage, beide sind irgendwo unter dem Dach verstaut, hoch oben unter dem staubigen Gebälk, überanstrengt den

Rücken, sie hervorzuholen, er hat die frostige Kühle der Klimaanlage nie gemocht, nicht einmal, als sie nur im Kino zu haben war und als besondere Attraktion galt, man wurde förmlich hineingesogen vom heißen Gehweg, das Wort GEKÜHLT in blaugrünen Lettern mit Eiszapfen daran auf dem Vordach, es war ihm immer gesünder erschienen, in der Luft zu leben, die Gott uns gegeben hat, mochte sie auch noch so lausig sein, der Körper paßt sich schon an, die Natur paßt sich allem an. Doch manche dieser Nächte sind klebrig-schwül, und dann die Autos, die mit schmatzenden nassen Reifen unten vorbeifahren, vollgestopft mit jungen Leuten, die mit heruntergekurbelten Fenstern und offenem Verdeck ihre Radios plärren lassen, wenn man gerade eingeschlafen ist, und die Haut kribbelt, wo immer sie mit Stoff in Berührung kommt, und eine einzelne am Leben gebliebene Mücke im Zimmer. Sein Schwanz knüppelhart in einer schlafenden Frau. Er streichelt ihren Arsch, die Falte, wo er sich an seinen Bauch schmiegt, er sollte wieder anfangen zu laufen, die Falte zwischen den Hälften und diese Stelle in der Falte, Gegenstück zu einer Brustwarze, ihm ist allmählich aufgegangen in den letzten Jahren, daß sie nichts dagegen hat, da berührt zu werden, es sogar gern zu haben scheint, wenn sie unter ihm liegt und er seine Hand unter ihrem Hintern hat. Er berührt sich jetzt auch ab und zu, um zu prüfen, ob er steif bleibt, und wie, dick wie ein Baumstamm, wo er aus dem Gras kommt, die wulstigen Wurzeln, ihre dunklen Zwillingsmonde verschlingend und loslassend mit einem kleinen schmatzenden Geräusch. Der lange seidige Flankenbogen von den Rippen zum Hüftknochen wogt sacht unter seinen Fingerspitzen, träge wie der Gleitflug einer Seeschwalbe. Die Liebe hat sie eingelullt, der Alkohol sie betäubt. So eine verdammte Pflaume. «Jan?» flüstert er. «Bist du wach?» Er ist gar nicht so unglücklich über diesen Schiffbruch, ein anderes bewußtes Wesen im Bett ist eine Verantwortung, ein Hindernis im Fluß seiner Gedanken. Weiter hinten in dieser Ausgabe kommt ein Artikel *Wie komme ich an einen Autokredit,* den sollte er sich aus beruflichen Gründen ansehen, obwohl es nicht zu den Dingen gehört, die ihn interessieren, es geht ihm nicht aus dem Kopf, wie sie wohl festgestellt haben, daß das Kaffeemehl beim Aufpieksen aus der Dose spritzt. Janice schnarcht: ein langanhaltender schnarrender Atemzug, unter Wasser eingesogen, irgendwo in der Tiefe, wo ihre Nase zur Harfe wird. Groß wie die Nacht, umfängt ihn unbewußt ihr Hintern, überall in diesem Raum, in dem Tupfer von Straßenlicht, von der Buche gefiltert, über die Decke irrlichtern. Er beschließt, sie zu ficken, sein steifer Schwanz macht ihn rasend. Außerdem war sie ja so darauf erpicht gewesen, daß er einen hochkriegen sollte. Der Japankäfer, den er weggeschnippt hat, kommt ihm wieder in den Sinn, als Inbegriff der Zerbrechlichkeit. Halt still, Traumfee. Er legt drei Finger auf ihre Hüfte, den kleinen abgespreizt wie bei einem Abzählspiel. Er bewegt sich verstohlen, um sie nicht zu wecken, aber stur verfolgt er sein Ziel, rasch und radikal. Der Höhepunkt läßt ihm die Kopfhaut gefrieren und sein Herz stillstehen, klammheimlich; mit einer derartigen Wucht ist er seit Monaten nicht mehr gekommen. Wer sagt hier, ihm gehe der Saft aus?

«Der Schlag war okay», sagt Rabbit am nächsten Nachmittag, «aber, verdammt noch mal, ich habe es nicht geschafft, einzulochen.» Er sitzt in einer grünen Badehose draußen an einem weißen Tisch im Flying Eagle Tee and Racquet Club mit seinen Spielpartnern und ihren Frauen, beziehungsweise im Fall von Buddy Inglefinger mit seiner Freundin. Buddy hatte auch einst eine Frau, aber die hat ihn wegen eines Störungssuchers beim Telefondienst unten in der Nähe von West Chester verlassen. Nicht schwer, sich vorzustellen, wie es dazu kam, denn Buddys Freundinnen sind wirklich ein trauriger Haufen.

«Wann hast du das denn *je* geschafft?» fragt Ronnie Harrison ihn so laut, daß sich Köpfe im Swimmingpool nach ihm umdrehen. Rabbit kennt Ronnie seit dreißig Jahren und hat ihn nie gemocht, einer dieser Duschraumexhibitionisten, der sich immer so einseifte, daß alle ihn sehen mußten, und der den jungen Burschen von der Jugendmannschaft auf die Pelle rückte und draußen auf dem Basketballfeld – ganz Schweiß und Ellbogen – drauflosbolzte und versuchte, fehlendes Können durch Muskelkraft wettzumachen. Doch als Harry und Janice in den Flying Eagle eintraten, war Ronnie schon drin, mit einem guten Job bei der Schuykill Mutual-Versicherung und einer netten adretten Frau, die seit Jahren Drittkläßler unterrichtete und toll im Bett sein mußte, weil Ronnie von nichts anderem redete, er war wie besessen von dem Thema im Umkleideraum. Sein struppiges messingfarbenes Haar, das gleich nach der High School anfing auszufallen, hat sich oben ziemlich gründlich gelichtet inzwischen, und die Jahre und das gutbürgerliche Leben haben ihn einiges von seiner rosigen Gesichtsfarbe gekostet; die Haut zwischen Schläfen und Augenwinkeln ist papierdünn und bläulich, und Rabbit kann sich nicht erinnern, daß seine Augenwimpern weiß waren. Er spielt gern Golf mit Ronnie, weil es ihm einen Heidenspaß macht, ihn zu schlagen, was nicht allzu schwierig ist: er hat diese forschen Treibschläge an sich, zu denen kleine untersetzte Typen neigen, und wenn er sich aufregt, bringt er es fertig, den Ball mit wuchtigem Rundumschlag mitten in den Wald zu löffeln.

«Soviel ich gehört habe, hat Harry im Basketball eine sehr glückliche Hand gehabt», sagt Ronnies Frau Thelma sanft. Sie hat ein schmales nichtssagendes Gesicht und trägt noch immer diese kuriosen altmodischen einteiligen Badeanzüge mit Faltenröckchen unten dran. Oft hat sie ein Handtuch über die Schultern oder um die Fußgelenke gelegt, als müsse sie ihre Haut vor der Sonne schützen; abgesehen von ihrer sonnenverbrannten Nase ist ihr ganzer Körper bläßlich-fahl. Ihr welliges mausbraunes Haar ergraut Strähne für Strähne. Rabbit kann sie nie ansehen, ohne Spekulationen darüber anzustellen, wie sie es anstellt, Harrison bei Laune zu halten. Er ahnt Intelligenz bei ihr, aber Intelligenz hat ihn an Frauen nie sehr interessiert.

«Ich habe 1951 in der B-Liga den Punktrekord aufgestellt», sagt er zu seiner Verteidigung, und zu seiner weiteren Verteidigung fügt er hinzu: «ziemlich hohe Punktzahl.»

«Der ist längst gebrochen», fühlt Ronnie sich bemüßigt zu berichtigen. «Von Schwarzen.»

«Wie Rekorde das so an sich haben», wirft Webb Murkett taktvoll ein. «Ich weiß auch nicht, es ist, als wären die Strecken, die diese jungen Leutchen heute laufen, geschrumpft. Bei den Schwimmern kommen sie mit den Rekordlisten schon gar nicht mehr nach.» Webb ist der Älteste in ihrem Golf-Vierer, knapp über fünfzig – ein hagerer, nachdenklicher Mann, der im Dach-

und Fassadenbau – Montage und Baustoffhandel – tätig ist, mit einer beruhigenden Stimme, das lange Gesicht von Falten in Längsstreifen unterteilt, die haselnußbraunen Augen fast begraben unter dem bernsteinfarbenen Gestrüpp seiner Augenbrauen. Er ist auch der beständigste Golfspieler. Das einzige Unbeständige an ihm ist, daß er bei der dritten Ehefrau angelangt ist; die jetzige ist Cindy, eine mollige braungebrannte Süße, die noch nach High School riecht, obwohl sie zwei Sprößlinge haben, einen Jungen und ein Mädchen von fünf und drei. Ihr Haar ist kurz geschnitten und liegt naß am Kopf an, alles in einer Richtung, als tauche sie gerade nach einem Kopfsprung aus dem Wasser auf, und wenn sie lächelt, wirken ihre Zähne unnatürlich ebenmäßig und weiß in dem gebräunten Gesicht mit den rosa Flecken von abpellender Haut auf den rundesten Stellen ihrer Wangen; sie hat etwas aufregend geschlechtlich Neutrales an sich, obwohl ihr Busen in den dreieckigen kleinen Büstenhalter-Hängematten schwabbelt und zittert. Ihr Badeanzug ist einer dieser winzigen schwarzen Fetzen, nur mit ein, zwei Bändern zwischen Nacken und der Stelle, wo ihr Hintern sich zu teilen beginnt und die Spalte, je nachdem, ob ihre schwarze Windel verrutscht, sichtbar wird. Harry bewundert Webb. Webb scheint sich in seiner Haut immer wohl zu fühlen und läßt den Rubel rollen.

«Das liegt an der besseren Ernährung heute, meint ihr nicht auch?» piepst Buddy Inglefingers Freundin mit quäkender Kleinmädchenstimme, die nicht recht zu ihrem eingedrückten Gesicht paßt. Sie ist eine Art Krankengymnastin, obwohl ihre eigene Figur nicht gerade vorbildlich ist. Die Mädchen, die Buddy anschleppt, sind für Harry ein guter Anschauungsunterricht für die Grenzen des Junggesellendaseins – zähe kleine Sekretärinnen und Restaurant-Hostessen, ehemalige Hippiemädchen, die wie Hexen aussehen mit ergrauten Pferdeschwänzen und den flachen, mit Navajoschmuck behängten Busen, übergewichtige Personalsachbearbeiterinnen aus einem dieser trostlosen Backsteinbürogebäude einen Straßenzug hinter der Weiser Street, wo sie den Tag damit zubringen, den Papierkorb mit Computerlochstreifen zu füttern. Frauen auf dem Abstellgleis, mit kreideweißen Beinen und etwas schiefen Gesichtern, als seien sie mit einem Faustschlag in die Dreißiger befördert worden. Irgendwie erinnern sie Harry an Piraten, aufgetakelt und invalide, allerdings ohne Augenklappe. Wie in drei Teufels Namen hieß diese hier noch mal? Sie war der Runde erst vor knapp einer Stunde vorgestellt worden, aber da waren alle noch vom Golfspiel ganz betrunken gewesen.

Buddy hat sie mitgebracht, deshalb kann er ihren billigen Beitrag nicht einfach in der Luft hängen lassen, bis das Schweigen peinlich wird. Er springt ihr bei: «Ich vermute, es liegt hauptsächlich am Training. Schon die Trainer der Schulmannschaften haben heute all die Techniken in petto, an die früher nur Spitzensportler rankamen, rein pragmatisch, wißt ihr? Heute ist ein Spitzenathlet nichts Einmaliges mehr, sondern es stehen schon Dutzende in den Startlöchern hinter ihm. Oder hinter ihr.» Er wirft den Frauen in der Runde pflichtschuldigst einen Blick zu. Der Feminismus bringt ihn nicht in Verlegenheit, er ist durch häufigen Schlagabtausch in vielen Junggesellenlokalen gefeit. «Und in Ländern wie Ostdeutschland oder China pumpen sie die Athleten voll mit Hormonen wie die Rindviecher, sie sind kaum noch Menschen.» Buddy trägt eine Brille mit Stahlgestell, die früher nur Arbeiter an der Drehbank trugen, um ihre Augen vor Metallspänen zu schützen. Buddy hat mit Elektronik zu tun, und so ist auch sein Denken zu präzise. Er fährt fort, um es restlos klarzumachen: «Beim Golf ist es doch genauso. Palmer und jetzt sogar Nicklaus sind völlig weg vom Fenster, seit diese Grünschnäbel, von denen noch nie ein Mensch was gehört hat, da unten in den Colleges im Süden scharenweise hochgepäppelt werden – man kann ja kaum ihre Namen behalten von einem Wettbewerb zum anderen.»

Harry versucht immer, den Überblick zu behalten. «Rekorde werden gebrochen, weil es sie gibt», sagt er. «Aaron hätte gar nicht spielen sollen, sie haben ihn bloß aufgestellt, damit er den Rekord von Ruth brechen konnte. Ich weiß noch gut, daß eine Meile in fünf Minuten in der High School als Wunder galt. Heute schaffen das schon die Mädchen.»

«Es ist verblüffend», kommentiert Buddys Freundin, das ist ihre Domäne, «was der menschliche Körper leisten kann. Jede von uns Frauen hier könnte nach draußen gehen und ein Auto vorn an der Stoßstange hochheben, wenn wir einen Grund dafür hätten. Wenn, zum Beispiel, eines unserer Kinder unter den Rädern läge. Man liest dauernd Meldungen über solche Vorfälle, und in der Klinik, in der ich gelernt habe, konnten die Ärzte so was schwarz auf weiß mit Statistiken belegen. Wir nutzen nicht mal die Hälfte der Muskelkraft, die wir haben.»

Webb Murkett witzelt: «Hast du das gehört, Cin? Wenn du kein Benzin kriegst, weil die Tankstellen alle dicht sind, kannst du den Audi einfach nach Hause schieben. Aber mal im Ernst. Ich habe immer die Männer bewundert, die ein Dutzend Sprachen beherrschen. Wenn das Gehirn ein Computer ist, muß man sich mal all die vielen grauen Zellen vorstellen, die dazu gebraucht werden. Und trotzdem scheint es noch eine Menge Platz zu geben da drin.»

Seine junge Frau hebt schweigend die Hände, um ein bißchen Wasser aus ihrem Haar zu wringen, wozu es fast zu kurz ist. Durch diese Bewegung heben sich sacht ihre Brüste in den feuchten kleinen schwarzen Tragekörbchen, unter denen sich die Form der aufgerichteten Brustwarzen abzeichnet. Ein weißes Tuch liegt über ihrem Schoß, als sollte es Harry davon abhalten, an ihr Dreieck denken zu müssen. Was ihn an Buddys Freundin abstößt, wird ihm dabei bewußt, ist nicht nur, daß sie Pickel an Kinn und Stirn hat, sondern auch an den Oberschenkeln, ganz oben an der Innenseite, wie eine Geschlechtskrankheit. Georgene? Geraldine? Sie redet weiter in dieser quäkenden, übereifrigen Stimme: «Oder wie die Yogis vom Boden abheben oder sich Tausende von Jahren zurückversetzen können. Edgar Cayce hat viele Beispiele dafür. Es ist nichts Übernatürliches, ich kann nicht an Gott glauben, dafür gibt es zuviel Leid auf der Welt, es ist nur die Nutzung der menschlichen Kraft, die wir alle haben und nie entwickeln. Sie sollten alle das tibetanische Buch der Toten lesen.»

«Ach, wirklich?» fragt Thelma Harrison trocken.

Jetzt macht sich doch Schweigen in der Gruppe breit. Ein grünlich schillerndes Zittern vom Schwimmbecken irrlichtert über ihre Gesichter, und man kann hören, wie ein kleiner Junge beim Schwimmen nach Luft schnappt. Dann sagt Webb freundlich: «Um wieder in heimische Gefilde zurückzukommen, wir haben da in letzter Zeit geradezu einen Spuk erlebt. Ich habe eine von diesen Polaroid-SX-70-Land-Cameras gekauft, als eine Art neuen Gag und als Gaudi für die Kinder, und wir kommen alle aus dem Staunen nicht heraus, es ist fast gespenstisch zuzusehen, wie das Bild sich vor den eigenen Augen entwickelt.»

«Eins von den Dingern», sagt Cindy, «die einem die Bilder so ins Gesicht spucken.» Sie schielt und stößt ihre Zunge mit einem *Trrupp* heraus. Alle Männer schütten sich aus vor Lachen.

«In *Consumer Reports* stand was drin über die Dinger», sagt Harry.

«Es ist Zauberei», sagt Cindy. «Webb ist ganz wild darauf.» Wenn sie grinst, sehen ihre Zähne stummelförmig aus, so tief sitzt das Zahnfleisch, wie bei Babies.

«Wieso ist mein Glas leer?» fragt Janice.

«Die Verlierer zahlen», Harry trompetet es regelrecht heraus. Eine solche Lautstärke wäre vor Jahren nur für Männercliquen typisch gewesen, aber inzwischen haben beide Geschlechter genug Bierwerbespots im Fernsehen gesehen, um zu wissen, daß dies die Art ist, wie man sich an Wochenenden, in Bars, auf Grillparties, an Stränden, auf Sonnendecks und bei Bergwanderungen benimmt: laut und lustig. «Die Gewinner haben die erste Runde geschmissen», ruft er überflüssigerweise, als befände er sich unter Fremden oder gedächtnislosen Menschen, während mehrere Arme nach der Bedienung wedeln.

Harrys Mannschaft hat den *Nassau* verloren, aber seiner Meinung nach war sein Partner daran schuld. Buddy ist so ein Tolpatsch, selbst wenn ihm mal zwei gute Treibschläge gelingen, verhaut er den Annäherungsschlag und braucht drei Anläufe zum Einlochen. Wohingegen Harry, wie gesagt, den Ball gut traf, wenn der Schlag auch nicht immer ganz geradeaus ging: Arme wie Stricke, langsam ausholen und *den Ball ansehen,* bis er anzuschwellen scheint. Zum Schluß hat er einen *Birdie* geschafft auf dem langen Fünf-Schläge-Parcours, der sich am Bach mit der Wasserkresse und dem sandigen orangefarbenen Boden entlang bis fast zur Clubliegewiese hinzieht, und dieser Triumph (das hölzerne Plopp, das der Metalleinsatz im Loch macht, wenn ein langer Putt eingelocht wird) gleicht viele Doppel-Bogeys aus und überdeckt den Ausblick auf das funkelnde gechlorte Wasser, auf die sonnenverbrannten Gesichter und Leiber seiner Mitspieler und auf die wellige schattengesprenkelte Flanke des Mt. Pemaquid, wo oberhalb der kahlrasierten breiten Spielbahnen der Wald beginnt, mit der glasklaren Gewißheit seiner Omnipotenz und Unsterblichkeit. Er fühlt sich im sinkenden Sonnenlicht des Tages diesem Berg verwandt wie ein Bruder. Der Mt. Pemaquid wurde erst vor kurzem domestiziert; während der zwei Jahrhunderte, in denen der Mt. Judge über dem sich zur Hauptstadt mausernden Brewer thronte, blieb der Nachbarberg wenn auch nicht gerade eine Wildnis, so doch eine nicht ganz geheure, ungemütliche Gegend, in der Kurhotels Pleite machten und niederbrannten, und in die sich nur Landstreicher und Liebespärchen und ausgebrochene Sträflinge hineinwagten. Die Bauherren des Flying Eagle (dessen Namen sie bei einem Vogel entlehnten, vermutlich bei einem Sperber, den der erste Landvermesser sichtete und als Omen ansah) kauften gut hundert Hektar Land am unteren Hang für billiges Geld ein; als die Planierraupen die jungen Eschen, Pappeln, Hickorybäume und Rainweiden niederwalzten in schlammige Mulden, aus denen gepflegte Golfspielbahnen und terrassenförmig angelegte Tennisplätze werden sollten, unkten die Leute, der Club hätte keine Chance, im Landkreis gab es bereits den Brewer Country Club im Süden der Stadt für Ärzte und Juden und, fünfzehn Kilometer weiter im Norden, hinter Natursteinmauern und einer hohen schmiedeeisernen Umzäunung den Tulpehocken Club für die alteingesessenen Fabrikbesitzer und ihre Anwälte, und draußen über das flache Land verstreut etliche Plätze mit neun Löchern für das gemeine Volk. Aber es gab eine Schicht jüngerer Leute mittleren Alters, Aufsteiger aus Einzelhandel, Dienstleistungsbetrieben und aus dem Softwarebereich der neuen Technologie, die keine livrierten Barkeeper und abgeschirmten Spielzimmer erwarteten, die sich nicht an dem Clubhaus aus Fertigbauteilen und den selbst zu fegenden Tennisplätzen des Flying Eagle störten, denen der Polyesterauslegeteppich in den Umkleidekabinen wie ein Luxus und ein Getränkeautomat in einem Zementkorridor einladend erschienen. Sie waren glücklich, den ganzen Sommer lang unter winterlichen Bedingungen auf dem dürftigen Rasen der neuen

Spielbahnen zu spielen und für all ihre Privilegien jährlich die fünfhundert zu zahlen, mittlerweile auf sechshundertfünfzig angestiegen, und überdies ein kleines Vermögen in Verzehrbons zu stecken. Fred Springer hatte jahrelang nach Aufnahme in den Brewer Country Club gelechzt – der Tulpehocken Club war für ihn ebenso unerreichbar wie das Kardinalskollegium, das war ihm klar –, aber ohne Erfolg; jetzt trägt seine Tochter den weißen Clubdress und zeichnet Bons, genau wie die Erbinnen von Sunflower Beer und Frankhauser Steel. Genau wie eine Du Pont. Im Flying Eagle fühlt Harry sich erholt, geläutert, geschätzt; als der größte Mann am Tisch hebt er die Hand, und ein Mädchen in der weißgrünen Uniform des Flying Eagle kommt und nimmt seine Bestellung für eine neue Runde Drinks entgegen, an diesem Sonntag, an dem weit und breit der Spritnotstand herrscht. Sie fragt nicht nach seinem Namen, die Leute hier kennen ihn. Ihr eigener Name, Sandra, ist auf die Tasche ihrer Bluse gestickt; sie hat eine milchige Haut, wie seine Tochter, aber sie ist kleiner, und die griesgrämige Frau, die sie einmal sein wird, steht ihr schon im Gesicht.

«Glauben Sie an Astrologie?» fragt Buddys Freundin unvermittelt Cindy Murkett. Vielleicht ist sie Lesbierin, und deshalb kann Harry sich ihren Namen nicht merken. Es war ein Name mit weichen Konturen, nicht Gertrude.

«Ich weiß nicht», sagt Cindy, ihre vor Überraschung geweiteten Augen heben sich sehr weiß von ihrer tiefbraunen Gesichtshaut ab. «Ich lese manchmal die Horoskope in der Zeitung. Manches, was sie sagen, klingt so wahr, aber steckt nicht doch nur Schwindel dahinter?»

«Das ist kein Schwindel, es ist eine uralte Wissenschaft. Die älteste Wissenschaft überhaupt.»

Dieser Angriff auf Cindys besinnliches Schweigen regt Harry auf, deshalb wendet er sich an Webb und fragt, ob er am Vorabend die Phillies gesehen hat.

«Die Phillies kannst du begraben», mischt Ronnie Harrison sich ein.

Buddy kommt mit der Statistik: sie haben dreiundzwanzig ihrer letzten vierunddreißig Spiele verloren.

«Ich bin katholisch erzogen worden», sagt Cindy gerade mit

so leiser Stimme zu Buddys Freundin, daß Harry die Ohren spitzen muß. «Und die Priester sagten, solche Dinge seien Teufelswerk.» Während sie dies sagt, fingert sie an dem kleinen Kruzifix herum, das sie an einem Kettchen um den Hals trägt, einem so hauchdünnen Kettchen, daß es keinerlei Spuren in der Sonnenbräune hinterlassen hat.

«Der Ausfall von Bowa hat ihnen schwer geschadet», sagt Webb verständnisvoll und steckt eine neue Zigarette in sein faltiges Gesicht, wobei er automatisch seine gummiartige Oberlippe hochzieht, wie ein Kamel. Er hat an diesem Nachmittag für alle Löcher vierundachtzig Schläge gebraucht, darunter eine Reihe von drei Schlägen auf dem Grün zum Einlochen.

Janice fragt Thelma, wo sie den reizenden Badeanzug gekauft hat. Sie muß betrunken sein. «So etwas kriegst du heute überhaupt nicht mehr bei Kroll», hört Rabbit sie sagen. Janice trägt ein marineblaues Modell, das die Figur betont, und hat einen weißen Pullover, den sie passend zu ihrem weißen Tennisdress gekauft hat, über den Schultern liegen. Sie hält eine Zigarette in der Hand, und Webb Murkett beugt sich vor, um sie ihr mit seinem türkisgrünen Gasfeuerzeug anzuzünden. Sie ist nicht so übel, muß Harry zugeben und denkt daran, wie er sie gebumst hat, während sie schlief. Oder doch nicht schlief, denn sie schien zu stöhnen und hörte hinterher auf zu schnarchen. Verglichen mit Thelmas knochenlosem bläßlichen Körper hat Janices Figur Kraft und Klasse, ihre Kniescheiben zeichnen sich deutlich unter der Haut ab, als sie sich vorbeugt, um sich Feuer geben zu lassen. Sie tut es mit einer gewissen Anmut, Webb respektiert sie, als Springers Tochter.

Harry fragt sich, wo seine eigene Tochter diesen Nachmittag verbringen mag, draußen auf dem Lande. Vermutlich ist sie mit dem Abendessen beschäftigt, nachdem sie vorher das Vieh gefüttert hat oder sonstwas. Die Sonntage sind nichts Besonderes auf dem Lande, Tiere kennen keine Feiertage. Ob sie wohl heute morgen in der Kirche war? Ruth hatte nichts im Sinn damit. Er kann sich Ruth überhaupt nicht auf dem Land vorstellen. Für ihn war sie die personifizierte Stadt, wie die gediegenen roten Backsteinhäuserzeilen von Brewer, die aufnehmen, was kommt. Die Drinks kommen. Entzückensschreie wie in den

Bierwerbespots im Fernsehen, und Cindy Murkett beschließt, sich den ihren durch noch eine Runde Schwimmen zu verdienen. Als sie steht, sieht man, daß hinten in ihre Oberschenkel ein quadratisches Muster eingedrückt ist und daß ihre immer noch nasse knappe schwarze Badeanzughose in zwei Bogen an einem breiten Hintern klebt, unter zwei Grübchen im Fett, die wie kleine Strudel aussehen. Der Anblick macht Harry schwindlig. Hatte er Ruth nicht immer ins Stadtbad in West Brewer mitgenommen? Gedenktag. Der Geruch von zerdrücktem Gras unter dem feuchten Handtuch, das im Schatten der Bäume abseits vom gekachelten Becken ausgebreitet lag. Jetzt sitzt man in Stühlen aus lackiertem Drahtgeflecht, das einem, wenn man kein Kissen hat, ein Waffelmuster hinten in die Oberschenkel drückt. Der Berg rückt näher. Errötende Sonne jenseits der Stadt stäubt Gold über Baumwipfel, die wie eine lodernde Mähne den Kamm des Pemaquid umkränzen, und vertieft die Mulden von Dunkelheit zwischen den Bäumen des wogenden Waldes, der wie ein dichter Teppich den Raum zwischen Gipfel und Golfplatz bedeckt. Auf der fernen Spielfläche beim elften Loch sind insektenklein immer noch Männer unterwegs. Während seine Augen sich in den fernen Gefilden verlieren, springt Cindy mit einem flachen Kopfsprung ins Wasser, und ein paar Tropfen von ihrem Bauchklatscher treffen prickelnd Harrys nackte Brust, die sich groß und weit anfühlt wie der in der Abendsonne badende Berg. In Gedanken formuliert er die Worte: *Ich habe gestern auf der Heimfahrt eine witzige Geschichte im Radio gehört . . .*

«. . . wenn ich deine hübschen Beine hätte», sagt Ronnies unscheinbare Frau gerade abschließend zu Janice.

«Ach, aber du hast wenigstens noch eine Taille. Was ich da habe, ist schleichende Mittelitis. Harry sagt, ich hätte die Figur einer Gurke.» Glucksen. Zuerst gluckst sie, dann fängt sie an zu torkeln.

«Er sieht aus, als ob er schläft.»

Er öffnet die Augen und teilt der Luft mit: «Ich habe gestern auf der Heimfahrt eine witzige Geschichte im Radio gehört.»

«Ozark muß raus», tönt Ronnie lauthals. «Er hat ihrer aller Achtung verloren, er ist demoralisierend. Solange sie Ozark nicht feuern und Rose verkaufen, sind die Phillies so gut wie te-o-te, tot.»

«Ich höre Ihnen zu», sagt Buddys fürchterliche Freundin zu Harry, also muß er weitererzählen.

«Ach, nur von einem Arzt unten in Baltimore, die Nachrichtensprecherin sagte, er wäre vor Gericht gezerrt worden, weil er auf dem Golfplatz eine Gans mit dem Golfschläger ermordet hat.»

«Platz auf dem Golf mit dem Gansschläger», kichert Janice. Eines Tages würde er mit dem größten Vergnügen einen großen runden Steinbrocken nehmen und ihr den Schädel damit einschlagen.

«Wo hast du das gehört, Harry?» fragt Webb Murkett ihn mit spätem Interesse und neigt höflich den langen Kopf, das eine Auge zusammengekniffen wegen des Rauchs seiner Zigarette.

«Im Radio, gestern, als ich nach Hause fuhr», antwortete Harry und bedauert, daß er davon angefangen hat.

«Apropos gestern», muß Buddy dazwischenreden, «da habe ich eine Benzinschlange gesehen, die war fünf Häuserblocks lang. Vor dieser Sunoco-Tankstelle an der Ecke Ash Street und Fourth, sie reichte von der Fourth Street bis runter zur Buttonwood, von der Buttonwood bis zur Fifth und die Fifth wieder zurück bis zur Ash, und in der anderen Richtung auf der Ash Street fing eine neue Schlange an. Sie hatten Burschen dabei, die den Verkehr regelten und so weiter. Ich dachte, ich spinne, und es kamen immer noch mehr Autos dazu. Fünf blöde Blocks lang!»

«Ein Kunde von uns, einer von diesen großen Heizölhändlern», sagt Ronnie, «behauptet, sie hätten jede Menge Rohöl, aber sie hätten eben beschlossen, den Benzinhahn zuzudrehn und mehr Rohöl zu Heizöl zu verarbeiten. Die machen jetzt schon ihr Wintergeschäft. Ich habe den Kerl gefragt, was denn aus dem Durchschnittsautofahrer werden soll, und er hat mich nur komisch angesehen und gesagt: ‹Der kann mich am Arsch lecken, statt jedes Wochenende nach Jersey an die Küste zu fahren.› »

«Ronnie, Harry möchte eine Geschichte erzählen», sagt Thelma.

«Es ist kaum der Rede wert», sagt er und genießt jetzt, ein Weilchen Mittelpunkt zu sein, alle auf die Folter zu spannen. Die Abendsonne auf dem Berg. Der zweite Gin sickert durch seinen Kreislauf und beflügelt ihn. Er hat diese Clique, seine Clique, in sein Herz geschlossen und die Cliquen an den anderen Tischen auch, sie können jederzeit Abgesandte herüberschicken und sich zu ihnen setzen, jeder kennt jeden, und auch die Kinder im Schwimmbecken, die irgendwer im Notfall retten würde, selbst wenn die karamelfarbene Bubblegumblasen produzierende Bademeisterin nicht Dienst hätte, und er liebt vor allem die Tatsache, daß das alles auf Kredit zu haben ist, daß der Club erst am zehnten jeden Monats kassiert.

Jetzt beknien sie ihn. «Los Harry, sei kein Spielverderber», sagt Buddys Freundin. Sie spricht ihn jetzt mit seinem Namen an, er muß unbedingt ihren rauskriegen. Gretchen. Ginger. Vielleicht sind das gar keine richtigen Pickel auf ihren Oberschenkeln, sondern nur eine Allergie, auf Schokolade oder auf Giftsumach. Sie sieht überempfindlich aus, dieses eingesunkene Gesicht, als ob sie nur schwer atmen kann. Ein Defekt kommt selten allein.

«Also, diesen Arzt», gibt er nach, «haben sie vor Gericht gezerrt, weil er auf dem Golfplatz eine Gans mit dem Golfschläger erschlagen hat.»

«Mit was für einem Schläger?» fragt Ronnie.

«Ich hab gewußt, daß du das fragen würdest», sagt Harry. «Du oder sonst einer von euch Blödmännern.»

«Ich würde denken mit einem *Sand-Wedge,* sagt Buddy, «direkt an die Kehle. Da wäre der Kopf sofort ab.»

«Zu kurzer Griff, du kämst nicht nahe genug an sie ran», wendet Ronnie ein. Er kneift ein Auge zu, als wollte er eine Entfernung abschätzen. «Ich würde sagen, ein Fünfer oder sogar ein leichter Vierer wäre der richtige Schläger. Du, Harry, was hältst du von dem Eisenfünfer, mit dem ich den Ball haarscharf vors fünfzehnte Loch gesetzt habe, von da ganz hinten, von der anderen Seite des Bunkers? Sogar aus ganz hohem Gras.»

«Du hast ihn angeschubst», sagt Harry.

«Heh?»

«Ich hab gesehen, wie du den Ball angeschubst hast, um es dir leichter zu machen.»

«Das laß uns doch mal klarreden. Du sagst damit, ich hätte gemogelt.»

«So was ähnliches.»

«Laß deine Geschichte hören, Harry», sagt Webb Murkett und zündet sich noch eine Zigarette an, um seine Geduld wirkungsvoll zu unterstreichen.

Ginger war ganz bei der Sache. Thelma Harrison fixiert ihn mit ihrer großen braunen Sonnenbrille, und das lenkt auch ab. «Also, der Arzt hat sich offenbar damit verteidigt, daß er die Gans aus Versehen mit einem Golfball getroffen hätte und sie dabei so schwer verletzte, daß er ihrem Elend ein Ende machen mußte. Und dann sagte die Sprecherin, und das klang wirklich komisch –»

«Moment mal, Schätzchen, ich verstehe das nicht», sagt Janice. «Soll das heißen, daß er einen Golfball nach dieser Gans geworfen hat?»

«Großer Gott», sagt Rabbit, «hätte ich bloß nicht damit angefangen. Komm, wir fahren nach Hause.»

«Nein, *erkläre* es mir», sagt Janice, Panik im Blick.

«Er hat den Ball nicht *geworfen,* die Gans war auf der Spielbahn, wahrscheinlich an irgendeinem Teich, und der Treibschlag von dem Kerl, oder was es auch war –»

«Könnte auch sein zweiter Schlag gewesen sein, und er hat den Ball mit dem hinteren Teil des Schlägers getroffen», spekuliert Buddy.

Seine namenlose Freundin blickt in die Runde und fragt mit dieser gewollten Kleinmädchenstimme: «Dürfen Gänse denn auf den Golfplatz? Ich meine, das klingt vielleicht blöd, aber Buddy ist der erste Golfer, mit dem ich befreundet bin –»

«Den nennen Sie einen Golfer?» wirft Ronnie ein.

Buddy erzählt ihnen: «Irgendwo habe ich von einem Golfplatz in Alaska gelesen, wo es wandernde Rentierherden gibt. Vielleicht war es auch Schweden.»

«Ich habe von Elchen auf Golfplätzen in Maine gehört», sagt Webb Murkett. Sinkende Sonne flackert in seinen buschigen Augenbrauen. Er wirkt traurig. Vielleicht spürt er den Alkohol auch, denn er schweift jetzt vom Thema ab: «Wie kommt es eigentlich, daß man nie von einem schwedischen Golfspieler hört. Man hört bloß von Björn Borg und diesem Skiläufer Stenmark.»

Rabbit beschließt, die Sache durchzuziehen. «Also, am Schluß fragte die Sprecherin: ‹Gnadentod oder gemeiner Mord?›»

«Aua», sagt irgendwer.

Ronnie tut so, als beschäftige ihn noch das Problem mit dem Schläger. «Vielleicht ginge es besser mit einem Holz-4, dann könnte man die Gans vom linken Fuß abschlagen.»

«Keiner hat die Pointe mitgekriegt», protestiert Harry.

«Ich habe sie mitgekriegt», sagt Thelma Harrison.

«Wir haben sie alle mitgekriegt», sagt Buddy. «Ich finde es nur höchst bedauerlich», fährt er fort und blickt alle streng durch seine Metallbrille an, so daß die Frauen zuerst denken, er meinte es ernst, «daß niemand hier, aber auch wirklich nicht *einer,* irgendwelches Mitleid mit der Gans gezeigt hat.»

«Irgend jemand hatte soviel Mitleid mit ihr, daß er den Mann vor Gericht gebracht hat», erinnert Webb Murkett.

«Wie ich sehe», klagt Buddy bierernst, «bin ich hier unter Leute geraten, die zwar liberal und tolerant tun, aber in Wirklichkeit ausgesprochene Gänsefeinde sind.»

«Wer, ich?» sagt Ronnie mit gänseschriller Stimme. Rabbit haßt diese Art von Humor, aber die anderen scheint es zu amüsieren, auch die Frauen.

Cindy kommt naß vom Schwimmen zurück. Sie steht da in ihrem etwas verrutschten Badeanzug, zupft ihn gerade und errötet, weil alle lachen. «Sprecht ihr von mir?» Das kleine Kreuz glitzert in der Kuhle unter ihrem Hals. Ihre Füße wirken blaß auf den Steinplatten am Schwimmbeckenrand. Komisch, wie blaß Fußrücken bleiben.

Webb drückt das breite Becken seines Weibes seitlich an sich. «Nein, Liebling. Harry hat uns eben eine haarsträubende Gänsegeschichte erzählt.»

«Erzähl sie mir auch, Harry.»

«Nicht jetzt. Sie hat niemandem gefallen. Webb wird sie dir später erzählen.»

Die kleine Sandra in der grünweißen Uniform tritt an ihren Tisch. «Mrs. Angstrom.»

Die Worte erschrecken Harry, als sei seine Mutter auferstanden.

«Ja», antwortet Janice ungerührt.

«Ihre Mutter ist am Apparat.»

«Ach du lieber Himmel, was ist jetzt?» Janice steht auf, torkelt leicht, reißt sich zusammen. Sie nimmt ihr Badehandtuch von der Rücklehne ihres Stuhls und wickelt es sich um die Hüften, um nicht in der Blöße des Badeanzugs an Dutzenden von Leuten vorbei ins Clubhaus gehen zu müssen. «Was kann das bloß sein?» fragt sie Harry.

Er zuckt die Schultern. «Vielleicht möchte sie wissen, was für einen Fraß es heute bei uns zum Abendessen gibt.»

Ein unverblümter Seitenhieb, vor allen Leuten. Die fürchterliche Freundin lacht laut auf. Harry schämt sich und muß daran denken, wie liebevoll Webb Cindys Becken an sich gedrückt hat. So eine Clique kann einer Ehe den Rest geben, wenn man nicht aufpaßt. Er will nicht nachlässig werden.

Trotzig fragt Janice: «Liebling, kannst du mir inzwischen noch einen Wodka mit Tonic bestellen?»

«Nein.» Er mildert das ab zu: «Ich werde es mir überlegen», aber die Stimmung am Tisch wird frostig.

Die Murketts halten Familienrat und beschließen, daß es an der Zeit sei zu gehen, sie haben eine dreizehnjährige Babysitterin zu Hause, die Tochter eines Nachbarn. Das gleiche Sonnenlicht, das Webbs Augenbrauen aufleuchten ließ, entflammt den Heiligenschein feiner Härchen, die sich auf der Gänsehaut von Cindys Hüften sträuben. Ohne sich schamhaft mit einem Handtuch zu bedecken, schlendert sie zu den Damen-Umkleidekabinen, und ihre blassen Füße lassen dunkle Abdrücke auf den grauen Steinplatten zurück. Halt, halt, der Sonntag, das Wochenende kann noch nicht vorbei sein, ein goldener Schluck ist noch im Glas. Auf der transparenten Tischplatte zwischen den Metallstühlen haben Getränke ein geisterhaftes Räderwerk aus Ringen hinterlassen, das durch die Brechung der sinkenden Sonnenstrahlen sichtbar wird. Was kann Janices Mutter wollen? Ihr Ruf kommt aus einer dunkleren älteren Welt, an die er sich erinnert, die er aber lieber begraben sehen möchte, eine Welt des Kleiderzwanges, der luftlosen guten Stuben, der Kohlenkeller und engen Häuser, mit argwöhnisch zugezogenen Vorhängen, eine Welt, in der die Schufterei von Bauern und Fabrikarbeitern sich wie zusammengeballte Wolken über Land und Stadt senkt. Hier dagegen werden sauberen Kindern, wenn sie beim plötzlichen Auftauchen im dünneren Element frösteln, von ihren Müttern Handtücher gereicht. Cindys Handtuch hängt über ihrem leeren Stuhl. Dieses Handtuch zu sein, wenn sie darauf sitzt, bei dem Gedanken bekommt Harry einen trockenen Mund. Die Zunge so weit wie irgend möglich hineinstecken, während ihr Vlies einen kitzelt. Keine Akne im Schoß. Himmlisch. Er blickt hoch und sieht, daß der zottige Bergkamm noch immer in der Sonne liegt, obwohl die Stühle schon lange Schatten werfen, rautenförmige Schachbrettmuster. Buddy Inglefinger sagt gerade mit gedämpfter Stimme, deren Eindringlichkeit nicht ironisch klingt, zu Webb Murkett: «Frag dich mal selbst, wer von der Inflation profitiert. Die Leute mit Schulden profitieren, die Verlierer der Gesellschaft. Die Regierung profitiert, weil sie mehr Steuern einnimmt, ohne die Sätze zu erhöhen. Und wer profitiert nicht? Der Mann, der Geld im Portemonnaie hat, der Mann, der seine Rechnungen bezahlt. Und deshalb» – Buddys Stimme wird zu einem verschwörerischen Flüstern – «wird dieser Mann aussterben wie der Indianer. Warum sollte ich arbeiten», fragt er Webb, «wenn mir das Geld glatt aus der Tasche gezogen wird für die, die nichts tun?»

Harry geht in Gedanken den Bergrücken entlang, wo Wolken aufsteigen wie eine Art Dampf. Als sei er in Bewegung, spaltet der Mt. Pemaquid den Sommerhimmel und die Sonne, obwohl der Schwimmbeckenrand jetzt im Schatten liegt. Thelma sagt gerade gutgelaunt zu Buddys Freundin: «Astrologie, Handlesen, Psychiatrie – ich finde das alles großartig. Alles, was einem irgendwie weiterhilft.» Harry denkt an seine Eltern. Sie hätten zu einem Club gehören müssen. In steter Kampfbereitschaft lebend, Mom auf Kriegsfuß mit den Nachbarn, Pop und seine Gewerkschaft, erfüllt vom Haß auf die Männer, die die Druckerei besaßen, in der er sich kaputtschuftete, beide die wenigen Anverwandten verachtend, die versuchten, die Bande nicht abreißen zu lassen, und sie alle vier, Pop und Mom und Harry und Mim, gegen die Welt, und ein gewisses Schuldgefühl, das jedem Versuch anhaftet, die Hand nach einem Freund hinauf- oder hinauszustrecken. *Vertraue niemandem: Andy Mellon traut keinem, und ich auch nicht.* Guter Pop. Er hat sich nie hochgerappelt. Rabbit sonnt sich über dieser alten erinnerten Welt, reich, mit sich zufrieden.

Buddys Stimme bohrt weiter, beleidigt. «Geld, das aus der einen Taschen gezogen wird, landet in einer anderen, es löst sich nicht einfach in Luft auf. Die Großverdiener werden dabei reich.»

Ein Stuhl scharrt, und Rabbit spürt, daß Webb aufsteht. Seine Stimme kommt aus der Höhe, rauh, humorvoll beschwichtigend: «Dann werde doch selber Großverdiener, ich glaube, das ist die einzig richtige Antwort darauf.»

«Ja, klar», sagt Buddy und registriert die Abfuhr.

Ein winziger Tupfen, ein Vogel, womöglich der sagenumwobene Sperber, nein, der Regungslosigkeit seiner Flügel nach ein Bussard, flirtet im Fluge mit dem schartigen grüngoldenen Grat des Berges, bald über ihm wie ein Fussel auf einem Dia, bald darunter und nicht mehr zu sehen, während eine blaubäuchige Wolke auseinander wabert, endlos, endlos. Wieder scharrt ein Stuhl auf den Steinplatten. Sein Name. «Harry», sagt Janice mit schneidender Stimme.

Endlich senkt er den Blick aus all dieser Herrlichkeit, und während seine Augen sich umstellen, spürt er einen Stich in der Stirn, einen kleinen arteriellen Schmerz; vielleicht fängt mit einem solchen winzigen, unerklärlichen Schmerz der Tod der Menschen an, bei den einen langsam wie von einer Katze gebeutelt, bei den anderen schnell, wie von einem Habicht geschlagen. Krebs, Herzinfarkt. «Was hat Bessie gewollt?»

Janices Stimme klingt atemlos, etwas niedergeschlagen. «Sie sagt, Nelson ist da. Mit diesem Mädchen.»

«Melanie», sagt Harry, froh, daß er sich daran erinnert. Und in diesem Moment erinnert er sich auch wieder an den Namen von Buddys Freundin. Joanne. «Nett, Sie kennengelernt zu haben, Joanne», sagt er zum Abschied und schüttelt ihre Hand. Einen guten Eindruck machen. Einen Schatten werfen.

Als Harry sie in Janices Maverick Cabrio mit offenem Verdeck nach Hause fährt, strömt der Fahrtwind ihnen entgegen und vermittelt ihnen die Illusion von dringlicher, gefährlicher Geschwindigkeit. Die Worte werden ihnen von den Mündern gerissen. «Was in drei Teufels Namen sollen wir mit dem Jungen anfangen?» fragt er sie.

«Was soll das heißen?» Wenn ihr dunkles Haar nach hinten geweht wird, sieht Janice wie eine andere Person aus. Die Augen zusammengekniffen gegen den anstürmenden Wind und die Oberlippe hochgezogen, eine Hand schützend in die Nähe des Ohres gehalten, um das flatternde Seidentuch am Wegfliegen zu hindern. Liz Taylor in *Ein Platz an der Sonne*. Sogar die Krähenfüße im Augenwinkel sehen wunderschön aus. Sie hat ihr Tenniskleid an und die weiße Kaschmirstrickjacke.

«Ich meine, er wird sich einen Job suchen, oder?»

«Also, Harry. Er geht noch aufs College.»

«Davon merkt man nichts.» Er muß laut sprechen. «Ich habe nicht das verdammte Glück gehabt, aufs College gehen zu können, und die Burschen, die es konnten, sind nicht in Colorado rumgegondelt, um Drachen zu fliegen und weiß der Kuckuck was sonst noch, bis ihren Vätern das Geld ausging.»

«Du weißt ja gar nicht, was sie gemacht haben. Außerdem ist heute alles ganz anders. Jetzt sei mal ein bißchen nett zu Nelson. Nach allem, was du ihm zugemutet hast –»

«Nicht nur ich.»

«– nach allem, was er durchgemacht hat, solltest du froh sein, daß er überhaupt noch nach Hause kommen will.»

«Ich weiß nicht.»

«*Was* weißt du nicht?»

«Ich habe kein gutes Gefühl. Ich bin in letzter Zeit zu glücklich gewesen.»

«Werd nicht irrational», sagt Janice. Sie ist es nicht, heißt das. Aber eines der Bande zwischen ihnen war seit jeher, daß ihre Verwirrung mit der seinen Schritt hält. Während der Wind an ihnen vorüberfließt, spürt er eine zaghafte Anwandlung von Liebe für etwas, das keinen Namen hat. Für sie? Sein Leben? Die Welt? Wenn man vom Pemaquid kommt, sieht man den Stadtteil am Hang des Mt. Judge aus einem völlig anderen, weiteren

Winkel, als wenn man von Brewer kommt: die alte Kartonagenfabrik, einen langen Bau mit schmalen Fenstern unten neben den trockengelegten Wasserfällen, die zur Stromerzeugung unter die Erde verlegt wurden, und die neuen supergroßen Schilder von Exxon und Mobil auf ihren spitz zulaufenden Aluminiumpfählen entlang der Route 422, geisterhaft wie Antennen aus dem Weltall. Die sich den Hang hinaufschiebenden Fenster der Ortschaft lodern orangefarben im Sonnenlicht, das horizontal gegen den Berg anflutet, und von diesem Blickwinkel aus fallen die Sandsteintürme der Lutherischen Kirche stark ins Auge, in die Rabbit sonntags immer zum Kindergottesdienst ging zu dem verknöcherten alten Fritz Kruppenbach, der ihnen einhämmerte, daß das Leben keine Schrecken birgt für die Gläubigen, daß es aber für die Ungläubigen keine Erlösung und keinen Frieden gibt. *Keinen* Frieden. Auf einem Verkehrsschild steht *Geschlossene Ortschaft*. Während der Maverick das Tempo drosselt, läßt Harry sich dazu hinreißen, Janice zu gestehen: «Ich wollte dir schon gestern abend von diesem jungen Pärchen erzählen, das ins Geschäft kam. Das Mädchen hat mich an Ruth erinnert. Das Alter käme auch etwa hin. Schlanker zwar und auch in der Art, wie sie redete, anders, aber irgendwie, fand ich, war da was.»

«Das wird deine Einbildung gewesen sein. Hast du das Mädchen nach ihrem Namen gefragt?»

«Ich hab sie gefragt, aber sie wollte ihn mir nicht sagen. Sie war richtig niedlich dabei. Irgendwie kokett, ohne daß ich dir konkret sagen könnte, wieso.»

«Und du meinst, das Mädchen wäre deine Tochter.»

An ihrem Tonfall merkt er, daß er es ihr nicht hätte gestehen sollen. «Das hab ich nicht direkt gesagt.»

«Was hast du dann gesagt? Du gibst mir zu verstehen, daß du noch immer an diese Schachtel denkst, die du vor zwanzig Jahren gebumst hast, und daß ihr beide jetzt ein süßes kleines Baby habt.» Er blickt flüchtig zu ihr hinüber, und Janice erinnert nicht mehr an Elizabeth Taylor, die Lippen sind jetzt hart und faltig wie ausgedorrt von ihrem Zorn. Ida Lupino. Wo sind sie alle, die großen Hollywood-Sexbomben? Seit Jahren war an der Ecke, wo die bergab führende Jackson Street in die Central

Street mündet, nur ein Stoppschild, aber im vergangenen Jahr, nachdem sogar der eigene Sohn des Stadtverordneten ein Auto zu Schrott fuhr, weil der das Schild überfahren hatte, ließ die Gemeinde eine Ampel anbringen, die meistens auf Blinklicht geschaltet ist, in der einen Richtung auf gelb, in der anderen auf rot. Er tippt die Bremse an und biegt nach links ab. Janice legt sich in die Kurve, um ihren Mund nah an sein Ohr zu bringen. «Du spinnst», schreit sie. «Immer willst du *das* haben, was du nicht hast, statt das, was du *hast*. Du kriegst einen ganz verklärten Blick, wenn du an dieses *Mädchen* denkst, das gar nicht existiert, während dein *wirklicher* Sohn, den du mit deiner *Frau* in die Welt gesetzt hast, jetzt zu Hause auf uns wartet. Aber dazu sagst du nur: du wünschtest, er wäre in Colorado geblieben.»

«Das wünschte ich auch», sagte Harry – er greift alles auf, was vom Thema ablenkt, sei es auch nur ein bißchen. «Es stimmt nicht, wenn du sagst, ich will nur das, was ich nicht habe. Mir gefällt das, was ich habe, ziemlich gut. Das Problem ist bloß, daß man Angst hat, jemand könnte es einem wieder wegnehmen.»

«Also, Nelson ist bestimmt nicht dieser jemand, er will nichts anderes von dir als ein bißchen Liebe, und das kriegt er nicht. Ich verstehe nicht, warum du ein so unnatürlicher Vater bist.»

Damit sie ihren Streit zu Ende bringen können, bevor sie bei Ma Springer ankommen, fährt er im Schrittempo die Jackson Street hinauf, unter dem schattigen Dach von Ahornbäumen und Roßkastanien, das den Abend später erscheinen läßt, als er ist. «Der Bursche kann mich nicht leiden», sagt er milde, um zu sehen, wie sie darauf reagiert.

Es bringt sie erneut auf die Palme. «Du sagst das ständig, aber es ist nicht *wahr*. Er *liebt* dich. Oder tat es jedenfalls bisher.» Wo sich durch das Gewirr der Baumwipfel der Himmel zeigt, scheint noch ein anderes Licht, ein Flackern, das ihnen über Gesichter und Hände flattert wie Motten. In mürrischem, halbwegs besänftigtem Tonfall sagt sie: «Laß dir eins gesagt sein, von deiner geliebten unehelichen Tochter will ich nie wieder was hören. Es ist eine widerwärtige Vorstellung.»

«Ich weiß. Ich weiß nicht, weshalb ich davon angefangen habe.» Er hatte sie beide versehentlich als ein Wesen gesehen und ihr diese geheime Vorstellung anvertraut, die nur ihn anging. Ein Fehler, den Eheleute immer wieder machen.

«Widerwärtig!» schreit Janice.

«Ich werde nie wieder etwas davon sagen», verspricht er.

Sie biegen gemächlich in die Joseph Street ein, an der Ecke steht der Hydrant, der noch die verblaßte rotweißblaue Clownsbemalung trägt, mit der Schulkinder ihn im Juni vor drei Jahren zur Zweihundertjahrfeier schmückten. In seiner aufgefrischten Abneigung fragt er höflich: «Soll ich den Wagen in die Garage fahren?»

«Laß ihn vorne stehen, vielleicht braucht Nelson ihn.»

Als sie die vordere Treppe hinaufgehen, fühlen sich seine Füße schwer an, als hätte die Schwerkraft der Welt zugenommen. Er und der Junge hatten vor Jahren etwas miteinander durchgemacht, was Rabbit sich selbst verziehen hat, was der Junge ihm aber bis heute nicht verzeiht. Ein Mädchen namens Jill starb, als Harrys Haus abbrannte, ein Mädchen, das Nelson lieben gelernt hatte wie eine Schwester. Mindestens wie eine Schwester. Aber viele Jahre sind ins Land gegangen, die Überlebenden haben die Dinge wieder ins Lot gebracht, und so viele haben sich, dahingerafft von Krankheiten, für die nur Gott verantwortlich zu machen ist, zu den Toten gesellt, so daß es nicht mehr ganz so schlimm erscheint, sondern eher als wäre Jill bloß in eine andere Stadt gezogen, in der die Bevölkerung langsam zunimmt. Jill wäre jetzt achtundzwanzig. Nelson ist zweiundzwanzig. Wenn man daran denkt, wieviel Verantwortung Gott zu tragen hat!

Ma Springers Haustür klemmt und läßt sich nur mit Schwung öffnen. Das Wohnzimmer ist dunkel, und Seesäcke sind zu dem Sammelsurium von Polstermöbeln hinzugekommen. Ein schäbiger Koffer mit Schottenmuster, nicht Nelsons, steht auf dem Treppenabsatz. Die Stimmen kommen von der Sonnenveranda. Diese Stimmen nehmen Harry ein bißchen die Schwere, scheinen das überall umlaufende Raunen der Vernichtung der Welt zu widerlegen. Er geht auf die Stimmen zu, erst durch das Eßzimmer, dann durch die Küche, auf die Veranda, und ist sich darüber im klaren, daß er etwas zu betrunken ist, um vorsichtig genug zu sein, daß er dick und schwammig ist, eine deutlich sichtbare Zielscheibe.

Blutbuchenblätter drängen sich an das Fliegengitter der Veranda. Gesichter und Leiber erheben sich von den Leichtmetall- und Plastikmöbeln wie der Rauchpilz einer Explosion auf dem Fernsehschirm, wenn der Ton abgestellt ist. Seit er in den mittleren Jahren ist, kommt die Welt immer mehr wie Bilder von einem Fernsehgerät auf ihn zu, an dem etwas nicht in Ordnung ist, wie die Bilder, die unseren Geist bewegen, bevor wir einschlafen, und die solange sinnvoll erscheinen, bis wir sie näher betrachten – dann schrecken sie uns aus dem Schlaf hoch. Das Mädchen hat sich am schnellsten erhoben, ein lockenköpfiges, ziemlich grobknochiges Mädchen mit schimmernden braunen Augen, die ihr fast aus dem Kopf fallen, und einem rubinroten Grübchenlächeln, das einem Valentinsgruß von der Jahrhundertwende entsprungen sein könnte. Sie trägt Jeans, die einiges mitgemacht haben und ein besticktes Hemd nach Hinduart, an dem ein paar Pailletten fehlen. Ihr Händedruck fühlt sich überraschend feucht, nervös an.

Nelson hievt sich auf die Beine. Sein üblicher gequälter Gesichtsausdruck trägt Gebirgsbräune, und er wirkt dünner, breiter in den Schultern. Weniger wie ein junger Hund, mehr wie ein bissiger Köter. Irgendwann hat er sich in Colorado oder Kent die Haare, die ihm in der High School bis auf die Schultern hingen, zu einer Punkfrisur schneiden lassen. «Dad, das ist meine Freundin Melanie. Mein Vater. Und meine Mutter. Mom, das ist Melanie.»

«Schön, Sie beide kennenzulernen», sagt das Mädchen und lächelt weiter ihr munteres rotes Lächeln, als seien selbst diese banalen Worte der Auftakt zu einem Scherz, zu einer kleinen Zirkusnummer. Das ist es, woran sie ihn erinnert, an diese irgendwie unwirklichen, doch sichtlich tapferen Frauen, die an den Zähnen von Zirkuskuppeln herunterhängen oder sich mit einem Fuß das Samtseil hinaufhangeln, um durch die flirrende Luft zu fliegen, obwohl sie diese lottrigen Klamotten trägt, in denen die Mädchen sich heutzutage verstecken. Eine merkwürdige Wand oder Lichtschranke ist automatisch zwischen ihm und diesem Mädchen heruntergegangen, was er als Geste des Takts gegenüber seinem Sohn ansieht.

Nelson und Janice umarmen sich. *Diese kleinen Springerhände,* hört Harry seine Mutter sagen, als er zusieht, wie sie sich in den Rücken von Janices Tenniskleid drücken. Listige kleine Pfoten, irgend etwas an den Kuppen der stummelförmigen, gekrümmten Finger läßt hinterhältige Kraft vermuten. Keine sichtbaren Monde auf den Fingernägeln, die abgekaut aussehen. Der Hang zu Übellaunigkeit und unverhüllter Sturheit hat sich von Janice auf ihn vererbt. Die arm im Geiste sind.

Doch als Janice zur Seite tritt, um Melanie zu begrüßen und Vater und Sohn einander von Angesicht zu Angesicht gegenüberstehen und Nelson «Tag, Dad» sagt und ebensowenig wie sein Vater weiß, ob er ihm die Hand geben oder ihn umarmen oder irgendwie berühren soll, erfüllt linkische Liebe den zögernden Raum.

«Du siehst gut aus», sagt Harry.

«Ich fühle mich kaputt.»

«Wie seid ihr so schnell hergekommen?»

«Getrampt, bis auf die Strecke von Kansas City nach Indianapolis, da haben wir den Bus genommen.» Orte, an denen Rabbit nie gewesen ist – sein Fleisch und Blut hat sie für ihn bereist, auf den Spuren seiner Träume. Der Junge berichtet ihm: «Die vorletzte Nacht haben wir auf einem Acker im westlichen Ohio verbracht, ich weiß nicht genau wo, irgendwo hinter Toledo. Es war gespenstisch. Wir hatten uns einen reingezogen, mit dem Typ, der uns mitgenommen hat in seinem Lieferwagen, einem rundum mit den irrsten Mustern bemalten Stück, und als er uns absetzte, waren Melanie und ich total desorientiert, und wir mußten die ganze Zeit miteinander quatschen, um keine Panik zu kriegen. Der Boden war auch kälter, als wir gedacht hatten. Wir waren halb erfroren, als wir aufgewacht sind, aber wenigstens sahen die Bäume nicht mehr wie Tintenfische aus.»

«Nelson», jammert Janice, «es hätte dir was Schreckliches passieren können! Euch allen beiden.»

«Wen kümmert das schon?» fragt der Junge. Zu seiner Großmutter Bessie, die in ihre Privatwolke gehüllt im dunkelsten Winkel der Veranda hockt, sagt er: «Dir würde es doch nichts ausmachen, Mom-mom, wenn ich von der Bildfläche verschwände, oder?»

«Das würde es mir doch», ist ihre unbeirrte Antwort. «Du warst der Augapfel deines Großvaters.»

Melanie beruhigt Janice: «Die Leute sind im Grunde alle sehr nett.» Ihre Stimme ist merkwürdig gurgelnd, als erhole sie sich gerade von einem Lachanfall, mit einem schwebenden singenden Unterton. Ihre Gedanken scheinen ständig um einen fernen Quell der Freude zu kreisen. «Problemtypen trifft man nur ab und zu, und solange man keine Angst zeigt, kommt man gut mit ihnen zurecht.»

«Was hält Ihre Mutter von Ihrer Tramperei?» fragt Janice sie.

«Sie findet es schrecklich», sagt Melanie und lacht hellauf, so daß ihre Locken hüpfen. «Aber sie lebt in Kalifornien.» Sie wird wieder ernst, ihre Augen strahlen Janice mit der Stetigkeit von Scheinwerfern an. «Dabei ist es ökologisch gesehen wirklich das Vernünftigste, man spart eine Menge Benzin. Es sollten viel mehr Leute trampen, aber sie haben alle Angst.»

Auf Harry wirkt sie wie eine berückende Kröte, obwohl ihr Körper, soweit man ihn in dieser lottrig-schlottrigen Bekleidung erkennen kann, ganz schön menschlich aussieht, mustergültig sogar. Er sagt zu Nelson: «Wenn du besser mit deinem Geld haushalten würdest, hättest du die ganze Strecke mit dem Bus fahren können.»

«Busse sind langweilig, Dad, und voll von lauter Arschlöchern. In einem Bus erlebst du nichts.»

«Das stimmt», mischt sich Melanie ein. «Ich habe schreckliche Geschichten gehört, die Freundinnen von mir auf Busfahrten passiert sind. Die Fahrer können nichts machen, die haben zu fahren, und wenn man nur entfernt so aussieht, wie die Leute sich einen Hippie vorstellen, wissen Sie, dann feuern sie die Scheißkerle sogar noch an.»

«Man ist nirgends mehr sicher auf der Welt», verkündet Ma Springer aus ihrem dunklen Winkel.

Harry beschließt, den Vater zu spielen. «Ich bin froh, daß ihr es geschafft habt», sagt er zu Nelson. «Ich bin stolz auf dich, wie du in der Weltgeschichte rumkommst. Wenn ich in deinem Alter ein bißchen mehr von den Staaten gesehen hätte, wäre ich heute ein besserer Staatsbürger. Die einzige Gratisfahrt, die ich je spendiert bekam, war, als ich vom Kommis nach Texas geschickt wurde. Die haben uns», erzählt er Melanie, «samstags immer mitten in der Nacht irgendwo auf einer Kuhweide ausgesetzt. Fort Hood hieß das Kaff.» Er trägt zu dick auf, redet zuviel.

«Dad», sagt Nelson ungeduldig, «in unserem Land sieht es heute überall gleich aus, egal wo du hingehst. Dieselben Supermärkte, derselbe Plastikramsch in den Geschäften. Es gibt nichts zu sehen.»

«Colorado war eine Enttäuschung für Nelson», erzählt Melanie mit ihrer munteren Stimme.

«Die Gegend hat mir schon gefallen, ich konnte bloß die Stinktiere nicht ausstehen, die da leben.» Dieser beleidigte, dümmliche Ausdruck in seinem Gesicht. Harry weiß, daß er nie dahinterkommen wird, was in Colorado passiert ist, was den Jungen wieder nach Hause getrieben hat. Wie bei den Geschichten, die die Kinder aus der Schule mitbringen, wo nie *sie* diejenigen waren, die die Prügelei angefangen haben.

«Haben die Kinder schon was zum Abendbrot bekommen?» fragt Janice und steigt wieder in ihre Mutterrolle ein. Man kommt schnell aus der Übung.

Ma Springer verkündet mit unerwarteter Zufriedenheit: «Melanie hat einen köstlichen Salat gemacht, aus allem, was sie im Kühlschrank und draußen finden konnte.»

«Ihr Garten ist herrlich», sagt Melanie zu Harry. «Das kleine Tor. Es gedeiht alles so schön hier.» Er kommt nicht darüber hinweg, wie sie das alles herauszwitschert und ihm dabei unverwandt ins Gesicht blickt, als sei sie besorgt, es könnte ihm etwas entgehen.

«Ja», sagt er. «Es ist aber erdrückend in mancher Hinsicht. War noch Salami da?»

Nelson sagt: «Melanie ist eine Veggy, Dad.»

«Veggy?»

«Vegetarierin», erläutert der Junge in gespielter Verzweiflung.

«So. Na, das ist ja nicht verboten.»

Der Junge gähnt. «Vielleicht sollten wir uns in die Falle

hauen. Melanie und ich haben letzte Nacht nur eine Stunde Schlaf bekommen.»

Janice und Harry zucken zusammen und sehen Melanie und dann Ma Springer an.

Janice sagt: «Ich mache schon mal Nellies Bett.»

«Das habe ich schon gemacht», teilt ihre Mutter ihr mit. «Und das Bett im ehemaligen Nähzimmer auch. Ich hatte heute ja viel Zeit für mich, ihr beide seid ja mehr und mehr im Club zu Hause.»

«Wie war es in der Kirche?» fragt Harry sie.

Ma Springer sagt unwillig: «Nicht sehr mitreißend. Für die Begleitmusik bei der Kollekte hatten sie sich von St. Mary in Brewer einen dieser Männer geholt, die mit hoher Stimme singen können, wie eine Frau.»

Melanie lächelt. «Ein Falsettist. Mein Bruder war auch mal Falsettist.»

«Und was ist dann passiert?» fragt Harry, jetzt selber gähnend, und äußert die Vermutung: «Seine Stimme hat sich verändert.»

Ihr Blick ist ernst: «Oh, nein. Er hat angefangen, Polo zu spielen.»

«Er scheint ja ein Tausendsassa zu sein.»

«Eigentlich ist er mein Halbbruder. Mein Vater war früher schon mal verheiratet.»

Nelson sagt zu Harry: «Mom-mom und ich haben die Salami aufgegessen, Dad. Wir sind keine Vegetarier.»

Harry fragt Janice: «Und was ist für mich? Jeden Abend muß ich hier am Hungertuch nagen.»

Janice wedelt seine Beschwerde mit königlicher Handbewegung weg, eine Geste, die sie vor zehn Jahren noch nicht beherrscht hätte. «Ich weiß es nicht, ich hatte gedacht, wir würden im Club etwas essen, und dann hat Mutter angerufen.»

«Ich bin nicht müde», sagt Melanie zu Nelson.

«Vielleicht solltest du ihr ein bißchen die Gegend zeigen», schlägt Harry vor. «Und ihr könntet eine Pizza mitbringen von unterwegs.»

«Im Westen», sagt Nelson, «haben sie kaum Pizzas, nur diesen gräßlichen mexikanischen Schlangenfraß, Tacos und Chili. Scheußlich.»

«Ich rufe bei Giordiano an, weißt du noch, wo das ist? An der Kreuzung hinter dem Gericht, Ecke Seventh Street?»

«Dad, ich hab mein ganzes Leben lang in diesem lausigen Kaff gelebt.»

«Du und ich, wir beide. Laß uns zwei nehmen. Ich wette, Melanie hat noch Hunger. Eine mit Peperoni und eine gemischte.»

«Mann, Dad. Ich sage dir doch, Melanie ist Vegetarierin.»

«Ach Herrje. Dann bestelle ich eine einfache. Sie haben doch nichts gegen Käse, Melanie? Oder Pilze. Wie wär's mit Pilzen?»

«Ich bin satt», strahlt das Mädchen, ihre Stimme scheint von der bloßen Last ihres Frohsinns gebremst. «Aber ich würde schrecklich gern mit Nelson mitfahren, mir gefällt die Gegend hier wirklich gut. Es ist so schick, und die Häuser sind alle so gepflegt.»

Janice nimmt diese Eröffnung zum Anlaß, nach dem Arm des Mädchens zu greifen, wieder eine Geste, die sie früher nicht gewagt hätte. «Haben Sie schon das obere Stockwerk gesehen?» fragt sie. «Das Zimmer, das wir normalerweise als Gästezimmer benutzen, liegt dem Zimmer meiner Mutter gegenüber, Sie würden sich das Badezimmer mit ihr teilen.»

«Oh, ich habe gar nicht mit einem Zimmer gerechnet. Ich hatte nur an einen Schlafsack auf dem Sofa gedacht. War da nicht ein schönes großes Sofa in dem Raum, in den wir zuerst kamen?»

Harry beteuert: «Darauf werden Sie nicht schlafen wollen, es ist so verstaubt, daß Sie sich die Seele aus dem Leib niesen werden. Das Zimmer oben ist hübsch, wirklich – wenn es Ihnen nichts ausmacht, es mit einer Schneiderpuppe zu teilen.»

«Aber nein», erwidert das Mädchen. «Ich brauche wirklich nur ein Eckchen, wo ich niemandem im Wege bin, ich möchte mich nach einem Job als Kellnerin umsehen.»

Die alte Dame fingert nervös an ihrer Kaffeetasse, stellt sie vom Schoß auf den zusammenklappbaren Teewagen neben ihrem Stuhl. «Ich habe jahrelang alle meine Kleider selber genäht, aber seit sie mir die Bifokalgläser verschrieben haben, konnte ich nicht mal mehr Freds Knöpfe annähen», sagt sie.

«Zu der Zeit warst du auch schon reich», erklärt Harry, froh und erleichtert, daß die Bettaffäre so glatt zu klappen scheint. Die alte Dame ist unversöhnlich, wenn man sich einmal mit ihr anlegt, sie vergißt nie. Harry war mit Janice am Anfang ihrer Ehe ein bißchen ruppig umgesprungen, davon hat Bessie jetzt noch einen verbitterten Zug um den Mund. Er verdrückt sich zum Telefon in der Küche. Während es bei Giordiano läutet, kommt Nelson auf ihn zu und fuhrwerkt in seinen Taschen herum. «He», sagt Harry, «was willst du abstauben?»

«Autoschlüssel. Mom sagt, ich soll den Wagen vor der Tür nehmen.»

Harry klemmt den Hörer zwischen Schulter und Ohr und angelt die Schlüssel aus seiner linken Tasche. Als er sie Nelson gibt, sieht er ihm zum erstenmal voll ins Gesicht. Er entdeckt nichts von sich darin außer der schmalen geraden Nase und einem Wirbel in der einen Augenbraue, wo ein kleines gefächertes Haarbüschel in die verkehrte Richtung wächst, was Zweifel auszudrücken scheint. Erstaunlich, diese Gene. Wie sie in dem ganzen komplizierten Codesystem noch so genau einen winzigen Wirbel erfassen. Das Mädchen hatte etwas von Ruth an sich gehabt, genau: die aufgeworfene Oberlippe und die vorgeschobenen Hüften, das Gutmütig-Freche, Beruhigende.

«Danke, Pops.»

«Trödelt nicht. Nichts ist schlimmer als kalte Pizza.»

«Was war das?» fragt eine barsche Stimme am anderen Ende der Leitung, wo endlich jemand abgenommen hat.

«Nichts, Entschuldigung», sagt Harry und bestellt drei Pizzas, eine mit Peperoni, eine gemischte und eine einfache, für den Fall, daß Melanie es sich anders überlegt. Er gibt Nelson einen Zehn-Dollar-Schein. «Wir müssen miteinander reden, Nellie, wenn du dich ausgeruht hast.» Die Bemerkung ist mit dem Geld gekoppelt, irgendwie. Nelson nimmt wortlos den Schein entgegen.

Als die jungen Leute abgefahren sind, kehrt Harry auf die Sonnenveranda zurück und sagt zu den Frauen: «Na, das war doch gar nicht so schlimm, oder? Sie scheint ganz froh zu sein, daß sie im Nähzimmer schlafen kann.»

«Scheint heißt nicht, daß sie es ist», sagt Ma Springer dunkel.

«Ja, da hast du recht», sagt Harry. «Wie findet ihr sie denn? Die Freundin.»

«Kommt sie dir wie eine Freundin vor?» fragt Janice ihn. Sie hat sich endlich hingesetzt und hält ein kleines Glas in der Hand. Die Flüssigkeit im Glas kann er an Hand der Farbe nicht identifizieren, es ist ein ekelerregendes intensives Rot wie ein altmodisches Cream Soda oder die Flüssigkeit in Thermometern.

«Was meinst du damit? Sie haben letzte Nacht zusammen auf freiem Feld kampiert. Gott weiß, wie sie in Colorado gehaust haben. Vielleicht in einer Höhle.»

«Ich bin nicht sicher, daß das etwas besagt. Sie versuchen, Freunde zu sein, auf eine Weise, die wir nicht kannten, als wir jung waren. Jungen und Mädchen.»

«Nelson macht keinen zufriedenen Eindruck», verkündet Ma Springer bedeutungsschwer.

«Wann hat er das schon je gemacht?» fragt Harry.

«Als kleiner Junge kam er mir sehr viel zuversichtlicher vor», sagt seine Großmutter.

«Bessie, was hat ihn deiner Meinung nach wieder nach Hause getrieben?»

Die alte Dame seufzt. «Irgendeine Enttäuschung. Irgend etwas ist ihm über den Kopf gewachsen. Aber ich will euch eins sagen. Wenn das Mädchen sich nicht anständig benimmt unter unserem Dach, ziehe ich aus. Ich habe nach der Kirche mit Grace Stuhl darüber gesprochen, sie hätte mich lieber heute als morgen bei sich, die Ärmste. Sie glaubt, es könnte ihr Leben verlängern.»

«Mutter», fragt Janice, «verpaßt du nicht *All in the Family?*»

«Sie wollen eine Schau senden, die ich schon mal gesehen hab, die, wo die ehemalige Freundin von Archie zurückkommt, weil sie Geld braucht. Jetzt im Sommer bringen sie nur Wiederholungen. Ich wollte aber gern die *Jeffersons* sehen, halb zehn, vor dieser Sendung über Moses, wenn ich so lange wachbleibe. Vielleicht gehe ich nach oben und lege meine Beine ein bißchen hoch. Als ich Nellies kleines Bett machte, habe ich mich an einer Ecke gestoßen, und die Vene hört nicht auf zu puckern.» Sie steht auf und zuckt mit schmerzverzerrtem Gesicht zusammen.

«Mutter», sagt Janice ungeduldig, «ich hätte die Betten schon gemacht, wenn du bloß ein bißchen gewartet hättest. Ich gehe mit dir rauf und sehe mir das Gästezimmer an.»

Harry verläßt gleich nach ihnen die Veranda (es wird ihm langsam zu tragisch dort: die Blutbuche tintenschwarz, gefangene Motten zerfetzen flatternd ihre Flügel an den Fliegengittern) und geht ins Eßzimmer. Zufrieden sieht er Janices Beinen nach, während sie in Shorts die Treppe hinaufgeht, um ihr zu helfen, alles ordentlich vorzubereiten. Irgendwann sollte er mal versuchen, sie abends zu vögeln, wenn sie beide wach sind. Er könnte jetzt hinaufgehen und ihr ein bißchen helfen, aber statt dessen zieht es ihn zu dem exotischen weißen Gesicht der Frau auf dem Titelblatt der Julinummer von *Consumer Reports,* die er am Morgen mit hinuntergenommen hatte, um sie genüßlich in dem Stündchen zwischen Mas Abfahrt zur Kirche und Janices und seiner Abfahrt zum Club zu lesen. Das Heft liegt noch immer auf der Armlehne des Liegesessels, der Vater Springers Feierabendthron gewesen ist. Er wich nicht daraus, und wenn er ins Bad oder in die Küche ging, um seine Diät-Pepsi zu holen, blieb der Sessel leer. Harry macht es sich darin gemütlich. Das Titelmädchen mit dem weißgeschminkten Gesicht über den Aufschlägen eines blütenweißen Smokings trägt eine weiße Melone auf dem Kopf: sie ist rot, weiß und blau zurechtgemacht wie ein Clown und hat in der erhobenen Hand einen Klecks schmierigweiße Gesichtsmilch. Sperma, Fotomodelle sind Nutten, die Mädchen in Pornofilmen reiben sich die Gesichter mit Sperma ein. *Der Broadway testet Reinigungsmilch* steht unter dem Bild, denn Gesichtsreinigungsmilch gehört zu den Artikeln, die in dieser Ausgabe geprüft werden – neben Hüttenkäse (wie rein oder vielmehr unrein er ist), Klimaanlagen, Stereotürmen und Dosenöffnern (wieso werden überhaupt rechteckige Dosen hergestellt?). Er blättert um, weil er den Artikel über die Klimaanlagen zu Ende lesen möchte und erfährt, daß in Gegenden mit relativ hoher Luftfeuchtigkeit (und er nimmt an, daß das auch für die Gegend, in der er lebt, zutrifft, jedenfalls im Vergleich zu

Arizona), beinahe sämtliche Modelle anfangen zu tropfen, manche sogar dermaßen, daß *ihre Eignung für den Einbau über einem Atrium oder einem Gehweg zweifelhaft erscheint.* Es wäre schön, ein Atrium zu haben und dazu noch ein versenktes Wohnzimmer wie das von Webb Murkett. Webb und diese süße kleine Fotze Cindy, die immer wie geschleckt aussah. Und dennoch, Rabbit ist zufrieden. So hat er es gern, häuslicher Frieden, Frauen, die sich mit eilfertigen Schritten über ihm zu schaffen machen, und ein Sommerabend wie ein See, der an die Fensterscheiben schwappt. Es bleibt ihm genug Zeit, über Kompaktstereoanlagen und sogar noch das Kapitel über Autokredite zu lesen, ehe Nelson und Melanie mit drei Pizzas in verkleckerten Kartons wieder aus dem Abend auftauchen. Rasch reißt Harry seine Lesebrille herunter, denn er fühlt sich seltsam nackt damit.

Das Gesicht des Jungen hat sich aufgehellt, man könnte es beinahe fröhlich nennen. «Moms Maverick haut vielleicht ab, wenn man's ihm gibt. Da war so'n Lackaffe in 'nem Caddy, schätzungsweise Baujahr '69, der hat wie blöd auf die Tube gedrückt, aber ich hab ihn stehenlassen. Dann hat er sich den ganzen Weg bis zur Running Horse Bridge an mich drangehängt. Beknackt.»

«Ach, ihr seid so rum gefahren? Gott, kein Wunder, daß es so lange gedauert hat.»

«Nelson hat mir die Stadt gezeigt», erklärt Melanie mit ihrem melodiösen Lächeln, das wie ein Summen in der Luft bleibt, als sie mit den flachen Pappschachteln in die Küche geht. Sie hat bereits den anmutigen aufrechten Gang einer Kellnerin.

Er ruft ihr hinterher: «Die Stadt hat bessere Zeiten erlebt.»

«Ich finde sie wunderschön», kommt ihre Antwort herübergeweht. «Die Leute malen ihre Häuser hier so schön bunt an, es hat direkt was Mediterranes.»

«Die Puertorikaner machen das», sagt Harry. «Die Puertorikaner und die Spaghettifresser.»

«Dad, du hast wirklich einen Haufen Vorurteile. Du solltest öfter verreisen.»

«Quatsch, ist doch alles nur Spaß. Ich mag alle Menschen, besonders, wenn meine Autofenster zu sind.» Er fügt hinzu: «Toyota wollte mir und deiner Mutter schon eine Fahrt nach

Atlanta spendieren, aber dann hat irgendeine Vertretung in der Gegend von Harrisburg uns im Absatz übertroffen, und daraufhin haben die die Reise gekriegt. Es war eine regionale Angelegenheit. Und es hat mich geärgert, weil ich schon immer scharf auf den Süden war: ich mag die Hitze.»

«Sei nicht so knickerig. Mach mal Urlaub und bezahl selber.»

«Urlaub, wir sind ganz schön festgenagelt mit der Ferienwohnung in den Poconos.» Der ganze Stolz des alten Springer.

«Ich hab mal einen Soziologiekurs in Kent mitgemacht. Der Grund, weshalb du so auf dem Geld hockst, ist, daß du die Armut, damals während der Depression, mit der Muttermilch aufgesogen hast. Das hat dich traumatisiert.»

«So schlecht ist es uns gar nicht gegangen. Pop hat ganz ordentlich verdient, Drucker wurden nie entlassen wie die Akademiker. Und außerdem, wer sagt hier, daß ich auf meinem Geld hocke?»

«Du schuldest Melanie schon drei Dollar. Ich mußte was von ihr pumpen.»

«Haben die drei Pizzas etwa dreizehn Dollar gekostet?»

«Wir haben noch ein paar Dosen Bier mitgebracht.»

«Euer Bier könnt ihr wohl selber bezahlen. Wir trinken hier nie Bier. Bier macht fett.»

«Wo ist Mom?»

«Oben. Und noch etwas. Laß den Wagen von deiner Mutter nicht mit offenem Verdeck da vorn stehen. Auch wenn es nicht regnet – es tropft immer so ein klebriges Zeug von den Ahornbäumen auf die Sitze.»

«Ich dachte, wir würden vielleicht noch mal losziehen.»

«Du bist ein Witzbold. Hast du nicht gesagt, ihr hättet nur eine Stunde geschlafen letzte Nacht?»

«Dad, hör auf mit dem Scheiß. Ich bin bald dreiundzwanzig.»

«Dreiundzwanzig und immer noch dußlig. Gib mir die Schlüssel. Ich fahr den Maverick in die Garage.»

«Mo-om!» brüllt der Junge hinauf. «Dad will mich nicht mit deinem Auto fahren lassen.»

Janice kommt gerade herunter. Sie hat ihr pfefferminzgrünes Kleid angezogen und sieht müde aus. Harry erklärt ihr: «Alles, was ich von ihm verlangt hab, war, daß er ihn in die Garage fährt. Der Ahornsaft verkleistert sonst die Sitze. Und er sagt, er will noch einmal los, Mann, es ist gleich zehn.»

«Die Ahornbäume haben für dieses Jahr ausgetropft», sagt Janice. Und zu Nelson sagt sie nur: «Wenn ihr nicht mehr wegfahren wollt, solltest du vielleicht das Verdeck zumachen. Wir hatten vor zwei Tagen ein schreckliches Unwetter. Es hat sogar gehagelt.»

«Was glaubst du wohl», fragt Rabbit sie, «weshalb dein Verdeck so schwarz und fleckig ist? Der Saft, oder was immer das ist, tropft auf das Segeltuch, und man kriegt das Zeug nicht mehr ab.»

«Harry, es ist nicht dein Auto», teilt Janice ihm mit.

«Piz-za», ruft Melanie mit heller und perlender Stimme aus der Küche. «Mangiamo, prego!»

«Dad hat's wirklich mit den Autos, was?» fragt Nelson seine Mutter. «Als wären sie heilig, jetzt wo er damit handelt.»

Harry fragt sie: «Was ist mit Ma? Will sie noch mal mitessen?»

«Mutter sagt, ihr ginge es nicht gut.»

«Aha, fabelhaft. Wieder mal eine ihrer Anwandlungen.»

«Es war ein aufregender Tag für sie heute.»

«Für mich war es auch ein aufregender Tag heute. Man hat mir erklärt, ich wär ein Geizkragen und würde Autos behandeln, als wären sie heilig.» Auch keine Art, denkt er, so bissig zu sein. «Übrigens, Nelson, ich hab das achtzehnte Loch mit einem Birdie gespielt, das lange Dog-leg, weißt du noch? Ein Treibschlag, der knapp über den Wassergraben rübergeflogen ist und genau die richtige Bahn hatte, und danach habe ich ein Eisen-5 genommen und dann habe ich ihn mit einem Wedge etwa dreieinhalb Meter vors Loch gebracht und dann in das verdammte Loch versenkt. Hast du deine Schläger noch? Wir sollten mal zusammen spielen.» Er legt die Hand auf den Rücken des Jungen.

«Ich hab sie 'nem Typ in Kent verkauft.» Nelson entwindet sich der Berührung seines Vaters mit einem übertrieben hastigen Schritt. «Ich finde, Golf ist der stupideste Sport, der je erfunden wurde.»

«Du mußt uns mal vom Drachenfliegen erzählen», sagt seine Mutter.

«Das ist Spitze. Eine ganz ruhige Sache. Du liegst im Wind und spürst rein gar nichts. Manche bekiffen sich vorher, aber dann besteht die Gefahr, daß man sich einbildet, man könnte echt fliegen.»

Melanie hat liebevoll gedeckt und die Pizzas aus den Kartons genommen und auf Tortenspitzen gelegt. Janice fragt: «Melanie, sind Sie auch Drachenfliegerin?»

«Oh, nein», sagt das Mädchen. «Ich würde eingehen vor Angst.» Ihr Kichern unterbricht ihren strahlenden karamelbraunen, staunenden Blick nicht im geringsten. «Pru ist immer mit Nelson geflogen. Ich wollte nie.»

«Wer ist Pru?» fragt Harry.

«Die kennst du nicht», sagt Nelson zu ihm.

«Das weiß ich auch. Ich weiß, daß ich sie nicht kenne. Wenn ich sie kennen würde, brauchte ich nicht zu fragen.»

«Ich glaube, wir sind alle verärgert und gereizt», sagt Janice, während sie ein loses Stück Peperoni nimmt und es auf einen Teller legt.

Nelson geht davon aus, daß dieser Teller für ihn bestimmt ist. «Sag Dad, er soll aufhören, auf mir rumzuhacken», mault er und läßt sich auf seinen Platz fallen, als sei er vom Motorrad gestürzt und am ganzen Körper zerschunden.

Im Bett fragt Harry Janice: «Sag mal, was hat der Junge bloß?»

«Ich weiß nicht.»

«Irgendwas hat er.»

«Ja.»

Während sie darüber nachdenken, hören sie Ma Springers Fernsehapparat laufen – dem salbungsvollen Ton der Stimmen, dem Gebrüll und Getöse nach, mit Einlagen von furioser Filmmusik, geht es um Moses. Die alte Dame schläft oft darüber ein, und manchmal rauscht und knistert der Apparat die ganze Nacht hindurch, wenn Janice sich nicht auf Zehenspitzen hineinschleicht und ihn abstellt. Melanie war in ihr Zimmer mit der Schneiderpuppe gegangen, um sich schlafen zu legen. Nelson war hinaufgegangen, um sich bei seiner Großmutter *Die Jeffersons* anzusehen, und hatte sich, als seine Eltern heraufkamen, schon in seinem alten Zimmer schlafen gelegt, ohne gute Nacht zu sagen. Durch und durch sauer. Rabbit fragt sich, ob das junge Pärchen vom Lande morgen ins Geschäft kommen wird. Das blasse runde Gesicht des Mädchens und der ungesehen durch Ma Springers Hirn flimmernde Fernsehfilm vermischen sich in seinem Kopf, während die aufgeregte Musik anschwillt. Janice fragt jetzt: «Wie findest du das Mädchen?»

«Klein-Melanie. Gespenstisch. Sind die in der Generation alle so, als wäre ihnen gerade ein Steinbrocken auf den Kopf gefallen und als könnten sie sich nichts Schöneres vorstellen?»

«Ich glaube, sie versucht sich einzuschmeicheln. Es muß ganz schön schwierig sein, zu einem Freund mit nach Hause zu gehen und sich da zurechtzufinden. Ich hätte es bei deiner Mutter keine zehn Minuten ausgehalten.»

Sie ahnt nicht, wie Mom über sie giftete. «Mom war wie ich», sagt Harry. «Sie konnte es nicht leiden, wenn man ihr auf die Pelle rückte.» Neuankömmlinge an beiden Enden des Hauses und der Geist des alten Springer unten auf seinem Liegesessel. «Sie turteln ja auch nicht gerade übertrieben viel», sagt er. «Oder sind die Leute heute so? So cool?»

«Ich nehme an, sie wollen uns nicht vor den Kopf stoßen. Sie wissen, daß sie an Mutter nicht vorbeikommen.»

«Da sind sie nicht allein.»

Janice denkt darüber nach. Das Bett quietscht, schwere Fußtritte schlurfen jenseits der Wand, und die erregten Schreie aus dem Fernsehapparat werden mit einem Tastendruck zum Schweigen gebracht. Burt Lancaster war gerade so schön in Fahrt gekommen. Diese Zähne: könnten das seine eigenen sein? Alle Filmstars lassen sie sich überkronen. Selbst Harry – er hatte immer Ärger mit den Backenzähnen gehabt, und jetzt sind sie hübsch geschützt und schmerzlos in kleine Jackets aus Zahngold, zu vierhundertfünfzig das Stück, verpackt.

«Sie ist noch auf», sagt Janice. «Sie kann nicht schlafen. Sie kocht vor Wut.» So wie sie das *s* ausspricht, hört sie sich immer mehr wie ihre Mutter an. Wir tragen unser Erbe eine Zeitlang versteckt mit uns herum und dann kommt es ans Tageslicht. Aus diesen engen Windungen.

In einem Windstoß wie vor einem plötzlichen Regenschauer stieben die Schatten der Blutbuchenblätter auf und schleudern ihre fipsigen Straßenlichtschnipsel hin und her über die Flächen, wo die Zimmerdecke an die hintere Wand stößt. Drei Autos fahren vorbei, eines nach dem andern, und Harrys Wahrnehmung der aktiven Außenwelt, die draußen vorübergleitet, während er hier drinnen in Sicherheit liegt, wallt auf in ihm und verschmilzt mit seiner verschwommenen Behaglichkeit. Er liegt in seinem Bett, seine Backenzähne sind in ihre Jacketkronen gebettet. «Sie ist kein Kind von Traurigkeit», sagt er. «Sie läßt sich nicht so leicht unterkriegen.»

«Sie sagt sich, abwarten und Tee trinken», sagt Janice in vielsagendem Ton, der darauf schließen läßt, daß sie wacher ist als er. Sie fragt: «Und wann komme ich an die Reihe?»

«Reihe?» Das Bett dreht sich sachte, und Stavros erwartet ihn an dem großen Schaufenster, das im staubigen Morgenlicht schwimmt. *Du hast es gewollt.*

«Du bist letzte Nacht gekommen – dem Zustand nach, in dem ich heute morgen war. Ich und das Laken.»

Der Wind regt sich wieder. Verdammt. Das Cabrio steht noch immer draußen mit heruntergeklapptem Verdeck.

«Schatz, es ist ein langer Tag gewesen.» Der Saft geht uns aus. «Entschuldige.»

«Ich will's dir noch einmal verzeihen», sagt Janice. «Ausnahmsweise.» Sie kann es nicht lassen hinzuzufügen: «Ich könnte direkt meinen, daß ich dich nicht mehr besonders reize.»

«Unsinn! Ehrlich, drüben im Club habe ich gerade heute gedacht, wieviel knuspriger du aussiehst als diese meisten anderen Weiber, die gute Thelma in ihrem kleinen Röckchen und die furchtbare Freundin von Buddy.»

«Und Cindy?»

«Nicht mein Typ. Zu mollig.»

«Lügner.»

Erraten. Er ist todmüde, und doch hält ihn noch etwas von der schwarzen Fläche des Schlafes zurück, und in diesem Zwischenstadium, kurz ehe er hineintaucht oder danach, meint er leichtere, jüngere barfüßige Schritte draußen über den Flur huschen zu hören, Schritte, die irgendwohin hasten.

Melanie tut, was sie sagt; sie bekommt tatsächlich einen Job als Bedienung in einem neuen Restaurant in der Innenstadt, direkt an der Weiser Street, in einem alten Restaurant mit neuem Namen, The Crêpe House. Davor war es das Café Barcelona, poppige Fliesen und Paella, schmiedeeiserne Gitter und Gazpacho; Harry aß dort manchmal zu Mittag, aber abends hatte das Lokal das falsche Publikum angezogen, Hippies und puertorikanische Familien aus dem Süden der Stadt – statt der gehobenen Einkommensklassen aus West Brewer und aus dem Villenviertel um den Locust Boulevard, auf die man angewiesen ist, wenn ein Restaurant in dieser Stadt gut gehen soll. In Brewer hat man für Lateinamerikanisches nie viel übrig gehabt, jedenfalls nicht seit Carmen Miranda und all den Saludos Amigos-Filmen von Walt Disney. Rabbit erinnert sich daran, daß es früher einen Club Castanet drüben an der Warren Avenue gab, aber das einzig Spanische daran waren der Name und die Rüschen an der orangefarbenen Arbeitskleidung der Kellnerinnen. Bevor das Crêpe House Café Barcelona geheißen hatte, war es lange Jahre Johnny Frye's Chophouse gewesen, gutbürgerliche Küche bis spät in die Nacht für die dicken altmodischen deutschstämmigen Kunden, die sich in der Zwischenzeit bestimmt schon mitsamt Unmengen von Koteletts und Sauerkraut und Strömen von Sunflower-Bier ins Grab gefressen haben. Seit es unter Crêpe House firmiert, floriert das Johnny Frye's; der dürre neue Menschenschlag der Büroangestellten der Stadt strömt aus Banken und Ämtern und leeren Kaufhäusern und pilgert mittags durch das Wäldchen, das die Stadtplaner dem Weiser Square aufgepropft haben, läßt sich an den kleinen Kacheltischchen aus dem Nachlaß des Café Barcelona nieder und stochert in veredelten Pfannkuchen herum, die mit irgend etwas Gehacktem gefüllt sind. Sogar wenn man nach einer Filmvorstellung in einer der Geschäftspassagen daran vorbeifährt, kann man sie drinnen bei Kerzenlicht paarweise über die Crêpes gebeugt sehen, bierernste Aufsteiger, die Männer in Freizeitanzügen mit lässig geöffneten Kragen und die jungen Frauen in raffinierten Kleidern, die ihnen am Körper kleben, als wären sie elektrisch aufgeladen, und ein weiteres Dutzend ihrer Artgenossen stehen in der Halle und warten darauf, daß Plätze freiwerden. Harry vermutet, daß es mit dem Kalorienbewußtsein zu tun hat – die Leute möchten heute das Gefühl haben, weniger zu essen, und Crêpe klingt nach beinahe nichts, kaum ein Imbiß, während die Bezeichnung Pfannkuchen alle Welt außer Kindern und zentnerschweren Walküren abschrecken würde. Harry staunt über diesen neuen aufstrebenden und finanzkräftigen Kundenstamm. Mit der Welt geht es unaufhaltsam zu Ende, aber dauernd kommen neue Leute nach, die zu dumm sind, um das zu begreifen, und tun so, als finge der Spaß erst richtig an. Das Crêpe House hat eingeschlagen, so daß sie das altehrwürdige Backsteingebäude daneben dazugekauft und sich über die Ladenräume ausgedehnt haben; nur den kleinen Zigarrenladen, in dem es immer noch einen kleinen Gasbrenner zum Anzünden neben der Kasse gibt, haben sie verschont und weiterexistieren lassen. Nach der Vergrößerung brauchte das Crêpe House mehr Kellnerinnen. Melanie arbeitet an manchen Tagen von zehn bis sechs in der Mittagsschicht: an anderen Tagen geht sie von fünf bis kurz vor ein Uhr nachts zum Bedienen. Eines Tages hat Harry Charlie dort zum Mittagessen eingeladen, um ihm die neue Frau im Leben der Angstroms vorzuführen, aber es war kein sehr großer Erfolg: das Erscheinen von Nelsons Vater, als Gast, zusammen mit einem fremden Mann, ließ Verlegenheitsrosen auf Melanies Wangen erblühen, während sie die beiden im mittäglichen Hochbetrieb bediente.

«Sieht nicht übel aus», sagte Charlie in dieser ungemütlichen Situation und starrte hinter der jungen Frau her, als sie ungelenk davonstürzte. Das Crêpe House steckt seine Kellnerinnen in einen purpurroten Minidress im Kolonialstil mit einer Riesenschleife auf dem Rücken, die beim Laufen wippt.

«Findest du?» sagt Harry. «Ich nicht. Das stört mich, tatsächlich. Daß sie mich gar nicht reizt. Die Kleine lebt jetzt seit zwei Wochen bei uns im Haus, und eigentlich sollte ich die Wände hochgehen.»

«Bist du nicht schon 'n bißchen zu alt dafür, Chef? Außerdem gibt's Frauen, die sprechen bestimmte Männer einfach nicht an. Deshalb werden ja so viele Modelle auf den Markt gebracht.»

«Gut gebaut ist sie, wie du sehr richtig sagst. Mordsmäßig Holz vorm Haus, du mußt nur richtig hinsehn.»

«Hab ich schon.»

«Das Komische ist, sie scheint Nelson auch nicht zu reizen, soweit ich das beurteilen kann. Sie sind gute Kumpels; wenn sie zu Hause ist, hocken sie stundenlang zusammen in seinem Zimmer und spielen seine alten Schallplatten und reden über Gott weiß was, und manchmal, wenn sie da rauskommen, sieht es aus, als hätte er geheult, aber soweit Jan und ich das mitkriegen, schläft sie in dem Zimmer vorn, wo wir sie am ersten Abend, um es der alten Dame schmackhaft zu machen, untergebracht haben, ohne zu ahnen, daß es hinhauen würde. Tatsache ist, daß Bessie mittlerweile ganz begeistert ist von ihr. Einmal hilft sie mehr im Haushalt als Janice, deshalb könnte Melanie vermutlich zur Zeit schlafen, wo sie wollte, und sie würde ein Auge zudrücken.»

«Aber ganz *bestimmt* vögeln die doch», beharrte Stavros und legte die Hände in der entschiedenen, leicht bedrohlichen Art, die er an sich hat, auf den Tisch: die Handflächen einander gegenüber, mit den Daumen nach oben.

«Sollte man annehmen», stimmte Rabbit zu. «Aber die beiden sind unheimlich. Dauernd kommen Briefe in langen weißen Umschlägen aus Colorado, und sie verbringen viel Zeit mit den Antworten. Die Poststempel stammen aus Colorado, aber die aufgedruckte Absenderadresse ist irgendeine Fakultät in Kent. Vielleicht ist er rausgeflogen.»

Charlie hat kaum hingehört. «Vielleicht sollte ich ihr mal einheizen, wenn Nelson ihr nicht Feuer unterm Hintern macht.»

«Moment mal, Charlie. Ich hab ja nicht gesagt, daß bei ihm nichts läuft, bloß spürt man irgendwie nichts davon im Haus. Ich glaube nicht, daß sie's hinten in dem Maverick treiben, die Sitze haben Kunststoffbezüge, und die Jugend von heute ist zu verwöhnt.» Er schlürft seinen Margarita und wischt sich das Salz von den Lippen. Der Barkeeper stammt noch aus den Tagen des Café Barcelona, sie mußten den ganzen Keller noch voll Tequila haben. «Ehrlich gesagt, ich kann mir nicht vorstellen, daß Nelson überhaupt mit irgendwem vögelt, er ist so ein miesepetriger kleiner Punk.»

«Die Karosserie hat er vom Großvater. Fred war ganz schön sexy, mach dir nichts vor. Er konnte die Pfoten nicht von den

Tippsen lassen, deshalb sind so viele abgehauen. Was hast du gesagt, woher sie kommt?»

«Aus Kalifornien. Ihr Vater muß 'ne ziemliche Niete sein, er lebt in Oregon, war früher mal Anwalt. Ihre Eltern haben sich schon vor langer Zeit getrennt.»

«Dann ist sie also fern der Heimat. Da braucht sie wahrscheinlich eher einen Freund in reiferen Jahren.»

«Na ja, ich bin ja da, gleich schräg über'n Flur.»

«Du gehörst zur Familie, alter Freund. Das gilt nicht. Außerdem stehst du nicht auf ihr, und das kriegt sie natürlich mit. Frauen merken so was.»

«Charlie, du könntest ihr Vater sein.»

«Ahh . . . Diese mediterranen Typen mögen gern ein paar graue Haare auf einer Männerbrust. Die alten *Mastoras*.»

«Und was ist mit deiner lausigen Pumpe?»

Charlie lächelte und legte seinen Löffel in die kalte Spinatsuppe, die Melanie serviert hatte. «Nicht die schlechteste Art abzutreten.»

«Charlie, du bist verrückt», sagt Rabbit tief beeindruckt, voller Bewunderung, wie schon so oft in ihrer langen Bekanntschaft, für das, was er als den souveränen Umgang des anderen mit den elementaren Dingen des Lebens betrachtet – Dingen, mit denen Harry nie ins reine kommt.

«Verrücktsein macht das Leben erst lebenswert», sagt Charlie schlürfend und schloß die Augen hinter seinen getönten Brillengläsern, um die Suppe zu kosten. «Zuviel Muskat. Vielleicht hätte Janice mich ganz gern drüben, ist ja schon lange her. Also könnte ich die Lage mal erforschen.»

«Hör mal, ich kann dich doch nicht zu uns einladen, damit du die Freundin meines Sohnes verführst.»

«Du hast gesagt, sie wäre keine richtige Freundin.»

«Ich hab gesagt, man würde ihnen nichts anmerken, aber was weiß ich schon?»

«Du hast einen guten Riecher. Auf dem Gebiet traue ich dir, alter Freund.» Er gab dem Gespräch eine leichte Wendung. «Wie kommt's eigentlich, daß Nelson dauernd im Betrieb aufkreuzt?»

«Keine Ahnung, solange Melanie tagsüber arbeitet, weiß er

nicht, was er anfangen soll. Er hängt ein bißchen im Haus herum, mit Bessie, geht mit Janice schwimmen im Club, bis seine Augen ganz rot sind vom Chlor. Er hat sich in der Stadt ein bißchen nach einem Job umgesehen, aber ohne Erfolg. Ich glaube nicht, daß er sich besonders angestrengt hat.»

«Vielleicht könnten wir ihn im Betrieb unterbringen.»

«Das möchte ich nicht. Es ist hier alles schon ein bißchen zu gemütlich für ihn.»

«Will er wieder aufs College?»

«Weiß ich nicht. Ich habe Schiß, danach zu fragen.»

Stavros legt den Suppenlöffel behutsam hin. «Schiß, danach zu fragen», wiederholt er. «Und du bezahlst die Rechnungen. Wenn mein Vater jemals zu irgendwem gesagt hätte, er hätte Schiß vor irgendwas, was mich betraf, ich glaube, bei uns wär der Teufel losgewesen.»

«Vielleicht ist Schiß nicht das richtige Wort.»

«Es ist das Wort, das du benutzt hast.» Mit zusammengekniffenen Augen, als hätte er Schmerzen, blickte er durch seine dicken Brillengläser auf, um Melanie schärfer zu sehen, als sie in einem Gepluster purpurroter Kolonialvolants Harry ein *Crêpe aux Zucchini* und Charlie ein *Crêpe aux Champignons et Oignons* vorsetzt. Der Duft des dampfenden Gemüses blieb zurück wie eine Parfümwolke, die den Rüschen ihres Kostüms entstiegen war, bevor sie wegflattert.

«Nett», sagt Charlie, und meint nicht das Essen. «Sehr nett.» Rabbit kann es noch immer nicht sehen. Er denkt an ihren Körper ohne die Rüschen, und der Gedanke löst nichts aus, abgesehen von einer Spur Angst, als sähe er eine gezogene Waffe oder betrachtete voller Entsetzen eine starre Maschine, mit der sein weicher Körper sich besser nicht einließ.

Aber er fühlt sich verpflichtet, Janice zu sagen: «Wir haben Charlie schon lange nicht mehr hiergehabt.»

Sie sieht ihn mit fragendem Blick an. «Willst du denn? Hast du nicht genug von ihm im Geschäft?»

«Schon, aber du hast dort nichts von ihm.»

«Charlie und ich haben seinerzeit genug voneinander gehabt.»

«Hör zu, der Mann lebt mit seiner Mutter zusammen, die immer trotteliger wird, er ist nicht verheiratet und redet unentwegt von seinen Nichten und Neffen, aber ich glaube, daß die sich nicht im geringsten um ihn kümmern –»

«Ist ja gut, du brauchst nicht Reklame zu machen. Ich sehe Charlie gern mal wieder. Allerdings finde ich es schon makaber, daß du dich so intensiv darum kümmerst.»

«Wieso nicht? Wegen der alten Geschichte damals? Ich bin nicht nachtragend. Es hat dir mehr Pfiff gegeben.»

«Danke», sagt Janice trocken. Schuldbewußt versucht er nachzurechnen, wie oft er ihr seither einen Orgasmus verschafft hat. An diesen Juliabenden kriegt man Lust auf ein Bier über den Durst, während die Phillies sich abrackern, und dann im Bett überkommt einen so eine schreckliche Schlaffheit, so eine selige Trägheit, daß man begreift, wie es dazu kommt, daß Männer bereitwillig, freudig in den Tod, die ewige Erlösung von der Höllenqual des Leistungsdrucks gehen. Wenn Janice eine Zeitlang nicht gefickt worden ist, werden ihre Bewegungen fahriger, und der Gedanke an Charlies Besuch verstärkt diese Unruhe. «An welchem Abend?» fragt sie.

«Wann ihr wollt. Welche Schicht arbeitet Melanie diese Woche?»

«Was hat das damit zu tun?»

«Er soll sie ruhig mal etwas näher kennenlernen. Ich habe ihn in dieses Crêpe-Lokal zum Mittagessen eingeladen, und sie hat zwar versucht, einen netten Eindruck zu machen, aber sie war in Hetze, und es hat nicht so richtig geklappt.»

«Was hätte denn ‹klappen› sollen?»

«Mach mich nicht nervös bei dieser verdammten Schwüle. Ich habe schon die ganze Zeit gedacht, wir sollten Ma fragen, ob sie halbe-halbe mit uns macht, wenn wir 'ne neue Klimaanlage anschaffen. Ich habe gelesen, daß ein Fabrikat Marke Friedrich das beste sein soll. Mit ‹klappen› meine ich einen ganz normalen zwischenmenschlichen Austausch. Er hat mir einen Haufen peinliche Fragen wegen Nelson gestellt.»

«Was zum Beispiel? Was ist so peinlich an Nelson?»

«Na, zum Beispiel, ob er wieder aufs College geht oder nicht, und wieso er andauernd im Betrieb aufkreuzt.»

«Wieso sollte er nicht im Betrieb aufkreuzen? Der Betrieb hat seinem Großvater gehört. Und Nelson war schon immer scharf auf Autos.»

«Damit rumbolzen, das kann er jedenfalls. Der Maverick klappert neuerdings an allen Ecken und Enden, ist dir das schon aufgefallen?»

«Nein, das ist mir nicht aufgefallen», erwidert Janice schnippisch und schenkt sich noch einen Campari ein. In dem Wunsch, ihren Alkoholkonsum einzuschränken und die schleichende Mittelitis zu bremsen, hat sie Campari-Soda zu ihrem Sommergetränk erkoren; vergißt aber immer wieder, sich Sprudel einzuschenken. Sie fügt hinzu: «Er ist an die geraden Straßen von Ohio gewöhnt.»

In Kent hatte Nelson einem Kommilitonen, der mit dem Studium fertig war, einen alten Thunderbird abgekauft, und als er sich entschloß, nach Colorado zu fahren, hatte er den Wagen für die Hälfte des Preises, den er selber bezahlt hatte, weiterverkauft. Der Gedanke daran verstärkt bei Rabbit das erstickende Gefühl, ausgenommen zu werden. Er erklärt: «Dort haben sie auch die Fünfundfünfzig-Meilen-Geschwindigkeitsbegrenzung. Unser ganzes geplagtes Land versucht, Benzin zu sparen, bevor die Araber dafür sorgen, daß unsere Dollars keinen Pfifferling mehr wert sind, und dein Söhnchen fährt im zweiten Gang mit fünfundfünfzig durch die Gegend.»

Janice, die weiß, daß er sie damit auf die Palme bringen will, kehrt ihm mit der ruckartigen Geschwindigkeit von Zeitrafferaufnahmen den Rücken zu und steuert das Telefon im Eßzimmer an. «Ich lade ihn für nächste Woche ein», sagt sie. «Vielleicht hörst du dann auf, mich so anzugiften.»

Charlie bringt wie immer Blumen in einem oben zusammengeklammerten grünen Konus aus Einwickelpapier mit, die er Ma Springer überreicht. Nach all den Jahren, in denen er dem alten Springer in den Hintern gekrochen ist, weiß er, wie er mit der Witwe umzugehen hat. Bessie nimmt sie mit einem knappen Lächeln entgegen; ihr Mädchenname war Koerner, und sie hatte sich nie ganz damit abgefunden, daß Fred einen Griechen einstellte, und ihre bösen Vorahnungen wurden wahr, als Charlie um die Zeit der ersten Landung auf dem Mond eine Affäre mit Janice hatte, mit so grauenhaften Folgen. Na ja, heutzutage flog kaum noch jemand zum Mond.

Die Blumen entpuppen sich, ausgepackt, als Rosen, beige wie Palominopferde. Janice stellt sie gurrend in eine Vase. Sie hat sich für den Anlaß in ein aufreizendes geblümtes Sommerfähnchen geworfen, das ihre braunen Schultern zur Geltung bringt, und trägt ihr langes Haar in der Hitze hochgesteckt, um sie alle auf ihren schmalen Nacken aufmerksam zu machen und die goldene Halskette aus winzigen sich überlappenden Fischschuppen zur Schau zu stellen, die Harry ihr vor drei Jahren zum zwanzigsten Hochzeitstag geschenkt hat. Neunhundert Dollar hatte er damals dafür hingeblättert, mittlerweile mußte sie fünfzehnhundert wert sein, bei der wahnwitzigen Entwicklung des Goldpreises. Sie beugt sich vor, um Charlie einen Kuß zu geben, auf den Mund, nicht auf die Wange, und ruft damit allen, die zusehen, spielerisch ins Gedächtnis, wie diese beiden Körper sich ineinander bewegt haben. «Charlie, du siehst zu dünn aus», sagt Janice. «Sorgst du denn nicht richtig für dich?»

«Ich stopfe mich voll, Jan, aber es bleibt nicht mehr auf den Rippen. Dafür siehst du phantastisch aus.»

«Melanie hat uns alle auf den Gesundheitstrip gebracht. Stimmt's Mutter? Weizenkeime und Alfalfaschößlinge, und was weiß ich noch. Joghurt.»

«Ich fühle mich besser, allen Ernstes», tönt Bessie. «Ich weiß allerdings nicht, ob es an der Ernährung liegt oder einfach daran, daß ein bißchen mehr Leben im Haus ist.»

Charlies viereckige Fingerspitzen liegen noch immer auf Janices braunem Arm. Rabbit betrachtet das Phänomen, wie er irgendeinen Vorgang in der Natur betrachten würde – einen Japankäfer auf einem Blatt, oder zwei Äste eines Baumes, die sich im Wind aneinander reiben. Dann, in die Moleküle vordringend, fällt ihm wieder ein, wie sich Liebe anfühlt, gewaltig, Haut an Haut, Planeten, die aufeinandertreffen.

«Wir essen alle zuviel Zucker und Kochsalz», sagt Melanie mit ihrer fröhlichen erhöhten Stimme, die losgelöst scheint von dem, was darunter liegt, wie ein ungebetener Segensspruch. Charlies Hand hat sich von Janices Haut losgerissen; er ist ganz kriegerische Wachsamkeit; sein Profil leuchtet in dem Dämmerlicht dieses Wohnraums, durch den alle Besucher des Hauses hindurchgeschleust werden: eine niedrige Stirn und ein kantiges Kinn, die Muskeln über der Kieferhöhle bewegen sich rhythmisch. Er sieht jünger aus als im Laden, vielleicht weil die Beleuchtung schlechter ist.

«Melanie», sagt Harry, «du erinnerst dich doch sicher noch an Charlie, vom Mittagessen neulich?»

«Klar. Er hat Pilze und Kapern bestellt.»

«Zwiebeln», sagt Charlie, die Hand noch immer ausgestreckt, um die ihre zu schütteln.

«Charlie ist meine rechte Hand da drüben, oder ich bin seine, wie er es vermutlich ausdrücken würde. Er hat für Springer Motors Autos an den Mann gebracht, seit –» Ihm fällt kein Witz ein.

«Seit man sie pferdelose Kutschen nannte», sagt Charlie und nimmt ihre Hand in seine. Harry sieht zu und staunt über die Zierlichkeit ihrer jungen Hand. Wir gehen rundherum in die Breite. Die Füße alter Frauen – sie sehen aus wie kleine geäderte Brotlaibe, die aufgehen. Abgesehen von ihrem raumgreifenden staunenden Blick ist Melanie so fest gestrickt wie eine neue Socke. Charlie geht auf sie zu. «Wie geht's, Melanie? Wie gefällt Ihnen die Gegend hier?»

«Ich find's schön», lächelt sie. «Direkt malerisch.»

«Harry sagt, Sie wären an der Westküste zu Hause.»

Ihre Augäpfel bewegen sich nach oben, bis das Weiße unter der Iris zum Vorschein kommt, während sie den Blick in ihre ferne Heimat richtet. «O ja. Ich bin in Marin County geboren. Meine Mutter lebt jetzt in einem Ort, der Carmel heißt. Er liegt im Süden.»

«Ich habe schon davon gehört», sagt Charlie. «In der Gegend gibt's ein paar Rockstars.»

«Eigentlich nicht, ich glaube nicht ... Joan Baez, aber die hat eher einen traditionellen Stil. Wir wohnen in unserer früheren Ferienwohnung.»

«Wie kam denn das?»

Verwirrt erzählt sie ihm. «Mein Vater hat früher als Wirtschaftsanwalt in San Francisco gearbeitet. Dann haben er und meine Mutter sich getrennt, und wir mußten das Haus an der Pacific Avenue verkaufen. Jetzt ist er in Oregon und lernt Forstwirtschaft.»

«Das hört sich ja ziemlich traurig an», sagt Harry.

«Das findet Daddy gar nicht», klärt Melanie ihn auf. «Er lebt da mit einer wunderschönen Frau, die zur Hälfte Yakima-Indianerin ist.»

«Zurück zur Natur», sagt Charlie.

«Das einzig Wahre», sagt Rabbit. «Ein paar Sojabohnen gefällig?»

Das soll ein Witz sein, denn er reicht gefriergetrocknete Cashewnüsse in einer Frühstücksschüssel herum, Nüsse, die er vor einer Viertelstunde in einer plötzlichen Anwandlung im Lebensmittelladen neben der staatlichen Spirituosenhandlung gekauft hat, als er in dem klappernden Maverick unterwegs war, um die Vorräte für den Abend aufzufüllen. Er hatte sich beinahe von dem Preis von 2,89 $ auf dem Glas abschrecken lassen, dreißig Cents Aufschlag, seit er zum letztenmal welche gesehen hat, und hatte statt dessen nach den gefriergetrockneten Erdnüssen gegriffen. Aber auch die kosteten über einen Dollar, 1,09 $ Erdnüsse, die man früher ungeschält in großen Tüten zu einem Vierteldollar bekam, als er noch ein Junge war, und so hatte er gedacht: zum Teufel, wozu ist man schließlich reich, und hatte doch die Cashewnüsse genommen.

Er ist gekränkt, als Charlie flüchtig hinsieht und mit müder Geste die Hand hebt und nichts nimmt. «Ungesalzen», drängt Harry. «Proteinreich.»

«Finger weg von dem Dreckszeug», sagt Charlie. «Der Onkel Doktor hat's mir ein für alle Mal verboten.»

«Dreckszeug!» will Rabbit protestieren.

Aber Charlie setzt Melanie weiter zu. «Jeden Winter fahre ich für einen Monat runter nach Florida. Nach Sarasota, auf der Golfseite.»

«Was hat das mit Kalifornien zu tun?» fragt Janice dazwischen.

«Die gleiche Art von Paradies», sagt Charlie und wendet ihr die eine Schulter zu, um weiterhin direkt zu Melanie zu sprechen. «Das ist mein Fall. Sand in den Schuhen, zu schön, jeden

Tag in denselben ausgefransten abgeschnittenen Jeans rumrennen. Das ist drüben auf der Golfseite. Die Seite von Miami kann ich nicht ausstehen. Die einzige Art, wie sie mich nach Miami rüberbringen könnten, wäre in einem Alligator. Die gibt's da tatsächlich: die kommen aus diesen Kanälen direkt bis auf deinen Rasen gekrochen und fressen dir dein Schoßhündchen auf. So was kommt da alle Naselang vor.»

«Ich bin noch nie in Florida gewesen», sagt Melanie und bekommt einen leicht glasigen Blick, was bei ihr etwas heißen will.

«Dann sollten Sie es unbedingt mal ausprobieren», sagt Charlie. «Da finden Sie die richtigen Leute.»

«Willst du damit sagen, daß wir *nicht* die richtigen Leute sind?» fragt Rabbit, um ihm zuzusetzen und Janice Schützenhilfe zu geben. Charlies Verhalten muß sie verletzen. Er nimmt eine Cashewnuß zwischen die Zähne, knackt sie behutsam und kostet den Genuß aus. Dieses erste Zermalmen da drinnen mit der Zunge und Speichel und Zähnen. Er liebt Nüsse. Eine saubere Sache, nicht wie Fleisch. Im Garten Eden aßen sie Nüsse und Früchte. Gefriergetrocknet brennen die Cashews ein bißchen. Er mag sie lieber gewürzt, in Salzlake getränkt, hat aber diese Sorte gekauft aus Rücksicht auf Melanie – die Chemikalien werden ihm hier gründlich ausgetrieben. Dennoch, einige Chemikalien haben sich bestimmt auch bei dieser Gefriertrocknung eingeschlichen, man kann nichts mehr essen, ohne sich zu schaden, hier auf Erden. Janice muß dieses Verhalten zuwider sein.

«Nicht bloß alte Leute übrigens», erzählt Charlie Melanie. «Man trifft da unten auch eine Menge junge Leute, die sich einfach wohl fühlen in ihrer Haut. Sagenhaft.»

«Janice», sagt Mrs. Springer, und es hört sich an wie Tschänniss. «Wir sollten auf die Veranda gehen, und du solltest etwas zu trinken anbieten.» Zu Charlie sagt sie: «Melanie hat einen wunderbaren Früchtepunsch gemacht.»

«Wieviel Gin verträgt der?» fragt Charlie.

Harry mag diesen Kerl, auch wenn er sich vor Janices Augen an Melanie heranmacht, und auf der Veranda, als sie es sich auf den Aluminiummöbeln gemütlich gemacht haben mit ihren

Gläsern und Janice in der Küche letzte Hand an das Essen legt, fragt er ihn, um mit ihm anzugeben: «Wie fandest du Carters Energierede?»

Charlie neigt den Kopf zu dem rosenwangigen Mädchen und sagt: «Ein Trauerspiel. Der Mann hatte recht. Ich leide an einer Krise des Vertrauens in ihn.»

Niemand lacht, außer Harry. Charlie gibt den Ball weiter. «Was sagen Sie dazu, Mrs. Springer?»

Die alte Dame, in die Manege gerufen, streicht den Stoff auf ihrem Schoß glatt und blickt nach unten, als suche sie nach Krümeln. «Er scheint ein rechtschaffener Christ zu sein, obwohl Fred immer sagte, die Demokraten wären bloß Handlanger der Gewerkschaften. Trotz alledem. Ein Geschäftsmann an seiner Stelle wüßte vielleicht besser, wie man mit der Inflation zurechtkommt.»

«Er *ist* ein Geschäftsmann, Bessie», sagt Harry. «Er baut Erdnüsse an. Sein Großhandel da unten wirft mehr Gewinn ab als unser Laden.»

«Ich fand es traurig», sagt Melanie unvermittelt und beugt sich vor, so daß ihre lose zigeunerhafte Bluse eine Furche enthüllt, einen Lufttunnel zwischen ihren büstenhalterlosen Brüsten, «als er sagte, die Menschen glaubten zum erstenmal, es würde alles schlechter statt besser.»

«Traurig für ein Küken wie Sie», sagt Charlie. «Für alte Knacker wie uns kann sowieso nur alles schlechter werden.»

«Glaubst du das im Ernst?» fragt Harry ehrlich überrascht. Er findet, daß sein Leben erst anfängt, jetzt, wo er endlich in geordneten Verhältnissen lebt, wo er über einen ausreichenden finanziellen Spielraum verfügt und die unterdrückte Angst, die ihm keine Ruhe gewährt hat, sich allmählich gelegt hat. Er will weniger. Freiheit, die er immer für äußere Bewegung gehalten hatte, entpuppt sich als dieses innere Schrumpfen.

«Natürlich glaube ich das», sagt Charlie, «aber was sagt dieses reizende Kind hier dazu? Daß das Spiel aus ist? Das kann sie doch un*mög*lich.»

«Ich glaube», beginnt Melanie. «Ach, ich weiß es nicht – Bessie, helfen Sie mir.»

Harry wußte nicht, daß sie die alte Dame mit ihrem Vornamen anspricht. Er hatte Jahre des Zusammenlebens mit ihr gebraucht, ehe es ihm leichtfiel, und eigentlich war es erst von dem Tag an gegangen, als er sie versehentlich in ihrem Badezimmer überraschte, weil Janice das andere blockierte.

«Sag, was du denkst», rät die alte Frau der jüngeren, «das tun die anderen auch.»

Wie leuchtende Scheiben wandern Melanies Augen über ihre Gesichter, blicken suchend in die Runde und dann in einer Aufwärtsdrehung nach oben, wie man es auf Heiligenbildern sieht. «Ich glaube, daß wir lernen können, auf die Dinge, die jetzt knapp werden, zu verzichten. Ich brauche keine elektrischen Tranchiermesser und all das. Ich mache mir mehr Sorgen über die Elritzen und die Wale als über Eisenerz und Erdöl.» Sie dehnt das letzte Wort und starrt Harry gebannt dabei an. Als ob er groß im Ölgeschäft wäre. Er stellt fest, was ihm an ihr mißfällt: daß sie ihn anscheinend fortgesetzt zu hypnotisieren versucht. «Ich denke», fährt sie fort, «solange es Dinge gibt, die wachsen, ist die Welt noch voller unerschöpfter Möglichkeiten.»

Das Summen unter ihren Worten hängt im dunkler werdenden Raum der Veranda. Alien. Moonraker.

«Ein einziger gewaltiger Unkrautacker», sagt Harry. «Wo zum Teufel steckt eigentlich Nelson?» Er ärgert sich, nimmt er an, weil dieses Mädchen in einer anderen Welt lebt, und das engt seine Welt ein. Er fühlt sich eher von der fetten alten Bessie in seiner Männlichkeit bestätigt als von ihr. In Bessies Stimme schwingt wenigstens ein Stück Heimat mit, ein Stück seines Lebens. Damals, als er in ihr Badezimmer platzte, sah er nicht viel; sie schrie auf und saß auf der Toilette, mit über die Knie gezogenem Rock, und er hörte ihren Schrei, sah aber kaum etwas, bloß ein Stück Schenkel, weiß wie der Marmortresen in einem Metzgerladen.

Bessie antwortet ihm mit leidender Stimme: «Ich glaube, er ist aus irgendeinem Grund weggefahren. Janice müßte wissen wohin.»

Janice kommt in die Türöffnung der Veranda und sieht keß aus in ihren Gänseblümchen und einer orangefarbenen Schürze. «Er ist gegen sechs mit Billy Fosnacht weggefahren. Sie müßten schon wieder zurück sein.»

«Welchen Wagen haben sie genommen?»

«Sie mußten den Corona nehmen. Du warst mit dem Maverick beim Spirituosenfritzen.»

«Ach, das ist ja reizend. Was hat Billy Fosnacht eigentlich hier zu suchen? Wieso hat er sich nicht freiwillig zum Militär gemeldet?» Er hat das Bedürfnis, vor Charlie und Melanie Autorität zu demonstrieren.

Autorität spricht auch aus der Art, wie Janice einen hölzernen Rührlöffel in der Hand schwenkt. Sie sagt, an alle Anwesenden gerichtet: «Sie sagen alle, er macht sich sehr gut. Er hat angefangen, irgendwo in New England Zahnmedizin zu studieren. Er spezialisiert sich auf . . . wie nennt man das noch?»

«Ophthalmologie», sagt Rabbit.

«Endodontologie.»

«Guter Gott», ist alles, was Harry einfällt. Vor zehn Jahren, in der Nacht, in der sein Haus abgebrannt war, hatte Billy seine Mutter Miststück genannt. Er hatte Billy seitdem oft gesehen in all den Jahren, als Nelson in Mt. Judge zur Schule ging, aber er hatte nie vergessen, wie Peggy ihn damals geohrfeigt hatte, diesen kleinen zwölf- oder dreizehnjährigen Jungen, und wie die Abdrücke ihrer Finger auf den zarten Wangen des Kindes rosa aufflammten. Da hatte er sie eine Hure genannt, Harrys Saft noch warm in ihr. Später in dieser Nacht hatte Nelson geschworen, seinen Vater umzubringen. *Du verdammter Dreckskerl, du hast sie sterben lassen. Ich bring dich um. Ich bring dich um.* Harry hatte die Fäuste gehoben, um zu kämpfen. Die Schicksalsschläge des Lebens, sie hatten ihn weit von den Gesichtern auf der Veranda weggetragen; in der Stille hörte er von fern das Hämmern einer Nachbarin. «Wie geht es eigentlich Ollie und Peggy?» fragt er heiser, obwohl er sich geräuspert hat. Er hat Billys Eltern aus den Augen verloren, seit der Handel mit Toyota-Autos sein Ansehen im Lande gehoben hat.

«Wie immer», sagt Janice. «Ollie ist noch in der Musikhandlung. Und Peggy soll sich in die Politik gestürzt haben.» Sie wendet sich wieder ihren Töpfen zu.

Charlie sagt zu Melanie: «Sie sollten eine Flugreise nach Florida buchen, wenn Sie hier die Nase voll haben.»

«Was hast du bloß andauernd mit Florida?» fragt Harry ihn

lautstark. «Sie sagt, sie stammt aus Kalifornien, und du willst sie unbedingt in Florida haben. Ich seh da keinen Zusammenhang.»

Charlie saugt an seinem mit Alkohol gepanschten bonbonfarbenen Punsch und sieht aus wie ein trauriger alter Knabe, die Haut spannt sich immer enger um seinen Schädel. «Wir können ja einen Zusammenhang herstellen.»

Melanie ruft zur Küche hin: «Janice, kann ich irgendwie helfen?»

«Nein, Liebes, danke; es ist beinahe fertig. Sterbt ihr schon alle vor Hunger? Will noch jemand einen frischen Drink?»

«Wieso nicht?» fragt Harry in einer Anwandlung von Verwegenheit. Diese Runde wird nicht sehr unterhaltend werden, er muß innerlich für Unterhaltung sorgen. «Und du, Charlie?»

«Ich passe, alter Freund. Einer ist das höchste der Gefühle. Die Ärzte sagen, das sollte absolut tabu sein in meiner Verfassung.» An Melanie gewendet fragt er: «Was macht Ihre Limo?»

«Sag nicht Limo, das ist gemein», sagt Harry und tut ritterlich. «Ich bewundere jeden aus dieser Generation, der seinen Organismus nicht mit Pillen und Promille vergiftet. Seit Nelson wieder da ist, kommen und gehen die Sechserpackungen Bier im Kühlschrank wie Züge in einem Bahnhof.» Es kommt ihm vor, als hätte er das vor kurzem schon einmal gesagt.

«Ich hol Ihnen noch was», singt Melanie und nimmt Charlies Glas und Harrys ebenfalls. Er hat bei ihr keinen Namen, fällt ihm auf. Nelsons Vater. Hinter dem Berg. Aus einer anderen Welt.

«Machen Sie mir einen schwachen», bittet er sie. «Einen Gin-Tonic.»

Ma Springer geht ihren eigenen Gedanken nach. Sie sagt zu Stavros: «Nelson hat mich gefragt, wie der Laden läuft, wie viele Verkäufer da sind, wie sie bezahlt werden, und so weiter.»

Charlie verlagert das Gewicht auf seinem Stuhl. «Die Benzinmisere wird sich zwangsläufig auf den Autohandel auswirken. Die Leute kaufen keine Kühe, die sie nicht füttern können. Auch wenn Toyota bisher noch ziemlich gut abschneidet.»

Harry mischt sich ein. «Bessie, es gibt keine Möglichkeit, Nelson im Verkauf unterzubringen, ohne Jake und Rudy weh zu tun. Und das sind verheiratete Männer, die kleine Kinder ernähren müssen von ihren Provisionen. Wenn du willst, kann ich mit Manny reden und ihn fragen, ob er noch einen Burschen zum Wagenwaschen brauchen kann.»

«Er hat keine Lust, anderen Leuten den Dreck wegzumachen», ruft Janice mit schneidender Stimme aus der Küche.

Ma Springer bestätigt: «Ja, er hat mir gesagt, er würde gern ausprobieren, ob er mit dem Verkaufen zurechtkommt; du weißt ja, wie sehr er Fred immer bewundert, ja, fast vergöttert hat –»

«Ach, *komm*», sagt Harry. «Von der zehnten Klasse an hat er sich doch einen Dreck für seinen Großvater interessiert. Als er mit Mädchen und Rock anfing, hielt er doch jeden über zwanzig für einen Trottel. Er hatte nur noch eins im Kopf, und das war, aus Brewer zu verduften, und ich sagte ihm, bitte, da hast du die Fahrkarte, versuch dein Glück. Also weshalb schleicht er jetzt hier rum und wispert mit seiner Mutter und seiner Großmutter?»

Melanie bringt die Gläser der beiden Männer. Profihaft aufrecht, eine zum Dreieck gefaltete Papierserviette um den beschlagenen Fuß der Gläser gelegt. Rabbit trinkt einen Schluck und findet seinen Drink stark, obwohl er um einen schwächeren gebeten hatte. Eine Art Liebesbotschaft?

Ma Springer legt beide Hände auf die Oberschenkel und stemmt die Ellbogen nach außen, Ellbogen, so faltig wie kleine Mopsgesichter.

«Also Harry –»

«Ich weiß schon, was du sagen willst. Die Hälfte der Firma gehört dir. Dein Glück, Bessie, ich gönne es dir. Ich an Freds Stelle hätte dir alles vermacht.» Er wendet sich rasch an Melanie und sagt: «Man sollte wirklich bei dieser Benzinkrise die alten Straßenbahnen wieder einführen. Sie sind zu jung, um sich noch an sie zu erinnern. Sie liefen auf Schienen, und die Antriebskraft kam von elektrischen Oberleitungen. Sehr sauber. Sie fuhren überall, als ich klein war.»

«O, ich weiß. Die gibt es heute noch in San Francisco.»

«Harry, was ich sagen wollte –»

«Aber du *führst* den Laden nicht», fährt er, an seine Schwiegermutter gerichtet, fort, «und hast es nie getan, und solange ich es tue, kann Nelson, wenn er unbedingt einsteigen will, für Manny Autos abspritzen. Ich will ihn nicht im Verkaufsraum haben. Er hat nicht die richtigen Umgangsformen. Er kann sich nicht mal gerade hinstellen und lächeln.»

«Ich dachte immer, das wären Seilbahnen», sagt Charlie zu Melanie.

«Oh, die haben sie nur an ein paar Steigungen. Es wird dauernd darauf hingewiesen, wie gefährlich sie sind, die Seile reißen; aber die Touristen wollen sie unbedingt haben.»

«Harry. Essen», sagt Janice. Sie ist eisern. «Wir warten nicht mehr auf Nelson, es ist schon nach acht.»

«Tut mir leid, wenn das hart klingt», sagt er zu den Anwesenden, als sie sich erheben, um zu Tisch zu gehen. «Aber ihr seht ja, sogar jetzt ist der Lümmel zu ungehobelt, rechtzeitig zum Essen nach Hause zu kommen.»

«Dein eigener Sohn», sagt Janice.

«Melanie, was meinen Sie? Was hat er vor? Will er nicht wieder zurück und Examen machen?»

Das Lächeln bleibt auf ihrem Gesicht stehen, scheint aber abzublättern, wie ein alter Anstrich. «Nelson hat wohl das Gefühl», sagt sie vorsichtig, «daß er lange genug im College gewesen ist.»

«Aber wo ist sein akademischer Grad?» Die eigene Stimme klingt schrill in seinem Kopf, wie in einer Falle gefangen. «Wo ist sein Abschluß?» wiederholt Harry, bekommt aber keine Antwort.

Janice hat Kerzen auf dem Eßtisch angezündet, obwohl der Julitag noch so hell ist, daß sie fahl aussehen. Sie hatte es schön machen wollen für Charlie. Gute alte Jan. Als Harry hinter ihr her zum Tisch geht, fällt sein Blick auf etwas, was er selten zu sehen bekommt, auf ihren blassen entblößten Nacken. In dem Schurren, als alle Platz nehmen, streift er Melanies entblößten Arm und wirft einen Blick auf die reifen Rundungen, die die Zigeunerbluse nur lose verbirgt. Schön fest. Er murmelt ihr zu: «Tut mir leid, ich wollte Sie nicht in die Enge treiben eben. Ich werde einfach nicht schlau aus Nelson.»

«Oh, das haben Sie auch nicht», flötet sie. Löckchen wippen und beben; dazwischen lodern ihre Wangen. Während Ma

Springer sich schwerfällig auf ihren Platz am Kopf der Tafel fallen läßt, wirft das Mädchen ihm einen schnellen Blick zu, mit einem Glitzern in den Augen, das ihm verschmitzt vorkommt, und fügt hinzu: «Wissen Sie, ich glaube, ein Faktor ist, daß Nelson sicherheitsbewußter wird.»

Er kann nicht ganz folgen. Es klingt, als ob der Junge dem Geheimdienst beitreten will.

Stühle scharren. Sie warten einen Augenblick, und der Spuk eines Tischgebets schwebt über ihnen. Dann taucht Janice den Löffel in ihre Suppe, Tomatensuppe, ein Rot wie Harrys Corona. Wo ist er? Unterwegs in der Nacht. Sie sitzen selten in diesem Raum, selbst jetzt, wo sie zu fünft sind, essen sie am Küchentisch, und Harry sieht, als nähme er es zum erstenmal wahr, oben auf der Anrichte, in der das Familiensilber verwahrt wird, die kolorierten Fotos von Janice, als sie die High School verließ, die Haare zu einer schulterlangen Pagenrolle gebürstet, von Nelson als Kleinkind mit seinem einäugigen Lieblingsteddybär effektvoll auf einer sonnenüberfluteten Fensterbank hier im Hause aufgebaut, und dann Nelson selber als Schulabgänger von der High School, das Haar beinahe ebensolang wie Janices, aber weniger glatt gebürstet, fettig wirkend, und mit schiefem, halb bockigem Lächeln für den Fotografen. In einem Goldrahmen, breiter als die von Tochter und Enkelsohn, starrt Fred Springer verklärten Blicks und faltenfrei dank der Dunkelkammerkünste des Porträtstudios im wohleinstudierten Halbprofil auf das Unbekannte, was auch immer das sei, das die Toten sehen.

Charlie fragt in die Tischrunde: «Habt ihr alle mitgekriegt, daß Nixon in San Clemente eine Mordsparty gegeben hat, zur Feier des Jahrestages der Mondlandung? Sie sollten sich den Burschen für alle Zeiten erhalten als abschreckendes Beispiel dafür, wohin blanke Unverfrorenheit führen kann.»

«Er hat auch manches Gute getan», sagt Ma Springer in ihrem beleidigten Tonfall, verkniffen und irgendwie ausgetrocknet. Harry hat nach all diesen Jahren eine feine Wahrnehmung dafür.

Er versucht ihr zu helfen, sich dafür zu entschuldigen, daß er so ruppig mit ihr umgesprungen ist wegen der Geschäftsführung. «Er hat uns China geöffnet», sagt er.

«Damit hat er uns was Schönes eingebrockt», sagt Stavros. «Immerhin haben sie uns in all den Jahren, in denen sie uns haßten wie die Pest, keinen Cent gekostet. Seine Party war auch nicht gerade billig. Alles war da – Red Skelton, Buzz Aldrin.»

«Wißt ihr, ich glaube, das hat Fred das Herz gebrochen», verkündet Ma Springer. «Dieses Watergate. Er hat die Geschichte bis zu seinem Ende verfolgt, und als er kaum noch den Kopf vom Kissen heben konnte, hat er immer zu mir gesagt: ‹Bessie, es hat nie einen Präsidenten gegeben, der nicht mal etwas Schlimmes getan hat. Sie fallen bloß so über ihn her, weil er nicht so ein Schönling ist. Wenn Roosevelt das gemacht hätte oder einer von den Kennedys›, sagte er, ‹hätte man keinen Ton über Watergate gehört.› Davon war er fest überzeugt.»

Harry wirft einen raschen Blick auf das goldgerahmte Foto und bildet sich ein, es nicke. «Ich glaube es», sagt er. «Der alte Springer hat mich nie auf einen falschen Weg gelotst.»

Bessie prüft mit flüchtigem Blick, ob er es ironisch meint. Er verzieht keine Miene, wie ein Foto.

«Um von den Kennedys zu sprechen», schaltet Charlie sich ein, er redet wirklich zu viel nach dieser einen Limonade mit Schuß, «die Zeitungen nehmen Chappaquiddick ja wieder mal ganz schön durch die Mangel. Man fragt sich wirklich, was sie noch alles über einen Burschen erzählen wollen, der zum Schäferstündchen will und statt dessen von einer Brücke runterfährt?»

Bessie hat sich möglicherweise auch einen Schluck Sherry genehmigt, denn sie steigert sich in einen weinerlichen Tonfall hinein. «Fred», sagt sie, «würde es sich nie so einfach damit machen. ‹Sieh dir das Ergebnis an›, hat er mehr als einmal zu mir gesagt. ‹Du mußt dir das Ergebnis ansehen und die Sache von da aus aufrollen.›» Ihre brombeerdunklen Augen fordern sie insgeheim dazu auf. «Und was war hier das Ergebnis?» Dies scheint wieder ihre eigene Stimme zu sein. «Das Ergebnis war, daß ein armes Mädchen aus den Kohlenrevieren umkam.»

«Ach Mutter», sagt Janice, «Dad hat die Demokraten einfach gehaßt. Ich habe ihn sehr gern gehabt, aber da war er wirklich vernagelt.»

Charlie sagt: «Ich weiß nicht, Jan. Das Schlimmste, was dein

Vater in meiner Gegenwart über Roosevelt gesagt hat, war, daß er uns in den Krieg manövriert hat und in den Armen seiner Geliebten gestorben ist, und beides hat gestimmt.» Er blickt nach diesen Worten ins Kerzenlicht wie ein Falschspieler, der gerade ein As hingeblättert hat. «Und was man uns heute so alles darüber erzählt, wie Jack Kennedy sich im Weißen Haus benommen hat, mit Gangsterbräuten und Mädchen von der Straße, das hätte Fred Springer sich nicht in seinen wildesten Träumen ausgemalt.» Noch ein As. Er sieht in gewisser Weise wie der alte Springer aus, denkt Harry: hohlwangig und wohlfrisiert. Sogar die kleinen Augenbrauenkleckse, die aufgerichtet sind wie Spielzeugkanonen.

Harry sagt: «Ich habe nie kapiert, was an Chappaquiddick so schlimm gewesen sein soll. Er hat ja *versucht,* sie rauszuholen.» Wasser, Flammen, die Zungen Gottes, ein Mann weiß sich nicht zu helfen.

«Das Schlimme daran war», sagt Bessie, «daß er sie reinmanövriert hat.»

«Was halten Sie von der ganzen Sache, Melanie?» fragt Harry, und tut plump vertraulich, um Charlie auf die Palme zu bringen. «Welcher Partei halten Sie die Stange?»

«Ach, die Parteien», ruft sie entrückt. «Meiner Meinung nach sind sie beide von Übel.» *Ü-bel:* ein Wort in der Luft. «Aber was Chappaquiddick betrifft – eine Freundin von mir ist jeden Sommer dort auf der Insel, und sie sagt, sie wundert sich, daß nicht viel mehr Leute von der Brücke abkommen, es ist kein Geländer da und nichts. Die Suppe ist köstlich», fügt sie, an Janice gewandt, hinzu.

«Die Spinatsuppe neulich war toll», erklärt Charlie Melanie. «Vielleicht eine Spur zu viel Muskat.»

Janice hat eine Zigarette geraucht und auf das Schlagen einer Autotür gelauscht. «Harry, würdest du mir abräumen helfen? Du willst sicher in der Küche tranchieren.»

Die Küche ist erfüllt von dem penetranten, Ekel erregenden Geruch von Lammbraten. Harry möchte nicht daran erinnert werden, daß das, was wir essen, Lebewesen mit Augen und Herzen sind: er mag Salznüsse, Hamburger, chinesische Küche, hackfleischgefüllte Pasteten. «Du weißt, daß ich Lamm nicht tranchieren kann», sagt er. «Keiner kann das. Du hast bloß Lamm gemacht, weil du denkst, Griechen essen es gern, und weil du deinem Ex-Liebhaber imponieren willst.»

Sie reicht ihm das Tranchierbesteck mit den buckeligen Elfenbeingriffen. «Du hast es schon hundertmal gemacht. Schneid einfach parallele Scheiben ab, im rechten Winkel zum Knochen.»

«Das klingt so leicht. Mach du es doch, wenn es so ein Klacks ist.» Er denkt dabei, jemanden zu erstechen ist wahrscheinlich schwerer, als es im Kino aussieht; wenn man in Fleisch hineinschneidet, das nicht ganz durch ist, spürt man eine Menge Widerstand, gummiartig und zäh. Er würde ihr lieber den Schädel mit einem großen Stein einschlagen, wenn es dazu kommen würde, oder mit dem grünen Glasei, das Ma als Nippes im Wohnzimmer stehen hat.

«Hör mal», sagt Janice. Auf der Straße ist eine Autotür zugeknallt. Fußtritte stampfen über eine Veranda, ihre Veranda, und die widerspenstige Haustür springt krachend auf. Ein Stimmengewirr vom Tisch empfängt Nelson. Aber er läßt sich nicht aufhalten, er sucht seine Eltern und findet sie in der Küche. «Nelson», sagt Janice. «Wir haben uns schon Sorgen gemacht.»

Der Junge atmet schnell, nicht vor Anstrengung, es ist mehr das hechelnde Keuchen der Angst. Er sieht klein, aber muskulös aus in seinem weinroten gebatikten T-Shirt: ein Einbrecher, richtig angezogen, um durch ein Fenster zu steigen. Aber auf frischer Tat ertappt, hier im grellen Küchenlicht. Er vermeidet, Harry in die Augen zu sehen. «Dad. Mir ist ein kleines Malheur passiert.»

«Der Wagen. Ich wußte es.»

«Ja. Der Toyota hat 'nen Kratzer.»

«Mein Corona. Was verstehst du unter Kratzer?»

«Es ist keiner verletzt, reg dich nicht auf.»

«Hat ein anderer Wagen was abgekriegt?»

«Nein, du brauchst dir keine Sorgen zu machen, es wird dich keiner *anzeigen.*» Die Beruhigung klingt verächtlich.

«Werd nicht frech.»

«Gut, ist ja gut, Gott im Himmel.»

«Hast du ihn nach Hause gefahren?»

Der Junge nickt.

Harry gibt Janice das Messer zurück, verläßt die Küche und wendet sich an die im Kerzenschein am Tisch sitzende Gruppe – Ma am Kopfende, Melanie mit leuchtenden Augen neben ihr, Charlie auf Melanies anderer Seite, in seinen eckigen Manschettenknöpfen ein schwacher Widerschein der Flammen. «Keine Aufregung, liebe Leute. Nur ein kleines Malheur, sagt Nelson. Charlie, kannst du kommen und den Lammbraten für mich aufschneiden? Ich muß mir das ansehn.»

Er möchte den Jungen mit seinen Händen berühren, ob um ihm einen Stoß zu versetzen oder ihm Trost zu spenden, weiß er nicht, die Berührung könnte es erweisen, aber Nelson bleibt außer Reichweite der Fingerspitzen seines Vaters und entschlüpft in die Sommernacht. Die Straßenlampen brennen, und das Tomatenrot des Corona wirkt verrucht im giftigen Schein der gelben Leuchtröhren – ein ausgehöhlter schwarzer Schatten, der metallene rote Schmelz ausgeblutet.

Nelson hat ihn in der Eile ordnungswidrig geparkt, mit der Fahrerseite am Kantstein. Harry sagt: «Diese Seite ist in Ordnung.»

«Es ist die *andere* Seite, Dad.» Nelson erklärt: «Weißt du, Billy und ich waren auf dem Heimweg von Allenville, wo seine Freundin wohnt, und fuhren diese geschlängelte Nebenstraße entlang, und da ich wußte, daß ich zu spät zum Essen kommen würde, habe ich vielleicht ein bißchen zu sehr aufs Gas gedrückt, ich weiß es nicht, denn eigentlich kann man auf diesen schlechten Straßen mit ihren vielen Kurven gar nicht schnell fahren. Und da taucht ein Murmeltier oder so was ähnliches plötzlich direkt vor mir auf, und als ich versuchte auszuweichen, bin ich von der Straße abgekommen, und das Heck rutschte an einen Telefonmast. Es ging alles so schnell, es war nicht zu fassen.»

Rabbit ist auf die andere Seite gegangen und besichtigt den Schaden. Die Schramme fängt in der Mitte der hinteren Tür an und vertieft sich über der kleinen Tankklappe; und wo der Telefonmast das Rücklicht und den kleinen rechteckigen Blinker erwischte, hatte er sie mühelos herausgerissen, durchscheinendes Plastik hängt zerfetzt herunter wie Weihnachtspapier, und mehrere Zentimeter hübsch bunt markierter Kabel liegen frei. Die Urethanstoßstange, schwarz und matt und adrett, die Harry immer ein kleines Gefühl sinnlicher Freude gab, wenn er den Wagen auf den Parkplatz des Firmengeländes fuhr, bis ganz nach hinten an die Trennmauer aus Beton heran, wo der Name ANGSTROM aufgemalt war, auch diese Stoßstange war aus der Karosserie herausgerissen. Die Delle reichte sogar bis auf die Heckklappe, die nie wieder einwandfrei schließen würde.

Nelson redet wie ein Wasserfall. «Billy kennt jemanden, der arbeitet in einer Karosseriewerkstatt, drüben an der Brücke nach West Brewer, und er sagt, du sollst dir in einem richtig teuren Neppladen einen Kostenvoranschlag machen lassen, und wenn du dann das Geld von der Versicherung kriegst, bringst du ihm den Wagen, und er macht es dir billiger. Auf diese Art machen wir noch einen Rebbach, den wir uns teilen können.»

«Rebbach», wiederholt Harry wie betäubt.

Nägel oder Nieten in dem Mast haben parallel verlaufende Schrammen längs der Beule hinterlassen. Die Zier- und Schutzleiste ist herausgerissen und abgeknickt, und hinter dem Radkasten auf der Unfallseite – von einem leicht vorstehenden Kotflügel überdacht wie von einer Augenbraue, eines der vielen hübschen japanischen Details, an denen er hing – ist ein Stück Zierleiste völlig verschwunden und hat nur einen Kranz winziger Löcher hinterlassen. Selbst die mit Rippen verzierte Radkappe ist verbeult und verschmiert. Er hat das Gefühl, als sei er selbst an der Seite verwundet. Es kommt ihm vor, als wohne er in unheilschwangerer Beleuchtung einem Verbrechen bei, an dem er mitschuldig ist.

«Ach, komm schon Dad», sagt Nelson. «Mach nicht so ein Drama draus. Die Versicherung zahlt doch die Reparatur, nicht du, und außerdem kannst du dir doch billig einen neuen zulegen. Du bekommst doch einen enormen Rabatt, nicht?»

«Enorm», sagt Rabbit. «Du bist einfach drauflos gefahren und hast ihn zu Klump gefahren. Meinen Corona.»

«Es war ja nicht meine *Absicht,* es war ein *Un*fall, Scheiße noch mal. Was soll ich denn deiner Meinung nach tun, Blut schwitzen? Auf die Knie fallen und heulen?»

«Spar dir die Mühe.»

«Dad, es ist doch bloß eine *Sache;* du machst ein Gesicht, als hättest du deinen besten Freund verloren.»

Ein Windhauch, zu hoch oben, um sie zu berühren, fährt in die Baumwipfel und läßt das Straßenlicht auf dem verformten Metall erschauern. Harry seufzt. «Na gut. Was ist aus dem Murmeltier geworden?»

II

Nach einem Wochenende voller Tumult und Gemunkel läßt sich der Sommer gar nicht so schlecht an; die Schlangen an den Tankstellen werden nie mehr so lang. Stavros sagt, die Ölgesellschaften hätten fürs erste die Preissteigerung, die sie wollten, und die Regierung hätte ihnen geraten, entweder kürzer zu treten oder sich auf eine Sonderertragssteuer gefaßt zu machen. Melanie sagt, die Leute werden aufs Fahrrad umsteigen, wie es in Rotchina bereits geschehen ist; sie hat sich ein Zwölfgang-Fuji-Rennrad gekauft von ihrem Verdienst und radelt an schönen Tagen mit wehenden kastanienbraunen Locken um den Berg herum und hinunter durch den Cityview Park nach Brewer. Gegen Ende Juli kommt eine Woche mit Rekordhitze; die Zeitungen sind voll von Temperaturstatistiken und verschwommenen Fotos aus der Zeit um die Jahrhundertwende, als die Straßenbahnschienen auf dem Weiser Square sich vor Hitze aufwarfen. Eine solche Hitze preßt von innen nach außen gegen unsere Kleider – wir möchten ausbrechen, uns in einer anderen Haut an der See oder in den Bergen wiederfinden. Erst im August werden Harry und Janice in die Poconos fahren, wo die Springers ein Ferienhaus besitzen, das sie im Juli an andere Leute vermieten. In ganz Brewer trieft es aus Klimaanlagen auf Terrassen und Wege.

Am Nachmittag eines solchen Hitzetages leiht sich Harry, da sein Corona wegen des Blechschadens noch in der Werkstatt ist, einen Caprice und macht sich nach Südwesten in Richtung Galilee auf den Weg. Auf kurvenreichen Straßen passiert er Sandsteinhäuser, Maisfelder, eine Zementfabrik, einen Wegweiser zu einer Tropfsteinhöhle (waren Tropfsteinhöhlen nicht vor einiger Zeit aus der Mode gekommen?) und ein Schild mit der überlebensgroßen Pappfigur eines Amish-Mannes mit Bart, das

«Authentic Dutch Smorgasbord» verheißt. Galilee ist ein sogenanntes Reihendorf, eine hügelige Häuserzeile mit einer Viehfutterhandlung an einem Ende und einer Landmaschinenvertretung am andern. In der Mitte steht ein altes Holzgasthaus mit einer tiefen Veranda um das ganze obere Stockwerk herum und einem renovierten Restaurant im Erdgeschoß mit einem Fenster voller Kreditkarten-Aufkleber, um Touristen abzufangen, die in ganzen Busladungen von Baltimore heraufkommen, die meisten Schwarze – weiß der Himmel, was die sich von so einem Kaff erhoffen. Ein Pulk halbwüchsiger Dorfbewohner gammelt vor Rexall's Drugstore herum; das hat es früher auf dem Lande nicht gegeben, dazu mußten sie zu sehr schuften. Es gibt einen alten Steintrog, eine Reihe schwarzlackierter Pflöcke zum Anbinden der Pferde, eine funkelnagelneue Bank, eine Verkehrsinsel mit einem Denkmal, dessen Bedeutung Harry nicht aufgeht, und ein kleines Backsteinpostamt mit der Aufschrift GALILEE in silbrig glitzernden Buchstaben; es liegt in einer Nebenstraße, die nach einem Häuserblock als Sackgasse vor einem Acker endet. Die Frau im Postamt erklärt Harry, wie er die Nunemachersche Farm findet. Mit Hilfe der Wegmarkierungen, die sie ihm nennt – ein Gemüsestand, ein von Weiden umstandener Teich, ein Doppelsilo dicht an der Straße –, sucht er sich seinen Weg über Hügel und durch Senken aus roter Erde, alles überwuchert von grün schimmernden Gewächsen, einer unbarmherzigen Vegetation, die nicht einmal den verkrusteten ausgelaugten Straßendämmen vergönnt, unfruchtbar zu bleiben, und sie mit Büscheln und Teppichen von Wicken und Waldwindenranken überzieht und die stockige heiße Luft mit dem Dunst ausgeatmeter Abgase sättigt. Die Fenster des Caprice sind sperrangelweit offen, und der Popmusiksender von Brewer stirbt ab und schwillt an in Störungswellen, je nachdem wie stark die Landschaft oder Elektroleitungen sich dazwischendrängen. Der Name NUNEMACHER erscheint in ausgeblichenen Buchstaben auf einem verbeulten Blechbriefkasten. Haus und Scheune liegen weit abseits der Straße an einem abschüssigen Feldweg, braune Steine unter rötlichem Staub.

Rabbits Herz hüpft. Er klappert die Straße ab, erkundet die benachbarten Briefkästen, aber Ruth hatte ihm, als er sie vor rund zwölf Jahren einmal zufällig in Brewer traf, mit keinem Wort ihren neuen Namen verraten, und das Mädchen vor einem Monat hatte sich geweigert, den ihren ins Kundenregister einzutragen. Der einzige Anhaltspunkt, der ihm weiterhilft, abgesehen davon, daß die Nunemachers die Nachbarn seiner Tochter sind, falls sie seine Tochter ist, ist Ruths Bemerkung, daß ihr Mann neben der Landwirtschaft ein Schulbusunternehmen betrieb. Er war älter gewesen als sie und dürfte inzwischen, mutmaßt Harry, gestorben sein. Die Schulbusse würden nicht mehr da sein. Die Briefkästen an diesem Straßenabschnitt tragen die Namen BLANKENBILLER, MUTH und BYER. Die Namen lassen sich nicht ohne weiteres den Gebäuden zuordnen, die man in ihren Mulden, inmitten von Bäumen, am Ende grasbewachsener, erdiger Feldwege nur ahnen kann. Er kommt sich auffällig vor, wie er so durch die Gegend gondelt in seinem magentaroten Caprice, obwohl sich in der weitläufigen Landschaft keine andere Menschenseele zeigt, die ihn bemerken könnte. Die Häuser halten ihre Bewohner an diesem dunstigen Nachmittag, der zu heiß ist zum Arbeiten, in ihren dicken Mauern zurück. Er fährt aufs Geratewohl in einen Feldweg hinein, hält an und wendet auf dem ausgetretenen zerfahrenen Hof zwischen den Gebäuden, während eine dicke Frau mit Schürze aus einer Tür des Hauses herauskommt. Sie ist kleiner als Ruth und jünger, als Ruth jetzt sein mußte, und hat schwarze, streng unter einer Mennonitenhaube nach hinten gebundene Haare. Er winkt und fährt weiter. Das waren die Blankenbillers, erkennt er am Briefkasten, als er wieder in die Straße einbiegt.

Die anderen beiden Höfe liegen dichter an der Straße, und er denkt, zu Fuß könnte er näher an sie herankommen. Er parkt in einer Ausbuchtung am Straßenrand – in der festgebackten Erde die Fischgrätenkerben der Stollen von Traktorenreifen. Als er aus dem Wagen steigt, schlägt ihm von fern der durchdringende süßliche Gestank des Blankenbillerschen Schweinestalls entgegen, und was Stille zu sein schien, sintert ihm als das stetige trockene Zirpen von Insekten ins Ohr, ein Grundton der Landschaft. Die blühenden Unkräuter des Hochsommers, Gänseblümchen, wilde Möhren und Wegwarte, wuchern am Straßenrand und schlagen ihm gegen die Hosenbeine, als er in ein paar

Sätzen den Rain hinaufläuft. In seiner beigefarbenen, sommerlich-luftigen Verkäuferkluft lungert er hinter einer Hecke aus Seifennuß- und Amberbäumen und Wildkirschen, überwachsen von Giftsumach mit schimmernden Blättern, so groß wie Valentinsherzen, und Ranken, die bis in die Wipfel der erdrosselten Bäume gekrochen sind. Die unförmigen Sandsteine einer eingestürzten alten Mauer liegen kreuz und quer im Gestrüpp. An einer Lücke, durch die Fuhrwerke gefahren wurden, bleibt er stehen und faßt das Sammelsurium von Gebäuden dort unten ins Auge – eine Scheune und ein Wohnhaus, ein asbestverkleideter Hühnerstall und ein lattenversteifter Maisspeicher, beides außer Betrieb, und ein neuerer Bau aus Zementbausteinen mit einem Dach aus gewelltem Fiberglas, eine Garage allem Anschein nach. Auf dem Wohnhausdach ist ein grünspaniger kupferner Blitzableiter montiert und eine überdimensionale H-förmige Fernsehantenne zum Einfangen der Bildsignale hier draußen. Harry will sich eigentlich nur orientieren, das Layout dieses Anwesens mit dem der Nunemachers jenseits der nächsten struppigen Anhöhe in die Reihe bringen, aber ein leises Klirren, das von irgendwoher zwischen den Gebäuden ertönt, und die Rippel von einem Rinnsal, das sich in einen kleinen Teich, früher vielleicht einmal ein Ententümpel, ergießt, und ein unschuldiger Schrotthaufen – alte Traktorensitze und Achsen und ein verrosteter Eisenbottich – auf einem vergessenen Fleck zwischen Holzstoß und Rasen ziehen ihn abwärts wie eine Melodie, während er in seinem Hirn die Geschichte hin und her wälzt, die er notfalls erzählen will, sollte er zur Rede gestellt werden. Diese sanfte zerzauste Farm mutet ihn an wie die Farm einer Frau, hilfsbedürftig. Eine unsinnige Vorfreude treibt seinen Herzschlag auf die Frequenz des Insektengesumms rings um ihn her.

Dann entdeckt er es, hinter der Scheune, da wo der Wald mit Seifennußbäumen und Wacholder an der Spitze bereits auf einstmals gerodetes Land vorrückt: das umgekippte gelbe Gehäuse von einem Schulbus. Räder und Fenster sind dahin, und die losgerissene boxernasige Blechhaube der Fahrerkabine gibt die Sicht frei auf einen Hohlraum, dessen Innereien ausgeschlachtet wurden; aber gleich einer versunkenen Galeone zeugt es von einem Imperium, einer Armada von Bussen, deren Eigentümer verstorben ist und dessen Witwe allein dasteht mit einer unehelichen Tochter, die sie großzuziehen hat. Der Boden unter Harry scheint sich zu bewegen, jetzt wo noch einer mehr das Souterrain der Toten bevölkert.

Harry steht in einem ehemaligen Obstgarten, in dem sogar jetzt noch windschiefe Apfel- und Birnbäume staksige Bündel neuer Triebe aus ihren zerfurchten Stämmen in die Luft schießen. Obwohl die Sonne brennt, haben sich seine Wildlederschuhe mit Feuchtigkeit an den Wurzeln der Knäuelgräser vollgesogen. Wenn er sich ein paar Schritte weiter vorwagt, wird er auf offenem Feld stehen und vermutlich von den Fenstern des Hauses aus bemerkt werden können. Aus dem Innern des Hauses vernimmt er jetzt Stimmen, allerdings haben sie das undeutliche stete Dröhnen von Stimmen im Radio oder im Fernsehen. Ein paar Schritte weiter könnte er diese Stimmen unterscheiden, und noch ein paar Schritte weiter würde er auf dem Rasen landen neben einem Vogelplanschbecken aus Plastik, das schief auf einem Sockel mit blaugestrichenen Kanneluren schwebt, und dann würde er nicht umhin können, sich ein Herz zu fassen und vorzutreten, den Fuß auf die niedrige Zementveranda zu setzen und anzuklopfen. Die grüne Haustür, die tief in ihrem Steinrahmen sitzt, braucht einen frischen Anstrich. Von den brüchigen, zusammengeflickten Ziegeln auf dem Dach bis zu den kümmerlichen Schnapprouleaus, die in den Fenstern hängen, strömt das Haus den toten Atem der Armut aus.

Was würde er zu Ruth sagen, wenn sie auf sein Klopfen öffnete? Tag. Vielleicht erinnerst du dich nicht mehr an mich . . . Gott im Himmel. Ich wünschte, es wär so.

Nein, warte. Mach noch nicht zu. Vielleicht kann ich dir helfen.

Wie, zum Kuckuck, willst du mir wohl helfen? Hau ab. Ehrlich, Rabbit, bei deinem Anblick wird mir schon übel.

Ich hab jetzt Geld.

Behalt dein Geld. Ich will nichts, was nach dir stinkt. Als ich dich gebraucht hab, hast du das Hasenpanier ergriffen.

Okay, okay. Stimmt, du hast ja recht. Aber laß uns doch mal von der jetzigen Situation ausgehen. Da ist unser Kind, das Mädchen –

Mädchen! Sie ist eine Frau. Ist sie nicht bildschön? Ich bin so stolz auf sie.

Ich auch. Wir hätten einen ganzen Stall voll haben sollen. Großartige Gene.

Tu nicht so scheißfreundlich. Ich hab zwanzig Jahre hier gehockt, und wo warst du?

Es stimmt, er hätte versuchen können, sie ausfindig zu machen; er wußte sogar, daß sie in der Gegend von Galilee lebte. Er hatte ihr nicht gegenübertreten wollen, ihrer verwirrenden komplizierten und anschuldigenden Realität. Er wollte sie in seiner Erinnerung behalten, wie sie sich, frisch gevögelt und befriedigt, weiß und nackt, auf einen Ellbogen gestützt, über ihm erhob. Bevor er einschlief, holte sie ihm ein Glas Wasser. Er weiß nicht, ob er sie geliebt hat oder nicht, aber mit ihr hatte er Liebe erlebt, dieses wolkige Anschwellen des Ichs, das uns wieder zu kleinen Kindern macht und jeden Augenblick mit einem reinen erregten Sinn krönt wie diese Grashalme um seine Knie an den Spitzen mit Ballen ihres zarten Samens gekrönt sind.

Unten knallt eine Tür, aber nicht an den Seiten des Hauses, die er sehen kann. Eine Stimme schlägt den hohen Ton an, in dem wir mit Haustieren sprechen. Rabbit verzieht sich hinter ein junges Apfelbäumchen, zu klein, um ihm Deckung zu geben. In seiner Begierde, diesen geheimnisvollen Zweig seiner Vergangenheit zu Gesicht zu bekommen, näher kennenzulernen, der ohne ihn erblüht ist und in dem noch immer verlorene Energie und verlorener Sinn strömen, hat er seinen massigen Körper verraten, zur Zielscheibe gemacht. Er drängt sich so dicht an den kleinen Baum, daß seine Lippen die Rinde der Astgabel berühren, Rinde glatt wie Glas, abgesehen von den Stellen, wo dunklere Ränder von Schrunden in Abständen Ringe in das Grau grasen. Ein Wunder: wie Dinge wachsen, sich immer treu bleiben. Seine Lippen sind zurückgezuckt vom unbeabsichtigten Kuß. Lebende, mikroskopisch kleine rote Dinger – Milben, Blattläuse, er kann sie sehen – werden in ihn eindringen und sich vermehren.

«Hey!» ruft eine Stimme. Die Stimme einer Frau schwingt sich jung in die Luft, verschreckt und leicht. Konnte Ruths Stimme so jung klingen nach all den Jahren?

Statt zu sehen, wer es ist, läuft er davon. Kämpft sich bergauf durch das schwere Knäuelgras, Haken zwischen den alten Obstbäumen schlagend, als erwarte ihn jenseits der verwilderten Hecke ein sicherer Korbleger, läuft zurück zu dem roten Traktorenweg und zu dem Caprice, prüft, während er dahintrabt, ob er seinen Anzug zerrissen hat, spürt sein Alter. Er keucht; sein Handrücken ist zerkratzt von Himbeeren oder Heckenrosen. Sein Herz hämmert wie wild, so daß er den Zündschlüssel nicht ins Schloß stecken kann. Als er doch einrastet, dreht der Motor ein paarmal durch, bevor er anspringt, überhitzt vom langen Stehen in der Sonne. Die weibliche Stimme, die so leicht «Hey» rief, hängt in seinem Innenohr, während der Motor sich einfährt und zu schnurren beginnt, und er lauscht auf Verfolgungsrufe und sogar auf den Schuß eines Gewehres. Die Farmer haben alle Gewehre und machen ohne langes Federlesen Gebrauch davon – in den Jahren, als er als Maschinensetzer für den *Vat* arbeitete, verging kaum eine Woche ohne einen ländlichen Mord, hübsch vermischt mit Sex und Suff und Inzest.

Aber der Dunst der Landschaft um Galilee hängt still über dem Geräusch seiner Maschine. Er wüßte gern, ob seine Gestalt deutlich genug war, um erkannt zu werden von Ruth, die ihn nicht mehr gesehen hatte, seit er so zugenommen hat, oder von der Tochter, die ihn ein einziges Mal, vor einem Monat gesehen hat. Sie werden es der Polizei melden und seinen Namen angeben, es wird Janice zu Ohren kommen, und sie wird ihm die Hölle heiß machen, wenn sie hört, daß er diesem Mädchen hinterhergeschnüffelt hat. Es wird auch nicht so gut ankommen bei den Rotariern. Zurück. Er muß zurück. Aus Furcht, sich in der anderen Richtung zu verfahren, wagt er, zu wenden und den Weg zurückzufahren, den er kam, an den Briefkästen vorbei. Er beschließt, daß zu der Farm, die er unten in dem kleinen zerzausten Tal mit dem Ententümpel ausspioniert hat, der blaue Briefkasten mit der Aufschrift BYER paßt. Frische himmelblaue Farbe, diesen Sommer aufgetragen, mit einer Abziehblume – die Art Verzierung, die eine junge Frau anbringen könnte.

Byer. Ruth Byer. Den Vornamen seiner Tochter hat Jamie Nunemacher nie ausgesprochen, soweit Rabbit sich erinnern kann.

Er fragt Nelson eines Abends: «Wo ist Melanie? Ich dachte, sie arbeitet diese Woche tagsüber?»

«Stimmt. Sie ist mit jemand ausgegangen.»

«Ach, wirklich? Ein Rendezvous also?»

Die Phillies sind diesen Abend wegen Regen ausgefallen, und während Janice und ihre Mutter sich oben die Wiederholung der *Waltons* ansehen, halten er und der Junge sich im Wohnzimmer auf, Harry blättert in der Augustausgabe der *Consumer Reports,* die gerade herausgekommen ist *(«Sind Haarfärbemittel unschädlich?», «Testfahrt: 6 Kleinlastwagen», «Alternative zur Zweitausend-Dollar-Beerdigung»),* und der Junge ist mit einem Buch beschäftigt, das er in Fred Springers früherem Büro im Geschäft, das jetzt Harrys Arbeitszimmer ist, mitgehen ließ. Er blickt nicht auf. «Man könnte es so nennen. Sie hat lediglich gesagt, sie würde ausgehen.»

«Aber *mit* irgend jemand.»

«Klar.»

«Findest du das okay? Daß sie mit jemand ausgeht?»

«Klar. Dad, ich möchte gern lesen.»

Derselbe Regen, der das Spiel der Phils gegen die Piraten im Three Rivers-Stadion vereitelt hat, ist in östlicher Richtung über Pennsylvania gezogen und klatscht hier in der Joseph Street 89 an die Fenster, in die tiefhängenden Zweige der Blutbuche, die der ganze Stolz des Grundstücks ist, und prasselt zwischendurch auf das Dach und das Regenrohr der vorderen Veranda. «Kann ich das Buch mal sehn?» bittet Harry und streckt einen langen Arm aus dem Liegesessel. Ärgerlich wirft Nelson den Band herüber, ein flaches grünes Handbuch über den Automobilhandel, von irgendeinem Kumpan des alten Springer verfaßt, der eine Vertretung in Paoli hatte. Harry hat ein- oder zweimal darin geblättert: zum größten Teil nichts als heiße Luft, großspuriges Wortgeklingel, auf den größeren Umsatz zugeschnitten, mit dem man im Raum Philadelphia rechnen kann. «Da steht mehr drin», verrät er Nelson, «als du zu wissen brauchst.»

«Ich versuche zu kapieren», sagt Nelson, «wie das mit der Finanzierung funktioniert.»

«Das ist sehr einfach. Der Bank gehören die neuen Wagen,

dem Händler gehören die Gebrauchtwagen. Die Bank zahlt an Mid-Atlantic Toyota, sobald der Wagen Maryland verläßt; dann gibt's da noch die sogenannte Kaution, das ist der Betrag, den der Hersteller einbehält für den Fall, daß der Händler mit Ersatzteilrechnungen in Verzug kommt, die er aber jährlich verrechnet, und dadurch reduziert sich, um es rundheraus zu sagen, im Endeffekt der sichtbare Gewinn des Händlers, denn wenn dieser an einen von diesen klugscheißerischen Kunden gerät, die so gern mit Zahlen und Bilanzen um sich werfen, dann kann der ihn runterhandeln. Toyota besteht darauf, daß wir alles zum Listenpreis verkaufen, deshalb bleibt nicht viel Spielraum für Fisimatenten, und das erspart einem eine Menge Kopfzerbrechen, meiner Meinung nach. Wenn ihnen der Preis nicht gefällt, können sie einen Monat später noch einmal vorbeikommen, dann ist er vielleicht schon um dreihundert Dollar gestiegen, wenn das mit den Yen so weitergeht. Ein anderer Kniff, was die Finanzierung betrifft, ist, wenn der Kunde seinen Kredit da aufnimmt, wo wir ihn hinschicken – das ist gewöhnlich Brewer Trust, und obwohl in dieser Zeitschrift gerade ein Artikel darüber stand, daß man sich gut informieren soll über die günstigsten Kreditmöglichkeiten, statt zur nächstbesten vom Händler empfohlenen Bank zu rennen, ist es eine Heidenarbeit, das System tatsächlich zu überlisten, bloß um vielleicht ein halbes oder ein Prozent zu sparen –, dann behält die Bank ein Prozent für uns ein, angeblich als Ausgleich für Verluste beim Verkauf von übereigneten Fahrzeugen, aber in Wirklichkeit ist es nichts anderes als eine Art Bakschisch. Kapierst du? Wieso willst du das eigentlich wissen?»

«Interessiert mich eben.»

«Du hättest dich dafür interessieren sollen, als dein Großvater Springer noch da war und du ihn hättest fragen können. Er hat diesen Mist wirklich kapiert. Wenn der einem Kunden einen Wagen angedreht hatte, dachte der arme Wicht, er würde den alten Fred arm machen, dabei war der Handel in Wirklichkeit so schlau ausgetüftelt wie ein Spinnennetz. Als er von Toyota die Konzession wollte, verlangte er fünftausend Quadratmeter Gewerbefläche dazu, ein Gelände, das damals bloß eine Unkrautwiese war, und dann hat er einen Bauunternehmer, der ihm einen Gefallen schuldete, geholt, damit er ihm ein Betonfundament hinlegte, und hat eine nicht isolierte Hütte draufgestellt. Dieser Laden ist unmöglich zu heizen im Winter, du solltest Manny geifern hören.»

Nelson fragt: «Haben sie bei euch auch die Kilometerzähler manipuliert?»

«Wo hast du denn das her?»

«Aus dem Buch.»

«Also . . .» Gar nicht so schlecht, denkt Harry, ein vernünftiges Gespräch mit dem Bengel, während draußen der Regen heruntertrommelt. Er versteht nicht, weshalb es ihn beunruhigt, den Jungen lesen zu sehen. Als würde er etwas aushecken. Es heißt ja, man soll es fördern, das Lesen, aber sie sagen nie, wieso. «Weißt du, den Kilometerzähler zu manipulieren, ist eine strafbare Handlung. Aber früher kam es schon mal vor, daß einem Mechaniker, am Armaturenbrett passiert das sowieso leicht, der Schraubenzieher ausgerutscht ist und er an den Kilometerzähler rankam. Ein Wagen kann dreißigtausend Kilometer fahren ohne irgendwelchen Ärger, oder es geht am ersten Tag schon ein Zylinder flöten. Da steckt doch keiner drin. Ich hab schon erstaunlich ausgeleierte Autos gesehen, die gelaufen sind wie neu. Diese VW-Käfer, die waren nicht kaputtzukriegen. Die Karosse so rostzerfressen, daß der Fahrer die Straße unter den Füßen sehen kann, aber die Maschine funktioniert noch wie geschmiert.» Er schleudert den grünen Wälzer zurück. Nelson greift daneben. «Macht es dir nichts aus, wenn dein Mädchen mit jemand anders ausgeht?»

«Ich hab's dir doch gesagt, Dad, sie ist nicht mein Mädchen, sie ist eine Freundin. Kann man nicht mit jemand vom anderen Geschlecht befreundet sein?»

«Das kann man versuchen. Aber wieso hat sie dann eingewilligt, mit dir hierherzuziehen?»

Nelsons Geduld wird auf die Probe gestellt, aber Harry denkt, er sollte nicht locker lassen, er erfährt überhaupt nichts, wenn er den Leisetreter spielt. Nelson sagt: «Sie hat einfach mal'n Tapetenwechsel gebraucht, und ich fuhr gerade nach Osten und hab ihr gesagt, daß bei meiner Großmutter massenhaft leere Zimmer sind. Sie ist doch niemandem im Weg, oder?»

«Nein, sie hat die gute Bessie ja geradezu verzaubert. Was war los in Colorado, daß sie unbedingt die Tapete wechseln mußte?»

«Ach, du weißt schon. Da war so ein blöder Typ hinter ihr her, und sie wollte erst mal wieder zur Besinnung kommen.»

Der Regen wiederholt sein Motiv, knallhart, auf den dünnen Fensterscheiben. Rabbit hat schon immer das Gefühl genossen, drinnen zu sein, wenn es regnet. Ziegel auf dem Dach, Glasstücke kaum dicker als Pappe, sorgen dafür, daß er trocken bleibt. Dinge, die einen berühren und doch wieder nicht.

Behutsam fragt Harry: «*Kennst* du den Burschen, mit dem sie heute ausgegangen ist?»

«Ja, Dad, und du auch.»

«Billy Fosnacht?»

«Kalt. Älter ist wärmer. Griechisch ist heiß.»

«O Gott. Du machst wohl Witze. Dieser alte Knacker?»

Nelson beobachtet ihn mit lauernder Boshaftigkeit. Er lacht nicht, obwohl ein Anlaß dazu besteht. Er erklärt: «Er hat im Crêpe House angerufen und sie gefragt, und sie hat sich gesagt: Warum nicht? Es kann ganz schön langweilig werden hier herum, das mußt du schon zugeben. Bloß zum Essen. Sie hat nicht versprochen, mit ihm ins Bett zu gehen. Das Problem mit deiner Generation ist, Dad, daß euer Denken so eingleisig ist.»

«Charlie Stavros», sagt Harry, um die Sache in den Griff zu bekommen. Der Junge scheint heute ziemlich gesprächig zu sein. Rabbit wagt sich weiter vor: «Du erinnerst dich vielleicht, daß er eine Zeitlang mit deiner Mutter zusammen war.»

«Ich weiß noch. Aber alle anderen hier scheinen es vergessen zu haben. Ihr scheint alle ein Herz und eine Seele zu sein.»

«Die Zeiten ändern sich. Sollten wir das deiner Meinung nach nicht? Ein Herz und eine Seele sein?»

Nelson grinst höhnisch, rümpft die Nase und versinkt noch tiefer in dem alten Sofa. «Ist mir scheißegal. Ist ja nicht mein Leben.»

«Das war es aber mal», sagt Harry. «Du warst mal mitten drin. Du hast mir leid getan, Nelson, aber ich habe mir nicht besser zu helfen gewußt. Die arme Jill –»

«Dad –»

«Skeeter ist tot, hast du gehört? Bei einer Schießerei in Philadelphia umgekommen. Jemand hat mir einen Zeitungsausschnitt geschickt.»

«Mom hat es mir geschrieben. Es überrascht mich nicht. Er war verrückt.»

«Stimmt, und stimmt auch wieder nicht. Du weißt, er hat gesagt, er würde in zehn Jahren tot sein. Er hatte wirklich so eine Art –»

«Dad. Laß uns lieber auf dem Teppich bleiben.»

«Okay. Ist mir recht. Gut, gut.»

Regen. So sanft, so satt. Die kleinsten Klümpchen Erde im Garten unter dem Salat und den schiefen, von Japankäfern durchlöcherten Bohnenblättern werden dunkel, saugen sich voll, die darüberhängenden Blätter glänzen, triefen im weit ausgebreiteten pflanzlichen Einssein mit diesem Geheimnis des Regens. Rabbit, der Nelsons bockiges umwölktes Gesicht neugierig betrachtet hat, wendet sich wieder seiner Zeitschrift zu. Von den Vierscheiben-Toastern schneidet das Modell am besten ab, bei dem jedes Schnittenhalterpaar separat reguliert werden kann.

Stavros und Melanie, kaum zu glauben. Charlie hatte wiederholt festgestellt, ihre Art hätte ihm gefallen.

Als wollte er Abbitte leisten, weil er seinem Vater das Wort abgeschnitten hat, als der Regen alte Erinnerungen in ihm wachrief, bricht Nelson das Schweigen. «Was hat Charlie eigentlich für 'ne Stellung bei euch?»

«Verkaufsrepräsentant. Er ist zuständig für die Gebrauchtwagen und ich für die neuen. Das heißt, mehr oder weniger. In der Praxis gibt es Überschneidungen. Auch mit Jake und Rudy natürlich.» Er möchte den Jungen immer wieder an Jake und Rudy erinnern. Keine Söhne betuchter Männer, sie müssen hart arbeiten für ihre Dollars.

«Bist du zufrieden mit Charlie?»

«Absolut. Er kennt die Schliche besser als ich. Er kennt hier jeden zweiten in der Gegend.»

«Schon. Aber sein Gesundheitszustand. Wie schätzt du seine Energiereserven ein?»

Die Frage hat einen akademischen Beiklang. Er hat Nelson

nicht genug nach dem College gefragt, vielleicht käme er auf diesem Weg an ihn heran. Mit all den vielen Frauen um ihn herum ist es zu leicht für Nelson zu kneifen. «Energiereserven? Er muß aufpassen und sich schonen, aber er macht seine Sache gut. Die Leute haben heutzutage was gegen Hektik, davon hat es mehr als genug gegeben, so wie es früher im Autohandel zuging. Ich glaube, daß die Leute einem Verkäufer, der ein bißchen – wie soll ich sagen – zurückhaltend ist, eher trauen. Mich stört Charlies Art nicht.»

Er fragt sich, wie Melanie darüber denkt. Wo sind sie, in irgendeinem Restaurant? Er stellt sich ihr Gesicht vor, glänzende Augen, leicht vorquellend, beinahe schon wie bei Schilddrüsenkranken, und Wangen, die immer geschminkt wirken, rosig vor Anstrengung, auch schon ehe sie das Fuji-Rennrad kaufte, das junge Gesicht undurchdringlich und glatt und beharrlich lächelnd gegenüber Charlies klassischem Schlawinerprofil, wenn er sich an sie heranmacht. Und später dann diese Angelegenheit da unten, sein dicker Schwanz, das bläuliche Braun dieser mediterranen Typen, und, so überlegt er, ob ihre Haare da unten genauso lockig sind wie auf ihrem Kopf, rein und raus, er kann es nicht fassen, daß es passieren soll, während sie alle dasitzen und dem Regen lauschen.

Nelson sagt gerade: «Ich hab mir überlegt, ob sich nicht mit Cabrios etwas machen ließe.» Eine schwere schamhafte Schüchternheit dickt seine Worte ein, so daß sie eines nach dem andern aus seinem Gesicht zu fallen scheinen, während er gesenkten Hauptes auf dem grauen Sofa sitzt mit seinem Bisamrattenschnitt.

«Cabrios? Wie wie?»

«Du weißt schon, Dad, da brauche ich dir doch nichts zu erzählen. Ankaufen und verkaufen. Detroit baut sie nicht mehr, also werden die alten Schlitten immer wertvoller. Du würdest für Moms Maverick heute mehr kriegen, als du dafür bezahlt hast.»

«Wenn du ihn nicht vorher zuschanden fährst.»

Diese Anspielung hat die Wirkung, die Rabbit wollte. «Scheiße», schreit der Junge wehrlos und schießt pfeilschnelle Blicke an die Zimmerdecke auf der Suche nach einem Schlupfloch. «Ich habe deinen verdammten geliebten Corona nicht zuschanden gefahren, ich hab ihn bloß ein bißchen eingedellt.»

«Er ist noch immer in der Werkstatt. Ganz nette Delle.»

«Ich hab's nicht mit Absicht gemacht! Herrgott, Dad, du tust gerade so, als wär's 'ne Staatskarosse oder sowas. Du wirst so engstirnig auf deine alten Tage.»

«Wirklich?» fragt er, ehrlich interessiert, in der Hoffnung, etwas Neues zu erfahren.

«Ja. Du hast bloß Geld und *Sachen* im Kopf.»

«Das ist nicht gut, was?»

«Nein.»

«Du hast recht. Lassen wir das mit dem Auto. Erzähl mir vom College.»

«Das ist vielleicht ein Saftladen», kommt es wie aus der Pistole geschossen. «Es ist das Grab. Wegen der Schießerei vor zehn Jahren meinen die Leute, es ginge da so radikal zu, aber in Wirklichkeit sind die meisten Typen bloß Provinzler aus Ohio, für die es das größte ist, sich mit Bier vollaufen zu lassen, bis sie kotzen müssen, und Rasiercremeschlachten in den Studentenwohnheimen abzuziehen. Die meisten von denen steigen später bei ihren Vätern ein, denen ist alles wurscht.»

Harry überhört das und fragt: «Hattest du schon Gelegenheit, dich in der großen Firestone Fabrik umzusehen? In der Zeitung lese ich immer wieder, daß sie diese fünfhunderter Stahlgürtelreifen immer weiter produziert haben, auch nachdem sie allen Leuten um die Ohren geflogen sind.»

«Typisch», meint der Junge. «Alle Waren, die man kauft, sind so. Alle amerikanischen Waren.»

«Es waren mal die besten», sagt Harry und blickt tiefsinnig in die Ferne, als gäbe es dort einen Ort, wo er und Nelson restlos übereinstimmen können.

«Das Gerücht hab ich schon mal gehört.» Der Junge senkt den Blick in sein Buch.

«Nelson, noch etwas wegen der Arbeit. Ich habe deiner Mutter gesagt, daß wir dir drüben einen Sommerjob als Autowäscher und Wartungsmonteur geben könnten. Du würdest 'ne Menge lernen von Manny und den anderen, allein vom Zusehen.»

«Dad, ich bin zu alt fürs Autowaschen. Und vielleicht brauche ich mehr als 'n Sommerjob.»

«Willst du mir damit sagen, daß du vom College abgehen willst, wo du bloß noch ein lausiges Jahr bis zum Examen hast?»

Seine Stimme ist laut geworden, und der Junge macht ein erschrockenes Gesicht. Er starrt seinen Vater mit offenem Mund an. Der dunkle halboffene Fleck bildet mit den zwei Augenhöhlen drei Löcher in einem hohlen Gesicht. Der Regen trommelt auf das Abflußrohr am Verandadach. Janice und ihre Mutter kommen weinend von oben herunter, wo sie *Die Waltons* gesehen haben. Janice wischt sich mit den Fingern die Augen und lacht. «Zu albern, sich so mitreißen zu lassen. In *People* stand, daß die Schauspieler sich untereinander alle nicht ausstehen konnten; deshalb mußte die Serie abgebrochen werden.»

«Aber sie bringen ja immer die Wiederholungen», sagt Ma Springer und läßt sich auf das graue Sofa neben Nelson fallen, als seien ihre Beine nach dem kleinen Ausflug ins Parterre schon am Ende ihrer Kräfte. «Ich habe diese Folge schon einmal gesehen. Aber sie gehen einem trotzdem an die Nieren.»

Harry verkündet: «Der Bengel hier sagt, daß er vielleicht nicht mehr nach Kent gehen will.»

Janice, die gerade in die Küche gehen und sich einen Campari holen wollte, erstarrt zur Salzsäule. Sie hat wegen der Hitze nur ihr kurzes durchsichtiges Nachthemd an, mit einem Slip darunter. «Das hast du gewußt, Harry», sagt sie.

Roter Bikinislip, stellt er fest, der graurosa durchscheint. Letzte Woche, als die Hitzewelle ihren Höhepunkt erreichte, hat sie sich in Brewer bei einem Friseur, zu dem Doris Kaufmann geht, die Haare schneiden lassen. Er hat ihren Nacken freigelegt und hat ihr einen Pony geschnitten; Harry hat sich noch nicht daran gewöhnt – es ist, als liefe eine fremde Frau halbnackt im Haus herum. Er brüllt beinahe: «Einen Scheiß habe ich gewußt. Und das, nachdem wir so viel Geld in seine Ausbildung gesteckt haben!»

«Na ja», sagt Janice und wippt, so daß ihr Körper von innen an das Nachthemd tippt, «vielleicht gibt's für ihn dort nichts mehr zu holen.»

«Ich komm da nicht mehr mit. Da ist doch irgendwas faul.

Der Bengel kommt ohne Erklärung nach Hause, und seine Freundin geht mit Charlie Stavros aus, während er dahockt und mir zu verstehen gibt, ich soll Charlie an die Luft setzen, damit ich ihn an seiner Stelle anheuern kann.»

«Nun», meint Ma Springer begütigend, «Nelson ist jetzt in dem entsprechenden Alter. Fred hat für dich Platz geschaffen, Harry, und ich weiß, wenn er noch wäre, würde er für Nelson Platz schaffen.»

Drinnen auf der Anrichte lauscht der tote Fred Springer verhangenen Blicks dem Regen.

«Nicht an der Spitze, bestimmt nicht», sagt Harry. «Und nicht für einen, der sein Studium abbricht, wenn ihm nur noch ein paar lausige Punkte fehlen bis zum Examen.»

«Aber Harry», sagt Ma Springer so ruhig und milde, als wäre die Fernsehsendung eine Haschpfeife gewesen, «manch einer hat dich vielleicht auch nicht so vielversprechend gefunden, als Fred dich eingestellt hat. Mehr als einer hat ihm davon abgeraten.»

Draußen auf dem Lande, unter der Erde, trauert der alte Farmer Byer seiner Schulbusflotte nach und modert im Regen.

«Ich war ein vierzigjähriger Mann, der ohne eigenes Verschulden seine Arbeit verloren hatte. Ich habe in der Druckerei an der Setzmaschine gehockt, solange es Maschinensatz gab.»

«Du hast im Beruf deines Vaters gearbeitet», belehrt ihn Janice, «und das ist alles, was Nelson möchte.»

«Sicher, *sicher*», schreit Harry, «wenn er mit dem College fertig ist, falls es das ist, was er dann will. Aber, ehrlich gesagt, hatte ich gehofft, er hätte etwas mehr Ehrgeiz. Wieso hat er's so eilig? Wieso ist er überhaupt wieder nach Hause gekommen? Wenn ich in seinem Alter das Glück gehabt hätte, in einen Staat wie Colorado reisen zu können, wäre ich mindestens den Sommer über dort geblieben, da könnt ihr Gift drauf nehmen.»

Aufreizender, als sie ahnen kann, zieht Janice an einer Zigarette. «Wieso willst du deinen eigenen Sohn nicht zu Hause haben?»

«Er ist zu *alt,* um zu Hause rumzuhocken! Wovor rennt er weg?» Nach ihren Gesichtern zu urteilen, hat er möglicherweise irgendeinen wunden Punkt getroffen, wenn er auch nicht weiß, welchen. Er weiß nicht einmal, ob er es unbedingt wissen will. In dem Schweigen, das ihm antwortet, lauscht er wieder dem strömenden Regen, eine unaufhörliche Bewegung am Rande ihrer Lampenlichtsphäre, sanft, beharrlich, unaufhaltsam, Millionen winziger Raketen, die auftreffen und in Rinnsalen von der Oberfläche der Dinge herunterrieseln. Skeeter, Jill und die vier erschossenen Demonstranten von der Kent State University sind irgendwo da draußen, knochentrocken.

«Schon gut», sagt Nelson und steht auf. «Ich will gar keinen Job bei diesem Armleuchter.»

«Wieso ist er so feindselig?» beschwört Harry die Frauen. «Ich habe nur gesagt, daß ich nicht einsehe, wieso wir Charlie feuern sollen, damit der Bengel Cabrios verscheuern kann. Wenn die Zeit reif ist, bitte. Meinetwegen schon 1980. Alle Macht den Jungen. Freßt mich auf. Aber eins nach dem andern. Jesus! Es ist doch noch massenhaft Zeit.»

«Wirklich?» fragt Janice in seltsamem Ton. Sie weiß also doch etwas. Alle Fotzen wissen irgend etwas.

Er spricht sie direkt an. «Du. Ich hätte gedacht, daß wenigstens *du* zu Charlie hältst.»

«Mehr als zu meinem eigenen Sohn?»

«Ich sage euch eines. Ich sage euch allen nur eines. Wenn Charlie geht, gehe ich auch.» Er will sich hochrappeln, aber der Liegesessel hält ihn in klebriger Umklammerung.

«Hipp, hipp, hurra», sagt Nelson, während er seine Jeansjacke vom Kleiderständer neben der Haustür reißt und sich in sie hineinwühlt. Er sieht bucklig und hinterhältig aus, eine Ratte, die auszieht, um ersäuft zu werden.

«Jetzt haut er ab und fährt den Maverick zu Schrott.» Harry rappelt sich hoch. Im Stehen überragt er sie alle.

Ma Springer schlägt sich mit den flachen Händen auf die Knie. «Also, diese Streiterei hat mir richtig die Laune verdorben. Ich setze erst mal Wasser auf und mache uns eine Tasse Tee. Die schwüle Luft ist mir in die Gelenke gefahren.»

Janice sagt: «Harry, sage Nelson freundlich gute Nacht.»

Er protestiert: «Er hat mir auch nicht freundlich gute Nacht gesagt. Ich bin hier unten gewesen und habe versucht, anständig mit ihm übers College zu reden, aber ich mußte ihm alles aus der

Nase ziehen. Was soll die Geheimniskrämerei? Ich weiß nicht mal, was er überhaupt als Hauptfach hat zur Zeit. Zuerst war's vorklinische Medizin, aber da war ihm die Chemie zu schwierig, dann war's Anthropologie, aber da mußte er zuviel auswendig lernen, und das letzte, was ich gehört habe, war, daß er umgestiegen ist auf Gesellschaftswissenschaften, aber das war ihm zu viel Bockmist.»

«Ich habe jetzt Geographie als Hauptfach», gibt Nelson zu und macht nervös an der Tür herum, darauf bedacht, sich aus dem Staub zu machen.

«Geographie! Das lernt man in der dritten Klasse! Ich habe noch nie von einem Erwachsenen gehört, der Geographie studiert.»

«Anscheinend ist es *das* Fachgebiet da draußen», sagt Janice.

«Was machen sie denn den ganzen Tag lang, Landkarten kolorieren?»

«Mom, ich muß abhauen. Wo sind deine Autoschlüssel?»

«Sieh in meiner Manteltasche nach.»

Harry kann nicht aufhören, ihm zuzusetzen. «Und denk daran, die Straßen hier in der Gegend sind schlüpfrig bei Nässe», sagt er. «Und falls du dich verfährst, rufst du einfach deinen Geographieprof an.»

«Daß Charlie mit Melanie ausgegangen ist, wurmt dich ganz schön, was?» sagt Nelson zu ihm.

«Nicht die Bohne. Was mich wurmt, ist, daß es dich nicht wurmt.»

«Ich bin schwul», verkündet ihm Nelson.

«Janice, was hab ich diesem Bengel getan, daß er mich so behandelt?»

Sie seufzt. «Du, das wirst du schon wissen.»

Er hat diese Anspielungen auf seine befleckte Vergangenheit satt. «Ich habe ihn gut versorgt, oder etwa nicht? Wer hat denn damals, als du in der Gegend rumgevögelt hast, dafür gesorgt, daß er morgens seine Cornflakes kriegt und rechtzeitig in die Schule kam?»

«Das hat mein Daddy getan», sagt Nelson in maniriert kindlichem Ton.

Janice schaltet sich ein. «Nellie, wenn du schon gehen willst, dann solltest du jetzt lieber gehen. Hast du die Schlüssel gefunden?»

Der Junge hält sie hoch.

«Du sprichst das Todesurteil über ein Fahrzeug», erklärt Harry ihr. «Der Bengel ist ein Autokiller.»

«Es war bloß eine beschissene Beule», schreit Nelson die Zimmerdecke an, «und das will er mich bis in alle Ewigkeit büßen lassen.» Die Tür, durch die eine frische Brise Regenluft hereingefegt ist, fliegt wieder zu.

«Also, wer möchte noch Tee außer mir?» ruft Ma Springer aus der Küche. Sie gehen zu ihr hinüber. Wenn man aus dem stickigen, überladenen Wohnzimmer in die Küche mit ihren sauber polierten Flächen kommt, sieht die Welt freundlicher aus. «Harry, du solltest mit dem Jungen nicht so hart umspringen», rät ihm seine Schwiegermutter. «Er hat den Kopf ziemlich voll.»

«Womit denn zum Beispiel?» fragt er scharf.

«Ach», sagt Ma, noch immer milde gestimmt, Trostpflästerchen nach Art der Waltons verteilend, «mit all den Sachen, die die jungen Leute heutzutage so treiben.»

Janice hat einen Slip unter ihrem Nachthemd an, aber keinen Büstenhalter. In dem hellen Licht zeichnen sich ihre Brustwarzen unter dem Stoff in dem ihnen eigenen Rosa ab, dunkler, mehr ins Weinrote gehend. Sie sagt jetzt: «Es ist ein schwieriges Alter. Sie scheinen so viele Möglichkeiten zu haben, und haben sie doch auch wieder nicht. Das Fernsehen hat ihnen ihr Leben lang beigebracht, dieses und jenes zu wollen, aber wenn sie dann zwanzig werden, merken sie, daß man letzten Endes gar nicht so einfach an Geld rankommt. Sie haben nicht einmal die Chancen, die wir hatten.»

Das hört sich seltsam an aus ihrem Mund. «Mit wem hast *du* dich denn unterhalten?» fragt Harry voller Verachtung.

Janice läßt sich nicht mehr so leicht unterkriegen wie früher; sie ordnet ihren Pony mit einer fahrigen harkenden Bewegung der Finger und antwortet: «Bei ein paar Frauen im Club sind die Kinder auch wieder nach Hause gekommen und wissen nicht, was sie mit sich anfangen sollen. Es gibt sogar schon einen Namen dafür: Zurück-ins-Nest . . .»

«Syndrom», sagt er und beruhigt sich langsam. Er und Pop und Mom hatten auch manchmal, wenn Mim ins Bett gebracht worden war, so am Küchentisch gesessen, bei Cornflakes oder Kakao oder auch Tee. Er fühlt sich so gut aufgehoben, daß er einen klagenden Ton anschlägt. «Wenn er wenigstens um Hilfe *bitten* würde», sagt er. «Ich würde versuchen, ihm zu helfen. Aber er bittet nicht. Er will nehmen, ohne zu bitten.»

«Ist das nicht vollkommen menschlich», meint Ma Springer in salbungsvollem Tonfall. Der Tee ist zu ihrer Zufriedenheit ausgefallen, scheint ihr zu schmecken, und sie fügt abschließend hinzu: «Nelson hat einen sehr lieben Kern. Ich denke, er ist nur ein bißchen überfordert im Augenblick.»

«Wer ist das nicht?» fragt Harry.

Im Bett, möglicherweise erregt ihn der Regen, will er unbedingt mit Janice schlafen, obwohl sie anfänglich unwillig reagiert. «Dann hätte ich gebadet», sagt sie, aber sie riecht großartig, satter Dschungelgeruch von köstlich moderndem Mulch, je tiefer er im Farn versinkt. Als er nicht aufhören will, wild darauf, sein Gesicht in dieser Substanz zu vergraben, läßt sie sich anstecken von der kalten strengen Wut, und sie kommt kämpferisch, bäumt ihr Becken hoch und reibt ihre Klitoris an seinem Gesicht und läßt ihn dann auf ihr, in ihrer Möse, zum Schluß kommen. Ermattet und willenlos hingestreckt lauscht er wieder dem Regengeräusch, das hin und wieder zu einem beschleunigten metallischen Rhythmus auf dem Fensterglas anschwillt, rascher als das Pochen in dem Eisengully, wo Stränge von Wasser strudeln.

«Ich hab Nelson gern im Haus», sagt Harry zu seiner Frau. «Es ist eine feine Sache, einen Feind zu haben. Schärft die Sinne.»

Murmelnd läßt die Buche draußen vor den Schlafzimmerfenstern – und doch so nahe, als würden sie von ihr umhüllt – Blatt für Blatt, Simse und Stufen fortgesetzten Tropfens, den Regen über sich ergehen.

«Nelson ist nicht dein Feind. Er ist dein Sohn und braucht dich jetzt mehr denn je, auch wenn er es nicht sagen kann.»

Regen, der letzte ihm verbliebene Beweis, daß Gott existiert. «Ich habe das Gefühl», sagt er, «daß da irgend etwas ist, wovon ich nichts weiß.»

Janice gibt zu: «Stimmt.»

«Was ist es?» Da er keine Antwort erhält, fragt er weiter: «Und woher weißt du es?»

«Melanie erzählt Mutter allerhand.»

«Ist es was Schlimmes? Drogen?»

«Ach, Harry, nein.» Sie muß ihn umarmen, so verletzlich wirkt er in seiner Ahnungslosigkeit. «Nichts dergleichen. Nelson ist wie du – unter der Oberfläche. Er möchte sauber bleiben.»

«Worum geht's denn dann, verdammt? Wieso wird es *mir* nicht erzählt?»

Sie umarmt ihn wieder und lacht leichthin: «Weil du kein Springer bist.»

Noch lange, nachdem sie in das stete sanfte Sägen des Schlafs verfallen ist, liegt er wach und lauscht dem Regen – will es nicht loslassen, dieses Geräusch von Leben. Man muß kein Springer sein, um Geheimnisse zu haben. Blaue Augen, so blaß in dem Licht, das auf den Rücksitz des Corolla scheint. Seine Lippen schmecken noch nach Janice, und er denkt, daß sich das Aroma vielleicht doch nicht so sehr für Sealtest eignet. Zweimal hält, während er wach daliegt, draußen ein Wagen, und die Haustür geht auf: beim erstenmal ist es, nach dem ruhig laufenden Motor und den leichten Schritten auf den Verandadielen zu urteilen, Stavros, der Melanie abgesetzt hat; beim nächstenmal wenige Minuten später – der Motor wird brutal hochgedreht und dann abgestellt, und die Schritte sind laut und herausfordernd – muß es Nelson sein, der mehr Bier getrunken hat, als ihm guttut. Aus der akustischen Atmosphäre, die die Geräusche dieses zweiten Wagens umgibt, schließt Rabbit, daß der Regen nachgelassen hat. Er horcht, ob die jungen Schritte die Treppe heraufkommen, aber die eine Sorte scheint die andere in der Küche abzufangen, wo Melanie noch einen Happen ißt. Auffallend an Vegetariern, daß sie immer Hunger zu haben scheinen. Man ißt und ißt, und nie ist es das Richtige. Wer hat ihm das einmal gesagt? Tothero. Er war ihm so alt vorgekommen damals am Ende, aber wieviel älter, als Harry jetzt ist, war er damals? Nelson und Melanie bleiben in der Küche und unterhalten sich, bis der Lauscher erlahmt und aufgibt. Im Traum schnauzt Harry den Jungen übers Firmentelefon an, aber obwohl sein Mund so weit aufgerissen ist, daß er alle seine eigenen Zähne aufgereiht sieht wie auf den Zahndiagrammen, die zum Verzeichnen der Löcher benutzt werden und aussehen wie ein Schrei, kommt kein Laut heraus; seine Kiefer und seine Augen fühlen sich an, als wären sie sperrangelweit aufgerissen und erstarrt, und als er aufwacht, ist es, als hätte er die ganze Zeit die Morgensonne, die nach dem Regen ungestüm hereinströmt, nachgeäfft.

Die Schaufenster bei Springer Motors sind vor kurzem geputzt worden, und Harry steht da und starrt staunend hindurch, nicht ein einziger Staubfussel deutet darauf hin, daß er nicht draußen steht, in einer vollklimatisierten Außenwelt, reingewaschen und pfützenübersät vom nächtlichen Regen, nichts außer einer Spur Mattigkeit im Grün des Baumes gegenüber auf der anderen Seite der Route 111 hinter dem Imbißwagen, ein abgestorbenes oder gelbes Blatt hie und da an den Enden der überladenen sterbenden Äste. Der Verkehr ist lebhaft an diesem Wochentag. Carter spricht nach wie vor von einer Sondersteuer auf die enormen Gewinne der Ölgesellschaften, aber dazu wird es nicht kommen, meint Harry. Carter ist ein schlauer Fuchs und betet viel, aber seine große Stärke scheint der alte Eisenhowersche Kniff zu sein, vieles gar nicht erst geschehen zu lassen, bloß ein dünnes Rinnsal täglich.

Charlie ist gerade dabei, mit einem jungen schwarzen Paar den Verkauf eines Altwagens, den Springer Motors in Zahlung genommen hatte, abzuschließen. Für drei Mille will er einen zweifarbigen Achtzylinder-Buick, Baujahr '73, gutgläubigen Leuten aufschwatzen, die im Daseinskampf zu weit hinterherhinken, um zu bemerken, wie sehr die Zeiten sich geändert haben: das Benzin geht uns aus, und wer was von Geld versteht, legt es in Importfabrikaten mit Nähmaschinenmotoren an. Sie haben sich sogar fein gemacht für den Anlaß, die Ehefrau trägt ein lavendelfarbenes Kostüm mit altmodisch kurzem Rock – feste hohe Waden an dünnen Säbelbeinen. Sie sind wirklich nicht so gebaut wie wir; Skeeter sagte immer, der Frau ihr Körperbau sei der letzte Schrei. Und während die Frau putzmunter auf dem sonnenüberfluteten, von Nässe glänzenden

Asphalt um den protzigen alten Buick herumtanzt, wirkt ihr Arsch hoch und fest, genau wie die Waden. Ein hübscher Anblick, ein Stück Vergangenheit. Doch vertreibt er nicht das flaue Gefühl in Harrys Magengrube nach seiner kurzen Nacht. Charlie sagt etwas, worauf sich die beiden vor Lachen biegen, und dann fahren sie mit der alten Mühle davon. Charlie kehrt zurück an seinen Schreibtisch in einer Ecke des kühlen Ausstellungsraums, und dort spricht Harry ihn an.

«Wie war's mit Melanie gestern abend?» Er versucht, das Grinsen aus seiner Stimme herauszuhalten.

«Nettes Mädchen.» Charlie bewegt seinen Stift weiter. «Sehr gradlinig.»

Harrys Stimme schwillt entrüstet an. «Was ist gradlinig an ihr? Sie ist ein ziemlich komischer Vogel nach allem, was ich so erlebe.»

«Irrtum, alter Freund. Sehr kühler Kopf. Sie gehört zu den Frauen, bei denen man befürchten muß, sie sehen alles so klar, daß sie sich nie gehenlassen.»

«Willst du mir damit sagen, daß sie sich mit dir nicht hat gehenlassen?»

«Das habe ich von ihr auch nicht erwartet. In meinem Alter – was soll's?»

«Du bist jünger als ich.»

«Nicht im Herzen. Du lernst noch.»

Er kommt sich wieder wie ein kleiner Schuljunge vor, wie damals, als überall ein Geheimnis zu sein schien, das durch die Bankreihen geisterte, das umherschnellte wie der bunte Ball in der Pause auf dem Schulhof – und er bekam es nicht zu fassen, die Mädchen ließen ihn nicht heran, sie waren zu schnell. «Hat sie was über Nelson gesagt?»

«'ne ganze Menge.»

«Was läuft eigentlich deiner Meinung nach zwischen den beiden?»

«Ich glaub, sie sind bloß gute Kumpel.»

«Du glaubst also nicht mehr, daß sie bestimmt miteinander vögeln?»

Charlie gibt auf. Er schlägt mit der flachen Hand auf den Tisch und lehnt sich zurück von seinen Papieren. «Himmel,

Arsch und Zwirn, ich habe keine Ahnung, wie die das miteinander regeln. Zu unserer Zeit hat man sich davongemacht, wenn es mit dem Vögeln nicht geklappt hat. Bei denen ist es vielleicht anders. Die wollen keine Aufreißer mehr sein wie wir damals. Wenn sie trotzdem vögeln, dann muß es, nach der Art, wie sie von ihm redet, etwa so spannend sein, wie wenn man kurz vor dem Einschlafen mit einem einäugigen Teddybär schmust.»

«So sieht sie ihn also? Kindskopf.»

«Verletzlich, würde sie wohl sagen.»

Harry meint: «Aber da fehlt doch noch ein Stück – Janice hat gestern abend so komische Andeutungen gemacht.»

Stavros hebt vornehm die Schultern. «Vielleicht ist es in Colorado geblieben, das fehlende Stück.»

«Hat sie irgend etwas Konkretes gesagt?»

Stavros überlegt, bevor er antwortet. Er schiebt seine bernsteinfarbene Brille mit dem Zeigefinger nach oben und legt dann den Finger an die Nase. «Nein.»

Harry versucht es mit unverhohlenem Gejammer. «Ich komme einfach nicht dahinter, was der Bengel eigentlich will.»

«Er möchte sich mit den Realitäten der Welt auseinandersetzen. Ich glaube, er will hier einsteigen.»

«Ich *weiß,* daß er einsteigen will, und ich *will* ihn hier nicht haben. Er geht mir auf die Nerven. Mit diesem mürrischen griesgrämigen Gesichtsausdruck verkauft der nicht einmal –»

«Cola in der Sahara», beendet Charlie für ihn den Satz. «Aber wie dem auch sei, er ist Fred Springers Enkel. Er ist *engonaki.*»

«Das ist es ja, Janice und Bessie heizen mir ein, das hast du ja neulich abends mitgekriegt. Sie machen mich wahnsinnig. Wir haben eine schöne ausgewogene Betriebsorganisation hier, und wie viele Autos sind wir im Juli losgeworden?» Stavros sieht nach auf einem Blatt unter seinem Ellbogen. «Neunundzwanzig, kaum zu glauben. Dreizehn gebrauchte, sechzehn neue. Unter anderem drei von diesen Celica GTs für je zehn Riesen. Ich hätte nicht gedacht, daß der gehen würde, jedenfalls nicht bei der Konkurrenz von diesen ganzen kleinen Nuckelpinnen, die Detroit zum halben Preis rausbringt. Diese Japse verstehen was von Marktforschung.»

«Deshalb kann Nelson mir den Buckel runterrutschen. Es ist

sowieso nur noch ein Sommermonat übrig. Wieso soll ich Jake und Rudy rausekeln, bloß um einen Bengel unterzubringen, der sich zu fein dazu ist, einen Job in der Werkstatt anzunehmen? Er hätte sich nicht mal die Hände dreckig zu machen brauchen, wir hätten ihn in die Ersatzteilabteilung gesteckt.»

Stavros sagt: «Du könntest ihn für ein reguläres Gehalt hier im Verkauf anstellen. Ich würde ihn unter meine Fittiche nehmen.»

Charlie scheint nicht zu begreifen, daß er derjenige ist, der verdrängt werden soll. Da versucht man, einem anderen die Stange zu halten, und der fällt einem inzwischen in den Rücken. Aber Charlie hat das Problem doch erkannt; er spricht es aus: «Sieh mal, du bist der Schwiegersohn, dir kann niemand was anhaben. Aber ich, ich habe bloß die alte Dame hinter mir, und das ist eine rein sentimentale Angelegenheit. Sie mag mich, weil ich sie an Fred erinnere, an die alten Zeiten. Gefühle sind nie so stark wie Blutsbande. Ich kann's mir gar nicht leisten, mich stur zu stellen. Da heult man dann lieber mit den Wölfen. Außerdem glaube ich, daß ich mit dem Jungen reden kann, daß ich etwas für ihn tun kann. Keine Bange, er wird es nicht lange in dieser Branche aushalten, dazu ist er zu zappelig. Er ist seinem Alten viel zu ähnlich.»

«Ich sehe keine Ähnlichkeit», sagt Harry, trotz allem geschmeichelt.

«Wie solltest du auch. Ich weiß nicht, es kommt mir schwierig vor, heutzutage Vater zu sein. Als ich klein war, muß es sehr viel leichter gewesen sein. Man hat den Kindern aufgetragen, was sie machen sollten, und wenn sie es nicht machten, hat man sie versohlt. Ich hab mir folgendes gedacht. Wenn ihr – du und Jan und die alte Dame – euren Pocono-Trip macht, wollte Nelson da mitkommen?»

«Sie haben ihn gefragt, aber er schien nicht grade begeistert. Als Kind hat er sich da oben immer einsam gefühlt. Guter Gott, es wär die Hölle auf dem engen Raum. Schon zu Hause ist es ja, als würde, einerlei in welches Zimmer du reingehst, er schon immer mit einem Bier in der Hand dahocken.»

«Siehst du. Wie wär's, wenn du ihm einen Anzug und eine Krawatte kaufst und ihn hierherkommen läßt? Gib ihm das

Mindestgehalt, ohne Provision und ohne Erfolgsprämien. Dann könnt ihr euch nicht gegenseitig auf den Wecker fallen.»

«Wie soll ich ihm denn auf den Wecker fallen? Er tritt mich mit Füßen. Er nimmt andauernd das Auto und will mir obendrein noch Schuldgefühle einjagen.»

Charlie würdigt ihn keiner Antwort; er kennt diese Geschichte schon auswendig.

Harry räumt ein: «Immerhin, es ist eine Idee. Und danach würde er wieder aufs College gehen?»

Charlie zuckt mit den Schultern. «Wollen es hoffen. *Den* Teil des Geschäfts kannst vielleicht du aushandeln.»

Wie er so von oben auf Charlies zerbrechlichen gestreiften Schädel hinabsieht, kommt Rabbit nicht um die Wahrnehmung der eigenen Leibesfülle herum, ein ausladender, abzugsprengender Hang; es sind eineinhalb Personen aus ihm geworden, während dieselben Jahre Charlies einst stämmige Figur immer ein bißchen mehr gestutzt haben. Er fragt ihn: «Würdest du das wirklich für Nelson tun?»

«Ich mag den Jungen. Für mich ist er nur einer von vielen Lebenskrüppeln. In seinem Alter sind sie heute doch alle Lebenskrüppel.»

Ein Paar hat draußen in der grellen Sonne geparkt und steuert auf den Eingang der Ausstellungshalle zu, ein Paar von der wohlgekleideten Penn Park-Spezies, das vermutlich Informationsmaterial sammeln und sich wieder aus dem Staub machen wird, um einen Mercedes als Geldanlage zu kaufen. «Na ja, das ist dein Bier», meint Harry zu Charlie. Es könnte sogar für alle Beteiligten günstig sein. Melanie würde nicht allein sein in dem großen Haus. Und ihm kommt der Gedanke, daß das alles Melanies Idee sein könnte – und Charlies Art, seinen Annäherungsversuch an sie in Gang zu halten.

Im Bett fragt Melanie Nelson: «Was lernst du?»

«Ach, alles mögliche.» Sie haben sich für die Wochen, in denen die Altvordern in den Poconos weilen, für Melanies Bett in dem nach vorn gelegenen Zimmer entschieden. Melanie, die nun schon über einen Monat hier ist, hat nach und nach die kopflose Schneiderpuppe in eine Ecke gerückt und ein paar andere häßliche Springersche Habseligkeiten versteckt – einen aufgerollten Flurläufer unters Bett geschoben, einen Koffer voll alter Gardinen und eine kaputte Singer-Nähmaschine hinten in den Wandschrank gepackt, der bereits vollgestopft war mit ausgewachsenen, altmodischen Kleidern in Plastikhüllen aus der Reinigung. Sie hat ein paar Peter Max-Poster mit Klebeband an die Wände geheftet und sich in dem Raum häuslich eingerichtet. Sie hatten bisher Nelsons Zimmer benutzt, aber sein altes Bett ist zu klein für zwei, und im Grund fühlt er sich dort gehemmt. Sie hatten überhaupt nicht die Absicht gehabt, in diesem Haus miteinander zu schlafen, aber ihre langen und notwendigen Gespräche hatten sie zwangsläufig da hineinschlittern lassen. Melanies Brüste sind tatsächlich, wie Charlie auf den ersten Blick bemerkt hatte, voluminös; ihr gewichtiges warmes Wogen bereitet Nelson manchmal Übelkeit, erinnert ihn an eine flachbrüstigere andere, an eine verlassene andere. Er erläutert: «'ne Menge Zeug. Da gibt's jede Menge Zwänge, von denen du als Laie nichts merkst, zum Beispiel zwischen dem Vertragshändler und dem Hersteller. Man muß denen für Tausende von Dollars komplette Sätze von ihren Spezialwerkzeugen abnehmen, und sie packen in ihre Standardmodelle Sachen, die früher als Extras gingen, mit denen der Händler jede Menge verdienen konnte. Charlie hat mir erzählt, früher hat ein Radio den Händler rund fünfunddreißig Dollar gekostet, und er hat etwa einhundertachtzig auf den Verkaufspreis draufgeschlagen. Jetzt, wo die Hersteller raffgierig werden und dem Händler diese Möglichkeiten wegnehmen, müssen sich die Händler neue Gags einfallen lassen. Unterbodenschutz. Und Rostschutz. Es gibt sogar eine Imprägnierung für die Kunststoffbezüge, damit sie sich nicht so schnell abnutzen angeblich. Lauter so'n Zeug. Die reine Halsabschneiderei, aber auch irgendwie ganz ulkig, dieses ganze Verkaufskauderwelsch, mit dem die Leute sich gegenseitig anfeuern. Mein Großvater hatte ein schwarzes Brett, wo sie die Verkaufserfolge angeschlagen haben, aber Dad hat es abgeschafft. Man merkt Charlie an, daß er Dad echt faul und nachlässig findet.»

Sie stemmt sich mehr in die Vertikale im Bett, die Brüste träge und silbrig im Zwielicht, das von den Leuchtröhren auf der Joseph Street durch die Ahornbäume sickert. Sie hat etwas Schweres und Mütterliches und Mystisches an sich, dem er sich nicht entziehen kann. «Charlie hat mich gefragt, ob wir uns wieder treffen können», sagt sie.

«Sag ihm zu», rät Nelson und genießt das veränderte Gefühl im Bett, denn durch das Aufrichten von Melanies Rumpf über ihm hat sich die zerknautschte Kuhle vertieft, in der er liegt. Als er noch ganz klein war und Mom und Dad in dem Apartment oben an der Wilbur Street wohnten, waren sie oft zu Besuch hierhergekommen, und dann war er in genau diesem Zimmer zu Bett gebracht worden, die Haare seiner Großmutter waren damals noch richtig schwarz, aber die Lichtmuster, die die Fensterkreuze in die Decke schnitten, waren genauso wie jetzt. Mom-mom sang ihm Lieder vor, erinnert er sich, aber er weiß nicht mehr, wie sie gingen. Auf pennsylvania-holländisch manche. *Reide, reide, Geile* . . .

Melanie zieht eine Haarnadel am Hinterkopf aus ihrem Haar und angelt damit im Aschenbecher nach einer ausgedrückten Marihuanakippe, die vielleicht noch zwei, drei Züge hergibt. Sie hält sie an ihre roten Lippen und zündet sie an; das Papier flammt auf. Als sie den Arm hob, um die Haarnadel herauszuziehen, flammten die Haare in ihrer unrasierten Achselhöhle in Nelsons Blickfeld auf. Gegen seinen Willen, ohne jede Absicht, fängt sein Pimmel an, da unten in der Kuhle kindlicher Wärme mit kleinen zuckenden Pulsen hart zu werden. «Ich weiß nicht», sagt Melanie. «Ich glaube, jetzt wo sie weg sind, ist er drauf fixiert, Erfolge einzuheimsen.»

«Wie findest du das?»

«Nicht so toll.»

«Er ist ein netter Typ», sagt Nelson. Er kuschelt sich tiefer neben ihrem abgelenkten Körper ins Bett und genießt die verstohlene Zunahme seiner Erektion. «Auch wenn er mit Mom gevögelt hat.»

«Und wenn er dabei umkommt, was mache ich dann? Ich meine, einer der Gründe, weshalb ich mit dir gekommen bin, war, daß ich meinen Kopf von diesem Scheiß mit der Vaterfigur säubern wollte.»

«Du bist mitgekommen, weil Pru es gewollt hat.» Den Namen der anderen auszusprechen, ist köstlich, ein kühler Stich in der Wärme. «Damit ich nicht abhaue.»

«Ja, gut, aber ich hätte es nicht gemacht, wenn ich nicht meine eigenen Gründe gehabt hätte. Ich bin froh, daß ich mitgekommen bin. Mir gefällt's hier. Es ist, wie Amerika früher war. All die Backsteinhäuser, so schön stabil, eins neben dem anderen.»

«Ich finde es zum Kotzen. Alles ist so feucht und muffig und so *eng*.»

«Findest du wirklich, Nelson?» Er mag es, wenn sie seinen Namen förmlich schnurrt. «In Colorado kamst du mir irgendwie eingeschüchtert vor. Da war dir alles zu weit. Oder vielleicht war es die Situation.»

Nelson vergißt Colorado im Bewußtsein seiner Erektion – wie ein konisches gerieftes Stück Elfenbein da unten – und angesichts der fraulichen dicken Stränge an ihrem Hals, die anschwellen, als sie einen letzten Zug aus der winzigen, fest zwischen die geschminkten Lippen geklemmten Kippe saugt. Melanie trägt immer Make-up, Lippenstift und Rougetupfer auf den Wangen, um den Olivton ihres Teints zu übertönen, während Pru sich nie schminkte, ihre Lippen so blaß wie die Stirn und alles an ihrem Gesicht gestochen scharf und trocken wie eine Fotografie. Pru: der Gedanke an sie ist ein Knirschen in seinem Magen, so als rollte jemand eine Murmel auf körnigem Sand hin und her. Er sagt: «Vielleicht ist es Dad, was mir so stinkt hier in der Gegend.» Bei dem Gedanken an Dad verstärkt sich das Schmirgeln. «Ich kann ihn nicht ausstehen, seine Art im Wohnzimmer zu hocken und den Liegesessel zu beschlagnahmen. Der –» er findet kaum Worte, so stark ist das Unbehagen – «der hockt doch nur dick da in dieser ganzen Scheißwelt und nimmt und nimmt. Von nichts hat er auch nur halb so viel Ahnung wie Charlie. Was hat er je getan, um die Firma auszubauen? Mein Großvater hat sich hochgearbeitet, während mein Vater nichts weiter gemacht hat, als einen miserablen Ehemann für meine Mutter abzugeben. Bloß weil er zu träge und zu schlapp war, meine Mutter zu verlassen, wie er eigentlich gewollt hätte, ist er an das ganze Geld gekommen. Ich nehme an, er ist schwul. Du hättest ihn mit diesem schwarzen Typ sehen sollen, von dem ich dir erzählt hab.»

«Du hast deinen Großvater sehr gern gehabt, nich Nelson?» Wenn sie high ist, klingt ihre Stimme heiser und wie in Trance, als wäre sie eine der über ihren Dreifuß gebeugten orakelnden Seherinnen, von denen sie im Anthropologiekurs in Kent sprachen. Kent: noch mehr Sand, der in seinem Magen scheuert.

«Er hat *mich* gemocht», betont Nelson und windet sich ein wenig und spürt in seiner Hand, daß sein Penis leicht erschlafft ist, nicht mehr die Reinheit des Elfenbeins besitzt, sondern die uneinheitliche Struktur von Fleisch und Blut. «Er hat nicht dauernd an mir rumgemeckert, weil ich nicht eine große Sportskanone und zwei Meter lang war.»

«Ich hab deinen Vater nie an dir rummeckern hören», sagt sie. «Außer, als du seinen Wagen kaputtgefahren hast.»

«Verdammt, ich *hab* ihn nicht kaputtgefahren, ich hab das Drecksding bloß verbeult, und er macht so einen Aufstand deswegen, läßt die Karre wochenlang in der Blechnerei, und die ganze Zeit soll ich mich schuldig oder unfähig oder was weiß ich wie fühlen. Und es *war* ein Tier auf der Straße, irgend so ein kleines Vieh, das ich nicht kenne, ein Murmeltier oder so, wenn es ein Skunk gewesen wäre, hätte ich die Streifen gesehen, ich verstehe nicht, wieso diese Viecher nicht mit längeren Beinen auf die Welt kommen, es ist jedenfalls gewatschelt. Direkt in die Scheinwerfer rein. Hätte ich es bloß überfahren. Hätte ich bloß Dads sämtliche Autos zu Schrott gefahren, den ganzen beschissenen Wagenpark.»

«Du redest aber wirklich einen Stuß zusammen, Nelson», sagt Melanie aus ihrer friedfertigen Trance heraus. «Du brauchst deinen Vater. Wir alle brauchen Väter. Wenigstens hast du deinen in Reichweite. Er ist kein schlechter Mensch.»

«Er *ist* schlecht, von Grund auf. Er hat keine Ahnung, was los ist, und es ist ihm auch scheißegal, und er findet sich selber so toll. Das ist es, was mich wahnsinnig macht, seine *Zufriedenheit*. Er ist so scheißzufrieden.» Nelson schluchzt beinahe. «Wenn man an all das Elend denkt, das er verschuldet hat. Meine kleine Schwester ist durch seine Schuld gestorben, und Jill hat er auch auf dem Gewissen.»

Melanie kennt diese Geschichten. Sie sagt in geduldigem Singsang: «Du darfst aber nicht die Umstände übersehen. Dein Vater ist nicht der liebe Gott.» Ihre Hand bewegt sich unter die Bettdecke, dahin, wo die seine forschend unterwegs gewesen war. Sie lächelt. Ihre Zähne sind makellos. Sie hat eine kieferorthopädische Behandlung bekommen, im Gegensatz zu Pru, deren Eltern zu arm waren, deswegen lächelt sie so ungern, obwohl die Unregelmäßigkeit gar nicht so auffällig ist, lediglich ein Eckzahn, der auf einer Seite leicht übersteht. «Du bist bloß frustriert momentan», erklärt ihm Melanie, «wegen deiner Situation. Aber an deiner Situation ist nicht dein Vater schuld.»

«Ist er *doch*», beharrt Nelson. «Er ist an allem schuld, es ist seine Schuld, daß ich so in der Scheiße stecke, und es macht ihm sogar *Spaß,* so wie er mich manchmal ansieht, man merkt, es ist ein gefundenes Fressen für ihn, daß ich in der Scheiße stecke. Und dann auch noch die Art, wie Mom ihn bedient, als hätte er *jemals* irgendwas für sie getan, dabei ist es genau umgekehrt.»

«Komm, Nelson, laß das jetzt», gurrt Melanie. «Vergiß einfach mal alles. Ich helfe dir.» Sie schlägt das Laken zurück und dreht ihm den Rücken zu. «Hier ist mein Hintern. Ich laß mich wahnsinnig gern von hinten vögeln, wenn ich breit bin. Es ist, als würde ich gleichzeitig auf zwei Bewußtseinsebenen existieren.»

Melanie versucht fast nie zu kommen, wenn sie sich lieben, sie hält es für selbstverständlich, daß sie das Baby im Mann befriedigt und nicht sich selbst. Pru dagegen hat es immer gewollt, ihm «Warte noch» ins Ohr gekeucht und mit Beckenverrenkungen den richtigen Kontakt gesucht, und selbst wenn er nicht mehr warten konnte und es nicht klappte, war es so irgendwie schmeichelhafter. Wenn er sich Pru so vorstellt, spürt er, wie das Nagen der Schuld in seiner Magengrube schärfer zubeißt, wie in der Szene in *Der weiße Hai,* als das Mädchen in die Tiefe gerissen wird.

Wasser. Rabbit mißtraut dem Element, obwohl der kleine braune stundenglasförmige See, der an den Kiesstrand vor dem alten Ferienhaus der Springers in den Poconos schwappt, freundlich und zahm wirkt und er täglich darin schwimmt, vor dem Frühstück hineinspringt, ehe Janice aufwacht und während Ma Springer in ihrem gesteppten Bademantel an dem alten Ölofen herumfuhrwerkt, um Kaffee zu kochen. An Wochentagen, wenn nicht so viele Leute in der Nähe sind, läuft er, in ein

Badetuch gehüllt, über den grobkörnigen importierten Sand hinunter und schlüpft nach einem schnellen Blick rechts und links zu den Ferienhäusern, die das ihre hinten zwischen den Kiefern flankieren, splitternackt in den See. Was für eine Wonne! Eine eisige silbrige Liebkosung die Lenden hinunter und zwischen den Beinen hindurch. Schwärme winziger Mücken, die nahe der Oberfläche kreisen, stieben auseinander und versammeln sich wieder, wenn er durch sie hindurchplatscht und die Fläche aus flüssiger Stille zerteilt und Wellenringe nach rechts und links aussendet, zu schlammigen wurzeldurchwachsenen, so weit wie ein paar Häuserblocks in der Stadt entfernten Uferböschungen hin. Ein Dunstfilm liegt sichtbar auf der Haut des Sees, wenn er früh genug kommt. Er war nie ein begeisterter Frühaufsteher, sieht jetzt aber, was es für sich hat: du steigst zu Beginn *ein* in den Tag, ehe er sich in Bewegung setzt, und bewegst dich mit ihm. Der Dunstfilm schmeckt nach Abendkühle, nach unverdorbener Frische in einer Welt, die mit ihm erwacht. Als Kind war Rabbit nie in Sommerlager gefahren, vielleicht hat Nelson recht, daß sie zu arm waren, es kam ihnen nie in den Sinn. Die heißen rissigen Gehwege und der staubige Spielplatz von Mt. Judge waren Sommer genug, und die wenigen Ausflüge an den Strand von Jersey, die seine Eltern unternahmen, stechen geradezu qualvoll in seiner Erinnerung hervor – die Stunden auf öden Straßen, in dem alten Ford, Modell A, und später in dem schmutzigbraunen Chevy, seine Schwester und seine Mutter, die der Hitze die Ausdünstungen weiblicher Gereiztheit hinzufügten, Pop verbissen ans Lenkrad geklammert, sein Nacken verschwitzt und hager und sommersprossig, während die flachen kleinen Städte von New Jersey Harry Zerrbilder seiner eigenen Stadt, seines eigenen Lebens zuwarfen, nach dem er binnen einer Stunde Heimweh hatte. Eine Kleinstadt nach der anderen führte ihm auf lähmende Weise vor Augen, was für eine jämmerliche Angelegenheit sein Leben war, kopiert von Millionen in Umgebungen, wo Häuser und Veranden und Bäume denen von Mt. Judge lächerlich ähnlich waren und die Illusionen anderer kleiner Jungen nährten, daß ihr Seelenleben weltbewegend und dramatisch war und unsichtbares Wohlwollen genoß. Er beobachtete die kleinen Mädchen auf den Gehwegen, an denen sie entlangfuhren, und fragte sich, welche von ihnen er wohl einmal heiraten würde, denn unter Schicksal stellte er sich vor, wegzuziehen und ein Mädchen aus einer anderen Stadt zu heiraten. Der Verkehr wurde dichter, je näher sie der Küste kamen, wild und großstädtisch. Autos, er hat Autos, ihr Geglitzer, ihre Abgase, schon immer grausam gefunden. Wenn sie dann schließlich in einem Hagel von Demütigungen ankamen – der Parkplatz überfüllt, der Kabinenwärter ruppig –, betraten sie für wenige gestelzte Stunden den fremden Strand, dessen trockener Sand an den Fußsohlen brannte und im Schritt scheuerte, und dessen nasse Rippel da, wo die See sich zurückgezogen hatte, einen tödlichen abgründigen Geruch verströmten, den Geruch von weltweitem Tod. Jede gefundene Muschel hatte diesen erschreckenden schwachen Gestank an sich. Der Anblick seiner Eltern in Badeanzügen beunruhigte ihn. Seine Mutter sah nicht unanständig dick aus wie manche der anderen Mütter, sondern knochig und schmal und streng, und wenn sie so dastand und ihn oder die kleine Mim zurückrief von verdächtigen Ansammlungen fremder Menschen oder berüchtigten Strömungen, schienen ihre Arme wie federlose Flügel zu flattern. Nicht Rabbit, sondern «Hassy! Hassy!» wurde er damals gerufen. Und die Haut seines Vaters schien da, wo sonst stets Arbeitskleidung sie bedeckte, so empfindlich weiß. Er liebte diese geheime Blässe an seinem Vater, sie war wie ein verborgener Schatz; im Umkleideraum zogen er und Pop sich beide rasch um, ohne einander anzusehen, und am Ende des Tages zogen sie sich wieder um. Die Rückfahrt nach Diamond County dauerte immer so lange, daß der Sonnenbrand schon zu schmerzen begann. Er und Mim fingen schließlich an, aufeinander einzuschlagen, bloß um den anderen brüllen zu hören und die Langeweile dieses vergeudeten Tages zu lindern, der besser im intrigenreichen eingespielten Klüngel des Spielplatzes von Mt. Judge verbracht worden wäre.

In der Erinnerung kommt es ihm immer so vor, als führen sie bei diesen Ausflügen bergan auf den Ozean zu wie auf ein gewaltiges blaues Gebirge. Gelegentlich hört er abends vor dem Einschlafen seine Mutter ihr zischendes «Hassy» sagen. Jetzt, wo er reich ist, wird ihm bewußt, daß es Armeleuteausflüge waren, die mit Sonnenbrand und Bauchweh endeten. Pop mochte Fischfrikadellen und gebackene Austern, konnte aber nie davon essen, ohne sich zu übergeben. Wenn der Ford in der Garage und Klein-Mim im Bett verstaut waren, konnte Harry seinen Vater in einem entlegenen Winkel des Gartens würgen hören. Er klagte nie über das Erbrechen oder über die Arbeit – es waren Dinge, die man eben hinter sich bringen mußte, das eine regelmäßiger als das andere.

So war Harry als unerfahrener Sommerfrischler in dieses Ferienhaus gekommen, das Fred Springer spät in seinem Leben erworben hatte, nachdem die Toyota-Lizenz ihn zu mehr als einem Gebrauchtwagenhändler gemacht hatte und nachdem sein einziges Kind verheiratet und erwachsen war. Harry und Janice blieben nie länger als eine Woche. Es war zuwenig Platz, die Spannungen kamen zum Vorschein, Nelson war meistens schon nach den ersten Tagen mückenzerstochen und mopste sich. Als der alte Springer starb, wurde Harry Herr im Haus und begriff endlich, daß Natur nicht bloß etwas ist, was durch die Risse im Gehweg sprießt und die Bauern für immer am Arsch der Welt gefangen hält, sondern daß sie ein Elixier ist, ein Luxus, den man kaufen und einzäunen und für die Wohlhabenderen rein erhalten kann in diesem unreinen Zeitalter. Nicht daß das mit dunklen Schindeln verkleidete Fünf-Zimmer-Ferienhaus, das Ma Springer außer in diesen drei Augustwochen gern vermietet – beginnend mit dem lukrativen Labor Day und dann bis hinein in die Jagdsaison, wenn sie kann –, sich auch nur entfernt mit den gegiebelten Herrenhäusern und Chalets und Kurhotels messen konnte, von denen sie umgeben sind und die langsam verfallen oder von Bauunternehmern abgerissen werden; aber es gehören zwei Acres Wald dazu und ein eigener Anlegesteg und ein Ruderboot, und es bietet Harry die Möglichkeit, sein Leben einmal nach eigener Wahl zu gestalten, so wie jemand sich auf der Speisekarte etwas aussucht oder eine blanke Frucht aus einer Schale greift. Hier in den Poconos nehmen Essen, Sport und Schlaf, da sie nicht mehr an die Ränder des Tages gequetscht werden, verschwenderische Ausmaße an. Der Duft von frischem Kaffee, der ihm entgegenweht, wenn er, noch naß, vom See zurückgeht, der Kuß des Morgennebels durch ein rostiges Fliegengitter, der Anblick von Janice mit nackten braunen Füßen, die tagaus tagein dieselben Tennisshorts und dasselbe schwarze Kinder-T-Shirt trägt, der Blauhäher, der auf dem Verandageländer ständig neue Posen probt; der glatte, rot geäderte Stein, der die Tür mit der fehlenden Klinke im oberen Stockwerk geschlossen hält, die bloße Textur von wurzelwimmelndem Schlamm und Schilf, wo die frischen Zederholzpfähle des Anlegers hineingetrieben wurden: er empfindet eine tiefe Zuneigung zu jedem Phänomen, und nicht zum erstenmal in seinem Leben versucht er, sich in Einklang zu bringen mit den verflochtenen schlichten Gegebenheiten, die ihm Halt geben, die bei der Geburt in ihn hineingewebt wurden. Es müßte sich gut leben lassen.

Er tritt kürzer mit Gin und Zwischenmahlzeiten. Er schwimmt und hört zu, wenn Ma Springer beim Morgenkaffee ihren Erinnerungen nachhängt, und geht jeden Tag mit Janice ins Dorf hinunter zum Einkaufen. Abends spielen sie zu dritt Binokel beim grellen Licht der Bridgelampen – das Licht wirkt grell, weil sie, als er die ersten Male in dieses Haus kam, noch Petroleumlampen mit zarten Glühstrümpfen aus leuchtender Asche anzündeten und bald nach Anbruch der Dunkelheit beim Zirpen der Grillen ins Bett gingen. Er angelt nicht gern und spielt auch nicht besonders gern Tennis mit Janice zusammen gegen eines der anderen Paare, die Zutritt zum Gemeinschaftstennisplatz der Feriensiedlung am See haben, einem alten Ziegelmehlrechteck inmitten von Kiefern, die Ränder mit braunen Nadeln bedeckt und der Maschendrahtzaun durchhängend wie nasse Wäsche. Janice spielt jeden Tag im Flying Eagle, und neben ihrer geschäftigen Grazie kommt er sich plump und deplaziert vor. Der Ball springt ihn mit einer wütenden Wucht an, der sein Schläger nicht gewachsen ist. Auf ihrem schwarzen T-Shirt steht in ausgebleichter 3-D-Schrift das Wort *Phillies;* es ist ein Hemd, das er auf einer ihrer Touren ins Veterans Stadium für Nelson kaufte, und der Junge ließ es zu Hause, als er nach Kent ging, und Janice, in der Unverfrorenheit der mittleren Jahre, hat es gefunden und vereinnahmt. Typisch für den bisherigen Lauf der Dinge, daß das Heranwachsen des Jungen ihm wie eine Bedrohung und eine Tragödie erschien und für sie ein

Vorwand war, ein T-Shirt zu stibitzen. Dabei würde es Nelson gar nicht mehr passen. Ihr paßt es prächtig; er nimmt sie aus dem Augenwinkel neben sich lebendiger und freier wahr als sich selber in ihrer dunkelhäutigen Altmädchenfigur mit molliger Mitte und dem Bubikopf mit wippendem Pony. Der Ball steigt in ebenmäßigem Bogen von ihrem Racket auf, während er zu kräftig draufknallt oder den Ball bei dem Versuch, ihn zu «streicheln», wie sie ihn anweist, pflaumenweich ins Netz plumpsen läßt. «Harry, versuch nicht, ihn zu führen», sagt sie. «Immer schön weich in den Knien. Die Hüfte muß zum Netz zeigen.» Sie hat viele Trainerstunden gehabt. Das vergangene Jahrzehnt hat sie mehr gelehrt als ihn.

Was, überlegt er, während er auf den Aufschlag wartet, hat er eigentlich mit seinem Leben angefangen, von dem schon über die Hälfte vorbei ist? Er war ein lieber Junge für seine Mutter und später ein lieber Junge für die Zuschauer bei den Basketballspielen, ein lieber Junge auch für Tothero, seinen alten Trainer, der Rabbit für etwas Besonderes hielt. Und auch Ruth hielt ihn für etwas Besonderes, obwohl sie merkte, daß es damit nachließ. Eine Zeitlang hatte Harry sich mit Händen und Füßen gegen den Tod gesträubt, dann fügte er sich und ging ans Werk. Inzwischen haben sich die Toten so vermehrt, daß er für die Menschen in seiner Umgebung die Kameradschaft verspürt, die Überlebende verbindet. Er liebt diese Leute, die mit ihm zwischen die Linien des Tennisplatzes eingepfercht sind. Ed und Loretta: er ist Elektronikunternehmer aus Easton, spezialisiert auf Computereinrichtungen. Harry liebt die Baumwipfel über ihren Köpfen und das Augustblau darüber. Was weiß er eigentlich? Er liest nie ein Buch, nur die Zeitung, damit er mit den Leuten reden kann und da meistens auch nur Geschichten von allgemein menschlichem Interesse, beispielsweise wo der Schah als nächstes hinreist und wie krank er wirklich ist, und die Sache mit dem Arzt in Baltimore. Er liebt die Natur, obwohl er so gut wie nichts beim Namen nennen kann. Sind das hier Kiefern oder Fichten oder Tannen? Er liebt das Geld, obwohl er nicht durchschaut, wie es ihm zufließt oder wie es ihm zerrinnt. Er liebt Männer, unkomplizierte Männer mit Bäuchen und gefurchten roten Nacken, Männer, die verlegen nach Worten ringen, wenn das Spiel, gleich welches Spiel zu Ende ist. Was für eine schäbige Angelegenheit wir aus dem Leben machen! Dabei ist der Verstand so eine wunderbare Sache, eine solche Maschine baut keiner nach, obwohl manche dieser Computer, von denen Ed erzählt hat, ganze Räume füllen; und der Körper kann tausenderlei Dinge tun, deren Ablauf keine Fabrik in der Welt kopieren könnte. Er hatte auch immer gern gevögelt, obwohl er sich zunehmend lieber darauf beschränkt, nur daran zu denken und die Jüngeren, die in ihren Kneipen und Autos anbändeln, damit rummurksen zu lassen, verblüffend, wie viele das jetzt sind, wenn er bloß eine Straße entlanggeht oder sich in eine Schlange vor dem Kino stellt, scheint er oft der Älteste weit und breit zu sein. Abends, wenn er mit Janice im Bett liegt und sie einen kleinen Stoß zum Einschlafen braucht, versucht er, sich Bilder einfallen zu lassen, die ihn scharf machen, aber die Bilder gehen ihm aus; das einzige, das noch funktioniert, ist das von einer Frau auf allen vieren, die von einem Mann gefickt wird, während sie einem anderen einen bläst. Und es ist nicht ganz klar bei dieser Konstellation, ob Harry derjenige ist, der fickt, oder ob er der ist, der einen geblasen bekommt, er sieht allen dreien von außen zu, als spielte sich alles hoch oben auf der Leinwand ab in einem der Kinos am oberen Ende der Weiser Street, wo Streifen wie *Mädchen im Harem* und *Enthemmt* laufen, und die Empfindungen der Frau scheinen ihm näher zu sein als die des Mannes, der Pimmel in seinem Mund wie eine kleine nasse Zucchini, und dazu noch der andere, woanders, rein und raus, rein und raus, eine Art Kasteiung an der Wurzel. Manchmal betet er abends ein paar Worte, aber zwischen ihm und Gott besteht so etwas wie ein steinerner Waffenstillstand.

Er fängt an zu laufen. In den Wäldern, auf den alten Holzabfuhrpfaden und Reitwegen, spurtet er schwerfällig, zunächst in Tennisschuhen, orangerot von Ziegelmehl, und dann in goldblaugestreiften Nikes, die er sich in einem Sportgeschäft in Stroudsburg eigens dafür gekauft hat, Joggingschuhe mit Sohlen, die vorn und hinten hochgebogen sind und deren federnde kreisförmige Noppen, sozusagen abgeflachte Spikes, ihn, als er allmählich leichter und schneller und ruhiger wird, kräftig abstoßen beim Laufen. Am Anfang spürt er sein Körpergewicht wie eine mörderische Masse um Herz und Lungen gehäuft, und seine Oberschenkelmuskeln schmerzen morgens so stark, daß er beim Aufstehen taumelt und vor Überraschung laut auflacht. Aber in dem Maße, in dem er seinen Körper durch das Laufen nach dem Abendessen in der Kühle des frühen Abends, solange noch nicht alles Licht aus den Wäldern geebbt ist, von Tag zu Tag mehr an diese neue Anforderung gewöhnt, festigen sich seine Beine, sein Gewicht scheint abzunehmen, sein Brustkasten faßt mehr Luft, die Zweige fliegen wie geflügelt an seinen Ohren vorbei, und er dehnt seine Laufstrecke aus, bald schafft er die drei Kilometer bis zur Taille des «Stundenglases», wo die Tore eines alten Landsitzes den Weg versperren. Carbon Castle, das Kohlenschloß, nennen die Einheimischen die Villa, die von einem Kohlebaron aus Scranton errichtet wurde und jetzt von der weitverstreuten und geschrumpften Nachkommenschaft kaum genutzt wird, der Swimmingpool abgelassen, die Tennisplätze unkrautüberwuchert, die Energie dahin. Die Glasaugen der ausgestopften Rehköpfe in der Jagdhütte glotzen durch Spinnweben; das große Hauptgebäude mit den steil abfallenden Schieferdächern und den rautenförmigen Butzenscheiben ist mit Brettern vernagelt, obwohl vor zehn Jahren einer der Enkel versuchte, eine Kommune daraus zu machen, wie die Leute im Dorf erzählen. Die jungen Leute haben das Anwesen verwüstet, heißt es, und alles verhökert, was nicht niet- und nagelfest war, einschließlich der zwei Bronze-Brontosaurier, die den Haupteingang bewachten, Wahrzeichen des Kohlezeitalters. Die schweren Eisentore von Carbon Castle sind mit Doppelkette und Vorhängeschloß versperrt; Rabbit berührt das abweisende Metall, nimmt eine stille Sekunde lang einen Atemzug, während die Welt noch immer weiterzusausen und durch das Zittern seiner Beine zu strömen scheint, macht dann kehrt und läuft zurück, wobei er den Gedanken freien Lauf läßt, um seinen keuchenden Körper zu vergessen. Am Weg liegt eine Lichtung, eine Wiese einst, auf der jetzt stachlige Virginiazedern und quastentragende Gräser ragen, wo Schwalben herabstoßen und kurren und nach Insekten schnappen, die in der Abendfeuchte wieder aufleben. Gleich diesen Schwalben gleitet Rabbit mit seinen blau und golden aufblitzenden neuen Schuhen über die

Erde, über die Toten hin. Die Toten blicken starr nach oben. Mom und Pop liegen wieder beieinander wie früher auf dem kreuzlahmen Bett, das sie während der Depression alt gekauft hatten – sie waren nie dazu gekommen, es zu ersetzen, obwohl es quietschte wie ein Dreirad, das im Regen draußengeblieben ist, und so kurz war, daß Pops Füße unter der Bettdecke hervorstaken. Papierweiße Füße, gegen Ende wie Marmor, von Venen gemasert: hätte er ein bißchen Sport getrieben, wäre er möglicherweise älter geworden. Tothero da unten besteht nur noch aus Augen, Augen groß wie Untertassen, die aus seinem schiefen Schädel stieren, während die geschwollene Zunge nach einem Wort wühlt. Fred Springer, der Harry dahin gebracht hat, wo er jetzt ist, spornt ihn an, vorgebeugt und mit der Grimasse eines Mannes, dessen Pokerkarten so gut sind, daß es weh tut. Skeeter, dem die Zeitungsnotiz damals nachsagte, er habe als erster auf die Polypen aus Philadelphia geschossen, obwohl sie zu zwanzig Mann im Hof und in den Korridoren lauerten und lediglich ein paar schwangere Mütter und Kinder in der Kommune anwesend waren, Skeeter, schwarz wie die Erde, wendet das Gesicht ab. Die Wiese endet, und Harry taucht ein in einen Tunnel, in dem es jetzt dunkel wird, die Nadeln ein Teppich, er läuft lautlos, die Indianer konnten sich endlos ohne einen Laut zwischen Bäumen bewegen, wo schon ein einziger knackender Zweig den Tod bedeutete, vor Erschöpfung hat er die Beine nicht mehr ganz unter Kontrolle, sie hämmern auf dem gepolsterten Pfad wie die Hebel einer klapprigen Maschine, deren Zahnräder und Gelenke ausgeleiert sind. Becky, ein Samenkörnchen nur, das zur Ruhe gebettet wurde, und Jill, ein bleicher Setzling, von der Sonne ferngehalten, hängen in der Erde, stellt er sich vor, wie Sterne, und hinter ihnen Myriaden, ganze Völker wie die Kambodschaner, die in den Tod getrieben waren. Er trampelt über sie alle hinweg, sie federn, sie feuern ihn an, seine Lungen brennen, sein Herz sticht, er ist nur eine dünne Membran entfernt von den unterirdischen Heerscharen, ihre Fasern liebkosen seine Fußgelenke, er liebt die Erde, er wird nie sterben.

Die letzten dreißig Meter, den Pfad bis zur windschiefen Veranda hinauf, sprintet Rabbit. Er öffnet die vordere Fliegengittertür und spürt, wie die mürben Dielen unter ihm wippen. Die Milchglasschirme der alten Petroleumlampen, die als Antiquitäten im Wert rapide steigen, vibrieren wie die Scheiben in der Vitrine zu Hause. Janice kommt barfuß aus der Küche und sagt: «Harry, du bist ja ganz rot im Gesicht.»

«Alles – in – Ordnung.»

«Setz dich hin. Um Gottes willen. Wofür trainierst du eigentlich?»

«Die Endrunde», keucht er. «Es ist ein tolles Gefühl. Anzukämpfen gegen die eigenen Grenzen.»

«Du übertreibst es, wenn du mich fragst. Mutter und ich dachten schon, du hättest dich verlaufen. Wir möchten Binokel spielen.»

«Ich muß mich erst – noch duschen. Das Dumme beim Laufen ist – daß man hinterher ganz verschwitzt ist.»

«Ich versteh immer noch nicht, was du damit beweisen willst.» Mit dem Phillies-Hemd sieht sie aus wie Nelson, bevor er in die Breite ging und sich rasieren mußte.

«Jetzt oder nie», verkündet er, während das Blut von Schimären sein Hirn durchströmt. «Da draußen gibt es Leute, die es auf mich abgesehen haben. Ich kann jetzt alle viere von mir strecken oder kämpfen.»

«*Wer* hat's auf dich abgesehen?»

«Das weißt du selbst am besten. Du hast ihn ausgebrütet.»

Das warme Wasser kommt hier aus einem kleinen Elektroboiler, es ist wenige Minuten lang brühheiß und kühlt dann blitzartig ab. Man könnte gut jemanden umbringen, wenn man das kalte Wasser abstellte, während der Betreffende in der Dusche ist. Er tänzelt hinaus, bevor das heiße Wasser vollkommen versiegt, bestaunt die nassen Abdrücke seiner großen Füße auf dem nackten Kiefernholzfußboden des mansardenartigen Obergeschosses und denkt an seine Tochter, ihre Füße in den korkbesohlten Plateausandalen. Mit ihrer langbeinigen Blässe und dem stillen runden Gesicht erglüht sie wie ein Geist, aber im Gegensatz zu den Toten teilt sie die Hülle dieses Planeten mit ihm, atmet Luft, taucht ein in Wasser, bewegt sich von Element zu Element und gedeiht. Er geht in das Schlafzimmer, das er und Janice hier teilen, und zieht Jockey-Unterhosen, ein Alligator-Hemd und weiche Levis an, alles in der Münzwäscherei hinter dem kleinen Kramladen im Dorf gewaschen und trockengeschleudert. Jedes frische Stück kommt ihm vor wie ein neuer Mauerstein, den er ins Gefüge seines Wohlbefindens einbaut. Während er auf dem Bett sitzt und saubere Socken anzieht, schneidet ein roter Strahl später Sonne durch eine Lücke in den Kiefern und fällt messerartig über seine Zehen, die rötlichgelben Hühneraugen und die kurzen Haare zwischen den Gelenken und die Nägel, durchscheinend wie die dünnen Plättchen an Brennofengucklöchern. Es gibt Füße, die schlimmer verschandelt sind als seine, an vielen Frauenfüßen in Sommersandalen sieht man, daß die kleinen Zehen krallenartig gekrümmt und die großen Zehen so nach innen gebogen sind vom jahrelangen Tragen spitzer hochhackiger Schuhe, daß das Gelenk übersteht wie ein gebrochener Knochen; gottlob ist ihm das als Mann erspart geblieben. Auch Cindy Murkett übrigens: Zehen in Reih und Glied wie Konfekt in einer Schachtel. *Da*ran zu lutschen. Ein Glückspilz dieser Webb. Trotzdem. Es ist schön zu leben. Harry geht hinunter und gesellt das vierte Element zu seinem Glück: er macht Feuer. Ma Springer hat wohlweislich mit der Zeit gehend einen neuen Holzofen gekauft. Sein glänzend schwarzes Rohr paßt wie angegossen in den verrußten alten Kamin aus häßlichen Feldsteinen. Der alte Springer hatte eine Fußbodenheizung eingebaut, als das Haus ans Stromnetz angeschlossen wurde, aber seine Witwe geizt damit, obwohl im August die Nächte einen Kältehauch vom See hereinbringen. Der Ofen, der aus Taiwan stammt, wurde erst in diesem Sommer eingebaut und ist noch blitzblank. Harry legt ein paar knorrige Zweige, die er in der Umgebung des Hauses aufgelesen hat, auf eine zerknüllte Sportseite aus dem *Philadelphia Bulletin* und sieht zu, wie sie Feuer fängt, sieht wie die Worte EAGLES READY auflodern und schwarz werden, und sich in der zerkrümelnden Asche wieder weiß färben; dann schüttet er halbmondförmige Hobelspäne von Obstbaumholz darüber, die ein ortsansässiger Möbelschreiner zentnerweise vor seinem Betrieb verkauft. Das Feuer grüßt die Dunkelheit, als Janice und ihre Mutter nach dem Abwaschen hereinkommen und die Spielkarten hervorholen.

Während sie austeilt, verkündet Ma Springer, die Worte im selben Rhythmus wie die Karten verabreichend: «Janice und ich haben gerade gesagt, daß wir es wirklich nicht sehr weise finden, wenn du so viel rennst in deinem Alter.»

«Mein Alter ist genau das richtige Alter dafür. Ich muß jetzt langsam was für mich tun. Bisher hatte ich noch einen Freifahrschein.»

«Mutter meint, du solltest erst mal dein Herz untersuchen lassen», sagt Janice. Sie hat einen Pullover und Jeans angezogen, aber ihre Füße sind noch immer nackt. Er betrachtet sie flüchtig unter dem Kartentisch. Ziemlich gerade, diese Zehen. Verhältnismäßig unverbildet. Knochig und braun und knabenhaft. Es gefällt ihm, daß sie hier oben in den Poconos so oft wie ein Junge aussieht. Sein Spielkamerad. Als würde er wie damals als Kind bei einem Spielkameraden übernachten.

«Dein Vater ist, wie du weißt», klärt Ma Springer ihn auf, «an seinem Herzen zugrunde gegangen.»

«Er hatte schon seit Jahren», sagt Harry, «die verschiedensten Beschwerden. Er war siebzig. Er war bereit abzutreten.»

«Vielleicht siehst du das anders, wenn es bei dir mal soweit ist.»

«Ich habe in letzter Zeit viel an all die Toten denken müssen, die ich kenne», sagt Harry und sieht sich sein Blatt an. As, zehn, König und ein Pikbube, aber keine Königin. Also auch kein Binokel. Keine Sequenzen. Kein Vierer. Ein Haufen wertloser Kreuze. «Passe.»

«Passe», sagt Janice.

«Ich steig ein mit einundzwanzig», seufzt Ma Springer und legt eine Sequenz Karos ab und die Pikneun und die Königin passend zu seinem Buben.

«Donnerwetter», sagt Harry anerkennend, «reife Leistung.»

«Welche Toten, Harry?» fragt Janice.

Sie fürchtet, er könnte Becky meinen. Aber er denkt tatsächlich selten an ihre tote kleine Tochter, und wenn, dann freudig, wie an einen Sonnenschein eines kurzen Wintertages auf frisch gefallenem Schnee vom Vortag, obwohl ihr Name June war. «Ach, Pop und Mom meistens. Ich frage mich, ob sie uns zusehen. Man tut so viele Jahre seines Lebens so viel, um die

Aufmerksamkeit seiner Eltern auf sich zu lenken, daß es mir komisch vorkommt, ohne sie weiterzumachen. Ich meine, wen interessiert es sonst schon groß?»

«Es interessiert eine Menge Leute», sagt Janice in unbeholfenem Ernst.

«Du weißt nicht, wie einem zumute ist», erklärt er ihr. «Du hast deine Mutter noch.»

«Auch nur noch ein kleines Weilchen», sagt Bessie und spielt Kreuz As aus. Sie heimst den Stich mit einer geschickten kreisenden Handbewegung ein und sagt: «Dein Vater war ein fleißiger Mensch, der hat sich nie aufgespielt, aber deine Mutter habe ich nicht ausstehen können, das muß ich zu meiner Schande gestehen. Eine scharfe Zunge in einem häßlichen Körper.»

«Mutter. Harry hat seine Mutter geliebt.»

Bessie knallt Herz As auf den Tisch. «Na, das ist recht und billig, würde ich sagen, jedenfalls wird das allgemein behauptet, daß ein Junge seine Mutter liebt. Aber mir hat er immer leid getan, als sie noch am Leben war. Sie hat ihn zu einer übertrieben hohen Meinung von sich selber verleitet und konnte ihm doch nichts Handfestes mitgeben wie Fred und ich dir.»

Sie spricht von Harry, als sei auch er tot. «Ich bin noch da», sagt er und wirft sein niedrigstes Herz ab.

Bessie kneift die Lippen zusammen, und ihr Gesicht bläht sich leicht, während ihre schwarzen Augen starr auf die Karten gerichtet sind. «Ich weiß, daß du noch da bist, ich sage nichts, was ich dir nicht ins Gesicht sagen würde. Deine Mutter war eine unglückselige Frau, die eine Menge Unheil angerichtet hat. Du und Janice, ihr hättet am Anfang eurer Ehe niemals so viele Scherereien gehabt, wenn Mary Angstrom nicht gewesen wäre, und das gilt genauso für die Zeit vor zehn Jahren. Sie war zu eingebildet für das, was sie wirklich war.» Ma hat den fanatischen verkniffenen Zug um die Wangen, den Frauen bekommen, wenn sie einander hassen. Auch Mom hielt nicht viel von Bessie Springer – kleine Neureiche, mit diesem Gauner verheiratet, eine Frau, die keinen Grips im Hirn hat, wohnt in dieser Villa da drüben an der Joseph Street und tut, als wär sie wunder was. Die Koerners waren Ackerbauern und nicht einmal von der besseren Sorte, bloß Bergbauern.

«Mutter, Harrys Mutter lag während der ganzen Zeit, als das Haus abgebrannt ist, krank im Bett. Sie lag im Sterben.»

«Das hat sie nicht daran gehindert, noch eine Menge Unfug anzustellen, bevor sie von uns gegangen ist. Hätte sie euch in Ruhe eure Beziehungen zu diesen anderen ausklamüsern lassen, dann hätte es nie eine Trennung und diese ganze Misere gegeben. Sie war neidisch auf die Koerners, und zwar seit eh und je. Ich habe sie schon gekannt, als sie noch Mary Renninger hieß und zwei Klassen über mir in die alte Thad Stevens School ging, bevor die neue High School da, wo früher die Farm von den Morris war, gebaut wurde, und sie war schon damals eingebildet. Die Renningers waren nicht vom Lande, versteht ihr, sie stammten mitten aus Brewer und hatten diese Proletenmentalität, eine unverfrorene Art. Zu groß geraten für eine Frau und zu hochnäsig für ihre Verhältnisse. Deine Schwester, Harry, hat ihr Aussehen von der väterlichen Seite. Der Vater deines Vaters soll ein blendend aussehender blonder Schwede gewesen sein, Stukkateur war er.» Mit dumpfem Daumenaufprall drischt sie Karo As auf den Tisch.

«Du kannst Trumpf erst nach dem dritten Stich spielen», erinnert Harry sie.

«Ach, so was Dummes.» Sie nimmt das As zurück und starrt stirnrunzelnd auf ihre Karten durch die unvorteilhaft wirkende, aber modische Brille, die sie kürzlich erstanden hat – schweres blaues Schildpattgestell an niedrig montierten s-förmigen Bügeln mit einer Art künstlichem Augenbrauenfortsatz aus silbrigem eingearbeitetem Straß. Sie ist nicht einmal bequem, Ma muß immer wieder an den Steg fassen, um sie auf ihrer kleinen runden Nase hochzuschieben.

So sehr zermartert sie sich das Hirn wegen der Karten, daß Harry sie erinnert: «Du brauchst nur einen Punkt zum Reizen. Den hast du schon.»

«Ja, also dann . . . tu, was du kannst, solange du es kannst, hat Fred immer gesagt.» Sie fächert ihre Karten etwas breiter. «Ah. Ich dachte, ich hätte noch so eine.» Sie legt Pik As ab.

Aber Janice trumpft. Sie nimmt die Karten und sagt: «Entschuldige, Mutter. Ich hatte bloß ein einziges Pik, wie solltest du das ahnen?»

«Ich hatte gleich so ein Gefühl, als ich das As abgelegt hatte. Ich hab's geahnt.»

Harry lacht; man muß die alte Dame mögen. Zusammengeschmiedet mit diesen beiden Frauen ist er sanft geworden und zutraulich, wie als kleiner Junge, als er Mom fragte, wo die Damen hingingen zum Pipimachen. «Manchmal habe ich mich gefragt», gesteht er Bessie, «ob Mom jemals . . . du weißt schon, Pop betrogen hat.»

«Das halte ich bei ihr gar nicht für so ausgeschlossen», sagt sie mit grimmig verkniffenen Lippen, während Janice die eigenen Asse ausspielt. Sie blitzt Harry mit den Augen an. «Siehst du, hättest du mich das Karo spielen lassen, dann hätte sie nicht rausgekonnt.»

«Ma», sagt er, «du kannst nicht jeden Stich kassieren, sei nicht so gierig. Ich weiß, daß Mom sexy gewesen sein muß, du brauchst dir bloß Mim anzusehen.»

«Was hörst du von deiner Schwester?» fragt Ma höflich und starrt wieder hinunter auf ihre Karten. Die Schatten, die ihr überladenes Brillengestell wirft, graben sich in ihre Wangen, so daß sie alt und schlaff aussieht, wenn kein Ärger die Falten ihres Gesichts schwellt.

«Mim geht's gut. Sie hat einen Kosmetiksalon in Las Vegas. Sie wird langsam reich.»

«Ich habe nie auch nur die Hälfte geglaubt von dem, was die Leute über sie gesagt haben», äußert Ma abwesend.

Jetzt ist Janice mit ihren Assen am Ende und spielt Pik-König aus, da sie annimmt, daß Harry das As dazu hat. Seit sie sich der Bande Bridge und Tennis spielender Weibsteufel im Flying Eagle angeschlossen hat, stellt sich Janice beim Kartenspielen nicht mehr so dumm an wie früher. Harry spielt das erwartete As, und einen Moment lang im Vorteil fragt er Ma Springer: «Wieviel hat Nelson deiner Ansicht nach von meiner Mutter?»

«Keine Spur», erwidert sie befriedigt und trumpft mit Genuß seine Pik Zehn. «Nicht einen Deut.»

«Was kann ich für den Jungen tun?» fragt er laut. Ihm ist, als hätte ein anderer aus ihm gesprochen. Nebel, der durchs Fliegengitter ins Fenster weht.

«Hab Geduld», antwortet Ma und fängt triumphierend an, ihre Trümpfe auszuspielen.

«Sei liebevoll», fügt Janice hinzu.

«Gott sei Dank geht er nächsten Monat wieder ans College.» Das Schweigen der beiden Frauen füllt das Zimmer wie Zugluft vom See. Zikaden. Er klagt: «Ihr wißt beide Dinge, von denen ich nichts weiß.»

Sie leugnen es nicht.

Er tastet sich vor. «Was haltet ihr beide eigentlich von Melanie? Ich finde, sie lähmt den Jungen.»

«Der Rest dürfte wohl mir gehören», verkündet Ma Springer und blättert ein Sammelsurium niedriger Karos hin.

«Harry», sagt Janice zu ihm, «Melanie ist nicht das Problem.»

«Wenn ihr mich fragt», erklärt Ma Springer so entschieden, daß sie beide wissen, sie wünscht einen Themenwechsel, «Melanie macht es sich hier allmählich etwas zu bequem.»

Im Fernsehen jagen «Charlies Engel» die Heroinschmuggler mit einem großen Aufgebot teurer Automobile, die schleudern und quietschen, in Obststände rasen und durch riesige Fensterscheiben krachen und schließlich eines mit dem anderen zusammenstoßen, immer wieder, wobei gegnerische Stoßstangen und Kühlergrille sich verhaken – eine einzige große Zeitlupenorgie aus verbogenem Blech und stockender Bewegung und siegender Gerechtigkeit. Der Engel, der an die Stelle von Farrah Fawcett-Majors getreten ist, steigt aus seinem zerknautschten Malibu und wirft die Mähne zurück: die Szene erstarrt zum Standbild. Nelson lacht in mitfühlendem Triumph über diese zu Schrott gefahrenen Hollywoodkreuzer. Dann flutet das hektischere Tempo und die sachte anschwellende Lautstärke der Werbung in den Raum; eine neue Palette reflektierten Lichts malt Melanie und Nelson pausbäckige Clownsgesichter, wie sie da Seite an Seite auf dem alten Sofa sitzen, das mit grauem genoppten, zu Mustern geschnittenem Stoff bezogen ist und auf den Fernsehapparat starren, den sie in dem umgeräumten Wohnzimmer dahin gerückt haben, wo sonst immer der Liegesessel stand. Bierflaschen funkeln auf dem Fußboden zwischen ihren hochgelegten Beinen; schwebende Schwaden süßlichen

Rauchs flimmern vielfarbig, als trieben die Geister von Charlies Engeln zur Decke empor. «Toller Zusammenstoß», verkündet Nelson, während er sich mühsam erhebt und ungeschickt den Fernseher abstellt.

«Ich fand's blöd», sagt Melanie mit ihrer gedämpften Singstimme.

«O Scheiße, du findest alles blöd außer diesem, wie heißt er doch, Kerchief.»

«G. I. Gurdjieff.» Sie hat eine affektierte Art, in höhere Regionen zu entschweben, zu denen er, wie sie weiß, keinen Zugang hat. In Kent hatte es sich herausgestellt, daß es Bereiche gab, die für andere real, für ihn aber nicht real waren – nicht nur Sprachen, die er nicht beherrschte, oder Theorien, die er nicht begriff, sondern schwebende Bereiche zweckfreien Wissens, das dennoch auf eine bestimmte Art Gewinn brachte. Melanie hatte einen Hang zum Mystischen, sie aß kein Fleisch und kannte keine Furcht, die verschlungenen Götter Asiens waren für sie der Inbegriff der Harmonie. Ihr fehlte diese Wut auf Grenzen, die ein Stück von Nelson war, seit er begriffen hatte, daß er nie größer als einsfünfundsiebzig werden würde, obwohl sein Vater einssiebenundachtzig war, oder vielleicht schon vorher, seit er hilflos erkannt hatte, daß er seine Eltern nicht zusammenhalten und Jill nicht vor dem selbstgewählten Ruin bewahren konnte, oder vielleicht auch schon davor, seit er mitangesehen hatte, wie Erwachsene in dunklen Anzügen und Kleidern sich um einen kleinen weißen Sarg mit silbrigen Griffen und etwas Irisierendem in der Bemalung scharten, von dem sie sagten, er enthielte, was einst seine kleine Schwester gewesen war, die sie kurz nach der Geburt sterben ließen, ohne *ihn* jemals zu fragen; nie wurde er gefragt, so war die erwachsene Welt, sie drehte sich einfach weiter, und Melanie war ein Stück dieser Welt und grinste ihm süffisant zu aus dieser Blase, die das Geheimnis barg, welches Stärke verhieß. Es wäre nicht übel, solange er noch stand, eine der Bierflaschen aufzuheben und sie in das lockige Haar von Melanies Schädel zu schmettern und dann die in seiner Hand verbliebene zerbrochene Hälfte zu nehmen und sie in die lächelnde Pausbackigkeit ihres Gesichts, die großen braunen Augen und die kirschroten Lippen, die spöttische unerschütterliche Buddhagelassenheit zu bohren. «Es ist mir scheißegal, wie der dämliche Kerl heißt, es ist alles Bockmist», erklärt er stattdessen.

«Du solltest seine Bücher lesen», sagt sie. «Er ist wunderbar.»

«Aha, was schreibt er denn so?»

Melanie denkt nach, ohne zu lächeln. «Das läßt sich nicht so leicht in ein paar Worten sagen. Er sagt, es gebe einen vierten Weg. Neben dem Weg des Yogis, des Mönchs und des Fakirs.»

«Ist ja toll.»

«Und wenn man diesen Weg wählt, findet man zu dem, was er Wachsein nennt.»

«Im Gegensatz zu Schlaf?»

«Ihm ging es vor allem darum, die Welt irgendwie so, wie sie ist, zu begreifen. Er glaubte, daß jeder Mensch mehrere Identitäten hat.»

«Ich möchte noch mal weg», sagt er.

«Nelson, es ist zehn Uhr abends.»

«Ich hab versprochen, mich mit Billy Fosnacht und ein paar anderen Typen unten im Laid-Back zu treffen.» Das Laid-Back ist eine neue Bar in Brewer, Ecke Weiser und Pine Street, mit vorwiegend jungem Publikum. Früher hieß die Kneipe Phoenix. Er hält ihr vor: «Du gehst dauernd mit Stavros aus und läßt mich hier allein rumhocken.»

«Du könntest Gurdjieff lesen», sagt sie und kichert. «Außerdem bin ich nicht mehr als vier- oder fünfmal mit Charlie ausgewesen.»

«Ja, und an allen anderen Abenden arbeitest du.»

«Im übrigen spielt sich nichts ab zwischen uns, Nelson. Das letzte Mal haben wir mit seiner Mutter zusammen ferngesehen. Die solltest du mal kennenlernen. Sie sieht jünger aus als er. Rabenschwarze Haare.» Sie faßt in ihre eigenen dunklen, gesunden, elastischen Haare. «Sie war wunderbar.»

Nelson zieht seine Jeansjacke über, die er in einer auf abgetragene Klamotten von Rancharbeitern und Schafhirten spezialisierten Boutique erstanden hat. Sie hat doppelt soviel gekostet wie eine neue. «Ich will mit Billy ein Geschäft machen. Einer von den anderen Typen wird auch da sein. Ich muß los.»

«Kann ich mitkommen?»

«Du arbeitest doch morgen, oder nicht?»

«Du weißt, daß ich auf Schlaf pfeife. Schlafen heißt, sich dem Körper unterwerfen.»

«Ich bleibe nicht lange. Lies eins von deinen Büchern.» Er äfft ihr Kichern nach.

Melanie fragt ihn: «Wann hast du Pru zuletzt geschrieben? Du hast noch keinen ihrer neueren Briefe beantwortet.»

Wieder packt ihn die Wut; seine Jacke und sogar die Tapete dieses Zimmers scheinen ihn kleiner und kleiner zu quetschen. «Wie sollte ich, die schreibt doch jeden beschissenen Tag zweimal, das ist ja schlimmer als eine Zeitung. Herrgott, sie erzählt mir, wie hoch ihre Temperatur ist, was sie gegessen hat, praktisch wann sie aufs Scheißhaus gegangen ist –»

Die Briefe sind maschinengeschrieben auf stibitztem Briefpapier der Universität, Seite um Seite fehlerlos.

«Sie denkt, es interessiert dich», sagt Melanie vorwurfsvoll. «Sie ist einsam und macht sich Sorgen.»

Nelson wird lauter. «*Sie* macht sich Sorgen! Weshalb braucht sie sich Sorgen zu machen? Hier bin ich, der reinste Musterknabe, auf den du aufpaßt wie 'n Schießhund, ich kann ja nicht einmal auf ein Bier in die Stadt gehn.»

«Geh doch.»

Er ist zerknirscht. «Ehrlich, ich hab's Billy versprochen; er wollte 'n Typ mitbringen, dessen Schwester hat 'n 76er Triumph Cabrio, das bloß fünfundfünfzig Meilen drauf hat.»

«Geh nur», sagt Melanie ruhig. «Ich schreibe Pru und erkläre ihr, daß du zuviel zu tun hast.»

«Zuviel zu tun, zuviel zu tun. Für wen, zum Donnerwetter, mach ich das alles, außer für diese verdammte lahmarschige Pru?»

«Ich weiß nicht, Nelson. Ich weiß wirklich nicht, was du tust, oder für wen du es tust. Ich weiß, daß ich mir einen Job gesucht hab, wie wir es geplant haben, während du nichts weiter getan hast, als deinen armen Vater zu drangsalieren, daß er dir 'n Job beschafft.»

«Mein *armer* Vater! *Armer* Vater! Hör mal, was glaubst du denn, wer ihn dahingebracht hat, wo er ist? Wem gehört denn die Firma? Meiner Mutter und meiner Großmutter gehört sie, mein Vater ist bloß ihr Strohmann und macht 'ne lausig schwache Figur dabei. Jetzt wo Charlie die Puste ausgeht, ist da drüben überhaupt keiner mehr übrig mit 'n bißchen Elan und Sinn für Kreativität. Rudy und Jake sind bloß Handlanger. Mein Vater wirtschaftet den Laden in Grund und Boden; es ist zum Heulen.»

«Das sagt sich alles so leicht, Nelson, daß Charlie die Puste ausgeht, was ich besser beurteilen kann als du, aber du hast in meinen Augen nicht gerade übertrieben viel Sinn für Verantwortung bewiesen.»

Er hört, obwohl vor Frustration und Schuldgefühlen am Rande der Tränen, eine bewußte Verschärfung in ihrem «Sinn für Verantwortung» als Antwort auf seine Bemerkung über «Sinn für Kreativität». Gegenüber den Melanies in der Welt wird er immer den kürzeren ziehen. «Bockmist», ist alles, was er sagen kann.

«Du hast 'ne Menge Ge*füh*le, Nelson», sagt sie zu ihm. «Aber Gefühle sind keine Taten.» Sie sieht ihn unverwandt an, als wollte sie ihn hypnotisieren, und klappt nur einmal die Lider zu.

«Gott, ich mache doch genau das, was ihr, du und Pru, von mir wolltet.»

«Siehst du, das ist deine Masche, immer alles auf die anderen abzuwälzen. Wir *wollten* nicht, daß du irgendwas Bestimmtes *machst,* wir wollten bloß, daß du dich der Situation stellst wie ein Erwachsener. Da draußen konntest du es anscheinend nicht, deshalb bist du hierhergekommen, um dich auf die Realität einzustellen. Ich sehe nicht, daß du das gemacht hättest.» Wenn sie die Augenlider auf- und zuklappt, bekommt ihr Kopf etwas Puppenhaftes, innen ganz hohl. So richtig schön zum Zerschmettern. «Charlie sagt», sagt Melanie, «du wärst übereifrig als Verkäufer; das würde die Leute abschrecken.»

«Die werden abgeschreckt von den lausigen japanischen Blechkisten, die ein Vermögen kosten wegen dem dreckigen Yen. Ich würde mir keinen von diesen Wagen kaufen, und ich weiß nicht, warum irgend jemand anders sich einen kaufen sollte. Die in Detroit sind schuld. Die haben alle im Stich gelassen. Millionen von Leuten sind, was ihre Jobs betrifft, darauf angewiesen, daß die in Detroit endlich mit einem anständigen neuen Wagen rauskommen, aber die Arschlöcher wollen einfach nicht.»

«Fluch nicht soviel, Nelson. Das imponiert mir nicht.» Während sie unbeirrt zu ihm aufblickt, sind ihre Augäpfel voller Weiß; er stellt sich die ebenso vollen weißen Rundungen ihrer Brüste vor, und er möchte nicht, daß dieser Streit so weit geht, daß sie ihn im Bett nicht mehr tröstet. Sie hat es ihm noch nie mit dem Mund gemacht, aber er möchte wetten, daß sie es für Charlie tut – es ist die einzige Art, wie diese alten Knaben einen hochkriegen. Melanie lächelt ihr hohlköpfiges Buddha-Lächeln und sagt: «Geh ruhig mit den anderen kleinen Jungs spielen. Ich bleibe hier und schreibe an Pru und werde ihr nicht weitersagen, daß sie lahmarschig ist. Aber ich bin es langsam sehr leid, Nelson, dich in Schutz zu nehmen.»

«Wer hat das denn von dir verlangt? Du kommst auch auf deine Kosten dabei.» In Colorado hatte sie mit einem verheirateten Mann geschlafen, einem Geschäftspartner des Ganoven, der Luxusappartementhäuser in Skigebieten baute und für den Nelson während der Sommerferien arbeiten sollte. Die Ehefrau des Mannes fing an, Krach zu schlagen, obwohl sie es selber ziemlich bunt trieb, und der andere Typ, mit dem Melanie sich traf, liebäugelte damit, den Kokainlieferanten für die Schickeria von Aspen zu spielen, aber dazu fehlte es ihm an Kaltschnäuzigkeit und Kontakten – er schien aufs Gefängnis oder auf ein frühes Grab zuzusteuern, je nachdem über welchen Fuß er zuerst stolpern würde. Roger hieß der Kerl, und Nelson hatte ihn gemocht, seine Art, herumzuschwänzeln wie eine spillerige Töle, die nur darauf wartet, einen Tritt zu bekommen. Er, Roger, hatte sie auch zur Drachenfliegerei verleitet, wobei Melanie übervorsichtig, Pru dagegen überraschend willig gewesen war, einen Versuch zu wagen, und sogar Witze darüber gemacht hatte, daß dies doch eine Möglichkeit sei, alle ihre Probleme zu lösen. Ihr Gesicht, so schmal in dem großen weißen Sturzhelm, den man auf dem Startplatz in den Highlands, oben auf dem Golden Horn, geliehen bekam, und in der Sekunde vor dem Abflug in den erstaunlichen, äußerst stillen Raum warf sie ihm von der Seite her den gleichen schiefen durchdringenden abschätzenden Blick zu, den er das erste Mal gesehen hatte, als sie beschloß, mit ihm zu schlafen, oben in ihrem kleinen Studio-Appartement in dem fabrikartigen Hochhaus drüben in Stow, ihr Panoramafenster mit Blick auf einen Parkplatz. Er hatte Melanie in einem Seminar kennengelernt, an dem sie beide teilnahmen, «Die Geographie der Religionen»: Schintoismus, Schamanismus, die Dschaina, alle möglichen Arten alter abergläubischer Vorstellungen, die, den Karten nach, in einander überlappenden Flecken der Erde gediehen wie Blattern und sich stellenweise sogar ausbreiteten, offenbar, weil die Welt in einer so verzweifelten Verfassung ist. Pru war nicht Studentin, sondern Schreibkraft im College-Sekretariat in Rockwell Hall; Melanie hatte sie bei einer Kampagne der studentischen Vereinigung für mehr Demokratie an der Universität von Kent kennengelernt, einer Aktion, die Unzufriedenheit unter den Universitätsangestellten, insbesondere unter den Sekretärinnen schaffen sollte. Die meisten dieser Freundschaften welkten, sobald eine neue Bewegung aufkam, aber Pru war bei der Stange geblieben. Sie wollte etwas. Nelson hatte sich angezogen gefühlt von ihrem widerstrebenden schiefen Lächeln, als hätte auch sie Mühe, sich zur Schau zu stellen – im Gegensatz zu ihren flotten Altersgenossen, die schnurstracks vom Fernseher zu Hause in die Hörsäle spaziert waren, ohne daß ihnen jemals ein Stückchen von den wirklichen Unbilden des Lebens die Sprache verschlagen hätte. Und auch ihre harten schmalen Sekretärinnenhände hatten es ihm angetan – wie die Hände seiner Großmutter Angstrom. Sie hatte ihre Remington-Reiseschreibmaschine mit nach Westen genommen, in der Hoffnung, außerhalb von Denver Heimarbeit zu finden, und so tippte sie ihre Briefe, in denen sie ihm erzählte, wann sie schlafen ging und wann sie aufwachte und wann sie Brechreiz verspürte, während er ihr in seiner Handschrift antworten muß, die ihm verhaßt ist: kindlich wirkendes Gekrakel. Die flüssige Perfektion dieser Sturzflut von Briefen überwältigt ihn, wie hätte er ahnen sollen, daß sie der Quell eines solchen Stroms sein würde. Mädchen schreiben irgendwie leichter als Jungen: er erinnert sich an die Notizen in grüner Tinte, die Jill überall im Haus in Penn Villas verteilte. Und plötzlich fällt ihm noch mehr von dem Text des Liedes ein, das Mom-Mom immer gesungen hatte: «Reide, reide, Geile /

Alle Schtunn en Meili / Geht's iwwer der Schtumbe / Fallt's Bubbli nunner!» wobei das letzte Wort, bei dem das Kind hinunterfällt, *nunner,* nicht gesungen, sondern gesprochen wurde – mit so feierlicher Stimme, daß er immer lachen mußte.

«Und wieso komme ich auf meine Kosten dabei?» fragt Melanie mit dieser aufreizenden beharrlichen Singstimme.

«Du genießt es doch», sagt er zu ihr. «Genuß ohne Risiko, wie du es gern hast. Mich bewachen, mehr oder weniger. Meine Alten bezirzen.»

Melanies Stimme gibt nach und hört sich jetzt traurig an. «Ich glaube, das läßt nach. Vielleicht habe ich zuviel mit deiner Großmutter geredet.»

«Schon möglich.» Und wie er so dasteht, ist ihm, als hätte er wieder Oberwasser. Dies ist sein Haus, seine Stadt, sein Erbe. Melanie ist hier Außenseiterin.

«Ja, ich *mochte* sie», sagt sie, seltsamerweise die Vergangenheitsform gebrauchend. «Ich fühle mich immer zu älteren Menschen hingezogen.»

«Sie hat jedenfalls mehr gesunden Menschenverstand als Mom und Dad.»

«Was soll ich Pru erzählen, wenn ich ihr schreibe?»

«Weiß *ich* doch nicht.» Seine Schultern schütteln sich in der Jacke, als sei der strammsitzende kleine Frack ein elektrischer Kontakt; er spürt, wie sein Gesicht sich verfinstert, sogar sein Atem heißer wird. Diese weißen Briefumschläge, das Weiß des Sturzhelms, den sie aufsetzte, das Weiß ihres Unterleibs. Der Raum öffnete sich ins Unermeßliche unter dir, nachdem du abgehoben hattest, war aber irgendwie nicht bedrohlich, die Gurte hielten dich fest, und die Bäume an den grasbewachsenen Skipisten und den abschüssigen Wiesen da unten wurden immer kleiner, und der große Nylonflügel reagierte auf den geringsten Ruck am Steuerhebel. «Sag ihr, sie soll durchhalten.»

Melanie sagt: «Sie *hat* die ganze Zeit durchgehalten, Nelson, sie kann nicht ewig durchhalten. Ich meine, man *sieht* es. Und ich kann auch nicht mehr lange hierbleiben. Ich muß meine Mutter besuchen, bevor ich wieder nach Kent gehe.»

Alles scheint sich spürbar zu komplizieren, vor seinem Mund, so daß er sich der Anstrengung des Atmens bewußt ist. «Und *ich* muß zum Laid-Back, bevor alle abhauen.»

«Schon gut, geh. Geh doch. Aber morgen mußt du mir aufräumen helfen. Sie kommen am Sonntag zurück, und du hast nicht ein einziges Mal Unkraut gejätet oder den Rasen gemäht.»

Als er in Ma Springers komfortablem alten Newport die Jackson Street zur Kreuzung Joseph Street hinauffährt, erblickt Harry als erstes seinen tomatenroten Corona an der Straße vor dem Haus, er sieht funkelnagelneu aus und obendrein frisch gewaschen. Sie hatten ihn also endlich wieder in Ordnung gebracht. Es war reizend von dem Jungen, ihn waschen zu lassen. Richtig lieb. Eine Woge von Reue wegen des Argwohns, den er Nelson entgegengebracht hat, flutet an gegen die Freude, wieder in Mt. Judge zu sein, an einem strahlenden Sonntagnachmittag im Spätsommer, den Geruch trockenen Grases wie beim Fußballspiel in der Luft und den der Ahornbäume, die im Begriff sind, sich golden zu färben. Der Rasen vor dem Haus, selbst das unangenehme kleine Stück oben um die Azaleensträucher herum und der Streifen zwischen Gehsteig und Bordstein, wo Wurzeln an die Oberfläche dringen und man mit der Handschere arbeiten muß, sind gemäht. Harry weiß, wie nach einiger Zeit diese Schere an den Handflächen scheuert. Als der Junge auf die Veranda heraus- und zur Straße herunterkommt, um mit dem Gepäck zu helfen, schüttelt Harry Nelsons Hand. Er überlegt, ob er ihn küssen soll, aber der Anflug eines Stirnrunzelns schreckt ihn ab; sein Impuls, besonders freundlich zu sein, wankt und ertrinkt im Begrüßungstrubel. Janice umarmt Nelson und, etwas flüchtiger, Melanie. Ma Springer, erhitzt von der Autofahrt, läßt sich von beiden jungen Leuten auf die Wange küssen. Beide haben sich fein gemacht, Melanie in einem pfirsichfarbenen Leinenkostüm, das Harry noch nicht kannte, und Nelson in einem grauen Kammgarnanzug, von dem er weiß, daß der Junge ihn bisher noch nicht gehabt hat. Der neue Dress des zukünftigen Verkäufers. Das Ergebnis ist rührend geschniegelt; in der Schräghaltung des wohlfrisierten Kopfes erkennt Harry mit Schrecken Züge Fred Springers, dieses Schlawiners. Melanie wirkt größer, als er sie in Erinnerung hatte: hohe

Absätze. Mit ihrem frohlockenden Tremolo in der Stimme erklärt sie: «Wir waren in der Kirche», und wendet sich dabei an Ma Springer. «Sie haben am Telefon gesagt, Sie würden versuchen, rechtzeitig zum Gottesdienst zu kommen, und wir wollten Sie dort überraschen, falls Sie es geschafft hätten.»

«Melanie, ich habe die beiden nicht rechtzeitig aus dem Bett gekriegt», sagt Bessie. «Sie waren die reinsten Turteltauben da oben.»

«Die Gebirgsluft, nichts Intimes», sagt Rabbit und gibt Nelson einen Seesack mit schmutziger Bettwäsche. «Es sollte ja ein Urlaub sein, und ich hatte keine Lust, an unserem letzten Tag da oben bei Morgengrauen aufzustehen, bloß damit Ma dieser Tunte schöne Augen machen kann.»

«Er kam mir gar nicht so tuntig vor, Dad. So reden Pfarrer eben.»

«Mir kam er ganz schön radikal vor», sagt Melanie. «Er hat lange davon geredet, daß die Reichen durch ein Nadelöhr müssen.» Zu Harry sagt sie: «Sie sehen *dünner* aus.»

«Er ist dauernd gerannt, wie ein Idiot», sagt Janice.

«Auch weil ich nicht jeden Tag in einem Lokal zu Mittag essen mußte», sagt er. «Die geben einem immer zuviel. Es ist schlichter Betrug.»

«Mutter, paß auf den Bordstein auf», sagt Janice scharf. «Soll ich dir den Arm geben?»

«Ich bin mit diesem Bordstein dreißig Jahre lang fertig geworden, du brauchst mich darauf nicht aufmerksam zu machen.»

«Nelson, hilf Mutter die Stufen rauf», sagt Janice trotzdem.

«Der Corona sieht großartig aus», sagt Harry zu dem Jungen. «Besser als neu.» Er vermutet jedoch, daß der lästige Drall in der Lenkung immer noch nicht behoben sein wird.

«Ich habe ihnen wirklich zugesetzt deswegen, Dad. Manny hat ihn immer etwas stiefmütterlich behandelt, weil es deiner ist und weil du nicht da warst. Ich hab ihm gesagt, daß der Wagen *fertig* zu sein hätte, wenn du wieder hier wärst, Punkt.»

«Die zahlenden Kunden kommen zuerst dran», sagt Harry, der sich bemüßigt fühlt, seinen Werkstattleiter in Schutz zu nehmen.

«Manny ist ’ne Pfeife», ruft der Junge über die Schulter, während er seine Großmutter und den Seesack durch die Haustür unter der Lünette aus Buntglas bugsiert, in der zwischen bleigefaßten Blattornamenten die Zahl 89 prangt.

Koffer schleppend folgt Harry ihnen hinein. Das Haus war in seiner Erinnerung verblaßt. «O Mann», schnauft er. «Wie ein alter Latschen.»

Ma bewundert pflichtschuldig die Ordnung, die in Vasen auf Anrichte und Eßzimmertisch arrangierten Blumen von den Rabatten im Garten, die gesaugten Teppiche und die frisch gewaschenen und gebügelten Schoner auf dem genoppten grauen Sofa und dem dazu passenden Sessel. Sie streicht mit der Hand über den flauschigen Chenillebezug. «Diese Dinger haben nicht mehr so gut ausgesehen, seit Fred mit der Putzfrau, der alten Elsie Lord, Krach gehabt hat und wir sie an die Luft setzen mußten.»

Melanie erläutert: «Wenn man eine feuchte Bürste nimmt und nur einen Spritzer Teppichreiniger dazu –»

«Melanie, was Sie anfassen, hat immer Hand und Fuß», sagt Harry. «Das einzig Dumme bei Ihnen ist, daß Sie besser ein Mann geworden wären.» Es rutscht ihm ruppiger heraus, als er beabsichtigt hatte, aber eine plötzliche kleine Verstimmung hatte ihn aus dem Gleichgewicht gebracht, als er das Haus betrat. Sein Haus, und doch nicht seines. Diese Treppe, all der Krimskrams. Er lebt hier wie ein Kostgänger, ein versoffener alter Kostgänger im Unterhemd, zu tattrig, um sich noch bewegen zu können. Sogar Ruth hat ihren Spielraum. Er fragt sich, wie es seiner rundgesichtigen Tochter wohl geht, da draußen, auf dem verwilderten Stück Land, in dem Sandsteinhaus mit der abgeschilferten grünen Tür.

Ma Springer schnuppert. «Es riecht irgendwie süßlich», sagt sie. «Das muß der Teppichreiniger sein, den Sie verwendet haben.»

Nelson geht dicht neben Harry, dichter als normalerweise. «Dad, apropos Jobs, ich habe was, was ich dir gern zeigen möchte.»

«Aber nicht, bevor ich das Gepäck hier nach oben geschafft hab. Es ist verblüffend, wieviel Krempel man braucht, bloß um barfuß in den Poconos rumzurennen.»

Janice knallt die Küchentür, als sie von draußen hereinkommt. «Harry, du mußt dir den Garten ansehen, es ist alles so schön gejätet! Der Salat geht mir bis an die Knie, und der Kohlrabi ist *riesig* geworden!»

Harry sagt zu den jungen Leuten: «Ihr hättet welchen essen sollen, der Kohlrabi wird matschig, wenn man ihn zu groß werden läßt.»

«Der schmeckt nie nach irgendwas», sagt Nelson.

«Na ja. Ich glaube, niemand macht sich was draus, außer mir.» Er nascht gern, einer der Gründe, weshalb er dick geworden ist. Als Jugendlicher hatte er viele schmerzende kariöse Zähne gehabt, und jetzt, mit den überkronten Backenzähnen, ist das Essen möglicherweise zu genußvoll geworden. Keine bohrenden Schmerzen mehr, nur noch unvergängliches Gold.

«Kohlrabi», sagt Melanie schwärmerisch, «ich wußte nicht, was es war, Nelson hat immer was von Steckrüben gesagt. Kohlrabi ist reich an Vitamin C.»

«Wie geht's denn so mit den Crêpes zur Zeit?» fragt Harry sie in dem Bemühen, sich dafür zu entschuldigen, daß er zu ihr gesagt hat, sie wäre besser ein Mann geworden. Obwohl er vielleicht gar nicht so unrecht hat – bei ihr mußte die normale männliche Herrschsucht zwangsläufig ins allzu Süßliche umschlagen.

«Gut. Ich habe gekündigt, und die anderen Kellnerinnen wollen eine Party für mich geben.»

Nelson sagt: «Sie ist eine richtige Partybiene geworden, Dad. Ich hab sie kaum gesehen, solange wir hier zusammen waren. Dein Kumpel Charlie Stavros führt sie dauernd aus, er will sie heute nachmittag schon wieder abholen.»

Armes Würstchen, denkt Rabbit. Warum rückt der Junge ihm so auf die Pelle? Er kann seinen beklommenen Atem hören.

«Er will mit mir nach Valley Forge fahren», erklärt Melanie mit strahlenden Augen – ein Strahlen, von dem Rabbit nun vielleicht nie erfahren wird, welches Unheil es verbirgt. Das Mädchen macht sich aus dem Staub: kluges Kind. «Ich werde Pennsylvania bald verlassen, und ich habe eigentlich nichts von den Sehenswürdigkeiten gesehen, deshalb war Charlie so nett, mir ein paar Sachen zu zeigen. Am letzten Wochenende sind wir in das Gebiet der Amischen Mennoniten gefahren und haben die vielen Pferdekutschen gesehen.»

«Trostlose Dinger, nicht?» sagt Harry und fährt fort: «Diese Amisch sind fiese Schweine – fies zu ihren Kindern, zu ihren Tieren, zueinander.»

«Dad –»

«Wenn ihr schon bis Valley Forge fahrt, könnt ihr euch auch gleich die Freiheitsglocke anschauen und sehen, ob sie noch immer einen Riß hat.»

«Wir wußten nicht, ob sonntags offen ist.»

«Philly im August ist so oder so eine Reise wert. Ein einziges Jammertal. Da unten schneiden sie dir wegen nichts die Kehle durch.»

«Melanie, ich finde es sehr schade, daß Sie uns verlassen wollen», mischt Janice sich besänftigend ein. Manchmal staunt Harry, wie gewandt Janice sein kann, seit sie etwas älter ist. Rückblickend betrachtet waren er und Jan ziemlich rüde Zeitgenossen – junge Leute voller Neid und mit nicht sehr viel Stil. Stillos, genaugenommen. Ein bißchen Kies wirkt Wunder.

«Tja», sagt ihr Sommergast, «ich sollte meine Familie besuchen. Meine Mutter und meine Schwestern, meine ich, in Carmel. Ich weiß noch nicht, ob ich auch zu meinem Vater rauffahre oder nicht, er ist so *komisch* geworden. Und dann geht's wieder ins College. Es war herrlich hier, sie waren alle so nett zu mir. Ich meine, wenn man bedenkt, daß Sie mich nicht einmal *kannten*.»

«Das war kein Problem», sagt Harry und überlegt, ob ihre Schwestern wohl auch alle solche Augen und solche rubinroten Lippen haben. «Das haben Sie sich selbst zu verdanken; das ist ganz allein Ihr Verdienst.» Lahm, lahm. Konnte noch nie mit ihr reden.

«Mutter wird Ihre Gesellschaft sehr vermissen», sagt Janice und ruft hinüber: «Stimmt's Mutter?»

Aber Ma Springer sieht gerade in ihrer Glasvitrine nach, ob auch nichts von dem Porzellan gestohlen wurde, und scheint nichts gehört zu haben.

Harry fragt Nelson unvermittelt: «Was wolltest du mir vorhin partout so schnell zeigen?»

«Es ist drüben im Geschäft», sagt der Junge. «Ich dachte, wir könnten eben mal rüberfahren, wenn ihr wieder da seid.»

«Kann ich nicht wenigstens vorher zu Mittag essen? Ich hab kaum gefrühstückt vor lauter Hetzerei wegen der Kirche. Nur ein paar Pecan-Kekse, die die Ameisen noch nicht gefressen hatten.» Der Magen tut ihm weh, wenn er bloß dran denkt.

«Ich glaube nicht, daß besonders viel zum Mittagessen da ist», sagt Janice.

Melanie schlägt vor: «Im Kühlschrank ist noch ein Rest Weizenkeime und Joghurt, und im Tiefkühlfach ein bißchen chinesisches Gemüse.»

«Ich habe keinen Appetit», verkündet Ma Springer. «Und ich würde gern mein eigenes Bett wieder mal ausprobieren. Ohne Übertreibung, ich glaube kaum, daß ich jemals mehr als drei Stunden hintereinander geschlafen habe, die ganze Zeit da oben. Ich habe andauernd die Waschbären gehört.»

«Sie ist bloß sauer, weil sie die Kirche verpaßt hat», klärt Rabbit die anderen auf. Er fühlt sich wie in der Falle in all dieser Hektik des Nachhausekommens. Er spürt eine Spannung im Haus, die vorher nicht da war. Man kehrt nie an denselben Ort zurück. Wie muß es den Toten ergehen, wenn sie am Auferstehungstag wiederkehren. Er geht durch die Küche hinaus in seinen Garten und ißt einen Kohlrabi, roh, indem er die Blätter mit den Händen abreißt und die Schale von der glatten knackigen Knolle mit den Schneidezähnen abzieht. Die Mannweiber hämmern ein paar Häuser weiter noch immer an irgendwas herum – was die wohl bauen? Wie ging dieses Gedicht doch? *Erbaue dir stattlichere Dingsbums, oh, meine Seele.* Lotty Bingaman hätte es gewußt und mit der Hand in der Luft herumgefuchtelt. Die Luft ist angenehm. Der Mittag flacher als vorher, der Sommer sinkt in seinen Staub. Das saftige Junigrün der Bäume ist abgestumpft, und der Unterton aus Insektengesumm hat sich zu einem steten dürren Schnarren vertieft, wenn man genau hinhört. Der Salat ist hochgeschossen und lappig, die Bohnen sind hinüber, eine Karotte, die er herauszieht, ist stummelig wie der Schwanz eines fetten Mannes, die ganze Kraft ins Kraut geschossen. Drinnen in der Küche hat Janice ein Stück Salami gefunden, das noch nicht zu ausgetrocknet zum Essen ist, und hat für ihn und Nelson Sandwiches gemacht. Diese Exkursion in den Betrieb scheint unvermeidlich, dabei hatte Harry eigentlich am Nachmittag noch zum Club fahren und sehen wollen, ob die Clique ihn vermißt hat. Er sieht sie im Geiste vor sich, wie sie um das bebende lichte Becken voll gechlorten Wassers hocken und lachen, Buddy mit seiner Tusnelda des Monats, die Harrisons, der alte Fuchs Webb und seine kleine Cindy. Die kleine Cindy Schwarzarsch Patschzeh. Richtige Menschen, nicht diese Schatten in den Winkeln von Ma Springers düsterem Haus. Charlie hupt vor dem Haus, kommt aber nicht herein. Schämt sich, recht so, der Kinderschänder. Harry beobachtet Janice, um zu sehen, wie sie es aufnimmt, als die Haustür zuknallt. Sie zuckt mit keiner Wimper. Frauen sind hart im Nehmen. Er fragt sie: «Und du, was machst *du* heute nachmittag?»

«Ich wollte das Haus aufräumen, aber Melanie scheint alles gemacht zu haben. Vielleicht gehe ich rüber zum Club und schaue mal, ob ich irgendwo mitspielen kann. Auf jeden Fall könnte ich schwimmen.» Sie war viel geschwommen im Hourglass Lake und wirkt tatsächlich biegsamer um die Mitte, länger von den Hüften zu den Brüsten. Keine schlechte Braut, denkt er manchmal, erstaunt über die stillschweigende Komplizenschaft zwischen ihnen beiden in dieser finsteren Welt alten Blutes und dunkelhäutiger Fremder.

«Wie findest du das mit Charlie und Melanie?» fragt er.

Sie zuckt mit den Schultern, Charlie nachahmend. «Mir soll's recht sein, warum nicht? Gibt ihm Auftrieb. Man lebt nur einmal. Heißt es doch.»

«Wie wär's, wenn du schon rüberfährst, und Nellie und ich kommen später nach, wenn ich mir sein Ich-weiß-nicht-was angesehen hab.»

Nelson kommt in die Küche, mit halboffenem Mund und Mißtrauen im Blick.

Janice sagt: «Aber ich könnte auch mit dir und Nelson zum Betrieb kommen, und dann fahren wir alle zusammen zum Club und sparen Benzin, wenn wir nur den einen Wagen brauchen.»

«Mom, es ist *geschäftlich*», protestiert Nelson, und der Verdüsterung seines Gesichts entnehmen beide Eltern, daß sie besser daran tun nachzugeben. In seinem grauen Anzug wirkt er besonders verletzlich, wie Kinder, wenn sie in ungewohnte Kleider gesteckt werden für Zeremonien, die sie nicht verstehen.

So fährt Harry also, zum erstenmal seit einem Monat wieder am Lenkrad seines Corona, zusammen mit Nelson durch den Sonntagsverkehr auf der Strecke, die ihnen beiden vertrauter ist als die Linien in ihren Handflächen, die Joseph Street hinunter zur Jackson und zur Central Street und um die Flanke des Berges herum. Harry sagt: «Fühlt sich irgendwie anders an, das Auto, nicht?» Das ist ein schlechter Einstieg; er versucht ihn auszubessern, indem er sagt: «Ich nehme an, ein Auto fühlt sich nie mehr an wie vorher, wenn's mal gebumst hat.»

Nelson geht hoch. «Es war bloß 'ne Beule, vorn hat er überhaupt nichts abgekriegt, und das ist das einzige, wo du einen Unterschied spüren würdest, wenn überhaupt.»

Harry hält die Luft an und räumt ein: «Vermutlich bloß Einbildung.»

Sie passieren das Panorama des Viadukts und dann das Einkaufszentrum, wo der Gebäudekomplex mit den vier Lichtspieltheatern AGATHA MANHATTAN MEATBALLS AMITYVILLE HORROR ankündigt. Nelson fragt: «Hast du das Buch gelesen?»

«Welches Buch?»

«*Amityville Horror*. Die Typen in Kent haben es sich gegenseitig aus den Händen gerissen.»

Die Typen in Kent. Konnten von Glück reden, die Stoffel. Was hätte er alles anfangen können mit einer guten Ausbildung. Er wäre jetzt irgendwo College-Trainer. «Da geht's um ein Haus, in dem es spukt, nicht?»

«Dad, es geht um Teufelsanbetung. Ein früherer Besitzer des Hauses hat den Teufel beschworen, und der ist nicht wieder weggegangen. Ein ganz gewöhnlich aussehendes Haus auf Long Island.»

«Glaubst du diesen Quatsch?»

«Na ja – es gibt Beweise, um die man schlecht herumkommt.»

Rabbit grunzt. Schlappe Generation, kein Mumm in den Knochen, zu leichtgläubig, um Tatsachen von einem Spuk zu unterscheiden, Teufelsanbetung, Alkohol, Drogen, vegetarisches Essen. Erschütternd. Denen wird doch alles auf einem silbernen Tablett serviert, für die ist das Leben eine einzige Fernsehorgie voller Geister und Gespenster.

Nelson liest seine Gedanken und klagt ihn an: «Und du, *du* glaubst das ganze Zeug, das sie in der Kirche verzapfen, das ist doch wirklich abartig. Du hättest das sehen sollen heute beim Abendmahl, es war nicht zu glauben, wie all diese Leute sich den Mund gewischt und ganz ernst geguckt haben, als sie vom Altargeländer zurückkamen. Es war wie in einem Anthropologieseminar.»

«Immerhin», sagt Harry, «hat es etwas Erhebendes für Leute wie deine Großmutter. Und für wen hat dieser Amityville-Hokuspokus etwas Erhebendes?»

«Darum geht es doch gar nicht, es ist einfach etwas, was *passiert* ist. Die Leute in dem Haus wollten auch nicht, daß es passiert, aber es *ist* eben passiert.» Seiner Stimmhöhe nach zu urteilen, fühlt sich der Junge mehr in die Enge getrieben, als Rabbit beabsichtigt hatte. Er möchte sowieso lieber nicht über das Unsichtbare nachdenken, jedesmal in seinem Leben, wenn er einen Schritt in diese Richtung machte, ist jemand ums Leben gekommen.

Schweigend rollen Vater und Sohn über den kurvenreichen Cityview Drive mit seinen flüchtigen Ausblicken zwischen zu groß geratenen Bäumen auf die blumentopffarbene Innenstadt, die deutsche Arbeiter auf einem von einem britischen Vermesser angelegten Straßennetz errichteten und in der jetzt Polen und Puertorikaner und Schwarze dicht gedrängt zusammenhocken, so daß einer vom andern durch die Wände das Fernsehprogramm, das Babygeschrei und das dicke Ende der Samstagabende mitbekommt. Knifflige Fahrerei jetzt, die vielen Fahrräder und Mopeds und am schlimmsten von allem die Rollschuhläufer in Joggingpullis mit Kopfhörern über den Ohren, die wie gedopte Boxer aussehen und dahinrollen, als gehörte ihnen die Straße. Der Corona gondelt den Locust Boulevard hinunter, an dem sich Ärzte und Rechtsanwälte in langgezogenen Einfamilienhäusern aus Backstein einnisten, zurückgesetzt von der Straße und schattig, mit Stützmauern und Wacholdersträuchern, die das Abrutschen des Erdreichs verhindern sollen, und läßt Brewer High rechts liegen, die Schule, die ihm als Kind immer wie eine Burg vorgekommen war, mit den Sporthallen und den unglaublich vielen Schließfächern, die sich bis ins Unendliche hinzuziehen schienen, die wenigen Male, die er dort gewesen war, die Male, wenn die Schulauswahl von Mt. Judge mehr oder weniger aus Jux gegen die Juniormannschaft von Brewer High spielte. Er überlegt, ob er Nelson davon erzählen soll, weiß aber, daß der Junge es verabscheut, wenn er in Erinnerungen an seine Zeiten als Sportler schwelgt. Die Halbstarken hier, erinnert Rabbit sich schweigend, waren tückisch, sie hatten etwas Schmieriges um den Mund, als hätten sie alle gerade Himbeerlutscher geleckt. Die Mädchen bumsten, und einige von den absolut verkommenen Subjekten rauchten Joints, die damals Reefers hießen. Heutzutage bumsen und kiffen sogar Präsidentenkinder, der Sohn von Ford zum Beispiel und, wer weiß, womöglich auch dieser Chip Carter. Fortschritt! In gewisser Weise, das sieht er heute, ist er in einer geschützten Kuhle der Welt aufgewachsen, wie Melanie sagte – wie eine dieser Stellen in großen Flüssen, wo die Zweige rückwärts treiben und sich um den schlammigen Schmutz stauen.

Als sie in das steil abfallende Stück der Eisenhower Avenue einbiegen, bricht Nelson das Schweigen und fragt: «Hast du nicht mal in einer von den Seitenstraßen da oben gewohnt?»

«Ja. In der Summer Street. Ein paar Monate lang, vor einer Ewigkeit. Deine Mutter und ich hatten damals Schwierigkeiten miteinander. Wie kommst du darauf?»

«Es ist mir gerade eingefallen. So wie wenn du das Gefühl kriegst, daß du irgendwo schon mal gewesen bist, bloß daß es im Traum gewesen sein muß. Wenn ich ganz schlimm Heimweh nach dir hatte, hat Mom mich ins Auto gepackt, und dann sind wir hier rübergefahren und haben auf irgendein Haus gestarrt und gehofft, daß du rauskommen würdest. Es stand in einer Reihe von Häusern, die für mich alle eins wie das andere aussahen.»

«Und? Bin ich rausgekommen?»

«Nicht daß ich wüßte. Aber ich weiß auch nicht mehr viel davon, außer daß ich da im Auto saß und daß Mom ein paar Kekse mitgebracht hatte, um mich aufzumuntern, und daß sie anfing zu weinen.»

«Gott, das tut mir leid. Ich habe das nie gewußt, daß sie mit dir dahin gefahren ist.»

«Vielleicht ist es auch nur einmal gewesen. Aber in meiner Erinnerung war es öfter als einmal. Ich weiß noch, daß sie unheimlich dick war.»

Die Eisenhower Avenue flacht wieder ab, und sie fahren ohne Kommentar an dem Haus mit der Nummer 1204 vorbei, in das Janice sich Jahre später zu Charlie Stavros geflüchtet hatte – Nelson war oft mit seinem Fahrrad hingefahren und hatte zum Fenster hinaufgeschaut. Damals war der Junge wild auf ein Mofa gewesen, und jetzt wünscht Harry, er hätte ihm eines besorgt, es wäre jetzt sowieso Schrott und möglicherweise eine schöne bleibende Erinnerung. Komisch mit den Gefühlen, sie scheinen blitzartig zu kommen und zu gehen und sind doch langlebiger als Metall.

Abwärts geht es über den aufgegebenen Rangierbahnhof, das Industrieviertel mit den Großhandelsläden, und dann links auf der Third Street und wieder rechts auf dem unteren Abschnitt der Weiser Street vorbei, am weißen fensterlosen Schoenbaumschen Bestattungsinstitut und dann über die Brücke. Den Verkehr bestreiten größtenteils alte Damen, die vom Restaurant-Mittagessen, das sie sich nach der Kirche genehmigt haben, nach Hause zockeln, und Wagenladungen von bereits bierseligen Halbstarken, die unterwegs sind zum Baseballspiel im Sportstadion südlich von Brewer, wo heute die Blasts spielen. Nach links auf die Route 111. DISCO. BENZIN-SPAROFFENSIVE. Sie haben vergessen, das Radio anzustellen, so sehr sind sie von der Spannung zwischen ihnen abgelenkt. Harry räuspert sich und sagt: «Melanie macht also Anstalten, zum College zurückzukehren. Du sicher auch.»

Schweigen. Das Thema College ist ein heißes Eisen – zu heiß zum Anfassen. Er hätte den Jungen fragen sollen, was er im Betrieb gelernt hat. SPRINGER MOTORS. Sie fahren vor. Drei Wochen ist es her, seit Harry zuletzt da war, und genau wie im Haus ist auch da die Atmosphäre irgendwie vergiftet. Der Caprice, den er gelegentlich fuhr, wenn der Corona außer Betrieb war, ist nicht mehr da, vermutlich verkauft. Sechs neue Corollas stehen in ihren süßsauren Farben am Rand der Schnellstraße aufgereiht. Harry kann sich nie so recht daran gewöhnen, wie klein ihre Räder wirken, beinahe wie Dreiradräder im Vergleich zu den amerikanischen Wagen, mit denen er groß geworden ist. Aber sie sind das Mark der Serie: billig soll der Wagen sein, die meisten Leute sind noch immer arm, darüber muß man sich im klaren sein. Umsonst gibt es nichts, aber die Hoffnung versiegt nie. Wie ein kleiner Teich aus zerfließendem Karamel backen seine Autos in der Sonne. Da Sonntag ist, parkt Harry gleich an der Hecke, die sich vorn zu beiden Seiten des Eingangs emporkämpft und mit ihren Wurzeln all die Einwickelpapiere und Servietten sammelt, die vom Kiosk über die Route 111 herüberwehen. Die Schaufenster müssen wieder geputzt werden. Ein Transparent mit dem Slogan der neuen TV-Werbekampagne OH, WAS FÜR EIN FAHRGEFÜHL! füllt die obere Hälfte der linken Scheibe aus. Im Ausstellungsraum stehen zwei neue Celicas, der eine schwarz mit einem gelben Seitenstreifen, der andere blau mit einem weißen Streifen. Unter dem OH, WAS FÜR EIN FAHRGEFÜHL!-Plakat, auf dem ein lachendes Mädchen im Badeanzug in irgendeinem türkisblauen Swimmingpool mit Alpen- oder Rocky-Panorama im Hintergrund herumplantscht, lauert etwas anderes, ein kleiner flacher flunderförmiger Wagen, der nicht von Toyota ist. Harry hat keinen Schlüssel; Nelson schließt die Doppelglastür mit seinem Schlüssel auf. Der fremde Wagen ist ein TR-6 Cabrio, auf Hochglanz gebracht für den Verkauf, aber unleugbar gebraucht, die Windschutzscheibe stumpf von den unzähligen Kratzern einer hohen Kilometerzahl, der Kotflügel leicht gewellt, wo das Blech eingedellt und ausgebessert worden ist. «Was zum Teufel ist denn das?» fragt Harry, in große Höhe gerückt durch die vergleichsweise niedrige Statur dieses Eindringlings unter seinen Automobilen.

«Dad, das ist das, worüber wir geredet haben, meine Idee, Cabrios zu verkaufen. Ehrlich, die macht heute kaum noch einer, sogar Jaguar hat aufgegeben, die können nur wie verrückt raufgehen im Wert. Wir verlangen fünffünf dafür, und ein paar Typen hätten ihn beinah schon gekauft.»

«Warum hat der Besitzer ihn dann abgestoßen, wenn er soviel wert ist? Für wieviel hast du ihn in Zahlung genommen?»

«Also, ich hab ihn nicht direkt in Zahlung genommen –»
«Was denn sonst?»
«Wir haben ihn gekauft –»
«Du hast ihn ge*kauft?*»
«Ein Freund von Billy Fosnacht hat 'ne Schwester, die heiratet irgend 'n Typ, der nach Alaska geht. Der Wagen ist in erstklassigem Zustand, Manny hat ihn total überholt.»
«Manny und Charlie haben dich machen lassen?»
«Wieso, warum nicht? Charlie erzählt mir andauernd von all den verrückten Sachen, die er und Opa Springer immer gemacht haben, sie haben Plüschtiere verschenkt und ganze Kisten voll Orangen, und sie haben diese Auktionen veranstaltet mit Mädchen in Abendkleidern, bei denen der mit dem höchsten Angebot das Auto gekriegt hat, auch wenn es bloß fünf Dollar waren . . . Und manchmal kamen Fahrer von Auto-Rodeos –»
«Das waren die guten alten Zeiten. Und jetzt haben wir die miesen neuen Zeiten. Die Leute kommen hierher, weil sie Toyotas wollen, die wollen nicht irgendeinen beschissenen britischen Sportwagen –»
«Aber den werden sie wollen, wenn wir erst mal den Namen haben.»
«Wir haben einen Namen, Springer Motors, Toyota und Gebrauchtwagen. Dafür sind wir bekannt, und deshalb kommen die Leute zu uns.» Er hört, wie seine Stimme bebt, spürt, wie so eine richtige Zorneswoge in ihm aufsteigt, wie bei einem Basketballspiel, wenn du zehn Punkte im Rückstand bist und nur noch knapp fünf Minuten zu spielen sind und du genau einen Ellbogen zuviel in die Rippen gekriegt hast – und plötzlich alle Muskeln sich lockern und etwas in dir emporzusteigen beginnt und du weißt, daß nichts unmöglich ist, wenn du nur willst. Er versucht sich zurückzuhalten, Nelson ist ein empfindsamer Junge und sein Sohn. Und trotzdem, noch ist dies sein Betrieb. «Ich kann mich nicht erinnern, über irgendwelche Cabrios mit dir geredet zu haben.»
«Abends, Dad, wir haben im Wohnzimmer gesessen, nur du und ich, aber du warst sauer wegen der Sache mit dem Corona und hast das Thema gewechselt.»

«Und Charlie hat dir wirklich grünes Licht gegeben?»

«Klar; ihm war's praktisch egal. Weil du weg warst, mußte er sich um die neuen Wagen kümmern, und die eine Lieferung ist zu früh angekommen –»

«Ja. Das habe ich gesehen. Die stehen so nahe an der Straße, daß sie den ganzen Staub abkriegen.»

« – und außerdem ist Charlie nicht mein Chef. Wir sind gleichberechtigt. Ich hab ihm gesagt, Mom-Mom fände die Idee gut.»

«Aha. Du hast also mit Ma Springer darüber geredet?»

«Also nicht direkt zu der Zeit, sie war ja weg mit dir und Mom, aber ich weiß, daß sie mich in den Betrieb einschleusen will, weil er dann drei Generationen in einer Familie ist und all dies Zeug.»

Harry nickt. Bessie wird dem Jungen die Stange halten, sie sind beide schwarzäugige Springers. «Na gut, wird schon nicht so wild sein. Was hast du denn für die Kiste bezahlt?»

«Er wollte vierneun, aber ich hab ihn auf vierzwei runtergehandelt.»

«Guter Gott. Das ist weit über Listenpreis. Hast du in die Liste geguckt? Weißt du überhaupt, was die Liste ist?»

«Klar weiß ich, was die beknackte Liste ist, aber der Witz ist doch, daß Cabrios nicht nach der Liste gehandelt werden, die sind wie Antiquitäten, es gibt nur soundso viele, und es kommen keine mehr dazu. Das sind heute regelrechte Liebhaberstücke.»

«Du hast vierzwei für einen 76er Triumph gezahlt, der neu sechstausend gekostet hat. Wieviel hat er drauf?»

«Ein Mädchen hat ihn gefahren, die fahren nicht so brutal.»

«Kommt auf das Mädchen an. Manche von den flotten Bienen, die ich so unterwegs sehe, hauen ganz schön ab. Was für 'n Kilometerstand hast du gesagt?»

«Ja, also, das läßt sich irgendwie schlecht sagen; der Typ, der nach Alaska gegangen ist, hat irgendwas unter dem Armaturenbrett reparieren wollen, und ich glaube, er hat nicht gewußt, welcher –»

«O Mann. Okay, mal sehen, vielleicht kriegen wir ihn zum Einkaufspreis wieder los und kommen noch mal mit 'nem blauen Auge davon. Ich rufe morgen Hornberger in der Stadt an, der handelt noch Triumph und MG, vielleicht daß der ihn uns aus Entgegenkommen abnimmt.»

Harry weiß plötzlich, warum Nelsons kurzer Haarschnitt ihn stört: er erinnert ihn daran, wie der Junge früher in der Grundschule aussah, ehe die Ereignisse der späten sechziger alles vergällt haben. Damals ahnte Nelson nicht, daß er immer klein bleiben würde, und wollte Baseballwerfer werden wie Jim Bunning und trug den ganzen Sommer über eine Schirmmütze, die ihm die Haare noch enger an den Schädel preßte, rings um das knochige sommersprossige mürrische Gesicht. Jetzt wirken seine Krawatte und sein Anzug, genau wie damals die Baseballmütze, wie die Verkleidung vergeblicher Hoffnungen. Seine Augen glänzen, als wäre er den Tränen nahe. «Uns abnehmen zum Selbstkostenpreis? Dad, ich *weiß*, daß wir ihn verkaufen und ein Plus von tausend machen können. Außerdem sind da noch zwei.»

«Noch zwei TR?»

«Noch zwei Cabrios, hinten im Hof.» Inzwischen ist der Junge verschreckt, so weiß im Gesicht, daß seine Augenlider und Ohrläppchen rosig aussehen. Auch Rabbit ist erschrocken, ihm reicht es jetzt, aber die Dinge nehmen ihren Lauf, der Junge muß ihm etwas zeigen, und er muß reagieren. Sie gehen nach hinten durch den Flur, am Ersatzteillager vorbei. Nelson geht voran und nimmt einen Satz Autoschlüssel von dem Schlüsselbrett neben dem metallenen Türrahmen, und dann betreten sie den großen hallenden Garagenraum – so still am Sonntag, ein Ballsaal unter einem Gerippe nackter Stahlträger und mit dem guten warmen Mief von Schmieröl und Azetylengas. Nelson stellt die Alarmanlage ab und stößt den Sicherheitsriegel der Hintertür hoch. Wieder an der Luft. Von Brewer, weit drüben auf der anderen Seite des Flusses, ragt die Spitze des hohen Gerichtsgebäudes mit dem in Zement modellierten Adler über den Dschungel aus Unkraut, Disteln und Kermesbeeren am verwilderten Rand des Firmengeländes. Dieser Hinterhof ist größer, als er sein sollte, und erinnert Rabbit immer irgendwie an Paraguay. Als kleine Inseln auf dem Asphalt zeigen sich hier zwei veraltete amerikanische Cabrio-Modelle: ein 72er Mercury-Cougar, das Verdeck ein verschlissenes Beige und die

Karosserie von jener intensiven blassen Abwaschwasserfarbe, die früher Nilgrün genannt wurde, und ein 74er Oldsmobile Delta 88 Royale von dem bläulichen Rot, das Frauen in der Ära der Spionagefilme als Nagellack trugen. Das waren schmucke alte Dampfer, muß Harry sich eingestehen, all das langgestreckte Blech und der aerodynamische Firlefanz, in dem man mit voll durchgetretenem Gaspedal die Main Street entlang direkt auf den Erntemond zusauste. Er sagt: «Die habt ihr spekulationshalber hierher gestellt, oder was? Ich meine, du hast sie noch nicht bezahlt.» Er spürt, daß selbst diese Bemerkung fehl am Platze ist.

«Sie sind gekauft, Dad. Sie gehören uns.»

«Sie gehören mir?»

«Sie gehören nicht dir, sie gehören der Ge*sell*schaft.»

«Wie zum Teufel hast du das hingekriegt?»

«Was soll das heißen, wie zum Teufel? Ich hab einfach Mildred Kroust gebeten, die Schecks auszuschreiben, und Charlie hat ihr gesagt, es wäre okay.»

«Charlie hat gesagt, es wäre okay?»

«Er dachte, wir wären uns alle *einig*. Dad, hör doch auf. Ist alles halb so wild. Das ist doch eure Devise hier – Autos kaufen und mit Gewinn weiterverkaufen?»

«Nicht diese idiotischen Karren. Was haben sie gekostet?»

«Ich wette, wir schlagen sechs- bis siebenhundert bei dem Merc raus und noch mehr bei dem Olds. Dad, du bist zu kleinkariert. Es ist doch bloß Geld. Sollte ich Verantwortung übernehmen, während du weg warst, oder nicht?»

«Wieviel?»

«Ich weiß nicht mehr genau. Der Cougar rund zweitausend und der Royale, irgendein Händler in der Nähe von Pottsville, den Billy kennt, hat ihn gehabt, aber ich dachte, wir sollten ein bißchen, du verstehst schon, ein bißchen Auswahl haben, der kam so etwa auf zweifünf.»

«Zweitausendfünfhundert Dollar.»

Die bloße Wiederholung der Zahlen hebt auf eine gemeine Art und Weise seine Stimmung. Alles, was er Nelson je geschuldet hat, wird jetzt zurückgezahlt. Er macht noch einen Vorstoß: «Zweitausendfünfhundert gute amerikanische – »

Das Kind kreischt beinahe. «Wir kriegen es wieder rein, ich schwör's! Die sind wie Antiquitäten, die sind wie Gold! Du kannst gar nicht verlieren dabei, Dad.»

Harry kann es sich nicht verkneifen, weiterzurechnen. «Viertausendzweihundert für den kleinen TR mit dem abgehängten Kilometerzähler, viertausendfünfhundert – »

Der Junge fleht. «Laß mich doch, ich mache das schon. Ich hab 'ne Annonce in der Zeitung aufgegeben, die sind in zwei Wochen weg. Ich schwör's!»

«Du schwörst. Du wirst in zwei Wochen wieder im College sein.»

«Dad, das werde ich nicht.»

«Wirst du nicht?»

«Ich will in Kent aufhören und hierbleiben und arbeiten.» Dieses kleine Gesicht, so verängstigt und verbissen, so blaß, daß die Sommersprossen hervortreten und auf der Haut zu schwimmen scheinen wie blinde Stellen auf einem Spiegel.

«O Gott, das hat mir noch gefehlt», ächzt Harry.

Nelson sieht ihn entsetzt an. Er hält die Wagenschlüssel hoch. Seine Augen verschwimmen, seine Unterlippe bebt. «Ich wollte dich den Royale mal fahren lassen, nur so zum Spaß.»

Harry sagt: «Spaß. Weißt du, wieviel Benzin diese alten Öfen fressen? Glaubst du, die Leute wollen heute, wo sie einen Dollar pro Gallone zahlen, diese nutzlosen gefräßigen Achtzylinder haben, bloß um den Wind in den Haaren zu fühlen? Junge, du lebst in einer Traumwelt.»

«Das ist denen doch *egal,* Dad. Die Leute sind nicht mehr so scharf aufs Geld, es ist sowieso nur noch 'n Scheiß wert. Geld ist Scheiße.»

«Vielleicht für dich, aber nicht für mich, das möchte ich dir hiermit ganz klar sagen. Laß uns ruhig Blut bewahren. Denk doch an die Ersatzteile. Diese Dinger müssen überholt werden, darauf kannst du Gift nehmen, bei den Jahren, die sie auf dem Buckel haben. Du weißt, was sechs bis sieben Jahre alte Teile heutzutage kosten, wenn du sie nirgendwo mehr kriegst. Das hier ist kein feiner Antiquitätenladen, wir verkaufen Toyotas. To*yo*tas.»

Der Junge wird immer kleiner unter diesem Donnerwetter.

«Dad, ich kaufe keine mehr, ich schwör's. Und die hier kriegen wir los, ich schwör's.»

«Versprich mir nichts. Versprich mir nur, daß du deine Nase aus meinen Autogeschäften raushältst und dich wieder in Ohio auf den Hintern setzt. Es schmeckt mir nicht, daß ausgerechnet ich es dir sagen muß, Nelson, aber du bist eine Katastrophe. Du mußt erst mal mit dir selber ins reine kommen, und das kann nicht hier passieren.»

Es widerstrebt ihm, was er dem Jungen sagt, obwohl es seine ehrliche Meinung ist. Es widerstrebt ihm so sehr, daß er ihm den Rücken kehrt und versucht, wieder durch die Tür hineinzugehen, durch die sie herausgekommen sind, aber sie ist hinter ihnen zugeschnappt, wie es sich gehört. Er ist aus seiner eigenen Werkstatt ausgeschlossen, und Nelson hat die Schlüssel. Rabbit rüttelt am Türgriff und donnert mit dem Handballen an die Metalltür und bearbeitet sie wie in einem blindwütigem Gerangel sogar mit dem Knie; der Schmerz schwillt an und taucht die Welt in Rot, so daß Rabbit zwar einen Automotor ganz in seiner Nähe starten hört, das aber nicht mit sich in Verbindung bringt, bis unter Reifenquietschen und Motorgeheul Metall auf Metall knallt: Das schwarze Knirschen bohrt sich in das Rot. Rabbit dreht sich um und sieht, wie Nelson zurücksetzt zu einem zweiten Anlauf. Noch immer segeln kleine Teile zu Boden, blitzen in der Sonne. Er denkt, der Junge könnte es darauf abgesehen haben, jetzt ihn gegen die Tür zu quetschen, vor der er wie gelähmt steht, aber das ist nicht der Fall. Der Royale rammt wieder den Mercury von der Seite, und dieser bäumt sich auf zwei Rädern hoch. Der blaßgrüne Kotflügel bricht so tief ein, daß der Scheinwerfer birst; die Lampenfassung fliegt ab.

Da er den Aufprall kommen sah, erwartet Harry, er würde sich in Zeitlupe vollziehen wie im Fernsehen, aber statt dessen ist es seltsam schnell gegangen, wie wenn zwei Hunde miteinander raufen und sich dann eines Besseren besinnen. Der Motor des Royale stirbt ab. Durch die körnig geborstene Windschutzscheibe sieht Nelsons Gesicht verformt aus, von Tränen verzerrt, kleingezerrt. Rabbit empfindet eine Art hölzerne, erstickte Heiterkeit in sich aufsteigen, während er den Schaden betrachtet. Glassplitter, feiner als Kies, glänzender Splitt, auf dem Asphalt. Schatten auf den breiten Metallhäuten, wo Schatten nicht hingehörten. Das kurzgeschnittene Haar des Jungen, das aussieht wie eine runde Bürste, als er das Gesicht über den Lenker beugt und schluchzt. Das Flüstern des Sonntagsverkehrs dringt ununterbrochen von der anderen Seite des Gebäudes herüber. Diese merkwürdigen verrückten Freudengluckser, die in Harrys Brust blubbern. Oh, was für ein Gefühl.

Binnen einer Woche ist eine Geschichte daraus geworden, die er im Club zum besten gibt. «Blech im Wert von fünf Mille, einfach futsch. Ich hatte einen wahnwitzigen Drang zu lachen, aber der Junge hockte da drinnen und flennte, heulte, es waren schließlich *seine* Wagen, so wie er die Dinge sah. Mir fiel nichts Besseres ein, als mich neben den Olds zu stellen und die Arme auszubreiten, *so*.» Er breitete die Arme weit aus unter der gütigen Kuppe des Berges. «Wäre der Junge auf mich losgegangen – er hätte meinen Bauch ohne jede Deckung erwischt. Aber nein, er kommt Rotz und Wasser heulend rausgestolpert, und mir blieb nichts anderes übrig, als ihn in die Arme zu nehmen. Ich habe mich Nelson nicht mehr so nah gefühlt, seit er etwa zwei Jahre alt war. Was mir schwer zu schaffen macht, ist, daß er recht gehabt hat. Seine Annonce für die Cabrios kam an demselben Sonntag raus, und wir haben bestimmt zwanzig Anrufe gekriegt. Der Triumph war am Mittwoch schon weg, für fünffünf. Die Leute drehen den Penny nicht mehr um, die schmeißen das Geld zum Fenster raus.»

«Wie die Araber», sagt Webb Murkett.

«Mann, diese Araber», sagt Buddy Inglefinger. «Wär das nicht 'ne Wonne, die allesamt mit 'ner Atombombe auszurotten?»

«Habt ihr das mit dem Gold letzte Woche mitgekriegt?» Webb lächelt. «Das waren die Araber, die ihr Gold zu Schleuderpreisen in Europa verscheuert haben. Die haben Lunte gerochen.»

Buddy fragt: «Habt ihr das heute in der Zeitung gelesen, wo von der Untersuchung in Washington die Rede ist, bei der rauskam, daß eindeutig die Regierung die ganze Benzinkrise im Juni in Szene gesetzt hat?»

«Das haben wir doch damals schon gewußt, oder etwa nicht?» fragt Webb zurück, und die roten Haare, die sich aus seinen Augenbrauen herauswölben, glänzen.

Heute ist der Sonntag vor Labor Day, der Tag des clubinternen Vierball-Turniers. Ihr Vierer hat eine späte Startzeit, und sie trinken noch eine Runde, während sie am Pool mit ihren Frauen warten. Mit einigen ihrer Frauen: Buddy Inglefinger hat keine Frau, nur dieselbe dumme picklige Joanne, die er schon den ganzen Sommer über im Schlepp hatte, und Janice sagte heute morgen, sie wolle mit ihrer Mutter in die Kirche gehen und um die Aperitifzeit zum Vierball-Festessen im Club aufkreuzen. Das ist merkwürdig. Janice liebt den Flying Eagle sogar noch mehr als er. Aber seit Melanie das Haus am Mittwoch verließ, ist irgend etwas im Busch. Charlie hat sich jetzt, wo Harry aus den Poconos zurück ist, zwei Wochen freigenommen, und da Nelson auf dem Firmengelände zur Persona non grata erklärt worden ist, hat der Generalvertreter alle Hände voll zu tun. Meistens gibt es gegen Ende des Sommers einen kleinen Aufschwung, da dann schon für die Herbstmodelle geworben wird und Preiserhöhungen in der Luft liegen und die auslaufenden Modelle am Lager dagegen allmählich preiswert erscheinen, jetzt wo es mit der Inflation so rapide schlimmer wird. Im September ist immer eine pergamentene Helligkeit in der Luft, die Rabbit auf zweifache Weise berührt, einmal duftet sie nach Äpfeln und Schultafelstaub und ist gleichbedeutend mit neuem Schulanfang und dem Ernst des Lebens, aber dann erinnert sie ihn auch wieder daran, daß er trotz allem in die nächste Klasse versetzt wurde, daß er einen weiteren Schritt die Stufenleiter hinauf getan hat, deren Ende im Dunkel liegt.

Cindy Murkett hangelt sich aus dem Schwimmbecken. Trockene Sonne fängt sich in jedem einzelnen der Tropfen, die auf ihren braunen Schultern perlen, die Haut so sonnenverbrannt, daß sie einen irisierenden Schimmer trägt. Die knabenhaft geschnittenen Haare kleben ihr als bizarr gefiederte Fransen am Hinterkopf. Sie bleibt auf den Steinfliesen stehen und neigt den Kopf, um Wasser aus ihren Haaren zu wringen. Haare hoch oben an der Innenseite ihres Oberschenkels vermischen sich mit dem schwarzen Dreieck ihres winzigen Bikinihöschens. Auf dem Weg zur Clique hinüber hinterläßt Cindy plumpe nasse Fußabdrücke, Fersen und Ballen und winzige runde Zehen. Kleine kugelrunde dunkle schnuckelige Kleckszehen.

«Glaubst du, daß Gold noch eine gute Geldanlage ist?» fragt Harry Webb, aber der hat sein schmales faltiges Gesicht abgewendet und blickt unverwandt zu seiner jungen Frau auf. Von den fleischigen Überhängen ihres Körpers trieft es auf seinen Schoß, das Karo seiner Golfhosen, deren Limettengrün sich tropfenweise verdunkelt. Bei der Länge von Webbs hervorspringenden Augenbrauen ist es ein Wunder, daß ihm nicht manche in die Augen pieksen. Er schlingt den Arm seitlich um ihre Hüften; wie für ein Reklamefoto aufgebaut stehen die Murketts vor den grünen Hängen des Mt. Pemaquid. Hinter ihnen fährt ein Schwimmer geschmeidig wie ein Messer ins Chlor. Harrys Augen brennen.

Thelma Harrison hat ihm bei seiner Geschichte zugehört, hat den traurigen Unterton herausgehört. «Nelson muß entsetzlich niedergeschlagen gewesen sein von dem, was er da angerichtet hatte», sagt sie.

Er mag das «entsetzlich niedergeschlagen», so altmodisch, wie es aus dem Mund dieser mausgrauen Frau kommt, die diesen Trottel Harrison irgendwie immer noch an der Kandare hat. «Davon merkt man nichts», sagt er. «Da war dieser Moment zwischen uns, gleich nachdem es passiert war, aber seither hat er sich allen gegenüber benommen wie ein Giftzwerg, besonders seit ich den Fehler gemacht hab, ihm zu sagen, daß seine Anzeige einigen Erfolg hatte. Er will nach wie vor ins Geschäft kommen, aber ich hab ihm gesagt, er soll bleiben, wo der Pfeffer wächst. Weißt du, was er gemacht hat, grenzt schon an Wahnwitz.»

Thelma versucht zu vermitteln: «Vielleicht hat er mehr auf dem Herzen, als er euch erzählen kann.» Die Sonne muß direkt hinter seinem Kopf stehen, so wie sie die Augen abschirmt, um zu ihm aufzusehen, obwohl sie ihre Sonnenbrille aufhat, eine mit riesigen gewölbten Gläsern, die nach oben hin dunkler werden wie Windschutzscheiben. Die Brille verdeckt die obere Hälfte ihres Gesichts, so daß ihre Lippen sich mit einer seltsamen präzisen Unabhängigkeit zu bewegen scheinen; obwohl sie schmal sind, haben sie ein Dutzend kleine Kräuselfalten, die allerliebst um Harrisons dicken Pimmel passen könnten, mit irgend etwas muß sie ihn doch bei der Stange halten, auch wenn dies schwer vorstellbar ist. Sie wirkt so schulmeisterlich mit ihrem Faltenröckchen und ihrer affektierten Art, sich zu bewegen und Worte auszusprechen. Allen Lotionen zum Trotz ist ihre Nase gerötet, und die helle Röte reicht bis in die Partie unter ihren Augen, die ihre Sonnenbrille nur knapp bedeckt.

In seinem schwebenden unbeweibten Zustand am Rande des Schwimmbeckens, nahe der Neige seines Gin-Tonics mit dem welken Pfefferminzzweiglein, in Erwartung seines Vierballspiels, empfindet er Thelmas feierlich starrenden gefleckten Blick leicht verwirrend. «Ja, sicher», sagt er, die Augen auf das Zweiglein gesenkt. «Janice deutet das auch immer wieder an. Aber sie will mir einfach nicht sagen, was es sein könnte.»

«Vielleicht kann sie es nicht», sagt Thelma, während sie die Beine fester aneinanderpreßt und das Röckchen ihres Badeanzugs über ein paar Zentimeter Oberschenkel herunterzupft. Sie hat die kleinen purpurroten Adern, die Frauen in ihrem Alter bekommen, aber Harry versteht nicht, wieso ihr das peinlich sein sollte neben einem alten schmerbäuchigen Kerl wie ihm.

Er erzählt ihr: «Er will anscheinend nicht aufs College zurück, also ist er vielleicht durchgefallen und hat uns bloß nichts davon gesagt. Aber dann hätten wir doch bestimmt einen Brief von der Fakultät gekriegt, oder so etwas . . . Und diese Briefe aus Colorado, Junge, Junge, wir werden förmlich damit überschwemmt.»

«Weißt du, Harry», eröffnet ihm Thelma, «so viele Väter, die Ronnie und ich kennen, beklagen sich darüber, daß ihre Söhne nicht in den Familienbetrieb einsteigen *wollen.* Sie haben alle ihre Betriebe, und kein Mensch will sie weiterführen. Es ist ein Trauerspiel. Du solltest froh sein, daß Nelson sich etwas aus Autos macht.»

«Das, woraus er sich was macht, ist, Autos zu Schrott zu fahren», sagt Harry. «Es ist seine Rache.» Er senkt die Stimme und bekennt: «Ich glaube, eine der Schwierigkeiten zwischen mir und dem Jungen kommt daher, daß er jedesmal, wenn mir ein kleiner, du weißt schon, Ausrutscher passiert ist, alles mitgekriegt hat. Das ist einer der Gründe, weshalb ich ihn nicht gern um mich herum hab. Und der kleine blöde Kerl weiß es ganz genau.»

Ronnie Harrison, der sich gerade an die arme alte Joanne heranmacht, blickt auf und brüllt herüber: «Was will der alte Hengst dir da weismachen, Schatz? Laß dir keinen Bären aufbinden von dem.»

Thelma überhört es mit mattem Lächeln und erklärt Harry mit nüchterner Stimme: «Ich glaube, das hat mehr mit dir zu tun als mit Nelson. Ich überlege, ob er vielleicht Liebeskummer hat? Nelson.»

Harry überlegt, ob ein weiterer Gin Tonic einen kleinen aufkeimenden Kopfschmerz wegspülen könnte. Wenn er am Tage trinkt, passiert ihm das immer. «Also, ich wüßte nicht wieso. Diese Kinder hopsen doch von einem Bett ins andere, wie die Springmäuse. Das Mädchen, das er angeschleppt hat, Melanie, und er schienen gar nichts miteinander zu haben, gegen Ende waren sie sogar eher ziemlich kurz angebunden miteinander. Sie hatte ausgerechnet an Charlie Stavros einen Narren gefressen.»

«Wieso ausgerechnet?» Ihr Lächeln ist weniger matt, die dünnen Krauselfalten verraten, daß sie weiß, daß Charlie Janices Liebhaber gewesen war in der Zeit, ehe dieser Club existierte.

«Na, einmal ist er alt genug, um ihr Vater zu sein, und zum andern steht er mit einem Bein im Grab. Er hat als Kind Gelenkrheuma gehabt, und seither hat er 'ne kaputte Pumpe. Du solltest ihn mal im Betrieb herumtapsen sehen, es ist ein Bild des Jammers.»

«Wenn man ein Leiden hat, heißt das nicht, daß man dem Leben entsagen will», sagt sie. «Du weißt, daß ich einen sogenannten Lupus hab; deshalb versuche ich, mich vor der Sonne zu schützen, und kann nicht so schön braun werden wie Cindy.»

«Ach. Wirklich?» Wieso erzählt sie ihm das?

Thelma verzieht das Gesicht, sie hat gemerkt, daß sie zu weit gegangen ist. «Manche Menschen mit unregelmäßigen Herzgeräuschen leben ewig», sagt sie. «Und jetzt sind das Mädchen und Charlie miteinander ins Blaue gefahren.»

Auch das ist ein neuer Gedanke. «Ja, aber in völlig verschiedene Richtungen. Charlie geht nach Florida, und Melanie besucht ihre Familie an der Westküste.» Aber er erinnert sich, daß Charlie ihr beim Abendessen Florida anpries, und er findet die Aussicht, daß sie zusammen sein könnten, deprimierend. Du kannst dich nie darauf verlassen, daß Leute nicht vögeln. Er wendet den Kopf ab, um die Sonne auf seine Gesichtshaut scheinen zu lassen; seine Augen schließen sich, die Lider glühen rot. Er sollte kurze Schläge üben für den Vierball, statt hier herumzuliegen und in diesen Stimmen unterzugehen. Im Radio hat er auf dem Herweg gehört, daß sich ein Hurrikan Florida nähert.

Ronnie Harrisons Stimme ertönt ganz in der Nähe. «Wie war das, Schatz? Du hast gesagt, ich würde ewig leben? Da kannst du Gift drauf nehmen!»

Rabbit öffnet die Augen und sieht, daß Ronnie die Stellung seines Stuhls verändert hat, um Cindy Murkett Platz zu machen, die sich mittlerweile so in ihrem Element unter ihnen fühlt, daß sie sich nicht mehr umständlich den Schoß mit dem Handtuch bedeckt, wie sie es am Anfang des Sommers noch zu tun pflegte; sie sitzt einfach da auf dem Drahtgeflecht ihres Gartenstuhls, nackt bis auf ein paar schwarze Träger und die kleinen Dreiecke, die daran befestigt sind, und läßt ihre Titten wabbeln, wie sie wollen, während sie sich die nassen Haare von Ohren und Schläfen zurückstreicht, nicht einmal, sondern mehrmals, befangen in der Beziehung. In ihrer Glückseligkeit mit Webb läßt sie ihre Figur aus dem Leim gehen, sie hat beinahe schon zuviel Babyspeck; wenn sie aufsteht, Harry weiß es, wird das Muster der Sitzfläche des Stuhls hinten auf ihren Oberschenkeln abgedrückt sein, als gäbe ein Waffeleisen zwei warme Stücke goldbraun gebackenen Teigs frei. Und dieses Gewabbel: daran lecken und lutschen und sie sich dann, erst die eine und dann die andere, in die Augenhöhlen plumpsen lassen. Er schließt die Augen. Ronnie Harrison versucht, Joanne und Cindy auf einen Schlag zu betören mit einer Geschichte, die mit viel gutturalem Geknurr verbunden ist – wenn der Held und Ich-Erzähler dem Schurken Kontra gibt. Was für ein eingebildeter Scheiß.

Webb Murkett beugt sich vor und sagt zu Harry: «Um auf deine Frage zurückzukommen, ja, ich glaube, Gold ist eine exzellente Geldanlage. Der Goldpreis ist in weniger als einem Jahr über sechzig Prozent gestiegen, und ich wüßte nicht, wieso er nicht weiter steigen sollte, solange sich an der Energiesituation auf der Welt nichts ändert. Der Dollar wird zwangsläufig weiter abbauen, Harry, so lange bis sie den Dreh raushaben, wie man billig Benzin aus Äthylalkohol gewinnt, dann sitzen wir wieder fest am Steuer. Getreide für den Alkohol haben wir genug.»

Von der anderen Seite der Runde ruft Buddy Inglefinger herüber: «Ausrotten mit 'ner Atombombe, sage ich; holen wir uns das Öl von den Arabern, so wie wir es uns von den Eskimos geholt haben.»

Joanne quittiert das mit pflichtschuldigem Gekicher, da Ronnie einen Augenblick lang mit seiner Geschichte ins Hintertreffen geraten ist. Buddy benutzt Harry, um eine Pointe zu landen und ruft: «Du Harry, hast du das gesehen in *Time*? Daß die Leute, die auf ihren großen alten amerikanischen Schlitten hocken, die Dinger an die Wohlfahrt verschenken, damit sie sie wenigstens noch von der Steuer absetzen können, oder sie auf der Straße stehenlassen, damit sie gestohlen werden und sie die Versicherung kassieren können? Es stand drin, daß irgendein Händler irgendwo dir gratis 'ne Chevette gibt, wenn du einen Cadillac Eldorado kaufst.»

«Wir kriegen *Time* nicht», sagt Harry kühl. Aus einem gewissen Winkel betrachtet, ist die Welt voller blöder Kerle. Oh, die Augen schließen und bloß noch nach Cindys Brustwarzen züngeln, während sie sie neckisch hin und her schaukelt, hin und her.

Joanne versucht mitzureden: «Und derweil schwimmt der Präsident den Mississippi runter.»

«Was soll er sonst machen?» fragt Harry sie und hat selber das Gefühl zu schwimmen, träge und niedergeschlagen.

«He, Rabbit», ruft Harrison, «wie fandst du denn das, als er von dem wild gewordenen Kaninchen angegriffen wurde?»

Das löst genug Gelächter aus, daß sie ihn in Ruhe lassen. Thelma redet leise weiter an seiner Seite. «Kinder sind schwierig. Ron und ich haben Glück gehabt mit Alex. Seit wir ihm einmal einen alten Fernseher gegeben haben, den er auseinandernehmen konnte, hat er gewußt, was er werden wollte. Elektronikfachmann. Aber der andere, unser Georgie, kommt mir vor wie euer Nelson, obwohl er ein paar Jahre jünger ist. Er findet das, was sein Vater macht, makaber, mit den Leuten Wetten auf ihren Tod abzuschließen, und er will es Ron einfach nicht abnehmen, daß Lebensversicherungen wirklich nur ein winziger Teil von dem ganzen Geschäft sind.»

«Sie sind desillusioniert», bestätigt Webb Murkett in seinem besonnenen Ton, der wie kullernde Kiesel klingt. «Sie haben von Kindesbeinen an miterlebt, wie die Welt aus den Fugen geht, angefangen von der Ermordung Kennedys über Vietnam bis zu der Ölmisere heute. Und dann neulich die Sache mit dem alten Mountbatten, den sie ohne jeden Grund umgelegt haben.»

«Hm», grunzt Rabbit, zweifelnd. Laut Skeeter war die Welt noch nie ein erfreuliches Pflaster.

Thelma mischt sich ein: «Harry hat gerade davon erzählt, daß Nelson bei ihm im Autogeschäft einsteigen will, und von seinen Bedenken.»

«Wär auch der schlechteste Dienst, den du ihm erweisen könntest», sagt Webb. «Ich hab fünf Kinder gehabt, die zwei Racker von Cindy nicht einmal mitgerechnet, und wenn irgendeiner von denen mir mit der Dachdeckerei kam, hab ich immer gesagt: ‹Such dir einen Job bei einem anderen Dachdecker, bei mir wirst du nie was Gescheites lernen.› Ich hab denen nie Befehle geben können, und wenn ich es gekonnt hätte, hätten sie sowieso nicht gehorcht. Immer wenn eins von den Kindern einundzwanzig wurde, ob Junge oder Mädchen, hab ich denen gesagt: ‹War nett, dich kennenzulernen, aber von jetzt an mußt du selber sehen, wie du klarkommst.› Und keiner hat mir jemals einen Brief geschickt und um Geld oder Rat oder sonstwas gebeten. Ich kriege 'ne Weihnachtskarte zur Weihnachtszeit, wenn es hoch kommt. Einer hat mal zu mir gesagt, Marty, der Älteste, der sagte: ‹Dad, vielen Dank, daß du solch ein Ekel gewesen bist. Das war ein gutes Training fürs Leben.›»

Harry betrachtet sein leeres Glas. «Webb, was meinst du? Soll ich noch einen trinken oder nicht? Wir spielen Vierball, du kannst die Mannschaft ja rausreißen.»

«Laß es lieber, Harry, wir brauchen dich. Du bringst immer die langen Hämmer. Bleib nüchtern.»

Er gehorcht, kann aber die gedrückte Stimmung bei dem Gedanken an Nelson nicht abschütteln. Vielen Dank, daß du so ein Ekel gewesen bist. Janice fehlt ihm. In ihrer Nähe wird seine Vaterschaft verdünnt zu etwas, was sie beide in geheimem Einvernehmen getan haben, halb zufällig, und worüber sie miteinander lachen können. Wenn er allein darüber nachdenkt, erscheint es ihm ebenso entsetzlich, einen Menschen in die Welt zu setzen, wie jemanden in einen Ofen zu stoßen. Als sie endlich auf den Golfplatz hinausgehen, wirkt das Grün bereits wie eine Schattierung von Schwarz. Jeder Grashalm an seinen Füßen ist individuelles Leben, das vergehen wird, das ohne Absicht und Zweck gediehen ist. Der federnde Fairway unter seinen Füßen bedeckt die Toten, ist das Dach eines Reiches, in dem seine Mutter in Dampfschwaden gehüllt an einem Waschbecken steht, die Hände rot und Ärmel aus Seifenschaum, wenn sie sie herausnimmt, um ihm einen warnenden Wink zu geben. Zwischen ihrem Daumen und dem knubbeligen Zeigefinger, die Hände noch nicht gänzlich gekrümmt von der Parkinsonschen Krankheit, zerplatzt eine Seifenblase. Mountbatten. Und gerade erst diese Woche ist ihr alter Postbote, Mr. Abendroth, gestorben, ein vergnügter übergewichtiger Mann, das weiße Haar zu einer Sturmfrisur geschnitten, gestorben an einer Thrombose, mit zweiundsechzig Jahren. Ma Springer hatte es von den Nachbarn gehört, er hatte der ganzen Nachbarschaft die Rechnungen und Zeitschriften gebracht, seit Harry und Janice dort eingezogen waren; Mr. Abendroth hatte ihm auch im vergangenen April den anonymen Brief mit der Nachricht von Skeeters Tod überbracht. Als er an diesem Tag den Zeitungsausschnitt in der Hand hielt, zogen die Druckbuchstaben wie bestimmte Grashalme Harrys Augen hinab, hinab in eine Schwärze zwischen ihnen, so wie die Rippen eines Rostes den unsichtbaren schwarzen Fluß offenbaren, der durch die Kanalisation braust. Die Erde ist hohl, die Toten irren durch Höhlen unter ihrer dünnen grünen Haut. Eine Wolke deckte die Sonne zu, gibt dem Gras einen silbrigen Schimmer. Harry nimmt sich ein Eisensieben und steht über seinem Ball. Unten schlagen. Es ist eine von Harrys Schwächen beim Golf, daß er es nicht über sich bringt, ein Rasenstückchen abzuschlagen; statt dessen versucht er mit unangebrachter Zartheit, den Ball von der Grasnarbe zu schöpfen und trifft ihn zu schwach. Aber diesmal trifft er den Ball satt und schlägt ihn in einen Sandbunker diesseits des zehnten Grüns. Er muß auf den Zehenspitzen vorwärtsgewippt sein, ein weiterer Fehler. Sein Übungsschwung ist immer glatt und lang, aber wenn es darauf ankommt, schleichen sich Angst und Hast ein. «Du Blödmann», brüllt Ronnie Harrison zu ihm herüber. «Wozu hast du denn das gemacht?»

«Um dich zu ärgern, du Affe», ruft Rabbit zurück. Beim Vierball muß einer von dem Vierer jedes Loch gut spielen, sonst schadet es dem Team. Auf Harry entfiel hier der längste Treibschlag. Was für einen Anblick er jetzt bietet. Er wackelt mit den Füßen hin und her, um sich im Sand einzubuddeln, das Gewicht nach hinten auf die Fersen verlagert, und zwingt sich, mit dem Wedge durchzuschwingen, heb ihn hoch und schwing *durch,* blindes Vertrauen, gewöhnlich hebt er ihn in seiner Zaghaftigkeit sauber weg und jagt ihn über das Grün, aber in diesem Fall, in seinem Zorn auf Ronnie und seiner düsteren Lustlosigkeit klappt es auf einmal: der Ball schwebt hoch auf einem Kissen aus aufstiebendem Sand, beißt an und kriecht so nahe an den Flaggenstock, daß die drei anderen dieses Vierers johlen und jubeln. Er locht den Putt ein, um sein Par nicht aufs Spiel zu setzen. Dennoch kommt ihm das Spiel heute lange vor, vielleicht liegt es an dem Gin mittags oder an der spätsommerlichen Niedergeschlagenheit, aber er kann nicht umhin, die Fairways immer wieder als Schächte ins Nichts zu sehen und wird das Gefühl nicht los, daß er eigentlich woanders sein sollte, daß etwas passiert ist, in diesem Augenblick passiert, daß er zu spät kommen wird, daß eine Verabredung für ihn getroffen wurde, die er vergessen hat. Er fragt sich, ob Skeeter dieses Gefühl in der Magengrube hatte in dem Augenblick, als er beschloß, die Pistole zu ziehen und sich über den Haufen schießen zu lassen, ob er dieses Gefühl hatte, als er am Morgen jenes Tages aufwachte. Verblühte Blumen, Goldrauten und wilde Möhren, hängen im Rough. Die Millionen von Grashalmen schimmern todesbereit. Darauf läuft am Ende alles hinaus, ein Stück Papier, das seinerseits vergilbt, eine Nachricht, die man ausschneidet und kommentarlos an einen anderen schickt. Zu den Akten und vergessen. Die Geschichte kerbt diese Höhlen mit stetem Tropf-tropf. Der tote Skeeter streicht da unten umher und lacht sich ins Fäustchen. Die Zeit sickert unmerklich durch die Grashalme wie farbloses Gift. Er hat genug, Harry, vom Sommer, vom Golf, von der Sonne. Als er jünger war und gerade mit dem Sport anfing vor zwanzig Jahren, und sogar noch als er vor rund acht Jahren wieder einstieg, gelangen ihm Schläge, die ans Wunderbare grenzten, gerade wie eine Glaskante und länger als eigenes Vermögen allein bewerkstelligt haben konnte, und nur weil dieser Engel mit ihm im Bunde war, spielte er weiter, aber in dem Maße, wie er sich verbesserte und sein Handicap von himmelweit auf harmlose sechzehn schrumpfte, wurden diese Superschläge immer seltener, selbst seine besten Treibschläge hatten einen kleinen Schlenker oder waren mit einem leichten Dreh gedroschen und in der einen oder anderen Richtung eine Spur verzogen, und die ganze Angelegenheit wurde eher zu einer Art Arbeit, einer angenehmen Arbeit, aber eben Arbeit, im Bereich des Unvollkommenen mit nichts als Lichtblick zwischendurch als einem ganz normalen gesunden Glücksgefühl. Auf der Jagd nach diesem Glücksgefühl fühlt Harry sich schuldig da draußen im Gelände, wo die Schatten länger werden, in Gesellschaft dieser drei Männer, die ohne ihre Frauen die traurigen Gestalten abgeben, als die sie Gott erscheinen müssen.

Janice erwartet ihn weder im Foyer noch am Schwimmbecken, als sie endlich gegen 5 Uhr 45 das achtzehnte Par-5 gespielt haben. Statt dessen kommt eines der grünweiß uniformierten Mädchen herüber und teilt ihm mit, daß seine Frau zu Hause um seinen Anruf bittet. Er erkennt das Mädchen nicht, es ist nicht Sandra, aber sie kennt seinen Namen. Jeder kennt Harry im Flying Eagle. Er geht ins Foyer, die Hand in ununterbrochenem Gruß zu den dort versammelten Clubmitgliedern erhoben und steckt dasselbe Dime-Stück, das er als Ballmarkierung auf den Grüns benutzt hat, in den Münzfernsprecher und wählt. Janice nimmt nach dem ersten Klingelzeichen ab.

«Du, komm doch rüber», bittet er. «Du fehlst uns. Ich habe ziemlich gut gespielt, das zweite mit neun, als ich erst mal in

Stimmung war. Mit unseren Handicap-Schlägen schätzt Webb unseren besten Ball auf dreiundsechzig, dafür müßte mindestens ein Alligatorhemd drin sein. Du hättest meinen Sandschlag am zehnten sehen sollen.»

«Ich würde gern rüberkommen», sagt Janice, und ihre Stimme klingt so vorsichtig und fern, daß ihm der Gedanke durch den Kopf schießt, sie könnte für Lösegeld entführt worden sein und müßte daher jedes Wort abwägen, «aber ich kann nicht. Es ist jemand da.»

«Wer?»

«Jemand, den du noch nicht kennst.»

«Jemand wichtiges?»

Sie lacht. «Ich denke schon.»

«Warum redest du so verdammt mysteriös?»

«Harry, komm einfach.»

«Aber da ist nachher noch das Festessen und die Preisverteilung. Ich kann meinen Vierer nicht im Stich lassen.»

«Wenn ihr irgendeinen Preis gewonnen habt, kann Webb ihn dir ein andermal geben. Ich kann nicht ewig hier am Apparat bleiben.»

«Wehe, wenn es sich nicht lohnt», droht er und hängt ein. Was kann es sein? Wieder eine Unfallgeschichte mit Nelson, die Polizei ist da, will ihn abholen. Der Junge hat eine kriminelle Ader. Harry geht zurück ans Schwimmbecken und sagt zu den anderen: «Die verrückte Janice sagt, ich muß nach Hause kommen, aber sie will mir nicht sagen, warum.»

Die Gesichter der Frauen drücken Anteilnahme aus, aber die Männer sind alle schon beim zweiten Drink angelangt und ungerührt. «Du Harry», schreit Buddy Inglefinger. «Bevor du gehst, mußt du dir den noch anhören, den hast du in den Poconos vielleicht noch nicht gehört. Warum hat sich der russische Ballettänzer in die USA abgesetzt?»

«Weiß ich nicht, warum?»

«Weil der Kommunismus nicht *Good*unow war.»

Das pflichtschuldige Lachen der drei Frauen, die alle im schräg einfallenden Abendrot zu Harry aufblicken, gleich Früchten in drei verschiedenen Reifegraden an ein und demselben Zweig, hängt noch in der Luft, als er ihnen den Rücken zuwendet. Cindy hat über ihre nackten Schultern ein pfirsichfarbenes Seidenhemd gezogen, in dessen V-Ausschnitt ihr kleines Goldkreuz brennt, das er nicht bemerkt hatte, als sie beinahe nackt war. Er wechselt die Golfschuhe in der Umkleidekabine und nimmt, statt sich zu duschen, einfach den Bügel mit dem Sportsakko und der Hose, die er zu dem Festessen anziehen wollte, über dem Arm mit zum Parkplatz. Der Corona ist irgendwie noch immer nicht ganz in Ordnung. Er hört im Radio, daß die Phillies in Atlanta einen knappen Sieg errungen haben, 2 - 1.

Die Clique erwähnt die Phillies gar nicht mehr, sie sind auf Platz 5 gerutscht, Absteiger. Wenn man in dieser Gesellschaft absteigt, ist man so gut wie gestorben, ein Ärgernis. Nicht *Good*unow. «Haltet unsere Stadt sauber.» Die Nachrichten werden nicht von dieser klugscheißerischen Frau gesprochen, sondern von einem jungen Mann mit einer Stimme wie Fettaugen auf Wasser, Silbe für Silbe. Der Hurrikan David hat bereits sechshundert Menschenleben gefordert in der Karibik, sagt er, und abschließend, es soll, nach neuesten Vermutungen einiger Wissenschaftler, möglicherweise Lebewesen geben auf Titan, dem größten Mond des Saturn. Harry fährt an der alten Kartonagenfabrik vorbei und genießt wieder einmal die Aussicht auf das lang hingestreckte Panorama der Stadt Mt. Judge, das sich dem Betrachter auf der Fahrt über die Route 422 darbietet. Die Häuserreihe, die wie eine Treppe den Berghang hinaufklettert, die Fenster vergoldet von der untergehenden Sonne, wie die Löcher in einem ausgehöhlten Halloween-Kürbis. Angenommen, er wäre statt dessen auf Titan geboren worden, ob er sich zuinnerst wohl sehr anders fühlen würde? Er denkt an die aschige Mondoberfläche, an die klobigen Männer, die auf und ab hüpften, die Fußabdrücke, die sie für immer da oben im Staub hinterließen. Er erinnert sich, wie er und Nelson sich, wenn sie zu den Springers zu Besuch kamen oder nach dem Brand, in den ersten Jahren, in denen sie hier lebten, zusammen auf dem grauen Sofa *Lost in Space* ansahen, wie sie sich wanden und stöhnten, wenn Doctor Smith irgendein albernes Gefahr bringendes egoistisches Ding drehte und weit und breit niemand da war außer dem Roboter mit der markigen Stimme und dem kleinen Will, der genug Grips hatte, das Übel abzuwenden, und wie sich das Raumschiff dann aus menschenfressenden Pflanzen freikämpfte, oder was immer die Schurken der Woche waren. Er wüßte gern, ob Nelson sich damals wohl als Will sah, der die Erwachsenen vor sich selber rettete, und er wüßte gern, wo der Darsteller des Jungen jetzt steckt, was aus ihm geworden ist, hoffentlich kein Junkie, ein Schicksal, das so vielen von diesen Kinderstars beschert zu sein scheint. Damals schlugen sie sich noch in einem richtigen anständigen Weltall herum, nicht in so einem psychedelischen Himbeersoßenweltraum, wie sie ihn heutzutage im Fernsehen bringen, nichts als Tricks mit Musik und Lichteffekten, Tricks, die für ihn mit dem Film *2001* verknüpft sind, eine unangenehme Assoziation, da das die Zeit war, als Janice mit Charlie auf und davon ging und am heimischen Herd die Hölle los war. Die Frage ist, ob wir, selbst wenn es einen Himmel geben sollte, darin für immer aushalten können? Auf Erden haben sich die Dinge, wenn du einmal innehältst in deinem Trott und dich umsiehst, geändert, du bist dem Grab sehr viel näher, und das ist erregend. Zu denken, du kletterst immer weiter hinauf in diesen großen Baum von Nachthimmel. Schwindelerregend. Schrecklich. Rabbit war nicht einmal gern allzu hoch in die kleinen Ahornbäume ringsum in der Stadt gestiegen, obwohl er sich, wenn andere Kinder als Augenzeugen da waren, emporzwang, die immer dünner werdenden Äste immer fester umklammernd. Aus einem bestimmten Blickwinkel betrachtet, ist das Erschreckendste auf der Welt das eigene Leben, die Tatsache, daß es nur dir selber gehört und sonst niemandem. Eine Schlinge erhebt sich in seiner Brust, wie in einem Seil, wenn man es immer weiterdreht. Was mag Schlimmes passiert sein, daß Janice das Vierball-Festessen sausen läßt?

Er beschleunigt die Jackson Street hinauf, während die Straßenbeleuchtung angeht, jeden Tag ein bißchen früher jetzt. Janices Maverick steht mit offenem Verdeck am Bordstein, sie muß nach der Kirche irgendwohin gefahren sein, sie würde Bessie nicht mit offenem Verdeck zur Kirche bringen. Hinter der Haustür, im Wohnzimmer, ist eine wahre Fülle von Seesäcken und Koffern abgestellt worden, wie von einer kleinen

Armee. Aus der Küche dringen Gelächter und Licht. Die Gesellschaft kommt ihm auf halbem Weg entgegen ins schattige Niemandsland zwischen Treppe und Glasvitrine. Ma Springer und Janice werden überragt von einem neuen weiblichen Wesen, größer, mit glattgescheiteltem Haar, aus dem das Küchenlicht, das sich in Melanies Locken zu einem fusseligen Heiligenschein verfangen hätte, karottenrote Funken schlägt. Er hatte sich an Melanie gewöhnt. Nelson spricht als erster. «Dad, das hier ist Pru», das «das hier» ein kleiner beklommener Scherz.

«Nelsons Verlobte», erläutert Janice in gepreßtem Ton, aber gerade heraus und entschlossen, das Beste daraus zu machen.

«Tatsächlich?» hört Harry sich selber fragen. Das Mädchen bewegt sich schlenkernd auf ihn zu, eine schlanke schlaksige Gestalt, und er nimmt die knochige Hand, die sie ihm entgegenstreckt. Im abklingenden Tageslicht, das die Eßzimmerfenster hereinlassen, steht sie schlicht und reizlos da, ein junger Rotschopf, kein Mädchen mehr, mit Armen, die zu lang, und mit Hüften, die zu breit sind für das kantige Gesicht, eine linkische Schönheit, ihr Körper scheint auf hilflose Weise nicht nur ihr selbst, sondern irgendwie ihnen allen zu gehören, sich allzusehr auszuliefern, sie hat einen Ausdruck von spöttischer, leicht gequälter Resignation an sich, als sei sie, jung wie sie ist, vom Leben geprügelt worden, nur die Augen sind davon noch nicht betroffen, leuchtend grüne, aber vorsichtige Augen. Als sie ihre Hand der seinen anvertraut, zögert ihr Lächeln eine Sekunde lang, als müßte sie sich innerlich vergewissern, daß es etwas zu lächeln gibt, aber dann kommt es nur zu bereitwillig zum Vorschein mit einem Fältchen in einem Mundwinkel. Sie trägt einen ausgebeulten braunen Pullover und die neuen, weiter geschnittenen Jeans mit Bleichmittelspritzern überall auf den Oberschenkeln. Ihr Haar, hinter die Ohren gestrichen, so daß es ihr in einem auseinanderfächerndem Bündel über den Rücken hängt, wirkt wie gebügelt, so glatt ist es, und wie gefärbt, so lebhaft ist sein blasses Rot.

«Ich würde nicht direkt Verlobte sagen», sagt Pru, direkt an Harry gewendet. «Ich habe keinen Ring, sehen Sie.» Sie hält eine nackte zitternde Hand hoch.

In seinem Bedürfnis, dieses neue Wesen einzuordnen, blickt

Harry von Nelson an Janice vorbei, die er später im Bett ins Kreuzverhör nehmen kann, zu Ma Springer. Ihr Mund ist zusammengepreßt; wenn man sie anstieße, würde sie wie ein Gong tönen, starr und steif in ihrem violetten Kirchenkleid. Nelsons Mund steht halb offen. Er ist ein Kranker, fasziniert von der beflissenen Geschäftigkeit der Ärzte um ihn herum, nun da seine Krankheit endlich eingestanden und der Behandlung preisgegeben ist. In Prus Gegenwart wirkt er Jahre jünger als neben Melanie, eine nervöse Ruppigkeit wie weggeschmolzen. Harry fällt plötzlich auf, daß dieses Mädchen älter ist als der Junge, und noch eine andere, tiefere instinktive Erkenntnis befällt ihn und läßt ihn auch dann nicht los, als er sich in seiner Rolle als launiger väterlicher Hausherr sagen hört: «Na, jedenfalls ist es nett, Sie kennenzulernen, Pru. Das gilt für alle Freunde von Nelson, die wir hier beherbergen.» Das könnte etwas flach klingen, deshalb fügt er hinzu: «Ich wette, Sie sind das Mädchen, das all die Briefe geschickt hat.»

Ihre Augen senken sich, die scheue Fläche ihrer Wangen ist gerötet, als hätte er sie geschlagen. «Zu viele, fürchte ich», sagt sie.

«Mich stört das nicht», versichert er ihr, «ich bin nicht der Postbote.»

Sie hebt die Augen, ein leuchtendes Grün. Pru ist schwanger. Einer der wenigen Vorteile, nicht von gestern zu sein, ist es, daß ein Mann heutzutage – so wie man aus dem Geschmack der Abendluft eine Ahnung vom morgigen Wetter ableiten kann – ein gewisses Gespür für die Physiologie des anderen Geschlechts, seine Klimaschwankungen erwirbt. Sie hat weniger Taille, als eine so junge Frau haben sollte, und die unheimliche grüne Klarheit ihrer Augen und etwas sanft Schleppendes in ihren Bewegungen, als sie sich von Harrys Scherzen abwendet und Nelson fragend ansieht, zeugen von einer Bürde, die etwas anderes als lästig ist, von einer Dünung unter den Wellen. Im dritten oder vierten Monat, schätzt Rabbit. Und von dieser Einschätzung erhellt eine rückwärts gerichtete Lichtwoge die vergangenen Monate. Und die Wände dieses Hauses, tapeziert mit Mustern, die in sie eingedrungen sind wie Schmutzflecke, bekommen eine neue Bedeutung, jetzt wo sie diesen Keim beherbergen. Das flaumige graue Sofa und der dazu passende Stuhl und der Liegesessel und der Fernsehapparat (ein Admiral) und Ma Springers pompöse Lampen aus bemaltem Porzellan und angelaufenem Messing und die alten gerahmten Aquarelle, zu Staubgrau verblaßt, da sie nie angeschaut werden, die Tischläufer, die Ma vor Zeiten gehäkelt hat, und ihre Sammlung zerbrechlicher kunterbunter Kinkerlitzchen, auf dreistöckigen Eckregalen aufgereiht, die mit Stechbeitel und Sandstrahlgebläse behandelt wurden, um antikes Holz vorzutäuschen, in Wirklichkeit aber aus einer Phase der Feierabendtischlerei in Fred Springers langem Eheleben stammen: alle diese Erinnerungsstücke der Toten strotzen von neuer Bedeutung, von frischem Sinn, wenn, wie Harry sich vorstellt, das Geheimnis dieses Eindringlings ein Kind ist, das auf die Welt kommen wird.

Er fühlt sich geschwollen. Seine Vermutung hat ihn wie ein Faustschlag getroffen. Anders als bei Melanie fühlt er sich diesem Mädchen verwandt, sie rührt ihn an, erregt ihn: *er* möchte ihr dieses Baby schenken.

Im Bett fragt er Janice: «Wie lange weißt du es schon?»

«Oh», sagt sie, «seit etwa einem Monat. Melanie hat die Katze ein Stückchen aus dem Sack gelassen, und dann hab ich Nelson zur Rede gestellt. Er war erleichtert, drüber zu reden, er hat sogar geweint. Er wollte bloß nicht, daß *du* es erfährst.»

«Wieso nicht?» Er ist verletzt. Er ist der Vater des Jungen.

Janice zögert. «Ich weiß nicht, ich nehme an, er hatte Angst, daß du toben würdest. Oder dich lustig machen würdest über ihn.»

«Wieso sollte ich mich über ihn lustig machen? Mir ist doch dasselbe passiert.»

«Das weiß er nicht, Harry.»

«Wie sollte er das nicht wissen? Sein Geburtstag findet mit schöner Regelmäßigkeit rund sieben Monate nach unserem Hochzeitstag statt.»

«Ja, schon.» In ihrer Ungeduld hört sie sich ganz ähnlich wie ihre Mutter an, tritt mit dem spitzen Absatz ihrer Stimme in jedes Wort. Das Bett quietscht, als sie sich energisch herumwirft. «Kinder wollen von solchen Dingen nichts wissen, und wenn sie alt genug sind, um sich dafür zu interessieren, ist alles schon so lange her.»

«Wann hat er das Mädchen angebumst, weiß er das wenigstens?»

«Komisch, wie schnell du rausgekriegt hast, daß sie in anderen Umständen ist. Wir wollten es noch eine Weile geheimhalten vor dir.»

«Danke. Es war das erste, was mir auffiel. Dieser ausgeleierte Pulli. Das, und daß sie größer ist als Nelson.»

«Harry, sie ist nicht größer. Er ist knapp drei Zentimeter größer, das hat er mir selber gesagt, er hält sich bloß so miserabel.»

«Und wieviel älter ist sie? Man merkt, daß sie älter ist.»

«Na, ein Jahr oder etwas mehr. Du mußt bedenken, daß er alt ist für sein Semester, mit all den Unterbrechungen im Studium. Sie war Sekretärin in der College-Verwaltung.»

«Ach so, und warum hat er nicht mit einer anderen Studentin gepennt? Warum muß er sich ausgerechnet eine Sekretärin angeln?»

«Harry, du mußt mit ihnen selber reden, wenn du das ganze Drum und Dran wissen willst. Und außerdem weißt du, daß er immer gesagt hat, die Studentinnen dort wären so hochgestochen, er hat sich in der Atmosphäre nie wohl gefühlt. Er stammt, auf meiner Seite, von Geschäftsleuten ab und, auf deiner, von Arbeitern, in seiner Familie hat es also nicht viel akademische Bildung gegeben.»

«Die gibt's in seiner Zukunft auch nicht, so wie die Dinge liegen.»

«Ist doch gar nicht so schlecht, daß das Mädchen Geld verdienen kann. Du hast ja gehört, wie sie beim Abendessen gesagt hat, ihr wäre es am liebsten, wenn er wieder nach Kent geht und fertig studiert, und daß sie dann Schreibarbeiten in Heimarbeit machen will.»

«Ja, und ich habe gehört, wie der kleine Rotzjunge gesagt hat, er denkt nicht daran.»

«Du kriegst ihn nicht dazu, wieder aufs College zu gehen, wenn du ihn anschreist.»

«Ich hab ihn nicht angeschrien.»

«Aber dein Gesichtsausdruck.»

«Herrgott, bloß weil der Bengel ein Mädchen schwängert, meint er, er könnte Springer Motors managen.»

«Harry, er will die Firma nicht managen, er will bloß eine Stelle in der Firma.»

«Du kannst ihm keine Stelle geben, ohne sie einem anderen wegzunehmen.»

«Mutter und ich finden, daß er eine Stelle kriegen sollte», sagt Janice so entschieden, daß es ist, als hätte ihre Mutter aus dem Dämmer des Schlafzimmers gesprochen, in dem die Gegenwart der alten Dame immer spürbar war als Fernsehgrollen oder als Dauerserie von Schnarchlauten, die durch die Wand drangen.

Er kommt zurück auf seine Frage: «Wann hat er sie geschwängert?»

«Oh, wann diese Dinge so passieren, im Frühling. Ihre Periode ist zum erstenmal im Mai ausgeblieben, aber sie haben mit dem Urintest gewartet, bis sie nach Colorado kamen. Er war positiv, und Pru hat ihm gesagt, daß sie nicht abtreiben würde, sie sei dagegen, und von ihren Freundinnen wären schon zu viele vermurkst worden.»

«Gibt's denn so was noch heutzutage?»

«Außerdem sind sie, glaube ich, katholisch in ihrer Familie mütterlicherseits.»

«Dabei macht sie doch einen ganz vernünftigen Eindruck.»

«Vielleicht ist das, was sie gesagt hat, ja auch ganz vernünftig. Wenn sie das Baby tatsächlich kriegt, muß Nelson nämlich ran.»

«Der arme kleine Teufel. Wieso ist sie überhaupt schwanger geworden? Haben die nicht alle die Pille und die Spirale und Gott weiß was sonst? Ich habe in *Consumer Reports* was gelesen über zeitlich begrenzte Tubenligaturen aus Kunststoff.»

«Manche von diesen neuen Sachen kommen schlecht weg in der Zeitung. Man kann Krebs kriegen davon.»

«Wohl kaum in ihrem Alter. Dann hat sie also da draußen in den Rocky Mountains rumgesessen und hat diese Geschichte ausgebrütet, während Melanie ihn hier bei uns an der kurzen Leine gehalten hat.»

Janice wird schläfrig, während Harry fürchtet, daß er ewig wach liegen wird mit diesem fülligen Rotschopf auf der anderen

Seite des Flurs, der aus heiterem Himmel bei ihnen hereingeschneit ist. Ma Springer hatte keinen Zweifel daran gelassen, daß Pru ihrer Meinung nach in Melanies ehemaligem Zimmer schlafen sollte, und war nach oben gestampft, um sich die *Jeffersons* anzusehen. Die alte Krähe hatte den ganzen Abend lang ziemlich schweigsam dagehockt, mit einem Ausdruck wie ein Dampfkessel, der zuviel Druck drauf hat. Sie läßt sich nicht in die Karten gucken. Harry knufft Janice in ihre schläfrige weiche Flanke, um sie wieder zum Sprechen zu bewegen.

Sie sagt: «Melanie hat gesagt, Nelson sei ungenießbar geworden, von dem Moment an, als der Test positiv ausfiel – er trieb sich mit einer üblen Clique rum da draußen und hat Pru dazu gebracht, mit der Drachenfliegerei anzufangen. Und dann, als er gemerkt hat, daß sie ihre Meinung nicht ändern würde, wollte er nur noch ab und nach Hause. Sie konnten es ihm nicht ausreden, er ist abgehauen und hat den guten Job bei so einem Mann, der Luxusappartements baut, sausen lassen. Melanie hatte wahrscheinlich auch ihre Gründe, dort wegzugehen, und hat sich an ihn gehängt. Nelson wollte sie nicht mitnehmen, aber ich vermute, daß andernfalls Pru ihre Eltern und uns aufgeklärt hätte über die Situation, und statt dessen hat er um Bedenkzeit gebeten und wollte versuchen, hier eine Art Nest für sie vorzubereiten, und hat vielleicht immer noch gehofft, es würde alles an ihm vorübergehen, oder was weiß ich.»

«Armer kleiner Nelson», sagt Harry. Mitleid für das Kind quillt empor zur Zimmerdecke, mit ihren Klecksen vom Licht der Straßenlaternen, das durch die Blutbuche wabert. «Das muß die Hölle für ihn gewesen sein.»

«Na, nach Melanies Theorie war es nicht Hölle genug, ihr paßte es nicht, daß er dauernd mit Billy Fosnacht und seiner Clique ausging, statt uns reinen Wein einzuschenken und uns zu sagen, weshalb er in Wirklichkeit im Betrieb mitarbeiten wollte.»

Harry seufzt. «Wann soll also die Hochzeit sein?»

«Sobald es sich einrichten läßt. Ich meine, sie ist im fünften Monat. Selbst du hast es gesehen.»

Selbst du, das ärgert ihn, aber er hat keine Lust, Janice von der instinktiven Vertrautheit zu erzählen, die er dem Mädchen gegenüber empfindet. Pru ist wie seine Mutter, linkisch und knochig, mit großen Händen, aber weniger gewöhnlich.

«Einer der Gründe, weshalb ich Mutter heute morgen in die Kirche gefahren habe, war, daß wir auf die Art Reverend Campbell darauf ansprechen konnten.»

«Die Tunte? Guter Gott.»

«Harry, du kennst ihn überhaupt nicht. Er ist immer ungewöhnlich liebenswürdig zu Mutter, und er hat wirklich eine Menge getan für die Gemeinde.»

«Besonders für den Knabenchor, nehme ich an.»

«Du bist so borniert. Mutter ist in ihrer ganzen Beschränktheit aufgeschlossener als du.» Sie wendet das Gesicht ab und sagt in ihr Kissen: «Harry, ich bin sehr müde. Die ganze Sache macht mich auch ganz fertig. Wolltest du sonst noch irgend etwas wissen?»

Er fragt: «Was glaubst du, liebt er das Mädchen?»

«Du hast sie ja gesehen. Sie ist umwerfend.»

«Das habe ich auch gemerkt. Aber sieht Nelson es auch? Es heißt ja immer, daß sich die Geschichte wiederholt, aber so genau wiederholt sie sich eben doch nie. Als wir geheiratet haben, war es üblich zu heiraten, aber heute, wo diese jungen Leute zögern und einfach so zusammenleben, ist es bestimmt eine größere Sache. Ich meine, es muß beängstigender für sie sein.»

Janice wendet ihm das Gesicht wieder zu und meint: «Ich glaube, es ist gut, daß sie ein bißchen älter ist.»

«Wieso?»

«Na ja, Nelson braucht einen Halt.»

«Ein Mädchen, das sich anbumsen läßt und dann mit dem ‹Recht-auf-Leben›-Gesetz hausieren geht, ist nicht gerade das, was ich mir unter einem Halt vorstelle. Aus was für einer Kiste stammt sie eigentlich?»

«Ihre Eltern sind Durchschnittsbürger aus Ohio. Ich glaube, der Vater arbeitet als Heizungsmechaniker.»

«A-*ha*», sagt er. «Arbeiterfamilie. Sie heiratet nicht Nelson, sie heiratet Springer Motors.»

«Genau wie du», sagt Janice.

Eigentlich müßte er sich darüber ärgern, aber es gefällt ihm, ihr neues Selbstbewußtsein als Siegertrophäe. Er legt die Hand in die warme Mulde ihrer Taille. «Hör mal», sagt er, «als ich dich geheiratet hab, hast du Salznüsse bei Kroll verkauft, und meine Eltern hielten deinen Vater für einen unseriösen Charakter, der noch im Gefängnis landen würde.»

Aber dem war nicht so gewesen, er landete im Himmel. Fred Springer schaffte die lange Kletterpartie in den Sternenbaum. Verirrt im Weltraum. Jetzt folgt Janice ihm nach, Harrys Berührung hat sie in den Schlaf gestupst, gerade jetzt, wo er unterhalb der Gürtellinie ein Pulsieren spürt, das eine gelungene Erektion ankündigen könnte. Es geht doch nichts über die Vorstellung, Geld zu ficken. Er fickt sie nicht genug, seine arme dumme Sparbüchse. Sie ist nackt eingeschlafen. Als sie jung verheiratet waren und noch Jahre danach trug sie immer Batistnachthemden, in denen sie aussah wie die altmodische «Zeit zur Ruhe»-Reklame, aber irgendwann in den Siebzigern ging sie dazu über, einfach in ihrer bloßen Haut ins Bett zu steigen, der immer noch hübsche aalglatte Körper überall braungebrannt, wo das Tennisdress ihn nicht bedeckte, der Bauch ein blasseres Braun, wo ihr zweiteiliger Op-Art-Badeanzug ihre Mitte entblößte. Wie schnell Cindys Fußabdrücke heute hinter ihr auf den Steinfliesen getrocknet waren! Seltsamerweise kann er sich nie richtig vorstellen, sie zu vögeln, es ist, als müßte er direkt in die Sonne sehen. Er dreht sich auf den Rücken, frustriert und doch erleichtert, allein zu sein in der Stille der Nacht, wo er all das Neue in seinem Hirn hin und her wälzen kann. In den mittleren Jahren trägt man die Welt in gewissem Sinne, und dennoch hat man sie anscheinend weniger im Griff denn je, das Ich, das man als Junge war, restlos zerkrümelt und verstreut wie die Brosamen im Wunder der Speisung. In Kruppenbachs Sonntagsschule hatte ihn der Bibelvers fasziniert, der vom Aufräumen hinterher erzählt, zwölf Körbe voll Brotkrumen. Haltet eure Stadt sauber. Er lauscht dem Geräusch von Schritten, die aus Melanies – nein Prus – Zimmer huschen, sie war heute von weither gekommen und hatte eine Menge neuer Gesichter kennengelernt, was für eine Strapaze muß dieser Abend für sie gewesen sein. Während Ma und Janice das Abendbrot zusammengekratzt hatten, auch eine Art Wunder, hatte das Mädchen in dem Bambuskorbsessel gesessen, der von der Veranda hereingeholt worden war, und sie waren alle um sie herumgeschlichen wie Autos um eine Unfallstelle auf dem Highway herumfahren. Harry konnte kaum die Augen abwenden von dieser erwachsenen Frau, die so bescheiden und fremd und sichtbar unförmig dasaß. Sie strömte etwas aus, was er vergessen hatte, den Liebreiz einer Highschool-Schülerin, der ungebeten im Schatten von Bahnüberführungen an Telefonmasten, in Hörweite von Highways mit zerbeulten Aluminiummittelstreifen seine Blüten trieb, in die Welt gesetzt von Müttern, die Speck angesetzt hatten, und von Vätern, die zermürbt waren von der Fron grauer Tage voller Arbeit und noch mehr Arbeit in einem Amerika, das übersät war mit Kronkorken und Dosenringen und Teilen kaputter Auspufftöpfe. Rabbit erinnerte sich wieder an diese Art der Schönheit, als er sie hier in Pru eingefangen sah, an ihren langen, mit Flaum bedeckten Armen und den mageren, mit Schmuck behängten Handgelenken und dem schimmernden lockeren Fall der Haare, eingefangen wie ein Stöckchen, das den Strom eines Flusses mit krausen Strudeln zum Stocken bringt. Janice seufzt im Schlaf. Ein Wagen schwirrt vorbei und schleift Discomusik wie eine Schleppe durchs offene Fenster. Labor Day-Abend, ein Feiertag geht zu Ende. Er spürt, wie das Haus unter ihm anschwillt, Eindringlinge drängen sich im Erdgeschoß, die Toten, die wieder erwacht sind. Skeeter, Pop, Mom, Mr. Abendroth. Die Fotografie von Fred Springer, die auf der Anrichte vergilbt, belebt sich mit der hektischen Röte, die Fred auf den Wangen und an der Nasenwurzel trug. Harry konzentrierte seine Gedanken auf die Mädchen der Mt. Judge Highschool, wie sie in den Vierzigern waren, Zottelpullover und Kaufhausperlen, weiße Blusen, die den fleischfarbenen Schatten des Büstenhalters durchscheinen ließen, immer Röcke, lang wie die Kleider, als der New Look aufkam, die durch die von Schließfächern gesäumten Flure wippten und dann hinaus, an dem Eisengeländer vor den langen Zementschächten entlang, die das Licht der Räume für Werken, Hauswirtschaft und Musik hereinließen, die langen Röcke und die weißen Schuhe mit den braunen Laschen und die kurzen weißen Söckchen in Reih und Glied, und die Mädchen atmeten Winterluft aus wie Zigarettenrauch, ihre Matrosenjacken, kein Mensch trug damals Parkas, der dunkelrote Lippenstift dieser Mädchen, die in den alten Schulalben alle wie Rita Hayworth aussehen. Die neckisch über den Socken aufgeknöpften Röcke, komm hasch mich, wenn du kannst, die wilde Wirklichkeit der Schamhaare, die Oberschenkel schüchtern geöffnet in der Enge der Autos, der feuchte Schlüpferstreifen, Mary Ann, sein erstes Mädchen, der Schlüpfer um die Schuhe gewickelt wie eine Tierfalle, wegen der Heizung ließen sie den Motor laufen in Pops altem De Soto, den die Alten ihm einmal in der Woche ausliehen, obwohl Mim maulte und lästerte. Mim, eine flachbrüstige Göre bis etwa siebzehn, als sie anfing, eigene Geheimnisse zu hüten. Zwischen Mary Anns Beinen eine würzige Variante des Umkleideraumaromas, das ihm anvertraut war. Heiratete einen anderen, während er bei der Army war. Ließ einen anderen an diese geheime Stelle, er konnte es nicht fassen. Verlorene Tage, hinten in seinem Gehirn vergraben, tief drinnen, graue Zellen, von denen, wie er irgendwo gelesen hat, täglich Millionen absterben – und sein Leben mitnehmen ins Dunkel, sein einziges Leben, Trillionen elektrischer Bits angeblich, daneben nimmt sich der größte Computer ärmlich aus: nachdem er diese Sphäre wiedergefunden und wieder betreten hat, stellt er fest, daß sein Pimmel steif geblieben und noch steifer geworden ist, fortgesetzt dieser Prozeß da unten, kleine Blutgefäße, die darauf warten, daß der richtige Gehirnabschnitt wieder in Gang kommt. Linkshändig, auf dem Rücken liegend, um Janice nicht zu stören, masturbiert er und denkt an Ruth. Ihr Zimmer in der Summer Street. Die erste Nacht, nachdem er weggelaufen war, das ganze makabre Spektakel mit dem toten Tothero, und dann die Intimität dieses Zimmers. Diese Insel, ihre vier Wände, ihr Zimmer. Ihr dicker weißer Körper, aus den Kleidern geschält, und wie sie sich über seine Jockey-Unterhosen lustig machte. Ihre Arme erschienen ihm dünn, so dünn, und zogen ihn hinab und erhoben sich über ihm, ein einziger langer Unterleib aufrecht im Licht.

He.

He.

Du siehst schön aus.

Komm. Tu was.

Er bäumt sich auf und kommt, die Zimmerdecke dicht über ihm, sein gekrümmter Körper fühlt sich an, als sei er auf eine Kugel gebunden, die wächst und wächst, während sein Sperma ruckweise gegen das Laken spritzt. Heftiger, als wenn man ins Dunkle hinunterpumpt. Seltsames Verhalten für einen alten Knaben. Verstohlen rutscht er aus dem Bett und tastet nach einem Taschentuch in der Schublade, er will nicht, daß das Scharren Janice oder Ma Springer oder diese Pru aufweckt, lauter Fotzen um ihn herum. Wieder im Bett, nachdem er sein Bestes getan hat, obwohl es immer wieder verrückt ist, wo das Nasse überall landet, vielleicht kommt es nicht dann, wenn man es spürt, legt er sich zum Schlafen zurecht und denkt an seine Tochter, ihr blasses rundes Gesicht, das in einem milchigen heiter-gelassenen Gemüt zu schwimmen schien. Eine Stimme zischt *Hassy*.

Reverend Archie Campbell kommt einige Abende später wie verabredet zu Besuch. Er ist klein und schmächtig, aber zum Ausgleich dafür ist seine Stimme tief und einschmeichelnd; er deklamiert mit so lässiger lächelnder Sonorität, daß seine Sätze jedesmal um eine Ecke getrödelt zu kommen scheinen, nachdem sie ausgesprochen sind. Der Kopf ist zu groß für den Körper. Die Augenwimpern sind lang und auffallend, und manchmal schließt er die Augen, als wollte er den Tremor seiner geschlossenen Lider zur Schau stellen. Er trägt seinen Pastorenkragen zu einem leichten schwarzen knopflosen Hemd und einem Seersuckerjackett. Wenn er lächelt, entblößen fleischige Lippen wie die von Carter ebenmäßige, aber winzige Zähne mit feinen schwarzen Linien dazwischen – wie Samen, die sich von einem Fleck abheben. Harry ist fasziniert von Schwulen, er wüßte zu gern, was in ihnen vorgeht, weshalb sie sich das antun.

Ma Springer bietet ihm eine Tasse Kaffee an, aber er sagt: «Liebe Güte, nein danke, Bessie. Das ist mein dritter Besuch heute abend, und jeder weitere Koffeinkonsum wird mir mit Sicherheit einen Tatterich bescheren.» Der Satz trödelt um die Ecke und entschwindet die Joseph Street hinauf.

Harry sagt zu ihm: «Dann also einen richtigen Drink, Reverend? Einen Scotch? Einen Gin-Tonic? Es ist noch immer Sommer, offiziell.»

Campbell prüft mit raschem Blick in die Runde ihre Reaktionen – Nelson und Pru sitzen Seite an Seite auf dem grauen Sofa, Janice thront steif auf einem Lehnstuhl, der aus dem Eßzimmer hereingeholt worden ist, Ma Springer steht ein bißchen betreten herum, da ihr Kaffeeangebot verschmäht wurde. «Also, da sage ich tatsächlich nicht nein», spricht der Geistliche mit gesetzter Stimme. «Ein kleiner Schluck wäre eine Wohltat. Harry, haben Sie Wodka im Haus, per Zufall?»

Janice mischt sich ein: «Ganz hinten im Eckschrank, Harry, die Flasche mit dem silbernen Etikett.»

Er nickt. «Noch jemand?» Er sieht vor allem Pru an, da sie sich in den wenigen Tagen des Zusammenlebens mit ihnen keineswegs als Abstinenzlerin erwiesen hat. Sie trinkt gern Likör; sie und Nelson brachten neulich von einer Einkaufstour außer der Sechserpackung Bier auch noch Kahlúa, Cointreau und Amaretto di Saronno mit, klobige kleine Flaschen, sie müssen zwischen zwanzig und dreißig Dollar für das Zeug angelegt haben. Obendrein haben sie im Eckschrank einen Rest Crème de Menthe gefunden, von einer Dinnerparty, die Harry und Janice für die Murketts und Harrisons im vergangenen Februar gegeben haben, und ein paar glänzende grüne Tropfen davon leuchten zu den erstaunlichsten Tageszeiten neben Prus Ellenbogen auf, sogar am Vormittag, wenn sie und Ma sich miteinander *Edge of Night* ansehen. Nelson sagt, er würde ein Bier nicht ausschlagen. Ma Springer sagt, daß sie sich sowieso Kaffee macht, sie hat sogar koffeinfreien, falls der Herr Pfarrer den vorzieht. Aber Archie bleibt standhaft und dankt mit einer kecken kleinen Verneigung in ihre Richtung und einem Augenzwinkern in die Runde. Der Kerl ist schon eine Type, soviel ist Rabbit klar. Vermutlich die beste Art, sich zu diesem vorgerückten Zeitpunkt der christlichen Zeitrechnung durchzuschlagen. Sie hatten den grauen Sessel, der zum Sofa paßt, für ihn auserkoren, aber er schlägt ihnen ein Schnippchen, indem er den zersessenen alten syrischen Sitzpuff hinter der Lampen-Tisch-Kombination, wo Ma einige ihrer Nippsachen verwahrt, hervorzieht und sich im Schneidersitz darauf niederläßt. Aus dieser Position lächelt der Geistliche zu ihnen allen empor, angelt sich behende wie ein Affe eine Pfeife aus der

Brusttasche seines Jacketts und stopft sie mit einem braunen Zeigefinger.

Janice steht auf und geht mit Harry in die Küche, während er die Drinks mixt. «Das ist vielleicht 'ne Type, dein Pastorchen», sagt er leise zu ihr.

«Sei nicht gemein.»

«Was ist daran denn gemein?»

«Alles.» Sie gießt sich etwas Campari in ein Orangensaftglas und füllt kommentarlos Crème de Menthe in eines der kleinen zylindrischen Likörgläser, die sie vor Jahren zusammen mit einer Karaffe als Service bei Kroll gekauft hat, etwa um die gleiche Zeit, als sie in den Flying Eagle eintraten. Sie haben die Gläser kaum je gebraucht. Als Harry mit Campbells Wodka-Tonic und Nelsons Bier und seinem eigenen Gin-Tonic ins Wohnzimmer geht, folgt Janice ihm und stellt den grellgrünen Zylinder aufs Tischende neben Prus Ellenbogen. Pru scheint keine Notiz davon zu nehmen.

Reverend Campbell hat Ma Springer dazu überredet, auf dem Liegesessel Platz zu nehmen, auf den Harry spekuliert hatte, und die gepolsterte Verlängerung für ihre Beine hochzustellen. «Ich muß schon sagen», sagt sie, «das wirkt Wunder gegen den Druck in meinen Fußgelenken.»

In der Horizontalen wirkt die alte Dame verletzlich und auf absurde Weise in ihrer Würde im Familienkreis beeinträchtigt. Janice, die ihre Mutter hilflos hingestreckt sieht, erbietet sich: «Mutter, ich hole dir deinen Kaffee.»

«Und den Teller mit Schokoladenkeksen, den ich rausgestellt habe. Obwohl ich kaum annehme, daß irgendwer zu was Alkoholischem Kekse essen will.»

«Doch, ich, Mom-mom», sagt Nelson. Er hat einen anderen Gesichtsausdruck, seit Pru da ist – die sauertöpfische Miene hat sich aufgelöst in erwartungsvolle Leere, eine kulleräugige Fügsamkeit, die Harry ebenso irritierend findet.

Da der Pastor es ablehnte, in dem grauen Sessel Platz zu nehmen, muß Harry es tun. Während er sich hineinsinken läßt, strecken sich seine Beine aus, und Campbell ruckt, ohne aufzustehen, das Sitzkissen und gleichzeitig sich selbst ein Stück zur Seite – wie ein Ochsenfrosch, der samt Untersatz durch die

Gegend hüpft –, um eine Berührung mit Harrys großen Wildlederschuhen zu vermeiden. Über die eigene Behendigkeit lächelnd, verkündet der kleine Mann mit sonorer Stimme: «Nun denn. Wenn ich recht verstanden habe, will hier jemand heiraten.»

«Ich nicht, ich bin schon verheiratet», sagt Rabbit rasch, um einen Scherz zu machen. Er hegt die seltsame Befürchtung, daß Campbell, dessen eine Hand (seine kleinen Hände sehen ungepflegt aus wie seine Zähne, jeder Nagel von einer Schattenlinie umrandet) an der Kante des Sitzkissens liegt, nur wenige Zentimeter von Harrys Schuhspitze entfernt, unvermittelt hinunterlangen und die Schnürsenkel lösen wird. Er bewegt seine Füße zur Seite, noch ein paar Zentimeter weiter weg.

Pru hatte traurig gelächelt bei seinem Scherz und dabei den Blick gesenkt, das grüngefüllte Glas noch immer unangetastet. Nelson neben ihr blickt starr vor sich hin und bemerkt vor lauter Feierlichkeit nicht die Bierschaumkleckse auf seiner Oberlippe. Kindergemampfe: Rabbit weiß noch, wie Nelson in der alten Wohnung an der Wilbur Street, hoch oben über der Stadt, immer mit dem Löffel, den er linkshändig in der Faust hielt, obwohl sie versuchten, ihn dazu zu bewegen, daß er ihn in die Rechte nahm, auf die Platte des hohen Kinderstühlchens hämmerte. Er gehörte allerdings nie zu den Babies, die besonders viel schweinigelten – immer bemüht, artig zu sein. Eine feierliche Miene zu machen, fiel ihm nicht schwer. Harry könnte heulen beim Anblick des arglos unbeachteten Schaumschnurrbarts auf dem Gesicht des Jungen. Sie verschaukeln ihn. Pru berührt verstohlen ihr Glas, streift es aber nicht einmal mit dem Blick.

Ma Springers Stimme erklingt abgekämpft aus dem Liegesessel. «Ja, sie hätten gern, daß es in der Kirche stattfindet, aber es wird nicht eine Ihrer feinen Hochzeiten werden. Nur die Familie. Und so bald wie irgend möglich, vielleicht sogar schon nächste Woche, hatten wir gedacht.» Ihre Füße in den schmuddeligen türkisblauen Turnschuhen, mit rundlichen Höckern von den Zehen und abgestoßenen weißen Gummikanten, wirken kindlich und klein, so hoch oben über dem Fußboden auf der gepolsterten Fußstütze.

Janices Stimme fährt schneidend dazwischen. «Mutter, es gibt keinen Grund für eine solche Eile. Prus Eltern werden Zeit brauchen, um sich auf die Reise von Ohio her vorzubereiten.»

Ihre Mutter sagt und winkt dabei mit müder Hand in Prus Richtung: «Sie sagt, daß ihre Angehörigen sich vielleicht gar nicht die Mühe machen werden herzukommen.»

Das Mädchen errötet und umfaßt ihr Glas fester, als wolle sie es hochheben, sobald sich die allgemeine Aufmerksamkeit wieder von ihr abgewandt hat. «Wir halten nicht so zusammen wie diese Familie hier», sagt sie. Sie hebt die Augen mit ihrem durchscheinenden Grün zum Gesicht des Pastors und erläutert: «Ich bin eine von sieben. Vier von meinen Schwestern sind schon verheiratet, und zwei von diesen Ehen sind schon wieder kaputt. Mein Vater ist deswegen stocksauer.»

Ma Springer erklärt: «Sie ist katholisch erzogen worden.»

Der Pastor lächelt breit. «Prudence hört sich so protestantisch an.»

Als hätte ein launischer Wind nachgeholfen, vertieft sich die Röte in ihrem Gesicht wieder. «Ich wurde auf den Namen Teresa getauft. Meine Freundinnen auf der Highschool fanden mich immer ein bißchen prüde – daher kommt der Name Pru.»

Campbell kichert. «Nein *so* was! Wie *auf*regend!» Das Haar auf seiner Schädeldecke, stellt Rabbit fest, lichtet sich, trotz seines jugendlichen Alters. Gott sei Dank ist das ein Aspekt des Alterns, den Harry nicht zu fürchten braucht: gute festsitzende Haarschöpfe, sowohl väterlicherseits als auch mütterlicherseits, bloß Pops Haar war gegen Ende erst grau und dann gelbstichig geworden, feiner als Maisfasern und zu trocken zum Kämmen. Angeblich setzen sich die mütterlichen Gene durch. Einer der Züge, die er an Janice nie gemocht hat, war ihre hohe Stirn, die immer wie eine beginnende Glatze aussieht. Nelson ist noch zu jung, als daß man Prognosen stellen könnte. Der alte Springer pflegte seine Haare mit Hilfe von Pomade nach hinten zu kämmen, so daß er immer wie frisch gestriegelt aussah. Sogar sonntags morgens, und im Sarg saß dann der Scheitel an der falschen Stelle, weil sie bei der Zeitung, als sie das Klischee für den Nachruf anfertigten, die Seiten des Fotos verkehrt hatten – und der Leichenbestatter hatte nach dieser Vorlage gearbeitet.

Bei Mim war, soweit er sich erinnert, eines der ersten Anzeichen ihrer Auflehnung, daß sie sich Strähnchen in die Haare färbte. «Kirchenmausbraun», pflegte sie als Zehntklässlerin die natürliche Farbe ihres Haars zu nennen, und Mom setzte ihr jedesmal zu mit Bemerkungen wie: «Besser als wie ein Skunk rumzulaufen.» Es stimmte, Mim sah tatsächlich mit diesen blondierten Streifen plötzlich verboten aus – besudelt. Das ist Leben, Selbstbesudelung. Die Stimme des jungen Geistlichen gleitet glatt und geschmeidig von Silbe zu Silbe, nachdem sich das befremdliche hohe Lachen wieder am Grund seiner Kehle gesetzt hat. «Bessie, bevor wir Einzelheiten festlegen, wie das Datum und die Gästeliste, sollten wir, finde ich, ein paar grundsätzliche Dinge erforschen. Nelson und Teresa, liebt ihr einander, und seid ihr beide bereit, den ewigen Bund einzugehen, den die Kirche als das Wesen der christlichen Ehe ansieht?»

Die Frage wirkt wie eine Bombe. Pru antwortet mit einem gehauchten «Ja» und trinkt den ersten Schluck Crème de Menthe aus ihrem Glas.

Nelson starrt glasig vor sich hin, daß seine Mutter nachhilft: «Nelson.»

Er wischt sich den Mund und lamentiert: «Ich hab doch ge*sagt,* daß ich's tun will, oder nicht? Den ganzen Sommer bin ich hier gewesen und hab versucht, alles klarzukriegen. Ich gehe nicht aufs College zurück, ich werde nie mehr mein Diplom machen wegen dieser Geschichte. Was wollt ihr eigentlich noch von mir?»

Alle zucken zusammen und schweigen, mit Ausnahme von Harry, der sagt: «Ich dachte, dir hätte es in Kent nicht gefallen.»

«Hat's auch nicht, nicht besonders. Aber ich hätte meine Zeit abgesessen und ganz gern mein Diplom gemacht, auch wenn es nicht so viel bringt. Den ganzen Sommer lang, Dad, hast du mich wegen des Colleges genervt, ich hätte am liebsten gesagt: Okay, okay, du hast ja recht, aber du hast ja nicht gewußt, was los war, du hast das mit *Pru* nicht gewußt.»

«Dann heirate mich doch nicht», sagt Pru rasch, ruhig.

Der Junge sieht sie von der Seite an auf dem Sofa und versinkt tiefer in den Polstern. «Mir ist es ganz recht», sagt er. «Es ist Zeit, daß ich mit dem Ernst des Lebens anfange.»

«Wir können heiraten und trotzdem für ein Jahr zurückgehen, damit du deinen Abschluß machen kannst.» Pru hat ihre Hände in den Schoß verlagert und mit ihnen das kleine Glas mit dem Grün; sie blickt unverwandt hinein und spricht ruhig und fest, als zöge sie aus seinem winzigen Reservoir oft geübte Worte, ihre Erwiderungen auf Nelsons Klagen.

«Nein», sagt Nelson beschämt. «Das kommt mir albern vor. Wenn ich schon heirate, dann wenigstens richtig, mit einem Job und einem gammligen alten Kombi und 'ner alten Bruchbude auf dem Land und all dem Klimbim. Um Dads kleine japanischen Spielzeugautos besser an den Mann zu bringen, brauche ich nicht nach Kent zu gehen. Wenn Mom und Mom-Mom ihn dazu rumkriegen, daß er mich nimmt.»

«Gott, wie du alles verdrehst!» schreit Harry. «Wir nehmen dich ja, was bleibt uns schon anderes übrig? Aber du wärst hundertmal mehr wert für die Firma und vor allem für dich *selber,* wenn du dein Studium abschließen würdest. Bloß weil ich das immer wieder sage, werde ich hier behandelt, als wäre ich ein Monster.» Er wendet sich an Archie Campbell und sagt, da er vergessen hat, wie niedrig der Mann sitzt, über seinen Kopf hinweg: «Tut mir leid dieses ganze Hick-Hack, das dürfte kaum nach Ihrem Geschmack sein.»

«Nein, nein», widerspricht der junge Mann mit honigsüßer Stimme, «das gehört alles dazu.» Von Pru will er wissen: «Wo würden Sie denn, wenn es nach Ihnen ginge, im kommenden Jahr am liebsten leben? Das erste Ehejahr ist, so steht es in allen schlauen Büchern, ausschlaggebend für alle übrigen Jahre.»

Mit der einen Hand streicht Pru ihr langes Haar von den Schultern nach hinten, als wäre sie ärgerlich. «Kent ist für mich nicht mit so erfreulichen Erinnerungen verbunden», bekennt sie. «Ich wäre froh, wenn ich anderswo neu anfangen könnte.»

Campbells Pfeife erfüllt den Raum mit einem süßlichen würzigen Aroma. Vermutlich noch nicht einmal dreißig, und doch können sie ihm nichts bieten, was er nicht bereits durchexerziert hat. Ein Profi: das kann Rabbit respektieren. Aber wie konnte er sich dazu hinreißen lassen, schwul zu werden?

Ma Springer sagt mit boshaftem Unterton: «Sie wundern sich vermutlich, warum die nicht das eine Jahr noch abwarten können.»

Der große Kopf des kleinen Mannes dreht sich herum, und er strahlt. «Nein, darüber habe ich mich nicht gewundert.»

«Sie ist in anderen Umständen», erklärt die alte Dame, überflüssigerweise.

«Mit Nelsons Zutun, natürlich», sagt der Pastor lächelnd.

Janice versucht sich einzuschalten: «Mutter, so etwas kommt vor.»

Ma erwidert bissig: «Was du nicht sagst. Ich habe nicht vergessen, daß dir das auch schon passiert ist.»

«Mutter.»

«Das ist ja grauenhaft», verkündet Nelson vom Sofa her. «Wieso haben wir diesen armen Kerl überhaupt hergeholt? Pru und ich haben nicht gesagt, daß wir in einer Kirche heiraten wollten, ich glaube sowieso nichts von dem ganzen Zeugs.»

«So, das tust du nicht?» Harry ist entsetzt, verletzt.

«Nein, Dad. Wenn man tot ist, ist man tot.»

«Wie bitte?»

«Komm schon, das weißt du doch auch, jeder weiß es, wenn er ehrlich ist.»

«Niemand weiß das so genau», weist ihn Pru mit ruhiger Stimme zurecht.

Nelson fragt sie wütend: «Wie vielen Toten bist du denn schon begegnet?»

Schon als Kind, erinnert sich Harry, bekam Nelson eine weiße Nasenspitze, wenn er sich ärgerte. Er bekam auch immer nervöse Magenschmerzen und umklammerte krampfhaft das Treppengeländer, wenn er hinaufging, um seine Schulbücher zu holen. Sie schickten ihn trotzdem in die Schule. Harry hatte damals noch seine Stelle bei der Verity Press, und Janice arbeitete stundenweise im Geschäft, und sie hatten keinen Babysitter. Die Schule war der Babysitter.

Reverend Campbell, der seelenruhig seine aromatische Pfeife pafft, stellt Pru eine weitere Frage. «Was meinen Ihre Eltern dazu, daß Sie sich nach einem anderen als dem römisch-katholischen Glauben trauen lassen wollen?»

Die zarte Röte kehrt zurück und vertieft das Grün ihrer Augen. «Eigentlich war nur meine Mutter Katholikin, und ich glaube, daß sie, als ich auf die Welt kam, praktisch schon davon abgekommen war. Ich bin getauft worden, aber ich bin nie zur Firmung gegangen, obwohl das Kommunionskleid, das meine Schwestern getragen haben, noch da war. Daddy hatte den Glauben sozusagen aus ihr rausgeprügelt. Er hatte keine Lust, so viele Kinder durchzufüttern.»

«Welches war seine Konfession?»

«Er war gar nichts.»

Harry erinnert sich laut: «Nelsons Großvater stammte aus einer katholischen Familie. Seine Mutter war Irin. *Mein* Vater, meine ich. Zum Teufel, was ich von der Religion halte, das ist –»

Alle Augen sind auf ihn gerichtet.

« – das ist, daß man ohne Glauben untergeht.»

Bei diesen Worten starrt er in Nelsons Richtung, hauptsächlich weil das bläßliche Gesicht des Jungen sich mitten in seinem Gesichtsfeld befindet. Dieser Bisamrattenhaarschnitt: Er ruft in Harry das Bild eines geschorenen Sträflingsschädels wach, auf dem Stoppeln nachgewachsen sind. Der Junge höhnt: «Geh lieber nicht unter, Dad, was immer du tust!»

Janice beugt sich vor und spricht mit Pru mit der gesitteten, tief aus dem Busen tönenden Stimme der reifen Frau, die sie neuerdings zu produzieren vermag. «Ich *wünschte,* du könntest deine Eltern überreden, zur Hochzeit zu kommen.»

Ma Springer versucht, einen versöhnlicheren Ton anzuschlagen, da sie einen Geistlichen im Haus hat und die Diskussion nicht in ihrem Sinne verläuft, und sagt: «Hier bei uns stehen die Episkopalisten angeblich sowieso den Katholiken am nächsten.»

Pru schüttelt den Kopf, daß die roten Haare fliegen, eine in die Enge getriebene Kreatur. Sie sagt: «Wir haben uns zerstritten. Sie haben etwas nicht gebilligt, was ich getan habe, bevor ich Nelson kennenlernte, und sie würden das hier nicht billigen, so wie ich jetzt bin.»

«Was haben Sie denn getan?» fragt Harry.

Sie scheint nicht hingehört zu haben und sagt, als spräche sie mit sich selbst: «Ich habe gelernt, selber für mich zu sorgen, ohne ihre Hilfe.»

«Ich will einmal folgendes sagen», sagt Campbell freundlich. Seine Pfeife war ausgegangen und das Wiederanzünden hatte während der letzten Minuten seine Aufmerksamkeit absorbiert.

«Es macht mir einige Schwierigkeiten, mich mit dem Gedanken anzufreunden –» bei diesen Worten kommt sein durchtriebenes Grinsen zur Geltung, breit wie bei dem Burschen auf *Mad* –, «daß ich eine kirchliche Feier für zwei Personen abhalten soll, von denen die eine der römisch-katholischen Kirche angehört und die andere, wie wir soeben gehört haben, ein Atheist ist.» Er nickt in Nelsons Richtung. «Der Bischof gewährt uns zwar in diesen Dingen mehr Spielraum, als früher üblich war. Neulich habe ich einen geschiedenen Japaner, allerdings aus einer Episkopalistenfamilie, mit einer jungen Frau getraut, die ursprünglich das Wort ‹Gott› bei der Trauung durch den Begriff ‹universale Mutter› ersetzt haben wollte. Das haben wir ihr ausgeredet. Aber in diesem Fall, liebe Leute, sehe ich kaum Anzeichen dafür, daß Nelson und seine so *reizende* Verlobte auch nur im geringsten empfänglich sind für das, was man unser heiliges Siegel nennen könnte.» Er entläßt eine mächtige Rauchwolke und verschließt die Lippen in der preziösen Art von Pfeifenrauchern, in der Erwartung, daß ihm jemand widerspricht.

Ma Springer strampelt, als wollte sie sich aus dem Liegesessel hochrappeln. «Aber das sage ich Ihnen, kein Enkel von Fred Springer wird in einer römisch-katholischen Kirche getraut!» Ihr Kopf fällt zurück auf die gepolsterte Kopfstütze. Die Partie um ihre Nase ist puterrot.

«Oh», sagt Archie Campbell vergnügt, «ich glaube auch gar nicht, daß mein lieber Freund, Father McGahern, die beiden betreuen könnte. Die junge Dame ist ja nicht einmal gefirmt. Wissen Sie», fügt er hinzu, während er die Hände über dem Knie faltet und gedankenverloren in den Raum blickt, «so viele wunderbare, lebendige Ehen sind schon auf dem Standesamt geschlossen worden. Oder in einem unitarisch-universalistischen Gottesdienst. Mein Freund Jim Hancock von der Bruderschaft in Maiden Springs hat schon mehr als einmal eine unserer Problemtrauungen übernommen.»

Rabbit springt auf. Irgend etwas Schreckliches passiert hier, er weiß nur nicht genau, was oder wem. «Noch wer außer mir reif für einen zweiten Drink?»

Ohne Harry anzusehen, hält Campbell ihm sein Glas hin, das sich geleert hat, wie sich Prus kleines Crème de Menthe-Glas geleert hat. Das Grün daraus ist ihr in die Augen gestiegen. Der Pastor spricht zu ihr und Nelson: «Ehrlich, unter bestimmten Umständen kann es selbst für die Frömmsten der angemessene Ausweg sein. Zu einem späteren Zeitpunkt kann der Ehebund in einer Kirche gesegnet werden; wir erleben das heutzutage öfter, diese Wiederholung des Ehegelöbnisses.»

«Warum sollen sie nicht einfach wie bisher in wilder Ehe hier weiterleben?» fragt Harry. «Uns macht es nichts aus.»

«Allerdings macht es uns etwas aus», sagt Ma mit erstickter Stimme.

«He, Dad», ruft Nelson, «könntest du mir noch ein Bier bringen?»

«Hol dir selber eins. Ich habe die Hände voll.» Trotzdem bleibt er vor Pru stehen und nimmt das kleine Likörglas mit. «Sind Sie sicher, daß es für das Baby gut ist?»

Sie blickt mit unerwarteter Kälte auf. Er war erfüllt von väterlichen und liebevollen Gefühlen, und die Augen, die sie auf ihn richtet, sind grasgrüner Rauhreif. «O ja», sagt sie zu ihm. «Bier und Wein sind schlecht; davon kriegt man Blähungen.»

Als Rabbit aus der Küche zurückkommt, läßt Campbell sich endlich gnädig umstimmen. Er hat zu bieten, was sie wollen, eine kirchliche Trauung, eine Feier, die Gnade findet vor den Grace Stuhls dieser Welt. Da er das weiß, hat er keine Eile. Seine Augen unter den mädchenhaften Wimpern sind so dunkel wie die Koernerschen Augen von Janice und von Ma. Ma Springer läßt die kleinen knubbeligen Zehen ihrer blaßblauen Turnschuhe wippen und räsoniert: «Was der Junge sagt, dürfen Sie nicht auf die Goldwaage legen. In seinem Alter wußte ich auch nicht, was ich glaubte, ich fand, daß die Regierung verrückt war und daß die Gangster recht hatten. Das war damals zur Zeit der Prohibition.»

Nelson sieht sie mit seinen eigenen dunklen Augen an, verdrossen: «Mom-mom, wenn du soviel Wert darauf legst, mir kommt es nicht so drauf an, so rum oder anders.»

«Was sagt denn Pru dazu?» fragt Harry, während er ihr ihr Gift verabreicht. Er fragt sich, ob die frostig steife Art des Mädchens, das kleine Stocken, während ihr Lächeln sich löst, nicht einfach Angst sind: Sie ist diejenige, die ein neues Leben in ihrem Körper wachsen läßt und niemand sonst.

«Ich finde», erwidert sie langsam, so ruhig, daß alles im Raum reglos verharrt, um zuzuhören, «daß es schöner wäre in einer Kirche.»

Nelson sagt: «Ich weiß bloß, daß ich bestimmt nicht da runter will, in diese gräßliche neue Beton-Stadthalle, die sie hinter dem alten Bijou hochgezogen haben. Ein Typ, den ich kenne, hat mir erzählt, der Bauunternehmer hat 'ne Million abgesahnt, und es sind schon jetzt Risse im Zement.»

Janice sagt in ihrer Erleichterung: «Harry, ich könnte noch einen kleinen Campari brauchen.»

Campbell hebt ihnen sein frisch gefülltes Glas von seinem niedrigen Platz auf dem Sitzkissen entgegen. «Prost, liebe Leute.» Er nennt seine Bedingungen: «Üblicherweise gehören zu der Geschichte mindestens drei Sitzungen mit Beratung und christlicher Unterweisung nach dem Einführungsgespräch. Ich denke, wir könnten dies als das Einführungsgespräch betrachten.» Er wendet sich dabei vornehmlich an Nelson, und Harry stellt fest, daß ein verführerischer Unterton die volle, wohltönende Stimme anreichert. «Nelson, die Kirche erwartet nicht, daß jedes Paar, das sie traut, aus zwei christlichen Heiligen besteht. Sie verlangt aber, daß die Beteiligten einigermaßen begreifen, worauf sie sich einlassen. Nicht *ich* lege das Gelöbnis ab, sondern du und Teresa. Die Eheschließung ist nicht nur ein Ritus; sie ist ein Sakrament, eine Einladung Gottes, der göttlichen Gnade teilhaftig zu werden. Und diese Einladung gilt nicht nur für den einen Augenblick. Jeder Tag, den ihr miteinander teilt, soll Teil des Sakraments sein. Versteht ihr, welche Bedeutung das hat? In unserem alten Gebetbuch war das wunderbar ausgedrückt; da hieß es, daß man die Ehe nicht ‹unbesonnen oder leichtfertig eingehen solle, sondern ehrfürchtig, mit Bedacht, besonnen, nüchtern und gottesfürchtig›.» Er lächelt, nachdem er diese Worte deklamiert hat, und fügt hinzu: «Im neuen Gebetbuch ist die Gottesfurcht weggelassen.»

Nelson lamentiert: «Ich hab doch *gesagt,* daß ich mitmache.»

Janice fragt ein bißchen geziert: «Wie lange würden sich diese Unterweisungen hinziehen?» Sie sitzt auf dem steifen Eßzimmerstuhl wie auf einem Ei, aus dem jeden Moment das Küken ausschlüpfen könnte; Harry sagt sich, daß er versuchen sollte, sie heute abend zu vögeln, einfach nur um sie zu entkrampfen.

«Oh», sagt Campbell und rollt die Augen zur Decke, «ich denke, daß wir in Anbetracht der Gegebenheiten drei davon innerhalb von zwei Wochen unterbringen können. Zufälligerweise», sagte der eifrige Kirchenmann, «habe ich meinen Terminkalender bei mir.» Bevor er in die Brusttasche seines Jacketts faßt, klopft Campbell seinen Pfeifenkopf aus – in einer Gemütsruhe, die Harry die Vorzüge des Schwulseins veranschaulicht: Die Welt ist bloß ein Kuriosum für diesen Kerl. Er wandelt auf Wasser; der Schmutz von Frauen, der Schmutz des Kindermachens besudelt seine Schuhe nicht. Man muß den Hut ziehen vor ihm: Nichts bringt den Kerl aus der Fassung. Das ist wahrer Glaube.

Eine rebellische Anwandlung, ihn zu provozieren, den glatten Pakt, der ausgehandelt wurde, aufs Spiel zu setzen, treibt Harry, zu sagen: «Ja, wir hätten sie nämlich gern hinter uns, bevor der Kleine kommt. Bis Weihnachten wird er da sein.»

«So Gott will», lächelt Campbell und fügt hinzu: «Er oder sie.»

«Im Januar», sagt Pru flüsternd, nachdem sie ihr Glas abgestellt hat. Harry könnte nicht sagen, ob sie angenehm oder unangenehm berührt ist von der galanten Art, wie er immer wieder das Baby erwähnt, das alle anderen lieber ignorieren. Während die Termine vereinbart werden, sitzen sie und Nelson auf dem Sofa wie ein Paar riesiger schlapper Muppets, während unsichtbare Arme von unten durch die Polster in ihre Rümpfe und Köpfe hineingreifen.

«Freds Geburtstag ist im Januar», verkündet Ma Springer und ächzt bei dem Versuch, sich aus dem Liegesessel zu erheben, um den Geistlichen zu verabschieden.

«Oh, Mutter», sagt Janice. «Ein Zwölftel der Menschheit hat im Januar Geburtstag.»

«*Ich* bin im Januar geboren», sagt Archie Campbell und steht auf. Er lächelt und zeigt seine Samenkörnerzähne. «In meinem Fall nach viel Beten. Meine Eltern waren *ur*alt. Ein wahres Wunder, daß ich überhaupt auf der Welt bin.»

Am nächsten Tag setzt warmer Regen ein, der die vergilbenden Blätter von den Bäumen im Park am Cityview Drive herunterzuschlagen beginnt, während Harry und Nelson durch Brewer zur Firma fahren. Der Junge ist immer noch Persona non grata, aber er will sich die beiden Cabrios ansehen, die er zermalmt hat; einen davon, den Royale, hat Manny in Reparatur. Der 72er Mercury, der zwei Breitseiten abbekommen hat, ist schwerer beschädigt, und die Ersatzteile dafür sind schwieriger zu bekommen. Rabbit hat vorgehabt, ihn, sobald der Junge wieder nach Kent abfuhr, zum Schrottpreis zu verkaufen und als Verlust abzuschreiben. Aber er brachte es nicht übers Herz, den Jungen nicht wenigstens die Wracks besichtigen zu lassen. Dann will Nelson sich den Corona ausleihen und Billy Fosnacht besuchen, ehe Billy wieder nach Boston fährt, um Spezialist für Wurzelbehandlungen zu werden. Harry hatte einmal so eine Wurzelbehandlung über sich ergehen lassen; es war ein Gefühl, als würden sie ihm die Unterseite seiner Augäpfel kitzeln. Was für eine bestialische Art, sich seinen Lebensunterhalt zu verdienen. Auf der Windschutzscheibe vollführen die Wischerblätter des Toyota einen steten schabenden Singsang, während der Verkehr von Brewer stockt und den ganzen Locust Boulevard entlang Bremslichter aufglühen. Die Burg hat ihre Tore wieder geöffnet, und gelbe Schulbusse ragen vor ihnen aus dem Verkehrschaos. Harry schaltet die Wischer von Schnell auf Intervall und wünschte, er würde noch Zigaretten rauchen. Er möchte mit dem Jungen sprechen.

«Nelson.»

«Hmmm?»

«Wie fühlst du dich?»

«Okay. Ich hatte beim Aufwachen so ein Kratzen im Hals, aber ich hab zwei von diesen Fünfhundert-Milligramm-Vitamin-C-Tabletten genommen, die Melanie Bessie aufgeschwatzt hat.»

«Die war wirklich ’n Gesundheitsapostel, was? Diese Melanie. Wir haben immer noch all das Granolazeug in der Küche.»

«Ja, nun ja. Das hat zu ihrer Nummer dazugehört. Du weißt schon, mystisch angehauchte Zigeunerin. Sie hat andauernd was von diesem Guru gelesen, ich hab seinen Namen vergessen. Es klang wie Hatschi.»

«Vermißt du sie?»

«Melanie? Nein, warum sollte ich?»

«Seid ihr euch nicht ziemlich nah gekommen?»

Nelson weicht der darin mitschwingenden Frage aus. «Sie ist ganz schön unleidlich geworden zum Schluß.»

«Glaubst du, daß sie und Charlie zusammen losgezogen sind?»

«Was weiß ich», sagt der Junge.

Die Wischer, jetzt auf Intervall, erschrecken Rabbit jedesmal, wenn sie vorbeischwirren, als träfe ein anderer als er Entscheidungen in diesem Wagen. Wie in dem Film über Begegnungen der Dritten Art, wo der Lastwagen, in dem Richard Dreyfuss sitzt, heftig zu wackeln anfängt und die Scheinwerfer hinter ihm sich in die Luft erheben, statt nach der Seite zu schwenken. Er stellt den Schalter von Intervall auf Langsam. «Ich habe eigentlich nicht deine körperliche Gesundheit gemeint. Ich habe mehr deine seelische Verfassung gemeint. Nach gestern abend.»

«Du meinst wegen diesem läppischen Pastor? Ich hab nichts dagegen, ein paarmal hinzugehen und mir sein Gesabbel anzuhören, wenn es der Ehre der Springers dient, oder was weiß ich.»

«Ich glaube, ich meine eher das Heiraten ganz allgemein. Nellie, ich möchte nicht zusehen, wie du dich in irgendwas reinmanövrieren läßt.»

Der Junge richtet sich leicht auf, am Rande von Harrys Gesichtsfeld; die gelben Busse vor ihnen biegen ab in die Auffahrt zur Brewer Highschool, und die Autoschlange setzt sich wieder in Bewegung, langsam, neben einer Schlange geparkter Autos, deren Dächer mit Blättern bedeckt sind, die der Regen heruntergeholt hat. «Wer sagt hier, daß ich mich in irgendwas reinmanövrieren lasse?»

«Niemand sagt das. Pru scheint ein nettes Mädchen zu sein, wenn du bereit bist für die Ehe.»

«Du glaubst also, daß ich nicht bereit bin. Deiner Meinung nach bin ich zu überhaupt nichts bereit.»

Harry läßt die feindselige Stimmung abflauen und versucht, einen bedächtigen Tonfall anzuschlagen, wie Webb Murkett. «Weißt du, Nelson, ich bin mir nicht sicher, ob irgendein Mann jemals hundertprozentig bereit ist für die Ehe. Ich weiß todsicher, daß ich es nicht war, so wie ich mich deiner Mutter gegenüber benommen habe.»

«Ja, na ja», sagt der Junge mit etwas zerknirschter Stimme, weil sein Vater nicht angebissen hat. «Sie hat sich ja revanchiert.»

«Das hab ich ihr nie übelnehmen können. Und Charlie auch nicht. Das solltest du verstehen. Seit wir damals wieder zusammengefunden haben, sind wir beide ziemlich geradeheraus gewesen. Wir haben sogar auf unsere alten Tage 'ne ganze Menge Spaß gehabt. Mir tut es bloß leid, daß wir uns so mühsam zusammenraufen mußten, während du noch auf der Bildfläche warst.»

«Ja, na ja.» Nelsons Stimme klingt rauh und gepreßt, und er hält den Blick stur auf die Knie gesenkt, auch noch als Harry in der schwierigen Linkskurve Richtung Eisenhower Avenue stockt. Der Junge räuspert sich und meint bereitwillig: «Das liegt an der Zeit, nehm ich an. Eine Menge von den Typen, die ich in Kent kennengelernt hab, hatten Horrorstories auf Lager, die schlimmer waren als meine.»

«Abgesehen von der Sache mit Jill. Jede Wette, daß sie das nicht überbieten konnten?» Er muß beinahe kichern. Jills Name ist dem Jungen heilig; er spricht nie darüber. Harry fährt unbeholfen fort, während der Wagen bergab beschleunigt und die puertorikanischen und schwarzen Kinder, die bergauf zur Schule zockeln, schamlos mit der Gefahr flirten und sich von seinen Kotflügeln streifen lassen – oder wenigstens so tun. «Irgend etwas kommt mir nicht richtig vor an dieser neuen Entwicklung. Das Mädchen läßt sich 'n Kind anhängen, okay, zum Tango gehören zwei, da bist du irgendwie mitverantwortlich, niemand kann das leugnen. Aber dann weigert sie sich rundheraus, soweit ich verstanden habe, eine Abtreibung machen zu lassen, wo es doch eines der wenigen guten Dinge ist, die uns die letzten zwanzig Jahre beschert haben, neben einer Menge weniger gute, daß man heute ganz einfach und ganz offen eine Abtreibung haben kann in einem Krankenhaus, gefahrlos und sauber wie eine Blinddarmoperation.»

«Ja, und?»

«Ja, warum hat sie es nicht gemacht?»

Der Junge macht eine Geste, von der Rabbit fürchtet, sie könnte ein Versuch sein, nach dem Lenkrad zu greifen; er packt fester zu. Aber Nelson wedelt nur mit der Hand, um eine Fülle von Möglichkeiten anzudeuten. «Sie hatte ’ne Menge Gründe. Ich habe vergessen, was es alles war.»

«Ich würde sie gern hören.»

«Also, erstens hat sie gesagt, daß sie Frauen kennt, die sie bei Abtreibungen innen total verpfuscht haben und die *nie* wieder Kinder kriegen können. Du sagst, es wäre so einfach wie ’ne Blinddarmoperation, aber du hast es nie am eigenen Leib erfahren. Sie war einfach *dagegen*.»

«Ich dachte, sie wäre nicht so eine strenge Katholikin.»

«War sie auch nicht, ist sie auch nicht, aber trotzdem. Sie hat gesagt, es wäre nicht natürlich.»

«Was ist schon natürlich? Sich heutzutage mir nichts dir nichts schwängern lassen, ist auch nicht natürlich.»

«Mensch, sie ist schüchtern, Dad. Sie wird nicht umsonst Pru genannt. Einfach so zum Arzt gehen und sich ausschaben lassen, das hat sie einfach nicht gewollt.»

«Klar hat sie das nicht gewollt. Schüchtern. Sie wollte ein Kind haben, und sie war nicht zu schüchtern, um das hinzukriegen. Wieviel bist du jünger als sie?»

«Ein Jahr. Ein bißchen mehr. Was macht das schon? Sie wollte nicht irgendein Kind, sie wollte ein Kind von *mir*. Hat sie jedenfalls gesagt.»

«Das ist rührend. Nehme ich an. Und was hast du dazu gesagt?»

«Ich fand es okay, wahrscheinlich. Es war ihr Körper. Das sagen sie dir doch heute dauernd, daß es ihr Körper ist. Was hätte ich schon groß machen können?»

«Dann ist es praktisch auch ihre Angelegenheit, oder?»

«Wie meinst du das?»

«Ich meine», sagt Harry und hupt in seiner Entrüstung eine Handvoll Kinder an der Ecke Plum Street an, die direkt auf ihn zugetrottet kommen, da gleich zu Beginn des Schuljahres der Schülerlotsendienst noch nicht funktioniert, «sie hat also beschlossen, schwanger zu bleiben, bis es kein Zurück mehr gibt, während das andere Mädchen wie ein Schießhund auf dich aufpaßt, und deine Mutter und deine Großmutter und jetzt auch noch diese Tunte von einem Geistlichen beschließen alle, wann und wie du das arme Luder heiraten sollst. Ich meine, was ist mit dir? Nelson Angstrom. Ich meine, was willst denn eigentlich *du?* Weißt du das überhaupt?» In seiner Verbitterung haut er mit dem Handballen auf das Lenkrad, während die Straße unter die geschwärzten hundert Jahre alten Steinquader der aus dem 19. Jahrhundert stammenden Unterführung an der Eisenhower Street und der Seventh Avenue taucht, wo es bei schlimmen Unwettern immer Überschwemmungen gibt, aber heute nicht. Der Bogen dieser Unterführung, ohne Schlußstein errichtet von Steinmetzen, die alle längst tot sind, ist berühmt und hat Rabbit von seiner frühesten Kindheit auf an eine Gruft erinnert, an den Tod. Sie tauchen wieder empor zwischen den schlaff baumelnden nassen Wimpeln billiger Großhandelsmärkte.

«Also, ich möchte –»

Aus Furcht, der Junge könnte sagen, er möchte einen Job bei Springer Motors, unterbricht Harry: «Du siehst aus, als hättest du Schiß, das ist alles, was ich sehe. Du hast Schiß, nein zu sagen zu einer dieser Frauen. Ich bin auch nie besonders gut im Neinsagen gewesen, aber bloß weil es in der Familie liegt, bedeutet das doch nicht, daß du dich festnageln lassen mußt. Du mußt nicht zwangsläufig ein Leben führen wie ich, das ist es vermutlich, was ich sagen wollte.»

«Dein Leben kommt mir ganz schön komfortabel vor.» Keck und kühl hat Nelsons Stimme sich in eine Höhe verstiegen, aus der Rettung problematisch sein dürfte. Sie biegen ab, die Weiser Street hinunter, das Wäldchen der Fußgängerzone in der Innenstadt ein verwischter grüner Klecks im Rückfenster.

«Ja, na ja», sagt Harry, «es hat mich auch ganz schön Zeit gekostet, dahin zu kommen. Und wenn du endlich ankommst, dann bist du fertig. Die Welt», eröffnet er seinem Sohn, «ist voller Leute, die nie erfahren haben, was mit ihnen los war, ihr Leben ist vorbei, ehe sie aufwachen.»

«Dad, du redest dauernd von dir selbst, aber ich verstehe nicht, was das mit *mir* zu tun hat. Was kann ich denn mit Pru machen, außer sie heiraten. Sie ist gar nicht so übel, ich meine, ich hab genug Mädchen kennengelernt und weiß, daß sie alle ihre Grenzen haben. Aber sie ist jemand, sie ist eine Freundin. Es kommt mir so vor, als wolltest du sie mir nicht gönnen, als wärst du eifersüchtig oder so. So wie du ewig auf das Baby anspielst.»

Der Junge hätte rechtzeitig eine Tracht Prügel kriegen sollen. «Ich bin nicht eifersüchtig, Nelson. Ganz im Gegenteil. Du tust mir leid.»

«Du brauchst kein Mitleid mit mir zu haben. Verschwende deine Gefühle nicht auf mich.»

Sie fahren am Schoenbaumschen Bestattungsinstitut vorbei. Keine Kundschaft zu sehen bei dem Regen. Harry schluckt und fragt: «Möchtest du nicht aussteigen aus der Sache, wenn wir es irgendwie deichseln können?»

«Wie sollten wir es denn deichseln können? Sie ist im fünften Monat.»

«Sie könnte das Kind auch kriegen, ohne daß du sie heiratest. Die Vermittlungsstellen für Adoptivkinder schreien nach weißen Babies, ihr würdet irgend jemand einen Gefallen tun.»

«Pru würde das nie mitmachen.»

«Sei dir da nicht so sicher. Wir könnten ihr den Schmerz versüßen. Sie ist eine von sieben, sie weiß den Wert eines Dollars zu schätzen.»

«Dad, das ist doch verrücktes Gerede. Du vergißt, daß das Baby ein Mensch ist. Ein Angstrom!»

«Gott, wie könnte ich das vergessen?»

Die Ampel Ende der Weiser Street am Fuß der Brücke steht auf Rot. Harry blickt hinüber zu seinem Sohn und hat den Eindruck von etwas frisch Ausgeschlüpftem, feucht und noch nicht ganz entfaltet. Die Ampel schaltet auf Grün. Eine Bronzetafel an einem Stützpfeiler aus Waschbeton nennt den Bürgermeister, nach dem die Brücke benannt wurde, aber es regnet zu sehr, um den Namen zu entziffern.

Er macht noch einen Anlauf: «Du könntest auch einfach – ich weiß nicht – gar keine Entscheidung treffen, einfach eine Zeitlang verschwinden. Ich würde dir das Geld dafür geben.»

«Geld! Du bietest mir dauernd Geld an, damit ich wegbleibe.»

«Vielleicht weil ich, als ich in deinem Alter war, gern abgehauen wäre und nicht konnte. Ich hatte nicht das nötige Geld. Und ich hatte nicht den nötigen Grips. Wir haben versucht, dich von zu Hause wegzuschicken, damit du lernst, deinen Grips zu gebrauchen – und du pfeifst darauf.»

«Ich pfeife nicht drauf, es ist einfach nicht viel los da draußen. Es ist nicht das, was du dir vorstellst, Dad. Das College ist ein einziger Schwindel, die Professoren bringen dir irgendwelches Zeugs bei, weil sie dafür bezahlt werden, nicht weil es dir irgendwas bringt. Sie interessieren sich 'n Dreck für Geographie oder sonstwas, nicht mehr als du. Alles fauler Zauber, die sind bloß da, weil Eltern ihre Kinder von einem bestimmten Alter an nicht mehr zu Hause haben wollen und weil es sich gut macht, wenn sie sie aufs College schicken. ‹Mein kleiner Johnny studiert in Haavahd.› – ‹Mein kleiner Nellie studiert in Kent›.»

«Also wirklich, siehst du das so? Zu meiner Zeit *wollten* die Jugendlichen raus in die Welt. Wir hatten Schiß, aber nicht so viel, daß wir wieder heim zu Mutter gelaufen wären. Und zu Großmutter. Was willst du denn machen, wenn mal keine Frauen mehr um dich sind, die dir sagen, was du tun sollst?»

«Das gleiche wie du. Tot umfallen.»

DISCO. DATSUN. BENZIN SPAREN. Die Route 111 hat einen gewissen Reiz im Regen, die Farben und die Wimpel und der bläuliche Asphalt der Parkplätze – alles verläuft ineinander im Schwirren des Verkehrs, im Rhythmus der Wischer. Hände wie aus Gummi, die fuchteln: Hilfe, Hilfe. Rabbit hat Regen schon immer gemocht, der Regen fegt ein Dach über die Welt. «Ich kann es bloß nicht mitansehen, wenn du in der Falle sitzt», platzt es aus ihm heraus. «Du hast zu viel von mir!»

Nelson wird laut. «Ich bin nicht du! Ich sitze nicht in der Falle.»

«Nellie, du sitzt in der Falle. Sie haben dich am Wickel, und du hast keinen Pieps gesagt. Ich kann das nicht mitansehen, das ist alles. Ich versuche lediglich, dir klarzumachen, daß du, was mich betrifft, die Sache nicht unbedingt durchzuziehen brauchst. Wenn du aussteigen willst – ich helfe dir.»

«Die Art Hilfe will ich nicht! Ich *mag* Pru. Ich mag, wie sie aussieht. Sie ist toll im Bett. Sie braucht mich, sie findet mich gut. Sie findet nicht, daß ich ein Baby bin. Du behauptest, ich sitze in der Falle, aber ich hab nicht das Gefühl, daß ich in der Falle sitze, ich hab das Gefühl, ich werde langsam ein Mann!»

Hilfe, Hilfe.

«Gut», sagt Harry schließlich. «Viel Glück.»

«Da, wo ich deine Hilfe brauchen könnte, Dad, da gibst du sie mir nicht.»

«Und wo wäre das?»

«Hier. Mach es mir nicht so schwer, in die Firma einzusteigen.»

Sie biegen ab und fahren auf das Firmengelände. Die Reifen des Corona wirbeln Wasser aus dem Rinnstein auf, das am Bordstein entlang auf den Abfluß zurauscht. Rabbit schweigt wie ein Stein.

III

Ein neuer Laden ist an der Weiser Street eröffnet worden, in einem der armseligen Häuserblocks zwischen Brücke und Fußgängerzone, gegenüber dem zählebigen alten Ramschladen, der mit auswärtigen Zeitungen, warmen ungeschälten Erdnüssen und Pornoheften für Schwule und Normale handelt. Dem Aussehen nach könnte der neue Laden ebenfalls mit Schund handeln, denn sein vorderes Schaufenster ist dicht verhangen mit hellen langen dünnen Jalousien, und die Schrift auf den Fenstern ist auffallend diskret. Schwarz umrandete zierliche Goldlettern verkünden schlicht ANLAGE-BERATUNG und darunter, noch kleiner, *An- und Verkauf von alten Münzen, Silber und Gold.* Harry fährt täglich daran vorbei, und eines Tages, als zwei Stellplätze mit Parkuhr frei sind, in die er einschwenken kann, ohne den Verkehr zu behindern, hält er an und geht hinein. Am nächsten Tag verläßt er nach Abwicklung einiger Formalitäten bei seiner Bank, der Brewer Trust, zwei Häuserblocks entfernt, das Büro für Anlageberatung mit dreißig Krügerrand, für 377.14 $ das Stück, inklusive Kommission und Verkaufssteuer, also für insgesamt 11,314.20 $. Diese Zahlen hatte ihm im Laden ein Mädchen mit platinblondem Haar vorgerechnet; ihre langen scharlachroten Fingernägel schienen sie bei der Bedienung des Handcomputers nicht zu behindern. Sie war die einzige sichtbare Person im Laden, an einem großen Schreibtisch mit Glasplatte und beigefarbenem Unterbau und dazu passendem Drehstuhl. Aber es waren Stimmen und Überwachungsorgane in anderen Räumen, Hinterzimmern, in die sie verschwand und aus denen sie mit seinem Gold wieder auftauchte. Die Münzen steckten zu jeweils fünfzehn Stück in niedlichen Plastikröhrchen mit runden blauen Verschlüssen, die an Klosettdeckel von Puppenklos erinnerten; allem Anschein nach waren sogar Stücke von Toilettenpapier in das Loch der Brille gestopft worden, damit sie schön fest saß und ja nichts von dem geheiligten Metall durchschimmerte. Schwer beladen mit den Zylindern, die die Taschen seines Jacketts abzureißen drohen, hüpft Harry die Stufen zu Ma Springers Haus hinauf, um seiner Familie gegenüberzutreten. Hinter der Eingangstür sitzt Pru strickend auf dem grauen Sofa, und Ma Springer hat den Liegesessel mit Beschlag belegt, um ihre Beine hochzulegen, während ein schnellzüngiges Halbblut aus Philly ihr die Sechs-Uhr-Nachrichten liefert. Bürgermeister Frank Rizzo hat erneut Anschuldigungen wegen brutaler Polizeiübergriffe zurückgewiesen, sagt er mit schneller, gleichgültiger Stimme, die den Worten jede Bedeutung nimmt. Früher einmal war Philadelphia ein ferner Ort gewesen, wo niemand sich hintraute, aber das Fernsehen hat es nähergerückt, seine schmierigen Morde und Machenschaften gewissermaßen nach nebenan geholt. «Wo steckt Janice?» fragt Harry.

Ma Springer sagt: «Scht.»

Pru sagt: «Janice hat Nelson mit in den Club genommen, weil er bei einem Damendoppel einspringen sollte, und dann wollten sie einen Anzug kaufen gehen.»

«Ich dachte, er hätte sich im Sommer erst einen neuen Anzug gekauft.»

«Das war ein Anzug fürs Büro. Sie meinen, er braucht einen dreiteiligen Anzug für die Hochzeit.»

«Gott, die Hochzeit. Wie gefallen dir die Sitzungen mit diesem . . . wie heißt er noch?»

«Es geht so. Nelson findet sie gräßlich.»

«Das sagt er bloß, um seine Großmutter auf die Palme zu bringen», ruft Ma Springer und verrenkt den Hals, um ihre Stimme um die Kopfstütze herumzuschubsen. «Ich glaube, daß sie ihm in Wirklichkeit guttun.»

Keine der Frauen bemerkt sein schwer herunterhängendes Jackett, obwohl es sich anfühlt, als zerrten Zentnerlasten daran. Er wünscht, Janice wäre da. Er geht nach oben und verstaut die beiden kompakten makellosen Zylinder hinten in seiner Nachttischschublade, in der er eine Lesebrille in Reserve hat und den Gummidorn mit Plastikgriff, mit dem er sein Zahnfleisch massieren soll, damit er dem Parodontologen nicht in die Hände fällt, und die rosa Wachspfropfen, die er sich manchmal in die Ohren stopft, wenn er kribbelig ist und die Geräusche aus dem Haus nicht ausblenden kann. In derselben Schublade hatte er früher Kondome aufbewahrt, von dem Zeitpunkt an, als Janice meinte, sie vertrüge die Pille nicht, bis zu ihrem Entschluß, sich die Eileiter unterbrechen zu lassen, aber das war lange her, und dann warf er sie alle weg, die ganze blanke Blechschachtel voll, nachdem ein Indiz – der nicht ganz geschlossene Deckel – darauf schließen ließ, aber vielleicht bildete er sich das auch nur ein –, daß Nelson oder sonstwer an der Schachtel gewesen war und ein paar stibitzt hatte. Etwa von diesem Vorfall an fühlte er sich eingeengt, so unter einem Dach mit dem Jungen. Solange Nelson versessen auf Baseballstatistiken war oder auf seine Gitarre, oder selbst auf die Rockschallplatten, deren Lärm das ganze Haus durchzog, war seine Inanspruchnahme des Raumes am Ende des Flurs nicht störender für Rabbit gewesen als die beharrliche Gegenwart seiner eigenen Kindheit in einem Winkel seines Gehirns; aber als der Zirkus mit Hormonen und Mädchen und Autos und Bier anfing, wurde Harry die Vaterschaft zuviel. Zwei flüchtige Eindrücke markieren den Beginn seines Unbehagens im Hinblick auf die Abstammung des Menschen vom Menschen. Als er etwa zwölf oder dreizehn Jahre alt war, ging er einmal in das Schlafzimmer seiner Eltern, noch in dem halben Reihenhaus in der Jackson Road, ohne seinen Vater dort zu vermuten, und der alte Mann stand gerade in Socken und Unterhemd vor einer Kommode und angelte nichtsahnend in einer Schublade nach seinen Unterhosen, langbeinigen nach Art der Boxerhosen, die Harry ohnehin schon trist und unansehnlich fand, und da war plötzlich der unverhüllte Hintern seines Vaters, diese bleichen Backen, schlaff und unbehaart, stummes hilfloses Fleisch, das einmal am Tag Kot herauspreßte und sonst in der Gegend hing wie ungebügelte Wäsche; und dann war Harry einmal, als Nelson etwa in demselben Alter war, oder vielleicht ein Jahr älter, denn sie lebten bereits in diesem Haus hier, und sie waren umgezogen, als der Junge dreizehn war, da war Harry ins Badezimmer gegangen, ohne zu ahnen, daß Nelson gerade aus der Dusche steigen würde, und hatte das

Kind von vorn erblickt: er hatte Schamhaare und, obwohl sein Körper noch mager war und knabenhaft, einen Pimmel von Männerformat, schwer und oval, irgendwie brutal und riesig, vielleicht weil er, im Gegensatz zu Rabbit, beschnitten war. Riesig. Das war Jahre bevor die Kondome geklaut wurden. Die Schublade rattert, klemmt, und Harry versucht, sie wieder hineinzuschieben, weil er hört, daß Janice und Nelson ins Haus gekommen sind und das untere Stockwerk von Neuigkeiten über ihr Tennisspiel und von der Außenwelt widerhallt. Harry möchte seine Neuigkeiten für Janice aufbewahren. Sie damit erschlagen. Die Schublade rutscht plötzlich zu, und er lächelt, als er sich ihre erstaunte Reaktion auf dieses kostbare edle bleischwere Geheimnis ausmalt.

Wie es oft mit der Vorfreude ist, entwickelt sich alles nicht ganz so wie vorhergesehen. Als sie endlich zusammen die Treppe hinaufgehen, ist es später, als es sein sollte, und sie fühlen sich durcheinander und aufgekratzt. Das Abendbrot hatte vorverlegt werden müssen, weil Nelson und Pru mit Soupy, wie sie Campbell beide nennen, zu ihrer dritten Beratung verabredet waren. Sie kamen gegen halb zehn zurück, und Nelson war so aufgebracht, daß sie noch eine neue Flasche vom Tischwein aufmachen mußten, während der Junge mit einer Bierdose in der Hand den jungen Pastor imitierte, wie er die Sicht der Kirche in die Intimsphäre zwischen ihnen beiden hineinzwängte. «Er redet dauernd davon, daß die Kirche die Braut von Christus sei. Ich hätte ihn am liebsten gefragt, wessen Braut er denn ist.»

«Nelson», sagt Janice und wirft einen Blick zur Küche hin, wo ihre Mutter sich eine Ovomaltine zubereitet.

«Ich meine, das ist doch obszön», beharrt Nelson. «Soll das heißen, daß Er die Mutter Kirche in den Arsch fickt?»

Pru lacht, wie Harry bemerkt. Machte Nelson das auch mit ihr? Für diese Grünschnäbel war das so etwa das einzige, was noch ein bißchen ausgefallen war, wo die Fotomagazine heutzutage alle voll waren von Fellatio, Spitzenbehandlung, wie sie es nennen, da gab es diesen Film, *Shampoo,* in dem Julie Christie, sonst nur in dramatischen Ausstattungsfilmen mit Spitzenhäubchen und allem Drum und Dran zu sehen, ganz offen von der

Leinwand her verkündete, sie würde Warren Beatty gern mit dem Mund einen runterholen, das sagte sie schlankweg, und es war nicht etwa ein für Jugendliche verbotener Film, bloß für bestimmte Altersgruppen, all die Teenagerpärchen saßen drin und hielten Händchen, ganz lieb, als wäre es eine Wiederaufführung von *Showboat* mit Kathryn Grayson und Howard Keel, und die Mädchen lachten zusammen mit den Jungen. Prus langknochiger stummer Körper gibt nicht preis, was er tut, und ihre blassen Lippen auch nicht, die, wenn sie aufeinanderliegen, spröde und spöttisch aussehen, ein Ausdruck, den man möglicherweise in der Sekretärinnenschule lernt. *Toll im Bett,* hatte Nelson gesagt.

«Tut mir leid, Mom, aber er kotzt mich echt an. Er bringt mich dazu, Sachen zu sagen, die ich gar nicht glaube, und dann grinst er und tut so heiter, als wäre alles wunder wie witzig. Mom-mom, wie könnt ihr den bloß ertragen, du und diese anderen alten Damen?»

Bessie kommt aus der Küche, ihre Tasse Ovomaltine dampft, während sie sie starren Blickes am Überschwappen hindert, und ihr Haar ist schon bettfertig: am Kopf festgesteckt und mit einem Netz bedeckt. «Ach», sagt sie, «er ist besser als mancher andere, aber sicher auch schlechter als andere. Wenigstens erstickt er uns nicht so mit Weihrauch, wie der eine damals, der dann griechisch-orthodoxer Priester geworden ist. Und er hat es fertiggebracht, daß sich unsere konservativen Dickschädel mit der neuen Liturgie angefreundet haben. Obwohl mir die Zunge bei manchen Antworten heute noch im Halse stecken bleibt.»

Pru sagt: «Soupy schien sehr stolz darauf, daß im neuen Gottesdienst nicht mehr die Rede von ‹gehorchen› ist.»

«Die Leute haben sowieso nie gehorcht, ich finde, da können sie es auch gleich ganz weglassen», sagt Ma.

Janice ist entschlossen, noch einen Anlauf zu machen und Nelson ins Gewissen zu reden. «Wirklich, Nelson, du solltest dich nicht so gegen ihn sperren. Der Mann tut alles, um uns eine kirchliche Trauung zu ermöglichen, und nach seinem Verhalten zu urteilen, hat er dich aufrichtig gern. Er mag junge Menschen, wirklich.»

«Das kann man wohl sagen», sagt Nelson, so leise, daß Ma Springer es nicht hören kann, und schauspielert dann mit erhobener Stimme: «Meine liebe Mutter und mein Vater waren *uur*alt. Ein wahres *Wunn*der, daß ich überhaupt auf die Welt kam. Falls Sie sich darüber *wunn*dern sollten, daß ich wie ein Giftzwerg aussehe.»

«Du solltest nicht nach dem Äußeren der Leute gehen», sagt Janice.

«Ja, aber verehrte Mutter, das *tut* man nun mal.» Eine Zeitlang ging es in dem Stil weiter, es war wie Fernsehen, Nelson ahmte Soupys sonore Stimme nach, Janice plädierte für Vernunft und Mitmenschlichkeit, und Ma Springer schwebte in ihrer eigenen Welt, in der die Episkopalkirche seit Anbeginn der Schöpfung das Präsidium innehatte; aber Harry fühlte sich allen überlegen, ein Goldmann, der es kaum erwarten konnte, seine Frau nach oben zu geleiten und ihr den gemeinsamen Schatz vorzuführen. Als das alberne Geschwätz aufhörte, weil eine Wiederholung von M*A*S*H im Fernsehen lief, die Nelson sehen wollte, wirkten die jungen Brautleute plötzlich müde und erschöpft, als sie dort auf dem Sofa saßen, aneinandergeschmiedet. Schon nahm jeder seinen angestammten Platz ein, Pru drüben an dem Ende mit dem kleinen Kirschholztischchen für ihren Crème de Menthe und ihr Strickzeug neben sich und Nelson auf dem Mittelkissen, die Füße in den Adidasschuhen mit Noppensohle auf der imitierten Schusterwerkbank. Da er zur Zeit nicht in den Betrieb ging, machte er sich nicht die Mühe, sich jeden Tag zu rasieren, und rötliche Stoppeln standen auf Kinn und Oberlippe, aber die Wangen waren immer noch mit Flaum bedeckt. Zum Henker mit diesem struppigen Lümmel. Rabbit hat beschlossen, sein Leben für sich zu leben.

Als Janice nackt und feucht unter ihrem Frotteebademantel aus dem Badezimmer kommt, hat er die Schlafzimmertür abgeschlossen und sitzt in Unterhosen auf dem Bett. Er ruft mit heiserer, schmeichelnder Stimme: «Du, Janice. Sieh mal. Ich habe heute was für uns gekauft.»

Ihre dunklen Augen sind trübe von all dem Trinken und ihrer mütterlichen Besorgtheit da unten; sie hat geduscht, um einen klaren Kopf zu bekommen. Langsam konzentriert sie den Blick auf sein Gesicht, das eine so starke Freude ausstrahlt, daß sie verdutzt ist.

Er zieht die klemmende Schublade auf und ist selbst verblüfft, zu sehen, daß die zwei zartgetönten zylindrischen Behälter, die auf ihn zurutschen, noch aufrecht stehen, noch da sind. Er hatte gedacht, daß eine so kompakte Kostbarkeit Signale aussenden und Diebe anlocken würde wie eine läufige Hündin Rüden. Er hebt die Rolle heraus und legt sie Janice in die Hand; ihr Arm senkt sich unter dem unerwarteten Gewicht, und ihr Bademantel, nicht zugebunden, gleitet auseinander. Ihr dünner brauner gebrauchter Körper in dieser verrutschten Hülle aus rauhem hellen Stoff ist verlockender als der eines jungen Mädchens; er möchte hingreifen, dorthin, wo Schatten die Feuchtigkeit frischhalten.

«Was ist das, Harry?» fragt sie, und ihre Augen weiten sich.

«Mach mal auf», sagt er, und als sie zu lange an dem durchsichtigen Klebeband herumfummelt, mit dem der kleine Puppenklodeckel festgehalten wird, kratzt er es mit seinen großen Fingernägeln für sie ab. Er entfernt den Pfropfen aus Seidenpapier und schüttet die fünfzehn Krügerrand auf die Steppdecke. Ihre Farbe ist rötlicher, als Gold seiner Erinnerung nach ist. «Gold», flüstert er und hält ihr, gepaart in seiner geöffneten Hand, zwei Münzen vors Gesicht, die eine zeigt das Profil eines alten Buren, die andere eine Antilopenart. «Jede davon ist rund dreihundertsechzig Dollar wert», sagt er. «Erzähle niemandem davon, auch nicht deiner Mutter oder Nelson.»

Sie scheint wie verzaubert zu sein und nimmt eine in die Hand. Ihre Nägel kratzen über seine Handfläche, als sie die Münzen heraushebt. In ihren braunen Augen spiegeln sich gelbe Tupfen. «Ist das auch in Ordnung?» fragt Janice. «Wo, um Himmels willen, hast du die her?»

«Aus einem neuen Laden an der Weiser Street, der Edelmetalle verkauft, schräg gegenüber von dem Erdnußladen. An- und Verkauf. Es war ganz einfach. Du brauchst nur innerhalb von vierundzwanzig Stunden, nachdem sie dir ein Preisangebot gemacht haben, einen von der Bank beglaubigten Scheck vorzulegen. Sie garantieren dir, sie jederzeit zum Tageskurs zurückzukaufen, dabei verliert man nur die sechs Prozent Kommission und die Verkaufssteuer – und wenn der Goldwert weiter so steigt, habe ich das nächste Woche schon wieder drin. Hier, ich hab zwei Stapel gekauft. Sieh mal.» Er nimmt den anderen aufregend gewichtigen Zylinder aus der Schublade, öffnet den Deckel und schüttet die fünfzehn übereinanderschlitternden Antilopen auf die Bettdecke, die zur Schau gestellten Reichtümer verdoppelnd. Es ist eine federleichte Patchworkdecke aus kleinen viereckigen Flicken, von geduldigen alten Frauen aneinandergenäht, die blassen und dunklen Töne so aufeinander abgestimmt, daß sie eine Art dreidimensionales Bild von vier großen Quadern mit je einer helleren und einer dunkleren Seite bilden. Er legt sich zurück auf die optische Täuschung und klemmt sich je einen Krügerrand in die Augenhöhlen. Durch die kühle rote Last des Goldes hindurch hört er Janice sagen: «Mein Gott. Ich dachte, nur die Regierung dürfte Gold haben. Braucht man dazu nicht eine Erlaubnis oder so was?»

«Nur Dollars. Nur die dreckigen Dollars, Wunderfee.» Blind fühlt er, wie sich inmitten der reinen Fremdheit des Goldes sein Glied aufrichtet und den Stoff seines Jockeyslips dehnt.

«Harry. Was hast du dafür ausgegeben?»

Er wünscht sich, daß sie den Gummirand an seiner Unterhose nach unten zieht und saugt, saugt, bis sie würgt. Als sie seine stummen Gedanken nicht spürt und es nicht tut, nimmt er die Münzen von den Augenhöhlen und sieht sie durchdringend an, ein Toter, der wiedergeboren wurde und um sich blickt. Kein Sarg grüßt dunkel seine offenen Augen, nur das verschwommene Gesicht seiner Frau, umrahmt von dunklem Haar, feucht und strähnig vom Duschen und mit kurzen Fransen in der Stirn, so daß ihm Mamie Eisenhower in den Sinn kommt. «Plus minus elftausendfünfhundert», antwortet er. «Schatz, es lag doch bloß auf dem Sparkonto rum und hat lausige sechs Prozent eingebracht. Bei lumpigen sechs Prozent Zinsen heute verlierst du Geld, die Inflationsrate bewegt sich um die zwölf. Das Schöne am Gold ist, daß es Hiobsbotschaften ausgesprochen gern hat. Wenn es mit dem Dollar abwärts geht, steigt der Goldwert. Alle Araber machen ihre Dollars zu Gold. Webb Murkett hat mir das alles erklärt, an dem Tag, als du nicht mit in den Club kommen wolltest.»

Sie sieht weiter prüfend die Münze an, fährt mit dem Finger ihr flaches Relief nach, wo er doch will, daß sie ihre Aufmerksamkeit ihm zuwendet. Ein solcher Ständer hat ihm wer weiß wie lange nicht mehr in der Hose geblüht. Zu Lotty Bingamans Zeiten vielleicht. «Ein schönes Stück», räumt Janice ein. «Aber, ob es so ratsam ist, die Südafrikaner zu unterstützen?»

«Warum nicht, damit schaffen sie Jobs für die Schwarzen, die das Zeug abbauen. Der Vorteil des Krügerrands ist, hat mir das Mädchen in dem Anlageladen erklärt, daß er genau eine Unze wiegt und leichter zu handeln ist. Man kann, wenn man will, mexikanische Pesos kaufen oder dieses kleine kanadische Ahornblatt, aber das, hat sie gesagt, ist wieder so fein, daß einem Goldstaub an den Händen kleben bleibt. Außerdem hat mir die Antilope auf der Rückseite gefallen. Dir nicht auch?»

«Ja. Es ist aufregend», bekennt Janice, und endlich sieht sie ihn an, wie er schwellend inmitten des verstreuten Goldes liegt. «Wo willst du sie aufbewahren?» fragt sie und schiebt nachdenklich die Zunge vor und läßt sie auf der Unterlippe liegen. Er liebt sie, wenn sie versucht, nachzudenken.

«In deiner dicken fetten Möse», sagt er und zieht sie an den Aufschlägen ihres rauhen Frotteemantels zu sich herunter. Mit Rücksicht auf die anderen im Haus – Ma Springer nur um Wandesbreite entfernt, ihr Fernseher ein undeutliches Grollen, der Koreakrieg zum Witz verkommen – versucht Janice ihre Schreie zu unterdrücken, als er ihr den Frotteestoff vom schlüpfrigen Körper streift und die Münzen auf der Bettdecke ihre Haut berühren. Die Sehnen an ihrem Hals schwellen an; ihr Gesicht verdunkelt sich, während sie sich zwischen Entrüstung und Vergnügen windet. Der Unterwäsche entledigt, bei voller Deckenbeleuchtung, sein Schwanz steil wie ein ragendes Stück rosa Strandgut, beschwichtigt er sie, bis sie reglos auf dem Rücken liegt, und legt einen Krügerrand auf jede Brustwarze, einen auf ihren Nabel und gleich mehrere auf ihr Vlies, so viele, daß es ganz von einem wackligen Triangel aus Münzen, verdeckt ist, die einander überlappen wie Schlangenschuppen. Wenn sie lacht und ihr Bauch sich bewegt, wird die ganze Konstruktion zusammenfallen. Neben ihrer Hüfte kniend hält Harry einen Krügerrand hochkant zwischen den Fingern, als wollte er ihn in einen Schlitz stecken. «Nein!» protestiert Janice, laut genug, um Ma Springer durch die Wand aus dem Schlaf zu reißen, laut genug, um die Münzen ins Rutschen zu bringen, so daß ein paar tatsächlich zwischen ihre Beine gleiten. Er bringt ihren Mund mit seinen Lippen zum Schweigen, und sein Mund wandert südwärts, quer durch die Wüste, von Oase zu Oase, bis er zu dem Farndschungel kommt, den sein Weib ihm mit einem willfährigen Hüftschwung darbietet. Eine Art von Zins fällt für ihn an, während er Rot sieht, verschüttetes Gold sich an seine Stirn preßt und er mit der Zunge nach ihrer Klitoris fahndet. Er findet, was er für den richtigen Rhythmus hält, spürt aber nicht, daß er zündet; er denkt, das helle Deckenlicht könnte sie ablenken, setzt seinen Steifen aufs Spiel und hüpft vom Bett zum Schalter neben der Tür. Als er sich im Halbdunkel wieder umdreht, sieht er, daß sie sich aufgerichtet hat und ihm im Dunkel, auf Knie und Ellenbogen gestützt, ihren weichen gespaltenen Hintern entgegenstreckt, sein vierbeiniges Mondkind, während sie über die eine Schulter zu ihm hinspäht. Er vögelt sie sanft in dieser Stellung und stöhnt vor Mühe, seinen Erguß zurückzuhalten, und läßt seine Gedanken umherschweifen. Der Baseball-Endkampf, der kürzlich angestiegene Fabrikpreis der Corollas. Er streichelt das schutzlose schlaffe Fleisch an ihrer Unterseite, sein eigener Bauch massig und durchhängend. Ihr Rücken wirkt so zerbrechlich und tapfer und schmal – der lange Grat ihrer Wirbelsäule, der blasse Querstreifen, den das Oberteil ihres Badeanzugs hinterlassen hat. Seine nackten Füße hinter ihm sondern einen fernen traurigen Geruch ab. Münzen klimpern, als sie auf ihrer beider Knie zurutschen, in die Kuhlen, die ihre ineinander verzahnten Gewichte in die Matratze drücken. Er tätschelt ihren Hintern und fragt: «Willst du dich umdrehn?»

«M-hm.» Dann: «Oder soll ich mich zuerst auf dich setzen?»

«M-hm!» Dann: «Vorsicht, sonst bin ich gleich am Ende.»

Etwas prickelt auf Harrys Haut wie Eis, als er sich auf den Rücken legt. Die Münzen: schlimmer als Toastkrümel. Breitbeinig und so naß, daß er fast nichts spürt, hockt Janice sich auf ihn, prall und rund in den Lichtflecken, die die Blutbuche von der Straße hereinfiltert. Sie pickt eine verstreute Münze auf und klemmt sie sich funkelnd ins Auge wie ein Monokel. Gebieterisch massiert sie ihn in ihren nassen Fängen; zwei ineinander verhakte Wesen, Muschel und Knolle, darauf läuft es hinaus. «Komm noch nicht», sagt sie so erschrocken, daß ihr Spielzeugmonokel auf seinen angespannten Bauch hinunterplumpst. «Komm lieber nach unten», ächzt er. Nun wirkt ihr Körper dünn und schwarz vor den verstreuten runden Scheiben, die je nach Neigung unterschiedliches Licht reflektieren. Götter auf Sterne gebettet; er keucht in ihr Ohr, dann sie in seines.

Nach dieser Verausgabung, als sie langsam wieder zu Atem kommen, können sie im Halbdunkel nur neunundzwanzig Krügerrand auf der zerknautschten Bettdecke, dieser Landschaft aus zerfurchten grünen Feldern, zählen. Er macht das Deckenlicht an. Es tut weh in den Augen. In seiner Härte sieht ihre nackte Haut ebenfalls zerknautscht aus. Panik überkrustet Harrys ausgelaugten Körper; er ruht nicht eher, bis er ihn, nackt auf Knien über den Teppich rutschend, ein verspäteter Spermastrang von seiner geröteten Eichel baumelnd, zwischen Matratze und Bettrand findet, den kostbaren dreißigsten.

Er steht neben Charlie und starrt hinaus ins trübe Septemberlicht. Der Baum drüben hinter dem Parkplatz der Würstchenbude ist dünn geworden an der Spitze und gelb; über seinen entblätterten Ästen stehen ein paar Federwolken schräg am Himmel, wie Fettstreifen in Schinken, und verheißen Regen für den morgigen Tag. «Der arme alte Carter», sagt Harry. «Hast du mitgekriegt, daß er sich fast umgebracht hat, als er in Maryland irgendeinen Berg raufgerannt ist?»

«Er geht ran», sagt Charlie. «Kennedy ist ihm auf den Fersen.» Charlie ist aus seinem zweiwöchigen Urlaub zurückgekommen mit einem Hauch Floridabräune, die allmählich zerstört wird von seiner ureigenen Blässe und vielleicht auch von den dazwischenliegenden Tagen. Er kam nicht direkt aus Florida. Gleichzeitig mit seiner Rückkehr am Montag ging bei Springer Motors eine Postkarte ein, auf der in seiner markanten schrägen Buchhalterhandschrift stand:

Hallo, liebe Leute – auf dem Heimweg von Florida Abstecher

in die Great Smokies gemacht. Schöne Frauen hier im Süden, so weit das Auge reicht. Momentan in der Nähe von Akron, Metropole der geplatzten Gürtelreifen, Benzinsparen – ein Tabu hier, Riesenheckflossen & Achtzylinder noch groß im Rennen. Vermisse euch alle sehr. Chas.

Der eigentliche Witz, besonders auf Harry gemünzt, war auf der Rückseite zu sehen: das Foto eines großen Flachdachgebäudes, das wie ein Stück Kuchen aussieht, der KENT STATE STUDENT COMPLEX, Standort der größten Freihandbibliothek in Nordost-Ohio.

«Gehst selber auch ganz schön ran in letzter Zeit, was?» fragt Harry ihn. «Und wie war Melanie so?»

«Wer sagt, daß ich mit Melanie zusammen war?»

«Du selber. Mit deiner Postkarte. Mann, Charlie, wenn du dich mit so einem jungen Ding einläßt, kann das dein Tod sein.»

«Wäre doch ein toller Abgang, was, Alter? Du weißt genausogut wie ich, daß es nicht die jungen Mädchen sind, die einen ausquetschen, sondern diese mittelalterlichen Weibsbilder, denen die Zeit davonläuft.»

Rabbit muß an seine Goldnummer mit Janice denken, spürt aber trotzdem noch Eifersucht. «Was hast du denn in Florida so mit ihr getrieben?»

«Wir sind rumgereist. Sarasota, Venice, St. Pete. Sie war nicht abzubringen vom Atlantik, deshalb sind wir auf der 75 von Naples aus rübergefahren, auf der alten Alligator Alley, und haben alles abgeklappert – Coral Gables, Ocean Boulevard, rauf nach Boca und West Palm. Wir wollten Cape Canaveral auch noch mitnehmen, aber die Zeit wurde zu knapp. Diese Niete hatte nicht mal einen Badeanzug mit, wir mußten einen kaufen, einen von den neuen, ganz tief ausgeschnitten an den Seiten. Tolle Figur. Ich kann nicht verstehen, daß du dir nichts aus ihr gemacht hast.»

«Ich *durfte* mir ja nichts aus ihr machen, schließlich hat Nelson sie angeschleppt. Das wäre doch so, als würde man die eigene Tochter vögeln.»

Charlie hat noch einen Zahnstocher, vom Mittagessen in der Stadt, einen pflaumenblauen, und kerbt damit seine Unterlippe ein, während er durch die matte Scheibe blickt. «Es gibt Schlimmeres», sagt er ungerührt. «Wie geht es Nelson und der Braut in spe?»

«Pru.» Harry merkt, daß Charlie die Einzelheiten seiner Reise für sich behalten, sie sich eine nach der anderen aus der Nase ziehen lassen will. Schöne Frauen, so weit das Auge reicht. Scheißkerl. Rabbit hat auch Geheimnisse. Aber als er das denkt, kann er sich nur eine Farm vorstellen, deren Gebäude in einer Senke liegen.

«Melanie hat eine ganze Menge über Pru gesagt.»

«Zum Beispiel?»

«Zum Beispiel, daß sie sie ein bißchen sonderbar findet. Sie hat den Eindruck, daß Pru trotz ihrer schüchternen Fassade ein schwieriger Fall ist, weil sie eine wirklich harte Kindheit durchgemacht hat und nicht besonders sicher auf ihren zwei Beinen steht, gefühlsmäßig gesehen.»

«Also weißt du, man könnte auch sagen, daß ein Mädchen, das scharf darauf ist, mit einer alten Krähe wie dir zu vögeln, selber ziemlich sonderbar ist.»

Charlie wendet den Blick vom Fenster ab und sieht ihm ins Gesicht, die Augen hinter den getönten Brillengläsern wirken wäßrig. «So etwas solltest du nicht zu mir sagen, Harry. Wir werden beide älter, und zwei alte Knaben, die sich so durchschlagen, sollten nett zueinander sein.»

Harry fragt sich, ob Charlie ahnt, wie gefährdet seine Position ist, jetzt wo Nelson ihm auf den Fersen ist.

Charlie fährt fort: «Du kannst mich fragen, was du willst wegen Melanie. Wie gesagt, sie ist in Ordnung. Stabil, gefühlsmäßig. Dein Problem ist, alter Freund, daß du ständig nur ans Vögeln denkst. Mir hat es den größten Spaß gemacht, dieser jungen Frau etwas von der Welt zu zeigen, was sie noch nie gesehen hatte. Sie hat alles verschlungen – die Zypressen, den Turm mit dem Glockenspiel. Sie hat gesagt, Kalifornien sei ihr trotzdem lieber. Florida ist ihr zu flach. Sie hat gesagt, wenn ich mich Weihnachten aufraffen kann, nach Carmel zu kommen, würde sie mir gern alles dort zeigen. Mich ihrer Mutter vorstellen und allen, die da sind. Nichts Ernstes.»

«Wieviel – wieviel Zukunft gibst du euch beiden?»

«Harry, ich habe mit niemandem viel Zukunft.» Seine Stimme

ist ein Flüstern, kaum hörbar. Harry möchte sie am liebsten in die Hand nehmen und mit der Drahtbürste abschrubben.

«Das weiß man nie», versichert er Charlie, der kleiner ist als er.

«Das *weiß* man», beharrt Stavros. «Man merkt, wenn einem die Zeit ausgeht. Wenn das Leben einem etwas bietet, muß man zugreifen.»

«Okay, okay. Das werde ich und das tue ich. Was hat eigentlich deine arme alte Mutter gemacht, während du mit dem Käfer die Everglades unsicher gemacht hast?»

«Weißt du», sagt er, «das war komisch. Ich habe eine Cousine, fünf Jahre jünger als ich oder so, ich nehme an, sie hat sich ziemlich viel in der Gegend rumgetrieben, jedenfalls hat ihr Mann sie in diesem Sommer rausgeschmissen und die Kinder behalten. Sie haben in Norristown gelebt. Danach hat Gloria allein in einem Apartment draußen an der Youngquist, ganz in meiner Nähe, gewohnt; sie war ganz froh, die alte Dame zu betreuen, während ich weg war, und sie hat gesagt, sie täte es jederzeit wieder. Deshalb habe ich jetzt plötzlich eine Bewegungsfreiheit, die ich früher nie hatte.» Überall, so will es Harry scheinen, brechen Familien auseinander und finden Bruchstücke wieder zusammen, wie Schiffbrüchige in einem riesigen Rettungsboot, während er und Janice in Ma Springers Schatten hockenbleiben, hinter dem Mond.

«Es geht nichts über Bewegungsfreiheit», sagt er seinem Freund. «Aber übertreib es nicht. Du hast nach Nelson gefragt. Die Hochzeit ist Samstag. Im engsten Familienkreis. Tut mir leid.»

«Oh! Armer kleiner Nellie. Mit Brief und Siegel.»

Harry geht rasch darüber hinweg. «Nach allem, was man von Janice und Bessie hört, wird wohl die Mutter hier aufkreuzen. Der Vater ist stocksauer.»

«Du solltest dir Akron mal ansehen», erklärt ihm Charlie. «Ich wäre auch stocksauer, wenn ich dort leben müßte.»

«Ist da nicht ein Golfplatz, wo dieser Jack Nicklaus seine jährlichen Turniere abhält?»

«Ich habe weit und breit keinen Golfplatz gesehen.» Charlie ist von seinen Ferien irgendwie weich und sanft zurückgekehrt, er scheint seinem Leben nachzutrauern, noch während er es lebt. So gealtert und philosophisch kommt er Harry vor, daß er wagt, ihn zu fragen: «Was hält Melanie denn von mir, hat sie was gesagt?»

Ein sehr dickes Paar pirscht im Hof umher, sieht sich die Kleinwagen an, prüft durch Hinhocken im Freien neben der Fahrertür, welches Modell geräumig genug für sie sein könnte. Charlie beobachtet eine Minute, wie sich die beiden zwischen den glänzenden Dächern und Kühlern hin und her bewegen, bevor er antwortet. «Sie fand dich Klasse, abgesehen davon, daß du dich von den Frauen rumkommandieren läßt. Sie hätte sich vorstellen können, mit dir zu pimpern, aber sie hatte den Eindruck, daß ihr zwei, du und Janice, ganz schön solide seid.»

«Hast du sie eines besseren belehrt?»

«Konnte ich nicht. Die Kleine hatte recht.»

«Na, und wie war das vor zehn Jahren?»

«Das war bloß Kitt für eure Ehe.»

Harry mag die Art, wie er das hinwirft, Janices Verführer; er mag diesen pfiffigen Griechen, der unter seinem karierten Sommerjackett ein so zartfühlendes Herz hat. Ermattet von der Autoanprobe steigen der Mann und die Frau in ihren alten Wagen, einen 77er Pontiac Grand Prix mit elfenbeinweißem Hardtop, und fahren davon. Harry fragt plötzlich: «Was hältst du eigentlich davon? Glaubst du, wir können es mit Nelson aushalten hier?»

Charlie zuckt mit den Schultern, eine spröde kleine Bewegung. «Wird er es mit mir aushalten können? Er möchte eine Etage über Jake und Rudy eingestuft werden, und es gibt nicht so viele Etagen in einem Laden wie diesem.»

«Ich habe ihnen gesagt, Charlie, wenn du gehst, gehe ich auch.»

«Du kannst nicht gehen, Chef. Du gehörst zur Familie. Ich, ich bin ein Überbleibsel aus alten Zeiten. Ich kann abtreten.»

«Du kennst diesen Betrieb aus dem Effeff, das ist es, was für mich zählt.»

«Ach, das ist doch kein Verkaufen mehr. Heute ist das mehr wie im Supermarkt: die Ware aufbauen und nachher die Kasse klingeln lassen. Als wir nur mit Gebrauchtwagen zu tun hatten, haben wir immer versucht, für jeden Kunden den passenden Wagen rauszusuchen. Heute heißt es: Nimm ihn oder laß es. Bei dieser Marktlage ist kein Raum mehr da für Improvisation. Dein Sohn hatte eine goldrichtige Idee: verleg dich auf Cabrios, Oldtimer, irgendwas, was Liebhaberwert hat. Ich kann diese japanischen Straßenflöhe nicht ernst nehmen. Dieser neue, der Tercel, den wir ab nächsten Monat an den Mann bringen sollen, hast du dir von dem mal die technischen Daten angesehen? Einskommafünfliter-Motor, fünfziger Reifen. Wie bei den kleinen Autos, die sie früher auf Karussells hatten für Kinder, die sich nicht auf Pferde trauten.»

«Dreiundvierzig Meilen mit einer Gallone Benzin auf dem Highway, das sind die Daten, die die Leute interessieren, so wie die Dinge liegen.»

Charlie sagt: «Unten in Florida sieht man noch nicht so viele kleine Flitzer. Die Älteren fahren noch ihre alten Straßenkreuzer, Continentals und Toronados, sie lackieren sie weiß und gondeln damit durch die Gegend. Klar bei den Straßen dort, kein einziger Berg im ganzen Staat und nie Frost. Ich habe selber schon damit geliebäugelt, da runterzuziehen, zum Sun Belt, und die Heizölrechnung in den Kamin zu stecken. Aber dann geht das Theater mit den Klimaanlagen los. Es gibt kein Entrinnen.»

Harry sagt: «Solarzellen, das ist die Lösung. Strom direkt von der Sonne. In rund fünf Jahren ist es soweit, behaupten sie in *Consumer Reports*. Dann können wir den Arabern sagen, sie sollen ihr beschissenes Öl behalten und ihre Kamele damit schmieren.»

Charlie sagt: «Die tödlichen Unfälle nehmen wieder zu. Willst du wissen, wieso? Aus zweierlei Gründen. Zum einen sind die jungen Leute jetzt ziemlich von den Drogen runter und stehen wieder auf Alkohol. Und zweitens sind sie alle auf Kompaktwagen umgestiegen, und die lassen sich zusammenknautschen wie Pappdeckel.»

Er grinst und zwirbelt den aromatisierten Zahnstocher gegen seine Unterlippe, während sie beide zum Fenster hinausstarren auf den Strom schmutzigen Blechs. Ein alter ausgeleierter Kombiwagen biegt aufs Firmengelände ein, aber er hat kein Holzgitter auf dem Dach; Harrys Herz macht einen Sprung, aber es ist nicht seine Tochter. Der Kombi umrundet den Hof und nimmt wieder Kurs auf die Route 111, nur mal kucken. Die Einbrüche nehmen zu. Harry fragt Charlie: «Melanie hat also tatsächlich daran gedacht» – etwas in ihm sperrt sich dagegen, bumsen zu sagen, es ist nicht die Sprache seiner Generation – «mit mir ins Bett zu gehen?»

«Das hat das Fräulein jedenfalls gesagt. Aber du weißt ja, wie diese jungen Leute sind, sie plaudern alles aus, was wir früher für uns behalten haben. Was nicht heißt, daß da mehr läuft. Wahrscheinlich sogar weniger. Wenn die fünfundzwanzig sind, sind sie doch ausgebrannt.»

«Sie hat mich nie gereizt, ehrlich gesagt. Die neue Freundin von Nelson allerdings . . .»

«Ich will nichts davon hören», sagt Charlie und dreht sich um und geht an seinen Schreibtisch zurück. «Die beiden sind schließlich drauf und dran zu heiraten, Harry.»

Laufen. Harry hat das Laufen beibehalten, das er in den Poconos angefangen hatte, er sah es als eine Möglichkeit, seinen Körper den versumpften Jahren wieder abzuringen, in denen er nie an ihn gedacht hatte, sondern aß und tat, was er wollte, Essen in Restaurants unten in Brewer und dazu jeden Donnerstag bei den Rotariern, er fängt an, Fett anzusetzen. Er rennt durch die dunkle Stadt, über abschüssige kleine Straßen und Gehwege, deren Steine rissig sind und aufgeworfen, ganze Zementplatten werden von Wurzeln nach oben gedrückt wie Gruftdeckel in einem Horrorfilm, die Toten greifen hinauf, schnappen nach seinen Fersen. Er ist ununterbrochen in Bewegung, reguliert sein Tempo, setzt sich über den Protest seiner Lungen hinweg und macht aus seinen steifen Muskeln und seinem trägen Blut eine Art Maschine, die den Weisungen seines Hirns folgt, den Berg hinauf, vorbei an dem fast chinesisch aussehenden Haus mit der ausladenden Dachtraufe, in dem die Mannweiber herumhämmern, nie ist bei ihnen Licht in den Vorderfenstern, sie müssen viel fernsehen oder sich sonstwie einkuscheln in was auch immer es ist, was sie am frühen Abend tun, oder vielleicht sparen sie Strom, Frauen werden nie soviel verdienen wie Männer, solange das Gleichberechtigungsgesetz nicht verabschiedet ist, besser ein Nest von Mannweibern in der Nachbarschaft als Schwarze oder Puertorikaner, denn sie vermehren sich wenigstens nicht.

Norwegischer Ahorn beschattet diese Straßen. Nicht viel höher als in seiner Kindheit. Einen der unteren Zweige packen und sich emporhangeln in ein Hornissennest. Die Samenkapseln aufspellen und sich auf die Nase kleben und Rhinozeros spielen. Keuchend durchquert er ihren Schatten. Ein spitzer Schmerz durchzieht seine linke Brustseite. Halte durch, Herz. Der alte Fred Springer war in einem roten Feuersturm krepiert, jedenfalls hat Rabbit sich immer vorgestellt, das letzte, was man bei einem Herzinfarkt sähe, müßte rot sein, er glaubt aber nicht, daß ihm das beschieden sein wird, ein zähes langsames Ringen mit schwarzem Krebs vermutlich. Seltsam, wie dunkel diese amerikanischen Häuser um neun Uhr abends sind. Eine Geisterstadt, niemand auf den Gehwegen, alle Hühner im Stall, nur hier und da dringt ein bräunlicher Schimmer durch einen Fensterspalt, Nachtlämpchen in einem Kinderzimmer. Seine Phantasie wandert ab in bodenlosen Kummer bei dem Gedanken an Kinder. Der kleine Nellie in seinem Zimmer, frisch in Vista Crescent eingezogen, die Teddybären neben sich aufgereiht, seine Augen wie die ihren unfähig, sich zu schließen, aus Angst, im Schlaf zu sterben, man braucht nur an Baby Becky zu denken, die im Wasser ertrank, die tatsächlich starb. Eine Menge Wasser stand noch Stunden danach in der Wanne, Staub auf der unbewegten grauen Oberfläche, nur ein kleiner Gummistöpsel brauchte herausgezogen zu werden, und Gott in all seiner Macht tat nichts. Trockene Blätter rascheln und brechen unter seinen Füßen, Herbstgeräusche, Erregung in der Luft. Der Papst kommt, und die Hochzeit ist am Samstag. Janice fragt ihn, weshalb er so hartherzig ist zu Nelson. Weil Nelson den Jungen, der er war, verschlungen hat und der Welt statt dessen noch einen rüden Mann mehr beschert hat, haarige Handgelenke, Riesenschwanz. Nicht genug Platz auf der Welt. Die Menschen kamen aus dem sonnigen Ägypten nach Norden und lebten in geheizten Häusern, und jetzt geht die Heizenergie zur Neige, allein die Heizkosten für den Ausstellungsraum und die Büros und die Werkstatt haben sich verdoppelt seit 1974, als er zum erstenmal die

Bilanzen von Springer Motors zu sehen bekam, und wird sich innerhalb der kommenden ein, zwei Jahre nochmals verdoppeln, und wenn man versucht, ihn so einzuschränken, wie der Präsident rät, beklagen sich die Männer in der Werkstatt, sie müssen mit bloßen Händen arbeiten, bei der Arbeit auf einem Betonfußboden könnten sie ruhig warme Socken und Schuhe mit dicken Sohlen tragen, einmal hatte er schon erwogen, für alle solche Golfhandschuhe zu besorgen, die die Fingerspitzen freilassen, aber es wäre schwierig gewesen, welche für die rechte Hand zu finden, Kerle unter dreißig arbeiten heute einfach nicht mehr ohne Komfort und all die zusätzlichen Sozialleistungen, eine vollkommen neue Lebenseinstellung, weich, Sozialismus, die Wärme steigt in einer so großen Halle nach oben und hängt dort zwischen den Querbalken, wenn man sie heute baute, würde man fünfundzwanzig Zentimeter Isolierwolle hineinpacken, wenn der Papst so scharf auf Babies ist, warum versucht *er* dann nicht, dafür zu sorgen, daß sie genug Wärme haben?

Er läuft jetzt die Potter Avenue entlang, immer noch bergauf, die Gefällstrecke hebt er sich für den Heimweg auf, am Rinnstein entlang, durch den früher das Wasser von der Eisfabrik floß, ein Rinnsal aus grünem Schleim, das Leben versucht überall Fuß zu fassen, das heißt: auf der Erde, auf dem Mond nicht, das ist noch so etwas, weshalb ihm nicht ganz geheuer ist bei dem Gedanken, durch die Sterne aufzusteigen. Einmal beim Herumalbern auf dem Weg zur Schule am Rinnstein entlang, der jetzt ausgetrocknet ist, rutschte er auf dem Schlick aus und fiel hinein, seine Knickerbockers waren durchnäßt, diese Kordknickerbockers, die man damals immer anziehen mußte, *witsch, witsch,* und die Kniestrümpfe, unglaublich, wie weit er sich jetzt zurückbesinnt, er kann sich an Mädchen aus der ersten Klasse erinnern, die noch hochgeknöpfte Schuhe trugen: Margaret Schoelkopf, so voller Leben, daß ihre Nase ohne jeden Grund zu bluten anfing. Als er in den Rinnstein mit Eisfabrikwasser fiel, waren seine Hosen so naß, daß er heulend nach Hause lief und sich umziehen mußte, er haßte es, zu spät in die Schule zu kommen. Auch sonst, es war etwas, was Mom ihm eingebleut hatte, sie kümmerte sich kaum darum, wo er hinging, aber er mußte pünktlich zu Hause sein, und sein Leben lang überfiel ihn immer wieder das Gefühl, überall, im Umkleideraum, auf einem Bus der Linie 16A, mitten beim Vögeln, daß er zu irgend etwas zu spät kommen könnte und abgrundtief in der Tinte saß, und dann öffnete sich in seiner Phantasie eine Art Tunnel, an dessen Ausgang Mom mit einer Rute stand. *Willst du eine Tracht Prügel, Hassy?* fragte sie ihn immer, als frage sie, ob er etwas zum Nachtisch haben wolle, die Ruten kamen vom Stamm des kleinen Birnbaums in dem schmalen Gärtchen an der Jackson Road; wie damals die Wespen über den abgefallenen faulenden Früchten schwirrten. In letzter Zeit hat er nie mehr das Gefühl, zu irgend etwas zu spät zu kommen, ein eigenartiger innerer Friede erfüllt ihn in diesem Lebensabschnitt, wie ein geworfener Ball, der auf dem Höhepunkt der Wurfbahn sekundenlang stillsteht. Sein Gold steigt im Wert, laut Zeitung jeden Tag zehn Dollar pro Unze oder so ähnlich, zehnmal dreißig macht dreihundert Mäuse, ohne daß er einen Finger rührt, wenn man bedenkt, wie Pop schuftete. Janice mit dem Monokel im Auge war eine Überraschung, das einzig Dumme an ihr im Bett ist, daß sie es immer noch nicht gern mit dem Mund macht, etwas Verkniffenes war um ihren Mund, schon immer, Melanie hatte so unverschämt freche trotzige Kirschlippen, ein wahres Wunder, daß Charlies Aorta nicht geplatzt ist da unten am Strand in irgendeinem Motel, schön ist es, wenn eine Frau sich vergißt und weit den Mund öffnet, um zu lachen oder aufzuschreien, so daß man den ganzen runden Schlund sieht, den geriffelten rosigen Gaumen und die Zunge wie ein Teppich in einem Flur und die schmetterlingsförmige Schwärze ganz hinten, die in den Rachen übergeht, Pru hatte es neulich getan, in der Küche, wegen irgend etwas, was Ma Springer sagte, ihr Lächeln war meistens nach einer Seite hin breiter und ein bißchen zaghaft, als könnte sie sich verbrennen, aber all die jungen Mädchen, die heranwuchsen, taten es heutzutage, es gehörte dazu, war eine Selbstverständlichkeit, Fick-und-Schluck-Filme nennen sie das, in aller Öffentlichkeit, man verabredet sich dazu mit einem Mädchen ins alte Baghdad-Kino oben an der Weiser Street JEDEN FREITAG EIN NEUER PORNO – NICHT JUGENDFREI, zu Rabbits Zeiten hatten sie dort Ronald Reagan als Copilot gegen die Japse kämpfen sehen. Nelson hat Glück, auf eine Art. Und doch beneidet er ihn nicht. Eine abgenutzte Welt, in der er sich zurechtfinden muß. Das Komische an Mündern ist, sie müssen so viel machen, und doch sieht man ihnen nicht an, was sie in sich aufnehmen, nicht einmal eine Minute danach. Was ihn wirklich abstößt, ist der Anblick von Essensresten, Reis oder Haferflocken oder sonstwas, die während einer Mahlzeit in den kleinen Härchen eines Gesichts hängenbleiben. Die arme Mom in ihren letzten Jahren.

Seine Knie knacken. Sein Wanst wabbelt. Jeden Abend versucht er, seinen Lauf etwas zu verlängern, an den stillen dunklen Häusern vorbei unter den Lichtkegeln der Straßenlampen, unter dem eiskalten schiefhängenden Mond, den er neulich abend auf der Heimfahrt im Corona zufällig durch die getönte obere Hälfte der Windschutzscheibe sah und sekundenlang dachte: Mein Gott, der ist ja grün. Heute abend quält er sich bis zur Kegerise Street, eine Art Gasse, die wieder bergab führt, vorbei an kleinen Fabriken mit geschwärzten Außenwänden, die mysteriöse neue Namen tragen wie Lynnex und Data Development, vorbei an einem alten steinernen Farmhaus, das während all der Jahre, in denen er heranwuchs, vernagelte Fenster und einen Garten voller wild wuchernder Unkräuter, Wolfsmilch und Disteln und einen Zaun aus zerbrochenen Latten hatte, jetzt aber von Grund auf renoviert war, außen ein kleines gepflegtes Schild mit der Aufschrift *Albrecht Stamm Homestead* und innen alle möglichen Sorten von stilechten handgearbeiteten Möbeln und malerische Küchengerätschaften, die veranschaulichen sollten, wie ein Farmhaus um 1825 aussah, und in Schaukästen im Flur die Fotos von den ersten Gebäuden von Mt. Judge vor der Jahrhundertwende, aber nichts von den Feldern, als dieser Stadtteil größtenteils noch Stammsches Farmland war, damals gab es noch keine Kameras, oder wenn es welche gab, dann richtete man sie nicht auf ödes Ackerland. Der alte Springer war im Vorstand der Historischen Gesellschaft von Mt. Judge gewesen und hatte geholfen, die Mittel für die Restaurierung zu beschaffen, und nach seinem Tod dachten Janice und Bessie, daß Harry vielleicht als sein Nachfolger in den Vorstand gewählt werden würde, aber dazu kam es nicht, seine scheckige Vergangenheit verfolgte ihn. Obwohl ein junges Hippiepärchen im Obergeschoß wohnt und die Besucher führt, ist der alte Hof der Stamms für Harry voller Geister, diese alten Farmer führten ein makabres Leben, sie sperrten ihre schwachsinnigen Schwestern auf dem Dachboden ein und strangulierten das schwangere Dienstmädchen, wenn der Dämon Rum sie packte, und versteckten die Leiche im Kartoffelkeller, wo fünfzig Jahre später das Skelett ans Tageslicht kam. Im Haus daneben war früher die Sunshine Athletic Association untergebracht, von der Harry als kleiner Junge glaubte, sie sei voller Athleten, so daß er hoffte, er könnte eines Tages dazugehören, aber als er dann vor zwanzig Jahren tatsächlich hineinkam, stank es dort nach Zigarrenkippen und abgestandenem Bier. Dann, im Laufe der sechziger Jahre, geriet sie in Verfall und Verruf, die Kerle, die darin soffen und Karten spielten, wurden immer älter und weniger und noch mürrischer. Als das Gebäude dann zum Verkauf anstand, erwarb es die Historische Gesellschaft und ließ es abreißen und legte an seiner Stelle einen Parkplatz an für die Besucher, die sich den Familiensitz der Stamms auf der Durchfahrt nach Lancaster zu den Amish oder nach Philadelphia zur Liberty Bell ansehen wollten. Man sollte es nicht für möglich halten, daß die Leute ihn fanden, in diesem entlegenen Winkel an der ehemaligen Kegerise Alley, aber erstaunlich viele taten es, in der Hauptsache Weißhaarige. Historie. Je mehr man davon hat, desto mehr muß man mit ihr leben. Nach einer Weile wird es zuviel zum Auswendiglernen, und vielleicht ist das der Anfang vom Untergang der Weltreiche.

Jetzt ist er richtig in Fahrt, der Weg führt bergab, vorbei an der Karosseriewerkstatt und einer Geflügelzucht, in der sie jetzt Leder verarbeiten, diese Ex-Hippies sind überall, wie die Kletten, sie haben den Anschluß verpaßt, aber ihren Spaß gehabt, er hat sich durch die erste Ermüdungswelle durchgekämpft, wo man glaubt, man kann den Körper nicht einen Meter weiterschleppen, die Oberschenkel nur noch Schmerz. Dann bekommt man wieder Auftrieb und läuft sich frei, gerät in einen Zustand, in dem der Körper alles von allein macht, eine Maschine, die man fährt, das Hirn wie der Astronaut in der Raketenspitze, die Gedanken fliegen nur so. Wenn Nelson doch heiratete und wegginge und in zwanzig Jahren als reicher Mann wiederkäme. Warum können sich diese Kinder nicht allein draußen durchschlagen, anstatt wieder angekrochen zu kommen? Sind zu viele da draußen. Der Papst, Gott, man kann nur hoffen, daß ihn keiner erschießt, wäre typisch Amerika, daß irgend so ein Idiot abdrückt, bloß um in die Zeitung zu kommen, diese Squeaky Fromme, die es den alten Cowboys auf der Manson Ranch immer besorgt hatte, bei dem Weiberkonsum, den der hatte, hätte er eigentlich netter sein müssen, dieser Manson, wo doch sexueller Frust schuld sein soll am Krieg, wie er gelesen hat. Wie der Papst zur Empfängnisverhütung steht, versteht er allerdings nur zu gut, er hat Pariser nie leiden können, nicht mal als es die Dinger gratis gab beim Militär, in der neuesten Ausgabe von *Consumer Reports* steht ein Artikel drüber, seitenlang, dieser ganze Testrummel, manche haben sie tatsächlich am liebsten knallbunt mit Rippen und kleinen Knubbeln, um den Frauen mehr Reiz zu verschaffen, ob die Redakteure bei der Zeitschrift die Sekretärinnen alle zum Bumsen animiert hatten oder was, manche Leute standen sogar auf einer Sorte aus Schafsdarm, bei dem bloßen Gedanken kribbelt es ihn da unten, und so was nannte sich dann Horizon Nuda oder Klingtite Naturalamb, Harry konnte den Artikel nicht zu Ende lesen, so widerte er ihn an. Er versucht sich vorzustellen, wie seine Tochter es wohl macht, ländliche Methoden, über die sie in der Schule Witze gerissen hatten, auf Maisstengel hocken, sie hatte ganz schön jungfräulich gewirkt auf den ersten Blick, und wer wäre das nicht unter lauter Bauernrüpeln? Ruth würde ihr schon beibringen, was für Schweine die Männer sind. Und dieser kläffende Köter wirkte sicher auch abschreckend.

Der Nachhauseweg ist länger, die Jackson hinunter bis zur Joseph Street und dann auf die andere Straßenseite, aber heute abend kürzt er ab, quer über den Rasen vor der großen steinernen Baptistenkirche, er genießt es, einen Augenblick Gras unter den Füßen zu spüren, wie düster die Kirchenfassade ist, hinüber zu den Betonstufen, die einen auf die Myrtle hinunterbringen, und weiter an den blauweißroten Postautos vorbei, die in Reih und Glied hinten an der Rampe abgestellt sind, die amerikanische Flagge schlaff und knallig über der Giebelattrappe zur Straße hin, früher war es unerwünscht, abends zu flaggen, aber heutzutage tun es alle Städte, sogar mit Strahlern, Stromvergeudung, das letzte Tröpfchen Energie fürs Flaggen aufzubrauchen. Die Myrtle mündet von der anderen Seite her in die Joseph Street. Sie werden schon dasitzen und auf ihn warten, entweder sie glotzen in die Röhre, oder sie hecheln die Hochzeit durch, fangen schon an, darüber zu albern, jetzt, wo sie so nah ist und Soupy freie Fahrt signalisiert hat, sie haben Charlie Stavros doch noch eingeladen und Grace Stuhl und einen ganzen Schwung anderer alter Frauen und ein paar Freunde vom Flying Eagle, und es hat sich herausgestellt, daß Pru, oder Teresa, wie sie sie in der Anzeige nennen, die sie verschicken wollen, eine Tante und einen Onkel in Binghamton, New York, hat, die herunterkommen wollen, wenn auch der Vater ein Griesgram ist, der seine Tochter am liebsten erwürgen und im Kartoffelkeller verschwinden lassen würde. Harry wird hereinkommen, und Janice wird ihre übliche spitze Bemerkung von wegen Selbstmord und Herzinfarkt machen, es stimmt zwar, sein sonst weißes Gesicht wird krebsrot, das sieht er selber im Garderobenspiegel, mit seinen blauen Augen, ein Weihnachtsmann ohne Bart, und er muß, über eine Stuhllehne gebeugt, eine Weile nach Luft schnappen, ehe er wieder ruhig atmen kann, aber das macht ja gerade Spaß, ihr einen Schrecken einzujagen, armes Luder, was würde sie ohne ihn anfangen, sie müßte den Flying Eagle und all das aufgeben und wieder Nüsse verkaufen bei Kroll. Er wird hereinkommen, und Pru wird dicht neben Nelson auf dem Sofa sitzen wie ein Polizist, der einen Verbrecher im Zug von einem Gefängnis ins andere schafft, darauf bedacht, daß keiner die Handschellen sieht, das einzige, wovor Harry sich fürchtet, jetzt wo Pru zur Familie gehört, ist, daß er die Bude mit seinem Schweiß verpestet. Wie Tothero damals im Sunshine, mit diesem säuerlichen traurigen Altmännermief, und morgens beim Aufstehen bemerkt Harry ihn plötzlich an sich selber, diesen fernen Leichengeruch, der schon ins Süßliche geht. Die mittleren Jahre sind wirklich voller Wunder – was man nie für möglich gehalten hätte, tritt ein. Als er fünfzehn Jahre alt war, kam ihm sechsundvierzig wie das Ende des Regenbogens vor, bis dahin würde er nie kommen, falls das Leben einen Sinn haben sollte, müßte er ihn jetzt erkannt haben, sollte man meinen.

Doch in manchen Augenblicken scheint es einen zu haben, es gibt nur keine Worte dafür, es ist nichts, wonach man forscht, es steht vielmehr plötzlich mitten auf dem Tisch wie eine ungeöffnete beschlagene Bierdose. Nicht nur der Papst kommt, auch der Dalai Lama, den sie vor zwanzig Jahren aus Tibet rauswarfen, bereist die USA und spricht in theologischen Seminaren und tritt in Fernseh-Talkshows auf, Harry hätte schon immer gern gewußt, was für ein Gefühl es ist, der Dalai Lama zu sein. Ein Ball auf dem Höhepunkt der Wurfbahn, ein Blatt auf der Haut eines Teichs. In gewisser Weise ist der Verstand wie ein Wasserläufer, diese kleinen Mulden unter seinen Beinen, dort, wo sie beinahe, aber doch nicht ganz ins Wasser einbrechen. Als Harry klein war, senkte Gott sich im Dunkeln auch so über sein Bett, und als es im Bett so komisch wurde und dem Mädchen in der nächsten Kirchenbank Achselhaare wuchsen, fuhr Er einem in Gestalt irgendeines unverständlichen Gebotes in Blut, Muskeln und Nerven, aber nun hatte Er sich zurückgezogen und bezeugt Harry den zwischen wohlsituierten Gentlemen üblichen Respekt, nur eine Visitenkarte hatte er noch in der Magengrube hinterlassen, ein Stück Blei, akkurat wie ein Senklot, das Harry hinabzog zu all den bleiernen Toten unten in der hohlen Erde.

Sämtliche Lampen vorn in Ma Springers großem düsteren verputzten Haus brennen lichterloh, sie sind alle in heller Aufregung wegen der Hochzeit, Pru hört gar nicht mehr auf zu erröten, und Janice hat tagelang nicht mehr Tennis gespielt, und Bessie steht offenbar mitten in der Nacht auf und geht nach unten, um sich auf dem größeren Fernseher die alten Hollywoodklamotten anzusehen, Männer in breitrandigen Hüten und mit Schnurrbärtchen, Frauen, die Schultern breiter als die Hüften, die in Redaktionsbüros und luxuriösen Hotelsuiten mit anzüglichen Bemerkungen um sich werfen. Ma muß diese Filme zum erstenmal gesehen haben, als ihr Haar noch ganz schwarz war und die Innenstadt von Brewer eine große weiße Fläche. Harry läuft auf der Stelle, um ein Auto vorbeifahren zu lassen, einen dieser komischen Mazdas mit Wankelmotor, wie ein Laufrad für Hamster, von dem Manny behauptet, daß sie ihn nie richtig dicht kriegen werden, er überquert die Fahrbahn von

Bordstein zu Bordstein unter den Straßenlampen, stellt fest, daß Janices Maverick nicht vor dem Haus geparkt ist, sprintet den Backsteinweg hinunter und die Verandastufen hinauf, und auf der Veranda unter der Nummer 89 hört er endlich auf zu rennen. Er ist noch so in Fahrt, daß die Welt noch ein, zwei Sekunden lang weiterströmt und alle ihre Bäume und Giebel ins sternfunkelnde All hinauszuschleudern scheint.

Im Bett sagt Janice: «Du, Harry.»

«Was ist?» Wenn man gelaufen ist, fühlen sich die Muskeln wie neu an, durchgewalkt und eingebettet, und der Schlaf kommt wie von selbst.

«Ich muß dir was beichten.»

«Du vögelst wieder mit Stavros.»

«Werd nicht ordinär. Nein, hast du nicht gemerkt, daß der Maverick nicht wie sonst vor dem Haus steht?»

«Hab ich. Ich hab noch gedacht: ‹Wie nett.›»

«Nelson hat ihn nach hinten gefahren in die Zufahrt. Wir müßten wirklich mal die Garage aufräumen, all die alten Fahrräder, mit denen kein Mensch fährt. Melanies Fuji steht auch noch drin.»

«Okay, gut. Nelson macht sich. Sag mal, willst du eigentlich die ganze Nacht lang reden oder was? Ich bin wie gerädert.»

«Er hat ihn nach hinten gefahren, weil er nicht wollte, daß du den vorderen Kotflügel siehst.»

«Das darf doch nicht wahr sein. Dieses Miststück. Er ist ein richtiges Miststück.»

«Er war nicht direkt schuld, der andere ist einfach immer weiter auf ihn zugekommen, allerdings war das Stoppschild auf Nelsons Straße, glaube ich.»

«Oh, Mann!»

«Gott sei Dank sind beide voll auf die Bremse getreten, und es hat wirklich nur eine minimale Beule gegeben.»

«Ist der andere Bursche verletzt?»

«Ach, er hat irgendwas von Schleudertrauma gesagt, aber damit kommt ja heute jeder, solange er seinen Anwalt noch nicht gesprochen hat.»

«Und der Kotflügel ist Mus?»

«Na ja, er ist eingebeult. Und der eine Scheinwerfer zeigt nicht in dieselbe Richtung wie der andere. Aber bei Tag geht es gut. Es ist wirklich kaum mehr als ein Kratzer.»

«Der fünfhundert Piepen kostet. Mindestens. Der maskierte Kotflügel-Verbeuler geht wieder um.»

«Er hatte wirklich Angst, es dir zu sagen. Ich habe ihm schwören müssen, daß ich dichthalte, also kannst du ihm keine Vorhaltungen machen.»

«Ach, kann ich nicht? Wieso sagst du es mir dann? Wie soll ich wieder einschlafen? Mir dröhnt der Kopf. Es ist, als hätte er ihn im Schraubstock.»

«Weil ich nicht wollte, daß du von selber dahinterkommst und Krach schlägst. Bitte, Harry. Nur bis nach der Hochzeit. Er geniert sich wirklich sehr.»

«Einen Dreck tut er, es macht ihm Spaß. Er hat meinen Kopf im Schraubstock und zieht die Schraube immer fester an. Daß er das mit *deinem* Wagen gemacht hat, nachdem du dich so für ihn abgerackert hast, das nenne ich wirklich Dankbarkeit.»

«Harry, er ist drauf und dran zu heiraten, er dreht noch durch.»

«Der kann mich mal, jetzt dreh ich gleich durch. Wo sind meine Sachen? Ich muß raus und mir den Schaden ansehen. Sind endlich neue Batterien in der Taschenlampe in der Küche?»

«Hätte ich dir bloß nichts gesagt. Nelson hat recht gehabt. Er sagte gleich, das würdest du nicht verkraften.»

«Ach nein, hat er das gesagt? So ein Witzbold.»

«Reg dich nicht auf. Ich kümmere mich um den Versicherungskram und alles.»

«Und wer, meinst du, soll die erhöhten Versicherungsbeiträge bezahlen?»

«Wir», sagt sie. «Wir beide.»

Die St. John Episcopal Church in Mt. Judge ist eine kleine Kirche, die nie anbauen mußte. Sie wurde 1912 in der landesüblichen Bauweise errichtet, mit niedrigen Seitenmauern aus dunkelgrauen, aus dem Norden des Landes herbeigeschafften Steinen und steilem Dach, während die Lutherische Kirche aus einheimischem roten Sandstein gebaut ist und die Reformierte, neben der Feuerwehr, aus Backstein. Efeu wuchert um die Spitzbogenfenster von St. John. Im Innern ist es dunkel, Gestühl und Paneele aus knorrigem Nußbaumholz und an den Wänden, zwischen bemalten Fenstern mit Bildern von Jesus in violetten Gewändern und vielerlei Posen, Gedenktafeln aus Marmor mit den Namen von betuchten Gemeindemitgliedern, die stattliche Summen gespendet hatten, zu der Zeit, als es so aussah, als ob Mt. Judge eines Tages ein schicker Vorort werden könnte. WHITLAW. STOVER. LEGGETT. Englische Namen in einer deutschstämmigen Region, die nach dreißig Jahren im Kirchenvorstand dahingeschieden waren, um dem Reich der Toten Farbe zu geben. Der alte Springer hatte auch sein Scherflein beigetragen, aber zu seiner Zeit waren die Felder zwischen den Fenstern bereits aufgebraucht.

Die Hochzeit findet zwar nur im engsten Kreise statt, und die Braut ist die Tochter eines Arbeiters aus Ohio, doch muß die Versammlung in den Augen der Passanten ein hübsches buntes Bild abgeben vor dem rostroten Kirchenportal, an diesem zweiundzwanzigsten September gegen vier Uhr. So mancher, der an diesem Samstag nachmittag auf dem Weg zum MinitMart oder dem Haushaltswarenladen vorüberfährt, könnte sich sehnlichst wünschen, unter den Gästen zu sein. Der Organist mit der roten Robe über dem Arm verschwindet mit eingezogenem Kopf im Seiteneingang. Er hat einen Spitzbart. Ein kleiner schmuddeliger Bursche, in grünem Overall wie ein Troll, wartet auf Harry, um sich das Geld für die Blumen geben zu lassen. Ma sagte, sie müßten anstandshalber wenigstens den Altar schmücken, Fred wäre gestorben vor Scham, wenn er hätte mitansehen müssen, daß Nellie in der St. John Kirche vor einem nackten Altar getraut würde. Zwei Sträuße weiße Chrysanthemen mit Schleierkraut kosten 38.50 $, Rabbit bezahlt mit zwei Zwanzigern, es war ein schlechtes Omen damals, als die Banken anfingen, Zwanzigdollarscheine an Stelle von Zehndollarscheinen auszugeben, und doch – der Zwanzigdollarschein setzt sich nicht durch. Die Leute sind abergläubisch. Es war überhaupt nicht als richtige Hochzeit gedacht, aber es kostet trotzdem eine Stange Geld. Sie mußten drei Zimmer nehmen drüben im Four Seasons Motel an der Route 422: eines für die Brautmutter, Mrs.

Lubell, eine kleine furchtsame Seele, die aussieht, als erwartete sie, von den Anwesenden bei lebendigem Leibe aufgespießt zu werden, wenn sie ihr kleines Lächeln auch nur eine Sekunde lang ablegt; ein zweites für Melanie, die mit Mrs. Lubell im Bus von Akron quer durch Pennsylvania angereist war, und für Pru, die aus ihrem Zimmer – einst Melanies Zimmer und davor das der Schneiderpuppe – ausquartiert worden war, weil Mim aus Nevada kam, die Bessie und Janice am liebsten nicht im Haus gehabt hätten, aber Harry bestand darauf, sie ist seine einzige Schwester und Nelsons einzige Tante; und das dritte Zimmer für das Paar aus Binghamton, Prus Tante und Onkel, die heute anreisen sollten, sich aber bis gegen halb vier noch nicht im Hotel gemeldet hatten, als Harry mit dem Pendeldienst, den er mit dem Corona unterhielt, die zwei Mädchen und die Mutter abholte, um sie zur Kirche zu bringen. Sein Kopf dröhnt. Diese Mutter macht ihn nervös, das Lächeln liegt schon so lange auf ihrem Gesicht, daß es trocken ist wie eine gepreßte Blume, sie scheint überhaupt nicht zu seiner Generation zu gehören, sie ist wie eine alte Zeitung, die jemand als Schrankpapier verwendet hat und die man dann beim Hausputz herausnimmt und zu lesen versucht; Pru muß ihrem Aussehen nach ganz nach der väterlichen Seite geschlagen sein. Im Motel hatte sich die Frau dauernd darüber aufgeregt, ob die Nachricht, die sie für ihren säumigen Bruder und ihre Schwägerin bei der Anmeldung hinterließen, auch klar genug sei, und war in Tränen ausgebrochen, die ihr Lächeln aufweichten, ruinierten. Eine Kiste mit Mumm Sekt, zweite Wahl, steht hinten in der Küche an der Joseph Street bereit für das kleine gemütliche Beisammensein hinterher, das niemand als Empfang bezeichnen wollte; Janice und ihre Mutter beschlossen, sich die kalten Platten von einem Enkelsohn von Grace Stuhl besorgen zu lassen, der seine Freundin mitbringen wollte zum Servieren. Und dann bestellten sie einen Kuchen bei einem Italiener in der Eleventh Street, der einhundertfünfundachtzig amerikanische Dollar dafür verlangte, für *einen Kuchen* – Harry konnte es nicht fassen. Nelson braucht sich bloß einmal umzudrehen, schon kostet es seinen Vater ein Vermögen.

Harry steht einen Augenblick lang in dem hoch aufragenden

Kreuzrippengewölbe der leeren Kirche, liest die Inschriften auf den Tafeln und hört Soupy zur Begrüßung der drei feingemachten Frauen im Nebenraum kichernd lachen, in einem dieser versteckten Gemächer, die es in Kirchen oft gibt, wo die Chormitglieder sich in ihre Gewänder werfen und die Diakone die Kollekte zählen, wo der Kommunionswein verwahrt wird, damit ihn die Meßdiener nicht austrinken, und wo das ganze seltsame Schauspiel vorbereitet wird. Eigentlich sollte Billy Fosnacht Trauzeuge sein, aber er ist wieder an der Universität in Tufts, deshalb steht ein gemeinsamer Freund der beiden aus dem Laid-Back namens Slim mit einer Nelke am Aufschlag wartend herum, um als Platzanweiser zu fungieren. Unangenehm berührt von der Art, wie die schrägen Augen dieses jungen Mannes ihn streifen, geht Rabbit hinaus und stellt sich am Kirchenportal auf, dessen rostroter Anstrich Wärme in der Septembersonne abstrahlt, was ihn daran erinnert, wie er einmal an einem Wintertag in Texas in seiner nagelneuen gelbbraunen Uniform an der Mauer der Kaserne stand, im Schatten des Windes, der sich ständig aus dem weiten dünnen Himmel über das baumlose Land ergoß, wie das klagende Heimweh, das diesen Soldaten durchfloß, der noch nie zuvor aus Pennsylvania fortgewesen war.

Als er so in der frischen Luft auf diesem friedvollen Fleckchen steht, sieht er sich plötzlich in der Rolle des Begrüßenden gefangen, als die Gäste herbeizuströmen beginnen. Ma Springers repräsentativer dunkelblauer Chrysler fährt vor und kommt mit den Reifen am Gehsteig schleifend zum Stehen, und die drei alten Damen im Wagen greifen auslaßheischend nach den Türgriffen. Grace Stuhl hat zwar eine durchscheinende Warze seitlich am Kinn, aber sie hat nicht verlernt, ihre Grübchen spielen zu lassen. «Ich wette, daß ich außer Bessie die einzige hier bin, die schon auf deiner Hochzeit war», teilt sie Harry auf dem überdachten Platz vor dem Kircheneingang mit.

«Ich bin mir nicht sicher, ob ich selber dabei war», sagt er. «Wie hab ich mich benommen?»

«Sehr würdevoll. So ein großer stattlicher Ehemann für Janice, haben wir alle gesagt.»

«Der sich sein gutes Aussehen bewahrt hat», fügt Amy Gehringer hinzu, die behäbigste der drei alten Wachteln. Ihr Gesicht wird von Rouge belebt und von einer schilfernden Substanz von der Farbe russischer Salatsauce. Sie knufft ihn in den Magen, nicht zimperlich. «Und sogar noch zugelegt», scherzt die alte Dame.

«Ich versuche, es wieder loszuwerden», sagt er, als schulde er ihr etwas. «Ich gehe fast jeden Abend joggen. Stimmt's, Bessie?»

«Ich finde es erschreckend», sagt Bessie. «Nach allem, was Fred zugestoßen ist. Und ihr wißt ja, daß er kein Gramm Fett zuviel am Leibe hatte.»

«Übertreib es nicht, Harry», sagt Webb Murkett, der mit Cindy hinter ihnen auftaucht. «Es heißt, man kann sich beim Joggen die Darmwände verletzen. Das ganze Blut strömt in die Lungen.»

«Hallo, Webb», sagt Harry aufgekratzt. «Du kennst ja meine Schwiegermutter.»

«Freut mich», sagt er und stellt sich und Cindy allen Anwesenden vor. Sie trägt ein schwarzes Seidenkleid, in dem sie wie eine junge Witwe wirkt. Gott, wenn sie es bloß wäre. Ihr Haar ist aufgebauscht vom Fönen, und sie hat nicht den kleinen nassen Seeotterkopf, den er so liebt. Das Oberteil ihres Kleides wird am tiefsten Punkt des gewagten V-Ausschnitts von einer hummelförmigen Brosche zusammengehalten.

Und Bessies Freundinnen starren den galanten Webb mit solcher Begeisterung an, daß Harry sie mahnt: «Geht schon rein, drinnen ist ein Bursche, der die Leute an ihre Plätze führt.»

«Ich möchte ganz vorn sitzen», sagt Amy Gehringer, «damit ich diesen jungen Pastor unter die Lupe nehmen kann, von dem Bessie so schwärmt.»

«Tut mir leid, wenn euch das hier das Golfspiel heute vermasselt», sagt Harry entschuldigend zu Webb.

«Ach», sagt Cindy, «Webb hat seine achtzehn schon gespielt, er war schon um halb neun drüben.»

«Wen habt ihr an meiner Stelle gekriegt?» fragt Harry neidisch und unfähig, seine Augen von Cindys gebräuntem Dekolleté abzuwenden. Der obere Teil vom Busen ist fast das Beste, Brustwarzen können furchterregend sein. Just über der Hummel entdeckt er einen weißen Fleck, den sogar ihr Bikinibüstenhalter vor der Sonne verbirgt. Das kleine Kreuz hängt höher, knapp unter der aufreizenden Kuhle zwischen ihren Schlüsselbeinknochen. Was für ein Wonneproppen.

«Der junge Hilfstrainer hat mit uns die Runde gespielt», beichtet Webb. «Dreiundsiebzig hat er gespielt, Harry. *Drei*undsiebzig, und dabei ist einer seiner Bälle am fünfzehnten Loch im Teich gelandet, so weit schlägt er.»

Harry fühlt sich verletzt, aber er muß die Fosnachts begrüßen, die von hinten nachdrängen. Janice hatte sie nicht einladen wollen, vor allem, weil sie beschlossen hatten, die Harrisons nicht einzuladen, um die Sache in Grenzen zu halten. Aber da Nelson Billy als Trauzeugen wollte, meinte Harry, sie hätten keine Wahl, und außerdem, obwohl Peggy sich in letzter Zeit gehenläßt, hat eine Frau, die sich irgendwann einmal restlos für einen ausgezogen hat, dieses gewisse Etwas an sich – wie kümmerlich auch alles ausgegangen sein mag. Was soll's, es ist eine Hochzeit, also beugt er sich hinunter und küßt Peggy auf die eine Seite ihres großen nassen hungrigen Mundes, an den er sich noch erinnert. Sie ist verdutzt, ihr Gesicht ist großflächiger, als er es in Erinnerung hat. Ihre Augen schwimmen im Sog des Kusses zu ihm empor, aber da das eine von ihnen nach außen schielt, weiß er nie, an welches er sich halten soll.

Ollies Händedruck ist schlaff, nervig und hinterhältig: ein hinterhältiger kleiner Verlierer, mit abstehenden Ohren und Haaren wie schmutziges Stroh. Harry drückt zu und läßt seine Knöchel ein bißchen knacken. «Was macht das Musikgewerbe, Ollie? Noch immer feste am Rumdudeln?» Ollie gehört zu den für die Brewerer Gegend typischen Betriebsnudeln, die aus allem eine Melodie herauslocken können, ohne es je zu irgendeinem Hit zu bringen. Er arbeitet in einer Musikalienhandlung, *Chords 'n' Records*, inzwischen umbenannt in Fidelity Audio, in der Weiser Street in der Nähe des alten Kinos Baghdad, wo heute die Filme laufen, die nur für Erwachsene freigegeben sind.

Peggy, die Stimme abweisend wegen des Kusses, sagt: «Er springt manchmal am Synthesizer ein bei einer Gruppe von Billys Freunden.»

«Bleib am Ball, Ollie, du wirst noch der Èlton John der achtziger Jahre werden. Aber im Ernst, wie ist es euch beiden ergangen? Jan und ich sagen immer wieder, wir müssen euch mal zu uns einladen.» Nur über Janices Leiche. Komisch, ausgerechnet diesen einen harmlosen unglückseligen Seitensprung nimmt Janice noch immer krumm, während er wahnsinnig nachsichtig ist wegen Charlie, der so etwa der einzige Freund ist, den er in Wirklichkeit noch hat.

Da kommt er schon, Charlie. «Willkommen zur Fusionierung», spaßt Harry.

Charlie schmunzelt, zuckt kurz mit den schmalen Schultern. Er weiß, daß die Zeit gegen ihn arbeitet, mit dieser Ehe. Trotzdem hat er noch Reserven in sich, ein Stück dickköpfiger Lebensphilosophie, die ihn vor Panik bewahrt.

«Die Brautjungfer schon gesehn?» fragt Harry ihn. «Melanie.»

«Noch nicht.»

«Die drei waren gestern abend in Brewer und müssen sturzbesoffen gewesen sein, nach Nelson zu urteilen. Was soll denn das, am Abend vor der eigenen Hochzeit?»

Charlie wiegt bedächtig den Kopf in verbindlichem Staunen. Diese altväterliche Gebärde verwackelt jedoch, als Mim – in einem Hosenanzug aus gekräuseltem Stoff, hellgrün, mit Rüschen – ihm von hinten die Arme um den Brustkasten schlingt und nicht wieder losläßt. Charlies Gesicht verzerrt sich vor Entsetzen, und um zu verhindern, daß er errät, wer es ist, preßt Mim ihr Gesicht an seinen Rücken, so daß Harry ihr Make-up schon auf Charlies Karos sieht. Neuerdings taucht Mim zu jeder Tages- und Nachtzeit aufgetakelt wie eine Tingeltangeltänzerin auf, jeder Farbton und jede Locke exakt abgezirkelt; aber die Cremes und Schminken aus allen Tiegeln der Welt können keine straffe Haut vortäuschen, wirklich nicht, und Kohlestriche um die Augen mögen bei diesen grünen Küken, die in die Discos rennen, ganz hübsch sein, aber einer Frau über vierzig geben sie etwas Gespenstisches, Starres, Augen, von Lassos umschnürt. Sie fletscht die Zähne, während sie Charlie umklammert, ihn von hinten im Schwitzkasten hält wie eine elfjährige Göre mit Heftpflastern auf den Knien. «Gott im Himmel», ächzt Charlie beim Anblick der Hände auf seiner Brust, mit blutroten Nägeln, lang wie Heuschreckenflügel, aber er tut sich schwer, sämtliche

Frauen, die er je gekannt hat, im Geiste nach dieser hier durchzugehen.

Harry schämt sich für sie und sorgt sich um ihn, deshalb fleht er: «Komm schon, Mim.»

Sie läßt nicht los, ihr langnasiges aufgedonnertes Gesicht zerknautscht und verzerrt, während sie unverdrossen weiterdrückt. «Hab ich dich», sagt sie. «Der griechische Herzensbrecher. Steckbrieflich gesucht wegen Verschleppung einer Minderjährigen über die Landesgrenzen und wegen unlauteren Handels mit Gebrauchtwagen. Leg ihm die Handschellen an, Harry.»

Statt dessen legt Harry seine Hände um ihre Handgelenke und kommt in Berührung mit Armbändern, die er nicht verbiegen möchte, Gold im Wert von Tausenden von Dollar hat sie am Leib hängen, und er zerrt die beiden auseinander, indem er den eigenen Körper als Hebel in dem Gerangel einsetzt, während Charlie, der von Sekunde zu Sekunde grimmiger dreinblickt, sich aufrechthält und das gebrechliche Herz in sich abschirmt. Mim ist drahtig, war sie schon immer. Zu guter Letzt gewaltsam von Charlie getrennt, zupft sie mit raschen Griffen hier und da jedes Haar und jede Rüsche wieder zurecht.

«Dachtest wohl, der Leibhaftige hätte dich am Wickel, was, Charlie?» spottet sie.

«Aus zweiter Hand», belehrt Charlie sie und zupft seine Jackenärmel stramm, um seine Würde wiederherzustellen. «Niemand spricht mehr von Gebrauchtwagen.»

«Drüben im Westen nennen wir sie Dreckschleudern.»

«Pscht», fleht Harry. «Man kann dich da drin hören. Es geht gleich los.» Noch immer aufgekratzt von ihrer Balgerei mit Charlie und amüsiert über den mißbilligenden ehrpusseligen Mann, zu dem ihr Bruder geworden ist, schlingt Mim einen Arm um Harrys Nacken und drückt ihn fest an sich. Rüschen und Falten ihres flotten Fummels rascheln, als sie an seiner Brust plattgedrückt werden. «Deine kleine Schwester», sagt sie heiser in sein Ohr, «ist und bleibt eine Rotznase.»

Charlie ist in die Kirche entschlüpft. Mims Augenlider, geschlossen, glänzen im Sonnenschein wie Ölspuren bei einem Autounfall – auf dem Highway bemerkt Harry oft die dunklen

Gummischlenker, die zerbeulten Metallstücke, die davon zeugen, daß irgend jemandem plötzlich etwas Unausdenkbares zugestoßen war. Obwohl das geschah, fließt der Alltagsverkehr weiter. *Halt mich fest, Harry,* schrie sie immer auf, die kleine Mim, mit ihrer Kapuze zwischen seinen Knien, wenn ihr Schlitten auf die Schlacke kam, die unten an der Jackson Road aufgeschüttet war, und orangerote Funken flogen. Jahre davor war hier ein Kind, als es Schlitten fuhr, von einem Milchwagen überrollt worden, und alle Kinder waren sich dessen bewußt: das bleiche Gesicht dieses Kindes neigte sich ihnen aus jedem Schneesturm zu. Jetzt sieht Harry ein Glitzern auf Mims Augenlidern, wie auf den Panzern der Japankäfer, die bei den Bolgers immer zuhauf auf den breiten stumpfen Blättern der Rebstöcke saßen. Außerdem stellt er fest, daß ihre Ohrläppchen sich unter der Last des Schmucks verlängert haben und daß ihre Rüschen flattern, als sie, außer Atem nach ihrer albernen Balgerei, nach Luft schnappt. Wegen aller ihrer Sünden und durchfeierten Nächte verfällt sie allmählich zu einer jämmerlichen Megäre, stellt er fest, zu einer von den Frauen, bei denen man sich nicht vorstellen kann, daß sie jemals geliebt wurden, nur Moms starke Knochen in ihrem Gesicht sind gut an ihr. Er zögert einen Augenblick, bevor er hineingeht. Die Stadt vor der Kirche fällt ab wie eine breit angelegte Treppenflucht, zusammengewürfelt aus Dächern und Mauern, eine Art Wrack, in dem viele Amerikaner umgekommen sind.

Er hört, wie die Seitentür aufgeht, durch die der Organist hineingeeilt war, und späht um die Ecke, weil er meint, es könnte Janice sein, die ihn braucht. Aber Nelson tritt heraus, Nelson in seinem cremefarbenen dreiteiligen Hochzeitsanzug, mit enger Taille und breiten Aufschlägen, der aussieht, als ob er ihm zu groß ist, vielleicht weil die ausgestellten Hosen fast die Absätze seiner Schuhe verdecken.

Wie immer, wenn er seinem Sohn unverhofft begegnet, spürt Harry Scham. Er lüpft die Oberlippe, um etwas zu sagen, aber der Junge blickt nicht in seine Richtung, scheint nur kurz frische Luft atmen zu wollen und wirft einen Blick über den Rasen zu den Häusern von Mt. Judge hinunter und dann in die andere Richtung, nach oben, zum Himmel und zur Silhouette der Berge. *Lauf weg,* will Harry ihm zurufen, aber kein Laut kommt über seine Lippen. Er nimmt nur eine stärkere Duftwolke von Mims Parfum wahr, als er einatmet. Sanft zieht der Junge die Tür wieder hinter sich zu, ohne zu ahnen, daß er beobachtet wurde.

Hinter dem halboffenen rostroten Portal versammelt sich schweigend die Festgemeinde zu ihrer feierlichen Handlung. Die Welt wird gespalten sein, in die wenigen, die sich zu einer sonntäglichen Atmosphäre zusammengefunden haben, und in den großen glücklichen samstäglichen Rest, die Werktagswelt, die weiter ihrer Arbeit nachgeht. Schon seit seiner Kindheit hat Rabbit eine Abneigung gegen Feierlichkeiten. Er nimmt Mim am Arm, um sie hineinzugeleiten, und sieht, durch das gesponnene Glas ihrer Frisur hindurch, einen dreckigen alten Ford Kombi, dessen Chromgepäckträger aufgestockt ist durch rohe grüne Bretter, auf der Straße vorbeikriechen. Er reagiert nicht schnell genug, um die Insassen erkennen zu können, erhascht nur das flüchtige Bild eines gedunsenen grimmigen Gesichts, das aus einem Rückfenster starrt. Ein dickes männliches Gesicht, und doch das einer Frau.

«Was ist?» fragt Mim.

«Ich weiß nicht. Nichts.»

«Du machst ein Gesicht, als hättest du ein Gespenst gesehen.»

«Ich mache mir Sorgen wegen des Jungen. Wie findest *du* das alles?»

«Ich. Tante Mim? Mir scheint es in Ordnung zu sein. Der Kleine will Verantwortung übernehmen.»

«Ist das gut?»

«Für eine Weile ja. Du mußt ihn machen lassen, Harry. Das Leben des Jungen gehört ihm, du lebst dein eigenes Leben.»

«Das sage ich mir auch die ganze Zeit. Aber mir ist, als ob sie ihn verhafteten.»

Sie gehen hinein. Eine klägliche kleine Kollektion von Köpfen ragt ganz vorn in die Höhe. Der mysteriöse schlitzäugige Slim geleitet Mim servil, als bekäme er es bezahlt, durch den Mittelgang zur zweiten Bankreihe und deutet mit einer anmutigen, verschlagenen Geste dorthin, wo Harry sich vorn neben Janice niederlassen soll. Der Platz wurde für ihn freigehalten.

An Janices anderer Seite sitzt die andere Mutter. Mrs. Lubells Profil ist blaß; wie ihre Tochter ist sie rothaarig, aber ihr Haar ist zu farblosen Löckchen gespült, und sie kann nie Prus Statur und ihre hübschen ausgreifenden Bewegungen gehabt haben. Sie sieht aus – Harry kann sich nicht gegen den Gedanken wehren – wie eine Reinemachefrau. Sie bietet ihm ihr vertrocknetes dürres, aber seltsam perfektes Lächeln dar. Ein Lächeln, wie es in den alten Schwarzweißfilmen über die Kinoleinwand flimmerte, scheu und unerschütterlich, ein Lächeln wie eine reine Melodie, das, als sie jung war, ihr Leben vermutlich weit hinausgehoben hatte über das, was es jetzt war. Janice hat den Kopf zurückgelehnt, um mit ihrer Mutter in der Sitzreihe hinter ihr zu tuscheln. Mim ist in derselben Reihe gelandet wie Ma Springer und ihre Freundinnen. Stavros sitzt zusammen mit den Murketts in der dritten Reihe, er kann Cindy in den Ausschnitt gucken, wenn es ihm langweilig wird, soll er sich ruhig mal ansehen, wie ein anständiger Countryclubbusen aussieht nach seinen ewigen gefüllten Weinblättern. In gezielter Ungeschicklichkeit wurden die Fosnachts auf Plätze jenseits des Mittelganges dirigiert, oder sie haben sich eigenmächtig auf die Seite gesetzt, die für die Braut bestimmt gewesen wäre, wenn genug Leute dagewesen wären, um die andere Kirchenhälfte zu besetzen. Sie zanken flüsternd miteinander: viel gezischte Eindringlichkeit von Peggy und stoisches geradeausstarrendes Gebrabbel von Ollie. Der Organist dudelt durch die Höhen und Tiefen irgendeiner Fuge, um allen Anwesenden Gelegenheit zu geben, zu husten und die Beine anders übereinanderzuschlagen. Das Ende seines kleinen struppigen Spitzbarts sinkt während der ruhigen Passagen bis knapp über die Tasten. Die Art, wie er die Registerknöpfe traktiert, erinnert Harry an die alte Zeilengießmaschine, die er früher betätigte, an die Durchschußreglette und an das heiß herausspringende Blei, heute wird das alles mit Magnetbändern gemacht. Linker Hand vom Altar öffnet sich eines der großen Rundbogenpaneele in der Wand, eine Geheimtür wie in einem Horrorfilm, und heraus schreitet Archie Campbell in schwarzer Soutane mit weißem Chorhemd und Stola. Er fletscht die Zähne, diese verblüffend schmuddeligen Zähne zu seinem *Kinder, wozu soll ich mich aufregen?*-Grinsen.

Nelson folgt ihm mit gesenktem Kopf, sieht niemanden an.

Slim schlüpft durch den Mittelgang, leichtfüßig wie eine Katze, und stellt sich neben ihn. Er muß Einbrecher sein in seiner Freizeit. Er überragt Nelson um gut fünfzehn Zentimeter. Beide haben sie diese kurzen Punkhaarschnitte. Nelsons Haar hat am Hinterkopf einen Wirbel, der Harry so vertraut ist, daß er eine trockene Kehle bekommt, als ob etwas darin steckengeblieben ist.

Peggy Fosnachts letzter wütender Flüsterton erstirbt. Die Orgel hat schon eine Weile geschwiegen. Mit hoch erhobenen pummeligen Händen bedeutet Soupy ihnen allen aufzustehen. Begleitet von dem allgemeinen Geraschel führt Melanie Pru aus einem Nebenraum herein vor das Altargeländer. Daß alle insgeheim von ihrer Schwangerschaft wissen, steigert ihre Schönheit. Sie trägt ein knöchellanges kreppartiges Kleid, dessen Farbton Ma Springer Eierschale nennt, Janice und Melanie aber als Champagner bezeichnen, zu dem eine braune Schärpe gehört, die sie weggelassen hatten, um sie nicht zu hoch über der Taille binden zu müssen. Den kleinen, schon etwas welken Feldblumenkranz, den die Braut als Krone trägt, muß Melanie geflochten haben. An Stelle von Schleppe oder Schleier nur ein unsichtbarer organischer Stolz. Prus Gesicht, andächtig gesenkt und mit gespitzten Lippen, glüht, das karottenrote, auf Hochglanz gebürstete Haar hängt ihr über den Rücken und ist hinter die Ohren zurückgestrichen, so daß deren gekrümmte, mit winzigen Goldreifen behängten zarten Muschelschalen zum Vorschein kommen. Ihre Augen verbreiten leuchtendes Grün, als sie flüchtig zu Nelson und dann zum Pastor hinüberblickt. Harry könnte sie mit dem Arm aufhalten, als sie vorüberschreitet, aber sie sieht ihn nicht an. Melanie strahlt die älteren Jahrgänge vergnügt an; Prus lange Finger mit den geröteten Knöcheln teilen ihrem Brautsträußchen aus Schleierkraut ein Beben mit. Als sie dem Pastor gegenübersteht, drückt ihre Haltung die Würde, die hinreißende schleppende Gelassenheit von Frauen aus, die mehr tragen als sich selber.

Soupy redet sie als seine Geliebten im Herrn an. Die Stimme, die aus diesem kleinen Mann herausquillt, ist phantastisch, das war Harry schon zu Hause aufgefallen, aber hier, in der fast leeren Kirche, wo sie wiederhallt von gedrechselten Nußbaumkapitellen und Gedenktafeln und dem hohen Kreuzrippengewölbe, unter dem großen bemalten Mittelfenster mit der Gestalt Jesu, der von einem Pulk pastellfarbener Apostel als Abschußrampe gen Himmel fährt, hier verdoppelt sich das Timbre, wird noch voller, bekommt etwas Sonores, Wehmütiges, das Rabbit bislang entgangen war und das die versprengte Gästeschar zu einer Gemeinde zusammentreibt und etwaige Befürchtungen, daß diese Feier eine Farce sein könnte, zerstreut. Man kann sich über Pastoren lustig machen, soviel man will, ihnen stehen Worte zu Gebot, nach denen es uns verlangt, Worte, die die Toten gesprochen haben. *Die Vereinigung von Mann und Frau,* verkündet er in seinen gewaltigen bedächtigen Orgeltönen, *ist von Gott gegeben, damit sie Freude haben aneinander,* und wie flächendeckende Staubschichten sinken die Silben *Freude, Leid, ein Fleisch, Erfüllung* auf sie herab. Soupy klappert zwischen den Sätzen mit den Augendeckeln, das ist seine einzige Schwäche.

Harry hört ein schwaches Stöhnen hinter sich: Ma Springer, die zu lange auf den Beinen steht. Mrs. Lubell links neben Janice hat ein schmuddelig aussehendes Taschentuch aus ihrer Handtasche genommen und betupft ihr Gesicht damit. Janice lächelt. An ihrem rechten Mundwinkel hat sie ein dunkles Grübchen. Mit dem kleinen weißen Hut, den sie wie eine Blüte auf dem Kopf trägt, sieht sie wie eine Polynesierin aus.

Mit glockenheller Stimme ruft Soupy das Gebälk an: «Wenn irgendeiner von euch einen stichhaltigen Grund vorzubringen hat, weshalb diese beiden nicht rechtskräftig getraut werden dürfen, dann soll er jetzt sprechen; oder für immer Stillschweigen bewahren.»

Stillschweigen. Eine Sitzreihe knarrt. Das Paar aus Binghamton. Der tote Fred Springer. Ruth. Rabbit kämpft eine unsinnige Anwandlung nieder, laut aufzuschreien. Seine Kehle ist wund.

Der Pastor spricht jetzt das Brautpaar direkt an. Nelson, der sich bisher lustlos zur Seite hängen ließ, mit glasigem Blick und einer geknickten Nelke im Aufschlag, rückt mehr zur Mitte, näher an Pru heran. Er ist gleich groß wie sie. Sein Nacken sieht so schmal und nackt aus über seinem Kragen. Und dieser Wirbel.

Pru ist etwas gefragt worden. Mit außerordentlich leiser Stimme sagt sie ja.

Jetzt wird Nelson gefragt, und aus seines Vaters plötzlicher Anwandlung, aufzuschreien, dazwischenzufunken, ist etwas anderes geworden, ein Kribbeln an der Nasenwurzel, ein Druck in den zwei kleinen Kanälen dort oben.

Frau, Gattin, Ehebund, sie lieben, ihr beistehen, sie achten und bewahren, in guten und in bösen Tagen, allen anderen entsagen, bis daß der Tod euch scheidet?

Nelson, mit einer Stimme, deren Lautstärke etwa zwischen Soupys und Prus liegt, sagt ja.

Und das Brennen in den Tränenkanälen und das Kratzen hinten in der wunden Kehle sind jetzt unbezähmbar geworden, und all die verlassenen, armen, geplagten, kümmerlichen Zeugen dieser Trauung in Harrys Rücken beugen sich vor, bestürzt von ihrem schrecklichen Wissen, eine ungreifbare, plötzlich spürbare Masse menschlichen Schmerzes konzentriert sich brennend auf Nelsons Nacken, als er und das Mädchen stumm dastehen, während alle anderen in ihren dicken roten neuen Gesangbüchern nach Namen und Nummer eines angesagten Psalms blättern und wühlen; Soupy posaunt engelsgleich über ihren zerflatternden Antworten, *Ehefrau, fruchtbare Rebe,* die Rabbit nicht mitsprechen kann, *der Mensch, der in der Furcht des Herrn lebt,* denn er weint, weint, seine Tränen spülen die Worte weg, die Seite ist weiß und leer geworden wie Nelsons armer stiller verletzbarer Nacken. Janice blickt in würdevoller Verwunderung unter ihrem weißen Hut zu ihm auf, und Mrs. Lubell reicht ihm mit ihrem sehnsüchtigen Putzfrauenlächeln das schmuddelige Taschentuch herüber. Er schüttelt den Kopf. Nein, er ist zu groß, er wird das Tuch mit seiner Tränenflut überschwemmen; nimmt es dann doch und versucht, die ungebärdige Flut zu stoppen. Der Raum, den die Tränen erschlossen haben, ist unendlich reich, ein wahrer Quell.

«Möge es euch vergönnt sein, eure Kindeskinder zu erleben», psalmodiert Soupy mit seiner gigantischen schmelzenden voluminösen Schwulenstimme. «Friede sei mit Israel», fügt er hinzu.

Und draußen, als alles vorüber ist, als er ihr den Ring gegeben hat, die bebenden jungen Stimmen einander unter dem mächtigen ostereierfarbenen Fenster mit Christi Weltraumstart ewige Treue gelobt haben, als das Vaterunser gemurmelt worden ist und das bleiche Brautpaar nach dem vorgeschriebenen Kuß (armer Nellie, hätte er nicht wenigstens ein paar Zentimeter größer werden können?), nunmehr rechtlich und mystisch geeint, sich der kleinen Schar ihres Bluts, ihrer Sippe gestellt hat, draußen im bläßlichen Nachmittag, Wolken sind aufgekommen mit der abendlichen Brise, trocknen die lächerlichen Tränen in langen Streifen auf Harrys Gesicht, und dann sinkt Mim ihm wieder in die Arme, eine schwesterliche Umarmung, mit all dem familiären Kummer, seit der Zeit, als er sie noch bei der Hand nahm, die Zukunft ist ihnen düster auf den Leib gerückt, sein einziger Sprößling verehelicht, die Ehe, diese tägliche Fron, die sie vielleicht nie mehr kennenlernen würde; hager und zerknittert liegt sie in seinen Armen, sie wird allmählich eine alte Jungfer, selbst eine Hure kann eine alte Jungfer werden, wenn man bedenkt, was sie alles schlucken mußte in all diesen Jahren, seine kleine Schwester, die es ihm jetzt nachmacht und auch weint, hier draußen, wo die Luft die Tränen rasch trocknet und das nachgottesdienstliche Lächeln der anderen sie umflattert wie Schmetterlinge, die nur einen Tag zu leben haben. Ach, dieser Tag, dieser Feiertag, den sie sich nur für sich selbst aus einem ganz gewöhnlichen Samstag gemacht haben, diesem letzten Sommertag. Es kommt ihm wie eine bodenlose Benzinvergeudung vor, als sie in Kolonne durch die abschüssigen Straßen der Stadt zu Ma Springers Haus fahren. Harry und Janice im Corona fahren hinter Bessies blauem Chrysler her, falls die alte Dame in irgend etwas hineinrasseln sollte, dahinter folgt Mim, die Mrs. Lubell in Janices Maverick mit dem immer noch schiefen Scheinwerfer mitgenommen hat. «Weshalb hast du weinen müssen?» fragt ihn Janice. Sie hat den Hut abgenommen und ihren Pony im Rückspiegel geradegezupft.

«Ich weiß nicht. Alles. Wie Nelson von hinten aussah. Der Gedanke, wie einem die Hinterköpfe der Kinder vertrauen. Ich meine, sie haben es richtig genossen, unsere poplige kleine Gesellschaft als Publikum zu haben.»

Er blickt von der Seite auf ihr Schweigen. Die Spitze ihrer kleinen Zunge liegt auf der Unterlippe, sie will nichts Falsches sagen. Sie sagt: «Wenn du so voller Tränen bist, könntest du ja mal versuchen, weniger gemein zu ihm zu sein und ihn nicht aus der Firma rauszuekeln.»

«Das ist keine Gemeinheit von mir. Er interessiert sich einen Dreck für die Firma, er will bloß rumhängen und sich von dir und deiner Mutter aushalten lassen, und die eleganteste Art, das zu vertuschen, ist, wenn er sich in der Firma irgendwie zu schaffen macht. Weißt du schon, wieviel seine Eskapade mit den Cabrios die Firma gekostet hat? Rate mal.»

«Er sagt, du hättest ihm so wenig Spielraum gelassen, daß er durchgedreht hat. Er sagt, das hättest du auch ganz genau gewußt.»

«Viereinhalb Mille haben diese Dreckschlitten gekostet. Und für die ganzen Ersatzteile, die Manny bestellen mußte, und für die Arbeitszeit kannst du gleich noch einen Tausender dazuzählen.»

«Nelson hat gesagt, der TR sei sofort verkauft worden.»

«Das war reiner Dusel. Der Triumph wird nicht mehr gebaut.»

«Er sagt, der Markt wäre gesättigt von Toyotas, Datsun und Honda hätten sie überall im Osten überrundet.»

«Siehst du, genau deshalb wollen Charlie und ich den Bengel nicht im Geschäft haben. Er ist ein Miesmacher.»

«Hat Charlie gesagt, daß er Nelson nicht im Geschäft haben will?»

«Nicht wörtlich. Dazu ist er ein zu liebenswerter Bursche.»

«Ich habe nie bemerkt, daß er so liebenswert ist. Liebenswert in dieser Hinsicht. Ich werde ihn zu Hause mal fragen.»

«Jetzt fall nicht wie eine Furie über den armen Charlie her, bloß weil er zu Melanie übergewechselt ist. Ich weiß nicht mehr, was er über Nelson gesagt hat.»

«Zu Melanie *über*gewechselt! Harry, es ist zehn Jahre her. Du mußt aufhören, in der Vergangenheit zu leben. Wenn Charlie sich zum Gespött machen will und einer Zwanzigjährigen hinterhersteigt, dann interessiert mich das nicht die Spur. Wenn man einmal einen Schlußstrich unter eine Affäre gezogen hat, bleiben nur noch gute Gefühle zurück.»

«Was heißt hier Schlußstrich ziehen? Du hast dir wohl zu viele Talk-Shows angesehen.»

«Das ist eine weitverbreitete Floskel.»

«Vielleicht bei den Zimtziegen, mit denen du im Club rumhängst. Doris Kaufmann. Zum Kotzen find ich die.» Es wurmt ihn, daß sie meint, er lebe in der Vergangenheit. Warum mußte ausgerechnet er bei der Trauung weinen? So ein rührender Mensch. So ein Trottel. Sie konnten ihm alle gestohlen bleiben. «Na, immerhin hütet Charlie sich zu heiraten, also ist er nicht so ein Narr wie Nelson», sagt er und schaltet das Radio ein, um die Unterhaltung abzubrechen. Die Halbfünfuhrnachrichten: Erdbeben auf Hawaii, Entführung von zwei amerikanischen Geschäftsleuten in El Salvador, sowjetische Panzer patrouillieren in den Straßen von Kabul, Nachwehen des mysteriösen Regierungswechsels in Afghanistan am letzten Sonntag. Ein in Mexiko abgeschlossener Erdgas-Liefervertrag mit den Vereinigten Staaten deutet eine langfristige Lösungsmöglichkeit der Energiekrise an. In Kalifornien hat ein zehntägiges Buschfeuer mehr Hektar Anbaufläche zerstört als irgendeine vergleichbare Feuersbrunst seit 1970. Großverleger Walter Annenberg in Philadelphia hat der katholischen Erzdiözese fünfzigtausend Dollar gespendet, um die Kosten für die umstrittene Tribüne decken zu helfen, von der Papst Johannes Paul II. am dritten Oktober die Messe zelebrieren soll. Annenberg, schließt der Sprecher mit ernster Stimme, ist Jude.

«Warum erzählen sie uns das?» fragt Janice.

Großer Gott, sie ist noch so dumm wie eh und je. Diese Erkenntnis tröstet ihn. Er erklärt ihr: «Damit wir sogenannten Christen uns beschissen vorkommen, weil wir uns alle so knickerig anstellen mit der Tribüne für den Papst.»

«Ich muß sagen», sagt Janice, «es kommt mir ziemlich extravagant vor, so etwas zu bauen, wenn man es bloß einmal benutzt.»

«So ist das Leben», sagt Harry und hält dicht am Bordstein in der Joseph Street. Es stehen so viele Wagen vor der Nummer 89, daß er einen halben Block weiter oben parken muß, vor dem Haus, in dem die Mannweiber wohnen. Eine von ihnen, eine stämmige jüngere Person in einer Armeearbeitsjacke, schleift gerade eine riesige rosafarbene Rolle mit Metallfolie belegter Isolierwolle die Stufen zur vorderen Veranda hinauf.

«Mein Sohn hat geheiratet heute», ruft Harry ihr einer plötzlichen Regung folgend zu.

Seine burschikose Nachbarin stutzt und ruft dann zurück: «Na, da wünsch ich ihr viel Glück.»

«Ihm.»

«Ich hab die Braut gemeint.»

«Okay, ich werd's ihr ausrichten.»

Der Ausdruck auf dem Gesicht der Frau, schlitzäugig wie die Indianerfiguren vor den Zigarrenläden früher, hellt sich etwas auf; sie sieht Janice auf der anderen Seite aus dem Wagen steigen und ruft ihr zu, jetzt anscheinend in Stimmung: «Jan, was sagen Sie denn dazu?»

Janice braucht so lange zu ihrer Antwort, daß Harry einspringt. «Sie findet es großartig. Warum auch nicht?» Was er nicht verstehen kann bei diesen Mannweibern, ist nicht, daß sie ihn nicht mögen, sondern daß er von ihnen gemocht werden will, warum sind allein schon ihre fernen Hammerklänge imstande, ihn zu verletzen, ihm das Gefühl zu geben, ausgeschlossen zu sein.

Irgendwie hat dieser Slim, der einen kanariengelben Le Car fährt mit dem Typennamen in dreißig Zentimeter hohen Lettern auf der Seite, den Nachhauseweg von der Kirche mitsamt Braut, Bräutigam und Melanie vor Harry und Janice geschafft; und Ollie und Peggy ebenso in ihrem zimtbraunen 73er Dodge Dart, der einen mit Glasfaser ausgebesserten Kotflügel hat; und sogar Soupy hat ihre Zeit unterboten, denn sein spritziger kleiner Opel Manta mit dem Spezialnummernschild STJOHN ist auch am Bordstein geparkt, diesseits des Ahorns, den Ma Springer seit über dreißig Jahren von ihrem Schlafzimmer aus sieht. Die Gäste drängen sich bereits im Wohnzimmer, während ein aufgeregtes molliges kleines Mädchen in der Andeutung einer Kellnerinnenuniform versucht, die Hors d'œuvres herumzureichen, die ein Vermögen kosten, mickrige Dinger, die aussehen wie geschmolzener Käse auf Taco-Kartoffelchips mit einem Zweiglein Petersilie obendrauf; Harry windet sich durch die Menge, die Ellenbogen in alter Basketballmanier angewinkelt, falls jemand ihn anrempeln sollte, um Champagner aus der Küche zu holen. Etliche Flaschen Mumm, zwölf Dollar pro

Stück, selbst wenn man ihn kistenweise kauft, füllen das ganze zweite Fach im Kühlschrank, nebeneinandergepackt wie die 6 und die 9 in 69, folienumwickelte Hälse neben schweren bauchigen Unterteilen, wunderschön. MUSSHEIRAT MIT SEKT BEGOSSEN, denkt er. *Angstrom zahlt die Zeche.* Grace Stuhls Enkelsohn erweist sich als ein riesiger schwabbeliger Bursche, der kaum weniger als zweihundertfünfzig auf die Waage bringen dürfte, mit buschigem Piratenbart. Er brutzelt winzige Partywürstchen in einer Pfanne auf dem Herd und irgend etwas in Speckstreifen Gewickeltes im Backofen. Neben sich auf der Theke eine offene Bierdose, die er sich aus dem Kühlschrank genommen hat. Das Stimmengewirr im Wohnzimmer wird immer lauter, und die Haustür geht ständig auf und zu, Stavros und die Murketts folgen Mim und Mas Sippschaft, und das ganze Volk drängt schnatternd herbei, als der erste Korken knallt. Mann, wie eine Ejakulation ist das, es hört gar nicht auf, die Plastiksektgläser mit Hohlstiel, die Janice im Supermarkt gefunden hat, stehen auf dem runden chinesischen Tablett hinter dem Bier von Grace Stuhls Enkelsohn auf der Küchentheke, zu weit weg, als daß Harry sie erreichen könnte, ohne etwas von dem lohfarbenen Schaum auf das Linoleum zu schütten. Die Gläser, die er füllt, erinnern ihn an die Goldmünzen, Kostbarkeiten für die Ewigkeit, und eine Sperre in seinem Inneren springt auf und setzt seine Trübsal frei. Ach, zum Teufel, wir sind alle zum Untergang verdammt. Drüben im Wohnzimmer vor der Glasvitrine bringt Ma Springer einen nervösen kleinen Trinkspruch aus, den sie sich ausgedacht hat und der auf Pennsylvanisch-Deutsch endet: *«Dir seid nur eins: halt es selle weg.»*

«Was soll das heißen, Mom-mom?» fragt Nelson, besorgt, man könnte sich auf seine Kosten lustig machen, er ist noch so ein Kindskopf neben der errötenden reifen Frau, die er hirnlos geheiratet hat.

«Ich wollte es gerade sagen», sagt Bessie gereizt. «Ihr seid jetzt eins: Laßt es dabei bleiben.»

Alle applaudieren und trinken, sofern sie es nicht bereits getan haben.

Grace Stuhl gleitet einen Schritt nach vorn, in den kreisförmigen freien Raum vor der Vitrine hinein, vielleicht war sie vor fünfzig Jahren einmal eine großartige Tänzerin, ein bestimmter Frauentyp behält auch im Alter schmale Fesseln und kleine Füße, und sie ist eine davon. «Oder, wie es früher immer hieß», gibt sie zum besten, «*Bussie waiirt ows, kocha dut net*. Küsse verlieren an Reiz, eine gute Küche nicht.»

Die Hochrufe werden lauter. Harry läßt noch einen Korken knallen und beschließt, sich zu betrinken. Die geschmolzenen Taco-Chips sind gar nicht so schlecht, wenn es einem gelingt, sie in den Mund zu befördern, bevor sie einem zwischen den Fingern zerbrechen, und die kleine mollige Freundin hat einen erstaunlichen Busen. All diese Weiberärsche, wenigstens werden die nicht knapp, es werden immer mehr. Es kommt ihm wie eine Ewigkeit vor, seit er schlaflos dalag, verstört von Pru Lubells Einzug in dieses Haus. Jetzt ist sie Teresa Angstrom geworden. Harry merkt plötzlich, daß er neben ihrer Mutter steht. Er fragt sie: «Waren Sie früher schon einmal in diesem Teil der Welt?»

«Nur gelegentlich, auf der Durchfahrt», sagt sie mit einem fipsigen Stimmchen, er muß sich hinunterbeugen, um sie zu verstehen, wie an einem Sterbebett. Wie leise Pru ihr Ehegelöbnis bei der Trauungsfeier gesprochen hatte! «Meine Familie stammt ursprünglich aus Chicago.»

«Na, Ihre Tochter macht Ihnen jedenfalls alle Ehre», sagt er. «Wir haben sie schon ins Herz geschlossen.» Er kommt sich wie ein Hochstapler vor, als er das sagt; Leben ist genau das, was wir anfangs dachten: Erwachsensein spielen.

«Teresa möchte immer das Richtige machen», sagt ihre Mutter. «Aber es ist ihr nie leichtgefallen.»

«Ach, wirklich?»

«Sie schlägt nach der Familie ihres Vaters. Sie neigen zu Extremen, wissen Sie.»

«Tatsächlich?»

«O ja. Dickköpfig. Man wagt nicht, ihnen zu widersprechen.»

Ihre Augen weiten sich. Er fühlt sich mit dieser Frau, als hätten er und sie sich vorgenommen, eine Papierkette zusammenzubasteln, mit schlechtem Klebstoff, so daß die einzelnen Glieder immer wieder aufgehen. Es ist nicht leicht, in diesem

Raum etwas zu verstehen. Soupy und dieser Slim lachen jetzt lauthals miteinander.

«Ich bedaure, daß Ihr Mann nicht hiersein kann», sagt Harry.

«Das täten Sie nicht, wenn Sie ihn kennen würden», entgegnet Mrs. Lubell seelenruhig und schwenkt ihr Plastikglas, als wollte sie darauf hinweisen, wie leer es ist.

«Ich hole Ihnen noch was.» Rabbit wird mit Schrecken klar, daß sie die angemessene Partnerin für ihn ist: so alt sie auch wirkt, diese Frau ist etwa in seinem Alter, und statt nackt mit knackigen jungen Dingern wie Cindy Murkett und der Freundin von Grace Stuhls Enkelsohn im Wolkenkuckucksheim zu schweben, sollte er sein Heil in geistiger Vereinigung mit Mrs. Lubell und ihresgleichen suchen. Er verzieht sich in die Küche, um nach dem Sektvorrat zu sehen, und findet Nelson und Melanie mit den Flaschen beschäftigt. Die Küchentheke ist übersät mit den kleinen Drahtkäfigen, in denen jeder Korken eingesperrt ist.

«Dad, es reicht womöglich gar nicht», klagt Nelson.

Diese zwei. «Wieso trinkt ihr junges Gemüse nicht lieber Milch?» schlägt er vor und nimmt dem Jungen eine Flasche ab. Schwer und grün und kalt wie Geld. Mit eingraviertem Markenzeichen. Sein armer alter toter Dad hat in seinem ganzen Leben kein Kribbelwasser getrunken, nie. Siebzig Jahre nur Bier und rostiges Wasser. Zu Melanie sagt er: «Dein kostbares Fahrrad steht noch in der Garage.»

«Ja, ich weiß», sagt sie und starrt ihn unschuldig an. «Wenn ich es nach Kent mitnehme, wird es doch nur gestohlen.» Ihre hervorquellenden braunen Augen lassen nicht erkennen, ob sie wahrgenommen hat, daß er kurz angebunden ist, weil er sich von ihr betrogen fühlt.

Er sagt ihr: «Du solltest rübergehen und Charlie begrüßen.»

«Oh, wir *haben* uns bereits begrüßt.» Ob sie aus dem Motelzimmer, das er für sie bezahlte, ausgezogen war, um sich mit Charlie zusammenzutun? Er kommt da nicht mit. Als wollte sie etwas wiedergutmachen, sagt Melanie: «Ich werde Pru sagen, daß sie das Rad benutzen kann, wenn sie will. Es ist ein wunderbares Training für die Muskulatur.»

Welche Muskulatur? Niemand im Wohnzimmer besaß die

Liebenswürdigkeit, seinen Platz neben der Brautmutter einzunehmen. Während er ihr Glas vollschenkt, das sie ihm bereitwillig entgegenstreckt, sagt er: «Vielen Dank für das Taschentuch. Vorhin in der Kirche.»

«Es muß schwer sein», sagt sie und sieht ihn schon viel zutraulicher an, «wenn man nur ein Kind hat.»

Ich habe mehr als eins, möchte er ihr am liebsten erzählen, er ist schon betrunkener, als er dachte. Da ist noch ein totes Schwesterchen, das in dem Berg da oben begraben liegt, und ein langbeiniges junges Mädchen, das sich auf dem Lande, in der Gegend von Galilee, herumtreibt. An wen erinnert sie ihn bloß, diese Mrs. Lubell, wenn sie den Kopf so kokett schiefhält und zu ihm aufblickt? Thelma Harrison am Schwimmbeckenrand. Die Harrisons hätten sie vielleicht doch einladen sollen, aber dann hätte sich Buddy Inglefinger wieder auf den Schlips getreten gefühlt. Und Ronnie wäre ausfallend geworden. Der Organist mit dem Ziegenbart (wer hatte *den* eingeladen?) hat sich inzwischen zu Soupy und Slim gesellt, und etwas an der Heiterkeit dort mahnt den Pastor, sich auf seine Pflichten gegenüber anderen zu besinnen. Er kommt herüber und stellt sich zu Harry und der Mutter, ein Akt christlicher Nächstenliebe.

«Na», schwatzt Harry drauflos. «Das wäre geschafft, was?»

Becky schon ein Skelett mittlerweile, seltsamer Gedanke. Das Nachthemdchen, in dem sie sie begruben, zu Spinnweben zerfasert. Ihre kleinen Zehennägel und Fingernägel wie Konfettischnipsel über den Satin verstreut.

Reverend Campbells zahlreiche kleine tabakgebeizte Zähne stellen sich in einem selbstzufriedenen Lächeln zur Schau. «Die Braut sah ganz entzückend aus», erklärt er Mrs. Lubell.

«Sie hat den hohen Wuchs von der väterlichen Seite», sagt sie. «Und das glatte Haar. Meines ist von Natur gelockt, aber Franks Haare stehen in alle Richtungen vom Kopf ab, sie lassen sich einfach nicht legen. Teresas sind nicht ganz so widerspenstig, weil sie ein Mädchen ist.»

«Einfach reizend», sagt Soupy und sein Lächeln verklärt sich.

Harry fragt den Mann: «Wie viele Meilen pro Gallone holen Sie aus ihrem Opel raus?» Campbell nimmt die Pfeife aus dem Mund, um die Frage zu beantworten. «Das Auf und Ab in dieser bergigen Gegend ist nicht gerade ideal, nicht wahr? Ich schätze um die fünfundzwanzig Meilen pro Gallone, bestenfalls sechsundzwanzig. Ich muß viel anhalten und anfahren, und wenn man bloß kurze Strecken fährt, setzen die Kerzen schnell Ruß an.»

Harry erklärt ihm: «Wissen Sie, diese Wagen werden ja von den Japanern gebaut, obwohl Buick sie verkauft. Soviel ich gehört hab, wollen sie vielleicht nach dem 80er Modell keine mehr importieren. Dann wird's knapp mit Ersatzteilen.»

Soupy ist amüsiert, seine Augen zwinkern Mrs. Lubell zu. Dann läßt er den Blick in gespieltem Ernst wieder zu Harry wandern und fragt: «Versuchen Sie etwa, mir einen Toyota zu verkaufen?»

Mom inzwischen auch schon ein Skelett. Diese langen Knochen in der Erde, wie Dinosaurierknochen.

«Ja, also», sagt Harry, «wir haben ein neues kleines Modell mit Frontantrieb, Tercel heißt es, weiß der Himmel, wo sie diese Namen herkriegen, aber wie dem auch sei, der macht über vierzig Meilen pro Gallone auf dem Highway und bietet eine Menge Auto für einen alleinstehenden Mann.»

Und harren der Auferstehung. Und wenn nun nie eine stattfindet?

«Aber wenn ich nun heirate», wendet der kleine Mann ein, «und einen *Stall* voll Kinder kriege?»

«Das sollten sie wirklich tun», schaltet sich Mrs. Lubell unerwartet ein. «Die Priester kehren der Kirche ja scharenweise den Rücken, weil sie außer Rand und Band geraten. Dieser ewige Sex, im Kino, in den Büchern, überall, sogar im Fernsehen, wenn man lange genug aufbleibt, kein Wunder, daß sie nicht widerstehen können. Seien Sie froh, daß Sie diesen Gewissenskonflikt nicht haben.»

«Ich habe oft gedacht», vertraut Soupy ihr mit einer gedämpften Version seiner volltönenden Gottesdienststimme an, «daß ich wohl einen hervorragenden Priester abgegeben hätte. Ich liebe die festgefügte Ordnung.»

Rabbit sagt: «Gerade eben im Auto haben wir gehört, daß Annaberg unten in Philadelphia den Katholiken fünfzigtausend gespendet hat, jetzt können sie ihre Tribüne für den Papst bauen, ohne sich um das Geschrei der Bürgerrechtler zu scheren.»

Soupy rümpft die Nase. «Ist Ihnen klar, wieviel Publicity ihm diese fünfzigtausend einbringen? Das ist ein Geschäft für ihn.»

Slim und der Organist scheinen sich über Mode zu unterhalten, sie befingern gegenseitig ihre Hemden. Wenn er mit dem Organisten reden muß, denkt Harry, kann er ihn fragen, warum er nicht «Hier kommt die Braut» gespielt hat.

Mrs. Lubell sagt: «Sie wollten den Papst nach Cleveland einladen, aber ich nehme an, er mußte irgendwo mal einen Punkt machen.»

«Soviel ich gehört habe, will er irgendeine Farm am Ende der Welt besuchen», sagt Harry.

Soupy berührt das Handgelenk der Brautmutter und neigt den Kopf so, als wolle er Harry den Ansatz seiner kleinen Glatze zeigen. «Mr. Annaberg war früher unser Botschafter am britischen Königshof. Als er der Königin sein Beglaubigungsschreiben überreichte und sie ihm die Hand zum Handkuß hinhielt, soll er sie angeblich bloß geschüttelt und gesagt haben: ‹Wie geht's, Queen?›»

Sein Grunzen ist gut. Mrs. Lubell lacht laut auf und verfällt in ein Kichern, dessen sie sich schämt, denn sie bedeckt schnell ihren Mund mit dem Handrücken. Soupy ist hingerissen und antwortet mit einem tiefen Lachen, wie ein röhrender alter Platzhirsch. Wenn die beiden in dem Stil weitermachen, spekuliert Rabbit, kann er sie ruhig sich selbst überlassen; er benutzt Soupy als passiven Block und setzt sich ab. Er späht über die versammelten Köpfe, sucht nach einer freien Stelle. Es ist immer recht dunkel im Wohnzimmer, gleichgültig, wie viele Lampen brennen oder welche Tageszeit es ist, die Bäume und die Veranda beschneiden die Sonne. Er hätte gern irgendwann einmal ein Haus, in das Ströme von Licht über elegante quadratische Flächen fluten. Wozu sich lebendig begraben?

Ma Springer hat Charlie neben der Vitrine in einem Einszueinsduell festgenagelt, ihr Gesicht ist aufgedunsen und blaurot wie eine Traube von der Wucht der unhörbaren Worte, die sie ihm ins Ohr drängt, er neigt höflich den wohlfrisierten Kopf, früher einmal bullig wie der Schädel eines Widders, jetzt aber ausgemergelt wie der eines alten Ziegenbocks, und nickt, fast gierig, wie ein Huhn, das nach Maiskörnern pickt. Ganz vorn, Schattenrisse vor dem Panoramafenster, palavern die Murketts mit den Fosnachts, der gute alte Ollie klärt die neuen Bekannten zweifellos darüber auf, was für ein vielseitiger Musiker er ist, und Peggy sprudelt über, bestärkt ihn und behält das Wissen für sich, was für ein Schlappschwanz er zu Hause ist. Die Murketts gehören zum neuen Bekanntenkreis in Harrys Leben und die Fosnachts zum alten, und er sieht höchst ungern, wenn sie sich vermischen; obwohl Peggy damals nicht schlecht war im Bett, möchte er nicht, daß sich diese traurigen Anhängsel aus alten Highschoolzeiten in seine Country-Club-Clique einmogeln, aber er merkt schon, daß Schmeichelei ihre Wirkung tut, Schmeichelei und Sekt, Ollie macht Cindy schöne Augen (das hättest du wohl gern), und Peggy verschlingt Webb mit kuhäugigen schmachtenden Blicken, sie läßt sich von jedem aufs Kreuz legen, Ollie muß sehr unbefriedigend sein, vermutlich einer von diesen dünnen schlappen Pimmeln. Harry überlegt, ob er nicht besser daran täte, hinüberzugehen und dazwischenzufahren, sieht aber einen Schwall von Frotzeleien auf sich zukommen, dem er sich nicht gewachsen fühlt in seiner empfindsamen Verfassung nach all den Tränen in der Kirche und den Gedanken an Becky und Pop und Mom und sogar an den alten Fred, die alle nicht mehr sind. Mim sitzt auf dem Sofa mit Grace Stuhl und dieser anderen Alten, Amy, und sie scheinen sich, weiß der Kuckuck, köstlich miteinander zu amüsieren, die beiden graben Geschichten aus Mims Kinderzeit aus, und ihr komischer Tonfall – wie die Leute aus Delaware – und ihre Ausdrucksweise bringen Mim immer wieder zum Lachen, und Mim, in ihrer knalligen Bemalung und von oben bis unten mit Tand behängt, erinnert die beiden an die Flitterdusen, die sie Tag und Nacht auf dem Fernsehschirm sehen, die alten Seelen ahnen nicht einmal, daß es Flittchen sind, diese Leinwandschönheiten, die in *Beat the Clock* oder *Hollywood Squares* mitspielen, oder aus tiefen Talkshowsesseln heraus Merv oder Mike oder Phil zuzwinkern und ihre nackten Knie in die Gegend strecken, die sind doch alle in der Horizontale dorthin gelangt, da fragt heute kein Mensch mehr nach, die Zeit hat Mim eingeholt und sie auf das graue Sofa verschlagen, Seite an Seite mit Kirchgängern. Nelson und Melanie und Grace Stuhls Trampel von einem Enkelsohn sind noch immer in der Küche, und die Freundin scheint sich zu ihnen gesellt zu haben, nachdem sie auf einer raffinierten kleinen Warmhalteplatte vor dem Busen die Partywürstchen mit der Ketchuptunke herumgereicht hat; sie haben den kleinen tragbaren Sony-Fernseher in der Küche, mit dem Janice sich manchmal die Carol Burnett-Wiederholungen ansieht, während sie Abendbrot macht, und nach der Geräuschkulisse zu urteilen – Beifallsgeschrei und Bandmusik –, haben diese nutzlosen betrunkenen Gören das Spiel Penn State gegen Nebraska eingeschaltet. Währenddessen steht Pru in ihrem champagnerfarbenen Brautkleid, den kleinen Kranz hat sie inzwischen vom Kopf genommen, allein neben der dreiarmigen Lampe und betrachtet prüfend Ma Springers schwere grüne Glaskugel mit der eingegossenen Träne aus Luft und dreht und wendet sie unter dem fahlen Licht in ihren langen rosigen Händen hin und her, an denen jetzt ein Ehering glänzt. Gelächter klingt in der Fosnacht-Murkett-Gruppe auf, der Janice sich angeschlossen hat. Webb drängt sich an Harry vorbei zur Küche, die Hände voller Plastikgläser. «Was sagst du zu diesem verrückten Rose?» sagt er im Vorbeigehen, um etwas zu sagen.

Pete Rose ist in letzter Zeit mit seinen Schlägen zu über 60 Prozent erfolgreich gewesen und braucht nur noch vier Hits, um als erster Baseballspieler in die Annalen einzugehen, der in zehn Spielzeiten in einer der beiden großen Ligen zweihundert Hits geschafft hat. Aber es hat nicht allzuviel zu sagen, die Phillies liegen zwölfeinhalb Spiele zurück. «Muskelprotz» sagt Rabbit; das hatten sie von ihm vor beinahe dreißig Jahren auch immer gesagt.

Vielleicht scheut Pru in ihrem hochschwangeren Zustand davor zurück, sich durch die Menge zu schieben und zu ihren Altersgenossen in der Küche zu gehen. Harry stellt sich neben sie und beugt sich hinunter, um sie auf ihre sittsame warme Wange zu küssen, bevor sie es merkt; der Sekt macht es leichter. «Es gehört sich doch, die Braut zu küssen?» fragt er sie.

Sie dreht ihm den Kopf zu und beschenkt ihn mit diesem Lächeln, das zaudert und sich dann plötzlich ausbreitet, den einen Mundwinkel spöttisch verzogen. Ihre Augen sind mit Grün getränkt von der Betrachtung des Glases, dieses seltsamen blanken Eies, mit dem Harry Janice schon mehr als einmal am liebsten den Schädel eingeschlagen hätte. «Natürlich», sagt sie. Die Glaskugel, die sie an ihren Bauch hält, wirft aus dem tränenförmigen Tropfen in ihrem Innern eine blasse Lichtlanzette. Er begreift, daß sie sein Nahen in einem Winkel ihres Gesichtsfeldes wahrgenommen haben muß, aber dennoch stillhielt wie ein Reh, das Gefahr wittert. Inmitten dieser fremden Menschen, ihr Schicksal durch eine Zeremonie besiegelt, muß sie sich ja fürchten. Rabbit versucht, seine Schwiegertochter zu trösten: «Ich wette, du bist gerädert. Wirst du nicht leicht todmüde? Soweit ich mich erinnere, war Janice damals immer müde.»

«Man fühlt sich so plump», räumt Pru ein und legt mit beiden Händen die grüne Glaskugel auf den runden Tisch zurück, der sich wie ein hölzernes Blatt um den Ständer der Stehlampe breitet. Unvermittelt fragt sie: «Glaubst du, daß ich Nelson glücklich machen werde?»

«Bestimmt. Der Junge und ich haben uns neulich mal eingehend darüber unterhalten. Du bedeutest ihm unwahrscheinlich viel.»

«Kommt er sich nicht vor, als säße er in der Falle?»

«Also, ehrlich gesagt, wollte ich das auch wissen, weil es mir in seiner Situation so gegangen wäre. Aber ich kann dir schwören, Teresa, es scheint ihm nichts auszumachen. Von klein auf hat er einen Sinn für Fairness gehabt, und in diesem Fall scheint er es nur fair zu finden. Hör mal. Mach dir keine Sorgen. Das einzige, was Nelson zur Zeit auf den Wecker fällt, ist sein alter Herr.»

«Du bedeutest ihm unwahrscheinlich viel», sagt sie mit sehr leiser Stimme, falls diese Wiederholung zu frech ist.

Harry schnaubt verächtlich; es gefällt ihm, wenn Frauen frech zu ihm sind, und von dieser hier wird jedes Lebenszeichen dankbar entgegengenommen. «Es wird schon schiefgehen», verspricht er, obwohl Teresas Beklommenheit deutlich spürbar bleibt und sich auf ihn zu übertragen droht. Wenn das Mädchen ein volles Lächeln wagt, sieht man, daß ihre Zähne Spangen gebraucht hätten und nicht bekamen. Der Sektgeschmack erinnert ihn immer wieder an den armen Pop. Bier und rostiges Wasser und Pilzsuppe in Dosen.

«Versuch, dich ein bißchen zu amüsieren», rät er Pru und steuert durch das gerammelt volle Zimmer, herum um die lärmende Gruppe Murkett-Fosnacht-Janice, auf das Sofa zu, auf dem Mim zwischen den beiden alten Damen sitzt. «Sie verderben mir doch hoffentlich nicht meine kleine Schwester?» fragt er Amy Gehringer.

Während Grace Stuhl darüber lacht, müht Amy sich, auf die Füße zu kommen. «Stehen Sie nicht meinetwegen auf», sagt Rabbit zu ihr, «ich bin bloß hergekommen, um nachzusehen, ob ich jemandem von Ihnen etwas bringen kann.»

«Was ich brauche», ächzt Amy, die sich noch immer abquält, so daß er ihr hochhilft, «muß ich allein erledigen.»

«Und das wäre?» fragt er.

Sie sieht ihn mit leicht glasigem Blick an, genau wie Melanie, als er ihr riet, Milch zu trinken. «Der Ruf der Natur, könnte man sagen», antwortet Amy.

Grace Stuhl hält ihm eine Hand hin, die ihm, als er sie nimmt, um ihr aufzuhelfen, wie ein Beutel abgeschliffener Steine in einer Hülle aus sehr dünnem staubtrockenem Papier vorkommt, merkwürdig warm. «Ich muß Bessie noch Aufwiedersehen sagen», sagt sie.

«Sie ist da drüben und redet Charlie Stavros die Hucke voll», teilt Harry ihr mit.

«Ja, und hat sicher schon viel zu viel gesagt.» Sie scheint zu wissen, worum es geht; oder bildet er sich das ein? Abgekämpft läßt er sich neben Mim aufs Sofa fallen.

«Nun denn», sagt sie.

«Als nächstes muß ich dich unter die Haube bringen», sagt er.

«Ich bin ein paarmal gefragt worden, so ist es nicht.»

«Und was hast du gesagt?»

«In meinem Alter fand ich es zu lästig.»

«Wie geht's dir gesundheitlich?»

«Es muß gehen. Ich rauche nicht mehr, schon gemerkt?»

«Was ist mit deinen verrückten Lebensgewohnheiten, bis in die Puppen aufzubleiben und Frankie Boy ansehen und so? Ich wußte übrigens, daß man ihn Ol' Blue Eyes nennt. Ich hab bloß nicht gewußt, *welcher* Ol' Blue Eyes, ich dachte, vielleicht sei inzwischen ein neuer aufgekreuzt.» Als er sie anrief, um sie zur Hochzeit einzuladen, sagte sie, sie hätte sich mit einem sehr lieben Freund verabredet, Ol' Blue Eyes anzusehen, und er hatte gefragt: *Wer ist Ol' Blue Eyes?* Sie sagte: *Sinatra, du Dussel, wo hast du denn die ganze Zeit gelebt?* Und er antwortete: *Du weißt ganz genau, wo ich gelebt habe, hier*. Und sie sagte: *Na, das merkt man auch*. Gott, er liebt Mim; letzten Endes versteht einen keiner so gut wie das eigene Blut.

Mim sagt: «Man kann ja am Tag ausschlafen. Übrigens, mit dem flotten Leben ist es sowieso vorbei, ich bin jetzt Geschäftsfrau.» Sie deutet auf die andere Seite des Zimmers. «Was hat Bessie eigentlich vor, will sie mich daran hindern, mit Charlie zu reden? Sie hat ihn seit einer Stunde in der Mangel.»

«Ich hab keine Ahnung, was gespielt wird.»

«Das hast du noch nie gehabt. Das lieben wir ja alle so an dir.»

«Rutsch mir den Buckel runter. He, wie gefällt dir die neue Janice?»

«Was ist neu an ihr?»

«Merkst du nichts? Selbstsicherer. Fraulicher irgendwie.»

«Hart wie eine Nuß, Harry, und das wird sie immer bleiben. Du hast immer Mitleid mit ihr gehabt. Das hättest du dir sparen können.»

«Pop fehlt mir», sagt er unvermittelt.

«Du wirst ihm immer ähnlicher. Besonders von der Seite.»

«Er hat nie so einen Wanst gehabt wie ich.»

«Er war nicht so verrückt aufs Essen wie du.»

«Ist dir schon aufgefallen, daß diese Pru ihm ein bißchen ähnlich sieht? Und Moms große rote Hände hat sie. Sie kommt mir mehr wie eine Angstrom vor als Nelson.»

«Ihr Kerle mögt robuste Frauen. Sie hat sich einen Trick einfallen lassen, von dem ich nicht gedacht hätte, daß er heute noch zieht.»

Er nickt und stellt sich vor, wie sie das zahnlose Profil des Vaters in seinem sieht. «Sie bekommt selber schon Angst.»

«Und du?» fragt Mim. «Was tust *du* jetzt für den Mann in dir?»

«Ich spiele Golf.»

«Und vögelst immer noch mit Janice?»

«Gelegentlich.»

«Ihr seid mir zwei. Mutter und ich haben der Sache keine sechs Monate gegeben, so wie sie dich reingelegt hat.»

«Vielleicht hab ich mich selber reingelegt. Und wie sieht es bei dir aus? Wie gehen die Geldgeschäfte da hinten in Vegas? Gehört dir wirklich ein Schönheitssalon oder bist du bloß das Aushängeschild für schräge Vögel?»

«Mir gehören fünfunddreißig Prozent. Das ist mein Lohn dafür, daß ich das Aushängeschild für schräge Vögel spiele.»

Er nickt wieder. «Kommt mir bekannt vor.»

«Vögelst du sonst noch wen? Du kannst es mir ruhig erzählen, ich sitze morgen schon wieder im Flugzeug. Was ist, zum Beispiel, mit der Schlitzäugigen da drüben mit dem Mordshintern?»

Er schüttelt den Kopf. «Nichts. Seit Jill nichts mehr. Das hat mich zu sehr erschüttert.»

«Na gut, aber zehn Jahre, das ist doch nicht normal, Harry. Du läßt dich ja zum Hampelmann machen.»

«Weißt du noch», fragt er, «wie wir immer Schlitten gefahren sind auf der Jackson Road? Ich muß oft daran denken.»

«Das ist vielleicht ein, zweimal vorgekommen, hier *schneit* es ja nie, zum Kuckuck. Du mußt mal nach Lake Tahoe kommen; da gibt es Schnee! Dann fahren wir zusammen nach Alta oder Taos; du solltest mich skifahren sehen. Komm alleine, wir verkuppeln dich mit jemand wirklich Nettem. Blond, brünett, rothaarig, was du willst. Ein nettes anständiges Kleinstadtmädchen; nichts Ordinäres.»

«Mim», sagt er errötend, «du bist das Letzte», und will ihr gerade sagen, wie sehr er sie gernhat, als an der Haustür Verwirrung entsteht.

Slim und der Organist verlassen gerade zusammen das Haus und stoßen dabei auf ein kümmerlich gekleidetes Paar, das schon eine Zeitlang an der abgestellten Türglocke geklingelt hat. Ihrer Aufmachung nach zu urteilen hausieren sie mit Enzyklopädien, obwohl solche Leute in der Regel nicht paarweise auftreten, oder es sind Zeugen Jehovas, die von Tür zu Tür gehen, nur haben sie anstelle des *Wachtturms* ein riesiges silbrigverpacktes Hochzeitsgeschenk in der Hand. Es ist das Paar aus

Binghamton. Sie waren an der Northeast Extension falsch abgebogen und fanden sich in West Philadelphia wieder. Die Frau vergießt Tränen der Erleichterung und der Erschöpfung, als sie endlich in der Diele stehen. «Straßen und Straßen voller Schwarzer», sagt der Mann, als er ihre Erlebnisse erzählt, noch ganz erschüttert, so unerhört ist das alles.

«Oh», schreit Pru quer durch das Zimmer, «Onkel Rob!» und wirft sich in seine Arme, endlich daheim.

Ma Springer hat dem jungen Paar für die Flitterwochen das Haus in den Poconos zur Verfügung gestellt in diesen goldenen letzten Wochen warmen Wetters – die Birken fangen schon an, sich zu verfärben, die Markierungsseile und Kanus sind an Land gezogen. Perlen vor die Säue geworfen, sie können froh sein, wenn der Junge nicht die Hütte niederbrennt, während er Hirn und Gene mit Marihuana anheizt. Aber das ist nicht Harrys Bier. Seit Nelson geheiratet hat, ist Harry zumute, als sei eine Tür in seiner Seele zugeschlagen, endlich eine Schuld beglichen, und seine Gedanken wenden sich wieder der Farm im Süden zu, wo vielleicht ein anderes Kind von ihm herumläuft und darauf wartet, daß das Leben beginnt.

Eines Abends, als im Fernsehen nichts läuft, was ihr gefällt, beruft Ma eine kleine Konferenz im Wohnzimmer ein und legt vorsichtig ihre Beine, die mit fleischfarbenen Bandagen umwickelt sind (die hat sie neuerdings von ihrem Arzt verschrieben bekommen; Harry versucht, sich eine Kreatur vorzustellen, die ganz aus dem Menschenfleischimitat der Verbandsmittelindustrie besteht, und findet, daß selbst Frankenstein daneben blühend aussehen würde), auf das Sitzkissen und überläßt dem Herrn des Hauses den Liegesessel. Janice sitzt auf dem Sofa mit einem abendlichen Trunk aus einem weißen cremigen, aus Kokosnußmilch gegorenen Gift, das die Kinder ins Haus gebracht haben, sie wirkt mädchenhaft neben ihrer Mutter, wie sie mit untergeschlagenen Beinen dasitzt. Hübsche feste Beine. Die hat sie sich bewahrt, und er muß den Hut vor ihr ziehen, auch wenn sie die Hälfte der Zeit beschwipst ist. Was kann man von einer Ehefrau mehr verlangen, als daß sie bei der Stange bleibt und mit ihrem Mann der Dinge harrt, die da kommen?

Ma Springer verkündet: «Wir müssen uns jetzt darüber einig werden, was wir mit Nelson machen.»

«Ihn wieder aufs College schicken», sagt Harry. «Sie hatte ein Apartment dort, da können sie ja beide hinziehen.»

«Er will nicht mehr hin», sagt Janice zu ihnen, nicht zum erstenmal.

«Und warum nicht, zum Teufel?» fragt Harry. Die Frage regt ihn immer noch auf, obwohl er weiß, daß er längst geschlagen ist.

«Ach, Harry», sagt Janice verdrossen, «weiß der Himmel. Du hast nicht studiert, warum sollte *er* studieren?»

«Das ist es ja eben. Seht mich an. Ich will nicht, daß er mein Leben lebt. Es reicht, daß ich so lebe.»

«Liebling, ich habe das aus seiner Sicht gesagt, nicht um mit dir zu streiten. Natürlich wäre es Mutter und mir lieber gewesen, er hätte in Kent Examen gemacht und sich nicht mit dieser Sekretärin eingelassen. Aber es ist eben anders gekommen.»

«Er kann nicht weiter aufs College gehen mit einer Ehefrau, als wäre nichts geschehen», stellt Bessie fest. «Man kennt sie dort als eine der Angestellten, und ich nehme an, es wäre ihm peinlich. Er braucht eine Arbeit.»

«Na prima», sagt Harry, dem es Spaß macht, fies zu sein, den Frauen das konstruktive Denken zu überlassen. «Vielleicht kann ihm sein Schwiegervater in Akron einen Job verschaffen.»

«Du hast ja die Mutter gesehen», sagt Ma Springer. «Von da ist keine Hilfe zu erwarten.»

«Onkel Rob war aber schwer auf Draht. Was treibt der eigentlich in der Schuhfabrik? Stanzt er die Löcher für die Schuhbänder?»

Janice ahmt den trockenen entschiedenen Tonfall ihrer Mutter nach. «Harry. Nelson muß in der Firma arbeiten.»

«O Mann. *Wieso?* Wir leben in einem riesengroßen Land. Es gibt alte Fabriken, neue Fabriken, Farmen, Geschäfte, warum kann der faule Lümmel sich nicht *da* irgendwo einen Job besorgen? In all den Sommerferien, wenn er aus Kent kam, hat er sich nie einen Job besorgt. Er hat keinen Job mehr gehabt, seit er mit vierzehn mal die Zeitung austrug, weil er sich Schallplatten anschaffen wollte.»

Janice sagt: «Da wir jeden Sommer einen Monat in den Poconos waren, hat er sich nie etwas Ernsthaftes suchen können, er hat sich immer darüber beklagt. Außerdem hat er *wohl* einiges gemacht. Er hat sich dort eine Zeitlang als Babysitter verdingt, hat mal auf dem Bau geholfen, bei diesem Lehrer von der Highschool, der sich ein eigenes Haus gebaut hat, mit Sonnenkollektoren und dem ganzen Keller voller Steine, die Wärme speichern.»

«Warum spezialisiert er sich nicht auf so was? Das hat Zukunft, nicht der Autohandel. Autos sind passé. Da ist nichts mehr zu holen. In zwanzig Jahren wird es nur noch öffentliche Verkehrsmittel geben. Vielleicht sogar schon in zehn Jahren. Wieso besucht er nicht einen Abendkurs und lernt, wie man einen Computer programmiert? Ihr braucht euch bloß die Stellenangebote ansehen, da gibt es nur noch Computerprogrammierer und Elektronikingenieure. Wißt ihr noch, wie Nelson diese ganzen Hifi-Bauteile zusammenbastelte und sogar Lautsprecher oben auf der Veranda montierte? Damals konnte er das alles, was ist bloß passiert?»

«Er ist erwachsen geworden, das ist passiert», sagt Janice und trinkt den Kokosnußlikör aus, wobei sie den Kopf so weit zurückbiegt, daß an ihrem Hals blasse Ringe sichtbar werden, die sonst, wenn sie den Kopf normal hält, in Falten verschwinden. Ihre Zunge erforscht den Grund des Glases. Seit Nelson und Pru mit zum Haushalt gehören, trinkt Janice ungenierter; sie sitzen da und albern herum und warten bis spät in die Nacht, bis Johnny Carson oder *Saturday Night Live* im Fernsehen kommen, und ihr Zigarettenkonsum ist auf über ein Päckchen pro Tag gestiegen, obwohl Harry ihr dauernd zusetzt, sie soll es sich abgewöhnen. Und jetzt, bei dieser Diskussion, tut sie, als sei er eine Art Unbill der Natur, die sie wohl oder übel ertragen müssen.

Er wird sauer. «Ich habe ja angeboten, ihn in die Werkstatt zu nehmen, das ist die Abteilung, in der sie immer eine Aushilfe brauchen können, Manny würde im Handumdrehn einen perfekten Mechaniker aus ihm machen. Wißt ihr, was ein Mechaniker pro Stunde einsteckt? Sieben Dollar, und mich kostet es über acht mit allem Drum und Dran. Und wenn einer schneller arbeitet als die Norm, kriegt er Prämien. Unsere Spitzenleute kriegen über fünfzehntausend pro Jahr auf die Hand, und ein paar von denen sind kaum älter als Nelson.»

«Nelson möchte sich genausowenig wie du die Finger schmutzig machen», sagt Janice.

«Die schönsten Tage meines Lebens», lügt er, «habe ich mit meiner Hände Arbeit zugebracht.»

«Es ist nicht leicht», tut Ma Springer ihnen kund, «alt zu sein und dazu noch Witwe. Ich habe viel gebetet, und bei allem, was ich tue, frage ich mich immer zuerst: ‹Was würde Fred jetzt wollen?› Und in diesem Fall weiß ich mit absoluter Gewißheit, daß er unseren Nellie in der Firma haben will, wenn das der Wunsch des Jungen ist. Viele von diesen jungen Männern heute würden eine solche Stelle überhaupt nicht haben wollen, sie haben nicht das dicke Fell, das ein Händler braucht, und es ist auch nicht so einfach, wenn man nicht gelernt hat, von der Pieke auf zu arbeiten, wie meine Generation es noch getan hat.»

Harry wird kribbelig, ungeduldig. «Bessie, jede Generation hat ihre Probleme, wir müssen alle klein anfangen. Sieh den Tatsachen ins Auge. Wieviel willst du Nelson zahlen? Wieviel Gehalt, wieviel Provision? Du kennst die Gewinnspanne eines Händlers. Drei Prozent, lausige drei Prozent, und davon bleibt praktisch nichts mehr übrig, weil es eine Menge neue laufende Kosten gibt, die man nicht auf den Kunden abwälzen kann bei den Festpreisen, die Toyota vorschreibt. Wenn der Erdölpreis steigt, geht alles andere mit; in den fünf Jahren, seit ich die Filiale leite, haben sich die Heizkosten verdoppelt, die Stromrechnung ist ins Unermeßliche gestiegen, auch die Überführungskosten, dazu kommen noch die Arbeitgeberbeiträge zur Sozial- und Arbeitslosenversicherung, bloß damit die Taugenichtse in diesem Land ihre Yachten nicht aufzugeben brauchen, die Hälfte der jungen Leute im Land gehen doch gerade so lange arbeiten, bis sie Arbeitslosengeld kassieren können, und die Zinsen für den Lagerbestand steigen ins Uferlose. Es ist genau wie diese Geschichte damals mit Weimar, die Ersparnisse der Leute lösen sich in Wohlgefallen auf, alle sind sich einig, daß uns eine haarsträubende Rezession blüht. Unsere Wirtschaft ist im Eimer, da beißt keine Maus den Faden ab, wir haben nicht die

Disziplin wie die Japsen und die Deutschen, und um das Maß vollzumachen, willst du mich noch dazu zwingen, meinen Sohn einzustellen, der mir nur ein Klotz am Bein ist.»

«Um deine Frage zu beantworten», sagt Ma und ächzt ein bißchen, als sie das schmerzhaftere Bein auf dem Sitzkissen verlagert, «der Mindestlohn dürfte sich auf drei Dollar zehn die Stunde belaufen, und wenn er vierzig Stunden pro Woche arbeitet, müßtest du ihm hundertfünfundzwanzig die Woche geben, und dazu die Prämien, die du nach dem üblichen Schema errechnen müßtest – sind das nicht zur Zeit um die zwanzig Prozent vom Bruttogewinn, die sich dann von einem bestimmten Minimum an auf fünfundzwanzig erhöhen? Ich weiß, früher waren es glatt fünf Prozent vom Nettoerlös, aber Fred sagte, das ginge aus irgendeinem Grund nicht mit ausländischen Wagen.»

«Bessie, bei allem Respekt, und ich habe dich wirklich gern, aber du spinnst. Wenn du Nelson fünfhundert pro Monat als Anfangslohn zahlst und noch Provisionen dazu, dann bringt er im Monat tausend nach Hause, wo er der Firma bloß zweifünf einbringt. Nelson soviel zu bezahlen, würde bedeuten, daß er, je nachdem wie das Verhältnis von Neuwagen zu Gebrauchtwagen ist, zwischen sieben bis zehn Autos pro Monat verkaufen muß in einer Werksvertretung, die insgesamt nicht mal fünfundzwanzig im Monat umsetzt!»

«Naja, wenn Nelson da ist, verkauft ihr vielleicht mehr», sagt Ma.

«Träumereien», sagt Harry zu ihr. «Detroit hat sich inzwischen auf die Produktion von Kleinwagen umgestellt, die spottbillig sind, und jeden Tag können die Importsteuern erhöht werden. Fünfundzwanzig pro Monat ist das absolute Maximum, so wahr mir Gott helfe.»

«Die Leute, die Fred noch gekannt haben, werden Nelson gern im Geschäft sehen», beharrt sie.

Janice sagt: «Nelson sagt, die neuen Toyotas hätten eine Handelsspanne von mindestens tausend Dollar.»

«Bei einem Luxusmodell mit sämtlichen Extras. Die Leute, die Toyotas kaufen, sind nicht scharf auf Extras. Corollars in Standardausführung – das sind die Modelle, die wir am meisten verkaufen, das Verhältnis ist vier zu eins. Und bei den größeren

Modellen belaufen sich die Lagerhaltungskosten sogar auf mehrere hundert Dollar pro Stück, das Geld geht zum Teufel, so wie es jetzt läuft.»

Sie ist dickköpfig und dumm. «Tausend pro Wagen», sagt sie, «das bedeutet, daß er bloß fünf pro Monat zu verkaufen braucht nach deiner Berechnung.»

«Und was ist mit Jake und Rudy!» schreit er. «Wie soll der Junge auch nur die fünf verkaufen, ohne Jake und Rudy in die Quere zu kommen? Hört mal zu, wißt ihr zwei eigentlich, wer eure zuverlässigsten Angestellten sind? Es sind Jake und Rudy. Sie arbeiten zu den beschissensten Zeiten, wenn's sein muß, spät abends und an den Wochenenden, und in Flautenzeiten, wenn ihr sie nach Hause schickt, müssen sie noch nebenbei arbeiten, Rudy betreibt in seiner Garage eine kleine Fahrradreparaturwerkstatt, und in diesen Zeiten, wo alle Welt die Hand aufhält, begnügen sie sich mit einem Grundgehalt von siebenfünf pro Jahr plus einer Gewinnbeteiligung von einsfünf. Burschen wie die kann man doch nicht an die Luft setzen.»

«Ich habe nicht so sehr an Jake und Rudy gedacht», sagt Ma Springer und legt stirnrunzelnd ein Fußgelenk über das andere. «Wieviel verdient eigentlich Charlie jetzt?»

«Das kann doch nicht wahr sein. Das haben wir doch schon durchdiskutiert. Wenn Charlie geht, gehe ich auch.»

«Bloß zu meiner Information.»

«Also, Charlie kassiert um die dreihundertfünfzig pro Woche – das macht im Jahr, zusammen mit den Zulagen, rund zwanzigtausend.»

«Na also», verkündet Ma Springer und legt behutsam den Fuß in die alte Lage zurück, «dann würdest du ja effektiv Geld sparen, wenn du statt dessen Nelson einstellst. Er ist sehr interessiert an Gebrauchtwagen, und das ist doch Charlies Spezialgebiet gewesen bisher, oder nicht?»

«Bessie, ich kann es nicht glauben. Janice, sprich du mal mit ihr wegen Charlie.»

«Wir haben über ihn gesprochen, Harry. Du machst zu viel Wirbel um die Sache. Mutter hat mit mir gesprochen, und ich dachte, ein Wechsel würde Charlie gut tun. Sie hat auch mit Charlie gesprochen, und er war einverstanden.»

Harry traut seinen Ohren nicht. «*Wann* hast du mit Charlie gesprochen?»

«Beim Hochzeitsempfang», bekennt Ma Springer. «Ich habe gemerkt, wie du uns beobachtet hast.»

«Und was hast du gesagt, um Gottes willen?» Das ist vielleicht eine, die alte Dame, denkt Rabbit, Turnschuhe, elastische Bandagen, Baumwollkleid, das kaum die Knie bedeckt, aufgeblähter Hals, aufgedonnerte Brille mit silbernem Rahmen ... Hin und wieder ist sie, seit der alte Fred das Zeitliche gesegnet hat, im Winter im Geschäft aufgekreuzt, in dem Nerzmantel, den er ihr zum fünfundzwanzigsten Hochzeitstag geschenkt hat, und von dem Pelz ging ein Glitzern aus wie von winzigen Stahlnadeln, wie knisternde Funksignale von der Bodenstation der Raumfahrtbehörde. Sie sagt: «Ich habe ihn nach seinem Gesundheitszustand gefragt.»

«So wie wir uns um Charlies Gesundheit sorgen, sollte man annehmen, daß er an den Rollstuhl gefesselt ist.»

«Janice hat mir erzählt, daß er schon vor zehn Jahren Nitroglyzerin genommen hat. Für einen Mann, der damals in den Dreißigern war, ist das kein gutes Zeichen.»

«Na, und was hat er gesagt, wie er sich gesundheitlich fühlt?»

«Leidlich», antwortet Ma Springer und dehnt die erste Silbe. «Janice hat auch behauptet, du hättest dich beklagt, daß er sein Pensum nicht mehr schafft, daß er wie ein Häufchen Elend am Schreibtisch sitzt und die Zeit mit Papierkram verplempert, den er Mildred überlassen sollte.»

«Habe ich das gesagt?» Er sieht Janice an, so eine Verräterin. Er hat ihren dunklen Teint immer für einen Springerschen Zug gehalten, dabei war der alte Springer blaß gewesen, dünnhäutig rosa; das Blut der Mutter, das Koernersche, hat ihre Hautfarbe bestimmt.

Sie schnippt die Asche ihrer Zigarette ungeduldig in den Aschenbecher. «Mehr als einmal», sagt sie.

«Na, ich habe damit jedenfalls nicht sagen wollen, daß deine Mutter ihn rausschmeißen soll.»

«Von Rausschmeißen war nie die Rede», sagt Ma Springer. «Fred hätte Charlie nie rausgeschmissen, es sei denn, sein Privatleben wäre vollkommen entgleist.»

«Da müßte man heute schon ziemlich weit gehen, um zu entgleisen», sagt Harry, verdrossen über diese Tatsache.

Ma Springer wälzt ihre Leibesfülle leidend auf dem Sofa hin und her. «Also, ich muß sagen, daß er dieses Mädchen bis nach Ohio verfolgt hat –»

«Er hat sie sogar nach Florida mitgenommen», sagt Harry derart schnell, daß beide Frauen ihn mit ihren schwarzen Knopfaugen anstarren. Es stimmt, es verbittert ihn mehr, als es sollte, da er selbst sich ja nie für Melanie erwärmen konnte, und wohin hätte er sie auch mitnehmen sollen?

«Wir haben über Florida gesprochen», sagt Ma Springer. «Ich habe ihn gefragt, ob er, jetzt wo der Winter kommt, dort unten nicht besser aufgehoben wäre. Amy Gehringers Schwiegersohn, der in einer Asbestfabrik in New Jersey gearbeitet hat, bis die große Panik ausbrach, hat sich dort unten mit den Entschädigungsgeldern zur Ruhe gesetzt, und er ist noch nicht fünfzig. Sie sagt, er habe ihr erzählt, es gebe eine Menge junger Leute, die dort hinziehen, um der Ölkrise zu entgehen, es gibt nicht nur alte Leute dort, wie es in den Witzen immer heißt, und natürlich gibt es dort jetzt auch Arbeitsplätze. Charlie ist ein gewiefter Bursche. Das hat Fred von Anfang an erkannt.»

«Er hat noch seine Mutter, Ma. Eine alte griechische Dame, die kein Englisch spricht und die so gut wie nie außerhalb von Brewer gewesen ist.»

«Na, vielleicht ist es Zeit, daß sie mal rauskommt. Weißt du, die Leute meinen immer, wir Alten seien so schrecklich bodenständig, aber die Schwester von Grace Stuhl, die älter ist als sie, wohlgemerkt, und schon zwei Ehemänner hier in der Gegend begraben hat, fuhr zu Besuch zu ihrem Sohn nach Phoenix und war so begeistert, daß sie sich eine kleine Wohnung gekauft hat und, soviel Grace mir erzählt hat, sogar eine Grabstelle, da siehst du, wie leicht es ihr fiel, ihre Wurzeln zu kappen.»

«Charlie ist nicht wie du», erklärt Janice. «Er hat keine Angst vor Veränderungen.»

Er könnte das grüne Glasei ergreifen und mit einem langen Schritt am Sofa sein und es in ihren beschränkten Schädel schlagen. Statt dessen nimmt er keine Notiz von ihr und sagt zu

Ma: «Ich habe immer noch nicht ganz erfahren, was du zu Charlie gesagt hast, beziehungsweise er zu dir.»

«Oh, wir haben Erinnerungen ausgetauscht. Wir sprachen über die alten Zeiten mit Fred und waren beide der Meinung, daß Fred es sich wünschen würde, Nellie im Geschäft zu haben, Fred war immer für die Familie da, auch wenn mancher ihn enttäuscht hat.»

Damit muß er gemeint sein, denkt Rabbit. Diesen gerissenen kleinen Gauner enttäuscht zu haben, ist das Letzte, was sein Gewissen belastet.

«Charlie hat Sinn für Familie», wirft Janice ein, in dem sanften mütterlichen Tonfall, den sie jetzt oft anschlägt, der aber in diesem Augenblick aufgesetzt wirkt. «Während der Zeit, als ich mit ihm zusammen war, weißt du, war er absolut bereit, jederzeit zurückzustreten und mich wieder gehen zu lassen.»

Sich mit ihrer Affäre vor der eigenen Mutter zu brüsten. Mit der Welt geht es rasend schnell abwärts.

«Wie dem auch sei», seufzt Ma Springer – sie hat langsam genug, die Beine tun ihr weh und wollen nicht besser werden, alte Leute brauchen ihre Ruhe –, «wir haben versucht, uns zu überlegen, was Fred wohl tun würde, und kamen auf den Gedanken, Charlie einen sechsmonatigen Urlaub zu geben, bei halbem Gehalt, und dann können wir sehen, wie Nellie sich macht. Sollte sich Charlie in der Zwischenzeit eine andere Stellung bieten, steht es ihm frei, sie anzunehmen, dann könnten wir die Sache endgültig abschließen, mit zwei Monatsgehältern als Abstand, plus der für 1979 fälligen Weihnachtsgratifikation. Das haben wir uns nicht alles auf dem Empfang ausgedacht, ich war heute drüben, während du Golf gespielt hast.»

Er hatte 83 gespielt bis ins vorletzte Loch und dann den Ball in den kleinen Bach verzogen und noch 8 Schläge gebraucht. Anscheinend wird er 90 nie unterbieten, es sei denn im Schlaf. Webb Murketts lockerer Schwung geht ihm allmählich auf die Nerven. «Heimlichtuerin», sagt er. «Ich dachte, du traust dich nicht mehr mit dem Chrysler durch die Innenstadt.»

«Janice hat mich hingefahren.»

«Aha.» Er fragt seine Frau: «Wie hat es Charlie gefallen, dich bei dieser Gnadenmission zu sehen?»

«Er war reizend. Mutter und er haben allein verhandelt. Aber ihm ist bewußt, daß Nelson unser Sohn ist. Das scheint er dir vorauszuhaben.»

«Nein, nein, ich weiß, daß er es ist, das ist ja das Problem», sagt Harry zu ihr. Zu der alten Dame sagt er: «Du willst Charlie also Tausende zahlen, um Nelson einen Job zu vermitteln, dem er vielleicht gar nicht gewachsen ist. Wo bleiben da die Einsparungen für die Firma? Und ohne Charlie werden die Verkäufe zurückgehen, ich habe nicht halb so viele Kontakte in der Stadt wie er. Nicht nur bei Griechen. Als Junggeselle war er in etlichen Bars Stammkunde, und genau da gewinnt man das Vertrauen der Leute.»

«Nun, das mag sein.» Ma Springer versucht aufzustehen und stampft vorsichtig erst mit dem einen, dann mit dem anderen Fuß auf den Teppich, um zu prüfen, ob sie eingeschlafen sind. «Mag sein, daß das Ganze ein Fehler ist, aber man darf im Leben nicht dauernd Angst vor Fehlern haben. Es hat mir nie so recht gefallen an Charlie, daß er nicht heiraten wollte. Es hat Fred auch gestört, das weiß ich. Jetzt muß ich nach oben und mir meine Angels ansehen. Obwohl es nicht mehr dasselbe ist, seit Farrah nicht mehr dabei ist.»

«Habe ich eigentlich keine Stimme?» fragt Harry fast brüllend, festgebunden, wie er sich im Liegesessel fühlt. «Ich stimme dagegen. Ich wünsche nicht, mich mit Nelson im Laden rumschlagen zu müssen.»

«Nun», sagt Ma, und in der langen Pause hat er Zeit, zu würdigen, wie beleibt sie ist, wie breit aus bestimmten Blickwinkeln, wie ein Baumstamm, den man plötzlich als Summe sämtlicher Zahnstocher sieht, die er bringen würde, die unzähligen Mahlzeiten und Tage, die diesem Körper einverleibt wurden, das steife schwerfällige Schaukeln der Hüften, die fleckige speckige Haut der Arme, «wenn ich Freds letzten Willen recht verstehe, hat er das Geschäft mir und Janice vermacht, und ich denke, wir sind einer Meinung.»

«Zwei gegen drei, Harry, wie man es auch dreht», sagt Janice mit gewinnendem Lächeln.

«Ach, leck mich am Arsch», sagt er. «Springer Motors kann mich mal kreuzweise! Ich nehme an, wenn ich nicht zu Kreuze krieche, werdet ihr zwei beschließen, mich auch rauszuschmeißen.»

Sie leugnen es nicht. Während Mas Schritte schwerfällig die Treppe hinauftrampeln, erhebt sich Janice, die schon wieder diesen schwiemeligen Ausdruck im Gesicht hat, den sie bekommt, wenn der Tagespegel erreicht ist, und teilt ihm in vertraulichem Tonfall mit: «Mutter hat damit gerechnet, daß du es viel tragischer nehmen würdest. Willst du noch irgendwas aus der Küche? Dieser CocoRibe kann einen richtig süchtig machen.»

Der erste Oktober fällt auf einen Montag. Der Herbst beginnt seine Kehrseite zu zeigen: aus tiefhängenden Wolken, die aussehen wie eine Reihe zerschlissener Matratzen, hämmert grauer Regen die Blätter eines nach dem anderen von den Bäumen herunter. Der einsame alte Ahorn hinter dem Kiosk auf der anderen Seite der Route 111 ist jetzt kahl bis auf die unteren Zweige, an denen noch Blätter hängen – es sieht aus wie eine Mönchstonsur. Kein Tag für Kundschaft: Harry und Charlie starren zusammen durch die Schaufensterscheiben, deren Transparente jetzt verkünden: DEMNÄCHST BRANDNEUE COROLLAS. *Neuer 1,8-Liter Motor. Neue aerodynamische Karosserie. SR5 mit Alufelgen. Abnehmbares Schiebedach. Das gefragteste Auto der Welt!* Ein anderes Transparent wirbt für den COROLLA TERCEL: *Der erste Toyota mit Frontantrieb. Toyotas Sparschlager. Verbrauch: 7,9 l im Stadtverkehr, 6,8 l bei Tempo 120.* «Na», sagt Harry, nachdem er sich geräuspert hat, «die Phillies haben sich ja mit einem Knalleffekt verabschiedet.» Als sie die Montreal Expos am letzten Tag der Spielsaison mit 2–0 aus dem Rennen warfen, ermöglichten sie es Pittsburgh, Meister in der Nationalliga Ost zu werden.

«Ich habe den Expos die Daumen gehalten», sagt Charlie.

«Ja, es geht dir gegen den Strich, wenn Pittsburgh wieder gewinnt. Sie reden solchen verdammten Stuß. Die mit ihrem Familiengetue.»

Stavros hebt die Schultern. «Naja, eine Mannschaft aus Schwarzen, wie sie, braucht schon Werbesprüche. Sie sind doch alle mit dem kommerziellen Fernsehen aufgewachsen, der Kasten war die einzige Mutter, die sie hatten. Das ist ja die Tragödie der Schwarzen heute.»

Es erleichtert Harry, Charlie reden zu hören. Als er hereinkam, hatte er halbwegs erwartet, ihn niedergeschmettert vorzufinden. «Wenigstens haben die Eagles die Steelers verarscht», sagt er. «Das hat gutgetan.»

«Sie hatten Glück. Dieser Patzer kurz vor dem Touchdown. Bei Bradshaw ist das schon mal drin, daß er einen Fehlpaß wirft, aber daß Franco Harris einen Ball verhaut, wenn er ein Touchdown machen könnte, das ist neu.»

Harry lacht laut auf, erinnert sich genüßlich. «Wie fandest du denn diesen barfüßigen Nachwuchskicker, den sich die Eagles zugelegt haben? War der nicht prima?»

Charlie sagt: «Kicken ist noch kein Football.»

«Ein Feldtor aus dreiundvierzig Meter Entfernung barfuß gekickt! Dieser Bursche muß einen großen Zeh haben wie Stein.»

«Von mir aus könnten sie all diese Ex-Fußballer wieder nach Argentinien zurückschicken, auf meine Kosten. Körpereinsatz an der Linie, das ist Football. Im Pit. Da schlagen die Steelers am Ende alle. Um die Steelers mach ich mir keine Sorgen.»

Harry wittert Ärger und wechselt das Thema, sieht nach dem Wetter. Die Tropfen an der Glasscheibe werden größer und schnellen dann plötzlich nach unten, in Schlangenlinien, Spuren hinterlassend. Wie neulich, als er weinte. Seit frühester Kindheit, als sein Bewußtsein in dem alten halben Doppelhaus an der Jackson Road vor den Heizkörpern dämmerte, ist es für Harry aufregend, bei Regen in der Nähe eines Fensters zu stehen, das Gesicht Zentimeter von der Scheibe entfernt und trocken, während es ein paar Zentimeter weiter draußen naß wäre. «Ich wüßte gern, ob es beim Papst auch regnet.» Der Papst soll an diesem Nachmittag in Boston landen.

«Nie. Der braucht bloß mit den Armen zu wedeln, und schon hängt der Himmel voller Geigen. Voller Geigen – und Bockmist.»

Obwohl selbst kein Katholik, findet Harry das ein bißchen rüde; Charlie ist gereizt an diesem Morgen. «Hast du diese Massen gesehen im Fernsehen? Die Iren waren total aus dem Häuschen. Bei einem Auftritt waren es angeblich über eine Million.»

«Die Iren sind Flaschen», sagt Charlie und schickt sich an, zu seinem Schreibtisch zu gehen. «Ich muß mir noch ein paar Kaufverträge ansehen.»

Harry mag ihn nicht gehen lassen. Er sagt: «Und gestern abend haben sie den Kanal zurückgegeben.»

«Ja. Die Nachrichten machen mich krank. Es ist traurig mit diesem Land, alle können mit uns machen, was sie wollen.»

«Du warst derjenige, der aus Vietnam rauswollte.»

«Das war auch traurig.»

«Hör mal . . .»

«Ja?»

«Ich höre, du hattest eine Unterredung mit Ma Springer.»

«Die letzte einer ganzen Serie. Diese Frau ist gar nicht so ohne, sie ist zäh.»

«Hast du schon eine Idee, wo du hingehen willst?» Nelson und Pru werden am Freitag aus den Poconos zurückerwartet.

«Nirgendwohin fürs erste. Ins Kino. In ein paar Kneipen.»

«Und was ist mit Florida, du sprichst doch immer von Florida?»

«Hör auf. Ich kann der alten Dame nicht zumuten, dort hinzuziehen. Was soll sie da anfangen, Shuffle-Board spielen?»

«Ich dachte, du hättest eine Cousine, die sich jetzt um sie kümmert.»

«Gloria. Ich weiß nicht, irgendwas ist da im Busch. Womöglich versöhnen sie und ihr Mann sich wieder. Es paßt ihm nicht, wenn er sich die Rühreier zum Frühstück selber machen muß.»

«Oh, tut mir leid.» Harry schweigt einen Moment. «Mir tut überhaupt alles leid.»

Charlie zuckt die Schultern. «Was kannst *du* schon tun?»

Das wollte er hören; Erleichterung umflutet ihn wie eine Art Licht. Wenn man sich besser fühlt, sieht man besser; er sieht all die Zeitungen, Einwickelpapiere, Wegwerftassen und Deckel, die vom Kiosk über die Schnellstraße geweht wurden, sie liegen in den Büschen draußen vor dem Fenster und weichen auf. Er sagt: «Ich könnte ja auch kündigen.»

«Das wäre Wahnsinn, alter Freund. Was solltest du anfangen? Bei mir ist das was anderes, ich kann überall verkaufen, keine Frage. Ein paar Leute haben schon vorgefühlt bei mir. Neugkeiten verbreiten sich wie ein Lauffeuer in dieser Branche. Es ist eine verstörte Branche.»

«Ich habe zu ihr gesagt: ‹Ma, Charlie ist die Seele von Springer Motors. Die Hälfte der Kundschaft kommt seinetwegen. Über die Hälfte.›»

«Ich weiß zu schätzen, daß du ein Wort für mich einlegst. Aber, weißt du, irgendwann kommt mal der Moment.»

«Vermutlich.» Aber nicht für Harry Angstrom. Nie, niemals.

«Und Jan? Was hat *sie* zu meinem Rausschmiß zu sagen?»

Eine vertrackte Frage. «Nicht viel, meines Wissens. Du weißt ja, daß sie der alten Dame nicht die Stirn bieten kann, noch nie konnte.»

«Wenn du wissen willst, was mir das Genick gebrochen hat: ich glaube, es war der Trip mit Melanie. Damit hab ich mich bei beiden Springer-Damen unbeliebt gemacht.»

«Glaubst du nicht, daß Janice das inzwischen egal ist?»

«Sowas ist dir nie egal, alter Freund. Das kleine Mädchen, dessen Unterhosen du im Kindergarten gesehen hast, ist dir bis heute nicht egal. Wenn du dir aus jemand mal was gemacht hast, wird er dir nie egal. So blöd sind wir nun mal.»

Ein Steinbrocken im Weltraum, das ist das Bild, das Rabbit bei Charlies Worten in den Sinn kommt. Er interessiert sich für den Weltraum und überfliegt die Zeitung jeden Tag nach neuen Meldungen über die titanischen Quasare am Ende aller Dinge, und in der Sonntagsbeilage untersucht er eingehend die neuen Nahaufnahmen vom Jupiter, in der Hoffnung, irgend etwas zu entdecken, was allen Wissenschaftlern entgangen ist; Gott könnte noch ein Wörtchen mitzureden haben. Die Liebe fällt für immer in das Vakuum des Herzens. Janice eifersüchtig auf Charlie, wir machen uns Vorstellungen und kommen nicht mehr davon los, es ist zwanzig Jahre her, daß er mit Ruth geschlafen hat, aber jedesmal, wenn er in einem Laden in der Stadt oder an der Weiser Street von hinten eine Frau mit ingwerfarbenem, liederlich gebündeltem Haar und ein paar lose flatternden Strähnen sieht, hüpft sein Herz. Und Nelson, er war damals jung, aber man ist nie zu jung, sich zu verlieben, hing an Jill, und wenn man's bedenkt, hat auch Pru etwas von einem Hippie, das lange glatte über den Rücken hängende Haar und diesen benommenen

Ausdruck, der einen reizt, sie zu verletzen, allerdings stammte Jill aus besseren Kreisen, sie war nicht die Tochter eines Schlossers aus Akron. Harry sagt zu Charlie: «Na, wenigstens kann du jetzt von Zeit zu Zeit mal nach Ohio fahren.»

Charlie sagt: «Da gibt es für mich nichts zu holen. Melanie ist eher wie eine Tochter. Sie ist klug, weißt du. Du solltest sie mal hören, wenn sie über transzendentale Meditation spricht und über diesen verrückten russischen Philosophen. Sie will weiterstudieren und promovieren, wenn sie ihrem Vater das Geld aus der Nase ziehen kann. Der treibt sich an der Westküste rum und vögelt indianische Jungfrauen.»

Von Küste zu Küste, denkt Rabbit, sind wir ein einziges Freudenhaus. Mit Spiegeln. «Trotzdem», sagt er zu Charlie, «hätte ich gern ein bißchen von deiner Freiheit.»

«Du hast Freiheiten, die du ja noch nicht einmal nutzt. Wie kommt es, daß ihr zwei, du und Jan, noch in diesem schäbigen alten Schuppen bei ihrer Mutter wohnt? Das ist nicht gut für Jan, auf diese Art bleibt sie ewig ein Kind.»

Schäbig? Harry hat das Springersche Haus nie schäbig gefunden: altmodisch vielleicht, aber geräumige Zimmer voll mit den neuesten und besten Sachen, genauso wie er es beim erstenmal gesehen hat, als er anfing, mit Janice auszugehen, damals in dem Sommer, als sie beide bei Kroll arbeiteten. Alles wirkte neu und roch so sauber, und in dem Raum neben dem Wohnzimmer stand ein langer schmiedeeiserner Tisch mit tropischen Pflanzen, ein eigener Dschungel – das schien der Gipfel des Wohlstands zu sein. Jetzt steht der Tisch leer da, der Hartholzboden darunter ist fleckig von rostigen Wassertropfen. Und er denkt an das graue Sofa und die Tapete und die Aquarelle, an denen sich nichts geändert hat, seit damals, als er Jan abends immer zu ausgedehnten Knutschereien auf der Rückbank von Pops altem De Soto abholte. Nun, vielleicht ist es schäbig. Ma hat nicht mehr ihre alte Tatkraft, und was sie mit all ihrem Geld anfängt, weiß kein Mensch. Jedenfalls kauft sie keine neuen Möbel. Und jetzt, wo es Herbst ist, wirft die Blutbuche vor dem Schlafzimmerfenster ihre Früchte ab, die kleinen dreieckigen Samenkapseln platzen, und bei all dem Rascheln und Knistern ist es nicht so leicht, einzuschlafen. Dieses Zimmer ist noch nie ideal gewesen. «Ein Kind bleibt sie?»

«Apropos», sagt Charlie, «erinnerst du dich noch an die beiden jungen Leute, die Anfang des Sommers hier waren, an das Mädchen, das dich so angetörnt hat? Der Bursche war letzten Samstag wieder da, als du Golf spielen warst, sein Name fällt mir nicht ein.»

«Nunemacher.»

«Richtig. Er hat den orangefarbenen Corolla Liftback mit Standardgetriebe gekauft, der draußen stand. Ohne seinen Altwagen in Zahlung zu geben, und da jetzt die neuen Modelle reinkommen, habe ich ihm zweihundert vom Listenpreis abgezogen. Ich dachte, es wäre in deinem Sinne, wenn ich ihn nett behandle.»

«Genau. War das Mädchen dabei?»

«Soviel ich sehen konnte, nicht.»

«Und er hat den Country Squire nicht in Zahlung geben wollen?»

«Du kennst doch die Bauern, die haben ganz gern Schrott in ihren Höfen rumstehen. Vielleicht treibt er eine Bandsäge damit an.»

«Mein Gott», sagt Harry. «Jamie hat den orangefarbenen Corolla gekauft.»

«Also, komm, so ein Wunder ist es auch wieder nicht. Ich fragte ihn, warum er so lange damit gewartet hat, und er sagte, er hätte sich überlegt, wenn er bis zum Herbst wartet, würden die 79er Modelle ein bißchen im Preis runtergesetzt. Und der Dollar wäre weniger wert. Und der Yen ja auch, wie man sieht.»

«Wann kommt er ihn holen?»

«Er sagte morgen gegen Mittag. Das ist einer von den Kaufverträgen, die ich erledigen muß.»

«Scheiße. Da muß ich zu den Rotariern.»

«Das Mädchen war nicht dabei, da kann es dir doch egal sein. Du zerreißt dir den Mund über mich; dabei war sie jünger als Melanie. Das Mädchen ist womöglich erst sechzehn oder siebzehn.»

«Neunzehn müßte sie sein», sagt Rabbit. «Aber du hast recht. Es ist mir egal.» Der Regen rings umher hebt sein Herz wie an Fäden empor; er hat, genau wie Charlie, seine Möglichkeiten.

Am Dienstag nach dem Rotariertreffen, die Drinks tun noch ihre Wirkung, kehrt Harry ins Geschäft zurück und sieht, daß der orangerote Corolla weg ist, und kann sich kaum fassen vor Freude, Gott hat ihn aus dem All geküßt. Gegen halb fünf Uhr, Rudy ist im Verkaufsraum und Charlie auswärts in Allenville, wo er mit einem Händler ein Gebrauchtwagengeschäft abschließen will, um ein bißchen Ordnung in den Büchern zu schaffen, ehe Nelson kommt, stiehlt er sich aus seinem Büro, den Korridor hinunter und durch die Werkstatt, wo Mannys Männer Metall klopfen, aber schon mit lauteren Stimmen jetzt, wo der heiß ersehnte Feierabend näherrückt, schlüpft durch die hintere Tür, sorgsam darauf achtend, daß er sich nicht die Manschetten an der Verriegelung schmutzig macht, hinaus ins Freie. Paraguay. Auf diesem unteren Abschnitt des asphaltierten Firmengeländes harrt der Mercury, linke Seite, Kotflügel und Kühlergrill total verbeult, noch immer auf eine Entscheidung. Charlie hat es tatsächlich fertiggebracht, den reparierten Royale für dreitausendsechshundert an einen jungen Arzt aus Royersford loszuwerden, er war nicht einmal ein richtiger Arzt, sondern nur einer von diesen homöopathischen oder ganzheitlich orientierten Medizinern, wie man das heute nennt, der einem Patienten, der Masern hat, empfiehlt, Karotten zu essen oder einfach drei Stunden täglich in einer bestimmten Tonlage zu summen; seine Praxis muß gutgehen, denn er griff gierig zu bei dem alten Oldsmobil, sagte nur, ein Bursche im College, der ihm imponiert hätte, wäre mit so einem Ding herumgefahren, und er hätte schon immer einen genau in dieser Farbe haben wollen, in dieser grellroten Nagellackfarbe. Harry zwängt sich in seinen Corona in der müden Farbe abgestandener Tomatensuppe und gleitet leise aus dem Hof und fährt die 111 hinunter, stadtauswärts, in Richtung Galilee. Als Springer Motors ein gutes Stück hinter ihm liegt, stellt er das Radio an, und der schwere Discorhythmus droht, die Stereolautsprecher zu sprengen. Blecherne Klänge, verwehende Klänge, Klänge wie von einem Kazoo, übers Telefon gespielt, überfallen ihn aus allen vier Ecken des vinylgepolsterten Wageninneren und versetzen das sehnsuchtsvolle Ding zwischen seinen Rippen in Schwingung. Er denkt an den Lunch bei den Rotariern, an Eddie Pastorelli von Pastorelli-Immobilien, jetzt eine Tonne auf steifen kleinen Säbelbeinen, der die 400 früher in weniger als fünfzig Sekunden lief und der ihnen heute einen Diavortrag über den geplanten Ausbau der oberen Weiser Street gehalten hatte, wo zur Zeit hauptsächlich Parkplätze und Bars waren und Kleinbetriebe wie Staubsaugerkundendienst und Futterhandlungen für Haustiere, Läden, denen es an Kapital fehlte, um in die Einkaufszentren abzuwandern, Eddie versuchte, ihnen weiszumachen, daß ein paar große Glaskästen und ein Betonparkhaus mit einer korkenzieherähnlichen Auffahrtsrampe die Käufer zurückbringen würden, trotz der vielen puertorikanischen jungen Burschen, die mit Transistorradios und in den Ärmeln versteckten Messern dort herumlungern. Harry muß lachen, er erinnert sich noch daran, wie Eddie Reserveverteidiger der Hemmingtown High war, ein gemeiner schmieriger Kerl, der nie versäumte, die Schule zu schwänzen. Im Radio kommt Donna Summer mit *Dim all the lights sweet darling* ... Wenn man sie auf Bildern sieht, wirkt sie viel weniger schwarz, als man sie sich vorstellt, eine hohlwangige hellhäutige Negerin, die einen mit großen Augen anstarrt, die sagen: Du kannst auch nichts daran ändern. Das Witzige an den Rotariern ist, wenn man sie schon als Kinder gekannt hat, kann man nie aufhören, den kleinen Jungen in ihnen zu sehen, ausstaffiert mit Speckbauch und Glatze und Geld wie früher mit dem selbstgemachten Smoking bei der Theateraufführung in der Schule. Wie soll man die Welt ernst nehmen, wenn man merkt, daß sie von einer Bande altgewordener Kinder regiert wird? Dieser Gedanke erheitert Rabbit immer wieder bei den Rotariern. Wenn er ein paar Martinis intus hat, kann Eddie zum Schreien komisch sein; als er den Witz über die fünf Männer im Flugzeug erzählte, sank seine Nasenspitze nach unten, als baumelte sie an einem kleinen Bindfaden, und sein Lachen war das pfeifende Keuchen einer alten Frau. *Rucksack! hi hi hi.* Rabbit muß versuchen, sich den zu merken und in der Clique im Flying Eagle auszuprobieren. Fünf Männer, ein Hippie, ein Priester, ein Polizist und Henry Kissinger, der klügste Mann der Welt. Aber wer war der fünfte? Donna Summer singt, sie will ihren braunen Körper weiß machen, jedenfalls glaubt er, daß sie das singt, man versteht es nicht richtig bei diesem Wuwuwu-Gejaule, irgendein bedröhnter Toningenieur spielt an den Knöpfen herum, um diesen Sound hervorzubringen, auf die Worte kommt es nicht an, es ist der Rhythmus, zwischen die Rippen gestoßen wie ein Messer, der die Seele in Schwingung bringt.

Sandsteinhäuser. Ein Wegweiser, der auf eine Naturhöhle weist. Er fragt sich, wer so etwas noch besichtigt, natürliche Höhlen gehören der Vergangenheit an, wie Wasserfälle. Männer in Strohhüten. Frauen, die nicht einmal ihre Knöchel zeigen. Naturwunder. Diese klugscheißerische junge Sprecherin ist wieder da – er hat sie eine Zeitlang nicht mehr gehört, er dachte schon, der Sender hätte sie vielleicht gefeuert, zu frech, oder schwanger geworden – und sagt, der Papst habe vor der UNO gesprochen und mache auf dem Weg ins Yankee Stadion in Harlem Halt. Harry hat den kessen kleinen Kerl gestern abend im Fernsehen gesehen, in Boston war er in seinen weißen Gewändern klatschnaß geworden, sein Englisch war bewundernswert, etwa seine siebente Sprache, und wer war der Kerl mit dem ausdruckslosen Gesicht, der neben ihm stand und den Schirm über ihn hielt? Irgendein hohes Tier aus dem Vatikan, aber Pru wußte anscheinend auch nicht mehr als er, was nützt eine katholische Erziehung? In Europa hat der Goldwert heute einen neuen Höchstwert erreicht, vierhundertvierundvierzig Dollar pro Unze, während der Dollar in neue Tiefen abgeglitten ist. Der Sender wird leiser und lauter mit den Windungen der Straße zwischen den hügeligen Feldern. Harry rechnet nach, achtzig Dollar Wertsteigerung in weniger als drei Wochen, dreißig mal achtzig macht zweitausendvierhundert, wenn man reich ist, wird man noch reicher, genau wie Pop immer gesagt hat. Auf manchen Feldern steht der Mais noch hoch, auf anderen sind nur noch Stoppeln. Er rollt durch die häßliche langgezogene Stadt Galilee und hält Ausschau nach dem orangefarbenen Corolla. Diesmal braucht er sich nicht auf dem Postamt zu erkundigen. Der Gemüsestand ist für den Rest des Jahres geschlossen. Auf dem Teich schwimmen ein paar Gänse, an die er sich nicht erinnern kann, schon im Aufbruch, die grünen Kothäufchen, die sie überall in ihrem Fahrwasser hinterlassen, vielleicht war das der Grund, weshalb dieser Arzt . . . Er stellt das Radio ab. BLANKENBILLER. MUTH. BYER. Er parkt auf derselben Ausbuchtung am roten erdigen Straßenrand. Sein Herz hämmert, die Hände auf dem Lenkrad fühlen sich geschwollen und taub an. Er stellt den Motor ab und verkriecht sich noch tiefer im Sitz. Aber schließlich tut er nichts Verbotenes. Als er aussteigt, ist kein Schweinestallgeruch in der Luft, der Wind kommt aus der anderen Richtung, und kein Gesumm von Insekten ist zu hören. Sie sind gestorben, zu Millionen. Durch die Stille dringt das ferne Kreischen und Knurren einer Motorsäge. Die neue Nationalhymne. *Oho say can you saw* . . . Die Wälder sind einen knappen Kilometer entfernt und können nicht mehr zur Byerschen Farm gehören. Er beginnt seine Invasion. Die Hecke, die die Steinmauer verschluckt hat, ist spärlicher belaubt, verbirgt ihn kaum. Ein kühler Luftzug streicht durch das Gewirr aus Amberbäumen und Wildkirschen und leckt seine Hände. Die Giftsumachblätter haben sich schon rostrot verfärbt, manche nur zur Hälfte, wie in Farbtöpfe getaucht. Als er sich hinunterwagt durch den alten Obstgarten, Schritt für Schritt, tritt er auf abgefallene Äpfel, die in Massen im schnittreifen Gras liegen. Bloß nicht den Knöchel verknacksen und hier oben liegenbleiben und mit ihnen verfaulen. Arme Bäume, bringen all die wurmigen Früchte hervor, für nichts. Vielleicht nicht aus ihrer Sicht, denn als es noch keine Menschen gab, machten sie es genauso. Merkwürdiger Gedanke. Harry blickt jetzt zum Farmhaus hinunter, zu der grünen Tür, dem Vogelplanschbecken auf dem blaßblauen Sockel. Rauch steigt aus dem Kamin; der nostalgische Geruch brennenden Holzes dringt zu ihm. So nah, tritt er hinter einen absterbenden Apfelbaum mit einer praktischen Astgabel in Höhe seines Kopfes. Ameisen sind emsig tätig in dem samtigen honigbraunen Moder im Innern des Stammes, berühren einander, tauschen Neuigkeiten aus, eilen weiter. Der Baumstamm ist gespalten, steht offen wie ein nicht zugeknöpfter Mantel, und schleust doch noch Leben durch seine rauhe Rinde bis hinauf zu den kleinen runden Blättern, die zittern, wo die Zweige jung und glatt sind. Die Umgebung scheint zu versinken, nicht nur vor ihm, sondern ringsum, durch die feste Erde hindurch, und er fragt sich, was er hier tut, in seinem guten hellbraunen Anzug, seine Kehrseite jedem Farmer ausgeliefert, der zufällig mit seinem Schießgewehr hinter ihm über den Acker marschiert, und sein Gesicht in dieser Astgabel, wie eine Blechdose zum Zielen, falls jemand von den Gebäuden unten heraufblicken sollte, er, der über ein Büro mit Namensschild an der Tür verfügt und auf dessen Visitenkarten GESCHÄFTSFÜHRER steht und der noch vor wenigen Stunden Männer in korrekten Anzügen mit der Kostenbilanz und den Anekdoten der Hochzeit seines Sohnes unterhielt, von dem Organisten erzählte, der sich zusammen mit diesem Slim verdrückte, und von dem Paar, das so spät vor der Tür stand, daß er schon dachte, es seien Zeugen Jehovas; und ein paar panische Sekunden lang kann er selbst nicht sagen, was er hier tut, nur, daß er sich hier, draußen im Freien, namenlos, wirklich lebendig fühlt. Dann fällt es ihm wieder ein: er hofft, seine Tochter zu erspähen. Und was wäre, wenn er all seinen Mut zusammennähme, hinunterginge und an die grüne Tür in der tiefen Mauernische klopfte, und wenn sie aufmachte? Sie trüge um diese Jahreszeit vermutlich Jeans und ein Sweatshirt oder einen Pulli. Ihr Haar wäre weniger locker und feucht als im Sommer, vielleicht nach hinten gebunden und von einem Gummi zusammengehalten. Ihre Augen, diese weit auseinanderstehenden Augen, wären blaßblaue kleine Spiegel.

Tag. Sie werden sich nicht an mich erinnern.

Doch, natürlich. Sie sind der Autohändler.

Ich bin, glaube ich, mehr als das.

Und das wäre?

Heißt Ihre Mutter zufällig Ruth Byer?

Nun . . . ja.

Und hat sie mit Ihnen über Ihren Vater gesprochen?

Mein Vater ist tot. Er hat die Schulbusse für die Gemeinde gefahren.

Er war nicht ihr Vater. Ich bin Ihr Vater.

Und das breitflächige blasse Gesicht, in dem er sein eigenes wiedererkannte, würde ihn zornig, ungläubig, angstvoll anstarren. Und wenn er sie schließlich überzeugte, würde sie es ihm übelnehmen, daß er ihr das Leben, das sie gelebt hatte, wegnahm und dafür eines anbot, das sie jetzt unmöglich leben konnte. Er erkennt, daß diese Felder, in denen seine Saat vielleicht aufgegangen ist, keine Ernte für ihn bereithalten, sondern nur – wenn er ihn nutzt – den Raum in seinem Rücken zum

Entfliehen. Doch er bleibt stehen in seinem nicht mehr ganz frischen Sommeranzug – Zeit, ihn in die Reinigung zu geben und bis zum April in dem großen Plastikkleiderbeutel zu verstauen –, gebannt von der Bewegungslosigkeit des Bildes dort unten, in dem nur der Rauch aufsteigt. Sein Herz schlägt wie wild vor Entsetzen, daß er so weit von seiner Bahn abgekommen ist. Man hat ein Leben, und rechts und links vom Weg sind Welten, die einem für immer verschlossen bleiben; schon bald, eines nicht zu fernen Tages, wird er unter der Erde liegen, auf der er jetzt steht, tot wie die Insekten, deren Summen er nicht mehr hört, und das Gras wird weiterwachsen, wild und blind.

Sein trödelndes Herz macht einen Satz, als er dicht hinter sich ein Rascheln im Obstgarten vernimmt. Er hebt die Arme und formuliert schon die ersten erklärenden Worte, als er sieht, daß das andere Wesen keine Person sondern ein Hund ist, ein alt aussehender Collie mit einem roten Auge und einem mit Kletten gespickten Fell. Rabbit sind Hunde nicht geheuer, er weiß, daß Collies besonders leicht reizbar und angriffslustig sind, ganz im Gegensatz zu Lassie. Dieser Hund ist schwärzer als Lassie. Er steht einen langen Putt entfernt mit schiefem Kopf vor ihm, die Haare hinter den Ohren elektrisiert, bereit zu bellen.

«Hallo», sagt Harry, seine Stimme eine heisere Nuance lauter als ein Flüstern, damit sie nicht bis zum Haus dringt.

Der Collie hält den schmalen Kopf noch schiefer, als wollte er das entzündete Auge schonen, und die langen weißen Haare liegen, von der Brise geglättet, wie ein Lätzchen um seinen Hals.

«Bist du ein braves Hundchen?» fragt Harry. Er stellt sich die Entfernung zum Auto vor, sieht sich rennen, den Hund im Nu an seinen Beinen, sieht Stoff in Fetzen reißen, spitze gelbliche Reißzähne, die schwarze gespaltene obere Lefze nach Hundeart hochgezogen, so daß die zornig gefletschten kleinen Vorderzähne zum Vorschein kommen; er spürt, wie zwei knirschende Zahnräder seinen Knöchel packen, spürt seinen Fall, die Arme erhoben in dem vergeblichen Versuch, sein Gesicht zu schützen.

Aber der Hund kommt in seinem schmalen Schädel zu einem Entschluß. Der hängende Schwanz wedelt zaghaft, und er springt in großen Sätzen mit dieser entsetzlichen geräuschlosen Leichtigkeit von vierfüßigen Tieren durch das Gras auf ihn zu.

Er schnuppert an Harrys Knien und drängt sich dann an seine Beine, läßt sich den Nacken kraulen, während Harry ihm unentwegt etwas zuflüstert. «Braver Junge, gutes Mädchen, wo hast du bloß die vielen Kletten her, bööööse Kletten.» Man darf die Angst nicht riechen lassen. Daß man auf dem Land ist, merkt man spätestens, wenn man Hunden begegnet, die ohne Halsband in der Gegend herumstreunen wie Bären.

In der Ferne wird eine Wagentür zugeschlagen. Das Geräusch hallt von der Scheunenmauer wider, so daß er zuerst in die falsche Richtung blickt. Dann sieht er durch die Gabelung des Apfelbaumes hindurch, etwa einen Eisen-sechs-Schlag weit weg, das Gefälle eingerechnet, den orangeroten Corolla auf dem großen freien Platz zwischen Haus und Garage, hinter der das gelbe Gehäuse des Schulbusses liegt.

Eine wahnwitzige Hoffnung findet also Bestätigung, aber seine Gedanken kreisen hauptsächlich weiterhin um das dunkle Bündel aus Muskeln und Zähnen an seinen Knien, darum, wie er es daran hindern kann zu bellen, daran hindern kann zuzubeißen. Winzige Gehirne, blitzartiger Sinneswandel, ein Collie, der der alten Mrs. Haas unten an der Jackson Road gehörte und in einer Tonne hauste, schnappte einmal nach ihm, als niemand damit rechnete, er hat noch immer die schwache weiße Narbe an zwei Fingern und spürt heute noch, daß es sich anfühlte, als würde eine Mohrrübe geschrappt, als er die Finger aus der Hundeschnauze zog.

Der Hund hört auch die Tür knallen und schießt wie eine Rakete mit flach angelegten Ohren zwischen den Obstbäumen hindurch bergab. Um den Corolla setzt ein Gebell ein, das ungestüm ist, aber fern, verzögert von Echo und Raum. Harry nutzt den Moment, um zu einem etwas weiter entfernten Baum zu huschen. Von dort sieht er den Fahrer des Wagens aussteigen, den knochigen Jamie, jetzt nicht mehr in dreckigem Drillichzeug, sondern in rötlichen ausgestellten Hosen und einem roten Rollkragenhemd. Der Collie hopst auf und nieder zur Begrüßung und entschuldigt sich, daß er den ungewohnten Wagen angebellt hat. Der ziehende Tonfall des Jungen, der Singsang, in dem er – unverständlich – spricht, zieht durch den Obstgarten nach oben. Rabbit senkt die Augen einen Moment zur Erde, wo zwei Wespen sich in einen verfaulten Apfel hineinfressen. Als er wieder zum Haus hinunterblickt, steigt an der Beifahrerseite des Corolla ein Mädchen aus, *das* Mädchen, das runde weiße Gesicht unverkennbar, das Haar kürzer als im Juni. Sie hockt sich zu dem Hund nieder und läßt sich auf seine aufgeregte Begrüßung ein. Sie wendet den Kopf ab, als der Hund ihr mit der Schnauze ins Gesicht fährt, und starrt nach oben, genau zu dem Fleck, von dem aus Harry, ohne sich zu rühren, zusieht. Als sie wieder aufsteht, sieht er, daß sie hübsch angezogen ist, in dunkelbraunem Rock und rostbraunem Pullover, mit einem karierten Jäckchen darüber, das ihre Schultern betont, sie sieht flott aus, weltgewandt, ein Großstadtmädchen. Und dennoch ist eine gewisse Trägheit in ihrem Gang, als sie ein, zwei Schritte auf das Haus zu macht. Ihre Stimme wird heller beim Rufen. Die beiden jungen Gesichter haben sich dem Haus zugewandt, deshalb nimmt Harry die Gelegenheit wahr, sich hinter einen noch weiter entfernten Baum zurückzuziehen, der allerdings schlanker ist als der letzte. Aber er ist jetzt dicht an der wirren Hecke und vor dieser vielleicht sogar unsichtbar in seinem hellen Anzug, getarnt zwischen Himmelsfetzen.

Die Begrüßungs- und Freudenrufe unten, die von den Wänden der Gemäuer aus Putz und Bimsstein widerhallen, haben einen melancholischen getragenen Klang. Aus dem Haus ist, nach dem schwachen Knallen einer Tür, eine dicke ältere Frau aufgetaucht, die sich unter der Last des eigenen Gewichts so vorsichtig bewegt, daß der Collie, besorgt um seine Herde, ihr um die Beine streicht und sie sachte vorwärtsschubst. Das könnte die Frau sein, die er am Tag der Hochzeit sah, als der alte Combi an der Kirche vorbeifuhr, aber es kann unmöglich Ruth sein, denn ihr Haar, das ein sanftes buntschillerndes Feuer gewesen war, liegt eng an ihrem Kopf an wie ein grauer Eisenhelm, und ihr Körper ist gewaltig, so voluminös, daß ihre Kleider aus dieser Entfernung gesehen wie ein Segel wirken. In Hemd und langen Hosen schleppt sich diese Person vorwärts, um den neuen Wagen zu bewundern. Es werden keine Küsse ausgetauscht, aber die Art, wie sie alle umeinander kreisen und aneinander vorbeigehen, zeigt, daß diese drei wohlvertraut sind miteinander. Ihre Stimmen dringen unverständlich zu Harry herauf.

Der Bursche führt die Heckklappe vor. Das Mädchen gibt der alten Frau einen Klaps, als wolle sie sagen: *Na, mach schon;* sie wird geneckt. Dann angeln sie aus dem Wageninnern zwei hohe braune Papiertüten, Lebensmittel, und der Collie, gelangweilt von diesen Vorgängen, hebt den Kopf und reckt die Nase, genau in die Richtung, wo Harry mit donnerndem Herzschlag steht, so still wie der in wirren Linien verborgene Mann in einem Vexierbild, wie es sie früher immer in der Sonntagsbeilage gab.

Der Hund fängt an zu bellen und rast durch den Obstgarten auf ihn zu; es bleibt Harry nichts anderes übrig, als sich umzudrehen und wegzurennen. Vielleicht schafft er es, durch die Hecke zu kommen, bevor die Leute hochblicken und ihn sehen.

Sie rufen nach dem Hund – «Fritzie! Fritzie!» – zwei weibliche Stimmen. Zweige kratzen an seinen Händen; die lockeren Steine der alten Mauer bringen ihn fast zu Fall und schürfen einen Schuh auf. Jetzt läuft er davon. Die rote Erde, von Traktorenreifen zerfurcht, gleitet unter ihm weg. Doch der Hund, wie er mit einem flüchtigen Blick nach hinten feststellt, wird ihn überholen, ehe er den Wagen erreicht; schon hat sich das Biest, Fell und Ohren enganliegend von der Geschwindigkeit, durch die Hecke gekämpft und prescht am Stoppelfeld entlang. O Gott. Rabbit bleibt stehen, schlägt die Arme vors Gesicht und wartet. Das Haus ist hinter der Bodenerhebung verschwunden; das muß er ganz allein durchstehen. Er hört, wie die Pfoten des Hundes kraftvoll hinter ihm stampfen und das Gebell in seiner Kehle zu einem Knurren erstirbt. Er fühlt durch die Hose, wie etwas an seinen Beinen schnüffelt und sich dann an ihn schmiegt. Der Hund will ihn nicht zur Strecke bringen, sondern einsammeln, seiner Herde einverleiben.

«Brave Fritzie», sagt Harry. «Gute Fritzie. Komm, wir gehen zu meinem Auto. Komm, lauf mit.» Behutsam, Fuß nach Fuß, legt er die kleine Strecke zum Straßenrand zurück, der Hund beschnuppert und stupst ihn die ganze Zeit. Die abgerissenen Rufe vom Haus, jetzt unsichtbar, dringen immer noch zu ihm; der unstet wedelnde Schwanz des Collie tätschelt Harrys Waden, während der längliche Schädel mit dem kranken roten Auge fragend zu ihm aufblickt. Harry zieht die Hände zurück, bis in die Höhe seiner Jackettaufschläge. Dreckige gelbe sabbernde Zähne würden seine Finger häuten wie ein Kartoffelschäler. Er sagt zu Fritzie: «Bist ein schönes Mädchen, ein feines Mädchen» und verdrückt sich um das Heck des Corona. Die Motorsäge surrt immer noch. Er öffnet die Fahrertür und schlüpft hinein. Knallt sie zu. Der Collie steht mit verdutztem Gesicht auf dem überwucherten Rain aus roter Erde, seine Hirtenaufgabe ist beendet. Harry fischt den Autoschlüssel aus seiner Tasche, der Motor springt an. Sein Herz hämmert noch immer. Er beugt sich hinüber zum Beifahrerfenster und scharrt mit den Fingern an der Scheibe. «He, Fritzie!» ruft er und scharrt weiter, bis der Hund wieder anfängt zu bellen. *Wau. Wau wau wau.* Lachend läßt Harry die Kupplung los und macht sich davon, das Ding in seiner Brust fühlt sich zerbrechlich an und irisierend wie eine dicke Seifenblase. Laß sie platzen. Er war noch nie so nahe daran, aus seinem Trott auszubrechen, seit Nelson neulich die Cabrios zu Schrott fuhr . . .

Webb Murkett hat sein Haus gut in Schuß, er hat einen Keller voller kostspieliger Elektrogeräte und ist auf Zeitschriften mit Titeln wie *Fine Woodworking* und *Homecraft* abonniert. In jedem Winkel des festungsartigen Hauses im Kolonialstil, das er und Cindy während der sieben Jahre ihrer Ehe gemeinsam bewohnt haben, findet man feine handgearbeitete Dinge aus gedrechseltem, gebeiztem und lackiertem Holz – Regale, Hängeschränke, eingebaute Drehplatten mit so vielen Unterteilungen wie in einer Seemuschel –, die von der Geduld und der Häuslichkeit des Hausherrn zeugen. Es gibt eine Technik, morsches Holz zu bearbeiten, es so solide wie Marmor zu machen und wie Marmor gemasert und schattiert; diese Kunstfertigkeit kommt in zahlreichen Lampenständern zur Geltung und in einer kleinen Schale, die eine unangetastete Spirale aus Zigaretten umschließt, auf dem Teewagen, den Webb ebenfalls, bis hin zu den funkelnden schmetterlingsförmigen Kupferscharnieren angefertigt hat. Einige Gegenstände müssen aus den Hausständen von Webbs früheren Ehen stammen, und Harry fragt sich, was diese Phantomfrauen wohl behalten haben, da noch so viel übrig ist. Webbs frühere Ehen findet man in seinem phantastischen langgestreckten tiefliegenden Wohnraum nur in Gestalt von Farbfotografien repräsentiert, in Sammelrahmen von ungewöhnlichem Format, die Webb aus Lucite selber zugeschnitten und ausgekehlt und verleimt hat, Fotos von Kindern, die schon zu alt sind, um von ihm und Cindy zu sein, eingefangen in einem sonnigen Augenblick auf der Steinfliesenveranda einer anderen Vorortvilla, oder in einem Segelboot vor dem Blau eines Sees, den die Kodakchemikalien vergilben lassen, oder anläßlich einer Trauung oder Examensfeier – denn einige dieser Kinder waren bereits erwachsen, älter als Nelson, und Sprößlinge einer dritten Generation starren auf Kissen gebettet oder von strammen jungen Armen gehalten, mit ernsten Augen zwischen vielen lächelnden Gesichtern in die Kamera. Harry hat schon mehrfach in Webbs Haus auf diesen Fotos verstohlen nach einer früheren Frau geforscht; es gibt zwar Fotos von Frauen, deren Kopf abgeschnitten oder von der Ecke eines Rahmens oder von einem anderen Bild überdeckt ist, und hier und da ragt eine unidentifizierbare ältere Hand samt Unterarm hinter einer Ansammlung von Kinderköpfen ins Bild, aber nirgends scheint das Gesicht einer der verflossenen Gebieterinnen all dieses vergänglichen Familienglücks erhalten zu sein.

Wenn Webb und Cindy Gäste haben, berieseln eingebaute Lautsprecher die Räume im Erdgeschoß mit ständiger, süßlicher Streichmusik und seichten Arrangements von alten Filmschlagern oder domestizierten Rockklassikern, stimmlos und nahtlos und für Harry mit bohrenden Zahnarztassoziationen verbunden. Hinter einer Mahagonibar, die Webb vor dem Abriß eines Landgasthofs in Brewer rettete und dann mitsamt Messinggeländer in eine Ecke seines Wohnzimmers transportierte, hat er eine Art Zechaltar errichtet, zwei hohe, oben zu einem Spitzbogen auslaufende Türnischen mit ausziehbaren Regalen, nicht nur mit den Standardgetränken Whiskey und Gin und Wodka gefüllt, sondern auch mit exotischen Getränken wie Rum und Tequila und Saki sowie sämtlichen erdenklichen Zutaten, von Magenbitter bis zu pulverisiertem Old-Fashioned in kleinen Papierbeuteln. Die Bar verfügt auch über einen eigenen kleinen eingebauten Kühlschrank. So sehr er Webb bewundert, aber wenn er mal sein eigenes Traumhaus bekommt, möchte Harry doch lieber auf die Konservenmusik und die so raffinierte Behausung für die Getränke verzichten.

Das Badezimmer dagegen entzückt ihn, mit den kleinen Emailleschalen voller Seifenstückchen in Rosenknospenform und dem molligen blauen Toilettendeckelbezug und dem strahlend hellen, mit nackten Glühbirnen umrandeten Spiegel, wie Schauspieler ihn in ihrer Garderobe haben. Alles was hier nicht leuchtet, ist getönt und parfümiert. Das Toilettenpapier, lieblich duftend, ist mit alten Comic Strips bedruckt, jedes Blatt eine Bildfolge. Armer Popeye, kriegt statt Spinat Scheiße zu fressen. Und auf den Handtüchern sind die Buchstaben W und M und L für Lucinda zu einem so kratzigen großen Monogramm verschlungen, daß ihn schaudert, wenn er daran denkt, was mit Cindys süßer Unterpartie passiert, wenn sie sich versehentlich fest damit abrubbelt. Aber Harry fragt sich, ob dieses Badezimmer im Erdgeschoß überhaupt jemals von den Murketts und ihren ziemlich teigig wirkenden Sprößlingen benutzt wird oder in erster Linie für Gäste eingerichtet ist. Bestimmte mysteriöse Artefakte darin – eine Art großer Zuckerschale, weiß, mit einem Deckel mit Griff, bemalt mit zwei Frauen in durchsichtigen Gewändern, die auf Wolken oder auf einem Sofa sitzen, das im Nichts verschwimmt, die Füße in rosafarbenen Ballerinenschuhen und die Fußgelenke gekreuzt, die Zehen der einen Frau die der anderen berührend, und je ein nackter Arm um den Griff geschlungen, doch wenn man den Deckel hebt, ist die Schale vollkommen leer, so leer, daß man meinen könnte, es hätte noch nie jemand etwas hineingetan; und eine rosa Plastikhand an einem Stock, vielleicht ein Scherzartikel, als Rückenkratzer gedacht; und ein eiförmiges Glas, zu einem Drittel mit lavendelblauem Badesalz gefüllt; und eine Art Milchflaschenkorb im Miniaturformat, in dem er Badeöle vermutet; und eine biegsame Plastikröhre mit einem Regenbogen pastellfarbener Puderquasten, die wie ein Stapel Pfannkuchen aussehen – das alles scheint auf dem an zwei schwarzen Holzdübeln zwischen Badewanne und Toilette aufgehängten Regal eher zum Anschauen aufgestellt zu sein als zum Gebrauch. Aber die Vorstellung, wie die kleine Cindy dieses Öl in ihr Bad gießt und sich im Wasser aalt und mit dem Rückenkratzer an sich herumspielt, die Brustwarzen durch die Decke aus Seifenschaum streckend. Harry ist sexy zumute. In dem Spiegel, der die Dinge zu grell erscheinen läßt, strahlen seine Augen eine Blässe aus, die fast weiß ist, wie die kleinen Eisblumen, die morgens auf der Haut der Autos aufgehen, und seine Lippen sehen bläulich aus; er ist betrunken. Er hat sich vor dem Abendessen zwei gespritzte Tequilas genehmigt und während der Mahlzeit soviel Gallo Chablis, wie er ergattern konnte, und hinterher eineinhalb Brandies. Mitten beim zweiten Brandy kam das Bedürfnis zu pinkeln über ihn wie ein zusätzlicher Glücksdruck, zusätzlich zu seiner Gesundheit und zu seinem Wohlstand und zu dem Privileg, hier zu sein, nur durch eine Tischbreite von Cindy getrennt, und zu sehen, wie ihr Körper sich unter dem fremdartigen derben Tuch des exotischen arabisch anmutenden Fummels, den sie trägt, hin- und herdreht, und ihre Handgelenke und Füße zu sehen, nackt in Sandalen, ebenso erregend in dieser Aufmachung wie die Innenseiten ihrer Oberschenkel in einem Bikini. Außer ihm und Janice haben die Murketts die Harrisons eingeladen und als neue Attraktion die blöden Fosnachts, die sie gerade erst vor zwei Wochen auf Nelsons Hochzeit kennengelernt haben. Harry glaubt nicht, daß die Murketts etwas von seinem Techtelmechtel mit Peggy wissen, damals vor Jahren, als Ollie sich mal wieder aus dem Staub gemacht hatte, aber vielleicht wissen sie es doch, die Leute wissen mehr, als man annimmt, aber das spielt erfahrungsgemäß kaum eine Rolle. Wenn man bedenkt, was man jede Woche im *People* liest, und trotzdem sieht man weiter fern, obwohl man weiß, daß die Schauspieler alle rauschgiftsüchtig sind und Ehebrecher. Er hat den Drang, in den Medizinschrank mit den effektvollen Glühbirnen zu sehen, und wartet, bis eine Lachsalve von der betrunkenen Runde im Wohnzimmer aufsteigt und jedes etwaige Klicken beim Öffnen der Spiegeltür übertönt. Klick. Der Schrank birgt mehr, als er vermutete: dicke Milchglastiegel voll Hautcremes und fleischfarbene Plastikflaschen mit Lotionen und braune Tuben mit Sonnenmilch, Parepectolin gegen Durchfall, Debrox zur Regulierung der Ohrschmalzbildung, Chloraseptic mit Menthol, ein Mundwasser namens Cepacol, mehrere Sorten Aspirin, sowohl das von Bayer als auch das von Anacin, und Tylenol gegen Sodbrennen, und eine große kalkige Flasche mit flüssigem Maalox. Er wüßte gern, wer von den beiden Murketts Maalox braucht, sie wirken beide immer so gelöst und zufrieden. Naheliegend, daß das schmierige rosa Zeug gegen Sumach-Vergiftungen hier unten ist, griffbereit für die Kinder, ebenso das Heftpflaster, aber wie steht es mit der kleinen flachen gelben Schachtel mit Preparation H gegen Hämorrhoiden? Carter hat natürlich Hämorrhoiden, dieser verbissene Streber, der alles nach Plan erledigen möchte, ob es fertig ist oder nicht, immer schnell, schnell, aber der alte Webb mit seiner gemütlichen Stimme und den lässigen Schwüngen, wie die lässigen Bewegungen, mit denen Schlagersänger sich auf Schauturnieren produzieren, ob *er* eine dieser kleinen Wachskugeln aus ihrer Verpackung pulte und sich in den Hintern steckte? Man muß in die Hocke gehen, und die Stelle ist gar nicht so leicht zu finden, das weiß Rabbit aus eigener Erfahrung, damals vor Jahren, als er den ganzen Tag lang auf der harten Metallbank an der Setzmaschine hockte, in ständiger Anspannung, weil pausenlos die Matritzen ratterten, ausgelöst vom Anschlag seiner Fingerspitzen, jeder Patzer eine ruinierte Zeile, alle um ihn herum unglücklich, der Junge noch klein, sein eigenes Leben eingeengt auf ein Format, auf das seine Seele noch nicht zurechtgeschrumpft war. Und was hat es mit diesem bernsteinfarbenen Pillenfläschchen auf sich, auf dessen Etiketten in blaßblauen Schreibmaschinenlettern *Lucinda R. Murkett* steht? Weiße Pillen, tödlich klein. Er hätte eine Lesebrille mitbringen sollen. Harry fühlt sich versucht, einen dieser Behälter aus seinem Fach zu nehmen, in der Hoffnung, dann entziffern zu können, was für eine Krankheit sich in diesen molligen und anschmiegsamen, köstlichen Körper eingeschlichen haben mag, aber eine fast abergläubische Furcht vor Fingerabdrücken hält ihn davon zurück. Medizinschränke haben etwas Tragisches, erkennt er in dem grellen Licht und schließt die Tür so sanft, daß niemand unten das Klicken hören kann. Er kehrt ins Wohnzimmer zurück.

Sie unterhalten sich lauthals über den Papstbesuch. «Haben Sie das gesehen», schreit Peggy Fosnacht, «was er gestern in Chicago über *Sex* gesagt hat!» Die Jahre, die ihrer Liaison mit Harry folgten, haben sie dazu gebracht, keine dunkle Brille mehr zu tragen, um ihr schielendes Auge zu verbergen, und nachlässig sowohl in ihrem Äußeren als auch in ihren Äußerungen zu sein; sie hat sich zu einer von den Frauen entwickelt, die permanent zerknautscht aussehen, als eine Art Protest. «Er hat gesagt, jede Form von außerehelichem Sex wäre *Sünde*. Nicht nur, wenn man verheiratet ist, sondern auch schon *vor* der Ehe. Was *weiß* denn dieser Mann überhaupt? Er hat doch keine Ahnung vom *Leben,* wie es wirklich ist.»

Mit ruhiger Stimme, um seinen Gast zu besänftigen, wirft Webb Murkett ein: «Ich fand gut, was Earl Butz mal vor ein paar Jahren gesagt hat: ‹Er spielt nicht mit, also stellt er auch nicht die Regeln auf.›» Webb trägt einen kastanienbraunen Rollkragenpullover unter einer grobmaschigen grauen Strickjacke, die, soweit Rabbit weiß, etwas mit skandinavischen Fischern zu tun hat. So wie sie am Hals geschnitten ist. Harry und Ronnie sind in Anzügen gekommen; Ollie war gewieft genug, zu wissen, daß man nicht mehr im Anzug ausgeht, nicht einmal samstagabends. Er hatte enge ausgewaschene Jeans an und ein besticktes Hemd und sah darin aus wie ein Cowboy, der zu klein geraten ist für die freie Wildbahn.

«Nicht mitspielen!» kreischt Peggy Fosnacht. «Ich möchte mal sehen, wenn Sie eine schwangere Mutter aus den Slums sind und keine Abtreibung genehmigt kriegen, ob Sie dann auch noch von *Spiel* reden.»

Rabbit sagt zu ihr: «Webb ist ja deiner Meinung», aber sie hört nicht hin und redet weiter drauflos, das Gesicht gerötet vom Wein und der aufregenden Klasse-Gesellschaft, ihre Locken fließen auseinander wie Karamellbonbons an der Sonne.

«Hat jemand außer mir – ich kann's einfach nicht lassen, mir das anzusehen, es macht mich so wütend – die Schau gesehen, die er in Philly abgezogen hat, wo er sein kategorisches Nein zu weiblichen Priestern abgegeben hat? Und dabei hat er unentwegt gelächelt, das hat mich angekotzt, dieses ewige Lächeln, während er den ganzen sexistischen Schwachsinn von sich gegeben hat, daß eben nur Männer sich für die Priesterschaft eignen und daß es die tiefe Überzeugung der Kirche und der Wille Gottes wäre und so weiter, so leid es ihm täte. Und er sagt das alles so liebenswürdig, ich glaube, das ist es, was mir so auf die Nerven geht, Leute wie Nixon oder Hitler hatten wenigstens den Anstand, sich wie Wahnsinnige zu gebärden.»

«Er ist ein liebenswürdiger alter Polacke», sagt Ollie, dem der Ausbruch seiner Frau peinlich ist. Er steht auf cool, wie man sieht. Musik, Drogen. Nur am Rande, aber genug, um im Bilde zu sein.

«Niggerbabies abküssen, darin ist er ganz groß», meldet Ronnie Harrison sich zu Wort, vielleicht um zu helfen. Es fasziniert Rabbit immer wieder, wie lang die Haarsträhnen sind, die Ronnie sich neuerdings über seine beginnende Glatze kämmt, wenn man eine herunterzöge, würde sie ihm bis unters Ohr hängen. Sowas braucht man doch heutzutage nicht mehr zu vertuschen. Wenn einer eine Glatze hat, soll er dazu stehen. Blank und rosig und rund, wie ein Arsch. Einen Arsch findet jeder schön. Diese Wachskugeln in der gelben Schachtel – waren die womöglich für Cindy? Wund geworden vom . . ., aber würde denn Webb? Harry hat irgendwo gelesen, daß männliche Homosexuelle viel Ärger mit Hämorrhoiden haben. Verblüffend, was sie alles reinzustecken versuchen – Fäuste, Glühbirnen. Er windet sich auf seinem Sitzkissen.

«Ich finde, daß er sehr sexy ist», erklärt Thelma Harrison mit Nachdruck. Alles was sie sagt, klingt lehrerhaft, kategorisch. Er sieht sie durch die intensivierende Linse des Alkohols an: dünne Lippen und dieser ungesunde gelbliche Teint. Harry kann sie kaum noch ansehen, ohne Ronnies Pimmel vor sich zu sehen, flach wie ein Brett vorn, weil er so dick ist. «Er ist ein schöner Mann», beharrt Thelma. Ihre Augen sind halb geschlossen. Sie hat auch ein, zwei Gläser zuviel. Sie reckt den Hals in die Höhe, senkrecht, wie jemand, der einen Schluckauf unterdrücken will. Er kann es nicht lassen, vorn an ihrem Kleid hinunterzusehen, Samt, in dem mausgrauen Blau alter Kinositze, ihre Art, sich zu halten. Nicht viel dran. Um diesen kleinen stämmigen Kerl in Weiß, mit all den Goldknöpfen und den vielen ulkigen Hüten sexy zu finden, mußte man schon eine Nonne sein. Ronnie hat, genau besehen, auch eine stämmige Statur. Sie mag dicke Männer. Er sieht noch einmal vorn an ihrem Kleid hinunter. Vielleicht ist mehr dran, als man denkt.

Janice, die Peggy seit einer Ewigkeit kennt und versucht, sie vor sich selbst zu beschützen, sagt gerade: «Was mir heute gefallen hat, ich weiß nicht, ob du das auch gesehen hast, Peggy, war, als er auf den Balkon dieser Kathedrale in Washington kam, bevor er ins Weiße Haus ging, er zeigte sich der Menge, die immer brüllte: ‹Wir wollen den Papst, wir wollen den Papst›, und er kam auf den Balkon und winkte und rief: ‹John Paul *Two,* he wants *you!*› Wirklich wahr.»

«Wirklich wahr», weil die Männer, für die es neu war, gelacht hatten. Drei von ihnen waren heute auf dem Golfplatz im Flying Eagle gewesen, der Sommer hatte einen letzten Schlenker nach Diamond County gemacht und an den Magnolienbäumen bei der sechsten Abschlagstelle dicke Knospen hervorgelockt. Der vierte Spieler war der junge Assistent des Golflehrers gewesen, derselbe junge Mann, der an dem Tag, als Nelson getraut wurde, 73 gespielt hatte. Er schlägt weit, Webb hatte recht, aber Harry gefällt sein Schlag nicht: zu sehr aus dem Handgelenk. Noch ein paar Jahresringe um den Bauch, und er wird alle Bälle verziehen. Buddy Inglefinger hatten sie kürzlich fallenlassen; sein Golf war ein Trauerspiel, und die drei Ehefrauen mochten seine aufgetakelten Freundinnen nicht. Aber Ollie Fosnacht ist kein Ersatz. Das einzige, was er spielt, ist Synthesizer, und seine schlampige Frau hört nicht auf zu schwafeln.

«Ich würde es ja gern komisch finden», sagt Peggy und schwingt ihre Stimme über das Gelächter, «aber für mich sind die Probleme, auf denen er herumtrampelt, zu verdammt ernst.»

Cindy Murkett sagt unerwartet: «Er war früher Priester in einem kommunistischen Land; er ist es gewohnt, einen klaren Standpunkt zu beziehen. Die fortschrittlichen amerikanischen Katholiken reden immer von *sensus fidelium,* aber ich habe nie etwas davon gehört; es heißt seit zweitausend Jahren *magisterium.* Was geht Ihnen denn so gegen den Strich, Peggy, wo Sie doch nicht katholisch sind und sich das gar nicht anzuhören brauchen?»

Plötzliches Schweigen umgibt ihre Worte, weil alle außer den Fosnachts wissen, daß sie katholisch war, bis sie Webb heiratete. Peggy ahnt es jetzt, aber wie ein armes weißes Kalb, das in die eine Richtung vorprescht, kann sie jetzt nicht mehr zurück. «Sie sind katholisch?» fragt sie unverblümt.

Cindy, die es nicht gewohnt ist, so im Scheinwerferlicht zu stehen, reckt ihr Kinn hoch, das Baby der Clique. «Ich wurde katholisch erzogen», sagt sie.

«Meine Schwiegertochter übrigens auch», kommt Harry ihr zu Hilfe. Der Gedanke, überhaupt eine Schwiegertochter zu haben, belustigt ihn, ein neuer Zweig seines Wohlstands. Und er hofft, ablenkend zu wirken. Es ist ihm zuwider, wenn Frauen sich streiten, er wäre nur zu froh, wenn es ihm gelänge, den beiden aus der Klemme zu helfen. Cindy entsteigt dem Schwimmbecken wie ein nasser Traum, und Peggy hatte die Freundlichkeit besessen, mit ihm ins Bett zu gehen, als es ihm dreckig ging.

Aber niemand läßt sich ablenken. «Als ich einen geschiedenen Mann geheiratet habe», erklärt Cindy der anderen Frau gleichmütig, «durfte ich nicht mehr am Abendmahl teilnehmen. Aber ich gehe noch ab und zu zum Gottesdienst. Ich bin noch immer gläubig.» Ihre Stimme wird sanfter bei diesen Worten, denn sie ist die Gastgeberin, auch wenn sie die Jüngere ist.

«Und benutzen Sie Verhütungsmittel?» fragt Peggy.

Ab in die Versenkung, Fosnachts. Harry kann es nur recht sein; ihm gefiel seine kleine Clique so, wie sie war.

Cindy zögert. Sie kann manchmal ganz mädchenhaft werden und vom Thema abschweifen und herumalbern, aber sie kann auch ganz ruhig dasitzen und Würde ausstrahlen. Mit einem winzigen würdevollen Lächeln sagt sie: «Ich glaube kaum, daß Sie das etwas angeht.»

«Und den Papst erst recht nicht, das ist meine Meinung!» In Peggys Stimme schwingt Triumph mit, aber selbst sie muß spüren, daß ihr die Felle wegschwimmen. Sie wird nicht wieder hierher eingeladen werden.

Webb, ganz Gentleman, setzt sich auf die Armlehne des Sessels, in dem die sperrige Peggy sich zum Antipapst aufgeschwungen hat, und beugt sich galant ein paar Zentimeter zu ihr hinunter und sagt, nur für sie, für seinen Gast, bestimmt: «Ich glaube, Cindy meint, wenn ich sie richtig verstehe, daß Johannes Paul sich in den dogmatischen Fragen an seine katholischen Glaubensbrüder wendet, während er dem einzelnen Amerikaner schlicht sein Wohlwollen entgegenbringt.»

«Er kann mir mit seinem Wohlwollen und seinem ganzen Dogma gestohlen bleiben», sagt Peggy, bemüht, aber unfähig, den Mund zu halten. Rabbit muß daran denken, daß ihre Brustwarzen sich wie Gummibonbons anfühlten, und wie es ihn damals, vor zehn Jahren, bekümmerte, daß sie sich im Bett so gemacht hatte, seit Ollie abgehauen war.

Cindy wird jetzt ein bißchen forscher: «Aber er merkt eben, in welche Schwierigkeiten die Kirche seit dem zweiten Vatikanischen Konzil geraten ist. Die Priester –»

«Die Kirche ist in Schwierigkeiten geraten, weil sie eine institutionalisierte Lüge ist, mit einem Haufen antiquierter Chauvis an der Spitze, die von *nichts* eine Ahnung haben. Tut mir leid», sagt Peggy, «ich rede zuviel.»

«Seht ihr, das ist Amerika», sagt Harry und kommt ihr ein bißchen zu Hilfe. «Los, wir hauen uns alle gegenseitig in die Pfanne. Ich habe mich heute von dem einzigen Freund verabschiedet, den ich je hatte: von Charlie Stavros.»

Janice sagt: «Ach, Harry», aber sonst geht niemand darauf ein. Eigentlich hätten die Männer sagen sollen, daß *sie* doch seine Freunde seien.

Webb Murkett wendet den Kopf mit hochgezogenen Augenbrauen zu Ronnie und Ollie. «Hat einer von euch heute in der Zeitung gelesen, daß es Nixon endlich in Manhattan zu einem Haus gebracht hat? Direkt neben David Rockefeller. Ich bin kein großer Anhänger von dem trickreichen Dicky, aber ich muß doch sagen, daß man ihm nicht gestattet, in einer Großstadt in ein Apartmenthaus zu ziehen, ist eine Schande für unsere Verfassung.»

«Als wenn er ein Nigger wäre», sagt Ronnie.

«Na, wie würde es *Ihnen* denn behagen», kann Peggy Fosnacht sich nicht bremsen zu kommentieren, «wenn eine Meute Geheimdienstler, jedesmal wenn Sie vom Einkaufen nach Hause kommen, Ihre Handtasche durchwühlte?»

Der Sessel, in dem Peggy sitzt, ist ein eckiges schweres modernes Möbel mit einem blassen Bezug, dick wie Sperrholz; er paßt zu einem anderen Sessel und einem langen Sofa, die um einen Tisch ohne Tischkante gruppiert sind, einen sogenannten Parsonstisch, der zusammengesetzt ist aus hellen und dunklen

Quadern eines Holzes mit welliger astreicher Maserung – demselben Holz, aus dem Golfschlägerköpfe gemacht werden. Der ganze tiefliegende Bereich dieses Zimmers, das Webb anbaute, als er und Cindy das Haus in der zukunftweisend gebauten Wohnsiedlung von Brewer Heights erwarben, ist voll von freundlich aufeinander abgestimmten Gegenständen. Die goldgelbe Tapete hat eine senkrechte Streifenstruktur, die den senkrechten Falten der etwas dunkleren Gardinen entspricht, und Reproduktionen von Wyeth-Aquarellen, angeleuchtet von Punktstrahlern, die auf Schienen an der Decke montiert sind, nehmen in unterschiedlichen Strichen die Farbtöne auf, und diese gleiche Beleuchtung bringt in den einander überschneidenden Segmenten der rauh verputzten Decke kleine Körnchen zum Glitzern, wie Glimmer am Strand. Wenn Harry den Kopf bewegt, verändern diese glitzernden Körnchen an der Decke ihren Standort, wogende Wellen verborgenen Silbers. Er verkündet: «Ich habe letztens bei den Rotariern eine ganz witzige Geschichte gehört, in der es um Kissinger geht. Webb, ich glaube, du warst nicht da. Also, da sind fünf Burschen in einem Flugzeug, das abzustürzen droht – ein Priester, ein Hippie, ein Polizist, noch einer und Henry Kissinger –, aber nur vier Fallschirme.»

Ronnie sagt: «Und am Ende sagt der Hippie zum Priester: ‹Keine Bange, Father. Der klügste Mann der Welt ist soeben mit meinem Rucksack rausgesprungen.› Kennen wir alle. Apropos, Thel und ich wollten dich fragen, ob du das gesehen hast.» Er reicht ihm einen Zeitungsausschnitt mit der Kolumne von einer Ann Landers, die im renommierten Brewerer *Standard* erschienen war, nicht im *Vat*. Der zweite Absatz ist mit Kugelschreiber angestrichen. «Lies laut vor», verlangt Ronnie.

Es mißfällt ihm, von verschwitzten Glatzköpfen wie Harrison herumkommandiert zu werden, wo er sich doch nur auf ein paar angenehme friedliche Stunden mit den Murketts eingestellt hat, aber aller Augen ruhen auf ihm, und wenigstens bringt es sie vom Papst ab. Er erläutert, mehr für die Fosnachts als für die anderen, da die Murketts schon im Bilde zu sein scheinen: «Es ist ein Brief von irgend jemand an Ann Landers. Im ersten Teil geht's um eine Zeitungsgeschichte über einen Kerl, dessen

Python ihm in den Bauch biß und nicht mehr losließ, und als die Leute vom Notdienst kamen, hat er sie angebrüllt, wenn sie seiner Schlange was antun wollten, sollten sie gleich wieder abhauen.» Schwaches Gelächter, in das die etwas verwirrten Fosnachts einzustimmen versuchen. «Der folgende Absatz lautet:

Die andere Geschichte handelte von einem Arzt in Washington, D. C., der mit seinem Putter auf dem 16. Grün eines Country Clubs eine Kanadagans totschlug. (Die Gans hatte, in dem Moment, als er einlochen wollte, geschrien.) Wir haben diese Briefe abgedruckt, um zu beweisen, daß die Wahrheit merkwürdiger sein kann als jede Fiktion.»

Als er es vorgelesen hatte, erklärt er den Fosnachts: «Der Grund, weshalb sie mich damit aufziehen, ist, daß ich im letzten Sommer von diesem Vorfall im Radio gehört habe, und als ich ihnen im Club davon erzählte, haben sie nicht zugehört, kein Mensch hat mir geglaubt. Hier ist der Beweis, daß es passiert ist.»

«Du Depp, *das* ist doch nicht der Witz», sagt Ronnie Harrison.

«Der Witz ist, Harry», sagt Thelma, «daß es *ganz anders* klingt. Du hast gesagt, er sei aus Baltimore, und hier steht, er ist aus Washington. Du hast gesagt, der Ball hätte die Gans aus Versehen getroffen und der Arzt hätte sie von ihrem Elend befreit.»

Webb sagt: «Weißt du noch – ‹Gnadentod oder gemeiner Meuchelmord?› Das hat mich fast umgehauen.»

«Davon hast du dir damals nichts anmerken lassen», sagt Harry, dennoch erfreut.

«Nach der Version von Ann Landers war es tatsächlich gemeiner Meuchelmord», sagt Thelma.

«Na wenn schon!» sagt Ronnie, der langsam gehässig wird. Die Idee mit dem Zeitungsausschnitt stammte offensichtlich von ihr. Ihre Hand hatte den Kugelschreiber geführt.

Janice hat die ganze Zeit mit dem glasigen dunklen Blick zugehört, den sie bekommt, wenn sie einen bestimmten Alkoholpegel hat. Sie und Webb haben irgendeinen neu importierten irischen Likör namens Greensleeves ausprobiert. «Aber nicht, wenn die Gans geschrien hat», sagt sie.

Ollie Fosnacht sagt: «Ich kann mir nicht vorstellen, daß Gänsegeschrei soviel ausmacht beim Putten.»

Alle anwesenden Golfer versichern ihm, daß es doch so ist.

«Du liebes bißchen», sagt er, «in der Musik bringt man sein Bestes um zwei Uhr morgens, wenn man schon halb von Sinnen ist von Rauschgift und Alkohol und mit einem Haufen krakeelender Besoffener um einen rum.»

Seine Anspielung auf Musik erinnert alle daran, daß im Hintergrund Webbs versteckte Lautsprecher unermüdlich Klänge produzieren; augenblicklich eine hawaiische Melodie mit Hawaigitarre.

«Vielleicht war es gar keine Gans», sagt Harry. «Vielleicht war es ein ganz kleiner Caddie mit Federn.»

«Das hier, das ist Musik», höhnt Ronnie über Ollies Bemerkung. «He, Webb, wie kommt's, daß kein Bier da ist in diesem Haus?»

«Es ist Bier da, es ist Bier da. Miller Lite und Heineken's. Was wird sonst noch gewünscht?»

Webb wirkt ein bißchen fahrig, und Rabbit fürchtet, daß die Party anfängt, flau zu werden. Was er nie für möglich gehalten hätte, er vermißt Buddy Inglefinger und versucht zu sagen, was Buddy jetzt sagen würde, wenn er da wäre. «Apropos, tote Gänse», sagt er, «ich habe letztens aus der Zeitung erfahren, daß irgendein Anthropologe oder so was ähnliches behauptet, etwa ein Viertel der Tierarten, die es jetzt noch auf der Erde gibt, würden um das Jahr 2000 ausgerottet sein.»

«Nein, *laß* das», protestiert Peggy Fosnacht laut und schüttelt sich demonstrativ, so daß das Fett an ihren Oberarmen wabbelt. Sie trägt ein kurzärmeliges Kleid, unzeitgemäß. «Sprich nicht über das Jahr 2000, bei dem bloßen Gedanken läuft es mir kalt über den Rücken.»

Niemand fragt sie weshalb.

Schließlich sagt Rabbit: «Weshalb? Du wirst dann noch am Leben sein.»

«Nein, das werd ich nicht», sagt sie entschieden und will sich sogar darüber noch streiten.

Die hitzige Röte, die bei der Papstdiskussion in Cindy aufgewallt ist, wärmt noch ihren Hals und das Décolleté mit dem winzigen Goldkreuz, das halb entblößt ist durch die offenen zwei Knöpfe oder Schlaufen oben an ihrem arabisch anmutenden Gewand, in dessen weiten Ärmeln ihre Unterarme mit den schmalen Handgelenken kindlich zart wirken, ihre Füße nackt bis auf die hauchdünnen Riemchen ihrer Goldsandalen unter dem bestickten Saum. In dem Durcheinander, während Webb Getränkebestellungen aufnimmt und Janice sich schwankend hochmüht, um aufs Klo zu gehen, geht Harry hinüber und setzt sich auf einen Lehnstuhl neben die junge Gastgeberin. «Na», sagt er, «ich finde, der Papst ist schwer in Ordnung. Er weiß wirklich, wie er sich das Fernsehen zunutze macht.»

Cindy sagt mit einer scharfen schnellen Kopfbewegung, als hätte sie etwas gestochen: «Ich mag auch vieles nicht, was er sagt, aber irgendwo muß er doch Grenzen ziehen. Das ist seine Aufgabe.»

«Er kriegt's mit der Angst», mutmaßt Rabbit. «Wie wir alle.»

Sie sieht ihn an mit ihren etwas chinesischen Augen, wie Mim sagte, die dicken Tränensäcke unter ihren unteren Lidern geben ihr etwas Verschwiemeltes, als sei sie geschlagen worden oder litte unter Heuschnupfen, so daß sie blinzeln muß, selbst wenn sie ernst ist, ihre Pupillen sind groß hier im schattigen Zentrum des Raums, weit weg von den Lichtleisten. «Oh, ein solcher Gedanke würde mir im Zusammenhang mit dem Papst gar nicht kommen, obwohl du wahrscheinlich recht hast. In mir steckt noch zu viel von meiner katholischen Schule.» Der dunkle Hof um ihre Pupillen ist ein seidiges Schokoladenbraun, ohne Tupfen oder feurige Funken. «Webb ist so rücksichtsvoll, er drängt mich nie. Nach Betseys Geburt haben wir beschlossen, daß er oft genug Vater gewesen ist, aber ich konnte mich nicht dazu durchringen, ein Pessar zu benutzen, ich wäre mir so schlecht vorgekommen, und er wollte nicht, daß ich die Pille nehme, nach allem, was er darüber gelesen hatte, deshalb hat er angeboten, bei sich selbst einen Eingriff machen zu lassen, du weißt schon, wie in Indien, wo man die Männer dafür bezahlt hat, wie heißt das noch – Vasektomie. Statt ihn das machen zu lassen, und seiner Psyche Gott weiß was anzutun, bin ich eines Tages spontan losgezogen und habe mir ein Pessar anpassen lassen. Ich weiß noch immer nicht, ob ich es richtig reinmache, wenn ich es benutze, aber der arme Webb. Weißt du, er hatte fünf Kinder mit seinen anderen Frauen, und sie sind beide unentwegt hinter seinem Geld her. Keine hat sich wiederverheiratet, obwohl sie mit Männern zusammenleben, ich würde so etwas unmoralisch nennen, ihn so auszuquetschen.»

Damit hatte Harry nicht gerechnet. Er versucht, sich mit einer Gegenbeichte zu revanchieren. «Janice hat sich letztes Jahr die Eileiter durchtrennen lassen, und ich muß sagen, es ist schon toll, sich keine Gedanken mehr darüber machen zu müssen, wann immer man gerade Lust hat, nachts oder am Tag – keine Cremes mehr oder sonstige Fisimatenten. Doch manchmal fängt sie an zu weinen, ohne einen Grund. Weil sie steril ist.»

«Natürlich, Harry. Das würde ich auch.» Cindys Lippen sind breit und liegen mit ihrer Lippenstiftschicht in wissender Strenge aufeinander, ein abwärts gerichteter Zug am Ende der Sätze, den er vor diesem Abend nie bemerkt hat.

«Aber du bist noch ein Küken», sagt er zu ihr.

Cindy wirft ihm einen stoischen Seitenblick zu und sagt beinahe grob: «Ich bin bald soweit, Harry. Ich werde diesen April dreißig.»

Neunundzwanzig, sie muß zweiundzwanzig gewesen sein, als Webb anfing, sie zu vögeln, was für ein gerissener Fuchs, er stellt sich ihren Körper vor, ganz braungebrannt mit kleinen seidigen Rundungen und leichten Speckwülsten innen in dem groben losen Gewand, schattige Räume, in die man die Hand legen könnte, damit der Körper atmen kann in der Wüstenhitze, es paßt zu den Goldriemchen an ihren Füßen und den Reifen an ihren Handgelenken, die noch schmal und rund sind wie die eines Kindes, ohne Adern. Die Heftigkeit seines Verlangens macht seinen Mund trocken. Er steht auf, um seinen Brandy zu holen, aber er verliert das Gleichgewicht, und sein Knie stößt an Peggy Fosnachts klobigen eckigen Sessel. Sie sitzt nicht darin, sie steht oben auf den zwei Stufen, die aus dem Wohnzimmer hinausführen, in ihrem altmodischen matt grünen Lodenmantel, den sie bei der Ankunft um die Schultern drapiert hatte. Sie blickt auf die anderen herunter wie jemand, der oben steht und abseits und vertrieben wird.

Doch Ollie hockt an dem Parsonstisch und wartet, daß Webb

das Bier bringt und nimmt den Rückzug seiner Frau nicht zur Kenntnis. Ronnie Harrison, so betrunken, daß seine Lippen naß sind und die langen Haare, die er über seine beginnende Glatze bürstet, in einer Schlinge abstehen, fragt Ollie: «Was ist denn heute so in der Musikbranche los? Ich habe gehört, die Gitarrenwelle ist vorbei, jetzt wo es keine Revolution mehr gibt.»

«Sie stehen jetzt auf Flöten, es ist sonderbar. Nicht nur die Mädchen, auch die Jungen, die Jazz spielen wollen. Eine Menge Farbige. Letztens kam ein Schwarzer rein, der wollte seiner Tochter zum achtzehnten Geburtstag eine Platinflöte kaufen, er sagte, er hätte von einem Franzosen gelesen, der eine hatte. Ich sagte: ‹Mann, Sie sind verrückt. Ich kann nicht mal schätzen, was eine solche Flöte kosten würde!› Er sagte: ‹Das juckt mich nicht die Bohne, Mann› und hielt mir eine Rolle Scheinchen unter die Nase, es müssen an die drei Zentimeter Hundertdollarscheine gewesen sein. Jedenfalls waren obendrauf Hunderter.»

Jedes weitere Vorfühlen bei Cindy wäre jetzt zuviel des Guten; Harry läßt sich schwerfällig auf dem Sofa nieder und steigt in das Männergespräch ein. «Wie diese Putter mit den vergoldeten Köpfen vor ein paar Jahren. Mann, müssen die im Wert gestiegen sein!»

Wie Peggy wird er übergangen. Harrison ist nicht zu bremsen. Diese Versicherungsvertreter: sie haben so eine Art, den Kopf zu senken und rücksichtslos ranzugehen, bis man bloß noch schreien kann oder einwilligt, noch eine dynamische Lebensversicherung über fünfzigtausend abzuschließen.

Ronnie sagt zu Ollie: «Wie sieht's denn mit dem elektrischen Krempel aus? Hast du das gesehen, sogar dieser Bursche im Fernsehen hat eine Geige mit Verstärker. Das Zeug muß doch ein Heidengeld kosten.»

«Einen Arm und ein Bein», sagt Ollie und blickt dankbar hoch, als Webb ihm ein Heineken auf eines der hellen Quadrate auf dem Tisch stellt. «Allein die Verstärker gehen in die Tausende», sagt er, geschmeichelt zu reden, geschmeichelt, reich zu wirken. Armer Tropf, wo sein Geschäft größtenteils darin besteht, dreizehnjährigen Mädchen Schallplatten zu verkaufen, damit sie sich die Hosen naß machen. Wie hatte Nelson das immer genannt? Bonbonmusik. Nelson hatte es ernst genommen mit seiner Gitarre, mit der, die er aus dem Feuer gerettet hatte, und dann mit der, die sie ihm mit der großen Perlmuttplatte auf der Vorderseite schenkten, aber nach der Schule, als er seinen Führerschein bekam, erklangen keine Akkorde mehr aus seinem Zimmer.

Ronnie hat den Kopf geneigt, um einen neuen Angriffswinkel zu finden. «Wissen Sie, ich bin Kundenberater bei der Schuykill Mutual Versicherung, und mein Chef hat mir neulich gesagt: ‹Ron, du hast die Firma letztes Jahr achttausendsiebenhundert gekostet.› Das ist nicht das Gehalt, nur die Sonderleistungen. Altersversorgung, Krankenversicherung, Gewinnanteile. Wie wird das in Ihrem Betrieb gehandhabt? Wenn man heutzutage als Arbeitgeber nicht Krankenversicherung und Altersversorgung finanziert, geht's einem an den Kragen. Die Leute erwarten es einfach, ohne das rühren sie keinen Finger.»

Ollie sagt: «Naja, ich bin mein eigener Arbeitgeber in gewisser Weise. Ich und meine Partner –»

«Und was ist mit Keogh? Sie müssen Keogh haben.»

«Wir versuchen, es so einfach wie möglich zu machen. Als wir anfingen –»

«Das darf doch nicht wahr sein, Ollie. Sie bescheißen sich ja selber. Schuykill Mutual bietet ein sagenhaftes Versicherungspaket nach dem Keogh-Plan an, das könnten wir Ihnen vermitteln, wir raten Ihnen sogar zu einer Mitgliedschaft, und zwar auf Firmenbasis, dann kommt kein Heller aus Ihrer eigenen Tasche, es kommt alles aus dem Firmentopf, und Vater Staat kann um so weniger kassieren. Die armen Tröpfe, die ihre Prämien selber tragen, ohne Firmenanteil, leben im tiefsten Mittelalter. Es hat überhaupt nichts Anrüchiges, die Sache so zu deichseln, wir machen uns bloß die Gesetze zunutze, die die Regierung gemacht hat. Sie *wollen* ja, daß die Leute davon profitieren, das fördert das Bruttosozialprodukt. Sie wissen, was ich mit Keogh meine, nicht wahr? Sie sehen ein bißchen ratlos aus.»

«Das ist sowas wie Sozialversicherung.»

«Tausendmal besser. Sozialversicherung ist doch bloß noch ein Schwindel, der den Schmarotzern zugute kommt; Sie kriegen nie einen Pfennig zu sehen von dem, was Sie einzahlen. Nach dem Keogh-Plan können Sie bis zu siebentausendfünfhundert pro Jahr absetzen; Sie legen das Geld einfach auf die hohe Kante, mit unserer Hilfe. Wir schlagen gewöhnlich vor, je nach den Umständen – wie viele Familienangehörige haben Sie?»

«Zwei, wenn Sie die Ehefrau mitzählen. Mein Sohn Billy hat das College abgeschlossen und studiert zur Zeit in Massachusetts ein spezielles Gebiet der Zahnmedizin.»

Ronnie pfeift durch die Zähne. «Mann, das haben Sie aber schlau angestellt. Sich auf einen Sprößling zu beschränken. Ich habe mir drei aufgehalst und bin erst in den letzten Jahren aus dem Gröbsten rausgekommen. Der ältere Sohn, Alex, ist in die Elektronikbranche gegangen, aber der mittlere, Georgie, mußte von Anfang an in Sonderschulen gehen. Legasthenie. Ich hatte noch nie davon gehört, aber ich kann Ihnen sagen, jetzt hab ich davon gehört. Alles Geschriebene war für ihn ein Buch mit sieben Siegeln, aber so wie er redete, hätte man das nie gedacht. Er könnte mich in diesem Job glatt an die Wand reden, aber mit dem Lesen hapert es. Er will Künstler werden, du lieber Gott. Da ist kein Geld zu holen, Ollie, das wissen Sie besser als ich. Aber auch, wenn Sie nur einen Sohn haben, Sie wollen doch nicht, daß er am Hungertuch nagt, wenn Sie plötzlich von der Bildfläche verschwänden, oder Ihre bessere Hälfte. Ein Mann, der heutzutage nicht mindestens eine Lebensversicherung über hundert- bis hundertfünfzigtausend hat, ist einfach unrealistisch. Eine anständige Beerdigung kostet allein schon vier, fünf Mille.»

«Ja, also –»

«Nur noch kurz ein Wort zu diesem Keogh-Plan. Wir empfehlen im allgemeinen eine Teilung vierzig zu sechzig, nehmen Sie vierzig Prozent von siebentausendfünfhundert für die reine Lebensversicherungsprämie, damit kommen Sie im allgemeinen auf knapp hunderttausend, vorausgesetzt allerdings, daß der ärztliche Befund in Ordnung ist. Rauchen Sie?»

«Ab und zu.»

«Aha. Na, ich kann Ihnen die Adresse eines Arztes geben, mit dessen Befunden jedermann leben kann.»

Ollie sagt: «Ich glaube, meine Frau möchte gehen.»

«Das kann doch nicht Ihr Ernst sein, Foster.»

«Fosnacht.»

«Das kann doch nicht Ihr Ernst sein. Es ist Samstagabend, Mann. Haben Sie noch einen Auftritt irgendwo, oder was ist?»

«Nein, meine Frau – sie muß morgen früh zu irgendeinem Anti-Atomtreffen in einer Universalistenkirche.»

«Dann ist es ja kein Wunder, daß sie den Papst nicht leiden kann. Ich höre, daß der Vatikan und Three-Mile Island unter einer Decke stecken, fragen Sie unseren Freund Harry hier. Ollie, hier haben Sie meine Karte. Kann ich bitte auch eine von Ihnen haben?»

«Äh –»

«Schon gut. Ich weiß ja, wo Sie stecken. Oben neben den Bumskinos. Ich komme mal vorbei. Ohne Flachs, das sind Sie sich wirklich schuldig, sich ein paar von diesen günstigen Angeboten anzuhören. Die Leute reden dauernd davon, daß die Wirtschaft kaputt ist, aber sie ist nicht kaputt, in meinem Bereich jedenfalls floriert sie. Die Leute suchen händeringend nach Schutz.»

Harry sagt: «Laß es gut sein, Ron. Ollie möchte gehen.»

«Naja, ich eigentlich nicht, aber Peggy –»

«Gehen Sie. Gehen Sie hin in Frieden, Mann.» Ronnie hat sich erhoben und macht eine ungeschickte segnende Gebärde. «Gott segne Amerika», verkündet er in breitem langgezogenen fremden Tonfall, so laut, daß Peggy, die sich mit den Murketts ausgesprochen hat, um die Dinge auszubügeln, ihm den Rücken kehrt. Auch sie ist mit Ronnie in die Schule gegangen und weiß, was für ein widerwärtiger Kerl er ist.

«O Gott, Ronnie», sagt Rabbit zu ihm, als die Fosnachts gegangen sind. «Was für ein Geschwafel.»

«Ach», sagt Ronnie. «Ich wollte bloß sehen, wieviel Mist er sich gefallen läßt.»

«Ich war auch nie sonderlich scharf auf ihn», bekennt Harry. «Er behandelt die gute Peggy wie den letzten Dreck.»

Janice, die mit Thelma Harrison über irgend etwas redet, Gott weiß über was, über ihre mißratenen Kinder vielleicht, schnappt das auf und dreht sich um und sagt zu Ronnie: «Harry hat sie vor Jahren mal aufs Kreuz gelegt, deshalb kann er Ollie nicht leiden.» Es geht doch nichts über einen kleinen Schwips, um alte Wunden wieder aufzureißen.

Ronnie lacht Aufmerksamkeit heischend und schlägt Harry aufs Knie. «Du hast die fette Schnepfe aufs Kreuz gelegt, mitsamt den komischen Augen und allem Drum und Dran?»

Rabbit sieht im Geist das schwere Glasei mit der Träne aus Luft innen, das in Ma Springers Wohnzimmer liegt, diesen glatten Humpen in seiner Hand, und stellt sich vor, wie er, nachdem er es Janice in ihr störrisches dämliches Gesicht geschlagen hat, sich um die eigene Achse dreht und es mit einem einhändigen Druckwurf in Harrisons rosige Gehirnschale bohrt. «Damals kam es mir nicht ungut vor», gesteht er und entwirrt seine übereinandergeschlagenen Beine und streckt sie lang aus in Erwartung einer langen Nacht. Der Aufbruch der Fosnachts wird allseits als Erleichterung empfunden. Cindy schäkert lachend mit Webb und schmiegt sich in ihrem groben losen arabischen Fummel kurz an seinen kratzigen grauen Pullover, wie ein Liebespaar, das für einen Urlaub im Ausland wirbt. «Janice war damals mit diesem widerwärtigen schmierigen Griechen, diesem Charlie Stavros, durchgebrannt», erläutert Harry für die, die es hören wollen.

«Okay, okay», sagt Ronnie, «das brauchst du uns nicht zu erzählen. Wir kennen die Geschichte alle, das ist ein alter Hut.»

«Aber es ist kein alter Hut, du widerlicher Glatzkopf, daß ich mich heute tränenreich von Charlie verabschieden mußte, weil Janice und ihre Mutter ihn gefeuert haben.»

«Harry drückt es gern so aus», sagt Janice, «aber es war ebensosehr Charlies Idee wie unsere.»

Ronnie ist nicht so blau, daß ihm die Pointe entgeht. Er hält den Kopf schief und starrt Janice mit einem Blick an, der aus Harrys Blickwinkel hauptsächlich ein Flaum aus weißen Wimpern ist. «Du hast deinen Ex-Freund gefeuert?» fragt er sie.

Harry geht ins Detail: «Alles nur, damit mein einfallsloser Sohn, der nicht mal in der Lage ist, sein Studium abzuschließen, obwohl er nur noch ein Jahr dazu braucht, diesen Job übernehmen kann, für den er sich nicht besser eignet, als, als . . .»

«. . . als Harry damals», beendet Janice den Satz für ihn – früher wäre sie nie so schlagfertig gewesen – und kichert. Harry muß selber lachen, noch vor Ronnie. Sein Schwanz ist nicht das einzig Lange an Harrison.

«Das habe ich gern», sagt Webb Murkett in seiner gemütlichen Stimme über ihnen. «Alte Freunde.» Er und Cindy stehen Seite an Seite und präsidieren ihrer Runde, während es auf Mitternacht zugeht. «Was kann ich euch zu trinken holen? Noch Bier? Wie wär's mit einem leichten Highball? Oder Scotch? Irish? Ein Canadian Club mit Seven up?» Cindys Busen ragt unter diesem Kaftan oder Burnus, oder was immer es ist, hervor wie der First eines Zeltes. Wüstenstille. Halbmond. Bring das Kamel ins Bett. «Jaaa», Webb atmet mit solchem Genuß aus, er muß die Wirkung von diesem Greensleeves spüren, «und wie haben uns die Fosnachts so gefallen?»

«Die sind nichts für uns», sagt Thelma. Harry ist erschrocken, sie reden zu hören, sie war die ganze Zeit über so still. Wenn man die Augen schließt und so tut, als wäre man blind, hat Thelma eine sehr angenehme Stimme. Er fühlt sich melancholisch und milde gestimmt, nun, da die Invasion aus der kümmerlichen Welt jenseits des Flying Eagle abgewehrt ist.

«Ollie war schon immer ein trauriges Würstchen», sagt er, «aber sie war nicht immer so ein Plappermaul. Stimmt's, Janice?»

Janice ist vorsichtig bei der Verteidigung ihrer alten Freundin. «Einen Hang dazu hatte sie schon immer», sagt sie. «Peggy hat sich nie für attraktiv gehalten, und das war ein Problem.»

«Du dich vielleicht, hm?» wirft Harry ihr vor.

Sie starrt ihn an, außerstande ihm zu folgen, das Gesicht feucht, wie von feinem Sprühnebel benetzt.

«Natürlich hat sie das», schaltet Webb sich ritterlich ein. «Janice *ist* attraktiv», und geht herum hinter ihren Sessel und legt die Hände auf ihre Schultern, dicht neben dem Hals, so daß sie die Schultern hochzieht.

Cindy sagt: «Sie war viel umgänglicher, als sie mit mir und Webb ein bißchen an der Tür geplaudert hat. Sie sagte, manchmal ginge es einfach mit ihr durch.»

Ronnie sagt: «Harry und Janice sind, glaube ich, viel mit ihnen zusammen. Ich hätte gern noch was von dem Gebräu da, Webb, solange du noch stehst.»

«Sind wir gar nicht. Nelsons bester Freund ist ihr unausstehlicher Sohn Billy, deshalb waren sie auf der Hochzeit. Webb, kannst du gleich zwei bringen?»

Thelma fragt Harry, die Stimme eigens für ihn sanft gesenkt: «Wie geht es denn Nelson? Hast du schon von ihm gehört, seit er verehelicht ist?»

«Eine Postkarte. Janice hat ein paarmal mit ihnen telefoniert. Sie meint, sie langweilen sich.»

Janice unterbricht ihn: «Das meine ich nicht, Harry, er hat mir gesagt, daß sie sich langweilen.»

Ronnie bemerkt: «Wenn man schon vor der Ehe dauernd rumvögelt, können Flitterwochen eine Tortur sein, nehme ich an. Danke, Webb.»

Janice sagt: «Er sagte, es wäre ziemlich kühl in der Hütte.»

«Bestimmt zu faul, das Holz von dem Stoß draußen reinzuschleppen», sagt Harry. «Ah ja, danke.» Das Pffft beim Öffnen einer Dose ist nicht mehr halb so genußvoll, seit sie den Sicherheitsverschluß eingeführt haben, um zu verhindern, daß sich irgendwelche Vollidioten verschlucken.

«Harry, er hat uns erzählt, daß sie den ganzen Tag über Feuer im Ofen haben.»

«Alles verfeuern – Holz hacken, das kann jemand anders. Er ist ein Mammasöhnchen.»

Thelma, vielleicht des Tones überdrüssig, in dem die Angstroms sich immer unterhalten, erhebt die Stimme und legt weit den Kopf nach hinten, wobei sie einen erstaunlich langen blassen Hals enthüllt. «Da wir gerade von Kälte sprechen, Webb. Wollt ihr beide den ganzen Winter über wegbleiben?» Sie fliegen gewöhnlich auf eine Insel in der Karibik. Vor Jahren waren die Harrisons einmal dabei gewesen. Harry und Janice waren noch nie mit.

Webb hat sich hinter Thelma zu schaffen gemacht und für irgend jemand einen Highball gemixt. «Wir haben davon gesprochen», erzählt er Thelma. Durch den Schleier, den Bier über Brandy breitet, meint er eine verwirrende Verschwörung zwischen ihrem zurückgebogenen Hals und Webbs vornübergeneigter halblauter Stimme zu erkennen. Alte Freunde, denkt Harry. Passen zusammen wie Teile eines Puzzles. Webb beugt sich herunter und reicht über ihre Schulter, um einen hohen schwachen Scotch mit Soda auf ein dunkles Quadrat vor sie hinzustellen. «Ich hätte Lust», fährt er fort, «irgendwohin zu fahren, wo es einen Golfplatz gibt. Man kann ganz anständige Angebote finden, wenn man sich unter den Pauschalreisen umsieht.»

«Laßt uns doch alle zusammen fahren», verkündet Harry. «Der Junge übernimmt am Montag den Betrieb, dann laßt uns hier bloß abhauen.»

«Harry», sagt Janice, «er übernimmt nicht den Betrieb, du machst dir da was vor. Webb und Ronnie sind entsetzt, dich so über deinen Sohn reden zu hören.»

«Sie sind nicht entsetzt. *Ihre* Kinder fressen sie auch bei lebendigem Leibe auf. Ich möchte in die Karibik fliegen und Golf spielen diesen Winter. Wir verduften einfach. Wir fragen Buddy Inglefinger, ob er als Vierter mitmacht. Ich hasse den Winter hier – kein Schnee, man kann nicht Schlittschuhlaufen, es ist bloß langweilig und naßkalt, monatelang. Als ich klein war, hatten wir die ganze Zeit Schnee, wo ist der bloß hin?»

«1978 hatten wir massenhaft Schnee», bemerkt Webb.

«Harry, vielleicht ist es Zeit, nach Hause zu gehen», meint Janice. Ihr Mund ist eine dünne Linie, ihre Stirn unter den Ponyfransen glänzt.

«Ich will nicht nach Hause gehen. Ich will in die Karibik. Aber vorher muß ich aufs Klo. Klo, nach Hause, Karibik, in dieser Reihenfolge.» Er fragt sich, ob eine Ehefrau wie diese je eines natürlichen Todes stirbt. Nie, diese dunklen drahtigen Typen, man braucht sich bloß ihre Mutter anzusehen, schmeißt den Laden noch immer. Hat den armen alten Fred begraben, ohne mit der Wimper zu zucken.

Cindy sagt: «Harry, das Klo unten ist verstopft. Webb hat es gerade gemerkt. Irgend jemand muß zuviel Toilettenpapier benutzt haben.»

«Peggy Gring im Zweifelsfall», sagt Harry und steht auf und wundert sich, warum der Teppichfußboden ein Gefälle hat wie ein Schiffsdeck, das nach allen Seiten abfällt. «Zuerst greift sie den Papst an, dann treibt sie Schindluder mit dem Lokus.»

«Geh auf den neben unserem Schlafzimmer», sagt Webb zu ihm. «Oben an der Treppe mußt du nach links, vorbei an den zwei Schranktüren mit den Lamellen.»

«. . . und wischt sich ihre Tränen ab . . .» hört Harry Thelma

Harrison trocken bemerken, als er hinausgeht. Die beiden mit Teppich belegten Stufen hinauf, sein Kopf schwebt hoch über seinen Füßen. Dann einen Flur entlang und Stufen hinauf, ein andersfarbiger Teppichbelag, ein schmutziges Gelb, stärker abgenutzt, der ältere Teil des Hauses. Bei anderen Leuten liegt über dem oberen Stockwerk immer so eine lautlose Stille. Müde Abende, ein Paar, das sich leise unterhält. Die Stimmen unter ihm verklingen. Nach links, hatte Webb gesagt. Lamellentüren. Er bleibt stehen und späht hinein. Frauenkleider, Streifen in vielen Farben, nach ihr duftend. Mit Cindy da runter in diesen Sand, wer weiß – wo sie schon mit ihm über ihr Pessar spricht. Er findet das Badezimmer. Sämtliche Lampen brennen. Was für eine Energievergeudung. Hell erleuchtet segelt das stolze Schiff Amerika in den Untergang. Dieses Badezimmer ist kleiner als das untere und in dunklerem Ton gehalten, Wandfliesen und Tapete und Veloursteppich und Handtücher und das getönte Porzellan – alles in Braun mit Farbtupfern in Mandarin. Er öffnet den Hosenschlitz und füllt in genußvollem Strom eine der glänzenden Schüsseln dieses Raumes mit Gold. Seine Schaumbläschen vermehren sich wie Münzen. Er und Janice haben ihre Krügerrand aus der Nachttischschublade genommen und sind mit ihnen in die Innenstadt gefahren, zur Brewer Trust Bank, und haben die Münzen in den kleinen zylindrischen Behältern, die wie blau angemalte Puppenhaustoiletten aussehen, in ihr langes stabiles Tresorfach gebettet und sich zur Feier des Tages zum Lunch im Crêpe House Drinks genehmigt, ehe er ins Geschäft zurückfuhr. Da er nicht beschnitten ist, bleiben meist ein, zwei Tropfen hängen, und er tupft seine Schwanzspitze mit einem Stück zitronengelbem Toilettenpapier ab, unbedruckt, die Comicstrips waren bloß zur Erheiterung der Gäste gedacht. Wer, hatte Thelma gesagt, wischt seine Tränen ab? Der schockierende Anblick des langen weißen Halses, muskulös, mit gut entwickelten Schluckmuskeln, irgend etwas muß sie an sich haben, womit sie Harrison hält. Vielleicht meinte sie, daß Peggy sich mit Toilettenpapier die Tränen abgewischt und das Klo verstopft hatte. In Cindys Augen hatte es geschimmert, zu schüchtern, um Spaß an solchen Streitereien mit der armen Peggy zu haben, erzählt sie ihm von ihrem Pessar, Jesus Maria, lädt ihn ein, sich das auszumalen, ihre süße rosige dunkle Tiefe, konnte das Absicht gewesen sein? *Ich bin bald soweit, Harry:* ihre Stimme wissender und gutturaler, als er je bemerkt hat, Ringe unter den Augen, sexy, wenn die unteren Lider der Frauen so sind, ein bißchen hochgewölbt wie Eierbecher, bei seiner Tochter war ihm das damals auch aufgefallen. Rings um ihn herum in diesem Raum sind Flächen, die Cindy schon splitternackt gesehen haben. Harry blickt sein Gesicht an in diesem weniger erleuchteten Spiegel mit Leuchtstoffröhren an beiden Seiten, und seine Lippen wirken weniger blau, er wird langsam wieder nüchtern für die Heimfahrt. Oh, aber immer noch dieses Blau in seinen Augen, in den Partien rund um den kleinen schwarzen Punkt, durch den die Welt hereinströmt, ein Blau vermischt mit dem Weiß und dem Grau aus der frostigen Welt seiner Vorfahren, dieser vierschrötigen Blondschöpfe mit gehörnten Helmen, die das haarige Mammut mit Keulen erschlugen, und der Finnen mit den schrägstehenden Augen, inmitten von verschneiten Weiten, so rein und so weit, daß ihr Weiß auch weniger blasse Augen geblendet hätte. Augen und Haare und Haut, die Toten leben in uns, obwohl ihre Schädel schwarz sind und ihre Augenhöhlen leer. Seine Pupillen weiten sich, als er sich näher zum Spiegel beugt, einen Schatten werfend, und versucht zu erkennen, ob dort wahrhaftig eine Seele ist. Früher hatte er immer gedacht, daß es das war, was die Augenärzte sich ansahen, wenn sie einem dieses heiße taschenlampenähnliche Sehrohr fest aufs Auge drückten. Was sie sahen, sagten sie ihm nie. Er sieht nichts als Schwärze, verschwommen, weil seine Augen altern.

Er wäscht sich die Hände. Der Wasserhahn ist eine dieser Lavomaster-Einhandmischbatterien mit einem Knubbel am Ende des Hebels wie eine Clownsnase oder ein Riesenpickel, er kann sich nie merken, nach welcher Seite hin es heiß und wo kalt ist, was sprach eigentlich gegen die alten zwei Hähne mit H und K drauf? Das Waschbecken allerdings ist gut, es hat einen breiten Rand mit mehreren Ablagen für die Seife, von denen sie nicht heruntergleiten kann, anders als bei den kleinen Mulden, die die meisten Becken heute haben, in denen nichts liegenbleibt, mickrige billige Marmorimitationen, er nimmt an, wenn man in der Dachdeckerbranche zu tun hat, kennt man Sanitärausstatter, die noch gute Ware liefern, obwohl die Nachfrage nicht groß ist. Die gebogene Lavendelseife, die er gerade in den Händen hält, muß ihren eingeprägten Namen verloren haben, als sie zu Schaum für Cindys sonnengebräunte Haut wurde, zu Schaum auf ihrer Scham, ihre Haare müssen pechschwarz sein da unten, wie ihre Augenbrauen: Man muß sich die Augenbrauen einer Frau ansehen, nicht ihr Kopfhaar, um auf die Farbe ihrer Muschi zu schließen. Dieses Badezimmer ist nicht so aufgeräumt wie das für Gäste im Erdgeschoß, *Popular Mechanics* auf dem geflochtenen Wäschekorb neben der Toilette, die Handtücher hängen schief über den Plastikhaltern und noch eine Spur feucht, von den Murketts, die sich vor wenigen Stunden noch für diese Party geduscht haben. Harry erwägt, den Badezimmerschrank zu öffnen, wie den anderen, aber bei dem Gedanken an Fingerabdrücke bemerkt er die Chromleiste und läßt es sein. Auch trocknet er sich nicht die Hände ab, weil es ihm widerstrebt, zu berühren, was Webb benutzt hat. Er hat den langen gelblichen Körper im Umkleideraum des Flying Eagle gesehen. Der Mann hat Rücken und Schultern voller Leberflecke, die vielleicht nicht ansteckend sind, aber wer weiß.

Er kann nicht mit nassen Händen nach unten zurückkehren. Dieser Scheißkerl von Harrison würde irgendeine dämliche Bemerkung machen. *Hast ja noch die Pfoten voll, alter Wichser.* Rabbit bleibt einen Moment im Flur stehen und lauscht auf den anschwellenden Partylärm, ein wortloses Gewirr von Stimmen, fröhlich, auch ohne ihn, die der Frauen am klarsten, eine Art Vibrato darin wie die Melodie, die ausgeleierte Motoren manchmal im Leerlauf von sich geben, ein Singsang, so deutlich, daß man darauf gefaßt ist, Worte zu hören. Der Teppichboden im Flur hier oben ist nicht zitronengelb, sondern ein gedämpftes Pflaumenblau, und er bewegt sich immer der Farbe nach bis an die Schwelle des Murkettschen Schlafzimmers. Hier passiert es. Es höhlt Harry den Magen aus, verursacht ihm leichte Übelkeit, sich auszumalen, was für ein Glückspilz Webb ist. Das Bett hat eine flache moderne Form, wie ein Tablett, mit Seitenwänden aus rötlichem Holz, und die Bettdecken sind hastig hochgezogen, nicht richtig gemacht. War es gerade passiert? Kurz vor dem Duschen vor der Party, wovon die Handtücher im Badezimmer noch feucht sind? Freischwebend über dem niedrigen Bett stellt er sich – eine Nachempfindung auf seiner Netzhaut – ihre feuchten und formvollendeten Zehen vor, diese schnuckeligen kleinen Patschzehen, deren Abdrücke er oft auf den Steinfliesen im Flying Eagle erspäht hat, hier hoch erhoben, um ihren Schoß darzubieten, ihre Babyflecke mit den Leberflecken auf Webbs Rücken vereint. Es tut weh, es ist nicht *fair,* daß Webb soviel Glück hat, nicht nur das, eine junge Frau zu haben, sondern obendrein auch keine alte Ma Springer hinter der Wand. Wo haben die Murketts ihre Kinder untergebracht? Harry verdreht den Kopf und entdeckt eine verschlossene weiße Tür am anderen Ende des pflaumenblauen Teppichs. Dort. Sie schlafen. Die Luft ist rein. Der Teppich verschluckt seine Schritte, als er, still wie ein Gespenst, der Farbe ins Schlafzimmer folgt. Ein höhlenartiger Raum, verboten. Eine andere schattenhafte Gestalt läßt sein Herz erzittern: Ein Mann in blauen Anzughosen und zerknautschtem weißen Hemd mit aufgekrempelten Manschetten und gelockerter Krawatte, übergewichtig und bedrohlich wirkend, beobachtet ihn. Gott im Himmel. Es ist er selbst, sein eigenes Abbild in voller Lebensgröße in einem riesigen Spiegel zwischen zwei zusammenpassenden Kommoden aus Holz, hell gebeizt, so daß die Maserung durchscheint wie durch Puder. Der Spiegel steht dem Fußende des Bettes gegenüber. Oho. Diese beiden. Es war nicht bloß seine Phantasie. Sie ficken vor einem Spiegel. Harry sieht sich selten von Kopf bis Fuß, außer wenn er bei Kroll einen Anzug kauft, oder in dem kleinen Schneideratelier an der Pine Street. Selbst da steht man dicht vor den dreiteiligen Spiegeln und hat nicht diese unheimliche Weite um sich, wie hier, wo er plötzlich in der Mitte des Raumes sich selber gegenübersteht. Er wirkt zerknautscht und kriminell, ein Einbrecher, zu schwergewichtig für diese Branche.

Der stille Raum, der durch den Spiegel verdoppelt wird, enthält kaum Spuren von der lebendigen Wärme der Murketts. Nirgends liegen kleine Spitzenfummel herum, die nach Cindymöse riechen. Die Gardinen sind aus einem dicken rotgestreiften Stoff, wie die bauschenden Beinkleider eines Riesenclowns, und sie haben Verdunkelungsrouleaus, die er Janice schon x-mal gebeten hat, zu besorgen; jetzt wo die Blätter abfallen, fällt das Licht ihm morgens um sieben durch die Blutbuche hindurch direkt ins Gesicht, er verdient an die fünfzigtausend im Jahr, und dann muß er so leben, er und Janice werden es nie zu etwas bringen. Das weiter entfernte Fenster hier, dessen Jalousie für ein Schläfchen zugezogen ist, muß auf den Swimmingpool gehen und auf die Baumgruppe, die hier in der Siedlung jeder zwischen den Häusern hat, aber Harry möchte nicht so weit in den Raum vordringen, schon jetzt nutzt er die Gastfreundschaft zu sehr aus. Seine Hände sind trocken, er sollte hinuntergehen. Er steht neben einer Ecke des Bettes, dessen lautlose Fläche tiefer ist als seine Knie, die seidige pfirsichfarbene Bettdecke hastig glattgezogen, und tritt impulsiv, weil ihm plötzlich die Kondome einfallen, die er immer an einem vergleichbaren Ort verwahrte, an den schnörkelig gemaserten Ahornnachttisch und zieht verstohlen wie ein Dieb die kleine Schublade heraus. Sie stand sowieso ein paar Zentimeter weit offen. Kein Pessar, das müßte im Badezimmer sein. Ein Kugelschreiber, eine unbeschriftete Medikamentenschachtel, einige Streichholzkärtchen, ein paar Quittungen, wahllos hineingeworfen, ein kleiner gelber Notizblock mit dem Firmenzeichen des Dachdeckerunternehmens darauf und eine schräg darübergekritzelte Telefonnummer, eine Nagelschere, ein paar Heftklammern und Golftees, und – sein wild pochendes Herz überdröhnt das Partygemurmel unter seinen Füßen. Ganz hinten in der Schublade sind ein paar Polaroid-Sofortbilder mit schwarzem Rücken verstaut. Von dieser SX-70, mit der Webb sich so gebrüstet hat. Harry hebt den kleinen Stapel behutsam heraus, dreht ihn um und besieht sich die Fotos eines nach dem anderen. Mist. Er hätte die Lesebrille mitbringen sollen, sie ist unten in seiner Jackentasche, er muß aufhören, so zu tun, als hätte er sie nicht nötig.

Das oberste Foto, mit Blitzlicht in eben diesem Zimmer aufgenommen, auf eben dieser seidigen Bettdecke, zeigt Cindy nackt mit gespreizten Beinen daliegen. Ihr Schamhaar ist noch dunkler, als er es sich ausgemalt hatte, es ist, von diesem Blickwinkel aus gesehen, wie eine Art T geformt, der Abstrich des T umschließt eine Röte wie von einer Wunde, die Unterseite ihres ungebräunten Hinterteils zwei blasse Halbkugeln an jeder Seite. Mit ausgestrecktem Arm hält er das glänzende Bild unter die Nachttischlampe; seine Augen tränen vor Anstrengung, alles zu erkennen, jede Falte, jedes Haar. Cindys Gesicht, unscharf über ihren Brüsten, die stärker zur Seite sacken, als Harry es gern gehabt hätte, lächelt in nervöser Nachsicht in die Kamera. Sie hat ein Doppelkinn, weil sie so scharf nach unten blickt. Ihre Füße wirken gewaltig. Auf der nächsten Aufnahme hat sie sich umgedreht und zeigt ein entspanntes Paar Pobacken, fischweiß mit einer augenartigen Öffnung, die aus der Spalte starrt. Auf den nächsten Bildern ist die Kamera in andere Hände übergegangen, und der alte Webb steht da, lang, dünn und einfältig, so hat Harry ihn schon oft nach dem Duschen gesehen, abgesehen von dem Ständer, dem er mit der Hand nachhilft. Kein berühmter Ständer, er zeigt auf zehn Uhr, nicht mal ganz zehn, eher wie kurz nach neun, aber schließlich kann man von einem Burschen über fünfzig nicht zwölf Uhr mittag erwarten, das muß man den pickligen Teenagern überlassen: als Rabbit vierzehn war, im Gemeinschaftskundeunterricht, ein Sonnentupfer, der Schatten von Lotty Bingamans Achselhöhle, wenn sie die Hand hob, mit einem Bleistift darin, das süße Spannen von Stoff und Reißverschluß über gestautem Blut. Webb verfügt über beachtliche Länge, aber nicht viel Masse am Ansatz. Doch da steht er, voller Tatendrang und selbst mit Wanst und krummen dürren Beinen und dreckigem Grinsen im Gesicht noch irgendwie ansprechend, jedes Haar in dem gewellten Schopf an seinem Platz. Die folgenden Schnappschüsse waren mehr experimenteller Art, bei natürlichem Licht aufgenommen, die Rouleaus müssen alle hochgezogen gewesen sein, ungeniert am hellichten Tage: schwammige Formen und schwellendes Fleisch, ineinander verzahnt und mit einem Stich ins Violette durch das Spektrum der Unterbelichtung. Harry dechiffriert eine Wölbung als Cindys Wange, und da paßt das Puzzle, sie hat seinen Schwanz im Mund, dieser bläulichrote Stengel ist sein Schwanz, der zwischen ihren straffen Lippen steckt, und der struppige Vordergrund ist die behaarte Brust von Webb, der die Aufnahme macht. Auf dem nächsten Bild hat er Blickwinkel und Licht verbessert und den Brennpunkt genau auf den schwarzen Wimpernkranz eines Auges eingestellt. Vor ihrer glänzenden braungebrannten Nasenspitze halten ihre Finger, knochenlos, mit bläulichen Knöcheln und verwahrlosten Nägeln, das geäderte Ding fest, der kleine Finger abgespreizt wie auf einer Flöte. Was hatte Ollie über Flöten gesagt? Beim nächsten Foto war Webb auf die Idee gekommen, den Spiegel zu benutzen; er steht seitlich davor, das Viereck der Kamera da, wo sein Gesicht sein sollte, und Cindys liebes Gesicht gepfählt, während sie nackt vor diesem Zehn-Uhr-Schwengel kniet. Ihr Profil ist plattgedrückt, und ihre Brustwarzen sind steil aufgerichtet. Die Tricks von dem alten Sack haben das kleine Biest scharf gemacht. Aber ihr Kopf wirkt so klein und rund und tapfer, aufgespießt auf seinem Schwanz wie ein kandierter Apfel. Harry möchte auf dem nächsten Bild den Saft wie Zahnpasta über ihr ganzes Gesicht spritzen sehen, wie in den Pornofilmen, aber Webb hat sie umgedreht und vögelt sie von hinten, sein Schwanz im fischweißen Halbrund ihres Hinterns verschwunden, seine freie Hand, der Daumen tief hineingedrückt, wo ihr After sein müßte, gibt ihr Halt; ihre Brüste hängen schwer herunter wie reife Birnen, und ihre Beine wirken neben Webbs stämmig. Sie ist bald soweit. Sie wird dicker werden. Sie wird häßlich werden. Sie sieht in den Spiegel und lacht. Vielleicht, weil sie Schwierigkeiten hat, das Gleichgewicht zu halten, während Webb mit einer Hand die Kamera bedient, lacht Cindy in diesem Moment ein breites rotes Lachen, wie ein Mädchen auf einem Poster, mit diesem gelblichen Schwanz von hinten in ihr drin. Das Licht in dem Zimmer muß damals gerade schwächer geworden sein, denn das Fleisch beider Murketts wirkt golden, und die Möbel, die der Spiegel reflektiert, sind in blaue Schatten getaucht, wie in einem Unterwasserraum. Dies ist das letzte Bild; es waren insgesamt acht, und in eine Kamera wie diese gehen zehn. In *Consumer Reports* ließen sie sich vor einiger Zeit lang und breit über SX-70 Land Kameras aus, erklärten aber nicht, was das SX zu bedeuten hatte. Jetzt weiß Harry es. Seine Augen brennen.

Der Partylärm unten ist leiser geworden, vielleicht lauschen sie auf einen Laut von oben und fragen sich, was mit ihm los ist. Er steckt die Polaroid-Fotos in die Schublade zurück, Vorderseite nach unten, schwarze Rückseite nach oben, und versucht, die Schublade so weit zuzuschieben, wie sie vorher offenstand, auf den Zentimeter genau. Sonst ist der Raum unberührt; der Spiegel wird sein Bild augenblicklich löschen. Das einzige verbleibende Indiz: Er hat sich eine schmerzhaft herrliche Erektion eingehandelt. So kann er nicht nach unten gehen: Er versucht, seine Gedanken loszureißen von dem Bild ihres lachend aufgerissenen Mundes, als sie zusieht, wie sie gefickt wird, wer hätte gedacht, daß die süße Cindy so ordinär sein kann?.

Es kostet einige Mühe, zu kapieren, daß andere Männer nicht besser sind als man selber, genauso ordinär, aber die Erkenntnis, daß Frauen fröhlich mitmachen, wird er zeitlebens nicht verkraften. Rabbit versucht, dieses Lachen weit von sich zu schleudern, weit weg aus seinem Sinn, aber es hat keine weitere Flugstrecke als ein Taschentuch. Er versucht, das soeben Gesehene zu verdrängen, zu seinen anderen Geheimnissen. Seine Tochter. Sein Gold. Sein Sohn, der morgen aus den Poconos zurückkommen und Anspruch auf seinen Platz in der Firma erheben wird. Das wirkt, das Ding erschlafft. Den übellaunigen Nelson fest vor Augen, geht Harry ins Badezimmer und läßt den Wasserhahn laufen, als wasche er sich die Hände, für den Fall, daß jemand unten lauscht; währenddessen öffnet er den Gürtel und verstaut alles wieder ordentlich in seiner Unterhose. Was ihn besonders fertiggemacht hat, daß er sie am Schwimmbeckenrand genauso hat lachen sehen, über irgend etwas, was Buddy Inglefinger oder sogar irgendein Witzbold, der gar nicht zu ihrer Clique gehörte, gerade von sich gegeben hatte. Sie würde es mit jedem treiben.

Als er die Stufen hinuntergeht, fühlt sein Kopf sich noch immer so an, als schwebe er an einer zwei Meter langen, an seine großen Schuhe geknoteten Schnur. Die Gruppe in dem weiträumigen Wohnzimmer hat sich zu einer engeren Runde um den Parsonstisch gruppiert. Für ihn scheint kein Platz zu sein. Ronnie Harrison sieht auf. «Mein Gott, was hast du denn getrieben, dir einen runtergeholt?»

«Ich fühle mich nicht besonders wohl», sagt Rabbit würdevoll.

«Deine Augen sind ganz rot», sagt Janice. «Hast du wieder geweint?»

Sie sind zu sehr mit sich selbst und ihrem aufregenden Thema beschäftigt, um ihn lange zu hänseln. Cindy dreht sich nicht einmal nach ihm um. Ihr Nacken ist fleischig und braun, weich und abweisend. Mit schwammigen Schritten schreitet er über den endlosen blassen Teppichboden auf sie zu und hält kurz vor dem Kaminsims inne, auf dem er zwei Polaroid-Schnappschüsse sieht, die ihm bisher entgangen waren, von jedem der kleinen Murkettkinder eines, der fünfjährige Junge, der mit einem viel zu großen Baseballfanghandschuh ein bißchen verloren auf den Backsteinfliesen der Terrasse steht, und das dreijährige Mädchen am gleichen diesig sonnigen Sommernachmittag, das, bevor die Eltern sich zum Mittagsschlaf hinlegten, folgsam und dümmlich lächelnd in eine Lichtquelle blinzelt, die sie blendet. Betsey trägt beide Teile eines vom Spielen schmutzigen kleinen Bikinis, und Webbs Schatten mit zum Kopf erhobenen Armen, als wollte er sie mit Hörnern erschrecken, füllt die eine Ecke des belichteten Filmquadrats. Das sind die beiden fehlenden Aufnahmen aus der Zehnerpackung.

«Du, Harry, wie wär's mit der zweiten Januarwoche?» schreit Ronnie ihm zu. Sie haben alle eine gemeinsame Reise in die Karibik besprochen, und die Frauen sind genauso aufgeregt darüber wie die Männer.

Es ist nach ein Uhr, als er und Janice nach Hause fahren. Brewer Heights ist eine Siedlung aus jeweils rund achttausend Quadratmeter großen Grundstücken, etwas abseits von der Schnellstraße nach Maiden Springs gelegen, gut zwanzig Minuten von Mt. Judge entfernt. Die Straße schwingt sich in eleganten Kurven bergab; die Siedlungsgesellschaft hat etliche Bäume stehengelassen, und als sie vor sechs Stunden dieselbe Straße hinauffuhren, waren alle Häuser in den Hainen nicht niedergewalzter Wäldchen erleuchtet gewesen, wie die Schaufenster in der Fassade eines langen grauen Kaufhauses. Jetzt sind die Häuser, bis auf das der Murketts, dunkel. Abgestorbene Blätter wirbeln im Scheinwerferlicht auf, fallen im Herbstwind von den Bäumen herunter wie von riesigen Erntekörben. Die Jahreszeiten holen uns ein. Am Himmel ziehen Schlieren auf, die Bäume fangen an, sich zu wiegen. Harry fällt kaum etwas ein, was er sagen könnte, angestrengt starrt er auf diese kurvenreichen Straßen, die hier Drives und Boulevards heißen. Die Sterne, die durch die nackten schwankenden Baumwipfel von Brewer Heights hindurchscheinen, weichen dem Lampenlicht der schnurgeraden Schnellstraße nach Maiden Springs. Janice zieht an einer Zigarette; die Glut seitwärts in seinem Gesichtsfeld glimmt auf und verlöscht. Sie räuspert sich und sagt: «Ich nehme an, ich hätte mich mehr für Peggy einsetzen sollen, wo sie eine alte Freundin von mir ist und so. Aber was sie sagte, war wirklich fehl am Platze, fand ich.»

«Zuviel Women's Lib.»

«Vielleicht auch zuviel Ollie. Ich weiß, daß sie dauernd drauf und dran ist, ihn zu verlassen.»

«Bist du nicht froh, daß wir das alles hinter uns haben?» Er meint es boshaft, er möchte ihr Zweifeln hören, ob sie es denn wirklich hinter sich hätten oder nicht, aber sie antwortet schlicht: «Ja.»

Er sagt nichts. Seine Zunge fühlt sich an wie gelähmt. Gerade jetzt zieht Webb Cindy aus. Oder sie ihn. Und geht in die Knie. Seine Zunge scheint am Boden seines Mundes festzukleben wie die der armen kleinen Kinder am Eisen, jeden Winter wieder, wenn sie es nicht lassen können, ihre Zungen an Eisengeländer zu legen.

Janice sagt: «Deine Idee, diese Reise gemeinsam zu machen, hat ja ganz schön eingeschlagen.»

«Es wird bestimmt amüsant.»

«Für euch Männer mit eurem Golf. Was sollen *wir* den ganzen Tag machen?»

«In der Sonne liegen. Da gibt's immer irgendwas. Sie haben sicher auch Tennisplätze.» Diese Reise liegt ihm am Herzen, er spricht mit Bedacht davon.

Janice zieht wieder an der Zigarette. «Andauernd reden sie jetzt davon, daß man vom Sonnenbaden Krebs kriegt.»

«Auch nicht schneller als vom Rauchen.»

«Thelma hat diese Veranlagung, mit der sie eigentlich überhaupt nicht in die Sonne darf, es könnte ihr Tod sein, hat sie mir erzählt. Es überrascht mich, daß sie so scharf darauf ist, mitzufahren.»

«Vielleicht überlegt sie sich das morgen früh anders. Mir ist sowieso schleierhaft, wie Harrison sich das leisten will, wo doch der Junge zur Sonderschule muß.»

«Können wir es denn? Uns sowas leisten? Zusätzlich zu dem Gold.»

«Aber sicher, Liebling. Das Gold ist schon mehr im Wert gestiegen, als die Reise kosten wird. Wir sind so knauserig, wir hätten schon vor Jahren anfangen sollen zu reisen.»

«Du wolltest ja nie irgendwohin, nur mit mir allein.»

«Klar wollte ich. Wir hatten einfach Angst. Außerdem hatten wir die Poconos für die Ferien.»

«Ich weiß nicht, es könnte sein, daß wir Nelson und Pru ausgerechnet in der kritischen Zeit im Stich lassen.»

«Ach wo. Genauso wie sie an Nelson hängt, hängt sie auch an dem Baby, vor Ende Januar gibt sie es nicht her. Nicht vor Valentinstag.»

«Es kommt mir gemein vor», sagt sie. «Und dann Nelson im Geschäft allein zu lassen mit der ganzen Verantwortung.»

«Er hat es ja so gewollt, das hat er davon. Was kann schon passieren? Jake und Rudy sind da. Und Manny macht auch sein Teil.»

Ihre Zigarette glüht noch einmal auf, und dann drückt sie sie taktlos mit dem scharrenden Geräusch aus, das ihn immer ärgert. Er haßt es, wenn der Aschenbecher im Corona schmutzig ist, es stinkt tagelang, auch noch, wenn man ihn geleert hat. Sie seufzt. «Irgendwie wär's mir lieber, nur wir zwei würden fahren, wenn wir schon fahren müssen.»

«Wir kennen uns doch nicht aus. Webb weiß Bescheid. Er war schon öfter da, ich glaube, er ist schon lange vor Cindy hingefahren, mit seinen anderen Frauen.»

«Gegen Webb ist nichts einzuwenden», räumt sie ein. «Er ist nett. Aber, um ehrlich zu sein, auf die Harrisons könnte ich verzichten.»

«Ich dachte, du hättest eine Schwäche für Ronnie.»

«Die hast du für ihn.»

«Ich finde ihn zum Kotzen», sagt Rabbit.

«Du magst ihn, weil er so schön vulgär ist. Er erinnert dich an die alten Basketballzeiten. Übrigens meine ich eigentlich nicht ihn. Thelma liegt mir auf dem Magen.»

«Wieso denn das? Sie ist nur eine unscheinbare Maus.»

«Ich glaube, sie mag dich sehr gern.»

«Das ist mir nie aufgefallen. Wie kommt sie denn dazu?» Fang bloß nicht von Cindy an, sonst läßt er noch alles raus. Er versucht, sich die Fotos noch einmal Haar für Haar vorzustellen, aber sie verblassen bereits. Dieser Goldton auf ihren Körpern auf dem letzten Bild – wie Götter.

Janice sagt mit plötzlich überraschender Förmlichkeit: «Also, ich weiß ja nicht, was sich deiner Meinung nach da unten abspielen wird, aber wir werden uns nicht auf irgendwelche komischen Sachen einlassen. Dazu sind wir zu *alt,* Harry.»

Ein Pritschenwagen fährt mit grell aufgeblendeten Scheinwerfern dicht hinter ihm und braust unter dem Gejohle von jungen Leuten an ihm vorbei.

«Die Besoffenen sind wieder unterwegs», sagt er, um das Thema zu wechseln.

«Was hast du eigentlich so lange in dem Badezimmer da oben gemacht?» fragt sie.

Er antwortet affektiert: «Ich habe auf etwas gewartet, was nicht eingetreten ist.»

«Oh. War dir schlecht?»

«Kurz davor, dachte ich jedenfalls. Der Brandy. Deshalb bin ich auf Bier umgestiegen.»

Cindy beschäftigt ihn so sehr, daß er überhaupt nicht versteht, weshalb Janice nicht auf sie zu sprechen kommt, es muß Absicht sein. All diese Blaserei, mein lieber Mann! Das ist Geburtenregelung. Den weißen Schleim hineinpumpen, runterschlucken lassen; die kleinen runden Zähne und das feste gesunde Baby-Zahnfleisch, das man sieht, wenn sie lacht. Webb von vorn und er von hinten, oder umgekehrt, Harry ist es gleich. Ronnie bedient die Kamera. Sein Schwanz ist wieder erwacht, noch einmal in seinem Leben zwölf Uhr mittag, und als sie in die Central Street einbiegen, liebkost das Lenkrad seine geschwollene Eichel durch den Stoff. Janice sollte das zu schätzen wissen: wenn er ihn intakt bis in ihr Zimmer bringt.

Aber sie ist mit ihren Gedanken weit weg von allem Sex. Als sie unter dem Geäst-Filigran durch die Lichtkegel in der Wilbur Street fahren, sagt sie laut: «Der arme Nelson. Er wirkte so jung, fandest du nicht auch, als er mit seiner Braut losfuhr?»

Diese Stadt, die sie so gut kennen, jeden Bordstein, jeden Hydranten, den Standort jedes Briefkastens. Sie weicht vor ihnen zurück wie ein Schleier, die Häuser sind dunkel, ihre Scheinwerfer abgeblendet. «Ja», stimmt er zu. «Manchmal fragt man sich», hört er sich weitersprechen, «wie man einen Jungen wie ihn so verpfuschen konnte.»

«Wir haben unser Bestes getan», sagt Janice, resolut wie ihre Mutter. «Wir sind nicht der liebe Gott.»

«Das ist keiner», sagt Rabbit und erschrickt selber.

IV

Die Geiseln sind genommen worden. Nelson arbeitet seit fünf Wochen bei Springer Motors. Teresa ist im siebten Monat schwanger und dick wie eine Tonne, ein Haus im Haus, und hängt in Mom-moms Haus herum, in diesen Umstandshosen mit Stretchverschlüssen vorn am Bauch und ein paar alten Hemden von Dad, die er ihr überlassen hat. Wenn sie im ersten Stock vom Badezimmer aus durch den Flur geht, nimmt sie das ganze Licht weg, und wenn sie in der Küche helfen will, läßt sie das Geschirr fallen. Da sie jetzt zu fünft sind, mußten sie an das gute Porzellan gehen, das Mom-mom in der Glasvitrine aufbewahrt, der Teller, den Pru fallen ließ, war einer von den guten. Obwohl Mom-mom nicht viel sagt, merkt man an den Flecken, die sie am Hals bekommt, daß sie es tragisch nimmt, daß es zu der Art von Ereignissen gehört, die für alte Damen eine Tragödie sind, sie kann sich endlos darüber auslassen, wie sie und Fred dieses Geschirr vor fünfzig Jahren miteinander bei Kroll kauften, als noch alle sieben Minuten Straßenbahnen die Weiser Street auf und ab fuhren, und Brewer noch ein heißes Kaff war.

Was Nelson an Pru nicht ausstehen kann, ist, daß sie furzt. Und da sie im Bett auf dem Rücken liegt, weil sie auf dem Bauch nicht schlafen kann, schnarcht sie. Ein helles, schabendes kleines rhythmisches Geräusch, das er nicht überhören kann, wenn er dort in dem Zimmer an der vorderen Seite des Hauses liegt, wo die Lichter von der Straße sich durch die Rouleaus fressen und die Autos unten auf der Straße vorbeifahren, frei von Fesseln. Er sehnt sich nach seinem ruhigen alten Zimmer an der Rückseite des Hauses. Er fragt sich, ob Pru womöglich eine sogenannte Septumdeviation hat. Bevor er sie heiratete, war ihm nicht aufgefallen, daß ihre Nasenlöcher nicht genau gleichgroß sind: das eine ist mehr tropfenförmig als das andere, als hätte ihr einmal jemand ihre dünne, spitze sommersprossige Nase umgedreht, als sie noch weich war, damals in Akron. Und außerdem will sie immer so früh ins Bett, ausgerechnet um die Zeit nach dem Abendessen, wenn draußen der Verkehr wieder zunimmt und er, Nelson, danach lechzt auszugehen, rüber ins Laid-Back, auf ein Bier oder zwei, oder auch bloß runter in die Superette an der Route 422, um sich ein bißchen nach neuen Gesichtern umzusehen, nachdem er sich den ganzen Tag im Betrieb eingesperrt gefühlt hat, wo er sich mit Dad rumschlagen mußte, und dann nach Hause gekommen ist und sich noch weiter mit ihm rumschlagen mußte, Dad mit seinem dicken Kopf, der beinahe die Decke streift, und mit seiner albernen nöligen Stimme – bei allem muß er das letzte Wort haben, wenn man hinhört, und immer muß er Nelson schlecht machen, und immer sieht er ihn so nervös an mit diesem triefäugigen leisen Lachen, *So, hab ich das gesagt,* wenn er meint, er hätte etwas Komisches gesagt. Das Problem bei Dad ist, daß er zu lange in einem Harem gelebt hat, mit Mom und Mom-mom, die alles für ihn machen. Sobald irgendein anderer Mann in seine Nähe kommt, mit Ausnahme von Charlie, der zusehends weniger wird, und von diesen Gecken, mit denen er Golf spielt, wird er tückisch. Außer Nelson scheint kein Mensch auf der Welt zu merken, wie tückisch Harry C. Angstrom ist, und der Druck, den das erzeugt, ist so stark, daß Nelson manchmal schreien könnte, wenn sein Vater ins Zimmer kommt, so groß und aufgeplustert und so verschmitzt, dabei ist er ein Mörder, zwei Leichen gehen schon auf sein Konto, und sein eigener Sohn ist als nächster an der Reihe, wenn ihm einfällt, wie er es am besten anstellt, ohne einen schlechten Eindruck zu machen. Dad hat neuerdings etwas dagegen, einen schlechten Eindruck zu machen, das war in den alten Zeiten wenigstens ein Zug an ihm, den man bewundern konnte, daß es ihm ziemlich gleichgültig war, wie er nach außen wirkte, was die Nachbarn dachten, als er Skeeter bei sich aufnahm, zum Beispiel, er hatte so ein verrücktes vages Selbstvertrauen, das noch aus seinen Basketballzeiten übriggeblieben war, oder aus seiner Jugend, als er der Liebling aller war, oder woher auch immer, so daß er es ab und zu fertigbrachte, zu den Leuten zu sagen: Ihr könnt mich mal. Der Mumm ist hin, übriggeblieben ist ein dicker lebender Leichnam, der Nelson ständig auf der Pelle hockt. Er versucht, es Pru zu erklären, und sie hört ihm zu, aber sie versteht ihn nicht.

In Kent war sie schlank und aufrecht und hatte eine flinke Art, sich zu bewegen; sie trug ihr umwerfend langes karottenrotes Haar zu einem glatten Knoten aufgesteckt, wenn es ihr nicht flach, wie gebügelt, über den Rücken hing. Wenn er sie gegen fünf im neuen Teil von Rockwell Hall abholte, ein Student in einem fremden Element, kam er sich immer ganz großartig vor, daß er diese berufstätige, ein Jahr ältere Frau ausführte, fort von ihren Schreibmaschinen und Akten und dem kalten grellen Neonlicht; die Verwaltungsbüros waren wie ein Stück vom Himmel des eigentlichen Weltgeschehens, der sich über den Stollen der Vorlesungen wölbte, durch die er sich jeden Tag hindurchwühlte. Pru hatte nichts von diesem Bildungsdünkel, sie konnte nicht mit den Namen von bedeutenden Toten um sich werfen und konnte nur über das reden, was jetzt lebte und was jetzt geschah, Filme und Schallplatten, und was im Fernsehen kam und die kleinen alltäglichen Skandale am Arbeitsplatz, wer in Tränen ausgebrochen war und wer von einem der Lehrstuhlinhaber einen Heiratsantrag bekommen hatte. Eine der Sekretärinnen schlief mit ihrem Chef, ohne ihn besonders zu mögen, nur so aus einer Art frivoler Gleichgültigkeit gegenüber dem eigenen Leben und dem eigenen Körper heraus, und Nelson fand den Gedanken erregend, daß es genausogut Pru hätte sein können, die Leute in Pennsylvania hatten eine verklemmte Mentalität, die sich da draußen lockerte, so daß man sich treiben lassen konnte, wohin man wollte. Es erregte ihn, wie burschikos sie war, ihre unbekümmerte Art, neben ihm herzuschlendern und nach Parfum zu duften – und ein noch zarterer Duft haftete an ihren Kleidern – unter all den Bäumen, mit denen die Leute sich immer noch brüsteten in Kent, damit und mit all den Turnhallen im Student Center Complex und daß sie angeblich das größte Campus-Busnetz auf der Welt hätten, all dieser Bockmist, den sie verzapften, bloß weil die Leute vergessen sollten, daß die einzige Sensation, deren Kent sich je würde rühmen können, der 4. Mai 1970 war, als die Nationalgardisten von Blanket Hill herunterschossen. Was ihn, Nelson, betraf, hätten sie all diese Idioten abknallen können. Als es ’77 das ganze Theater um die Zeltstadt der Demonstranten gab, blieb Nelson in seinem Wohnheim. Damals kannte er Pru noch nicht. In einer der Bars an der Water Street kippte sie den dritten White Russian und erzählte ihm Horrorgeschichten aus ihrer eigenen Jugend, Prügel und Tobsuchtsanfälle des Vaters, der oft lange Zeit ohne eine Erklärung von der Bildfläche verschwand, und dann der Wirrwarr, als ihre Schwestern in die Pubertät kamen und zu Hause alles auf den Kopf stellten. Seine Erzählungen wirkten blaß im Vergleich dazu. Durch Pru fühlte er sich wohler in seiner Haut. In der Gesellschaft vieler Studentinnen, die er kannte, auch bei Melanie, fühlte er sich verspottet, unterlegen in einem Spiel, das er gar nicht spielen wollte, aber bei Pru Lubell, der Sekretärin, fühlte er sich nie verspottet. Sie waren einer Meinung über viele Dinge, wesentliche Dinge. Sie wußten, daß die Welt im Grunde brutal war, daß kein Vater einen beschützte, daß man verlassen war in einem Maße, von dem diese Typen, die da in Sportmannschaften rumalberten oder die Radikalen spielten oder Klamauk machten oder ihren eigenen Kram oder was auch immer, keine Ahnung hatten. Die Tatsache, daß er dies alles als faulen Zauber durchschaute, gab ihm in Prus Augen eine gewisse Ernsthaftigkeit. An den Bretterbudentischen der Arbeiterkneipe in Nord-Akron, zu der sie in ihrem Auto fuhren – sie hatte einen eigenen Wagen, einen salzzerfressenen alten Plymouth Valiant, dessen einer vorderer Kotflügel wie eine Flagge flatterte, und das war auch etwas, was ihm an ihr gefiel, daß sie bereit war, so einen häßlichen alten Klapperkasten zu fahren, und daß sie sich das Geld dafür mit ihrer Arbeit verdient hatte –, spürte Nelson, daß er keine schlechte Figur abgab. Neben den Leuten, die sie sonst kannte, stand er eine Stufe höher. Und sie war ihm voraus, was die Umgebung betraf, die örtliche Geographie. Nicht nur ein Auto, auch eine Wohnung hatte sie, klein, aber für sich allein, mit einem Herd, auf dem sie ihre Mahlzeiten selber kochte, und mit Alkohol, von dem sie ihm eingoß, nachdem sie eine Schallplatte aufgelegt hatte. Von ihrer allerersten Verabredung an, nicht mitgerechnet die Male, als sie mit Melanie und ihren Freunden, den Freaks von der Student League for a Democratic Kent herumhingen, hatte Pru ihn mitgenommen in diesen Vorort, der Stow hieß, und war ohne weiteres davon ausgegangen, daß sie beide darauf aus waren, miteinander zu schlafen. Sie kam mit heftigen schnellen Stößen, die ihn fest umklammerten und sicher zu seiner eigenen Entladung brachten. Er hatte schon mit anderen Mädchen gevögelt, aber er war sich nie sicher gewesen, ob sie gekommen waren. Bei Pru war er sich sicher. Sie schrie auf und zuckte sogar ein bißchen, wie ein Fisch, der an die Oberfläche eines dunklen Sees schnellt. Und hinterher, wenn sie ihm etwas zu essen kochte, lief sie immer nackt umher – ihre Haare hingen ihr bis zum sechsten Höcker ihrer Wirbelsäule herunter –, obwohl gegenüber, auf der anderen Seite des Hofes, etliche Fenster waren, von denen aus sie gesehen werden konnte. Wen kümmert das schon. Sie hatte es sogar gern, wenn sie angesehen wurde, in den Tanzlokalen, in die sie manchmal abends gingen, und auch, wenn sie allein waren, ließ sie sich aus jedem Winkel von ihm betrachten, ihren großen glatten Körper, wie der einer Puppe, deren Arme und Beine und Kopf immer so liegenbleiben, wie man sie hinlegte. Seine tiefe Dankbarkeit für all das, was ein anderer vielleicht als selbstverständlich hingenommen hätte, erhöhte seinen Wert in ihren Augen, bis er eingefangen war, zu kostbar, um ihn jemals wieder freizugeben.

Jetzt hockt sie den ganzen Tag mit Mom-mom und manchmal auch mit Mom vor dem Kasten und sieht sich die Nachmittagsschnulzen an, *Search for Tomorrow (Auf der Suche nach der Welt von Morgen)* auf Kanal 10, und dann *Days of Our Lives* auf 3 und wieder zurück zu Kanal 10 für *As the World Turns* und rüber zu 6 für *One Life to Live* und dann wieder 10 für *The Guiding Light* – Nelson kennt das schon aus all den Tagen, bevor sie ihn in der Firma arbeiten ließen. Jetzt furzt Pru, weil das Baby ihre Innereien verschiebt, und läßt Sachen fallen und sagt, sie fände seinen Vater richtig nett.

Er hat ihr von Becky erzählt. Er hat ihr von Jill erzählt. Prus Antwort: «Aber das ist doch schon lange her.»

«Nicht für mich. Für ihn schon. Er hat alles vergessen, der blöde Scheißer, du brauchst ihn nur anzusehen, dann siehst du, daß er alles vergessen hat. Er hat alles vergessen, was er uns jemals angetan hat. Der Scheiß, den er Mom angetan hat, nicht zu glauben, und ich weiß vermutlich nur die Hälfte davon. Er ist so selbstgefällig und *zufrieden,* das ist es, was mich rasend macht. Wenn ich ihn bloß ein *einziges* Mal dazu bringen könnte, daß er sieht, was für ein Scheißer er ist, könnte ich's vielleicht gut sein lassen.»

«Was würde dir das schon nützen, Nelson? Ich meine, dein Vater ist nicht vollkommen, aber wer ist das schon? Immerhin bleibt er abends zu Hause, nicht einmal das hat meiner fertiggebracht.»

«Er hat keinen Mumm, deshalb bleibt er zu Hause. Was meinst du, wie gern der jeden Abend auf Weiberjagd gehen würde. Du hättest mal sehen sollen, wie der Melanie angeglotzt hat. Was ihn zurückhält, ist nicht die große Liebe zu Mom, das kann ich dir sagen. Es ist die Firma. Mom hat die Oberhand – aber es ist nicht ihretwegen.»

«Also, Schatz. Ich glaube, nach allem, was ich so mitgekriegt hab, daß deine Eltern sich ganz schön mögen. Wenn Eheleute so lange zusammengeblieben sind, müssen sie irgendwas füreinander übrighaben.»

Sich mit dieser Möglichkeit auch nur von ferne einzulassen, widert Nelson an. Die Tapete, ihr wirres Muster von Dingen, die sich in andere Dinge hineinbewegen und wieder herauskommen, wirkt unheimlich. Als Kind hatte er Angst vor dem vorderen Zimmer, in dem sie jetzt schlafen, nur die Breite des Flurs von Mom-moms Fernsehgemurmel entfernt. Autos, die auf der Joseph Street unter den nackten Ahornästen vorbeifahren, wirbeln scharfkantige Lichtabschnitte über die Wände, leuchtende Figuren, die rasch die Form verändern, wie in den Computerspielen, die es jetzt überall gibt. Wenn ein Wagen an der Straßenecke bremst, schuddert ein roter Fleck über die Tapete und über den bläßlichen gerahmten Druck von einem ziegenbärtigen Farmer mit Holzeimer an irgendeinem steinernen Brunnen, dieser verblassende Druck hat schon immer da gehangen. Auch der Farmer hatte in den Augen des Kindes unheimlich gewirkt, ein tückisch blickender Teufel. Jetzt kann Nelson die Gestalt schlicht als idiotisch, als kitschig wahrnehmen. Und doch bleibt der Anflug von Boshaftigkeit irgendwo in der Transparenz des Glases eingefangen. Das Rot schuddert und huscht weg; ein

Motor heult auf, und Reifen fahren quietschend an. Los – das Ungestüm des ungesehenen Wagens, der davonfährt, gleich darauf nur noch ein Summen in der Ferne, befriedigt ihn zutiefst, stellvertretend.

Er und Pru liegen in dem alten kreuzlahmen Bett, das er mit Melanie zu teilen pflegte. Er denkt an Melanie, ohne Kind im Bauch, ungebunden, die sich in Kent einen flotten Lenz macht, mit den Campus-Bussen fährt und in Vorlesungen über östliche Religionen geht. Pru ist todmüde und liegt neben ihm in einem alten Hemd von Dad, das über den Brüsten zugeknöpft ist und über dem Bauch offen ist. Er hatte ihr ein paar von seinen Hemden angeboten – jetzt, wo er den Job hat, mußte er sich neue Hemden kaufen, und sie sagte, sie seien zu klein und eng. Es ist heiß im Zimmer. Der Heizkessel ist direkt darunter, und die Wärme steigt nach oben, daran können sie nichts ändern, es ist Mitte November, und sie schlafen immer noch unter einem Laken. Er ist hellwach und wird es noch stundenlang sein, aufgewühlt von seinem Tag. Die Freunde von Billy setzen ihm zu, er soll noch mehr Cabrios kaufen, und obwohl der Olds Delta 88 Royale tatsächlich für 3600 Dollar an diesen Arzt ging, behauptet Dad, und Manny pflichtet ihm bei, daß in Wirklichkeit, wenn man Versicherung und Lagerhaltungskosten abzieht, kein Gewinn mehr dabei herausspringt.

Und jetzt ist der Mercury in der Werkstatt, obwohl der Versicherungsvertreter ihn als Totalschaden einstufen wollte, er sagte, das wäre das einfachste bei einem uralten Stück wie diesem, bei den horrenden Ersatzteilkosten und der geknautschten Vorderfront, die aussieht, als ob einer das absichtlich gemacht hätte! Manny schätzt, daß die Reparaturkosten vier- bis fünfhundert Dollar über der Versicherungssumme liegen, die können nicht mehr als den Listenpreis geben, und als er Manny fragte, ob nicht ein paar von den Mechanikern die Sache in ihrer Freizeit machen könnten, sagte er mit feierlicher Miene und gerunzelten Augenbrauen, so daß einem die schwarzen Poren auf seiner Nase förmlich ins Gesicht sprangen: *Junge, da gibt's keine Freizeit, die Männer kommen hierher, um sich ihr Brot und ihre Butter zu verdienen,* womit er ihm zu verstehen geben wollte, daß das bei ihm, dem Sohn eines reichen Mannes, nicht so war. Nicht daß Dad ihm in irgendeiner Weise beistünde, er nimmt den Standpunkt ein, daß dem Jungen eine Lektion erteilt wird, und genießt es. Die einzige Lektion, die Nelson erteilt wird, ist die, daß jeder bloß hinter seinem eigenen Häufchen Dollars her ist und daß keiner Zeit hat aufzublicken – keiner hat mehr irgendeine Vision. Er wird es ihnen zeigen, wenn er den Mercury für viertausendfünfhundert oder so verkauft, er kennt eine Menge Typen im Laid-Back, für die das gar kein Preis ist. Die Iransache wird die Benzinpreise noch mehr in die Höhe treiben, aber irgendwann wird der Spuk vorbei sein, sie werden es nicht wagen, sie lange festzuhalten, die Geiseln. Dad predigt ihm andauernd, daß die Lagerhaltung eines Wagens jeden Tag drei bis fünf Dollar kostet, aber er sieht nicht ein wieso, wenn das Auto doch bloß auf einem Gelände rumsteht, das einem bereits gehört, die Firma bezahlt sich sogar selber Miete, hat er herausgefunden, um den Staat zu beschummeln.

Neben ihm fängt Pru zu schnarchen an, ihr Kopf ist auf zwei Kissen gebettet, ihr Bauch glänzt wie einer von diesen Bovisten, die man im Wald an morschen Baumstümpfen kleben sieht. Unten lachen Mom und Dad über irgend etwas, sie waren in letzter Zeit völlig aus dem Häuschen, schlimmer als Kinder, und gingen sehr viel öfter mit ihrer miesen Clique von Freunden aus, Teenagern muß man immerhin zugute halten, daß ihnen nicht viel anderes zu tun bleibt. Er denkt an die Geiseln in Teheran, und es ist, als säße eine Tablette in seinem Hals fest, eine von diesen großen trockenen Vitamintabletten, die Melanie ihm immer aufdrängte, die er weder runterschlucken noch hochwürgen kann. Sich einen einzigen großen schwarzen Helikopter schnappen und da rüberfliegen, in einer mondlosen Nacht, ein Sonderkommando, Männer mit geschwärzten Gesichtern, ein paar Klaviersaiten um die Hälse von diesen ausgerasteten radikalen Arabern, uuglugl-arg, du darfst nur flüstern, Frauen und Kinder zuerst, und sie alle ausfliegen. Eine kleine taktische A-Bombe auf ein Minarett fallen lassen als Visitenkarte. Oder aber einen Tunnel graben, oder mit einer Art Bohrmaschine zu ihnen rein wie James Bond. Diese irre Szene in *Moonraker,* wo er ohne Fallschirm aus dem Flugzeug gestoßen wird und im freien Fall auf einen der Bösewichter zustürzt und ihm seinen Fallschirm klaut – kann nicht viel schlimmer sein als Drachenfliegen. Im Mondschein wirft Prus Bauchnabel einen winzigen Schatten, es sieht aus, als hätte er sich von innen nach außen gestülpt, er hatte bisher noch nie eine schwangere Frau nackt erlebt, er hatte keine Ahnung gehabt, daß es so schlimm war. Als wäre eine Kanonenkugel von hinten eingeschlagen und steckengeblieben.

Ab und zu kommen sie mal raus. Sie haben Freunde. Billy Fosnacht ist wieder nach Boston gegangen, aber die Clique im Laid-Back trifft sich nach wie vor, Typen und Weiber aus der Gegend von Brewer, die hier hängengeblieben sind, mit Jobs in den neuen Elektronikunternehmen oder irgendeiner verschlafenen Behörde, oder in den großen Läden, die noch in der Innenstadt übriggeblieben sind; wenn man heutzutage zu Kroll geht, wo Mom in grauer Vorzeit Dad kennengelernt hat, geht man durch den Wald, wo früher der Weiser Square war, und kommt sich vor wie auf dem leergefegten Deck eines Kriegsschiffs nach dem Bombenangriff der Japse auf Pearl Harbor, nur ein paar verschüchterte Verkäuferinnen stehen da noch rum, an der Taille abgeschnitten von den Wühltischen. Mom hatte in der Abteilung Salznüsse und Süßwaren gearbeitet, aber die gibt es nicht mehr, wahrscheinlich dachte man, nachdem innerhalb von dreißig Jahren sechs Leute an Wurmkrankheiten gestorben waren, die Nüsse seien gesundheitsschädlich. Aber wenn es keinen Stand mit Nüssen gegeben hätte, wäre Nelson nicht auf der Welt oder würde als jemand anderes existieren, was Unsinn ist. Er und Pru kennen noch nicht alle ihre Freunde mit Vornamen, sie haben Namen wie Cayce und Pam und Jason und Scott und Dody und Lyle und Derek und Slim, und wenn man oft genug im Laid-Back aufkreuzt, wird man manchmal zu ihren Festen eingeladen. Sie wohnen teilweise in den neuen Appartementhäusern, die mit ihrer rustikalen Holzverkleidung und den steil abfallenden Dächern aussehen, als sei eine Reihe von Ski-Chalets draußen in der Nähe des Flying Eagle auf den Hang des Mt. Pemaquid hingeworfen worden, oder sie leben in Stadtvillen aus Backstein und Schiefer, die überladen sind mit Schmiedeeisen und Schornsteinen und mit dem Geld aus den alten Stahlwerken am nördlichen Ende der Youngquist Street oder draußen hinter dem Rangierbahnhof gebaut worden sind und jetzt in Appartements unterteilt werden, sofern sie sich nicht in Pflegeheime verwandelt haben oder Bürogebäude für modische Handelszweige wie handgearbeitete Lederwaren und Heimwerkerbedarf oder für junge Architekten, die sich auf Sonnenkollektoren und aufs Energiesparen verlegen und junge Anwälte mit flotten Fönschnitten und verwegenen Schnurrbärten zu ihren Geschäftsanzügen, die ihren jungen Klienten einen Einheitspreis von dreihundert Dollar berechnen, ob es um eine Scheidung geht oder um eine Anklage wegen des Besitzes von Rauschgift. In diesen Stadtvierteln sind Bioläden aus dem Boden geschossen und Restaurants in kleinen schmalen Souterrainräumen, die vegetarische oder makrobiotische oder israelische Küche anbieten, und Buchhandlungen mit Namen wie Karma Paperbacks und kleine Boutiquen, die spezialisiert sind auf Makramee und Batik und mexikanische Hochzeitshemden und indische Seide und diese Ballonschirmmützen, in denen man aussieht, als wäre der Teil des Schädels, in dem das Hirn sitzt, abgeschnitten. In ehemaligen Maschinenfabriken mit Seitenwänden aus Zementbausteinen werden jetzt unbearbeitete Bauteile von Möbeln, die man selbst zusammensetzt, verkauft, hauptsächlich an Wohngemeinschaften, wo alle alles miteinander teilen.

Die Wohnung, die Slim mit Jason und Pam teilt, liegt in der dritten Etage eines hohen alten Hauses auf der Hangseite des Locust Boulevards, mehrere Häuserblocks hinter der Highschool, in Richtung Maiden Springs. Von einem großen Erker mit drei viergeteilten Fenstern aus überblickt man das geschwächte Herz der Innenstadt: Da wo sich früher über dem Weiser Square die Neonumrisse eines Stiefels, einer Erdnuß, eines Zylinders und einer Riesensonnenblume zu einer Reklamegirlande aneinanderreihten, deuten nur noch die Scheinwerfer der Brewer Trust Bank, auf ihre eigene Granitfassade gerichtet, das Zentrum der Innenstadt an, vier große Säulen wie vier weiße Finger, die in einer schwarzen Cremetorte stecken, der dunkle Fleck kommt von den neu gepflanzten Bäumen der sogenannten Fußgängereinkaufszone. Von diesem Stadtkern ziehen sich die üblichen natriumgelben Leuchtröhren der städtischen

Straßen in die Außenbezirke hinaus, ein geradliniges Gespinst, abfallend zu dem gewundenen Fluß und weiterführend zu Vorstädten hin, deren Lichtschimmer zum Horizont hin abflacht, verschluckt von Hügeln, die mit den Wolken der Nacht verschmelzen. Slims vordere Erkerfenster haben Lünetten aus bemaltem Glas, stilisierte Blumen aus blutroten, bernsteinfarbenen und milchgrünen Glasstücken, die neben den Brezeln Brewers ganzer Stolz sind. Aber die alten eichenen Parkettfußböden sind mit billigem pfeffer- und salzfarbenen Veloursteppichboden ausgelegt, und windige Trennwände aus Gipsplatten unterteilen die großzügig angelegten ursprünglichen Räume. Die hohen Decken sind gesenkt worden, um Heizkosten zu sparen, und wurden durch weiche weiße Bahnen aus einem Material wie Lochplatten ersetzt. Nelson hockt mit zurückgelehntem Kopf auf dem Boden, eine Dose Bier, gekühlt, zwischen den Fußgelenken; er hat sich mit Pru zwei Joints geteilt, und die kleinen Löcher in der Decke wollen ihm etwas mitteilen, ein Feld wirkt gestochen scharf und leuchtend weiß und aggressiv wie die Mitesser auf Mannys Nase neulich, und dann läßt dieser Eindruck nach und ein anderes Feld nimmt ihn auf, als glitte eine Leuchtqualle durchsichtig über die Decke. Hinter ihm an der Wand hängt ein Riesenposter von einem feixenden Ilie Nastase. Slim ist Mitglied in einem Tennisclub draußen in der Nähe des Einkaufszentrums von Hemmingtown und schwärmt für Ilie Nastase. Nastase ist mit Schweißperlen bedeckt, die Beine sind dick wie Pfosten. Haarige, knubblige Pfosten. Die Stereoanlage spielt Donna Summer, irgendwas mit einem Telefon, sehr laut. Drüben in der Mitte des Raums, zwischen Nelson und ein paar Blumentöpfen mit Farnen und breitblättrigen Pflanzen wie die, die Mom-mom immer in dem Nebenraum neben dem Wohnzimmer hatte (er weiß noch, wie er eines Tages mit seinem Vater davor saß, als etwas Grauenhaftes passiert war, etwas Ungeheuerliches, das ihnen den Boden unter den Füßen wegzog, während die Blätter der Pflanzen das Sonnenlicht aufsogen, wie es diese größeren Pflanzen vermutlich auch tun, wenn die Sonne schräg durch die hohen Erkerfenster hereinfällt), ist eine freie Fläche, und auf dieser Fläche tanzt Slim wie eine Schlange an einer Schnur mit einem anderen mageren Burschen mit kurzgeschorenen Haaren, der Lyle heißt. Lyle hat einen schmalen Schädel mit Dellen am Hinterkopf und trägt enge Jeans und ein langärmliges Hemd, wie ein Fußballhemd, mit einem breiten grünen Senkrechtstreifen in der Mitte. Slim ist schwul, und obwohl das Nelson eigentlich nicht stören sollte, stört es ihn. Es stört ihn auch, daß ein paar geschniegelte Schwarze es auf der Party miteinander treiben und daß ein kleines weißes Mädchen mit dem grauen Teint und dem spitzen Kinn der Polacken aus der Südecke von Brewer beim Tanzen ihr Hemd ausgezogen hat, obwohl sie keine erwähnenswerten Titten hat und jetzt noch immer barbusig in der Küche sitzt und sich bis zum Erbrechen vollaufen läßt mit Southern Comfort und Pepsi. Bei diesen Parties ist immer irgend jemand im Bad und kotzt oder drückt oder schnupft, und auch das stört Nelson. Es stört ihn alles nicht besonders, er ist es nur leid, jung zu sein. Es ist eine solche Verschwendung von Energie. Er stellt fest, daß die Intensität der Leuchtqualle, die über die Löcher an der Decke flitzt, Energie ist wie die, die durch die Bits in den Elektronenrechnern fließt, aber weiter kann er den Gedanken nicht verfolgen. In Kent hatte er sich für Computerwissenschaft interessiert, aber schon im Einführungskurs, Mathe 10061, in Merrill Hall, wuchs ihm die Mathematik über den Kopf; all die jüdischen Mitstudenten und die Koreaner mit ihren flachen Tellergesichtern schnurrten das nur so runter, als wäre es sonnenklar, was eine Funktion ist, dabei schien es nichts zu sein, was man tatsächlich klar darstellen konnte, irgendwie hatte es mit dem Grundgedanken der Gleichung zu tun, noch so eine Qualle, aber wie kam man dahinter? Es war ihm zu hoch. Und da hatte er sich gedacht, er könnte ebensogut wieder nach Hause gehen und am Wohlstand teilhaben. Sein Vater hatte ihn an dem Tag damals auf dem Schoß gehabt, das Gefühl eines großen warmen, traurig riechenden Körpers – um ihn herum und unter ihm – hat er bis heute nicht vergessen, so wenig wie die Erinnerung an einen Sonnenstrahl, der an der halbmondförmigen Kante eines pelzigen Blattes in dem schmiedeeisernen Gestell mit den Topfpflanzen nagte, es mußte die Zeit gewesen sein, als Becky starb. Mom-mom wird es auch nicht ewig machen, und wenn sie den Löffel aus der Hand legt, werden er und Mom

Geschäftsinhaber sein, mit Dad vorn als Aushängeschild, wie eine von den lebensgroßen Pappfiguren, die man früher in den Auto-Ausstellungsräumen sah, bevor Pappkarton zu kostspielig wurde. Die Schwarzen, die da so überheblich rumscharwenzeln, die betont coole Art, wie sie grüßen und wie sie einen herausfordernd anstarren, aber für nichts die Verantwortung übernehmen – das alles macht ihn stinkwütend, obwohl die Joints ihn allmählich etwas sanfter stimmen müßten. Vielleicht noch ein Bier. Er erinnert sich an die Bierdose zwischen seinen Knien, sie ist kalt und schwer, weil sie voll und frisch aus Slims Kühlschrank kommt, und er trinkt einen Schluck. Er betrachtet eingehend seine Hand, weil sie sich mit der Dose anfühlt, als hätte er einen Fausthandschuh an. Wieso stirbt Dad nicht einfach? Leute in diesem Alter kriegen normalerweise irgendeine Krankheit. Dann sind es nur noch er und Mom. Er weiß, daß er mit Mom fertig werden kann.

Er ist gar nicht mehr so jung, er ist dreiundzwanzig geworden, aber unter den Leuten hier kommt er sich irgendwie lächerlich vor, weil er verheiratet ist. Keiner von den anderen sieht verheiratet aus. Auf jeden Fall ist sonst niemand schwanger, das sieht man. Er kommt sich vor wie auf dem Präsentierteller: einer, der es nicht besser verstanden hat. Fairerweise muß er zugeben, daß Pru gar nicht mitkommen wollte, sie war bereit, drüben rumzuhocken wie eine von den Topfpflanzen, die sich im Licht des Fernsehers sonnen und sich *The Love Boat* und danach *Fantasy Island* anzusehen, in Gesellschaft der armen alten Mom-mom, die in letzter Zeit sehr nachgelassen hat; sonst saßen Dad und Mom immer mit ihr zu Hause, aber neuerdings, wie zum Beispiel heute abend, sind sie oft irgendwo unterwegs mit dieser Clique vom Flying Eagle, nicht zu fassen, wie verantwortungslos sogenannte Erwachsene werden, wenn sie glauben, ein bißchen Oberwasser zu haben. Mom hat ihm die ganze Geschichte mit ihrem verrückten Gold erzählt, vielleicht hätte er anbieten sollen, zu Hause zu bleiben, er und Pru, bei Mom-mom, letzten Endes ist sie diejenige, die alle Trümpfe in der Hand hat, aber da hatte Pru sich schon zurecht gemacht, weil sie meinte, sie sei es Nelson schuldig, ihm ein bißchen Geselligkeit zu ermöglichen, da er so hart arbeitete und mit ihr immer ans

Haus gefesselt war – Familienbande, dauernd glaubten sich alle verpflichtet, alles füreinander zu tun, und kamen einander immer nur in die Quere, was für ein Wirrwarr. Und dann, als Pru erst einmal hier war und leicht bekifft war, gewann die Irre von Akron die Oberhand, und sie beschloß, hemmungslos die Außenseiterin zu spielen: Sie warf ihren wuchtigen Körper herum, tanzte in Schuhen, in denen sie eigentlich nicht einmal mehr gehen sollte, mit Keilabsätzen und Plateausohlen, die mit dünnen grünen Plastikriemchen gebunden wurden wie die Schnüre, aus denen die Aufseher auf dem Sportplatz von Mt. Judge einen Kordeln für Trillerpfeifen flechten ließen, es gab sogar, erinnert er sich, eine Knüpfart, die Schmetterlingsknoten genannt wurde, man konnte Schlüsselanhänger damit machen, als ob Schulkinder so viele Schlüssel mit sich herumtrügen. Vielleicht tut sie es aus Trotz. Aber auch über ihn ist eine Art Trance gekommen, und er genießt es, ihr aus seiner eigenen Entfernung durch den Qualm hindurch zuzusehen. Sie hat etwas Strahlendes, diese Pru, etwas Blitzendes und Glitzerndes in diesem irisierenden grünen gürtellosen Kleid, das sie sich in einem neuen Laden drüben am Locust Boulevard gekauft hat, wo die alteingesessenen Rentner wegsaniert werden, weil der Mittelstand in die Stadtzentren zurückkehrt. Ärmel weit wie Flügel umflattern sie, wenn sie herumwirbelt, und diese Kanonenkugel von einem Bauch ragt in die Gegend und rafft ihr Kleid vorn hoch, so daß man noch mehr von den orangefarbenen elastischen Strümpfen sieht, die der Arzt ihr verordnet hat, um ihre jungen Venen zu schützen. Ihre schimmernden Plateausandalen rutschen schlecht auf dem Plüschteppich, aber sie behält sie an, will beweisen, daß sie es kann, auch aus Trotz gegen ihn; ihr Körper windet sich zu der Musik, als hinge er, irgendwo zwischen den Schulterblättern, an einem Spieß, während ihre Arme sich grün emporheben und ihr phantastisches langes Haar im Kreis um sie herumschwingt, immer wieder.

Nelson kann nicht tanzen, das heißt, er will nicht tanzen, denn Tanzen, das heißt heute, auf der Stelle stehen und den Teufel der Musik in sich reinzulassen, was mehr Selbstvertrauen erfordert, als er besitzt. Er möchte sich nicht wie ein Idiot aufführen. Dad, klar, Dad würde es mitmachen, wenn er da wäre, genau so, wie er sich, als Jill bei ihnen war, Skeeter ausgeliefert hat und nie unsicher geworden war, auch nicht, als sich das Schlimmste ereignet hatte, dieser Idiot, er glaubt tatsächlich, daß es einen Gott gibt, dessen Augapfel er ist. Die Pünktchen an der Decke hemmen Nelsons Höhenflug und er wendet seine Augen wieder Pru zu, schmerzhaft strahlend in dem Glitzerkleid, das sie umfließt wie flüssige Juwelen, ihr Gesicht schlaftrunken in der Musik über ihrem Bauch, der fest ist und nicht nur ihr gehört, sondern auch ihm, so daß er mittanzt. Eine Sekunde lang haßt er den Teil in sich, der es nicht kann, so wie er sich auch nicht an dem flackernden Gedankenspiel der Computerwissenschaft und an dem Collegeleben allgemein beteiligen konnte oder wie er nicht der leichtlebige lässige Athlet werden konnte, der sein Vater gewesen war. Der düstere Moment geht vorüber, hat sich aufgelöst in der Gewißheit, daß er sich eines Tages an ihnen allen rächen wird.

Eine Zeitlang war Prus Tanzpartner einer der schnoddrigen Schwarzen aus Brewer gewesen, der größere, in Latzhose und Cowboystiefeln, und dann löst sich Slim aus einer Drehung drüben bei den Pflanzen mit Lyle und swingt in die Umlaufbahn von Pru, die weitertanzt, einerlei ob einer da ist oder nicht, auf und nieder, kleine Handschlenker und ein Schleudern des Kopfes. Ihr Gesicht sieht wirklich schläfrig aus. Ihre markante Hakennase im Profil. Die anderen berühren immer wieder ihren Bauch wie einen Talisman: Mitten im Wirbeln und Fingerschnalzen fahren die baumelnden Finger über die gesegnete Wölbung, die etwas birgt, das auch ihm gehört. Aber wie ihre Berührungen abwehren, wie Pru beschützen und sauber halten? Ihre Fülle ist zu auffällig, er würde sich lächerlich machen, sie mag den Dreck, da kommt sie her. Einmal fuhr sie ihn an ihrem alten Elternhaus in Akron vorbei, sie nahm ihn nie mit hinein, was für eine triste Reihe, Häuser mit Holzveranden, auf denen alte Kühlschränke standen. Melanie war etwas Besseres gewesen, ihr Bruder spielte Polo. Wenigstens sollte Pru die Schuhe ausziehen. Er sieht sich schon aufstehen, um es ihr zu sagen, aber in Wirklichkeit fühlt er sich zu bedröhnt, um sich zu bewegen, genötigt, sitzenzubleiben und abgeklärt zwischen den wolligen Würmern des Teppichs und den Wurmlöchern an der Zimmerdecke zu dösen. In der Musik sind Luftbläschen, die in den Lautsprechern zerplatzen, und Donna Summers Zauberinnenstimme gleitet in sich hinein und aus sich heraus, spaltet sich, spielt sämtliche Parts. *Stuck on you, stuck like glue*. Die Tunte, mit der Slim vorher getanzt hat, bietet Pru einen Zug an, und sie saugt an dem feuchten Ende des Joints und inhaliert tief, ohne einen Takt der Musik auszulassen. Bauch und Füße zucken rhythmisch weiter. Nelson wird klar, daß Brewer für ein Slumkind aus Akron wie sie ein Provinznest ist, und sie zeigt ihnen allen, was Sache ist.

Ein Mädchen, das ihm schon vorher aufgefallen ist – sie kam mit einem dicken rotgesichtigen Tölpel, der allen Ernstes im Anzug und mit Schlips und Kragen zu der Fête erschien –, setzt sich neben Nelson unter Ilie Nastase auf den Fußboden, greift nach dem Bier zwischen seinen Knöcheln und trinkt einen Schluck davon. Ihr lächelndes blasses rundes Gesicht wirkt ein bißchen verloren, aber freundlich. «Wo wohnst *du* eigentlich?» fragt sie, als knüpfte sie an eine Unterhaltung an, die sie mit einem anderen begonnen hatte.

«In Mt. Judge?» Er nimmt an, daß es das ist, was sie wissen wollte.

«In einem Appartement?»

«Bei meinen Eltern und meiner Großmutter.»

«Wie kommt denn *das?*» Ihr verschwitztes Gesicht glänzt liebenswürdig. Auch sie hat getrunken. Aber sie strahlt eine Ruhe aus, für die er dankbar ist. Ihre Beine strecken sich neben den seinen aus, weiße Hosenbeine, die aufstrahlen, wenn die seltsame Leuchtqualle über sie hinweghuscht.

«Es ist billiger.» Er mildert es ab. «Wir fanden es sinnlos, eine Wohnung zu suchen, bevor das Baby da ist.»

«Du hast eine Frau?»

«Da ist sie.» Er deutet auf Pru.

Das Mädchen saugt sie in sich auf. «Die ist ja irre.»

«Das kann man sagen.»

«Was soll denn *der* Tonfall bedeuten?»

«Er bedeutet, daß sie mich rasend macht.»

«Darf sie so rumhopsen? Ich meine, wegen dem Baby.»

«Na ja, der Doktor sagt, sie soll sich bewegen. Und wo wohnst *du?*»

«Nicht weit von hier. Youngquist Street. Unsere Wohnung ist nicht halb so toll wie die hier, unsere ist im Erdgeschoß, nach hinten raus, mit Blick auf einen kleinen Hof, in den alle Katzen aus der Gegend kommen. Es heißt, das Haus soll in Eigentumswohnungen umgewandelt werden.»

«Ist das gut oder schlecht?»

«Gut, wenn du das Geld hast, schlecht, wenn du's nicht hast, würde ich sagen. Wir haben gerade erst angefangen, in der Stadt zu arbeiten, und mein – mein Mann will aufs College gehen, wenn wir das Geld zusammenhaben.»

«Sag ihm, das kann er sich sparen. Ich war auf dem College, und es ist der letzte Scheiß.» Sie hat eine niedlich aufgeworfene Oberlippe und kann das, wie er ihrer Mundstellung mit Bedauern entnimmt, nur schweigend zur Kenntnis nehmen. «Als was arbeitest du?» fragt er sie.

«Ich bin Schwesternhelferin in einem Altenheim. Du wirst es kaum kennen, Sunnyside, draußen, beim alten Messegelände.»

«Ist das nicht deprimierend?»

«Das sagen alle, aber mir macht es nichts aus. Die Alten reden mit mir, das brauchen die Leute am meisten, ein bißchen Gesellschaft.»

«Du und der Mann da, ihr seid nicht verheiratet?»

«Noch nicht. Er möchte erst mal weiterkommen im Leben. Ich glaube, das ist gut so. Vielleicht überlegen wir's uns später anders.»

«Sehr schlau. Die Kleine in Grün da drüben hat sich'n Kind machen lassen, und da hatte ich keine Wahl mehr.» Auch darauf gibt es nicht viel zu antworten. Trotzdem bekundet das Mädchen keine Langeweile, wie es ihm sonst bei so vielen Leuten passiert. In der Firma beobachtet er Jake und Rudy, wie sie drauflosquasseln, und er fragt sich neidvoll, wie sie das können, ohne sich albern vorzukommen. Dieses fremde Gesicht schwebt dem seinen gegenüber, still, unaufdringlich aufmerksam, die Augen von einem so blassen Blau, wie man es fast nie zu sehen bekommt, und die Haut milchweiß, eine leichte Stupsnase, und das rötliche Haar lose nach hinten gebunden. Die Ohren liegen frei, die Ohrläppchen sind durchstochen, aber ohne Schmuck. Bekifft, wie er ist, kommen ihm die nahezu quadratischen weißen Fältchen dieser

Ohren ungeheuer plastisch vor. «Du sagst, ihr seid gerade erst in die Stadt gezogen», sagt Nelson, «wo seid ihr hergekommen?»

«Aus der Gegend von Galilee. Weißt du, wo das ist?»

«So ungefähr. Als ich klein war, sind wir da ab und zu rausgefahren zur Stock-Car-Bahn.»

«Du kannst die Motoren an ruhigen Abenden von uns aus hören. Mein Zimmer liegt nach der Seite raus, und ich hab sie immer gehört.»

«Da wo wir wohnen, ist immer Verkehr. Früher hatte ich ein Zimmer nach hinten raus, aber jetzt hab ich eins zur Straße hin.» Niedliche kleine Ohren, winzig wie seine, obwohl sonst eigentlich nichts klein an ihr ist. Ihre Oberschenkel füllen die leuchtend weißen Hosen ziemlich aus. «Was macht dein Vater? Ist er Farmer?»

«Mein Vater ist tot.»

«Oh, das tut mir leid.»

«Nein, es war schlimm, aber er war schon älter. Er war Farmer, stimmt, und er hatte einen Vertrag für den Schulbusverkehr bei der Gemeinde.»

«Trotzdem ist es schade.»

«Dafür habe ich eine phantastische Mutter.»

«Was ist so phantastisch an ihr?»

In seiner blöden Art sagt er weiterhin alles in einem aggressiven Ton. Aber es scheint ihr nichts auszumachen. «Oh. Sie ist sehr verständnisvoll. Und kann sehr komisch sein. Ich habe noch zwei Brüder –»

«Tatsächlich?»

«Ja, und sie hat mir nie das Gefühl gegeben, daß ich zurückstecken sollte oder so, weil ich ein Mädchen bin.»

«Warum sollte sie das auch?» Er verspürt Eifersucht.

«Manche Mütter würden das tun. Sie meinen, Mädchen müssen ruhig und klug sein. Meine Mutter sagt, die Frauen haben mehr vom Leben. Bei den Männern ist es doch so, daß du dauernd der Sieger sein mußt, sonst giltst du nichts.»

«Nette Mutter. Die scheint ja Bescheid zu wissen.»

«Und sie ist dicker als ich und ich liebe sie dafür.»

Du bist nicht dick, du bist genau richtig, möchte er ihr sagen. Statt dessen sagt er: «Trink das Bier aus. Ich hole uns noch eins.»

«Nein danke – wie heißt du eigentlich?»

«Nelson.» Er sollte sie nach ihrem Namen fragen, aber die Worte bleiben ihm im Hals stecken.

«Nelson. Nein danke, ich wollte nur einen Schluck. Ich sollte mal nachsehen, was Jamie treibt. Er ist in der Küche mit irgendeinem Mädchen –»

«Die ihre Titten vorführt.»

«Ja, stimmt.»

«Meine Theorie dazu ist, daß die, die echt was zum Vorzeigen haben, es nicht tun.» Er blickt hinunter. Die senkrechten Rippen ihres rostroten Strickpullovers werden leicht auseinandergedrückt, wenn sie über die weiche volle Wölbung laufen. Der weiße Stoff ihrer Hose weiter unten, in Fältchen gestrafft, wo Bauch und Oberschenkel in einem Dreieck zusammentreffen, hat etwas Schimmerndes, das den diagonalen Verlauf der Fäden, die Webart und den Schnitt des Stoffes erkennen läßt. Ihre Füße weiter unten sind nackt und mit einer zarten Rötung am äußeren Rand beider großer Zehen, frische Druckstellen von ihren abgestreiften Schuhen.

Das Mädchen ist errötet unter dieser Besichtigung ihres Körpers. «Was machst du, seit du vom College weg bist, Nelson?»

«Ich vegetiere so vor mich hin. Nein, eigentlich verkaufe ich Autos. Nicht die gewöhnlichen popligen Autos, sondern ausgefallene alte Cabrios, die heute keiner mehr baut. Die werden im Wert immer mehr steigen, *zwangs*läufig.»

«Klingt aufregend.»

«Ist es auch. Gott, neulich hab ich mitten in der Stadt einen weißen Thunderbird stehen sehen, mit roten Ledersitzen, der Typ hatte noch das Verdeck unten, obwohl es schon ganz schön kalt wird, und ich bin fast ausgeflippt. Der sah aus wie 'ne Yacht. Als sie die Dinger rausgebracht haben, haben die Leute noch nicht jeden Pfennig umgedreht.»

«Jamie und ich haben gerade einen Corolla gekauft. Er läuft auf seinen Namen, aber ich bin diejenige, die ihn fährt, es gibt keinen Bus mehr zum Messegelände, und Jamie hat einen Job, wo er zu Fuß hingehen kann, bei einer Firma, wo sie Insekten-Killer herstellen, verstehst du, diese elektrischen Dinger mit

’nem Gitter und ’nem roten Licht, die die Leute draußen neben ihre Swimmingpools oder ihren Gartengrill stellen.»

«Klingt Klasse. Muß jetzt aber ’ne ziemlich flaue Zeit für ihn sein.»

«Das sollte man annehmen, ist aber nicht so, sie sind schon dabei, die fürs nächste Jahr zu machen, und sie beliefern den ganzen Süden.»

«Aha.» Vielleicht war es jetzt genug mit der Konversation. Jedenfalls will er nichts mehr von Jamies Insekten-Killern hören.

Aber das Mädchen erzählt weiter, sie fühlt sich jetzt gelöst in seiner Gesellschaft, und so jung, daß alles neu ist für sie. Nelson schätzt, daß sie drei oder vier Jahre jünger ist als er. Pru ist über ein Jahr älter, und das irritiert ihn jetzt, zusammen mit ihrer aufreizenden Tanzerei und ihrer Schwangerschaft und all den Schwarzen und Schwulen, vor denen sie keine Angst hat. «Deshalb sollte ich wirklich die Hälfte beisteuern», erläutert sie gerade, «obwohl er doppelt soviel verdient wie ich. Seine Eltern und meine Mutter haben uns die Anzahlung zu gleichen Teilen geliehen, obwohl ich weiß, daß sie es sich nicht leisten konnte. Nächstes Jahr möchte ich mit der Schwesternausbildung anfangen, wenn ich irgendwo einen Teilzeitjob kriegen kann. Diese diplomierten Krankenschwestern verdienen ein Vermögen für genau die Arbeit, die ich jetzt auch mache, bloß daß sie auch Spritzen geben dürfen.»

«Um Gottes willen, willst du dein Leben lang mit kranken Leuten zu tun haben?»

«Ich kümmere mich gern. Auf der Farm hatten wir, bis mein Vater starb, immer Tiere. Ich habe sogar Schafe selber geschoren.»

«Oh.» Nelson war schon immer allergisch gegen Tiere.

«Tanzt du, Nelson?» fragt sie ihn.

«Nein. Ich sitze da und trinke Bier und bemitleide mich selbst.»

Pru hopst jetzt mit einem Puertorikaner oder so rum. Manny lernt jetzt ein paar von denen in der Werkstatt an. Er weiß nicht, was für Krankheiten die als Kinder haben, aber ihre Backen sehen schlimmer aus als nach Pocken – lauter kleine kraterförmige Schnittwunden überall.

«Jamie tanzt auch nicht gern.»

«Frag einen von den Schwulen. Oder tanz einfach für dich allein, irgendwer wird sich schon deiner annehmen.»

«Ich tanze unheimlich gern. Warum bemitleidest du dich?»

«Oh ... mein Vater ist ein Schlappschwanz.» Er weiß selber nicht, wieso ihm das rausgerutscht ist. Vielleicht wegen der braven Art, in der das Mädchen von ihren Eltern spricht. Aber was Nelson, wenn er an seinen Vater denkt, als erstes an dem großen ausdruckslosen Gesicht auffällt, das dann vor seinem inneren Auge auftaucht, ist eine kummervolle Hilflosigkeit. Das Gesicht seines Vaters bläht sich auf wie eine unscharfe Nahaufnahme in einem Kriegsfilm, mitten im Kampfgetümmel, bevor es verschwimmt. Groß und weiß und undeutlich wie an dem Tag, als er ihn auf dem Schoß hielt, als die Welt ihnen beiden zu viel wurde.

«Du solltest das nicht sagen», sagt das Mädchen und steht auf. Leuchtende lange Beine. Ihre Schenkel bilden sogar, wenn sie steht, eine Art Schoß. Die rosigumrandeten Füße, die sich so dicht neben ihm in den Plüschteppich drücken, bringen ihn beinahe um, sie sind so sexy. Wieso hat sie das gesagt? Jetzt fühlt er sich schuldig und abgekanzelt. Ihr eigener Vater ist tot. Sie gibt ihm ein Gefühl, als hätte er seinen umgebracht. Sie kann sich verpissen, von ihm aus. Sie geht tanzen, bleibt schüchtern einen Augenblick an der Wand stehen und fängt dann an mitzumachen, löst sich. Er will nicht zusehen und neidisch werden; er hievt sich hoch, um sich noch ein Bier zu holen und noch einen verstohlenen Blick auf das Mädchen in der Küche zu werfen. Ein trauriger Anblick, Brüste für sich allein, an einer sitzenden Frau. Kleine, halb gefüllte Beutel. Jamies Gesicht und Hände sind breit und sehen wie frisch geschrubbt aus, und er hat seine Krawatte gelockert, um seinen Stiernacken zu lüften. Ein anderes Mädchen liest ihm aus der Hand; sie sitzen alle an einem kleinen Porzellanküchentisch mit abgeschabten schwarzen Stellen, wo sonst Sets lagen, ein Tisch, den Nelson aus lange vergangenen Zeiten zu kennen meint. Ein Poster hier drinnen zeigt Marlon Brando in der schwarzledernen Kluft aus *Der Wilde*. Ein anderes Alice Cooper mit grünen Augenlidern und langen Fingernägeln. Der Kühlschrank mit Kühlfächern voller Yoghurt in Pappbechern und Bier in Sechserpackungen mit gestochen scharfer Aufschrift kommt ihm in dem allem wie eine Insel der Sauberkeit und Ordnung vor. Nelson muß an die Firma denken, die Reihen neuer Toyotas, und der Magen dreht sich ihm um. Manchmal, wenn er im Ausstellungsraum steht und weit und breit keine Kundschaft in Sicht ist, fühlt er, wie die alte Angst aus der Kindheit wiederkehrt, am falschen Ort zu sein, als würde das Leben von Gesetzen geregelt, in die ihn niemand einweihen will. Er geht zurück in den großen Raum vorn mit der künstlichen Decke und findet, daß Pru lachhaft älter wirkt als die anderen Tanzenden: ein kleines kraushaariges Mädchen, das Dody Weinstein heißt und bei Kroll in der Abteilung für Teenagermoden lernt, Slim und dieser Lyle in dem Fußball-T-Shirt, glücklich wiedervereint, und Pam, ihre Gastgeberin, in einem weiten wallenden hawaiischen Gewand, in dem ihr Körper krampfartig zuckt, während die trüben Lichter von Brewer draußen vor den Erkerfenstern verblassen und das Mädchen ohne Namen in ihrer weißen Hose abseits steht und im Takt hin und her zittert und darauf wartet, daß jemand mit ihr tanzt. *One night in all lifetime, one life in a night.* Sie sieht aus, als wäre sie ein bißchen verlegen, aber froh, hier zu sein, weit weg von ihrem entlegenen Nest. Die schwarzen Luftblasen in den Lautsprechern zerplatzen immer schneller, und seine Frau mit ihrem Kanonenkugelbauch ist nahe daran, der Länge nach hinzuschlagen. Er geht zu Pru und zieht sie am Handgelenk fort. Der puertorikanische Gangster, mit dem sie getanzt hat, verzieht keine Miene und windet sich zu dem Mädchen in den weißen Hosen und tanzt mit ihr weiter. *Babe it's gotta be tonight, babe it's gotta be tonight.* Nelson drückt Prus Handgelenk so fest, daß es ihr wehtun muß. Sie taumelt, aus der Musik herausgerissen, und das erbost ihn noch mehr, seine Frau, angesäuselt. Minderwertiges Material, das absichtlich versagt, um ihn bloßzustellen. Ihre brüchige Balance erweckt in ihm den Wunsch, sie zu zerschmettern.

«Du tust mir *weh!*» sagt sie. Ihre Stimme, winzig und trocken, tönt aus einer kleinen Box irgendwo hinter seinem Ohr. Als sie versucht, ihr Handgelenk wegzuziehen, schneiden ihre Armreifen in seine Finger, und das macht ihn rasend.

Er möchte sie hier rausholen, irgendwohin. Er zerrt sie durch einen Flur und sucht nach einer Wand, gegen die er sie stellen kann. Er findet eine, in einem kleinen Nebenzimmer; auf die Lichtschalterabdeckung neben ihrer Schulter ist ein Gesicht mit aufgerissenem Mund und einer Ein-Aus-Zunge aufgemalt. Er hält sein Gesicht dicht vor Prus und zischt: «Hör zu. Nimm dich zusammen, um Gottes willen. Du tust dir noch weh, wenn du dich nicht zusammennimmst. Und dem Baby. Was hast du eigentlich vor, willst du ihn rausschütteln, oder was? Jetzt beruhige dich.»

«Ich bin ganz ruhig. Du bist derjenige, der nicht ruhig ist, Nelson.» Ihrer beider Augen sind sich so nahe, daß ihre Augen die seinen mit ihrem verschwimmenden Grün zu verschlingen drohen. «Und wer sagt, daß es ein Er wird?» Pru sieht ihn mit ihrem schiefen hämischen Lächeln an. Ihre Lippen sind vampirrot angemalt, die neue Mode, und es steht ihr gar nicht, es betont ihr schmales scharf geschnittenes Gesicht, ihren starren, blutleeren Ausdruck. Der blanke Trotz der Armen: man kann sie nicht einschüchtern.

Er bittet: «Du solltest überhaupt nicht trinken und Pot rauchen, das kann Erbschäden bewirken. Du weißt das ganz genau.»

Sie artikuliert ihre Antwort betont langsam. «Nelson. Erbschäden sind dir doch scheißegal.»

«Du blödes Miststück. Das stimmt nicht. Natürlich ist es mir nicht egal. Es ist mein Kind. Oder etwa nicht? Ihr da in Akron, ihr vögelt ja mit jedem.»

Sie sind in einem seltsamen Raum. Umgeben von Flamingos. Wer immer in diesem Nebenzimmer mit der Aussicht auf die Backsteinmauer gegenüber und die zwei schmalen Hinterhöfe dazwischen wohnt, das ursprünglich wohl als Dienstmädchenzimmer gedacht war, hat aus Jux Flamingos gesammelt. Ein ausgestopftes Exemplar aus rosarotem Satin hat seine lächerlich langen Stelzen dekorativ über die Rückenlehne der Schlafcouch drapiert, und hohle Plastikmodelle mit Streichholzbeinen sind an den Wänden auf Regalbrettern aufgebaut. Da sind zu Aschenbechern und Kaffeetassen verarbeitete Flamingos und kleine 3-D-Gemälde von zartroten Vögeln mit Seen und Palmen und Sonnenuntergängen. Souvenirs aus Florida. Eines zeigt ein Flamingo-Trio in Knickerbockers und Schottenmützen auf einem Golfgrün aus Filz. Einige der größeren tragen auf ihren hohlen abfallenden Schnäbeln elastische kaugummiartige Sonnenbrillen, wie man sie in Ramschläden bekommt. Insgesamt sind es Hunderte, andere Schwule müssen ihm die schenken, es kann nur Slim sein, der hier wohnt, die Schlafcouch wäre nicht groß genug für Jason und Pam.

«Es ist von dir», beteuert Pru. «Und das weißt du auch.»

«Ich weiß es nicht. Du benimmst dich wahnsinnig nuttig heute abend.»

«Ich wollte nicht mitkommen, erinnerst du dich? Du bist derjenige, der dauernd ausgehen will.»

Er fängt an zu weinen: irgend etwas an Prus Gesichtsausdruck, die Kaltschnäuzigkeit aus Akron, mit der sie sich gegen ihn abschottet, ihr Bauch, der seinen rammt, der große puppenhafte Körper, den er so sehr geliebt hat, den sie ebenso unbekümmert einem anderen anvertraut haben könnte, seine Spalten, seine Büschel, und den sie ihm jetzt ebenso unbekümmert wieder wegnehmen könnte, er bedeutet ihr nichts. All ihre zärtlichen Stunden, wenn er sie da oben auf dem Berg abholte und sie unter den Bäumen spazierengingen, und die Bars in der Water Street, und wie er sich von ihr da draußen in Colorado hatte lächerlich machen lassen, während er in Diamond County schmorte, das zählte alles nicht. Er bedeutet ihr nichts, so wie er Jill nichts bedeutete, eine lästige Fliege, die man geduldig erträgt. Die Liebe durchlöchert in seinem ganzen Körper, wie Moder, bis hinunter in die Knie, schwammig wie morsches Holz. «Du tust dir noch was», schluchzt er; Tränen fügen ihr Geglitzer dem Grün ihres Kleides an der Schulter hinzu, trotzdem sieht er sein zerknautschtes Gesicht so deutlich vor seinem inneren Auge wie ein Gesicht auf einem Fernsehschirm.

«Du bist sonderbar», sagt Pru, deren Stimme jetzt mehr ein Hauchen ist, ein wisperndes Stück Stoff, in sein Ohr gestopft.

«Komm weg aus dieser grausigen Wohnung.»

«Das Mädchen, mit dem du dich unterhalten hast, was hat sie gesagt?»

«Nichts weiter. Ihr Freund baut Insekten-Killer.»

«Ihr habt euch lange miteinander unterhalten.»

«Sie wollte tanzen.»

«Ich hab gesehen, wie du auf mich gezeigt hast und zu mir rübergesehen hast. Du schämst dich, daß ich schwanger bin.»

«Gar nicht. Ich bin stolz darauf.»

«Quatsch, bist du nicht, Nelson. Es ist dir peinlich.»

«Sei nicht so stur. Komm, laß uns abhauen.»

«Siehst du, es ist dir peinlich. Das Baby ist für dich doch weiter nichts als eine peinliche Angelegenheit.»

«Bitte, komm. Was willst du denn erreichen, daß ich vor dir auf die Knie falle?»

«Hör zu, Nelson. Ich habe mich bestens amüsiert beim Tanzen, und dann kommst du und ziehst diese verrückte Machotour ab. Mein Handgelenk tut mir immer noch weh. Vielleicht hast du es mir gebrochen.»

Er versucht, ihr Handgelenk hochzuheben und zu küssen, aber sie sperrt sich: Manchmal erscheint sie ihm, ihr Körper und ihre Seele, wie ein Brett, genauso flach, die gleiche rauhe Oberfläche. Und dann überkommt ihn die Furcht, daß diese Flachheit ihr Wesen sein könnte, daß sie keine Tiefen in ihrem Innern birgt, daß gar keine Tiefen da sind, daß mehr nicht da ist. Sie gerät manchmal in irgendein Fahrwasser, und dann hat es den Anschein, als könnte sie sich nicht mehr bremsen. Daß er noch einmal an ihrem Handgelenk gezerrt hat – nur um es zu küssen, aber das will sie nicht wahrhaben –, hat sie vollends wild gemacht, ihr Gesicht ist hochrot und spitz und starr. «Weißt du, was du bist?» Sie sagt es ihm: «Du bist ein kleiner Napoleon. Du bist ein Blödmann, Nelson.»

«He, hör auf damit.»

Die Partie um ihre Vampirlippen ist verkniffen, und ihre Stimme eine monotone Maschine, die nicht mehr aufhört. «Ich habe dich nicht richtig erkannt. Ich habe die ganze Zeit beobachtet, wie du mit deiner Familie umgehst, und du bist sehr verwöhnt. Du bist verwöhnt, und du bist ein Tyrann, Nelson.»

«Halt den Mund.» Er darf nicht schon wieder heulen. «Ich bin nie verwöhnt worden, im Gegenteil. Du hast keine Ahnung, was meine Eltern mir angetan haben.»

«Ich habe das schon tausendmal gehört, und mir kam es nie so schlimm vor. Du erwartest, daß deine Mutter und deine arme alte Großmutter für dich sorgen, einerlei was du machst. Du benimmst dich ekelhaft deinem Vater gegenüber, dabei will er doch nichts weiter als dich lieben und einen halbwegs normalen Sohn haben.»

«Er wollte nicht, daß ich in der Firma arbeite.»

«Er fand, du wärst noch nicht so weit, und du warst es auch nicht. Du bist es noch immer nicht. Du bist auch noch nicht weit genug, um Vater zu werden, aber das ist mein Fehler.»

«Aha, sogar du machst Fehler.» Das Grün, das sie trägt, ist eine abstoßende Farbe, ein schillerndes irisierendes Giftgrün, wie es eine große fette schwarze Hure tragen würde, um auf der Straße aufzufallen. Er wendet die Augen ab und sieht, daß drüben auf einer Spiegelkommode einige biegsame Flamingos in Paarungspositionen arrangiert worden sind, einer auf dem Rücken des anderen, und ein anderes Paar in einer Stellung, die ihm nach Fellatio aussieht, aber die hängenden Schnäbel verderben den Effekt.

«Ich mach ziemlich viele», fährt Pru fort, «wie sollte es auch anders sein, mir hat keiner je etwas beigebracht. Aber ich will dir eins sagen, Nelson Angstrom, ich werde dieses Baby kriegen, einerlei was du tust. Du kannst dich von mir aus zum Teufel scheren.»

«So, kann ich?»

«Ja.» Sie muß es ein wenig abmildern. Selbst ihr Bauch scheint weicher zu werden, sich an seinen Bauch zu schmiegen. «Ich will es nicht, aber du kannst. Ich kann dir nichts verbieten, und du kannst mir nichts verbieten, wir sind zwei Personen, auch wenn wir verheiratet sind. Du wolltest mich sowieso nie heiraten, und ich hätte nicht einwilligen sollen, wie man sieht.»

«Doch, ich wollte es, ich wollte es», sagt er und befürchtet, daß bei diesem Geständnis sein Gesicht sich wieder verzerren könnte.

«Dann hör auf, dich wie ein Tyrann aufzuführen. Du hast mich getriezt, hierher mitzukommen, und jetzt triezt du mich, zu gehen. Ich mag diese Leute hier. Sie haben mehr Sinn für Humor als die Leute in Ohio.»

«Dann bleiben wir eben.» Es sind noch andere Dinge als Flamingos in dem Zimmer – grauenhafte Sachen, bemerkt er. Eine Gipsbüste von Elvis Presley mit Friedhofskerzen in roten Plastikbechern auf dem Sockel. Ein Aquarium ohne Fische, aber voller Barbie-Puppen und polypenartiger Plastikdinger, die, soviel er weiß, «französische Kitzler» heißen. Mit Reißnägeln befestigte Postkarten von Frauen in dreieckigen Flitterfummeln, die einen Purzelbaum schlagend schmachtende Blicke werfen, gewaltige Brüste in silberbehandschuhten Händen halten, Postkarten aus Deutschland, gedruckt auf Papier mit winzigen Riefen, die zwei Ansichten enthalten, eine dezente und eine obszöne, je nachdem wie man den Kopf bewegt. Der Raum hat insgesamt die kunterbunte Vielfalt von Erbrochenem, in dem noch ganze grüne Erbsen und orangerote Karottenwürfel von der Mahlzeit vor einer Stunde liegen. Er kann die Augen nicht davon abwenden.

Während er von einer Scheußlichkeit zur nächsten geht, entschlüpft Pru mit einem Händedruck, der vielleicht eine Entschuldigung sein soll für alles, was sie beide gesagt haben. Was haben sie gesagt? Das barbusige Mädchen in der Küche hat ein T-Shirt mit dem Aufdruck EQUAL RIGHTS AMENDMENT übergezogen, Jamie hat seine Jacke und seine Krawatte abgelegt. Nelson kommt sich sehr groß vor, so groß, daß er nicht hören kann, was er selber sagt, aber das macht nichts, und sie lachen alle. In einem dunklen Schlafzimmer neben der Küche sieht sich jemand die Elfuhrdreißig-Sondernachrichten aus dem Iran an, die Zeit vergeht in dem raschen sprunghaften Rhythmus von Partystunden. Als Pru wieder zu ihm kommt und gehen will, ist sie leichenblaß, ein Gespenst mit Lippenstift im Gesicht – es sieht aus wie Filmblut, und in der Mitte, wo die Lippen aufeinandertreffen, ist die Farbe verwischt. Alles ist in Blau getaucht durch irgend etwas in seinem Kopf, und ihre Zähne wirken krumm, als sie ihm beinahe unhörbar sagt, daß sie ihre Schuhe ausgezogen hat, wie er es wollte, und daß sie sie jetzt nicht mehr finden kann. Sie läßt sich schwer auf einen Küchenstuhl fallen und streckt die orangefarbenen Beine aus, so daß ihr Bauch emporragt wie ein Phallus, und stimmt in das Gelächter der Umstehenden ein. Was für Schweine. Nelson, der nach ihren Schuhen sucht, findet statt dessen in dem Nebenzimmer mit dem schaurigen Firlefanz und den Flamingos das Mädchen in den weißen Hosen schlafend auf der Bettcouch. Mit erschlafftem Gesicht sieht sie noch jünger aus als vorher. Ihre Hand liegt gekrümmt, die blasse Innenseite nach oben, neben ihrer Stupsnase. Die ruhige und zarte sommersprossige Wölbung ihrer Stirn schlummert faltenlos. Nur ihr Haar, aufgelöst, nicht mehr von Spangen gerafft und vielfarbig in seinem von Höhlen und Höhen durchzogenen Gewirr, birgt die innere Kraft einer Frau. Er möchte sie gern zudecken, sieht aber keine Decke, bloß die Plastikstimulatoren und Barbie-Puppen, die in ihrem Aquarium schimmern. Ein Streifen milchweißer nackter Haut sieht hervor, wo ihr rostroter Strickpullover vom Hosenbund hochgerutscht ist. Nelson blickt hinunter und denkt: Warum kann eine Frau nicht einfach deine Freundin sein, auch mit dem Sex? Warum mußt du dich dauernd mit all diesem Egokram rumschlagen und Verletzungen zurückgeben, nur um dich zu verteidigen? Während er unverwandt auf das milchweiße Stück Haut hinunterstarrt, vergißt er, was er hier drinnen gewollt hat. Ihm wird bewußt, daß er urinieren muß.

Und im Badezimmer, nachdem seine Blase sich in dem unsteten Getröpfel entleert hat, das darauf hindeutet, daß man sie zu voll werden ließ, wird er angezogen von einem Prachtband, der oben auf dem Wäschekorb liegt und höchstwahrscheinlich Slim gehört. Ein Bildband mit Reproduktionen von Fotos und Plakaten aus der Nazizeit in Deutschland, schöne blonde Burschen in Reih und Glied, die singen, und ein gutaussehender dicker Mann in einer mit Orden überladenen weißen Uniform und Hitler, der jung und schlank und schmuck aussieht und wie gebannt auf irgendwelche Alpen starrt. So etwas hier liegen zu haben, scheint ein Tuntentick zu sein, genau wie diese Glitzerkarten, auf denen Frauen so häßlich dargestellt sind, und es scheint keinen Schutz zu geben vor all der Häßlichkeit in der Welt, nicht für das schlafende Mädchen und auch nicht für ihn. Pru hat ihre grauenhaften grünen Plateauschuhe gefunden und sitzt in der Küche auf einem Lehnstuhl, während der Puertorikaner, der sie sich aufgegabelt hat, der mit dem Gesicht voller Narben wie von Messerstichen, zu ihren Füßen kniet und die kleinen Schnallen an den schnurartigen Riemchen schließt. Als sie wieder steht, torkelt sie ein bißchen, was haben sie ihr gegeben? Sie läßt sich das Samtjäckchen überstreifen, das sie im Herbst und im Frühjahr in Kent immer trug, knallrot – damit und in ihrem leuchtend grünen Kleid sieht sie wie ein sechs Wochen verfrühtes Weihnachtsgeschenk aus, rundherum verpackt. Jason tanzt in dem vorderen Raum, in dem auch Jamie und das Mädchen mit ERA über den mitleiderregenden Titten es miteinander probieren, deshalb verabschieden sie sich nur von Pam und Slim, Pam gibt Pru einen Kuß auf die Wange, von Frau zu Frau, als flüstere sie ihr das Codewort ins Ohr, und Slim legt die Hände vor der Brust aneinander und verneigt sich buddhaartig. Ist das Schlitzäugige an ihm, fragt sich Nelson, angeboren, oder kommt es von perversen Gewohnheiten? Die Leuchtqualle kriecht über Slims Lippen. Ein letztes kurzes Winken, lächelnde Gesichter, und die Tür schließt sich, der Partylärm bleibt zurück.

Die Tür zu der Wohnung ist ein altmodisches schweres Exemplar aus gelblichem Eichenholz. Er und Pru sind hier draußen auf dem Treppenabsatz der dritten Etage gleichsam in Schweigen eingeschweißt. Regen prasselt auf das schwarze Dachfenster aus Drahtglas über ihren Köpfen.

«Findest du noch immer, daß ich ein Blödmann bin?» fragt er.

«Nelson, warum wirst du nicht endlich erwachsen?»

Das massive Holzgeländer auf der rechten Seite schwingt sich in einer schwindelerregenden Doppelschleife die zwei Treppen hinunter ins Erdgeschoß. Als er hinunterblickt, sieht Nelson die Deckel von zwei Plastikmülleimern, die im Keller weit unten aufgestellt sind. Ungeduldig überholt ihn Pru auf der linken Seite, sie hat die Nase voll von ihm und ist begierig, hinauszukommen an die frische Luft, und später erinnert er sich, daß ihre breite Hüfte ihn rammte und daß er wütend war über ihre, wie es schien, absichtliche Plumpheit, aber nicht, ob er es ihr ein bißchen zurückgab mit der Hüfte, einen kleinen rachsüchtigen Schubs. An der linken Seite des Treppenhauses ist kein Geländer, und der Putz an der Wand ist hier verunstaltet durch schartige Nagellöcher, weil renovierende Handwerker vermutlich alte Wandverkleidungen herausgerissen haben. Deshalb ist, als Pru sich in ihren Sandalen mit den hohen Keilabsätzen den Knöchel verrenkt, nichts da, woran sie sich festhalten kann; sie gibt einen kleinen Grunzlaut von sich, aber ihr blasses Gesicht ist unbeteiligt, wie in den alten Tagen des Drachenfliegens im

Augenblick des Absprungs. Nelson greift nach ihrem Samtjäckchen, aber sie hat schon keinen Boden mehr unter den Füßen und stürzt außerhalb seiner Reichweite; er sieht ihr Gesicht an den Nagellöchern vorbeigleiten, während sie sich zur Wand hin windet und nach einem Halt krallt, wo kein Halt ist. Dann kippt sie, seitwärts gekrümmt, kopfüber hinunter, und immer wieder rammen die Metallkanten der Stufen ihren Bauch. Es geht alles so schnell, und doch hat sein Gehirn Zeit, eine Anzahl von Wahrnehmungen zu verarbeiten – die Berührung mit ihrem Samt, die in seinen Fingerspitzen summt, den zänkischen Stoß, den sie ihm mit der Hüfte versetzte, seine Entrüstung über ihre klobigen Schuhe und die Leute, die das Treppengeländer abmontiert hatten, alles präzise in seinem Gehirn geschichtet. Deutlich sieht er den Fleck von dunklerem Orangerot, der sich im Schritt ihrer Strumpfhosen verstärkt wie im Innern einer schreiend grünen Blüte, als ihr Kleid mitsamt den Beinen beim ersten Aufprall weit auseinanderfliegt. Ihre Arme versuchen noch immer den schlitternden Körper abzustützen, und ein Arm landet abgewinkelt auf dem Boden, als sie etwa auf halber Höhe der steilen Treppenflucht liegen bleibt, ein Schuh losgerissen und nur noch an einem Riemchen hängend, der Kopf unter der aufgefächerten Masse ihres schönen Haares verborgen und ihre ganze lange Gestalt regungslos.

Fallt's Bubbli nunner!

In sanften Böen pladdert der Regen auf das Oberlicht. Musik sickert von der Party durch die Wände. Der Lärm ihres Sturzes muß gewaltig gewesen sein, denn die gelbe Eichentür fliegt sofort auf, und Leute poltern überall herum, aber der einzige Laut, den Nelson gehört hat, war ein Quieken, das Pru von sich gab, als sie zum erstenmal aufschlug – wie ein Schwimmentchen aus Plastik, wenn man plötzlich aus Versehen darauftritt.

Soupy ist bestens in Form in der Klinik, scherzt mit den Schwestern und den Ärzten und bewegt sich in seiner schwarzen Aufmachung durch diese weiße Welt wie ein munterer Bazillus, eine Ausnahme aller Regeln. Er steuert auf sie zu, als wollte er Ma Springer umarmen, hält sich jedoch in letzter Sekunde zurück und versetzt ihr statt dessen einen einigermaßen kecken

Klaps auf die Schulter. Janice und Harry beehrt er mit seinem verschmitzten Mäusezähnchengrinsen; Nelson wendet er ein ernsteres, aber noch immer strahlendes Gesicht zu. «Sie sieht einfach phantastisch aus, abgesehen von dem Gips an ihrem Arm. Selbst damit hat sie Glück gehabt. Es ist der linke Arm.»

«Sie ist Linkshänderin», sagt Nelson zu ihm. Der Junge ist mürrisch und gebeugt von Schlafmangel. Er war von eins bis drei bei ihr im Krankenhaus, und jetzt, um halb zehn, ist er schon wieder da. Er rief gegen ein Uhr fünfzehn zu Hause an, und niemand nahm ab, eine Fortsetzung seiner zwanzigjährigen Leidensgeschichte. Mom-mom war zwar im Haus gewesen, aber zu alt und benebelt, um das Telefon durch ihre Träume zu hören, und seine Eltern waren mit den Murketts und Harrisons in dem neuen Striplokal an der Route 422, hinter dem Four Seasons, in Richtung Pottstown, und waren dann noch auf einen Schlaftrunk zu den Murketts gefahren. So erfuhr die Familie erst von der Geschichte, als Nelson, der um halb vier in sein leeres Bett gekrochen war, um neun aufwachte. Auf der Fahrt zur Klinik im Maverick seiner Mutter behauptete er, er sei erst eingeschlafen, als die Vögel zu zwitschern anfingen.

«Was für Vögel?» fragt Harry. «Die sind doch alle nach Süden geflogen.»

«Dad, nerv mich nicht, da sind doch immer diese schwarzen Vögel direkt draußen vorm Fenster.»

«Stare», meinte Janice beschwichtigend.

«Die zwitschern nicht, die krächzen», beharrte Harry. «*Krah,* kraah.»

«Bleibt es jetzt nicht sehr lange morgens dunkel?» warf Ma Springer ein. Die ständige Spannung zwischen ihrem Schwiegersohn und ihrem Enkel setzt ihr zu.

Der Anblick von Nelson, der mit rotgeränderten Augen, schniefend und den Mief der vergangenen Nacht ausdünstend dahockte, verdroß Harry, der selber unausgeschlafen und verkatert war. Er unterdrückte den Impuls, noch einmal *kraah* zu sagen. In der Klinik fragt er Soupy: «Wie sind *Sie* denn so schnell hergekommen?» – voller ehrlicher Bewunderung. Man mag ihn belächeln, soviel man will, der Kerl *hat* was Magisches.

«Die junge Dame höchstpersönlich», verkündet der Geistliche fröhlich und macht einen kleinen Seitenschritt, mit dem er eine Zeitschrift von einem niedrigen Tisch stößt, auf dem zu viele aufgestapelt sind. *Woman's Day. Field and Stream.* Eine Klinik bezog natürlich nicht *Consumer Reports.* Einen vernichtenden Artikel hatten sie kürzlich gebracht über die Kosten im Gesundheitswesen und den sagenhaften Preisanstieg bei Medikamenten wie Aspirin und Erkältungstabletten. Soupy bückt sich, um die Zeitschrift wieder aufzuheben, und kommt leicht außer Atem wieder hoch. Er berichtet ihnen: «Offenbar war die arme junge Frau, nachdem man sie sediert und ihr den Arm eingerenkt und ihr versichert hatte, daß der Foetus keinen Schaden davongetragen zu haben schien, noch immer so in Unruhe, daß sie um sieben Uhr früh aufwachte, und da sie wußte, daß Nelson noch schlafen würde, wußte sie nicht, wen sie anrufen sollte. So dachte sie an *mich.*» Soupy strahlt. «Ich war natürlich noch tief in Morpheus Armen, aber ich habe mich zusammengerissen und ihr gesagt, daß ich zwischen Abendmahl und dem Zehnuhrgottesdienst rübersausen würde, und, siehe da, hier bin ich. *Ecce homo.* Sie wollte mit mir beten, daß sie das Baby behält, sie hatte schon vorher *un*unterbrochen gebetet, und zumindest bis dato, wie man früher sagte, scheint es funktioniert zu haben!» Seine schwarzen Augen blinzeln von einem Gesicht zum andern, auf und ab und hin und her. «Der Arzt, der sie aufgenommen hat, ist um acht nach Hause gegangen, aber die Stationsschwester hat mir *hei*lige Eide geschworen, daß trotz aller blauen Flecke der Mutter der kleine Herzschlag dort drinnen so kräftig ist wie eh und je und daß es *keinerlei* Anzeichen für Vaginalblutungen oder dergleichen häßliche Dinge gibt. Mutter Natur ist eine zählebige alte Krähe.» Er hat sich Ma Springer als Adressatin für diese Worte auserkoren. «Jetzt *muß* ich aber wirklich sausen, oder meine hungrigen Schäfchen stehen ohne Futter da. Die Besuchszeit fängt hier eigentlich erst um ein Uhr nachmittags an, aber ich bin *sicher,* die Klinikleitung hat nichts dagegen, wenn Sie kurz einen Blick bei ihr reinwerfen. Sagen Sie, ich hätte Ihnen meinen Segen gegeben.» Und seine Hand hebt sich wie im Reflex, als wollte er ihnen den Segen erteilen. Aber statt dessen legt er die Hand auf den Ärmel von Ma Springers schimmernden Pelzmantel. «Falls Sie es nicht zum

Gottesdienst schaffen sollten», beschwört er sie, «dann kommen Sie doch zu der anschließenden Versammlung. Da haben wir die Besprechung mit dem Kirchenpflegeausschuß wegen der neuen mechanischen Orgel, und eine Menge Pfennigfuchser werden ihren Senf dazu geben. Die legen das ganze Jahr über einen Dollar pro Woche auf den Kollekteteller, und ihre Stimme zählt so viel wie meine oder Ihre.» Und er entschwebt, indem er über den ganzen Flur das Siegeszeichen für den Frieden verstreut.

Mann, diese Burschen lieben das Elend, denkt Harry. Nun ja, das ist ein Revier, das ihnen keiner streitig macht. Das St. Joseph's Hospital liegt im tristen Nordbezirk von Brewer, wo das alte Y.M.C.A.-Gebäude stand, bevor es abgerissen wurde, um für eine weitere Drive-In-Bank Platz zu schaffen, und wo die Betonnachbildung der alten hölzernen Eisenbahnbrücke steht, die gleich nach der Einweihung Risse bekam. Es war immer die Rede davon gewesen, die Schienen an dieser Stelle in einen Tunnel unter die Erde zu verlegen, aber dann würden die Zugverbindungen weitgehend stillgelegt, und damit war der Fall erledigt. Janice hatte Rebecca June hier bekommen, als noch alle Schwestern Nonnen waren, mag sein, daß sie noch immer Nonnen sind, aber heutzutage läßt sich das nicht feststellen. Die Empfangsschwester für dieses Stockwerk trägt einen lachsfarbenen Hosenanzug. Ihr geschwollener Hintern und ihre hängenden Schultern weisen den Weg. Halboffene Türen geben den Blick frei auf ausgemergelte Menschen unter weißen Laken, die an die weiße Decke starren, Geister schon jetzt. Pru liegt in einem Vierbettzimmer, und zwei Frauen in gazeartigen Krankenhauskitteln huschen bei diesem Überfall durch verfrühte Besucher in ihre Betten zurück. Im vierten Bett schläft eine uralte schwarze Frau. Pru selbst ist kurz vor dem Einschlafen. Sie trägt noch Spuren von der gestrigen Wimperntusche, aber sonst wirkt sie unberührt, besonders der frische weiße Gipsverband vom Ellenbogen bis zum Handgelenk. Nelson küßt sie leicht auf die Lippen, und als er sich auf den einzigen Stuhl am Bett setzt, während seine Eltern und seine Großmutter stehen, legt er sein Gesicht auf den Bettrand neben die Rundung von Prus Hüfte. Was für ein Baby, denkt Harry.

«Nelson war wunderbar», erzählt ihnen Pru. «So fürsorglich.» Ihre Stimme ist melodiöser und rauher, als Harry sie je gehört hat. Er fragt sich, ob das die horizontale Lage bei einer Frau bewirkt: es verändert den Neigungswinkel des Kehlkopfs.

«Jaa, es hat ihn ganz krank gemacht», sagt Harry. «Wir haben die Geschichte erst heute morgen erfahren.»

Nelson hebt den Kopf. «Die waren in einem *Strip*lokal, kannst du dir das vorstellen?»

«Herrgott», sagt Harry zu Janice. «Wer hat hier eigentlich zu bestimmen? Was sollen wir seiner Meinung nach denn machen? Die ganze Zeit zu Hause rumhocken und in Anmut altern?»

Ma Springer sagt: «Also, wir können nur einen Augenblick bleiben, ich möchte in die Kirche. Es würde sich, finde ich, nicht schicken, nur zu der Versammlung zu gehen, wie Reverend Campbell sagte.»

«Geh zu der Versammlung, Ma», bemerkt Harry, «sie werden dir ein Vermögen abknöpfen. Mechanische Orgeln wachsen nicht auf Bäumen.»

Janice sagt zu Pru: «Armer Schatz. Wie schlimm ist es mit dem Arm?»

«Oh, ich habe nicht so genau zugehört, was der Arzt gesagt hat.» Ihre Stimme schwimmt, sie müssen sie mit Beruhigungsmitteln vollgepumpt haben. «Da ist so ein Knochen hier außen, mit einem komischen Namen –»

«Femur», tippt Harry. Irgend etwas an der Geschichte hat ihn in Schwung gebracht, er fühlt sich aufgemuntert und draufgängerisch. Diese Stripperinnen gestern abend – manche von ihnen hätten seine Töchter sein können. Gold Cherry hieß das Lokal.

Nelson hebt den Kopf, den er in Prus Flanke gewühlt hatte. «Der ist in der *Hüfte,* Dad. Sie meint den Humerus.»

«Ha-ha», sagt Harry.

Pru scheint zu stöhnen. «Ulna», berichtigt sie. «Er sagte, es sei bloß ein einfacher Bruch.»

«Wie lange soll das dranbleiben?» fragt Harry.

«Er sagte sechs Wochen, wenn ich tue, was er sagt.»

«Dann kommt er Weihnachten runter», sagt Harry. Weihnachten ist dieses Jahr für ihn eine große Sache, denn danach und nach dem Kehraus an Sylvester werden sie ihre Reise antreten, das Hotel ist gebucht, der Flug reserviert, sie haben alles noch einmal besprochen gestern abend, nachdem die Aufregung über die Stripteasetänzerinnen abgeflaut war.

«Armer Schatz», wiederholt Janice.

Pru fängt an zu singen, ohne Melodie. Aber die Worte klingen wie gesungen. «O Gott, es macht mir nichts aus, ich bin froh darüber, ich habe es irgendwie verdient, bestraft zu werden. Ich glaube ehrlich –» sie sieht Janice ununterbrochen direkt in die Augen, mit einer Festigkeit, die sie früher nie an ihr erlebt haben – «Gott will mir damit sagen, daß dies der Preis ist, den er dafür verlangt, daß ich das Baby nicht verliere. Ich bezahle ihn gern, ich wär froh, wenn sämtliche Knochen in meinem Körper gebrochen wären, es würde mir wirklich nichts ausmachen. O mein Gott, als ich spürte, daß ich keinen Boden mehr unter den Füßen hatte, und wußte, daß mir nichts anderes übrigblieb, als diese schrecklichen Stufen runterzufallen – die Gedanken, die mir da durch den Kopf geschossen sind! Du mußt das ja kennen.»

Womit sie sagen will, daß Janice wissen muß, was es bedeutet, ein Baby zu verlieren. Janice gibt einen japsenden Laut von sich und fällt mit solcher Wucht auf das bettlägerige Mädchen, daß Harry zusammenzuckt und sie am Rücken zupft, um sie wegzuziehen. Als sie den Gipsklotz an der Brust spürt, wölbt Janice das Rückgrat unter seinen Händen: durch den Stoff hindurch fühlt sich ihre Haut stramm wie eine Trommel an, und heiß. Aber Pru zeigt keinen Schmerz, sie lächelt ihr schiefes scheues Lächeln und hält ihre Augenlider mit den letzten Spuren vom Blau des vergangenen Abends in aller Seelenruhe geschlossen, erduldet das Gewicht der älteren Frau. Die Hand, die nicht in Gips gefangen ist, schiebt sich herum und tätschelt Janices Rücken; ihre Finger kommen Harrys Hand ganz nahe. Patsch, machen sie, patsch patsch. Er denkt an Cindy Murketts runde Finger und staunt, wieviel kindlicher und raupenartiger sie aussehen als diese, die knochig sind trotz Prus Jugend und gerötet an den Knöcheln: die Hände seiner Mutter sahen ähnlich derb und geschrubbt aus. Janice kann nicht aufhören zu schluchzen, Pru kann nicht aufhören zu tätscheln, die beiden anderen Patientinnen, die wach sind, können nicht aufhören, herüberzuschielen. Derart verzwickte Situationen gehen Harry gegen den Strich. Er fühlt sich getadelt, da nach der offiziellen Familienversion der Tod des Babys in Janices Händen einzig und allein seine Schuld war. Aber jetzt scheint die Wahrheit an den Tag zu kommen: daß er nur eine Randfigur war. Nelson, durch den Schmerzausbruch seiner Mutter zur Seite gedrängt, setzt sich auf und macht ein verdutztes Gesicht, der arme erschöpfte Kerl. Diese verdammten Weiber mit ihren Vertraulichkeiten sollten uns doch ganz aus dem Spiel lassen. Endlich richtet Janice sich wieder auf, sie hat so geschluchzt, daß ihre Oberlippe naß und verrotzt ist.

Harry reicht ihr sein Taschentuch.

«Ich freue mich so», sagt sie mit einem langen triefenden Schniefer, «für Pru.»

«Komm, reiß dich zusammen», murmelt er und nimmt das Taschentuch wieder an sich.

Ma Springer glättet die Wogen: «Es kommt einem wahrhaftig wie ein Wunder vor, alle diese Stufen, ohne daß etwas Schlimmeres passiert ist. In den alten Häusern in Brewer wurden die Treppen so hoch oben nur von den Dienstboten benutzt.»

«Ich bin nicht bis ganz runter gestürzt», sagt Pru. «Deswegen habe ich mir den Arm gebrochen – weil ich mich abgefangen habe. Ich kann mich nicht an irgendwelche Schmerzen erinnern.»

«Ja», bemerkt Harry, «Nelson hat gesagt, daß du keine Schmerzen gespürt hättest.»

«O nein, nein.» Mit ihrem Haar, das durch Janices Umarmung über das ganze Kopfkissen ausgebreitet ist, sieht sie aus, als fiele sie durch weißen Raum, singend. «Ich hatte kaum etwas von den Sachen, von denen die Ärzte abraten, zu mir genommen, es waren diese schrecklichen hohen Plateauschuhe, die zu tragen uns überall eingeredet wird. Ist das nicht die dümmste Mode, die es je gegeben hat? Ich werde die Dinger verbrennen, unbedingt, sobald ich nach Hause kann.»

«Und wann wird das voraussichtlich sein?» fragt Ma, indem sie ihre schwarze Tasche in die andere Hand nimmt. Sie hatte sich schon für den Kirchgang zurechtgemacht, bevor Nelson aufwachte und der ganze Wirbel anfing. Sie ist eine Sklavin dieser Kirche, Gott weiß, was es ihr bringt.

«Es kann bis zu einer Woche dauern, hat er gesagt», sagt Pru. «Um mich ruhig zu halten und, ihr wißt schon, um nichts zu riskieren. Das Baby. Als ich heute morgen aufwachte, hatte ich Schmerzen, ich dachte schon, es wären Wehen, und das hat mir einen solchen Schreck eingejagt, daß ich Soupy angerufen hab. Er war wunderbar.»

«Ja, recht so», sagt Ma.

Harry kann es nicht ausstehen, wie sie alle fortwährend von dem «Baby» reden. Dabei kann es in der gegenwärtigen Phase kaum mehr als ein kleines Ferkel oder ein wabbeliger großer Frosch sein, stellt er sich vor. Und wenn sie es verloren hätte, wäre es dann nicht schon lebensfähig gewesen? Heutzutage erhalten sie schon fünf Monate alte Frühgeburten am Leben, und es wird nicht mehr lange dauern, dann wird das Leben von Anfang bis Ende im Reagenzglas stattfinden. «Wir müssen Ma in die Kirche fahren», verkündet er. «Nelson, möchtest du aufwachen und mitkommen, oder hierbleiben und schlafen?» Der Kopf des Jungen war wieder auf die Krankenhausmatratze gesunken.

«Harry», sagt Janice. «Sei nicht so ruppig zu allen.»

«Er denkt, wir spinnen alle wegen dem Baby», sagt Pru verträumt und mit leisem Spott.

«Nein du, ich finde es großartig mit dem Baby.» Er beugt sich über sie, um ihr fürs erste einen Kuß zum Abschied zu geben, und möchte ihr am liebsten von all den Babies ins Ohr flüstern, die er gehabt hat, den toten und den lebenden, den sichtbaren und den unsichtbaren. Statt dessen rät er ihr, als er sich aufrichtet: «Immer mit der Ruhe. Wir kommen nachher wieder, wenn wir länger bleiben können.»

«Laß aber nicht dein Golf sausen», sagt sie.

«Mit Golf ist Schluß für heute. Die haben es nicht gern, wenn du nach einer bestimmten Zeit noch auf den Grüns rumläufst.»

Nelson fragt sie: «Was ist dir lieber, soll ich gehen oder bleiben?»

«Geh, Nelson, um Himmels willen. Laß mich ein bißchen schlafen.»

«Verstehst du, es tut mir leid wegen gestern abend, wenn ich irgendwas gesagt hab. Ich war total hinüber. Als sie mir heute nacht gesagt haben, sie glaubten nicht, daß du das Baby verlierst, war ich so erleichtert, daß ich geheult hab. Ehrlich.» Er würde wieder weinen, aber sein Gesicht umwölkt sich vor Verlegenheit, als ihm klar wird, daß die anderen zugehört haben. Deshalb lieben wir Katastrophen, sagt sich Harry, sie bringen uns wieder mit Schuld in Berührung und lassen uns zu Gott zurückkriechen. Ohne ein Unrechtsbewußtsein wären wir nicht viel anders als Tiere. Angenommen, es wäre gerade in dem Moment zu einer Fehlgeburt gekommen, als er dieser olivbraunen Biene mit der agilen Zunge zusah, wie sie sich den Laméslip bis zu den Knien herunterzog und über die Schulter ins Publikum spähte und sich dabei den Hintern mit einer Straußenfeder kitzelte – ihm wäre jetzt entsetzlich zumute.

Pru wedelt die weinerlichen Worte ihres Ehemannes und alle ihre bekümmerten Mienen weg. «Mir geht's gut. Ich hab euch alle so lieb.» Ihr Haar strömt nach allen Seiten, während sie darauf wartet, wieder in Schlaf zu sinken, in weitere wilde Gebete, in die schlummernden Säfte ihres eigenen geschundenen Leibes. Ihr Stummelflügel aus schneeweißem Gips hebt sich zum Abschied ein paar Zentimeter von ihrer Brust. Sie überlassen sie der Gesellschaft antiseptischer Engel und schlurfen zurück durch die Krankenhausflure, und ihre Schritte lärmen inmitten ihrer stummen Entschlossenheit, ihre Streitereien fürs Auto aufzusparen.

«Eine Woche!» sagt Harry, sobald der Maverick angefahren ist. «Hat einer von euch eine Ahnung, was eine Woche im Krankenhaus zur Zeit kostet?»

«Dad, wie kannst du pausenlos ans Geld denken?»

«Einer muß es ja tun. Eine Woche kostet mindestens tausend Dollar. *Min*destens.»

«Du hast aber doch *Blue Cross*.»

«Nicht für Schwiegertöchter, da kriege ich nichts. Für dich auch nicht, wenn du erst einmal über neunzehn bist.»

«Also, ich weiß nicht», sagt Nelson, «aber ich finde es nicht gut, daß sie in einem Saal mit all diesen anderen Frauen liegt, die die ganze Nacht lang reihern und rumstöhnen. Eine war sogar schwarz, habt ihr das gesehen?»

«Woher hast du diese Vorurteile? Nicht von mir. Im übrigen

ist das kein Krankensaal. Es ist sozusagen halb privat», sagt Harry.

«Ich will, daß meine Frau in einem Privatzimmer liegt», sagt Nelson.

«Tatsächlich? Du willst, du willst. Und wer steht nachher für die Rechnung gerade, du Großmaul? Du bestimmt nicht.»

Ma Springer sagt: «Ich weiß noch, als ich meine Divertikulitis hatte, wollte Fred partout ein Privatzimmer für mich. Und es war obendrein noch ein Eckzimmer. Mit einer wunderbaren Aussicht auf den Park, die Magnolien blühten damals gerade.»

Janice fragt: «Wie ist es mit der Firma, ist er dort nicht in der Gruppenversicherung?»

Harry sagt zu ihr: «Mutterschaftsleistungen bekommst du erst, wenn du neun Monate lang bei Springer Motors gearbeitet hast.»

«Einen gebrochenen Arm würde ich nicht als Mutterschaft bezeichnen», sagt Nelson.

«Nein, aber wenn sie nicht schwanger wäre, könnte sie mit dem Arm herumlaufen.»

«Vielleicht kann Mildred sich ja mal drum kümmern», schlägt Janice vor.

«Okay», stimmt er widerwillig zu. «Ich kenne mich nicht so genau aus in unseren Vertragsbedingungen.»

Nelson sollte es dabei bewenden lassen. Statt dessen beugt er sich vom Rücksitz nach vorn, so daß seine Stimme Harry aufs Ohr drückt: «Wenn du Mildred und Charlie nicht hättest, würde nicht viel übrigbleiben, worin du dich genau auskennst. Ich meine –»

«Ich weiß, was du meinst, und ich kenne mich wesentlich besser im Automobilgeschäft aus, als du dich je auskennen wirst, wenn du in dem Stil weitermachst und nicht aufhörst, mit diesen alten Sportkisten aus Detroit rumzumachen, mit denen wir einen Haufen Geld verlieren, und anfängst, dich auf unsere Linie zu konzentrieren.»

«Mir wär's ja recht, wenn es Datsuns oder Hondas wären, aber ehrlich gesagt, Dad, Toyotas –»

«Die Toyota-Lizenz hat der alte Fred Springer sich an Land gezogen, und Toyotas verkaufen wir nun mal. Bessie, kannst du dem Jungen nicht ein paar hinter die Löffel geben? Ich komme nicht an ihn ran.»

Nach einer Pause tönt die Stimme seiner Schwiegermutter vom Rücksitz zu ihm. «Ich überlege die ganze Zeit, ob ich überhaupt in die Kirche soll. Ich weiß, daß er sein Herz an eine große Kampagne für die Orgel gehängt hat und daß nicht gerade viele davon sehr begeistert sind. Wenn ich mich dort zeige, machen sie mich womöglich noch zur Ausschußvorsitzenden, und dazu bin ich zu alt.»

«War Teresa nicht süß?» fragt Janice mit lauter Stimme. «Mir kam's vor, als wäre sie über Nacht erwachsen geworden.»

«Ja», sagt Harry, «und wenn sie beide Treppenabsätze runtergeflogen wäre, wäre sie jetzt älter als wir.»

«Herrgott, Dad», sagt Nelson, «gibt es eigentlich *irgend*wen, den du magst?»

«Ich mag alle Menschen gern», sagt Harry, «ich lasse mich bloß nicht gern in die Enge treiben.»

Vom St. Joseph-Krankenhaus nach Mt. Judge fährt man geradeaus über die Eisenbahnschienen und dann weiter auf dem Locust Boulevard, an der Highschool von Brewer vorbei, und weiter durch den Cityview Park und dann links an der Fußgängerzone vorbei, wie üblich. Am Sonntagvormittag gehören die Leute, die im Auto unterwegs sind, hauptsächlich zur älteren amerikanischen Spezies, Frauen mit blau oder rosa gefärbten Haaren, wie früher die Federn von den Osterküken, bevor dies verboten wurde, und Männer, die die Lenkräder mit beiden Händen umklammern, als könnten die Dinger anfangen zu bocken und zu wiehern: jetzt, wo das bleifreie dank dem alten Ayatollah an manchen Tankstellen der Stadt bis zu einem Dollar dreizehn kostet, müssen sie versuchen, aus jedem Tropfen das Letzte herauszuquetschen. Die Leute scheinen tatsächlich nach der Devise zu leben, daß man das Zeug am besten verheizt, solange es da ist, und wenn wir ins Gedränge geraten – muß Carter die Situation retten. In dem Kino in der Fußgängerzone laufen zur Zeit die vier Filme BREAKING AWAY. STARTING OVER. RUNNING und «10». Er würde sich «10» gern ansehen, von den Anzeigen her weiß er, daß das schwedisch aussehende Mädchen ihr Haar in Zöpfchenreihen trägt wie eine schwarze Mieze aus

Zaïre. Ein und dieselbe Welt: jeder vögelt jeden. Wenn er sich ausmalt, wieviel auf der Welt schon gevögelt worden ist und wieviel noch gevögelt werden wird, und daß dabei nichts für ihn abfällt, daß er in seinem stickigen Auto hockt und langsam stirbt, ist er ganz niedergeschlagen. Sein Leben lang wird er nie mehr jemand anders vögeln als die arme Janice Springer, er sieht diese Aussicht geradlinig und grausam vor sich wie den altbekannten Weg. Sein Magen, übersäuert von den Vergnügungen der vergangenen Nacht, zieht sich zusammen wie früher, wenn er zu spät zur Schule rannte. Er sagt unvermittelt zu Nelson: «Wie zum Teufel konntest du sie da runterfallen lassen, warum hast du sie nicht festgehalten? Was hattet ihr überhaupt da draußen so spät noch zu suchen? Als deine Mutter schwanger mit dir war, sind wir nie irgendwohin gegangen.»

«Immerhin waren wir zusammen», sagt der Junge. «Du bist eine ganze Menge allein auf Achse gewesen, soviel ich gehört hab.»

«Nicht als sie mit dir schwanger war, da haben wir Abend für Abend vor der Glotze gehockt, *I love Lucy* und der ganze Quatsch, stimmt's, Bessie? Und wir haben auch kein Dope geschnupft.»

«Dope schnupft man nicht, man raucht es. Koks wird geschnupft.»

Ma Springer antwortet stockend auf seine Frage. «Oh, ich weiß nicht mehr genau, wie ihr, du und Janice, es gehalten habt», sagt sie müde, mit einer Stimme, als sähe sie zum Fenster hinaus. «Die jungen Leute heutzutage sind anders.»

«Das kann man sagen. Da feuerst du einen, um ihnen einen Job zu verschaffen, und dann mäkeln sie an dem Produkt rum.»

«Das Produkt ist okay, wenn du nicht mehr willst, als von da nach da zu kommen», setzt Nelson an.

Harry unterbricht ihn wütend, er muß an die arme Pru denken, die im Krankenhaus liegt und anstelle eines Ehemannes ein schniefendes Baby an ihrer Seite hat, das den Kopf in ihrer Hüfte vergräbt, an Melanie, die im Crêpe House für all diese miesen Typen von den Banken schuftet, die in der Stadt zu Mittag essen, an seine eigene hoffnungsvolle Tochter, die an diesem stämmigen rotgesichtigen Jamie hängengeblieben ist, an die arme kleine Cindy, die ein Grinsen aufsetzen muß, während sie von hinten gevögelt wird, damit der alte Webb sich mit seiner SX-70 amüsieren kann, an Mim, die all die Jahre hindurch diese italienischen Strolche geleckt hat, an Mom, die ihre alten Arme in graue Seifenlauge tauchte und über ihr Dasein jammerte, bis die Parkinsonsche Krankheit sich endlich ihrer erbarmte und sie zum Ausruhen nach oben verbannte, an all die Frauen überall auf der Welt, die seiner Meinung nach ausgebeutet und vergeudet werden, bloß damit nutzlose kleine Knilche wie dieser auf die Welt kommen können. «Übrigens, damit du es weißt», ruft er Nelson über die Schulter zu. «Die Toyotas werden von kleinen gelben Kerlen in weißen Kitteln montiert, die von der Wiege bis zum Grab in ein und derselben Fabrik arbeiten und durchdrehen, wenn ein einziger Staubfussel im Einspritzsystem ist, und diese Kisten, die Detroit auf den Markt wirft, werden von Schwarzen zusammengehauen, die sich die Ohren mit Musik vollpumpen und so bedröhnt sind von Drogen, daß sie eine Schlitzkopfschraube nicht von einer Radmutter unterscheiden können und außerdem die Firma hassen. Die Hälfte der Wagen, die bei Ford vom Fließband laufen, sind vorsätzlich verpfuscht, ich habe vergessen, wo ich das alles gelesen hab, jedenfalls nicht in den *Consumer Reports.*»

«Dad, du bist so voreingenommen. Was würde Skeeter sagen?»

Skeeter. Mit auffallend veränderter Stimme sagt Harry: «Skeeter ist im April in Philly erschossen worden, hab ich dir das schon erzählt?»

«Du erzählst es mir unentwegt.»

«Ich beschuldige ja nicht die Schwarzen am Fließband, ich sage nur, daß lausige Autos dabei rauskommen.»

Nelson ist in aggressiver Stimmung, erschöpft und elend, wie er sich fühlt, der arme Junge. «Und was fällt dir überhaupt ein, mich und Pru zu kritisieren, weil wir 'n paar Freunde besucht haben, während du mit deinen unterwegs warst und dir diese lächerlichen exotischen Tänzerinnen angesehen hast? Wie konntest du das bloß aushalten, Mom?»

Janice sagt: «Es war nicht so schlecht, wie ich dachte. Das

Ganze blieb einigermaßen im Rahmen. Es war wirklich nicht schlimmer als das, was sie früher auf den Rummelplätzen gezeigt haben.»

«Geh gar nicht drauf ein», sagt Harry zu ihr. «Was fällt ihm ein, uns zu kritisieren?»

«Das Komische ist», fährt Janice fort, «daß Cindy und Thelma und ich uns darüber einigen konnten, welches Mädchen das beste war, und daß die Männer sich ein völlig anderes Mädchen ausgesucht hatten. Uns gefiel eine große Orientalin, die sehr anmutig und artistisch war, und *denen,* Mutter, den Männern, gefiel irgendeine kleine Blonde mit fliehendem Kinn, die nicht einmal tanzen konnte.»

«Die hatte so etwas an sich», erklärt Harry. «Ich mein, sie wußte, was sie wollte.»

«Und dann diese pummelige Dunkle, die dich so angetörnt hat. Die mit der Feder.»

«Ihr Teint war olivfarben. Die war auch nett. Auf die Feder hätte ich verzichten können.»

«Mom-mom will diesen ekelerregenden Quatsch nicht hören», sagt Nelson vom Rücksitz.

«Mom-mom hat nichts dagegen», belehrt Harry ihn. «Bessie Springer läßt sich nicht so leicht erschüttern. Mom-mom liebt das Leben.»

«Oh, ich weiß nicht», sagt die alte Dame mit einem Seufzer. «Zu unserer Zeit gab es so etwas nicht, als wir in dem entsprechenden Alter waren. Ich weiß noch, daß Fred manchmal den *Playboy* mit nach Hause brachte, aber ich fand es eher mitleiderregend als irgend etwas anderes, diese achtzehnjährigen Mädchen, die eigentlich noch Kinder sind, abgesehen von ihrem Körper.»

«Naja, wer ist das nicht?» fragt Harry.

«Sprich bitte nur für dich selber, Dad», sagt Nelson.

«Nein, wirklich, ich meine», beharrt Ma, «man fragt sich doch, wozu ihre Eltern sie großgezogen haben, wenn man sie alle nackend sieht, so wie der liebe Gott sie geschaffen hat. Und was müssen ihre Eltern denken.» Sie seufzt. «Es ist eine andere Welt.»

Janice sagt: «Ich glaub, in demselben Lokal haben sie montags abends Damen-Abend mit männlichen Strippern. Und angeblich kriegen die jungen Männer ernstlich Angst, Doris Kaufmann hat mir erzählt, daß die Frauen nach ihnen grapschen und sie bis auf die Bühne verfolgen. Die Frauen über vierzig sollen angeblich die schlimmsten sein.»

«Das ist alles so abartig», sagt Nelson.

«Paß auf, was du sagst», sagt Harry zu ihm. «Deine Mutter ist über vierzig.»

«Dad.»

«Also, ich würde mich nicht so aufführen», sagt sie, «aber ich kann mir schon vorstellen, daß manche so sein könnten. Ich nehm an, das hängt größtenteils davon ab, ob man einen Mann hat, der einen befriedigt oder nicht.»

«Mom», protestiert der Junge.

Sie sind um den Berg herumgekurvt und bergauf in die Central Street eingebogen, und nach der elektrischen Uhr im Schaufenster der Reinigung ist es drei vor zehn. Harry ruft nach hinten: «Sieht so aus, als würden wir es schaffen, Bessie!»

Das Rathaus hat Halbmast geflaggt, wegen der Geiseln. Noch immer strömen – unter dem Gewölbe der Glocken, die mit ihren eisernen Zungen rufen, unter den windzerfetzten grauen Wolken des Novemberhimmels mit seinem verstreuten Silber – sonntäglich gekleidete Leute in die Kirche. Harry hilft Ma aus dem Maverick und sagt: «Und verpfände nicht die Firma, bloß wegen Soupys Orgel.»

Nelson fragt: «Wie kommst du wieder nach Hause, Mommom?»

«Oh, ich nehme an, ich kann mit Grace Stuhls Enkelsohn mitfahren, er holt sie im allgemeinen ab. Sonst bringt es mich sicher auch nicht um, wenn ich zu Fuß gehe.»

«Oh, Mutter», sagt Janice. «So weit kannst du nie zu Fuß gehen. Ruf uns zu Hause an, wenn die Versammlung vorbei ist und du keine Mitfahrgelegenheit hast. Wir sind bestimmt da.» Im Club hat man das Personal inzwischen auf ein Minimum reduziert; es gibt nur noch abgepackte Sandwiches, und die Hälfte der Tennisplatznetze sind abgenommen, und die Flaggenstöcke sind bereits auf zeitweilige Grüns umgesetzt. Rabbit spürt kleine Wehmutsstiche. Auf der Heimfahrt, nur mit Janice und Nelson, erinnert er sich daran, wie es früher zwischen ihnen war, als sie nur zu dritt zusammenlebten, jünger. Der Junge und Janice haben untereinander noch etwas davon. Ihm ist es abhanden gekommen. Er sagt laut: «Dir gefallen also Toyotas nicht.»

«Es geht nicht drum, ob sie mir gefallen, Dad. Es ist ja auch nicht so viel dran, was einem gefallen oder mißfallen könnte. Ich habe mich auf der Party gestern mit einem Mädchen unterhalten, die hatte sich gerade einen Corolla gekauft, aber unser Gespräch hat sich die ganze Zeit bloß um die alten amerikanischen Wagen gedreht, wie toll die waren. Es ist wie mit den Volvos, die haben auch ihren alten Reiz nicht mehr – das ist das, worauf keiner Einfluß hat. Es ist, verstehst du, wie ein Lebensabschnitt.»

Der Junge ist um einen lockeren Plauderton bemüht, er möchte die Dinge wieder ausbügeln; Harry schweigt, denkt nach. Lebensabschnitt, so verrückt, wie du lebst, immer im Zickzack und all die Drogen, da kannst du froh sein, wenn du meinen Lebensabschnitt erreichst.

«Mazdas», sagt Nelson. «Für die hätte ich gern die Vertretung. Dieser Drehkolbenmotor ist so viel leistungsfähiger als der Viertaktmotor – das Land könnte mit halb so viel Benzin auskommen, wenn die den Kreiskolbenmotor dichtkriegen.»

«Dann geh doch rüber und frag Abe Chafetz, ob er einen Job für dich hat. Soviel ich weiß, macht er grade Pleite, weil die Mazdas so viele Kinderkrankheiten haben. Manny sagt, sie werden den nie dichtkriegen.»

Janice sagt besänftigend: «Ich finde die Toyota-Spots im Fernsehen sehr einfallsreich und raffiniert.»

«Ja, die Werbespots, die haben Pfiff», sagt Nelson. «Die Werbespots sind spitze. Aber ich rede von den Autos.»

«Findet ihr den auch so toll», fragt Harry, «den neuen mit Scrooge, wo er so kichert und langsam in der Ferne verschwindet?» Er kichert, und Janice und Nelson lachen, und auf dem letzten Stück, die Joseph Street unter den kahlen Ahornbäumen entlang, kreisen die Gedanken der drei um gemeinsame vergnügte Erinnerungen an Toyota-Werbefilme, an hüpfende Männer und Frauen, durchschnittliche Männer und Frauen, deren Kleider in wasserfallartigen Zeitlupenfalten hochfliegen wie Engelsgewänder, wie irgendeine innige chemische Reaktion oder das Schwirren von Kolibriflügeln, vergrößert und sichtbar gemacht, auf- und niederhüpfend mit grinsenden Gesichtern und dann als Standbild in der Luft hängend, der Schwerkraft trotzend.

«Wir müssen hier raus», sagt Harry ein paar Tage später, am Abend vor Prus Rückkehr nach ihrer einwöchigen Schonzeit im Krankenhaus, mit heiserer Stimme im Schlafzimmer zu Janice. Es ist Abend, die Blutbuche, ihrer Blätter und lärmenden Kapseln entkleidet, läßt mehr Straßenlicht in ihr Zimmer als im Sommer. Ein oder zwei der Scheiben in dem mehr zur Straße hin gelegenen Fenster, auf der Seite, auf der Rabbit schläft, weisen kleine Schönheitsfehler auf, Unebenheiten oder langgestreckte Blasen, die für das Tagauge kaum wahrnehmbar sind, die aber abends dramatische Vergrößerungen auf die gegenüberliegende Wand mit den mottenartigen Schatten ihres Medaillonmusters schleudern; auch die Tönung jeder einzelnen Scheibe vertieft sich bei der Projektion, so daß ein Effekt von Buntglas über die Fläche oberhalb von Janices unordentlichem, von den Koerners geerbten Frisiertisch wabert, neben der Tür mit der viergeteilten Füllung, die die Welt ausschließt. In den zehn Jahren seines Hierseins haben sich diese leuchtenden Rechtecke in den Minuten oder Stunden zwischen dem Auslöschen der Nachttischlampen und dem Eintreten des Schlafs als Kostbarkeiten in Harrys Hirn eingegraben, als diffuse Juwelen aus gepreßter Luft, Wesen, deren Gesellschaft er vermissen wird, wenn er sich von diesem Raum trennt. Er muß sich davon trennen. Mit den abstrakten Mustern, die die fehlerhaften Scheiben an die Wand werfen, vermischen sich die unruhigen Schatten der Blutbuchenzweige, die in der Kälte draußen schuddern und schwanken.

«Wo wollten wir hinziehen?» fragt Janice.

«Wir können ein Haus kaufen wie alle anderen», sagt er, und er spricht mit leiser heiserer Stimme, als könnte Ma Springer diesen Hauch von Verrat mitbekommen durch die Wand und das Gemurmel und leise Dröhnen ihres Fernsehapparats, in dem sich eine Krise zuspitzt, dann eine Werbesendung losplatzt und eine neue Krise sich anbahnt. «Auf der anderen Seite von Brewer, näher bei der Firma. Diese Fahrerei mitten durch die Stadt jeden Tag macht mich verrückt. Dazu die Benzinverschwendung.»

«Aber nicht Penn Villas», sagt sie. «Du bringst mich nie wieder nach Penn Villas.»

«Mich auch nicht. Aber wie wär's mit Penn Park? Mit all den reizenden Scheidungsanwälten und Dermatologen? Ich habe immer irgendwie davon geträumt, seit wir gegen die Basketball gespielt haben, irgendwo dort drüben zu wohnen. So ein Haus mit Natursteinfassade zumindest und vielleicht mit einem tiefer gelegenen Wohnzimmer, damit wir die Murketts in anständigem Rahmen empfangen können. Es ist unangenehm, irgendwen hierher einzuladen, Ma geht zwar nach dem Abendessen rauf, aber die Wohnung ist so verdammt düster, und jetzt haben wir auch noch Nelson und seine Crew am Hals.»

«Er sagt schon, daß sie vorhaben, sich eine Wohnung zu suchen, wenn alles klappt.»

«Gar nichts wird klappen bei seiner Einstellung. Das weißt du ganz genau. Hier hat er alles gratis, und solange er bei uns lebt, würden wir uns nicht so gemein vorkommen, wenn wir von deiner Mutter wegziehen. Das ist unsere Chance.» Seine Hand hat sich weit hinauf unter ihr Nachthemd geschlichen; in dem Wunsch, seine Vision mit jemandem zu teilen, greift er nach ihren Brüsten, jede eine vertraute Handvoll, ein bißchen schlaff geworden mit den Jahren, wie Ballons, die Luft verlieren; aber dank all der Tennisspielerei und Schwimmerei und dank Fred Springers asketischen mageren Genen hat sie sich besser gehalten als die meisten. Ihre Brustwarzen werden steif, und sein Schwanz wird, still und heimlich, ohne daß ihm viel Aufmerksamkeit gewidmet würde, hart. «Vielleicht», fährt er fort, immer noch mit heiserer Stimme, «vielleicht auch eins von diesen Pseudo-Tudor-Dingern, die wie leere Pasteten aussehen und so steile Dächer haben wie Hexenhäuschen. Gott, wie stolz Pop wäre, wenn er mich in so einem Haus sehen könnte, nicht wahr?»

«Könnten wir uns das denn leisten», fragt Janice, «jetzt wo die Hypothekenzinsen allmählich bei dreizehn Prozent angekommen sind?»

Er läßt seine Hand über die silbrige seidige Wellenlinie ihres Bauches hinunter zu ihrem Haarbüschel wandern, das sich unter seiner Berührung zu sträuben scheint. Er sollte sie irgendwann schlecken. Sie auf den Rücken legen, mit den Beinen über der Bettkante, und sich einfach hinknien und an ihrer Muschi knabbern, bis sie kam. Damals, als sie frisch verliebt waren, in dem Apartment von dem anderen Mädchen, mit dem Blick auf die alten grauen Gastanks am Fluß, hatte er es immer gemacht, sich hingekniet und stundenlang in ihrem Farnwald geweidet, Nase, Augenlider an dem Wunder gerieben. Jede Frau verdient es, hin und wieder geschleckt zu werden, sie kommen ja nicht so, daß du den Mund voll hast wie von einer Auster, wie halten Nutten das bloß aus, einen Schwanz nach dem andern, es dämmt zwar die Geschlechtskrankheiten ein, aber bei der Schluckerei müssen ja etliche Liter im Lauf einer Woche zusammenkommen. Ruth mochte es nicht, aber nach allem, was man so in den Tonbandaufzeichnungen über Sex in *Oui* liest, schlappern manche Fotzen es nur so weg, eine sagte, es schmeckte ihr wie Champagner. Der tiefer gelegene Raum mußte nicht das Wohnzimmer sein, es könnte auch das Arbeitszimmer sein, einfach irgendwo ein oder zwei mit Teppich ausgelegte Stufen nach unten, damit man merkt, daß man in einem modernen Eigenheim ist. «Das ist ja das Schöne an der Inflation», sagt er verführerisch zu Janice. «Je mehr Schulden du hast, um so günstiger für dich. Frag Webb. Du tilgst mit geschrumpften Dollars, und den Zins nimmt dir Onkel Sam in Form einer Steuererleichterung ab. Sogar nach dem Kauf der Krügerrands und dem Abzug der Septembersteuern haben wir noch zu viel Geld auf der Bank – bloß Dummköpfe haben heute noch Geld auf der Bank. Wir stecken es in die Anzahlung für ein Haus, und dann überlassen wir es der Bank, sich über dic Dollarabwertung den Kopf zu zerbrechen, und gleichzeitig geht das Haus zehn, zwanzig Prozent im Jahr im Wert rauf.» Ihre Möse wird feucht, die Lippen lockern sich.

«Es kommt mir so gemein vor gegenüber Mutter», sagt Janice mit der schwachen Stimme, die sie immer beim Lieben bekommt. «Sie wird uns das Haus hier eines Tages hinterlassen, und ich weiß, sie erwartet, daß wir bis dahin bei ihr bleiben.»

«Sie lebt glatt noch einmal zwanzig Jahre», sagt Harry und taucht den Mittelfinger ein. «In zwanzig Jahren bist du vierundsechzig.»

«Und würde es Nelson nicht seltsam vorkommen?»

«Wieso? Das will er doch gerade, mich aus dem Weg haben. Meine Gegenwart bedrückt den Jungen.»

«Harry, ich bin mir nicht so sicher, daß es an dir liegt. Ich glaube, er hat einfach Angst.»

«Wovor muß er schon Angst haben?»

«Es geht ihm wie dir in seinem Alter. Er hat Angst vor dem Leben.»

Leben. Zu viel und doch nicht genug. Die Furcht, daß es eines Tages zu Ende sein wird, und die Furcht, daß morgen genauso sein wird wie gestern. «Na, dann hätte er lieber nicht nach Hause kommen sollen, wenn das das Ende vom Lied ist», sagt Harry. Er verliert seine Erektion.

«Er wußte es nicht», sagt Janice. Er spürt, während sein Finger noch in ihr ist, daß auch ihre Gedanken vom Sex weg in triste familiäre Gefilde driften. «Er wußte nicht, daß du ihm so hart zusetzen würdest. Warum machst du das?»

Der kleine Scheißkerl, noch keine dreizehn Jahre alt und versuchte schon, ihm Jill abspenstig zu machen, damals in Penn Villas, nachdem Janice weggelaufen war. «Er setzt mir hart zu», sagt Harry. Er hat aufgehört zu flüstern. Bei Ma Springer läuft, wenn er hinhört, noch immer der Fernseher – ein grollendes, bellendes, brausendes Geräusch, das weniger menschlichen Stimmen gleicht als vielmehr dem Geräusch, das Naturkräfte in den Bäumen oder an der Meeresküste erzeugen. Sie ist eine treue Zuschauerin der abendlichen ABC-Sondersendung um elf Uhr dreißig über die Geiseln geworden und erzählt ihnen jeden Morgen die neueste Version. Khomeini und Carter, beide mattgesetzt von einem Rudel Halbstarker, die sich mal rasieren müßten und von nichts Ahnung haben, da redet man dauernd davon, daß die Alten die Jungen in den Krieg schicken; wenn man diese idiotischen Halbstarken aus der Welt herausbefördern könnte, würde sie sich vielleicht mit der Zeit doch als ein ganz brauchbarer Ort erweisen. «Er kriegt schon einen muffigen Ausdruck im Gesicht, wenn ich nur den Mund aufmache, um etwas zu sagen. Ich kann ihm in der Firma sagen, was ich will, und er geht hin und tut das Gegenteil. Da kommt einer rein, um den Mercury zu kaufen, das zweite von den Cabrios, die der Junge damals zu Schrott gefahren hat, und will dafür ein Snowmobile in Zahlung geben. Ich dachte, das soll wohl ein Witz sein, bis ich neulich hinkomme – und der Mercury ist weg und so ein kleiner gelber Kawasaki-Motorschlitten steht mitten in der ersten Reihe zwischen den neuen Tercels. Ich bin an die Decke gegangen, und da erzählt Nelson mir, ich soll nicht so engstirnig sein, er hätte dem Kerl vierhundert dafür angerechnet, und es brächte uns mehr Publicity als doppelt so viele Annoncen, die verrückte Autovertretung, die ein Snowmobile in Zahlung genommen hat.»

Janice gibt einen sanften Laut von sich, aus dem, wäre sie weniger erschöpft, ein Lachen geworden wäre: «Genau solche Sachen hat Daddy immer gemacht.»

«Und dann hat er hinter meinem Rücken für rund zehn Mille alte Cabrios in Zahlung genommen, die mit einer Gallone Benzin ganze zehn Meilen weit kommen, keiner will die haben, und dieses Theater mit Pru, das summiert sich zu einer gepfefferten Rechnung. Dafür kommt *keine* Versicherung auf.»

«Schsch. Mutter kann dich hören.»

«Ich *will,* daß sie es hört, sie ist diejenige, die dem Jungen seine hochgestochenen Ideen eingibt. Gestern abend, hast du das gehört, wie sie ausgeheckt haben, daß er sich einen eigenen Wagen für sich und Pru zulegen wird, dabei steht der alte Newport von ihr sechs Tage in der Woche in der Garage rum.» Ein erstickter Gesang tönt durch die tapezierte Wand, Perser, die vor der Botschaft eine Demonstration fürs Fernsehen inszenieren. Ohnmächtiger Ärger schnürt Rabbit die Kehle zusammen. «Ich muß hier raus, Liebling.»

«Erzähl mir von dem Haus», sagt Janice und führt seine Hand wieder zu ihrer Muschi. «Wie viele Zimmer soll es haben?»

Er fängt an zu massieren und streicht mit den Fingern an der Furche entlang, an der einen Seite, dann an der andern Seite des Dreiecks, zerteilt es dann mit einem behutsamen Streich und sucht nach dem springenden Punkt, der kleinen Erhebung darin. Cindys Haare hatten dunkler ausgesehen als Janices, weniger lockig, womöglich wimmelte es darin von Lichtnadeln wie im Pelz von Ma Springers altem Mantel. «Wir brauchen nicht viele Schlafzimmer», sagt er zu Janice, «bloß ein großes für uns mit einem großen Spiegel, den man vom Bett aus sehen kann –»

«Ein Spiegel! Wo hast du die Idee mit dem Spiegel her?»

«Alle haben heute Spiegel. Du kannst dir darin zusehen beim Vögeln.»

«Oh, Harry. Das könnte ich nicht.»

«Ich glaube doch. Und dann mindestens noch ein zweites Schlafzimmer, falls deine Mutter zu uns ziehen muß, oder wenn wir Gäste haben, aber nicht neben unserem, mindestens ein Badezimmer muß dazwischen sein, damit wir ihren Fernseher nicht mehr hören, und im Erdgeschoß eine Küche mit neuer Einrichtung, inclusive Dampfdrucktopf –»

«Vor denen habe ich Angst. Doris Kaufmann sagt, in den ersten drei Wochen, in denen sie ihren hatte, wäre alles als Mus rausgekommen. Einen Abend hatten sie rosa Mus und am nächsten grünes Mus, das war der einzige Unterschied.»

«Du wirst es lernen», gurrt er und malt Kreise auf ihrer Vorderseite, die sich ausweiten, bis sie ihre Brüste und ihre Muschi streifen, und dann wieder enger werden und leicht um ihren Nabel kreiseln wie die Feder in dem Arschloch dieser olivhäutigen Nutte an der Route 422, «dafür gibt's Gebrauchsanleitungen, und ein Kühlschrank mit einem automatischen Eisbereiter und so ein eingebauter Backofen in Augenhöhe, damit du dich nicht zu bücken brauchst, und ich weiß nur nicht so recht mit diesen Mikrowellen, ich habe irgendwo gelesen, daß sie einem das Gehirn braten, selbst wenn du im Zimmer nebenan bist . . .» Feucht, sie ist so feucht, ihre Möse verblüfft ihn, als faßte er in eine Schnecke unter einem Blatt im Garten. Durch seinen Schwanz zuckt ein so heftiges Pochen, daß es schmerzt. «. . . und dann das große, tiefer gelegene Wohnzimmer mit Strahlern an der Seite, in dem wir Parties geben können.»

«Für wen sollen wir denn diese Parties geben?» Ihre Stimme sinkt in das Kissen wie der Staub eines Mumiengesichts, so schwach.

«Oh . . .» Seine Hand gleitet weiter, rundherum, rundherum, nimmt eine Spur ihrer Nässe mit hinauf zu ihren Brustwarzen und schmückt zuerst die eine und dann die andere damit – wie man die Zweigspitzen des Weihnachtsbaumes mit Lametta schmückt. «. . . alle. Doris Kaufmann und all die anderen Tennislesben vom Flying Eagle, Cindy Murkett und ihren Busenfreund Buddy Inglefinger, all die netten kleinen Mädchen, die sich da unten im Gold Cherry ihre hübschen Ärsche für ein besseres Amerika abstrampeln, all die großartigen Machokerle aus der Werkstatt und dem Ersatzteillager von Springer Motors –»

Janice kichert und gleichzeitig knallt unten die Haustür. Nach den Besuchen bei Pru ist Nelson immer in die Bar gegangen, die früher das Phoenix war, und hat mit dem Pack, das dort die Zeit totschlägt, herumgelungert. Es bedrückt Harry, daß er sich so viele Freiheiten nimmt. Wenn dem Jungen schon der abendliche Dienst im Ausstellungsraum für diese Woche erlassen wurde, damit er Pru besuchen kann, dann hat er sich gefälligst nicht vollaufen zu lassen in der Zeit. Wenn er so erschüttert war von ihrem Sturz, sollte ihm aus Dankbarkeit oder Reue oder was immer etwas Gescheiteres einfallen als das. Seine Schritte da unten klingen betrunken, ein getrampelter Schritt hinter dem andern, bumms, bumms, quer durchs Wohnzimmer zwischen Sofa und Liegesessel und am Fuß der Treppe vorbei, so daß das Porzellan im Geschirrschrank klirrt, weiter in die Küche, auf ein weiteres Bier. Harrys Atem wird schnell und kurz bei dem Gedanken an das säuerliche verstörte Gesicht, das den Schaum aus einer weiteren Dose schlürft: er trinkt und frißt die Welt in sich hinein, und das aus purem Trotz. Er spürt, daß die Mutter des Jungen an seiner Seite den Schritten lauscht, und legt ihre Hand auf seinen Schwanz; in kundigem Reflex pumpen ihre Finger die lockere Haut an den Seiten auf und ab. Gleichzeitig mit Nelsons Schritten unten, der ins Wohnzimmer zurück in Richtung des Liegesessels stampft, stößt Harry so heftig, als wäre es der Hintern dieser olivbraunen Biene, in die Muffe, die Janices Hand fraulich für ihn formt, und beschleunigt seine hypnotischen raschen schlüpfrigen Kreisbewegungen auf der empfangsbereiten Kuhle ihres Bauches und beteuert ihr heiser, in Anspielung auf das Haus, das er sich wünscht: «Es wird dir gefallen. Es wird dir gefallen.»

Nelson sagt zu Pru, als sie zusammen in Ma Springers stattlichem marineblauen Chrysler nach Brewer hineinfahren: «Stell dir das vor, er hat Mom dazu überredet, daß sie sich ein Haus anschaffen. Bisher haben sie sich sechs angesehen, hat sie mir gesagt. Ihr sind sie alle zu groß, aber Dad sagt, sie soll lernen, in großen Maßstäben zu denken. Ich glaub, jetzt schnappt er über.»

Pru sagt ruhig: «Ich frage mich, wie weit es damit zu tun hat, daß wir eingezogen sind.» Wenn es nach ihr gegangen wäre, hätten sie sich eine eigene Wohnung gesucht, ungefähr in der gleichen Gegend wie Slim und Jason und Pam. Sie konnte Nelsons Bedürfnis, bei seiner Großmutter zu wohnen, nicht verstehen.

Eine defensive Wut steigt warm in ihm auf. «Ich wüßte nicht, wieso, jeder anständige Vater würde sich freuen, uns bei sich zu haben. Es ist genug Platz da, und Mom-mom sollte nicht allein leben.»

«Ich denke, es ist vielleicht ganz natürlich», meint seine Frau, «wenn ein Paar in dem Alter für sich sein will.»

«Und was ist natürlich daran, alte Damen ganz allein sterben zu lassen?»

«Na ja, jetzt sind wir ja im Haus.»

«Aber bloß vorübergehend.»

«Das habe ich am Anfang auch gedacht, Nelson, aber jetzt glaube ich nicht mehr, daß du willst, daß wir in eine eigene Wohnung ziehen. Ich würde dir zuviel werden, nur wir zwei, du und ich.»

«Ich kann diese spießigen Apartments und Eigentumswohnungen nicht ausstehen.»

«Ist ja gut, ich beklage mich ja auch nicht. Ich fühle mich da jetzt zu Hause. Ich mag deine Großmutter.»

«Ich hasse es, wenn schäbige Innenstadtviertel neu belebt werden mit affigen Boutiquen für Schwule und bekiffte farbigweiße Paare. Es erinnert mich alles an Kent. Ich bin hierher zurückgekommen, weil ich all den faulen Zauber bis oben satt hatte. Ein Typ wie Slim tut, als würde er in der Gegenkultur stecken, bloß weil er Kokain schnupft und Meskalin nimmt und so, aber weißt du, womit er sich seinen Lebensunterhalt verdient? Er ist Buchhalter beim Elektrizitätswerk, er steckt Rechnungen in Umschläge und wird wahrscheinlich Oberrechnungsverpacker, wenn er noch zehn Jahre so weitermacht – ist das gegen das Establishment?»

«Er tut ja nicht, als wäre er ein Revolutionär, er mag einfach hübsche Klamotten und andere Männer.»

«Die Leute sollten wenigstens konsequent sein», sagt Nelson, «es ist nicht richtig, die Gesellschaft zu melken und sie gleichzeitig mieszumachen. Einer der Gründe, weshalb du mir besser gefallen hast als Melanie, war, daß sie so abgefahren ist auf dieses radikale Zeugs, und du warst das, wie ich glaubte, nicht.»

«Ich wußte gar nicht», sagt Pru, noch etwas ruhiger, «daß Melanie und ich uns um dich gerissen haben. Was ist eigentlich in punkto Sex zwischen euch diesen Sommer gelaufen?»

Nelson starrt geradeaus, er bedauert, daß seine Vertrauensseligkeit dazu geführt hat. Die Weihnachtsbeleuchtung ist schon in Betrieb in Brewer, roter und grüner zitternder Flitter, der trocken und verwelkt wirkt über den schneelosen Straßen, das ganze Schauspiel ein müder Abklatsch der Festtagsherrlichkeit, an die er sich aus seiner Kindheit erinnert, als es Energie noch in Hülle und Fülle gab und kaum Vandalismus. Damals trug jeder Laternenpfosten einen gigantischen Kranz aus echtem Immergrün, das in den Bergen der Umgebung geschnitten worden war, und ein lebensechter lachender Nikolaus auf einem weiß und silbern bemalten Schlitten und eine Reihe von acht glasäugigen Rentieren mit echt aussehendem Fellkleid hing an Drähten, die zwischen dem zweiten Stock des Kaufhauses Kroll und dem Dach des Gebäudes mit dem Zigarrenladen gespannt waren, das damals Kroll gegenüberstand. Die Schaufenster in der Innenstadt, von der Fourth Street bis zur Seventh Street hinauf, quollen über von bemalten Holzsoldaten und Kamelen und Weisen aus dem Morgenland und goldenen Orgelpfeifen, kunstvoll verziert mit Wolken aus Engelshaar, und abends waren die Bürgersteige überflutet von Käufern und Weihnachtsliedern, die sich aus den geheizten Läden in die kalte Luft ergossen, die an der Haut prickelte wie Christbaumnadeln, und es war unmöglich, nicht zu glauben, daß irgendwo im Dunkeln jenseits der Stadt das Jesuskind geboren wurde. Heutzutage war es ein Trauerspiel. Der Stadthaushalt war drastisch gekürzt worden, und die Hälfte der Geschäfte in der Innenstadt waren nur noch leere Hülsen.

Pru beharrte: «Sag es mir. Ich weiß, daß da etwas war.»

«Woher willst du das wissen?»

«Ich weiß es.»

Er beschließt zum Angriff überzugehen; wenn man diese jungen Ehefrauen die Oberhand gewinnen läßt, werden sie ganz die Herrschaft an sich reißen. «Gar nichts weißt du», sagt er zu ihr, «du weißt bloß, wie du es anstellen mußt, um dieses verdammte Ding in dir zu behalten, *da*rin bist du wirklich groß. Mann.»

Jetzt starrt sie vor sich hin, ihre Armschlinge ein weißer Schimmer im Winkel seines Blickfelds. Festliche Lichter, die das Dezemberdunkel durchlöchern, stechen ihm in die Augen. Soll sie doch die Märtyrerin spielen, solange sie will. Da versucht man, die Wahrheit zu sagen, und zum Dank kriegt man nur Gejammer.

Mom-moms alter Wagen fühlt sich weich, aber schwerfällig an unter ihm: all das Metall, das sie früher verarbeitet haben, sogar das Handschuhfach hat ein Metallfutter. Wenn Pru so still wird wie jetzt, stößt ihm ein bestimmter Geschmack auf im Hals, der Geschmack von Ungerechtigkeit. Er hat sie nicht gebeten, dieses Kind zu empfangen, niemand hat sie darum gebeten, und jetzt wo er sie geheiratet hat, hat sie den Nerv, sich zu beklagen, daß er ihr keine eigene Wohnung besorgt – wenn man ihnen einmal etwas gibt, wollen sie sofort mehr. Weiber. Löcher ohne Boden, man stopft unentwegt irgend etwas hinein, und es ist nie genug, man stopft sein ganzes Leben hinein, und sie lächeln ihr schiefes, kleines trauriges Lächeln und bedauern, daß man nicht mehr zu bieten hatte, wenn alles gesagt und getan ist. Er steckt schon reichlich tief drin, und sie wird ihn nicht noch tiefer hineinziehen. Manchmal, wenn er sie von hinten ansieht, kann er es nicht glauben, wie dick sie geworden ist, Hüften breit wie ein Scheunentor, die sich anschicken, etwas in die Welt zu setzen, aber nicht ein kleines rosiges Wesen, sondern ein hornhäutiges weißes Rhinozeros, das nicht mehr mit Nelson zu tun hat als der marmorierte Mann im Mond, das tun einem die Weiber an, wenn die Natur die Herrschaft übernimmt: völlig aus den Fugen geraten.

Der Geschmack in seinem Hals wird zu stark; er muß etwas sagen. «Da wir schon vom Vögeln sprechen», sagt er, «was ist eigentlich mit *uns?*»

«Ich glaube nicht, daß wir das in diesem späten Stadium noch tun sollen. Außerdem fühle ich mich so häßlich.»

«Häßlich oder nicht, du gehörst mir. Du bist meine Alte.»

«Ich bin immer so müde, du kannst es dir nicht vorstellen. Aber du hast recht. Wir machen das heute abend. Wir gehen früh nach Hause. Wenn jemand im Laid-Back uns zu sich einlädt, gehen wir nicht hin.»

«Siehst du, wenn wir eine von diesen Wohnungen hätten, auf die du so scharf bist, müßten *wir* die Leute auch bei uns einladen. Davor zumindest bist du bei Mom-mom in Sicherheit.»

«Ich fühle mich auch sicher da», sagt sie und seufzt. Was soll das nun wieder? Er sollte sie nicht ausführen abends: er ist jetzt verheiratet, er arbeitet, Vergnügungen sind für ihn nicht vorgesehen. Ihm graut vor der Arbeit, an jedem Werktag wacht er morgens mit einem nagenden Gefühl im Magen auf, als wäre er derjenige, in dem etwas wächst, dieses weiße Rhinozeros. Die Cabrios, die ihn unverkauft Tag für Tag anstarren, und Jake und Rudy, die sich gar nicht wieder beruhigen können, daß er diesen kleinen Kawasaki in Zahlung genommen hat, als hätte er Dad absichtlich einen Mordsstreich gespielt, dabei hatte er es doch überhaupt nicht so gemeint, der Bursche hatte ihn so angefleht, und Nelson war begierig gewesen, den Mercury loszuwerden, er erinnerte ihn jedesmal, wenn er ihn sah, an die Zeit, als Dad ihn so von oben herab behandelt hatte und ihm nicht einmal zuhörte, es war so *un*gerecht, er hatte die zwei Autos rammen *müssen,* um dieses süffisante Du-machst-wohl-Witze-Lächeln aus seinem Gesicht zu wischen.

Im Ausstellungsraum kommt er sich vor wie ein Schauspieler auf der Bühne, der seinen Text noch nicht richtig auswendig kann. Vielleicht liegt es an dem Zeug, das er genommen hat, zuviel Koks brennt die Nasenscheidewand aus, und jetzt hört man allgemein, daß Pot eben doch die Gehirnzellen kaputtmacht, das THC lagert sich im Fettgewebe ab und verblödet einen auf Monate hinaus, all die halbwüchsigen Jungen, denen plötzlich Brüste wachsen, weil irgend etwas unterdrückt wurde, als sie mit dreizehn einstiegen, Nelson hat in letzter Zeit, auch wenn er mit offenen Augen aufrecht dasteht, oft Schreckensvisionen von Leuten mit Löchern, wo ihre Nasen sein sollten, weil sie zuviel gekokst haben, oder von Pru, wie sie in einem Krankenhausbett liegt mit dem rosaäugigen Rhinozerosbaby, vielleicht hat es mit dem Gips an ihrem Arm zu tun, der jetzt an den Rändern schon schmutzig wird und krümelt, weil die Gaze unter dem Gips langsam durchgewetzt ist. Und Dad. Er wird dicker und dicker, geht nie mehr joggen, seine Haut wirkt rosig, als saugten seine Poren irgendwelche Nahrung aus der Luft.

In einem der Bücher, die Nelson als Kind besaß, Bücher mit steifen glänzenden bunten Einbanddeckeln und schwarzen Rücken wie aus Isolierband, war ein Bild von einem Riesen mit einem knubbligen grünen Gesicht, aus dem hier und da Haare sprossen, und das lächelte – das machte es noch schlimmer, daß der Riese grinste, während er den Kopf hereinstreckte, mit den schwabbligen Lippen und den auseinanderstehenden Zähnen, die Riesen immer haben, während er in eine Höhle hineinschaute, in der zwei Kinder, ein Junge und ein Mädchen, Bruder und Schwester wahrscheinlich, die Helden der Geschichte, kauern, Schattengestalten, man sieht nur ihre Hinterköpfe, *du* bist es selber, der da hinaussieht, gejagt, zu entsetzt, um einen Muskel bewegen oder Luft holen zu können, während das große, knubblige grinsende Gesicht die sonnige Öffnung der Höhle ausfüllt. So kommt Dad ihm neuerdings vor; er, Nelson, ist in einem Tunnel, und das Gesicht seines Vaters füllt den fernen Ausgang aus, durch den er hinaus in die Sonne gelangen könnte. Sein Alter weiß nicht einmal, daß er es tut, es steckt in seinem kleinen bekümmerten Kaninchenlächeln, in einer geringschätzigen Handbewegung, während er sich abwendet, enttäuscht, ja, das ist es, er hat seinen Vater enttäuscht, er sollte etwas anderes sein, als er ist, und jetzt sehen es in der Firma auch all die anderen Männer, nicht nur Jake und Rudy, sondern auch Manny und seine Mechaniker, ölverschmiert von oben bis unten, das einzig Weiße an ihnen die Haut um die Augen, aus denen sie ihn wortlos anstarren: er ist nicht sein Vater, ihm fehlt dessen Statur, die unbekümmerte Art, die Harry Angstrom manchmal an sich hat. Und weit und breit steht außer Nelson kein Zeuge im Universum, der erklären würde, daß sein Vater schuldig ist, ein Betrüger und ein Feigling und ein Mörder, und wenn er es zu erklären versucht, dann passiert nichts, die Welt lacht ihn aus, wie er da mit offenem Mund steht und kein Wort herausbringt. Der Riese steckt den Kopf herein und lächelt, und Nelson sinkt tiefer in den Tunnel zurück. Das gefällt ihm am Laid-Back, die Tunnelgeborgenheit und der Rauch und der Alkohol und die Joints, die unter den Tischen von Hand zu Hand wandern, und daß er ernst genommen wird, das Zusammensein in dem verrauchten Tunnel mit den anderen, Ratten, Versager, wen kümmert es, man brauchte nicht hinzuhören, wenn irgend jemand etwas sagte, weil sowieso niemand einen Toyota oder eine Versicherungspolice oder sonst irgend etwas kaufen würde. Warum ist die Gesellschaft nicht so eingerichtet, daß die Leute kriegen, was sie brauchen, und tun können, was sie tun wollen? Dad würde sagen, das ist illusorisch, aber Tiere leben seit eh und je so.

«Ich glaube trotzdem, daß du mit Melanie gevögelt hast», sagt Pru mit ihrer dürren lässigen Slumgörenstimme. Einspurig, nichts dahinter.

Ohne zu bremsen, nimmt Nelson mit dem dicken Chrysler unten an der Weiser Street, wo der zerzauste Park den Weg versperrt, die Kurve. Die Pine Street ist jetzt Einbahnstraße, und man muß um den ganzen Block herumfahren, um dort hinzukommen, damit Pru nicht so weit zu Fuß zu laufen braucht. «Ha, und wenn?» sagt er. «Wir, du und ich, waren damals noch nicht verheiratet, was spielt das jetzt für eine Rolle?»

«Es ist nicht *deinet*wegen, wir alle wissen, daß du nach allem grabscht, was du in die Finger kriegst, so unersättlich wie du bist; es macht mir etwas aus, weil sie meine *Freundin* war. Ich habe ihr vertraut. Ich habe euch beiden vertraut.»

«Jetzt fang um Gottes willen nicht an zu plärren.»

«Ich plärre nicht.» Aber er sieht schon kommen, daß sie beleidigt neben ihm in der Nische sitzen und nichts sagen, nichts wahrnehmen wird außer den Stößen in ihrem Bauch, mit dem gebrochenen Arm sieht sie noch lächerlicher aus, der dicke Bauch und die Schlinge und alles, und so gesehen tut sie ihm ein bißchen leid, bis er sich sagt, daß es eben seine Art von Fürsorge ist, sie mitzunehmen, was vielen anderen Typen nicht einfallen würde.

«He, du», brummelt er heiser. «Ich liebe dich.»

«Ich liebe dich, Nelson», erwidert sie und hebt die Hand, die nicht in der Schlinge ist, von ihrem Schoß, während er eine Hand vom Lenkrad nimmt und die ihre drückt. Komisch, je dicker sie um die Mitte wird, um so dünner und trockener kommen ihm ihre Hände und ihr Gesicht vor.

«Wir gehen nach dem zweiten Bier», verspricht er. Vielleicht ist das Mädchen mit den weißen Hosen da. Sie kommt manchmal mit diesem vierschrötigen dümmlichen Jamie, und Nelson nimmt an, daß sie die treibende Kraft ist, wenn sie dorthin gehen; sie kennt sich aus in der Szene, er nicht.

Das Laid-Back ist unter diesem neuen Namen ein solcher Erfolg, daß man in der Pine Street kaum einen Parkplatz bekommt; er möchte Pru wenigstens einen langen Fußmarsch in der Kälte ersparen, obwohl der Arzt sagt, Bewegung sei gut. Er verabscheut Kälte. Als er klein war, hatte er den Dezember immer gemocht, weil gegen Ende des Monats Weihnachten kam, und er war so fasziniert von all den Dingen, die es auf der Welt zu wünschen gab, daß er gar nicht merkte, wie das Dunkel und die Kälte näherrückten, immer näher. Und jetzt schleppt Dad Mom auf diese feudale Reise zu irgendeiner Insel, zusammen mit den schmierigen anderen Paaren, und sie werden da unten rumfaulenzen und in der Sonne braten, während Nelson wie ein Schneider friert und die Stellung in der Firma halten muß. Es ist eine Gemeinheit. Das Mädchen trägt nicht immer weiße Hosen, als er sie das letzte Mal sah, hatte sie einen von den seitlich tief geschlitzten Röcken an, die jetzt Mode sind. Er sieht eine Parklücke vor dem langen, flachen Backsteingebäude, in dem früher die Verity Press untergebracht war, zwischen einem alten zweifarbigen Fairlane und einem bronzenen Honda-

Combiwagen, die gerade groß genug sein könnte. Der Trick beim engen Einparken besteht darin, mit der hinteren Stoßstange direkt die Scheinwerfer des anderen anzupeilen und den Abstand zum Randstein nicht zu groß werden zu lassen, weil man sonst ewig hin und her kurbeln muß. Und man darf keine Angst haben, links nahe heranzufahren, man hat immer mehr Platz, als man denkt. Er fährt so nahe an den Fairlane heran, daß Pru mit scharfer Stimme mahnt: «Nelson.»

Er sagt: «Ich sehe ihn, ich *sehe* ihn, halt den Mund, damit ich mich konzentrieren kann.» Er beabsichtigt, mit dem samtbezogenen Lenkrad des Chryslers – eine Übersetzung hat die Lenkung, daß man einen Vergnügungsdampfer damit wenden könnte – den schweren Wagen so sauber in seine Lücke zu setzen, wie ein Schlittschuhläufer auf dem Eis stoppt. Gott, sind die Kostüme der Eiskunstläuferinnen sexy, wie ihre Röckchen hochfliegen, wenn sie mit rausgerecktem Po rückwärts laufen, und während er sich nach hinten verrenkt, um die relativ niedrigen kleinen Scheinwerfer des Honda zu erspähen, erinnert er sich, wie der geschlitzte Rock des Mädchens auseinanderfiel und ein langes Ende schimmernden Schenkels entblößte, bevor sie sich auf dem Barhocker zurechtsetzte, nachdem sie Nelson ein kurzes schüchternes Lächeln des Wiedererkennens zugeworfen hatte. Mom-moms schwergewichtiger Chrysler schlüpft in den Rückwärtsgang, und Nelsons Vorgefühl von idealer flüssiger Bewegung ist so stark, daß er das sachte Knirschen von Metall auf Metall nicht hört, bis es zur Automitte vorgedrungen ist und Pru aufjault, großer Gott, als würde sie das Baby jetzt schon kriegen.

Webb Murkett sagt, höher kann das Gold jetzt nicht mehr klettern; der kleine Mann in Amerika ist von dem Fieber angesteckt, und wenn der kleine Mann ins Geschäft einsteigt, springt das große Geld ab. Beim Silber sieht die Sache anders aus: Die Gebrüder Hunt unten in Texas schließen täglich Silberlieferungsverträge in Millionenhöhe ab, und Großverdiener wie sie müssen etwas vom Geschäft verstehen. Harry beschließt, sein Gold in Silber umzutauschen.

Janice will sowieso in die Stadt, um Weihnachtseinkäufe zu

machen. So trifft er sich mit ihr im Crêpe House (das sie noch immer Johnny Frye's nennt) zum Mittagessen, und dann können sie mit dem Tresorschlüssel zur Brewer Trust-Bank gehen, und die dreißig Krügerrands herausnehmen, die Harry vor drei Monaten für 11,314.20 Dollars gekauft hat. In der Zelle, in der die Bank dich mit diesen Tresorfächern kommunizieren läßt, angelt er hinter den Versicherungspolicen und den Bundesobligationen die zwei blaugetönten, wie Puppenhaustoiletten aussehenden Zylinder hervor und legt sie in Janices Hände, in jede einen, und lächelt, als ihr Gesicht, wie im Moment des ersten Eindringens bei einer guten Vögelei, mit erneutem Staunen die Wucht, das Gewicht des Goldes zur Kenntnis nimmt. Durch diese Auszeichnung zu gewichtigen Bürgern avanciert, schreiten die beiden zwischen den großen Granitpfeilern der Brewer Trust-Bank hinaus in das zerbrechliche Licht der Dezembersonne und wandern quer durch das Wäldchen, in dem die Brunnen trocken stehen und die Zementparkbänke vollgesprüht sind mit den Namen junger Leute, und dann zwei Straßen weit die östliche Hälfte der Weiser Street hinunter, an Läden vorbei, die ein mageres Weihnachtsgeschäft machen. Unterernährte kleine puertorikanische Frauen sind die einzigen, die in die Billigpreis-Einkaufshallen laufen, und Kinder, die in der Schule sein sollten, und kurzsichtig plierende Rentner in schmuddligen, gesteppten Parkas und Jägerhüten, mit stoppeligen wackligen Kiefern; die Stahlhütten haben diese alten Knaben ausgelaugt und ausgespuckt.

Das Lametta der Kränze, die an den Laternenpfählen hängen, klirrt, erschauert hörbar, wenn Harry an einem von ihnen vorbeigeht. Gold, Gold, singt sein Herz, wenn er das Gewicht spürt, das gleichmäßig auf die zwei tiefen Taschen seines Mantels verteilt ist und im Takt mit seinen Schritten schaukelt. Janice eilt mit kürzeren Schritten neben ihm her, eine schmucke kompakte Frau, warm verpackt in einem Lammfellmantel, der ihr bis auf die Stiefel reicht, und mehrere Pakete umklammernd – das Papier raschelt in demselben Wind, der das Lametta bewegt. Er sieht sie nebeneinander in dem fleckigen, zerkratzten Spiegel am Eingang zu einem Schuhgeschäft: er groß und ungebeugt und weißgesichtig, sie klein und dunkel, neben ihm hertrottend in ihren enganliegenden ochsenblutroten Lederstiefeln, deren Reißverschlüsse bis an die Knöchel reichen, mit hohen Absätzen, die unter ihrem wippenden Mantel hervorschwingen und ihrer Silhouette einen Pfiff geben, der ebenso deutlich wie sein flauschiger schwarzer Mantel und das irische Barett demonstrieren, daß er es geschafft hat, daß sie es geschafft haben, daß ihre lächelnden Gesichter es sich leisten können, im Vorbeischlendern die bitteren blassen Seitenblicke zu ignorieren, die auf der Straße in ihre Richtung flackern und dann verlöschen.

Die Anlagevermittlung mit den langen dünnen Jalousetten befindet sich im nächsten Häuserblock, einem Viertel, das früher als verrufen galt, heute aber angesichts des allgemeinen Verfalls der Innenstadt auch nicht schlimmer als das benachbarte ist. Drinnen lächelt das Mädchen mit dem platingefärbten Haar und den langen Fingernägeln, als sie ihn wiedererkennt, und zieht einen beigen Stuhl aus dem Wartebereich zu Janice heran. Nach einem Telefongespräch mit irgendeiner weit entfernten Handelsvertretung läßt sie ein paar Zahlen durch ihren kleinen Computer laufen und berichtet ihnen beiden, die in ihren unförmigen Mänteln an der Ecke ihres Schreibtisches sitzen, daß der Goldpreis pro Unze an diesem Morgen beinahe auf fünfhundert Dollar gestiegen sei, daß sie ihnen jetzt aber nicht mehr als 488.75 pro Münze bieten könne, das beliefe sich insgesamt auf – ihre Finger tanzen unbehindert von ihren Fingernägeln, und das graue Anzeigefeld des Computers stottert seine ausdruckslose Magnetbandantwort hervor – $ 14662.50. Harry rechnet im stillen nach, daß er mit seinem Gold einen Tausender im Monat verdient hat, und fragt sie, wieviel Silber er jetzt dafür kaufen kann. Die junge Frau wirft ihm unter ihren Augenwimpern hervor einen Blick zu, als sei sie eine Kosmetikerin, die gerade überlegt, ob sie zugeben soll, daß sie im Hinterzimmer nebenbei auch Massagen macht. Neben ihm hat Janice sich eine Zigarette angezündet, und ihr Rauch ergießt sich über den Schreibtisch und verunreinigt die Beziehung, die das platinblonde Mädchen und Harry hergestellt haben.

Das Mädchen erläutert: «Wir handeln nicht mit Silberbarren. Wir führen Silber in Form von Silberdollars aus der Zeit vor '65, die wir unter dem Schmelzwert verkaufen.»

«Schmelzwert?» fragt Harry. Er hatte sich einen sauberen Block vorgestellt, der sich in das Tresorschließfach schmiegen würde wie eine Pistole ins Halfter.

Die Verkäuferin ist geduldig, mit einem Hauch von Schwüle in ihrer Leidenschaftslosigkeit. Etwas von der seidigen Gewichtigkeit der Edelmetalle hat auf sie abgefärbt. «Wissen Sie, das altmodische Wagenrad –», sie macht einen beschreibenden Kreis mit dolchartigem Zeigefinger und Daumen – «das die U. S.-Münze bis vor fünfzehn Jahren herausgab. Jedes enthält nullkommafünfundsiebzig Troy-Unzen Silber. Silber wurde heute Mittag gehandelt für –», sie sieht nach auf einem Zettel neben dem vanillefarbenen Drucktastentelefon auf ihrem Schreibtisch – «23.55 Dollar je Unze, das würde bedeuten, daß jede Münze, ungeachtet ihres Sammlerwerts –» wieder die Rechenmaschine – «17.66 Dollar wert ist. Aber einige Münzen sind abgenutzt, deshalb könnte ich Ihnen, falls Sie und Ihre Gattin sich zum Kauf entschließen sollten, einen etwas niedrigeren Preis dafür bieten.»

«Sind das alte Münzen?» fragt Janice mit dieser Ma-Springer-Bissigkeit in der Stimme.

«Einige sind alt, andere nicht», antwortet das Mädchen kühl. «Wir kaufen sie nach Gewicht von Sammlern, die sie auf ihren Sammlerwert hin durchgesehen haben.»

Dies ist nicht das, was Harry sich vorgestellt hatte, aber Webb hatte geschworen, daß kluge Rechner ihr Geld in Silber anlegten. Er fragt: «Wie viele könnten wir mit dem Gold-Geld kaufen?»

Wieder folgen hastige Rechenoperationen: 14662.50 Dollar würden sich in die magische Zahl 888 verwandeln. Achthundertachtundachtzig Silberdollars zum Preis von 16.50 Dollar pro Stück inklusive Kommission und Verkaufssteuer. Rabbit kommt achthundertachtundachtzig in jedem Fall viel vor, egal wovon, selbst wenn es Streichhölzer wären. Er sieht Janice an. «Schätzchen, was hältst du davon?»

«Harry, ich weiß nicht, was ich davon halten soll. Es ist deine Anlage.»

«Aber es ist unser Geld.»

«Du möchtest das Gold nicht einfach behalten.»

«Webb sagt, Silber könnte sich im Wert verdoppeln, wenn sie die Geiseln nicht wieder rausgeben.»

Janice wendet sich an das Mädchen. «Ich wüßte gern, falls wir ein Haus finden sollten, für das wir eine Anzahlung machen möchten, wie flüssig ist dieses Silber dann?»

Die Blonde behandelt Janice mit neuem Respekt, spricht in sanfterem Tonfall mit ihr, von Frau zu Frau. «Es ist außerordentlich flüssig. Viel mehr noch als Sammlerstücke oder Grund und Boden. Fiscal Alternatives garantiert ihnen, jederzeit zurückzukaufen, was immer wir ihnen verkaufen. Diese Münzen zum Beispiel, wenn Sie sie uns heute anbieten würden, würden wir Ihnen –» wieder sieht sie in die Papiere auf ihrem Schreibtisch – «dreizehnfünfzig pro Stück bezahlen.»

«Das heißt, wir würden drei Dollar mal achthundertachtundachtzig verlieren», sagt Harry. Seine Handflächen haben angefangen zu schwitzen, vielleicht kommt es von dem Wintermantel. Kaum macht man ein bißchen Gewinn in dieser Welt, schon heckt die Welt etwas aus, um es dir wieder wegzunehmen. Er wünscht, er hätte das Gold wieder. Es war so hübsch, das kleine, zierliche Reh auf der Rückseite.

«Oh, aber so wie der Silberpreis sich entwickelt», sagt das Mädchen und macht eine kleine Pause, um an irgendeinem Schönheitsfehler neben ihrem Mundwinkel zu kratzen, «könnten Sie das in einer Woche aufholen. Ich glaube, Sie tun das Vernünftigste, was Sie tun können.»

«Ja, schon, aber wie Sie sagen, nehmen wir einmal an, die Geschichte im Iran kommt in Ordnung», sorgt sich Harry. «Würde dann nicht die ganze Seifenblase platzen?»

«Edelmetalle sind keine Seifenblasen. Edelmetalle sind die absolut sicherste Geldanlage. Ich persönlich meine, daß das arabische Geld nicht so sehr wegen Persien auf den Goldmarkt geflossen ist, sondern mehr wegen der Besetzung der großen Moschee. Wenn die Saudis in Schwierigkeiten sind, ist es wirklich eine ganz neue Affäre.»

Eine neue Affäre, he! «Okay», sagt er, «machen wir es. Wir kaufen das Silber.»

Platinhaar wirkt ein wenig überrascht, trotz ihrer geschmeidigen Überredungskünste, und es gibt ein langes Hin und Her über das Telefon, um so viele Münzen aufzutreiben. Schließlich schleppt ein junger Bursche, den sie Lyle nennt, einen grauen Leinensack herein, in dem man vielleicht liegengebliebene Post transportieren würde; er schwankt vor Anstrengung und grunzt regelrecht, als er den Sack auf ihren Schreibtisch wuchtet, aber schließlich hat er einen zierlichen Körperbau und irgend etwas Feminines an sich, vielleicht ist es der kurze Haarschnitt. Witzig, wie das Pendel in die entgegengesetzte Richtung geschwungen ist: Die Spießer lassen sich die Haare jetzt wachsen, die Schwulen und Punks sind diejenigen, die mit Stoppelhaar herumrennen. Harry fragt sich, wie sie die Haare wohl bei der Marine tragen, vermutlich bis auf die Schultern. Dieser Lyle entschwindet, nachdem er Harry vielsagend zugezwinkert hat, als hätte er sich nicht nur die Massage eingehandelt, sondern obendrein noch die Nummer mit schwarzer Lederkluft und Peitsche.

Zuerst meinen Harry und Janice, daß nur das Mädchen mit dem Platinhaar und der nicht ganz makellosen Haut die Münzen berühren darf. Sie schiebt ihre Papiere auf die eine Seite ihres Schreibtischs und versucht angestrengt, eine Ecke des Sacks anzuheben. Dollars kullern heraus. «Verdammt!» Sie saugt an einem Fingernagel. «Sie können zählen helfen, wenn Sie so nett sein wollen.» Sie legen ihre Mäntel ab und machen sich mit Elan daran, Zehnerstapel abzuzählen. Der ganze Tisch ist voll Silber, Hunderte von Miss Libertys, manche abgegriffen und dünn, manche dicke Klunker, als kämen sie frisch aus der Münze. Das Hantieren mit einem so handgreiflichen Luxus von Profilen und frommen Sprüchen und Adlern reizt Janice zum Kichern, und Harry weiß, wie ihr zumute ist; im Matsch spielen. Diese Menge. Die Stapel vermehren sich rapide und werden in Reihen von zehn mal zehn arrangiert. Der Sack gibt schließlich seine letzte Münze her, mit der Spur eines Fussels darauf, den das Mädchen wegschnippt. Ohne ein Lächeln wedelt sie mit rotumrandeter Hand über ihre Stapel. «Ich habe dreihundertundneunzig.»

Harry tätschelt seine Stapel und meldet: «Zweihundertvierzig.»

Janice sagt: «Zweihundertachtundfünfzig.» Sie hat ihn geschlagen. Er ist stolz auf sie. Sie kann Kassiererin werden, falls er plötzlich sterben sollte.

Die Rechenmaschine wird zu Rate gezogen. 888. «Stimmt genau», sagt das Mädchen, ebenso überrascht wie die beiden. Sie wickelt den Schriftkram ab und gibt Harry zwei Vierteldollar-Münzen und einen Zehndollar-Schein Wechselgeld heraus. Er fragt sich, ob er es ihr zurückgeben sollte, als Trinkgeld. Die Münzen passen in drei Pappschachteln von der Größe klobiger Backsteine. Harry stellt sie aufeinander, und als er versucht, alle drei auf einmal anzuheben, lachen Janice und das Mädchen beide laut auf über den Ausdruck in seinem Gesicht.

«Du lieber Gott», sagt er. «Was wiegen die denn?»

Die Platinblonde macht sich an ihrem Computer zu schaffen. «Wenn Sie davon ausgehen, daß jede mindestens eine Troy-Unze wiegt, ergibt das vierundsiebzig Pfund. Das Pfund hat nur zwölf Troy-Unzen.»

Er wendet sich an Janice: «Nimm du auch einen.»

Sie hebt einen Karton, und jetzt hat er etwas zu lachen – beim Anblick des Gesichts, das sie macht, die Augen weit aufgerissen. «Ich kann nicht», sagt sie.

«Du mußt», sagt er. «Es ist ja nur bis zur Bank. Komm, ich muß zurück zur Firma. Wozu spielst du die ganze Zeit Tennis, wenn du keine Muskeln hast?»

Er ist stolz auf die Tennisspielerei; er produziert sich jetzt für das blonde Mädchen, spielt die Rolle des feinen Pinkels aus Penn Park. Sie schlägt vor: «Vielleicht könnte Lyle mit Ihnen hingehen.»

Rabbit möchte nicht gern mit diesem warmen Bruder auf der Straße gesehen werden. «Wir kommen schon zurecht.» Zu Janice sagt er: «Stell dir einfach vor, du wärst schwanger. Komm schon. Gehen wir.» Zu dem Mädchen sagt er: «Sie kommt gleich zurück und holt ihre Pakete.» Er nimmt zwei von den Kartons, drückt die Tür mit der Schulter auf und treibt Janice an, ihm zu folgen. Draußen, im kalten Sonnenlicht und im schimmernden Wind der Weiser Street versucht er, nicht das Gesicht zu verziehen und die fragenden Gesichter der Leute nicht zu beachten, die neugierige Seitenblicke auf die zwei kleinen Schachteln werfen, die er so verbissen in Höhe seines Hosenschlitzes umklammert hält.

Ein Schwarzer mit einer blauen Strickmütze auf dem Kopf, mit blutunterlaufenen Augen wie Murmeln in Orangensaft, bleibt auf dem Pflaster stehen und macht einen stolpernden Schritt auf Harry zu. «He Kumpel, kannste 'nem Freund ma helfn.» Das Komische an diesen Schwarzen, sie haben es wirklich auf Rabbit abgesehen. Er schwenkt herum, um das Silber mit seinem Körper abzuschirmen, und das herumgeschleuderte Gewicht läßt ihn beinahe vornüberkippen, so daß er einen Schritt machen muß. Im Weitergehen wagt er nicht, nach hinten zu sehen, um sich zu vergewissern, ob Janice nachkommt. Aber, als er am Straßenrand neben einer verschrammten Parkuhr steht, hört er ihren Atem und spürt, wie sie neben ihm angestolpert kommt.

«Der Mantel ist aber auch schwer», keucht sie.

«Komm, wir gehen rüber», sagt er.

«Mitten im Verkehr?»

«Keine Widerrede», knurrt er, denn er spürt den verwirrten schwarzen Mann in seinem Rücken. Er stößt sich vom Bordstein ab, seinetwegen muß ein Bus, etliche Häuser weiter weg, die Bremsen fauchen lassen. In der Mitte der Straße, wo die weiße Doppellinie irgendwann einmal im aufgeweichten Sommerteer gewabbelt hatte, wartet er, bis Janice ihn eingeholt hat. Das Mädchen hat ihr den Postsack als Trage für den dritten mit Silber gefüllten Karton gegeben, aber statt ihn sich über die Schulter zu legen, trägt Janice ihn in den linken Arm gekuschelt wie ein Baby. «Wie geht's?»

«Ich schaff's schon. Geh weiter, Harry.»

Sie erreichen den gegenüberliegenden Bordstein. Der Erdnußladen hat jetzt nicht nur drinnen Pornohefte, sondern auch eine stattliche Kollektion davon auf einem Ständer vor dem Geschäft ausgelegt. Junge muskulöse eingeölte Burschen posieren einzeln oder in Paaren unter Titeln wie *Drummer* und *Skin*. Ein Japaner in einem dreiteiligen Nadelstreifenanzug und mit grauer Melone auf dem Kopf schreitet geschniegelt aus der Tür und steckt sich eine *New York Times* und ein *Wall Street Journal* zusammengefaltet unter den Arm. Wie es den Japaner wohl nach Brewer verschlagen hat? Während die Tür sich sachte schließt, weht eine Wolke des altvertrauten Zirkusdufts von warmen gerösteten Erdnüssen auf den kalten Gehweg heraus. Harry sagt zu Janice: «Wir könnten alle drei Schachteln in den Sack stecken, und dann werfe ich ihn mir über die Schulter. Wie Santa Claus, verstehst du. Ho ho.»

Ein kleiner Pulk pockennarbiger dunkelhäutiger Straßenlümmel, dazwischen zerlumpte Wermutbrüder in ihrer mehrlagigen Winterkleidung macht Anstalten, sich um sie herum zusammenzurotten, während sie beratschlagen. Harry nimmt seine zwei Kartons fester in den Griff. Janice drückt den dritten an sich und sagt: «Komm, wir boxen uns hier durch. Es ist nur noch ein Block bis zur Bank.» Ihr Gesicht ist gerötet und von der Kälte gereizt, ihre Augen blinzeln und tränen, und ihr Mund ist zu einem energischen Schlitz zusammengepreßt.

«Noch gut anderthalb Blocks», berichtigt er.

Vorbei also an der Brewer Wallpaper Company mit ihren Musterrollen, die in den verstaubten Schaufenstern wie Leichentücher erstarren, vorbei an Blimline's Sandwiches und an der Büromaterialgroßhandlung Manderbach, an einem schmalen, mit flachen Schachteln vollgepackten Laden, der Hobby Heaven heißt, an dem Zigarrengeschäft mit seinem großen rostenden Y-B-Schild und an den verschnörkelten schmiedeeisernen Gitterfenstern des ehemaligen Conrad Weiser Oyster House, das heute in schreiend roten Lettern auf den Türen Live-Unterhaltung verheißt, über die Fourth Street hinüber, als die Ampel endlich auf Grün schaltet, an den langen, mit eingelassenen Glasbausteinen geschmückten Fassaden des Acme-Kaufhauses vorbei, das angeblich Ende des Jahres aufhören wird, vorbei an Hollywood Beauty Supplies und Imperial Floor Coverings und Zenith Auto Parts and Accessories, mit dem süßlichen gebrannten Geruch von neuen Reifen und einem Schaufenster voll verchromter Auspuffrohre – so gehen sie, Mann und Frau, während der Wind auffrischt und die flimmernden Gehwegquadrate ihnen entgegenwachsen.

Das kantige Gewicht in Harrys Händen ist eine wilde Bestie geworden, es brennt ihm in den Handflächen, rammt in seine Leistengegend. Jetzt, wo er es fast begrüßen würde, ausgeraubt zu werden, spürt er, daß die anderen Passanten hier auf der Westseite der Straße irgendwie zurückscheuen vor ihm und

Janice, als stellten sie eine Bedrohung dar, von den Kraftfeldern ihrer Pappkartons zu zappelnden Hampelmännern entstellt. Er muß immer wieder warten, bis Janice ihn eingeholt hat, während seine eigene Last, das Zweifache der ihren, an seinen Armen zieht. Das um die Aluminiumlaternenmasten drapierte Lametta vibriert wütend. Der Schweiß läuft ihm unter seinem teuren Wintermantel den Rücken hinunter, und er spürt seinen Hemdkragen am Kinn als klamme kalte Kante. Während dieser Aufenthalte starrt er die Weiser Street hinauf zu dem bläulichvioletten braunen Buckel des Mt. Judge; in seiner kindlichen Einbildung hatte Gott an den Hängen dieses Berges geruht, und jetzt kann er sich vorstellen, wie er und Janice, von dieser Warte aus gesehen, sich in Gottes Augen ausnehmen könnten: zwei Ameisen, bei dem Versuch, an den Seitenwänden einer Klosettschüssel emporzukrabbeln.

Sie kommen an einem Fotogeschäft vorbei, das für Agfa-Filme wirbt, an der Hexerei-Boutique mit ihren Schaufensterpuppen, die Brüste ohne Brustwarzen durch transparente Blusen und Westen aus Goldmaschen recken, und an einem Rexall's Drugstore mit pastellfarbenen Vibratoren unter den Tips für Weihnachtsgeschenke in den mit Watte und Engelshaar festlich geschmückten Auslagen, dann am Crêpe-House mit seinen Mittag essenden Pärchen, an dem hier in der Stadt berühmten Zigarrenladen, der in einem Akt von Geschichtsbewußtsein erhalten blieb, weiter an einem neuen Laden, der Pedalease heißt und spezialisiert ist auf Herren- und Damenschuhe für Joggen und Tennis und sogar Racquetball und Squash, Dinge, die nach den riesigen Papp-Postern im Schaufenster zu urteilen, junge Ehepaare oder junge Singles mit ihren Partnern heutzutage treiben. Das honigfarbene Haar des Mädchens in dem Dacron-Dress fliegt hoch wie flüssige Luft, während sie lachend und leichtfüßig einen Ball schlägt. Dann endlich taucht die erste der vier großen Granitsäulen der Brewer Trust-Bank auf. Harry lehnt seinen schmerzenden Rücken an ihre römische Breite, während er darauf wartet, daß Janice nachkommt. Sollte sie auf der Strecke, die zwischen ihnen liegt, ausgeraubt werden, kostet sie das ein Drittel von 14,652 Dollar, das heißt fast 5000 Dollar, aber in diesem Augenblick erscheint ihm die Gefahr nicht sehr real. In einiger Entfernung sieht er auf der Rückenlehne einer der Betonbänke, die in der Fußgängerzone stehen, die Wörter SKEETER LIVES aufgesprüht. Er müßte näher herangehen, um sich zu vergewissern, was da steht. Aber er kann nicht weg. Janice ist neben seiner Schulter angekommen. Mit ihrem geröteten Gesicht sieht sie wie ihre Mutter aus. «Laß uns nicht hier stehenbleiben», keucht sie. Selbst der Weg um den Pfeiler herum kommt ihm weit vor, während sie ihm vorangeht und sich durch die Drehtür zwängt.

Weihnachtslieder erschallen in dem schönen gewölbten Innenraum. Das hohe Deckengewölbe erstrahlt zu jeder Jahreszeit in blauer Bemalung, über die in regelmäßigen Abständen Goldsterne verteilt sind. Als Harry seine zwei Schachteln auf einem der Tresen abstellt, wo man sonst Schecks ausschreibt, scheint sein erleichterter Körper zu diesem künstlichen Himmel aufzufahren. Die Bankangestellte, eine Dame in einem orchideenfarbenen Hosenanzug, lächelt, daß sie so bald zu ihrem Tresorfach zurückkehren. Das Fach mißt zehn mal zehn Zentimeter, und es ist, wie sie feststellen müssen, schmaler als die Kartons mit den Silberdollars, die in drei Reihen nebeneinander liegen. Mit noch schwer arbeitenden Herzen und noch immer schmerzenden Händen, durch die Tür mit der mattierten Glasscheibe hermetisch in der Zelle eingeschlossen, brauchen Harry und Janice lange, ehe sie die Diskrepanz begreifen. Harry mißt mehrmals die Breite eines Kartondeckels an der Breite des Blechbehälters, bevor er zu dem Schluß kommt: «Wir brauchen ein größeres Fach.» Janice wird beauftragt, in die Schalterhalle zurückzugehen und es zu erbitten. Ihr Vater war ein guter Freund des Geschäftsführers gewesen. Als sie wiederkommt, bringt sie die Nachricht mit, daß in letzter Zeit ein wahrer Ansturm auf Tresorfächer geherrscht habe und daß die Bank die Angstroms bestenfalls auf eine Warteliste setzen könne. Der Geschäftsführer, den Daddy gekannt hatte, sei pensioniert worden. Der neue sei Janice sehr jung vorgekommen, allerdings sei er nicht eigentlich unhöflich gewesen.

Harry lacht. «Na, wir können sie schlecht an unsere Blondine da unten zurückverkaufen, das würde uns ein Vermögen kosten. Ob wir einfach alles in den Sack zurückschütten und dann reinstopfen?»

In die enge Zelle eingepfercht, stoßen er und Janice immer wieder aneinander, und er wittert zum erstenmal einen Zweifel an ihr, ob er sie beide auf den richtigen Weg geführt hat in dieser neuen inflatorischen Welt; oder vielleicht dünstet er den Zweifel selber aus, den er wittert. Aber es gibt kein Zurück. Sie packen Silberdollars von den Kartons in den Sack um. Als die Münzen laut klimpern, zuckt Janice zusammen und sagt: «Schsch.»

«Warum? Wer soll es schon hören?»

«Die Leute draußen. Die Schalterangestellten.»

«Das ist denen doch egal.»

«Mir nicht», sagt Janice. «Es ist zum Ersticken hier drin.» Sie zieht ihren Lammfellmantel aus und läßt ihn, da kein Haken da ist, an dem sie ihn aufhängen kann, zusammengefaltet auf den Boden fallen. Er zieht seinen schwarzen Wintermantel aus und legt ihn oben darauf. Schweiß von der körperlichen Anstrengung macht ihr Haar lockiger; ihr Pony hat sich nach oben gekringelt, so daß ihre hohe glänzende Stirn zum Vorschein kommt, die so sehr sie ist, jetzt wie vor zwanzig Jahren, daß er ihr einen Kuß darauf gibt und Salz schmeckt. Er fragt sich, ob schon mal jemand in diesen Kabäuschen gebumst hat und stellt sich vor, daß ein Tresorraum nicht übel wäre, eine von den aufgeputzten jungen Schalterangestellten und ein geiler alter Kreditsachbearbeiter, das Zeitschloß auf Morgengrauen einstellen und drauflosvögeln. Janice füttert den kratzigen grauen Sack mit Stapeln von Münzen, verstohlen, um das Klimpern zu unterdrücken. «Das ist so peinlich», sagt sie, «stell dir bloß vor, eine dieser Damen kommt rein», als ob das Silber nacktes Fleisch wäre; und nicht zum erstenmal in über zwanzig Jahren spürt er eine verstohlene Aufwallung von Liebe zu ihr, seiner Mitgefangenen in den Engpässen, mit denen das Leben aufwartet. Er nimmt einen der Silberdollars und läßt ihn durch den Ausschnitt ihrer Leinenbluse in den Büstenhalter gleiten. Wie er geahnt hat, quiekst sie auf bei der Berührung des kalten Metalls, versucht aber, den Quiekser zu unterdrücken. Er liebt sie noch mehr, als er sieht, wie sie einen Knopf ihrer Bluse aufknöpft und stirnrunzelnd in ihrem Büstenhalter nach der Münze gräbt; trotz seines Alters erregt es ihn immer noch, wenn er Frauen an ihrer Unterwäsche herumfingern sieht. Verschaffen wir uns unseren eigenen Mantelständer hier drin.

Nach einer Weile verkündet sie: «Es geht einfach nicht rein.» Soviel sie auch stopfen und rücken, kaum die Hälfte der eingesackten Münzen geht in das Fach hinein. Sie räumen alles aus, Versicherungspolicen und Pfandbriefe, Nelsons Geburtsurkunde und die nie weggeworfenen Kreditunterlagen für das abgebrannte Haus in Penn Villas – all die gewissenhaft aufbewahrten Papierfetzen, die ihren Weg durch eine bestimmte Wirtschafts- und Rechtsphase bezeugen, und ordnen es neu ein, umsonst. Das grobe Sackleinen des Beutels, der Hang loser Münzen, sich kugelförmig zusammenzuballen, die lange schlanke Form des grauen Blechkastens treibt sie zur Verzweiflung, als sie Seite an Seite zerren und drücken – Chirurgen bei einem hoffnungslosen Fall. Von den achthundertachtundachtzig Münzen schlüpfen immer wieder welche aus der Öffnung des Sacks, fallen auf den Fußboden und kullern in die Ecken. Als sie das absolute Maximum in den Blechkasten gepreßt haben, dessen dünne Wände sich schon wölben, bleiben noch dreihundert Silberdollar übrig, die Harry auf die Taschen seines Mantels verteilt.

Als sie aus dem Kabäuschen herauskommen, bietet die freundliche Bankangestellte in dem orchideenfarbenen Anzug an, ihnen den beladenen Kasten abzunehmen. «Ziemlich schwer», warnt er sie. «Lassen Sie das besser mich machen.» Ihre Augenbrauen gehen in die Höhe, sie tritt zurück und führt ihn in den Tresorraum. Sie gehen durch eine große Tür, deren gefalzte Kanten schimmern, in einen Raum mit kleinen polierten Rechtecken an den Wänden und einem wachsweißen Belag auf dem Boden. Kein guter Platz zum Vögeln, das war ein Irrtum. Sie läßt ihn seinen langen Kasten in das leere Rechteck schieben. Requiescat in pace. Harry ist schweißgebadet und vor Anstrengung gebeugt. Er richtet sich auf und sagt entschuldigend: «Tut mir leid, daß wir ihn so vollgestopft haben.»

«Aber nein», sagt die orchideenfarbene Dame. «Das tun viele Leute jetzt . . . bei all den Einbrüchen.»

«Und was ist, wenn die Einbrecher hier reinkommen?» scherzt er.

Das ist nicht witzig. «Oh . . . das *können* sie nicht.»

Draußen vor der Bank neigt sich der Nachmittag seinem Ende zu, und die Schatten der Gebäude verdunkeln das weihnachtliche Geglitzer. Janice klopft zum Spaß auf eine seiner Taschen, um es klimpern zu hören. «Was hast du mit denen da vor?»

«Sie den Armen schenken. Dieses Luder in dem Laden da unten, das war das letzte Mal, daß ich was bei ihr gekauft habe.» Die Kälte verklebt sein Gesicht mit dem trocknenden Schweiß. Mehrere Burschen, die er aus dem Rotarierclub kennt, kommen sichtlich gestählt vom Mittagsmahl aus dem Crêpe-House, und er macht – weitereilend – eine Gebärde mit erhobenem Daumen. Weiß der Himmel, was inzwischen ohne ihn drüben im Geschäft alles passiert, womöglich nimmt der Junge jetzt Rollschuhe in Zahlung.

«Du könntest den Safe in der Firma benutzen», schlägt Janice vor. «Vielleicht gehen sie jetzt alle hier hinein.» Sie reicht ihm einen der leeren Pappkartons.

«Nelson wird sie klauen», sagt er. «Er kennt die Kombination inzwischen auch.»

«Harry. Wie kannst du so was sagen.»

«Weißt du, was der Kratzer, den er dem Chrysler deiner Mutter beigebracht hat, kosten wird? Mindestens achthundert beschissene Dollars. Er muß den Verstand verloren haben. Man konnte sehen, wie die arme Pru sich geniert hat, ich frage mich bloß, wie lange sie sich das noch mit ansieht, ehe sie kapiert und sich scheiden läßt. Das wird uns auch einiges kosten.» Sein schwer beladener Wintermantel zieht ihm die Schultern nach unten. Es kommt ihm so vor, als sei das Trottoir jetzt eine abschüssige Fläche, die im Laufe des Jahres, von Verlust zu Verlust, steiler unter ihm abfällt. Sein Silber ist verstreut, Lametta. Sein Tresorfach wird aufplatzen, die Putzfrauen werden die Münzen zusammenkehren. Es ist sowieso nur Dreck. Weihnachten, diese große klägliche Lüge, die man den Kindern erzählt, besudelt die Weiser Street von einem Ende zum anderen, und durch die Trübsal ahnt er die Wahrheit: Wenn man reich ist, wird man ausgenommen, wenn man reich ist, ist man arm.

Janice ruft ihn in die Wirklichkeit zurück und sagt: «Harry, bitte. Mach nicht so ein tragisches Gesicht. Pru liebt Nelson, und er liebt sie. Sie werden sich nicht scheiden lassen.»

«Daran hab ich gar nicht gedacht. Ich dachte daran, wie Silber im Wert fallen wird.»

«Ach, und wenn schon. Es ist sowieso alles nur ein Glücksspiel.»

Gott segne diese dumme Gans, sie gibt nicht auf. Die Tochter vom alten Fred Springer, des lokalen Oberrollers, der sich direkt in einen satingefütterten Sarg gerollt hatte. In alten Zeiten pflegten sie das Silber zu vergraben und die Leichen in Wandhöhlen zu legen.

«Ich gehe mit dir bis zum Auto», sagt Janice, ganz treusorgende Gattin. «Ich muß meine Pakete abholen bei diesem Luder, wie du sie nennst. Apropos, wie scharf warst du eigentlich darauf, das Luder zu vögeln?» Bemüht, ein Gesprächsthema zu finden, das ihm Spaß macht.

«So gut wie gar nicht», bekennt er. «Es ist direkt erschreckend, wie wenig. Hast du dir ihre Fingernägel angesehen? Krrr-ratz.»

In der Woche zwischen den Feiertagen herrscht Flaute im Autogeschäft: Die Leute fühlen sich nach Weihnachten abgebrannt, und da der Winter erst anfängt, mit Eis und Salz auf den Straßen und wahrscheinlich mit Blechschäden, neigen sie dazu, die alten Schlitten, die sie haben, zu behalten. Nach dem Motto: Bis zum Frühjahr wird er's noch machen. Wenigstens haben sie den Motorschlitten nach hinten auf den Hof geschafft, wo ihn niemand sehen kann, jetzt steht er nicht mehr da wie ein entfernter Verwandter dieser kleinen Frontantriebs-Tercels. Wo nehmen sie bloß die Namen her? Hört sich an wie Edsel. Auch Toyota, das hat zu viele o's, läßt die Leute an ‹Jota› denken. Datsun und Honda, da weiß man auch nicht, woher das kommt. Datsun könnte dem Klang nach deutsch sein, Data, rat-tat-tat, aufgehende Sonne. Die Imbißstube gegenüber an der Route 111 macht auch nicht viele Geschäfte, es ist schon zu kalt, um draußen oder im Auto zu essen, es sei denn, man läßt den Motor laufen, dabei kommen jeden Winter Leute um, wenn sie versuchen, im Auto zu bumsen. Trotzdem ist es enorm, was sich da an Sandwich-Einwickelpapier und Pappbechern ansammelt, die zusammen mit dem Staub auf dem Firmengelände herumgeweht werden. Es ist eine andere Art Staub im Dezember, grauer und gröber als Sommerstaub, vielleicht liegt es an der kälteren Luft, die weniger Auftrieb hat, genauso wie kalte Luft weniger Wasser aufnimmt, weshalb die Innenseiten der Doppelfenster jetzt, wenn man morgens aufwacht, immer beschlagen sind. Was das für einen Rattenschwanz von Problemen nach sich zieht. Rost. Trockenfäule. Motoren, die morgens nicht anspringen, wenn man nicht vorher den Verteilerkopf abnimmt und die Zündkerzen abwischt. Ohne Kondensation würde die Welt wohl ewig halten. Auf dem Mond, zum Beispiel, ist das kein Problem. Auf dem Mars auch nicht, wie man seit neuestem weiß. Zu Silvester will Buddy Inglefinger dieses Jahr eine Riesenparty schmeißen, vermutlich hatte er Angst, den Anschluß an die alte Clique zu verlieren, als er Wind von der Reise in die Karibik bekam, die sie machen wollen, ohne ihn dazu einzuladen. Wer wohl die Gastgeberin spielen wird bei ihm, dieser flachbrüstige Trauerkloß mit den glatten schwarzen Haaren, die irgendeinen verrückten Laden in Brewer betreibt, oder ihre Vorgängerin, die mit dem Ausschlag an den Innenseiten der Oberschenkel und sogar zwischen den Brüsten, was man im Badeanzug sehen konnte, wie hieß die nochmal? Ginger. Georgene. Er und Janice wollen sich nur kurz blicken lassen, um nicht unhöflich zu sein, ab einem bestimmten Alter weiß man, daß sich auf Parties nicht viel abspielt, und wollen gleich nach Mitternacht wieder gehen. Dann noch sechs Tage, und ab geht es zu den Inseln. Nur zu sechst. Die kleine Cindy da unten in all dem Sand. Er braucht Erholung, die Dinge gehen ihm langsam an die Nieren. Wenn man in dieser Branche weniger als einen Wagen pro Tag verkauft, die Sonntage nicht mitgezählt, wird es kritisch. Das viele Blech, das verstaubt und verrostet, das Chrom, das Pickel bekommt. Metall korrodiert. Silber ist zwei Dollar pro Unze gefallen, just von dem Augenblick an, als er es diesem blonden Luder abkaufte.

Nelson hat sich in der Werkstatt wegen der Reparatur an dem Chrysler mit Manny herumgestritten, der Junge will einen Rabatt auf die vollen 18 Dollar 50 Stundenlohn, den die Kunden zahlen müssen, und Manny hat ihm wieder und wieder wie einem Schwachsinnigen erklärt, wenn man am Stundenlohn der Angestellten herumschnippelt, schlägt sich das in der Abrechnung nieder und wirkt sich auf die Prämien aus, die alle am Monatsende bekommen. Nelson kommt jetzt herüber und stellt sich neben seinen Vater ans Fenster.

Harry kann sich nicht an den Anblick des Jungen im Anzug gewöhnen, irgendwie wirkt er darin noch kleiner, wie ein Miniatur-Zeremonienmeister im Smoking, und mit den jetzt längeren Haaren, die er sich nach jedem Duschen mit Prus Fön aufplustert, kommt Nellie ihm wie ein kleiner verschlagener Geck vor, den Harry nicht kennt. Als der Junge noch klein war, ließ Janice sich unentwegt darüber aus, daß er haargenau Harrys Ohren hätte, mit diesem Knick im Falz oben, als ob einer von diesen altmodischen Zugschaffnern von früher ihn da hineingestanzt hätte, aber jetzt sind Nelsons Ohren oben von weichfallenden, stufig geschnittenen Haaren bedeckt; und Harry hat sich mit den seinen nicht mehr beschäftigt, seit er im Alter von vierzig dieser pubertären Wer-bin-ich-Eitelkeitsphase entwuchs. Jetzt rasiert er sich nur noch so schnell er kann, und macht, daß er vom Spiegel wegkommt. Ruth hatte niedlich kleine enganliegende Ohren, fällt ihm ein. Janices werden so braun am oberen Rand, daß ein Kranz winziger roter Sommersprossen zum Vorschein kommt. Die Ohrläppchen ihres Vaters waren lang wie die eines Chinesen, bevor er starb. Nelson hat einen reif aussehenden Pickel, der bald aufgehen müßte, in der Falte über dem einen Nasenflügel, bemerkt Harry in dem Licht, das durch die Schaufensterscheibe hereinflutet. Die schräg einfallende Sonne läßt all den Staub auf dem Glas dick wie Blattgold erscheinen um diese Jahreszeit, so flach ist die Sonnenbahn am Tag. Der Junge versucht, nett zu sein. Komm schon. Entspann dich.

Harry fragt ihn: «Bist du noch aufgeblieben und hast dir die 76er zu Ende angesehen?»

«Nein.»

«Dieser Gervin von San Antonio war nicht schlecht, was? Ich hab heute morgen im Radio gehört, daß er insgesamt sechsundvierzig Punkte gemacht hat.»

«Basketball ist bloß was für Idioten, wenn du mich fragst.»

«Es hat sich sehr verändert seit meiner Zeit», räumt Rabbit ein. «Die Schiedsrichter haben früher wenigstens ab und zu Schrittfehler abgepfiffen; heute, liebe Güte, laufen sie über das halbe Spielfeld, wenn sie auf einen Korbleger aus sind.»

«Ich mag lieber Hockey», sagt Nelson.

«Das weiß ich. Wenn du dir diese verdammten Flyers ansiehst, kann man sich im ganzen Haus nicht retten vor Radau. Diese albernen Zuschauer gehen doch nur hin, um zu sehen, ob es eine Schlägerei gibt und jemandem die Zähne eingeschlagen werden. Blut auf dem Eis, das ist die Zugnummer.» Das Gespräch läuft unglücklich; er versucht es mit einem anderen Thema. «Wie findest du das mit den Russkis in Afghanistan? Damit haben sie sich was Schönes eingebrockt zu Weihnachten.»

«Es ist blöde», sagt Nelson. «Ich meine, daß Carter so ein Theater macht. Es ist nicht schlimmer, als was wir in Vietnam getan haben, sogar nicht mal so schlimm, weil es immerhin vor ihrer Tür ist und sie dort schon seit Jahren ihre Marionettenregierung gehabt haben.»

«Und Marionettenregierungen sind in Ordnung, was?»

«Na, die haben sie doch alle. Ganz Südamerika ist voll von unseren Marionettenregierungen.»

«Ich wette, das würde die Lateinamerikaner interessieren.»

«Weißt du, Dad, die Russen *tun* es wenigstens, wenn sie es schon tun wollen. Wir *versuchen* es bloß und dann versackt alles in politischem Hickhack. Wir sind nicht mehr in der Lage, überhaupt noch etwas zu tun.»

«Na, jedenfalls nicht mit Leuten, die so reden wie du», sagt Harry zu seinem Sohn. «Wie würde es dir denn schmecken, rüberzumüssen und in Afghanistan zu kämpfen?»

Der Junge lacht amüsiert. «Dad, ich bin ein verheirateter Mann. Und außerdem weit über das Wehrdienstalter hinaus.»

Ist das die Möglichkeit? Harry fühlt sich nicht zu alt zum Kämpfen, und er wird im Februar siebenundvierzig. Er hat es immer irgendwie bedauert, daß sie ihn nicht nach Korea schickten, als er in der Armee diente, obwohl er damals heilfroh war, unten in Texas zu hocken. Sie hatten damals eine komische unkomplizierte Weltanschauung gehabt: Geld, Saufen und Weiber, sonst nichts. Kein Firlefanz. Wie sagte Mim immer? Gott ist nicht mit nach Westen gegangen. Er ist während des Trecks gestorben. Zu Nelson sagt er: «Willst du damit sagen, daß du geheiratet hast, um nicht in den nächsten Krieg zu müssen?»

«Es wird keinen nächsten Krieg geben, Carter wird eine Menge Wirbel machen, aber am Ende doch nachgeben, genauso wie er dem Iran die Geiseln überläßt. Wirklich, Billy Fosnacht hat gesagt, der einzige Weg, daß wir die Geiseln wiederbekommen, ist, wenn die Russen im Iran einmarschieren. Dann geben die uns die Geiseln und verkaufen uns das Öl, weil sie unseren Weizen brauchen.»

«Billy Fosnacht – ist diese Pfeife wieder da?»

«Bloß über die Ferien.»

«Nimm's mir nicht übel, Nelson, wie kannst du dieses Brechmittel bloß ausstehen?»

«Er ist mein Freund. Aber ich weiß, warum du ihn nicht ausstehen kannst.»

«Und warum?» fragt Harry, und sein Herzschlag steigert sich in die angehende Konfrontation hinein.

Als er sich seinem Vater neben der goldgepuderten Scheibe frontal zuwendet, scheint das Gesicht des Jungen zu schrumpfen vor Haß, Haß und Furcht, Schläge zu bekommen für das, was er sagt. «Weil Billy dabei war an dem Abend, als du mit seiner Mutter gebumst hast, während Skeeter Jill in dem Haus verbrannt hat, und keiner von uns war da, um sie zu beschützen.»

Dieser Abend damals. Er liegt zehn Jahre zurück und spukt dem Jungen immer noch im Kopf herum, lebendig wie eine Larve, die sein Wachstum behindert. «Das wurmt dich immer noch, stimmt's?» sagt Rabbit sanftmütig.

Der Junge hört nicht zu, seine Augen blicken verloren in diesen Höhlen, die so tief liegen, als hätte jemand zu tief mit den Daumen in Ton gedrückt und versucht, einen kleinen Klumpen herauszunehmen. «Du hast Jill sterben lassen.»

«Das hab ich nicht, und Skeeter auch nicht. Wir wissen nicht, wer das Haus abgebrannt hat, aber wir waren es nicht. Du mußt dich mal davon losmachen. Deine Mutter und ich haben einen Schlußstrich gezogen.»

«Ich weiß, daß ihr das getan habt.» Mildred Krousts elektrische Schreibmaschine rattert gedämpft in der Ferne, ein Paar in kastanienbraunen Parkas stakst auf dem Firmengelände umher und prüft die Preisschilder, die innen an den Windschutzscheiben kleben, der Junge starrt vor sich hin, als sei er gelähmt vom Klang der Stimme seines Vaters, die zu ihm vorzudringen versucht.

«Was vorbei ist, ist vorbei», fährt Harry fort, «man muß in der Gegenwart leben. Jill mußte so enden, egal, was wir anderen gemacht haben. Als ich sie das erste Mal sah, war sie schon vom Tod gezeichnet.»

«Ich weiß, daß dir diese Version die sympathischste ist.»

«Es ist die einzig mögliche Version. Wenn du in mein Alter kommst, wirst du das begreifen. Wenn man in meinem Alter allen Jammer, den man miterlebt hat, mit sich herumschleppen würde, würde man morgens nie mehr aufstehen.» Ein Aufflammen von etwas, für den Bruchteil einer Sekunde, als Harry zu spüren meint, daß der Junge ihm tatsächlich zuhört, ermutigt ihn, seiner Stimme mehr Tiefe, mehr Wärme zu geben. «Wenn euer Baby erst mal da ist», sagt er zu dem Jungen, «werdet ihr alle Hände voll zu tun haben. Dann wirst du die Welt mit anderen Augen sehen.»

«Soll ich dir was sagen?» fragt Nelson in einer hastigen, toten Stimme und blickt durch ihn hindurch mit nach oben gerichteten Augen, denen die schräg einfallenden Lichtstrahlen die Farbe geraubt haben.

«Was?» Rabbits Herz stockt.

«Als Pru die Treppe runtergefallen ist . . . Ich weiß nicht genau, ob ich sie gestoßen hab, oder nicht. Ich weiß es nicht mehr.»

Harry lacht auf, entsetzt. «Natürlich hast du sie nicht gestoßen. Wieso solltest du sie gestoßen haben?»

«Weil ich genauso verrückt bin wie du.»

«Wir sind nicht verrückt, keiner von uns beiden. Nur enttäuscht, manchmal.»

«Wirklich?» Das scheint eine Eröffnung zu sein, für die der Junge dankbar ist.

«Klar. Und außerdem ist niemand zu Schaden gekommen. Wann ist er fällig? Er oder sie.» Furcht geht von dem Jungen aus, so stark, daß Harry nicht mehr mit ihm weiterreden möchte. Diese durchsichtigen Augen eben, alles Braun spurlos daraus verschwunden.

Nelson senkt die Augen, wieder verdrossen. «Sie meinen, in etwa drei Wochen.»

«Na, prima. Dann sind wir ja rechtzeitig wieder da. Sieh mal, Nelson. Vielleicht habe ich nicht alles richtig gemacht im Leben. Ich weiß, daß ich das nicht habe. Aber die schwerste aller Sünden habe ich nicht begangen: Ich habe mich nicht einfach hingelegt und das Zeitliche gesegnet.»

«Wer sagt, daß das die schwerste aller Sünden ist?»

«Alle sagen das. Die Kirche, die Regierung. Es ist wider die Natur, aufzugeben, man muß weitermachen. Das ist es, was mich an dir stört. Du machst nichts. Du willst gar nicht hier sein und die Blechkisten vom alten Springer verkaufen. Du willst irgendwo da *draußen* sein und was lernen.» Er macht eine Handbewegung in Richtung Westen. «Drachenfliegen, oder einen Computer bedienen, oder sonstwas.»

Er hat zu viel geredet und den Spalt, der sich sekundenlang in Nelsons Widerstand aufgetan hatte, wieder geschlossen. Nelson sagt anklagend: «Du willst mich nicht hierhaben.»

«Ich möchte dich dort haben, wo du zufrieden bist, und das bist du hier nicht. Ich wollte ja eigentlich nichts sagen, aber ich habe mir mit Mildred die Bilanzen angesehen, und die sehen nicht gerade rosig aus. Seit du hier angefangen hast und Charlie gegangen ist, sind die Brutto-Verkaufsziffern um elf Prozent gesunken gegenüber dem letzten Jahr, im gleichen Zeitraum, um die gleiche Zeit, November – Dezember.»

In den Augen des Jungen steigen Tränen auf. «Ich bemühe mich ja, Dad. Ich versuche, freundlich zu sein und auf die Leute zuzugehen, und das alles.»

«Ich weiß, daß du dich bemühst, Nelson. Ich weiß es.»

«Ich kann doch nicht rausgehen und sie aus der Kälte hier reinzerren.»

«Du hast recht. Vergiß, was ich gesagt habe. Das Gute an Charlie war, daß er Beziehungen hatte. Ich habe mein Leben lang hier in der Gegend gelebt, abgesehen von den zwei Jahren in der Armee, und habe *nicht* seine Beziehungen.»

«Ich kenne eine *Menge* Leute in meinem Alter», protestiert Nelson.

«Ja», sagt Harry, «du kennst die Sorte Leute, die dir ihre gebrauchten Kabrios zu Phantasiepreisen verkaufen. Aber Charlie kennt die Sorte Leute, die in den Laden kommen und sich wirklich ein Auto kaufen. Er weiß, was er von ihnen zu erwarten hat; er ist nicht überrascht, und sie sind nicht überrascht. Vielleicht liegt es daran, daß er Grieche ist, ich weiß es auch nicht. Was auch immer sie über dich und mich reden mögen, mein Kind, wir sind nun mal keine Griechen.»

Der Scherz hilft auch nicht; der Junge ist verletzt, tiefer als Harry gewollt hatte. «Ich glaube nicht, daß es an mir liegt», sagt Nelson. «Es ist die Wirtschaftslage.»

Der Verkehr auf der Route 111 belebt sich; die Leute streben nach Hause in der Finsternis. Auch Harry kann gehen; Nelson hat bis acht Uhr Dienst. In den Corona steigen und das Radio mit den vier Lautsprechern anstellen, und hören, wie sich das Silber macht. Hüh, Silber, hüh! Harry sagt in einer Stimme, die in seinen eigenen Ohren weise klingt, beinahe wie Webb Murketts Stimme: «Ja, ja, die hat schon ihre Schönheitsfehler. Diese Ölsache schadet den Japanern mehr als uns, und was ihnen schadet, sollte uns guttun. Der Yen ist gesunken, und diese Autos hier kosten in Dollar weniger als letztes Jahr, und das sollte sich in unserer Verkaufsbilanz niederschlagen.» Dieser Gesichtsausdruck von Cindy auf dem Foto – Harry wird ihn einfach nicht wieder los: eine begierige, verblüffte Art der Freude, als schwebe sie in einem Ballon davon und spüre gerade, wie die Erde sie losläßt. «Zahlen», eröffnet er Nelson als gestrenges Fazit. «Zahlen lügen nicht, und sie verzeihen keine Fehler.»

Am Neujahrstag, das hatten Harry und Janice beschlossen, wollten sie zu Ma Springer gehen mit ihren Neuigkeiten, die sie fast eine Woche lang für sich behalten hatten. Furcht vor der Reaktion der alten Dame hatte den Aufschub bewirkt und auch das unbewußte Tasten nach einem feierlichen Rahmen, der Wunsch, den geheiligten Familienbanden Respekt zu zollen, indem sie den Bruch an einem bedeutsamen Tag, dem ersten eines neuen Jahrzehnts, ankündigten. Doch jetzt, wo der Tag gekommen ist, fühlen sie sich verkatert und erschöpft, weil sie bis drei Uhr morgens auf Buddy Inglefingers Party geblieben sind. Ihre späte Heimfahrt war durch ein wirres Durcheinander von Autos in der Einfahrt noch verzögert worden – einer der Wagen, der von Thelma Harrisons Vetter aus Maryland, der zu Besuch gekommen war, wollte nicht anspringen. Unter trunkenem Gebrüll und torkelnder Hilfsbereitschaft wurde im Licht der Scheinwerfer nach den Starthilfekabeln gefahndet, und dann wurde Ronnies Volvo Nase an Nase an den Nova des Vetters gelotst, und alle leuchteten mit ihren Taschenlampen in den Motor, um aufzupassen, daß Ronnie auch ja positiv mit positiv zusammensteckte, weil sich sonst die Batterien entladen hätten. Harry hat tatsächlich bei ähnlichen Gelegenheiten Starthilfekabel durchschmoren sehen. Irgendeine Frau, die er nur flüchtig kannte, hatte einen so großen Mund, daß man den Kopf einer Taschenlampe hätte hineinstecken und ihre Wangen wie einen Lampenschirm zum Erglühen bringen können. Buddy und seine neue Freundin, eine hektische lange Dünne von ein Meter achtzig mit krausem Haar und drei Kindern aus einer verkrachten Ehe, hatten eine Art Punsch aus Ananassaft mit Rum und Cognac zubereitet, und selbst jetzt noch, mittags, hat er diesen Ananasgeschmack im Mund. Harrys Kopfschmerzen werden noch dadurch verschlimmert, daß Nelson und Pru, die am vergangenen Abend mit Mom-mom zu Hause geblieben waren und sich Guy Lombardos Bruder, jetzt wo Guy Lombardo tot ist, in der Direktübertragung vom Times Square angesehen hatten, das Wohnzimmer blockieren, weil sie sich die Cotton Bowl Festival Parade aus Texas ansehen, so daß er und Janice Ma Springer mit in die Küche nehmen müssen, um einigermaßen ungestört zu sein. Das neue Jahrzehnt hat einen entsetzlich schalen Beigeschmack. Als sie sich zu ihrem Gespräch um den Küchentisch setzen, ist ihm, als hätten sie das schon einmal getan und setzten sich zu einer Wiederholung zusammen.

Janice, die vor Erschöpfung dunkle Ränder um die Augen hat, wendet sich an ihn in seiner Benommenheit und sagt: «Harry, fang du an.»

«Ich?»

«Meine Güte, was kann das sein?» fragt Ma, die verärgert tut, aber geschmeichelt ist von der Förmlichkeit der beiden, die sie an den Ellenbogen genommen und hier hineineskortiert haben. «Ihr benehmt euch, als ob Janice schwanger wäre, dabei weiß ich doch, daß sie sich die Eileiter unterbinden ließ.»

«Kauterisieren», sagt Janice sanft, gequält.

Harry fängt an: «Bessie, du weißt ja, daß wir uns nach Häusern umgesehen haben.»

Das Verschmitzte verschwindet ruckartig aus dem Gesicht der alten Dame, wie von einem Gummiband weggeschnellt. Die Haut an den Winkeln ihrer zusammengepreßten Lippen ist kreuz und quer von feinen trockenen Falten durchzogen, wie Harry plötzlich feststellt. Seiner Vorstellung nach ist seine Schwiegermutter immer noch in ihre prall sitzende Haut verpackt, wie damals, als sie sich kennenlernten; aber ohne daß er es gemerkt hat, ist Bessies Haut schlaff geworden und rissig wie Kitt in einem Kellerfenster, und hat jetzt die komplizierte Struktur von Papier, das zusammengeknüllt und wieder geglättet wurde. Er schmeckt Ananas. Übelkeit erscheint als kleiner Punkt und wächst, als käme er über die riesige, spröde Fläche ihres strengen erwartungsvollen Schweigens auf ihn zugerollt.

«Und jetzt», fährt er wohl oder übel fort und schluckt, «glauben wir, eins gefunden zu haben, das uns gefällt. Ein kleines zweistöckiges Natursteinhaus drüben in Penn Park. Der Makler meint, früher sei es vielleicht ein Gärtnerhäuschen gewesen, das verkauft wurde, als der Großgrundbesitz aufgeteilt wurde, und dann hat man eine bessere Küche eingebaut. Es liegt an einem kleinen Wendeplatz etwas abseits vom Franklin Drive hinter den größeren Villen; es liegt wunderbar abgeschieden.»

«Es sind bloß zwanzig Minuten von hier, Mutter.»

Harry kann nicht aufhören, in dem kalten Küchenlicht die Haut der alten Frau zu betrachten. Das dunkle Netz der Blutgefäße darunter, das ihr den rötlich-braunen Teint verleiht, den Janice geerbt hat, ist überzogen von einer Art Staub aus feinen grauen Fäden, Falten, in die angestrahlte Fläche der ihm zugewandten Wange geritzt wie Zeilen über Zeilen einer unleserlichen Schrift, die in eine ferne Lehmklippe gekratzt ist. Er empfindet sich selbst als turmhoch ragende Masse, ihn schwindelt, und alle seine armseligen verschämten Worte treffen über eine große Entfernung, einen schrecklich klaffenden Abstand, während Ma sich regungslos ihren Schicksalsspruch anhört. «Praktisch nebenan», sagt er zu ihr, «und da wir oben drei Schlafzimmer haben, ich meine, da ist so ein kleines Zimmer, das die Kinder, die früher dort wohnten, als eine Art Clubraum benutzt haben, aber zwei Schlafzimmer sind es auf jeden Fall, nehmen wir dich jederzeit gern auf, so oft und so lange wie nötig.» Er merkt, daß er alles verpfuscht: schon hat er die alte Dame wieder bei ihnen einquartiert, schon murmelt ihr Fernseher wieder an der anderen Seite der Wand.

Janice unterbricht: «Wirklich, Mutter, es ist viel vernünftiger für Harry und mich in dieser Phase unseres Lebens.»

«Aber ich habe sie dazu überreden müssen, Ma; die Idee stammt von mir. Als ihr, du und Fred, uns so freundlich bei euch aufgenommen habt, nachdem wir uns wieder zusammengerauft hatten, habe ich das nie als Dauerlösung angesehen. Sondern mehr als Provisorium, bis wir wieder Boden unter den Füßen haben würden.»

Was ihm daran gefallen hatte, erkennt er jetzt, war, daß er Janice in dieser Situation leicht hätte verlassen können: einfach hinausmarschieren unter die Straßenlaternen und sie bei ihren Eltern lassen. Aber er hatte sie nicht verlassen, und jetzt kann er es nicht. Sie ist sein Schatz.

Sie versucht, das Schweigen ihrer Mutter zu besänftigen. «Es ist auch eine gute Investition, Ma. Alle Paare, die wir kennen, haben ein eigenes Haus, sogar der Junggeselle, bei dem wir gestern abend waren, dabei verdienen viele von den Männern weniger als Harry. Grundbesitz ist die einzig richtige Geldanlage bei dieser Inflation – wenn man welches hat.»

Endlich sagt Ma Springer etwas, mit einer Stimme, die gegen ihren Willen immer lauter wird: «Ihr werdet dieses Haus hier erben, wenn ich nicht mehr bin. Wenn ihr bloß warten wolltet. Warum könnt ihr nicht noch ein Weilchen warten?»

«Mutter, es ist makaber, wenn du so redest. Wir wollen nicht auf *dein* Haus warten; Harry und ich wollen ein Haus für uns, *jetzt*.» Janice zündet sich eine Zigarette an und muß den Ellbogen auf die Tischplatte pressen, um das Streichholz ruhig zu halten.

Harry beteuert der alten Dame: «Bessie, du wirst ewig leben.» Aber seit er gesehen hat, was mit ihrer Haut passiert, weiß er, daß das nicht stimmt.

Die Augen weit aufgerissen, fragt sie plötzlich: «Und was soll dann aus diesem Haus werden?»

Rabbit muß beinahe lachen, so kindlich wirkt ihr Gesichtsausdruck zusammen mit ihrer Stimmlage. «Dem wird's gutgehen», beruhigt er sie. «Als Häuser wie dieses gebaut wurden, hat man noch für die Ewigkeit gebaut. Nicht wie diese Hütten, die sie heute zusammenhauen.»

«Fred wollte immer, daß dieses Haus mal Janice gehören soll», stellt Ma Springer fest und starrt aus zusammengekniffenen Augen auf einen Punkt zwischen Harrys und Janices Köpfen. «Als Sicherheit für sie.»

Janice muß lachen. «Mutter, ich habe jede Menge Sicherheiten. Wir haben dir doch von dem Gold und dem Silber erzählt.»

«So mit dem Geld herumzuspielen, ist die sicherste Art, es zu verlieren», sagt Ma. «Ich möchte nicht, daß das Haus nach meinem Tod meistbietend an irgendeinen Juden aus Brewer verhökert wird. Die drängen jetzt hier raus, das wißt ihr ja, jetzt wo die Schwarzen und die Puertorikaner sich im Norden der Stadt breitgemacht haben.»

«Also wirklich, Bessie», sagt Harry, «was stört dich das? Ich sage dir, du hast noch ein langes Leben vor dir, aber wenn du tot bist, bist du tot. Laß es sein, überlaß es anderen, sich um ein paar Dinge zu kümmern. Das steht schon in der Bibel, auf jeder Seite. Laß fahren dahin; der Herr wird's wohl machen.»

Janice wird zappelig, vermutlich findet sie, daß er zuviel redet. «Mutter, wir könnten ja wieder hierher zurückziehen –»

«Wenn die alte Krähe tot ist. Wieso habt ihr beide mir nicht gesagt, daß meine Anwesenheit euch so zur Last fällt? Ich habe versucht, so viel wie möglich in meinem Zimmer zu bleiben. Ich bin bloß in die Küche gegangen, wenn ich den Eindruck hatte, daß sonst keiner was zu essen machen würde –»

«Mutter, hör auf. Du warst wunderbar. Wir lieben dich beide.»

«Grace Stuhl hätte mich bei sich aufgenommen, das hat sie mir mehrmals angeboten. Allerdings ist ihr Haus nicht halb so groß wie dieses und hat vorne die vielen Stufen.» Sie schnieft so laut, daß es sich anhört wie ein Hilfeschrei.

Nelson brüllt aus dem Wohnzimmer: «Mom-mom, wann gibt's was zu Mittag?»

Janice sagt schnell: «Siehst du, Mutter, du hast Nelson vergessen. Er bleibt ja hier, mit seiner Familie.»

Die alte Dame schnieft wieder, weniger tragisch, und erwidert mit zusammengekniffenen Lippen und ausdruckslosem, rotumrandetem Blick: «Vielleicht, vielleicht auch nicht. Auf die Jungen ist kein Verlaß.»

Harry bekräftigt: «Da hast du allerdings recht. Sie wollen nicht kämpfen und sie wollen nicht lernen, sondern bloß auf ihren Ärschen hocken und sich antörnen.»

Nelson kommt in die Küche, in der Hand eine Zeitung, den Brewer *Standard*. Er sieht zur Abwechslung mal fröhlich aus, da er ausgeschlafen ist. Er hat ein Quiz über Leute aus den Siebzigern aufgeschlagen und fragt sie alle: «Wie viele von diesen Leuten könnt ihr identifizieren? Renée Richards, Stephen Weed, Megan Marshack, Marjoe Gortner, Greta Rideout, Spider Sabich, D. B. Cooper. Ich hab sechs von sieben, Pru hat bloß vier rausgekriegt.»

«Renée Richards war Patty Hearst's Freund», fängt Rabbit an.

Nelson bemerkt, in welchem Zustand das Gesicht seiner Großmutter ist, und fragt: «Was geht hier vor?»

Janice sagt: «Das erklären wir dir später, Schatz.»

Harry sagt es ihm: «Deine Mutter und ich haben ein Haus gefunden, in das wir einziehen werden.»

Nelson starrt von einem Elternteil zum anderen, und es hat den Anschein, als finge er gleich an zu brüllen, so blaß wird er um die Nasenflügel, aber statt dessen stellt er ruhig fest: «Ihr seid Drückeberger. Ein beschissenes Paar von Drückebergern. Ihr könnt uns am Arsch lecken. Mom und Dad. Kreuzweise.»

Und er geht zurück ins Wohnzimmer, wo das Dröhnen von Trommeln und Trompeten sich mit dem Gemurmel nicht verständlicher Worte vermischt, als er und Pru im Tunnel ihrer jungen Ehe miteinander reden. Man hatte dem Jungen die Angst angemerkt. Er fühlte sich verlassen. Die Dinge wachsen ihm über den Kopf. Rabbit kennt das Gefühl. Trotz aller Unstimmigkeiten zwischen ihnen gibt es Augenblicke, in denen sein Herz und Nelsons die entgegengesetzten Enden ein und desselben Metallrohrs sein könnten, so genau weiß er, was in dem Jungen vorgeht. Doch nur weil Leute sich vor dem Alleinsein fürchten, muß er noch lange nicht still hier sitzen bleiben und jedermanns dicker fetter Schlappschwanz sein, wie Mim gesagt hatte.

Janice und ihre Mutter halten Händchen, beide mit tränenverschmierten Gesichtern. Wenn Janice weint, verliert ihr Gesicht Kontur, verschwimmt zur Physiognomie des häßlichen Kindes, das sie einmal war. Ihre Mutter stöhnt vor sich hin und sagt: «Ach, ich wußte, daß ihr euch umseht, aber ich habe wahrscheinlich nicht geglaubt, daß ihr es wahrmachen werdet und eins kauft, wo ihr das hier umsonst habt. Könnten wir es nicht irgendwie so einrichten hier, daß ihr es euch noch mal überlegt, oder könnt ihr nicht wenigstens warten, bis ich mich darauf eingestellt habe? Ich bin zu alt, das ist das Problem, zu alt, um Verantwortung zu übernehmen. Der Junge meint es gut auf seine Art, aber er ist zur Zeit vollkommen durcheinander, und das Mädchen, ich weiß auch nicht. Sie möchte alles recht machen, aber ich weiß nicht, ob sie es kann. Um ehrlich zu sein, ich habe Angst vor dem Baby, ich habe die ganze Zeit versucht, mich zu erinnern, wie es bei dir und Nelson war, aber ich kann es beim besten Willen nicht. Ich weiß bloß noch, daß die Milch nicht so kam, wie sie es gern gehabt hätten, und daß der Arzt deshalb so ruppig zu dir war, daß Fred einschreiten mußte und ihn sich vorgeknöpft hat.»

Janice nickt und nickt, ihre Nase glänzt an der Seite vor Tränen, die Sehnen an ihrem Hals springen bei jedem Schluchzer vor. «Vielleicht könnten wir ja warten, obwohl wir zugesagt haben, den Kaufvertrag zu unterschreiben, oder wenigstens solange bleiben, bis das Baby da ist, wenn du es so gern möchtest.»

Die beiden schunkeln im Takt miteinander, ihre ineinander verschränkten Hände liegen auf dem Tisch, ihre Köpfe sind aneinandergelehnt. «Tut, was ihr tun müßt, wenn euer Glück davon abhängt», sagt Ma Springer, «die Zurückbleibenden werden schon zurechtkommen. Es kann mich schlimmstenfalls umbringen, und das könnte eine Gnade sein.»

Sie macht aus Janice ein Häufchen Elend: das Gesicht tränenverschwollen und zerfließend, die Ringe unter den Augen krankhaft schwarz vor Schuldbewußtsein, kriecht Janice fast in ihre Mutter hinein, gibt schon nach wegen des Hauses, fleht um Vergebung: «Mutter, wir dachten, Harry war überzeugt, daß du dich weniger allein fühlen würdest mit –»

«Mit einem Plagegeist wie Nelson im Haus?»

Zähes altes Luder. Harry sollte lieber einschreiten, bevor Janice alles wieder aufgibt. Seine Kehle verhärtet sich. «Hör mal zu, Bessie. Du hast ihn gewollt, jetzt hast du ihn.»

Frei! Der Asphalt unter dem Fahrwerk fällt zurück, ein wüstengelbes altes Fort taucht kurz unter der abgerundeten nietenübersäten Kante einer großen Tragfläche auf, als sie von der Startbahn abheben, die Gasbehälter von Süd-Philadelphia schrumpfen zu einem weißen Schachbrettmuster. Das Fahrwerk rumpelt, als es eingezogen wird, und grelle Lichtpunkte glitzern regungslos auf dem Aluminium neben dem Fenster. Das schnelle Steigen des Flugzeugs macht ihr Blut schwer; Janices Hand liegt schwitzend in der seinen. Sie wollte, daß er sich auf den Fensterplatz setzte, damit sie nicht hinaussehen mußte. Unter ihnen liegen Marschen, verkarstet und von Salzwasserkanälen geädert. Harry bestaunt die Industrieanlagen jenseits des Delaware: flache Schotterdächer, weitläufig wie Parkplätze, und Parkplätze mit Intarsien aus glitzernden Autodächern, wie juwelengeflieste Badezimmerfußböden. Auf Autofriedhöfen ist der Effekt oft ebenso raffiniert. Das NO SMOKING-Zeichen erlischt. Hinter den Angstroms fangen die Stimmen der Murketts und der Harrisons an zu schnattern. Sie haben sich alle in der Flughafenbar einen Drink genehmigt, obwohl es erst elf Uhr vormittags war. Harry ist früher schon geflogen, aber als Soldat nach Texas und zu Tagungen von Autohändlern in Cleveland und Albany: noch nie wie jetzt in Urlaub, nach Osten, in die Sonne hinein. Wie schnell, wie geräuschlos die 747 die Spielzeugmeilen unter ihnen schluckt! Sonnenglast wandert mit ihnen über Seen, so flüchtig wie über einen Spiegel. Der Winter war bisher eigenartig milde gewesen, dem Ayatollah zum Trotze; auf den Golfplätzen heben sich die Grüns wie lebende

Scheiben und Ovale von den weißen bohnenförmigen Bunkern ab, und auf den Spielbahnen macht er bewegliche Tupfer aus, Männer beim Golfspiel. Asphaltierte Tennisplätze sehen aus dieser Höhe wie Dominosteine aus, Drive-in-Kinos haben die Form von Fächern, rautenförmige Baseballfelder sehen aus wie zerfledderte Banknoten. Die Autos bewegen sich sehr langsam mit einer sonderbaren Perfektion, als seien Schienen in die Straßen eingelassen. Die Häuser in der Gegend von Camden ziehen sich auseinander und weichen zurück, geben den Blick frei auf ein gepflügtes Feld oder einen Landsitz mit Herrenhaus, türmchengespickt, und auf das Auge eines unter Bäumen versteckten Swimmingpools. Und dann, eine Minute später, immer noch steigend, ist Harry über dem schwarzroten Teppich der Jersey Pines, zerschnitten von gelben Straßen und aufgeschürften Flächen, aber viel davon noch unberührt, Adern blasserer blattloser Bäume, die dem Bodengefälle und den Wasserläufen zwischen den dunkleren Tannen folgen, Schattierungen des Daseinskampfes auf Erden, überdeutlich für das so gewaltig erhöhte Auge. Janice läßt seine Hand los und gibt zu verstehen, daß sie die Angst hinuntergeschluckt hat.

«Was siehst du?» fragt sie.

«Die Küste.»

Es ist wahr, in einem weiteren ruhigen Riesenschritt hat die Maschine sie Zoll für Zoll an den Rand des Meeres aus Bäumen gebracht und unter ihnen einen Sandstreifen ausgebreitet, der ein Band glitzernden Wassers vom Festland trennt und auf dem sich Ferienorte in gefährlicher Dichte schnurgerade aneinanderreihen, dort in den Sand graviert von Bauunternehmern, die nicht, wie Harry das jetzt vermag, übersehen konnten, wie leicht die riesige schimmernde Meeresschulter sich schütteln und sämtliche Spuren der Menschen überschwemmen und tilgen könnte. Da, wo die See auf den weißen Sand trifft, wogt gemächlich eine Brandungsrüsche, eine ans Festland gefesselte Schlange aus Gischt. Dann beginnt der Flug über den Atlantik, in einer Höhe, aus der keine Schaumkronen mehr in der bläulichen Hemisphäre unten auszumachen sind, und die Unermeßlichkeit wird zum Nichts. Das Flugzeug, sein emsiges Dröhnen draußen und sein Partygeplauder und Geklapper drinnen ist alles, was es noch von der Welt gibt.

Eine gelackte Stewardess bringt ihnen den Lunch auf einem luftdicht versiegelten blaßgelben Plastiktablett. Obwohl sie eine dicke Schicht Make-up trägt, meint Harry, als sie sich lächelnd zu ihm beugt, um zu fragen, was er trinken möchte, darunter schattige Spuren einer hektischen Nacht zu erspähen. Sie vögeln bei jedem Zwischenaufenthalt, hat er in *Club* oder *Oui* gelesen, in jeder Stadt ein anderer Verehrer, zwanzig oder dreißig Männer, diese Mädchen – die legendären lüsternen Fahrensleute unserer Tage. Seit er den Flughafen betreten hat, staunt er über die anderen Leute: die mit Teppichboden ausgelegten Korridore schienen voller Freaks – Leute mit ausgefallenen Figuren und Kostümen, Mädchen mit leichenblassem Teint und Riesenbrillen und Kraushaarköpfen, groß wie Bienenkörbe, schwarze Männer, die in langen Pelzmänteln und hautengen Samtanzügen umherstolzierten, ein langer blasser Jüngling mit Turban und Steppweste, ein Zwerg mit karierter Schottenmütze, eine Frau, so feist, daß sie nicht auf den gegossenen Plastikstühlen des Warteraums sitzen konnte und sich im Stehen auf einen dreibeinigen Aluminiumstock stützen mußte. Das Leben außerhalb von Brewer war bunt, verrückt. Alle waren kostümierte Clowns. Rabbit und seine fünf Reisegefährten waren auch kostümiert, dünne Sommersachen unter Wintermänteln. Cindy Murkett trägt hochhackige Pantoffeln an nackten Füßen. Thelma Harrison tappt in Wollsocken und Tennisschuhen daher. Sie lachen alle dauernd miteinander, in der verräterischen Art der Leute aus Diamond County. Harry hat nichts dagegen, ein bißchen beschwipst zu sein, aber er will die Wahrnehmungsfähigkeit für die Farben um ihn herum nicht einbüßen, für die Entdeckung, daß es außerhalb von Brewer einen Planeten ohne eingefahrene Geleise gibt. In solchen Augenblicken des Abenteuers ist er ungeduldig mit seinem Körper, ungehalten, daß dessen fünf Fenster nicht ausreichen, um die Welt ganz in sich aufzunehmen. Sein Herz hämmert vor Freude. Gott, der in Harrys mittleren Jahren auf das Format einer unter den Autositz gerutschten Rosine zusammengeschrumpft war, ist plötzlich wieder groß, allgegenwärtig wie ein leuchtender Wind. Frei:

Die Toten und ebenso die Lebenden sind fünf Meilen unter ihnen zurückgeblieben in dem Dunst, der die Erde ausgelöscht hat, wie Atem auf einem Spiegel.

Harry wendet sich ab von dem kleinen Flugzeugfenster mit der Doppelscheibe aus einer getönten weichen Substanz, die zahllose horizontale Kratzer hat wie von einem Meteoritenhagel. Janice blättert in dem Fotomagazin der Luftfahrtgesellschaft. Er fragt sie: «Glaubst du, sie werden zurechtkommen?»

«Wer?»

«Deine Mutter und Nelson und Pru, wer sonst?»

Sie schlägt eine bunt glänzende Seite um. Ihre Mutter steckt in ihrem Profil, in dem entschlossenen Zug um die Lippen, als hätten sie soeben eine traurige Wahrheit ausgesprochen und wollten sie nicht zurücknehmen. «Wahrscheinlich besser, als wenn wir da wären.»

«Haben sie zu dir noch irgendwas gesagt wegen des Hauses?»

Harry und Janice haben vor zwei Tagen, an einem Dienstag, die Kaufverträge unterschrieben. Am Tag davor, am Montag, dem siebenten, hatten sie ihr Silber an die Fiscal Alternatives zurückverkauft. Das Edelmetall, dessen Preis durch Panikkäufe der Petrodollarscheichs im Zuge der Afghanistankrise in die Höhe getrieben worden war, wurde an diesem Tag mit $ 36.70 notiert, das heißt, jeder der Silberdollars, die sie für $ 16.50 inklusive Verkaufssteuer erworben hatten, war nach den Berechnungen der platinblonden Dame $ 23.37 wert. Janice, die nicht umsonst während all der Jahre immer wieder in der väterlichen Firma gearbeitet hatte, zog den Tischcomputer zu sich heran und deutete nach einigem Tastendrücken freundlich an, daß bei einem Preis von $ 36.70 pro Feinunze Silber fünfundsiebzig Prozent davon einen Schmelzwert von $ 27.52 ergäben. Nun, meinte die junge Frau, sie könnten kaum erwarten, daß Fiscal Alternatives unter Schmelzwert verkaufe und nicht auch für weniger zurückkaufe. Sie war weniger soigniert als früher; der winzige Schönheitsfehler an einem ihrer Mundwinkel war zu etwas erblüht, was eines kleinen kreisrunden Pflasters bedurfte. Aber nach einem Anruf in irgendeinem eingeweihteren Büro, das hinter mehr als einer Schicht dünner Jalousien verborgen war, räumte sie ein, daß sie sogar auf $ 24 gehen könnten. Mit 888 malgenommen machte das $ 21 312, das heißt einen Gewinn von $ 6660 in weniger als einem Monat. Harry wollte acht der hübschen alten Wagenräder als Souvenir behalten, und das verringerte den Scheck auf $ 21 120, ohnehin eine Zahl, die mehr Zauberkraft besaß. Aus dem Tresorfach bei der Brewer Trust Bank und dem Safe bei Springer Motors schleppten sie ihre unhandlichen Reichtümer zusammen und achteten diesmal darauf, den Frachtaufwand so gering wie möglich zu halten, indem sie den Corona neben dem Parkstreifen auf der Fahrbahn parkten. Am nächsten Tag, als der Silberpreis auf $ 31.75 pro Unze fiel, unterzeichneten sie in derselben Brewer Trust Bank eine Zwanzig-Jahres-Hypothek über $ 62 400 zu 13 ½ Prozent, 1 ½ Prozent unter dem gültigen Eckzins mit einer einprozentigen Gebühr von $ 624 und dreijähriger Laufzeit mit Änderungsvorbehalt. Das kleine Natursteinhaus, die einstige Gärtnerklause in Penn Park kostet $ 87000. Janice wollte $ 25 000 anzahlen, aber Harry wies sie darauf hin, daß es in Zeiten der Inflation gut war, Schulden zu haben, da Hypothekenzinsen von der Steuer absetzbar waren, und da man auf dem Kapitalmarkt für Aktienzertifikate von mindestens 10000 bei sechs Monaten Laufzeit gegenwärtig knapp 12 Prozent bekam. Also entschieden sie sich für die Mindesteigenleistung – 20 Prozent oder $ 15 600 –, die die Bank ihnen in Anbetracht der ausgezeichneten Kreditwürdigkeit von Mr. Angstrom und seiner Familie bereitwillig gewährte. Als sie zwischen den monumentalen Pfeilern blinzelnd in das winterliche Tageslicht hinaustraten, besaßen Janice und Harry ein Haus und würden übermorgen in den Sommer fliegen. Jahrelang geschieht nichts; dann geschieht alles auf einmal. Das Wasser kocht, der Kaktus blüht, es wird Krebs festgestellt.

Janice erwidert: «Mutter scheint sich abgefunden zu haben. Sie hat mir eine lange Geschichte erzählt, daß ihre Eltern, die in der Gegend, wie du weißt, angesehener waren als die Springers, angeboten hätten, daß sie und Daddy zu ihnen ziehen könnten, solange er noch Buchführung lernte, und er habe gesagt: Nein, wenn er seiner Frau kein eigenes Dach über dem Kopf bieten könne, hätte er sich noch keine Frau nehmen dürfen.»

«Die Geschichte sollte sie mal Nelson erzählen.»

«Ich würde Nelson in diesen Tagen nicht zu sehr bedrängen. Irgend etwas rumort in ihm.»

«Ich bedränge ihn nicht, er bedrängt mich. Er hat mich direktenwegs aus dem Haus gedrängt.»

«Kann sein, daß unser Auszug ihm Angst macht. Das macht ihm gegenwärtiger, daß er Verpflichtungen hat.»

«Wird auch Zeit, daß er aufwacht. Was, meinst du, hält die arme Pru von alldem?»

Janice seufzt, ein Laut, der untergeht in dem mächtigen Wispern, das für ihre Erhaltung sorgt. Kleine blinde Metalldüsen über ihren Köpfen fauchen Sauerstoff. Harry würde gern hören, daß Pru Nelson haßt, daß es ihr leid tut, ihn geheiratet zu haben, daß der Sohn neben dem Vater eine schwache Figur macht. «Ach, ich glaube nicht, daß sie weiß, was sie davon halten soll», sagt Janice. «Wir reden manchmal ein bißchen miteinander, sie weiß, daß Nelson unglücklich ist, aber sie vertraut ihm noch. Tatsache ist, daß Teresa so scharf darauf war, von ihrer Familie in Ohio wegzukommen, daß sie es sich gar nicht leisten kann, an den Leuten, die sie jetzt um sich hat, herumzumäkeln.»

«Sie pichelt noch immer ganz schön von dieser Crème de Menthe.»

«Sie ist etwas leichtsinnig in der Hinsicht, aber so ist man eben in dem Alter. Da meint man, daß man mit allem fertigwird, egal was passiert; daß man schon nicht in Teufels Küche kommen wird.»

Er knufft tröstend ihren Ellenbogen, um zu zeigen, daß er sich erinnert. Vor zwanzig Jahren war sie in Teufels Küche gewesen. Die Schuld, die sie teilen, ruht in ihren Schößen wie die Sicherheitsgurte, die sie festhalten und nur scheuern, wenn sie versuchen, sich zu bewegen.

«He, ihr zwei Turteltauben.» Ronnie Harrisons laute blecherne Stimme bricht von oben über sie herein. Er lehnt sich mit seiner Bierfahne über die Rücklehnen ihrer Sitze und blickt von oben auf sie herab. «Laßt uns teilhaben, schmusen könnt ihr auch zu Hause.» Während der restlichen drei dröhnenden Stunden des Fluges blödeln sie mit den anderen vier herum, tauschen die Plätze, stehen im Mittelgang herum, spazieren in dem ausladenden Leib der Boeing herum, als wäre es Webb Murketts langgezogenes Wohnzimmer. Sie begießen das Ereignis mit zahllosen Drinks und schwelgen in Erinnerungen an ihre gemeinsame Vergangenheit, als könnte – sollten Schweigen und Vergessen sich jemals einschleichen – die Seifenblase dieser verwegenen gemeinsamen Unternehmung platzen, und alle sechs müßten kopfüber ins Nichts purzeln, das die bebende Metallhaut des Flugzeugs umgibt und trägt. Cindy wirkt in diesem Durcheinander liebenswürdig, aber entrückt, eine jüngere Schwester oder irgendeine andere Mitreisende, die in ihre Ferienstimmung hineingeschwemmt wurde. Sie sitzt ganz vorn auf der Kante ihres nach hinten gekippten Fenstersitzes, um jede Woge der Heiterkeit mitzubekommen; kaum zu glauben, daß dieser äußerlich sichtbare Körper, der in ein adrettes dunkles Kostüm mit flatternder weißer Krawatte gekleidet ist, was Harry an George Washington erinnert, verborgene Stellen hat, Falten und Fell und feuchte Membranen, in die ein Pessar paßt, und daß der Zugang zu diesen Stellen der Zweck seiner Reise, sein sicherer Bestimmungsort ist.

Das Flugzeug fällt; sein Magen verkrampft sich; das omnipotente texanische Timbre des Piloten ertönt und fordert sie auf, an ihre Sitzplätze zurückzukehren und sich auf die Landung vorzubereiten. Harry fragt Janice, jetzt, wo sie beschwipst ist, ob sie nicht gern den Fensterplatz hätte, aber sie sagt: Nein, sie wagt nicht hinauszusehen, bevor sie gelandet sind. Durch sein Stück zerkratztes Plexiglas sieht er eine milchige türkisgrüne See, gesprenkelt mit grünvioletten Schatten aus der Tiefe, Inseln unter der Oberfläche. Ein vereinzeltes Segelboot. Dann ein zerfetzter Arm felsigen Landes in einem Ärmel aus weißem Sandstrand. Kleine Häuser mit roten gewellten Dächern heben sich ihm entgegen. Das Fahrwerk des Flugzeugs ächzt, wird ausgefahren und rastet ein. Sie fliegen dicht über einen Sumpf hinweg. Er denkt ans Beten, aber seine Gedanken zerflattern; Janice quetscht seine Fingerknochen zusammen. Ein Haus mit einem Windsack, eine unbemannte Planierraupe, Bäume ohne Äste – Palmen – flitzen vorbei; es gibt einen Aufprall, einen kleinen Schlenker, ein lautes Zischen und ein rückwärtsdrängendes Dröhnen, ein Heulen und Zerren. Es hört auf, sie werden langsamer, sind unten, und ein niedriges rosagestrichenes Flughafengebäude schwenkt ins Blickfeld, während die 747 darauf zurollt. Sie bewegen sich, plötzlich in Schweiß gebadet, die Wintermäntel an sich raffend und nach Sonnenbrillen fingernd, zum Ausgang. Auf dem oberen Absatz der silbernen Stufen, die zum Asphalt hinunterführen, schlägt Harry die tropische Luft ins Gesicht, so warm, feucht und mild, lauter winzigkleine runde Tröpfchen, wie von einem Zerstäuber versprüht; aber Ronnie Harrison verdirbt den Augenblick, indem er laut und deutlich hinter seinem Ohr ausruft: «O Mann, das ist ja *noch* besser, als einen geblasen zu kriegen.» Und schlimmer als Ronnies schmierige Stimme in einem so kostbaren und zerbrechlichen Augenblick der ersten Begegnung mit einer neuen Welt: die Frauen, die die Bemerkung mitbekommen sollten, lachen. Janice lacht, das dumme Luder. Und die Stewardess, ihr Schmelz wie mit Tau überzogen in der Hitze, neben dem Ausgang, wo sie posiert und Aufwiedersehen, Aufwiedersehen sagt, lächelt anzüglich.

Cindys Gelächter kommt mädchenhaft über dem der anderen angehüpft, ihm folgt schnell ein gutturales «Ronnie». Rabbit ist erregt, mitten in seiner Entrüstung, und muß an die in einer Schublade verwahrten Polaroid-Aufnahmen denken.

Während die Ferientage vergehen, nimmt Cindy die gleiche mahagonibraune Farbe an, die sie im Sommer immer am Swimmingpool im Flying Eagle trägt, und entsteigt der smaragdgrünen Karibik in demselben Bikini mit denselben schwarzen Spaghettiträgern, nur jetzt mit einem Salzflimmern auf der Haut. Thelma Harrison bekommt am ersten Tag einen heftigen Sonnenbrand und hat Beschwerden, die mit ihrem stillen Leiden zu tun haben. Sie verbringt den ganzen zweiten Tag in ihrem Bungalow, während Ronnie im Wasser herumtobt und aufpaßt, daß rechtzeitig Drinks nachgeholt werden von der Bar, die, ganz aus Bambusrohr, in den Sand gebaut ist. Alte schwarze Frauen gehen am Strand auf und ab und bieten Perlen und Muscheln und Strandkleider feil, und am Vormittag des dritten Tages kauft Thelma einer von ihnen einen breitrandigen Strohhut und einen rosafarbenen knöchellangen Kimono mit langen Ärmeln ab und sitzt hinfort gänzlich bedeckt mit Lichtschutzlotion im Gesicht und einem Handtuch über den Fußrücken im Schatten der Beerentangbäume und liest. Ihr Gesicht unter dem Hut wirkt fahl und schmal und schelmisch, wenn sie Harry, während er in der Sonne liegt, Blicke zuwirft. Nach ihr bräunt er am langsamsten, aber er ist entschlossen, mit der Meute mitzuhalten. Die Schmerzen eines Sonnenbrandes erwecken sehnsüchtige Erinnerungen an den Muskelkater nach sportlichem Training. Im Meer paddelt er wie ein kleiner Hund, insgeheim bange vor Haien.

Die Männer verbringen jeden Vormittag auf dem Golfplatz, der an die Hotelanlage angrenzt, und fahren in kleinen Wagen mit Baldachin über versengte Fairways zwischen dornigen Dschungeln hindurch, die nichts mehr herausgeben; wenn man darin nach verschlagenen Bällen sucht, läuft man tatsächlich Gefahr, in ein tiefes Loch zu stolpern. Der Untergrund der Insel besteht aus einem von Höhlen durchlöcherten Korallenstock. Abends gibt es Veranstaltungen, in einem starren wöchentlichen Zyklus. Sie sind an einem Donnerstag, dem Tag der Krebsrennen, angekommen und wurden am nächsten Abend Zeugen eines Limbotanzes, und am darauffolgenden, einem Samstagabend, tanzten sie selber zu den Klängen einer Steelband. Allabendlich wird Tanzmusik geboten, neben dem olympisch dimensionierten Schwimmbecken, unter Sternen, die hier unten näher zu sein scheinen und mit einer gewissen Bedrohlichkeit am Himmel hängen, Bruchstücke einer gefrorenen Explosionsmasse. Einige der Sternbilder sind befremdlich; Webb Murkett, der sich aus seiner Dienstzeit bei der Marine mit Sternen auskennt – er wurde 1945 mit 18 Jahren eingezogen und überquerte den Pazifik auf einem Flugzeugträger, als der Krieg gerade zu Ende ging – zeigt ihnen das Kreuz des Südens und eine gespenstische Nebelwolke am Himmel, von der er sagt, das sei eine Galaxis für sich; und sie können alle sehen, daß der große Wagen hier in einer Stellung steht, auf der Deichsel, die sie in Südost-Pennsylvania noch nie gesehen haben.

Ach, diese kleine Cindy, bei jedem Dinner noch ein bißchen brauner, sie schreit geradezu nach Liebe. Man sieht es an ihren Zähnen, die werden so weiß, und an der Art, wie sie jeden Abend von dem Strauch vor ihrem Bungalow eine Oleanderblüte pflückt und sich in die Haare steckt, die ganz aufgeplustert sind vom vielen Schwimmen, und an den dunkelbraunen Zehen, auf denen die Nägel wie blasse Blütenblätter aussehen. Sie trägt weiße Kleider auf ihrer dunklen Haut, die von weither, von der gegenüberliegenden Seite des Swimmingpools – der abends von unten angestrahlt wird, als hätte er den Mond verschluckt – herüberleuchten, wenn sie von der Damentoilette hinter der Bambusbar zurückkommt. Außerdem behauptet sie, sie würde dicker: die vielen Piña-Coladas und Bananen-Daiquiris und der Rum-Punsch, wahre Kalorienbomben, einfach schamlos. Trotzdem lehnt sie nie einen Drink ab, keiner von ihnen tut das; angefangen bei der Bloody Mary, die die Golfer für ihr morgendliches Spiel stärkt, bis zur letzten Runde Stingers nach Mitternacht unterhalten sie einen gemütlichen kollektiven Schwips. Janice sorgt sich: «Harry, denke doch mal an die Rechnung, die wir am Ende bezahlen müssen. Dauernd unterschreibst du für alle.»

Er beruhigt sie: «Keine Sorge. Lieber den Mammon jetzt ausgeben, als ihn der Inflation in den Rachen stopfen. Hast du gehört, wie Webb gesagt hat, der Dollar ist jetzt nur noch genau halb soviel wert wie vor zehn Jahren, 1970? Also sind das hier eigentlich nur Fünfzig-Cent-Dollars, reg dich nicht auf.» Die Kosten sind in seinen Augen Teil eines lohnenden Feldzugs: mit Cindy zu schlafen, bevor die sieben Tage vorüber sind. Er fühlt es kommen, auf sie alle zukommen, die Barrieren zwischen ihnen werden brüchig, er weiß schon im vorhinein, wann Webb sich räuspern oder wie er seine Zigarette anzünden wird, rasch gewechselte Blicke und lässiges Schweigen tragen von Stunde zu Stunde die Befangenheit ab, unter Sonne und Sternen strecken sie ihre sechs Körper auf den Liegesesseln mit den Vinylschlaufen aus, die überall herumstehen. Ihre Hände berühren sich, wenn sie einander Drinks und Streichhölzer und Sonnenlotion reichen, sie platzen ungeniert einer in des anderen Bungalow; Harry hat Thelma Harrison zufällig schon einmal unten ohne gesehen, als er eines nachmittags ihr Solarcaine zurückbrachte. Sie hatte auf dem Bett gelegen, um Luft an ihre verbrannte Haut zu lassen, und huschte beim Klang seiner Stimme an der Tür ins Badezimmer, aber nicht schnell genug.

Er sah die Falte zwischen ihren Pobacken, die ganze hagere, blasse Länge ihres flüchtenden Körpers, und reichte Ronnie, der selber splitternackt war, ohne Kommentar oder Entschuldigung das Solarcaine, den ganzen Tag über waren sie halbnackt beieinander, abgesehen von Thelma, die vermummt unter dem Beerentang lag: Janice, die Webbs zerfurchten roten Nacken mit Coppertone einrieb, Ronnies schwerer Schwanz, der die Vorderseite seiner obszönen, europäisch geschnittenen kleinen Badehose wölbte, die süße Cindy, die ein schwarzes Band löste, um ihren Rücken gleichmäßig zu bräunen und die volle warzengekrönte Silhouette einer Brust zur Schau stellte, wenn sie sich ihren Planters Punsch, den der Boy gebracht hatte, vom gemeinsamen Tablett herunterangelte. Die Schwarzen hier unten sind seidiger als die amerikanischen Schwarzen, schwärzer, ihre Körper bewegen sich in einem weicheren Rhythmus. Gegen vier Uhr, wenn die Schatten des Beerentangs wie knubbelige Finger über den Sand krochen und die Gesichter der Männer rot verbrannt waren, trotz der Baldachine auf den Golfwägelchen, verlegten sie ihr Tätigkeitsfeld (das Rascheln der Palmen geht Harry allmählich auf die Nerven; nachts meint er immer, es regnet, obwohl es das nie tut) in den schattigen Bereich neben dem olympischen Schwimmbecken, wo junge Insulaner in weißen Kellnerjacketts zwischen ihnen die Runde machten und Bestellungen aufnahmen, während die harte weiße Sonnenkugel sich langsam auf den Meereshorizont senkte, auf dem sie pünktlich um sechs in einem nonchalanten Kopfsprung auftraf und eine Fontäne von Violett- und Rosatönen versprühte. Benommen, Qualen der Wonne durchleidend, sieht Harry zu, wie Cindy ihren Leib auf der Sonnenliege in eine neue Position wälzt, die Träger seitlich in ihr leckeres Fett einschneidend, wie Reifenprofil in weiche Erde. Thelma sitzt eingewickelt und wachsam zwischen ihnen, Webb salbadert mit sonorer Stimme, Ronnie knüpft Kontakte an der Bambusbar. Es ist der Versicherungsmakler in ihm, er muß seine Schußgenauigkeit ständig trainieren. Seine Stimme bläht sich über den plätschernden Wellen, wo ein einzelnes hellhäutiges Kind, schon fast aufgeweicht und gelangweilt, die Zeit bis zum Abendessen tauchend und paddelnd vertrödelt. An manchen Abenden erscheint gleich nach Sonnenuntergang ein grüner Streifen am Horizont. Janice, so sehr er sie hin und wieder liebt, erweist sich hier unten als Störung, die sich zwischen Harry und sämtliche potentiellen Signale von Cindy drängt; glücklicherweise sorgt Webb für ihre Unterhaltung, er spricht mit ihr wie ein Angehöriger der mittleren Oberschicht von Brewer mit einem anderen über das unerschöpfliche Thema Geld. «Du meinst, vierzehn Prozent wär eine Katastrophe, aber in Israel leben sie mit hundertelf Prozent, ein Farbfernseher kostet da tausendachthundert Dollar. In Argentinien haben sie hundertfünfzig Prozent pro Jahr, glaub mir, ich verkohle dich nicht. In Tokio kostet ein Pfund Steak zwanzig Dollar und in Saudi Arabien eine Schachtel Zigaretten einen Fünfer. Fünf Dollar die Packung. Du meinst vielleicht, uns ginge es schlecht, aber der Verbraucher bei uns in Amerika kriegt für sein Geld noch immer den besten Gegenwert von allen Industrienationen.» Janice hängt an seinen Lippen und schnorrt seine Zigaretten. Ihre Haare sind seit dem Sommer so gewachsen, daß sie sie zu einem kleinen stummeligen Pferdeschwanz zusammenbinden kann; sie sitzt ihm zu Füßen und plantscht mit den Beinen im Swimmingpool. Die Haare an Webbs langen dürren Stelzen bilden Spiralen, wie die bunten Streifen an den Stangen vor Friseurgeschäften, und sein Gesicht mit den weißen Falten hat die Bräune von leicht gefirnißtem Tannenholz angenommen. Harry fällt ein, daß sie ihrem Vater schon immer zugehört hat, wenn er so herumschwadronierte, und daß sie es mag.

Am Sonntagabend überfällt sie Langeweile im Einerlei des Hotellebens, und sie mieten sich ein Taxi, um quer über die Insel zum Spielkasino zu fahren. Im Dunkeln rollen sie durch Dörfer, in denen schwarze Kinder unsichtbar bleiben, bis ihre weißen Augäpfel am Straßenrand aufleuchten. Eine Ziegenherde, die mit schleifenden Stricken dahertrottet, taucht im Scheinwerferlicht des Taxis auf. Kleine Holzhütten mit verschlossenen Fensterläden auf Fundamenten aus Zementbaustein entpuppen sich durch eine offene Tür als Tavernen mit flaschengefüllten Regalen und einem Rudel stehender Kunden. Eine alte Steinkirche wirft aus Spitzbogenfenstern ohne Glas flackerndes Kerzenlicht und einen klagenden Liedfetzen, der rasch zurückbleibt. Das

Taxi, ein Pontiac Baujahr '69 mit unzähligen Voodoofiguren auf dem Armaturenbrett, braust rücksichtslos auf der verkehrten Straßenseite dahin, denn dies war früher eine englische Kolonie. Die verstümmelten kegelförmigen Silhouetten verlassener Zuckerfabriken vor dem sternübersäten Himmel rufen die Vergangenheit wach, Scharen toter Sklaven, während Janice und Thelma und Cindy in der anbrandenden Dunkelheit über Leute plaudern, die in Brewer zurückgeblieben sind, über Buddy Inglefingers neueste Freundin, fürchterlich, so ein langes Ende und die vielen Kinder, Buddy ist ein richtiger Unglücksrabe, und über die unmögliche Peggy Fosnacht, die, so geht das Gerücht, sehr beleidigt sein soll, weil sie und Ollie nicht zu dieser Reise in die Karibik eingeladen wurden, obwohl doch alle wissen, daß sie es sich nie leisten könnten.

Das Kasino gehört zu einer anderen Ferienanlage, feudaler als die ihre. Holzstege führen hinaus über das hellerleuchtete Korallenschelf. Welten, und darin wieder Welten, denkt Harry. Wesen wie zerplatzte Zellophantüten von Nudeln winken herauf aus dem grüngoldenen schwappenden Naß. Er ist hier herausgekommen, um einen klaren Kopf zu bekommen. Er hatte sich beim Blackjack festgebissen und, um seine Verluste wettzumachen, seinen Einsatz verdoppelt und immer wieder verdoppelt und Traveller-Schecks im Wert von dreihundert eingelöst und unter den entgeisterten Blicken seiner Freunde alles verloren. Ach, das ist weniger als der halbe Gewinn beim Verkauf eines einzigen Tercel, weniger als drei Prozent von dem, was Nelsons Mätzchen gekostet haben. Trotzdem hämmert es in Harrys Kopf, und er fühlt sich zittrig und gedemütigt. Der schwarze Bankhalter blickte nicht einmal auf, als er sich völlig ausgenommen von dem grellen Filz des Tisches erhob. Er geht über den Steg auf den schwarzen Horizont zu, während die tropische Luft sein heißes Gesicht mit mikroskopisch kleinen runden Küssen liebkost. Er stellt sich vor, er könnte bis nach Südamerika gehen, wo mittendrin Paraguay liegt; er denkt liebevoll an die Stelle mit den hohen Gräsern hinter dem asphaltierten Firmengelände, und an die Farm, der er sich immer nur wie ein Spion genähert hatte, durch das Dickicht hindurch, das die zerbröckelte Sandsteinmauer überwuchert. Das Gras im

Obstgarten wird jetzt plattgedrückt sein und gebleicht vom Winter, aus dem einsamen Haus unten wird Rauch steigen. Noch eine Welt.

Cindy ist plötzlich neben ihm und atmet in demselben Rhythmus wie das schwappende Naß. Er denkt schon, der große Moment sei gekommen, jetzt wo er weit davon entfernt ist, bereit zu sein; aber sie sagt in trockenem mitleidigen Tonfall: «Webb sagt, du solltest dir immer ein Limit setzen, bevor du dich an den Spieltisch setzt, damit du dich zu nichts hinreißen läßt.»

«Ich habe mich nicht hinreißen lassen», sagt Harry. «Ich hatte eine Theorie.» Vielleicht meint sie, seine Verluste hätten einen Ausgleich verdient, und der sei sie. Ihre braunen Arme heben sich von einer weißen Häkelstola ab; mit der Blüte hinter dem Ohr sieht sie kokett aus. Wie wird es sein, sein eigenes hohes schweres Gesicht in ihre apfelharten Rundungen zu pressen, Wangen und Brauen und Nasenspitze, und ihre munteren kleinen lebenspendenden Spalten, der langlippige Mund und die dunklen Augen, die schelmisch blitzen wie die eines Kindes? Schwappschwapp. Ob ihre Gesichter gut zusammenpassen? Sie blickt ihm in die Augen, und er wendet den Blick ab und starrt auf den tropischen Mond, der auf der Seite liegt, in einem Winkel, wie man ihn in Pennsylvania nie zu sehen bekommt. Wie zufällig streift er, während er unverwandt auf die See blickt, mit den Fingerspitzen ihren Arm. Ein elektrisierender Wärmehauch scheint noch von dem Sonntag in der Sonne an ihrer Haut zu haften. Seetang klatscht an die Pfähle des Stegs, eine Welle bricht sich am Strand, seine Chance ist gekommen, jetzt sollte er zugreifen. Etwas zu Energisches an den Vorsprüngen ihres Gesichts hält ihn davon ab, obwohl sie lächelnd den Kopf nach hinten legt, als wollte sie es einfacher für ihn machen, seinen Mund unter ihre Nase zu schieben.

Aber da poltern Schritte auf sie zu, und Webb und Janice, die Hände in dem konfusen Licht von Mond und Unterwasserstrahlern und der flammenden Casinobeleuchtung scheinbar ineinander verschränkt und dann losgelassen, kommen fast im Laufschritt über den Holzsteg und verkünden aufgeregt, daß Ronnie Harrison dabei sei, den Crap-Tisch im Casino zu sprengen. «Das mußt du dir ansehen, Harry», sagt Janice. «Er hat schon mindestens achthundert gewonnen.»

«Dieser Ronnie», sagt Cindy im Tonfall mädchenhaft trockenen Tadels, und die Kasinolichter scheinen durch ihren langen Rock, während sie auf diese Lichter zueilt, ihr Hintern tiefdunkel, die Beine Schattenrisse.

Sie kommen nach zwei Uhr in ihre eigene Ferienanlage zurück. Ronnie war zu lange am Crap-Tisch geblieben und hatte am Schluß nur eine Handvoll Dollar mehr als seinen Einsatz behalten. Er und Janice schlafen auf der langen Rückfahrt ein, während Thelma verkrampft auf Rabbits Schoß hockt und Webb und Cindy vorn neben dem Fahrer sitzen, Webb stellt Fragen nach der Insel, auf die der Mann in einer zögernden gurgelnden Sprache, die nur entfernt mit Englisch zu tun hat, antwortet. An der Toreinfahrt zu ihrem Hotelkomplex läßt sie ein uniformierter Wächter ein. Alles hier ist bewacht, Diebstähle greifen um sich, Diebe und sogar Mörder strömen aus dem finsteren Herzen der Insel herbei, um an ihrem Rand aus reichen Besuchern zu grasen. Zu den Gästebungalows gelangt man über grüngestrichene Zementwege, die in den Sand eingelassen sind, unter munkelnden Palmen, zwischen Sträuchern aus papierenen Blumen, die morgens Kolibris anlocken. Während die Männer beratschlagen, auf welche Uhrzeit sie das morgige Golfspiel verschieben sollen, tuscheln die drei Frauen in einiger Entfernung miteinander, an der Stelle der Zementwege, an der sich die Pfade zu ihren jeweiligen Bungalows trennen. Janice, Cindy und Thelma kichern und werfen Blicke herüber, die wie Vögel durch die mondglänzende warme Nacht flattern. Cindys Schal glitzert wie ein Schaumklecks auf wogendem Wasser. Aber am Ende geht doch jede der Frauen unter Gutenachtrufen, die in dem stillen Palmenhain widerhallen, mit ihrem Mann zum eigenen Bungalow. Rabbit vögelt Janice aus allgemeiner Gereiztheit und schläft ein in der Hoffnung, daß der Morgen auf unbestimmte Zeit hinausgeschoben wird.

Aber er kommt, planmäßig, in Gestalt von Streifen von Sonnenlicht, die durch die Lamellen an den Fenstern auf die sechseckigen Fußbodenfliesen fallen, während die kleinen gelben Vögel, die hier unten in einem Lied besungen werden, dem

Défilé klirrender Frühstückstabletts entlang der Zementwege folgen. Es ist gar nicht so schlimm, als er erst einmal aufrecht steht. Der Körper ist den Widrigkeiten des Lebens angepaßt. Wie gewohnt, nimmt er am leeren Strand, wo die Plastikgläser der vergangenen Nacht noch im Sand stecken, ein kurzes vorsichtiges Bad. Es ist der einzige Augenblick des Tages, an dem Harry für sich ist, abgesehen von alten Paaren – die Frauen auf hilfreiche Arme angewiesen – um quer über den Sand bis ans Wasser zu gelangen, die auch gern ein frühes Bad nehmen. Die See scheint zwischen den weichen Wellenkämmen die Farbe von Honigmelonen zu haben, ein blasses Grün. Während er auf dem Rücken im Wasser liegt, kann er auf den Straßen entlang der zerklüfteten steilen Berge, die die Bucht umgeben, die Menschen sehen, für die diese Insel kein Urlaubsort ist, Schwarze in bunten Stoffetzen, die zur Arbeit trotten, einige der Frauen schleppen Bündel und sogar Wasserbehälter auf den Köpfen. Sie tun es tatsächlich. Ihre Stimmen tragen weit in der frischen Morgenluft, begleiten das Klatschen und Schwappen und Moussieren des warmen Salzwassers, das seine Füße sanft umspielt. Der weiße Sand ist schwammig und voller Löcher, durch die Krebse atmen. Er hat noch nie so weißen Sand gesehen, zuckerfein zermahlener Korallenkalk. Die frühe Sonne liegt leicht auf seinen empfindlichen Schultern. Ah ja, Gesundheit. Dann kommt das Mädchen mit dem Frühstückstablett an ihre Tür – ihr Bungalow hat die Nummer 9 –, und Janice öffnet im Frotteemantel die Tür mit der Jalousie und ruft *«Harry»* über den Strand, wo ein alter Sklave in Khakihosen Seetang und Plastikgläser auffegt, und wo das Treiben, die Jagd, weitergehen kann.

Er spielt heute schlecht Golf; wenn er müde ist, überzieht er gern und schlägt aus dem Handgelenk, statt die Arme durchzuschwingen. Laß das Handgelenk angewinkelt, vergeude deine Kraft nicht oben im Schwung. Wipp nicht nach vorn auf die Zehen, stell dir vor, du preßt die Nase an eine Glasscheibe. Denk an Eisenbahnschienen. Schwing durch. Diese Tips sind heute wenig hilfreich, es kommt Harry vor wie eine morgenlange Plackerei, erst zwischen den gierigen Armen der Korallenbäume hindurch und dann hinauf zu den Grüns, die so holperig sind wie Steppdecken, obwohl er ahnt, daß es an ein Wunder grenzt, in dieser Sonne überhaupt Grüns zu haben. Er haßt Webb Murkett, der heute alles bis zu einem Abstand von sechs Metern einlocht. Warum muß dieser zähe alte Scheißkerl, der sich schon diese phantastische kleine Fotze unter den Nagel gerissen hat, auch noch den *Nassau* abstauben? Harry vermißt einen Kumpan wie Buddy Inglefinger, dem er sich überlegen fühlen kann. Ronnies schütterer Skalp und seine nackte hohe Stirn sehen, wenn er sich über den Ball beugt, wie ein blaßrotes, sich pellendes Ei aus. Er schwingt die Arme wie ein Affe, alle Haare, die ihm auf dem Kopf ausgefallen sind, müssen an seinen Armen hängengeblieben sein, wie kann Thelma ihn bloß ertragen? Weiber, offensichtlich finden sie sich mit allem ab, Hauptsache ein Riesenschwanz. Harry muß dauernd an die dreihundert Dollar denken, die er am vergangenen Abend verpulvert hat, sein Vater hätte dafür sechs Wochen lang schuften müssen. Armer Pop, er kann nicht mehr miterleben, wie das Geld sich in Wohlgefallen auflöst.

Aber am Nachmittag, nach ein paar Piñas Coladas und einem Krabbensalat-Sandwich, sehen die Dinge schon wieder anders aus. Sie beschließen, drei Sunfish-Segelboote zu mieten, und als sie sich paarweise auf die Boote verteilen, trifft es sich, daß er und Cindy zusammen hinausfahren. Er hat noch nie gesegelt, deshalb steht sie bis zu den Brüsten im Wasser und fuhrwerkt mit dem Ruder herum, während er hoch oben im Trockenen sitzt und die Leinen hält, die das gestreifte dreieckige Segel straffhalten, das ihm nicht gut genug festgezurrt scheint, denn es schlägt hin und her, während die eine Aluminiumstange gegen die andere stößt. Das ganze Ding fühlt sich wacklig an. Man muß eine Art schwarzes Gummikissen um die Taille tragen, und Cindy sieht in dem ihren richtig niedlich aus mit diesem kurzen Otterhaarschnitt, knabenhaft, wie eine der Polizistinnen im Fernsehen oder eine Froschfrau. Ihm ist noch nie zuvor aufgefallen, wie dunkel und dick ihre Augenbrauen sind; sie runzeln aufeinander zu und berühren sich fast, bis endlich die Ruderarretierung einrastet. Dann grunzt sie und springt hoch, landet flach auf ihrer Vorderfront, so daß die Brüste seitlich herausquellen, die ungebräunten Partien weiß wie *Maalox,* und sie strampelt mit den Beinen im Wasser, um ihr rabenschwarzes glänzendes Hinterteil an Bord zu hieven; sie ist zuviel Weib für dieses kleine Boot, es neigt sich wie verrückt. Er zieht sie am Arm, und die Aluminiumstange unten am Segel holt aus und schlägt ihm an den Hinterkopf. Sie hat ihm die Leine entrissen, ohne das Ruder loszulassen, und ruft dauernd: «Das Schwert, das Schwert», bis er dahinterkommt, was sie meint. Der splitterige lange Holzkiel unter seinem Bein soll in diesen Schlitz gesteckt werden. Er zieht ihn unter sich hervor und schiebt ihn hinein. Anstatt ihn zu beglückwünschen, sagt Cindy: «Schiet.» Die kleine Kunststoffnußschale dümpelt parallel zum Strand, wo Badegäste sich im Halbkreis zusammengerottet haben und ihnen zusehen, und jede Welle schwappt sie näher an Land. Dann fängt sich der Wind im Segel und strafft es, der Aluminiummast knarrt, und sie hüpfen langsam über die sich brechenden Wellen hinweg auf die Landspitze zu ihrer Rechten zu, wo die Bucht endet.

Wenn man einmal in Fahrt ist, spürt man nicht mehr, wie schnell man sich bewegt, das Wasser hat keine Wegzeichen. Harry sitzt im vorderen Teil und duckt sich tief, falls der Baum wieder auf seinen Kopf zuschwingen sollte. Cindy hockt in ihrem kompakten Gummigurt im Lotussitz da, der Zwickel ihres Bikinis bedeckt nur knapp den offengelegten Schoß, und bedient die Ruderpinne und lächelt zum erstenmal. «Harry, du brauchst das Schwert nicht die ganze Zeit oben festzuhalten, es muß erst wieder raus, wenn wir am Strand landen.» Der Strand, die Palmen, die Bungalows sind zum Postkartenformat geschrumpft.

«Ist es ratsam, so weit hinauszufahren?»

Sie lächelt wieder. «Wir sind nicht weit draußen.» Die Segelleine zerrt an ihren Händen, das Boot legt sich schräg. Das Wasser hat hier draußen nicht mehr das blasse Grün einer Honigmelone, sondern ein Grün wie Galle, schwärzlich in den Wellentälern.

«Nicht weit draußen», wiederholt er.

«Sieh mal, da.» Ein Segel, kaum größer als eine aufblitzende Schaumkrone. «Das sind Webb und Thelma. Sie sind viel weiter draußen als wir.»

«Bist du sicher, daß sie es sind?»

Cindy erbarmt sich. «Wir wenden, sobald wir näher an dem Felsen da sind. Weißt du, was Wenden bedeutet, Harry?»

«Nicht so genau.»

«Wir werden die Fahrtrichtung ändern. Der Baum wird herumschwingen, also paß auf deinen Kopf auf.»

«Glaubst du, daß es hier Haie gibt?» Trotz allem, sagt er sich, hat es eine gewisse Intimität, nur sie beide, dieselbe Gischt, die seine und ihre Haut besprüht, der Wind und das Rauschen des Wassers, in dem alles andere untergeht, die Rundung ihrer Schulter, die glänzt wie Metall im Licht dieser harten weißen Sonne, die die Sonne, unter der er aufwuchs, rückblickend orange und gebläht erscheinen läßt.

«Hast du den zweiten Teil von *Der weiße Hai* gesehen?» antwortet sie mit einer Gegenfrage.

«Hast du nicht auch das Gefühl, daß neuerdings alles bloß noch Fortsetzungen sind?» fragt er seinerseits. «Als ob den Leuten nichts mehr einfiele.» Er ist so erschöpft von der dauernden Anstrengung, seine Begierde zu zähmen, daß er mitten in diesem Zerren und Wüten der Elemente unvorsichtig wird. Selbst das Sonnengeglitzer auf dem Wasser empfindet er als grausam, eine Perfidie des Himmels, wie die Lichtpunkte, die beim Landeanflug auf die Tragflächen des Flugzeugs auftrafen.

«Klar zum Wenden», sagt Cindy. «Abfallen.»

Er duckt sich, und der Baum verfehlt ihn. Er sieht ein weiteres Segel hier draußen, Ronnie und Janice, die auf den Horizont zuhalten. Sie scheint hinten zu sitzen und zu steuern. Wann hat sie das gelernt? In irgendeinem Sommerlager. Man muß von Anfang an reich sein, um wirklich alle Vorteile mitzubekommen. Cindy sagt: «So, Harry, jetzt übernimmst du das Ruder. Es ist ganz einfach. Dieser kleine Stoffstreifen da oben am Mast ist der Verklicker. Er zeigt an, aus welcher Richtung der Wind kommt. Und dann paß auf die Wellen auf. Achte darauf, daß das Segel in einem Winkel zum Wind steht. Die Vorderkante des Segels darf nicht flattern. Das nennt man luven. Es bedeutet, daß man direkt in den Wind segelt, und dann muß man abfallen. Dazu schiebst du die Ruderpinne von dir weg, weg vom Segel. Das spürst du dann schon, verlaß dich drauf. Die Spannung zwischen Ruderpinne und Schot – das ist wie eine Schere, irgendwie. Es macht Spaß. Komm, Harry, es kann nichts passieren. Wir tauschen die Plätze.» Sie meistern das Manöver, während das Boot unter ihren Leibern wie eine Hängematte schaukelt. Eine kleine Wolke verdeckt die Sonne, färbt das Wasser dunkel und überläßt es dann mit einem Schlag wieder dem grellen Sonnenschein. Harry faßt nach der Ruderpinne und probiert herum, bis der Wind das Segel erfaßt. Dann fängt es an Spaß zu machen, wie sie sagte: Segel und Ruderpinne ziehen, die unsichtbare Meeresbrise schiebt, und die Entfernungen sind nicht annähernd so groß und hoffnungslos, wenn man das Boot im Griff hat. «Das machst du gut», lobt Cindy ihn, und so wie sie dasitzt, die Beine übereinandergeschlagen, den Blick geradeaus gerichtet, kann er an einem nackten Fuß die Unterseite ihrer fünf Zehen sehen, die dünne bläuliche Haut ist hier faltig, der kleinste rührende Zeh krümmt sich in den nächsten Zeh, als versuche er, sich zu verstecken. Sie vertraut ihm. Sie liebt ihn. Jetzt, wo er den Bogen heraushat, wagt er zu krängen, das Großsegel straffer und straffer zu ziehen, so daß die Wellen gegen das Boot klatschen und seine Hand brennt. Das Land kommt sprunghaft näher, sie sind schon beinahe in Sicherheit, als er bei dem Versuch, den Punkt am Strand, wo Janice und Ronnie ihren Sunfish bereits an Land gezogen haben, genauer anzuvisieren, dem Segel ein wenig Spiel läßt und der Wind es voll von hinten erwischt; der Bug geht jäh in einer wütend aufwogenden Wasserschicht unter; schwer schleudert die kleine Nußschale herum und kentert; er und Cindy habe keine andere Wahl, als miteinander ins Wasser zu rutschen, in Segelleinen verheddert. Eine geäderte lichtdurchlässige Hülle schlägt über seinem Kopf zusammen; *Luft,* denkt er voller Panik und taucht in einem unerwarteten Schatten auf, das Boot türmt sich kieloben über ihnen. Cindy ist neben ihm im Wasser. Nach Luft schnappend umschlingt er sie kurz, in dem Bedürfnis, sich zu entschuldigen. Sie fühlt sich an wie ein Hai, glitschig und schmirgelig. Ihre beiden Schaumgummigürtel stoßen unter Wasser aneinander. Jedes einzelne Haar ihrer Augenbrauen schimmert in dem seltsamen Licht hier, inmitten der verschatteten Wellen, die in der plötzlichen Windstille nur noch leise an den hohlen Rumpf schwappen. Mit einer Grimasse schiebt sie ihn weg, holt tief Luft und verschwindet unter dem Boot. Er versucht, hinterherzutauchen, aber sein Rettungsring katapultiert ihn unsanft wieder nach oben. Er hört, wie sie auf der anderen Seite des nach oben gekehrten Kiels ächzend und platschend am Schwert zerrt und dann heraufklettert, bis der Sunfish, von dem große Wasserperlen abplatzen, sich wieder aufrichtet und das gestreifte Segel vor der Sonne vorbeiwischt. Harry stemmt sich hoch, und sie segelt das Boot gekonnt an Land.

Die Episode ist unrühmlich, aber sie lachen alle darüber am Strand, und in seiner selbstgefälligen Stimmung ist ihre Unterwasserumarmung rasch zu etwas Zartem, Vielversprechendem getrocknet. Die glitschige Berührung zweier Leiber, das Strampeln ihrer Beine zwischen den seinen. Die vereinzelten schwarzen Haare, wo ihre Augenbrauen sich fast treffen. Die Haare ihres Schoßes, den sie frech im Lotussitz zur Schau stellte. Wenn das keine Beweise sind.

Das Mittagessen wird im Hotel am Schwimmbecken serviert oder auf Tabletts an den Strand gebracht, aber das Abendessen ist eine feierliche Angelegenheit in einem geräumigen Pavillon, von dessen Dachbalken meterlangen Girlanden gefiederter Farnwedel baumeln und an dessen Rückwand, neben den Türen, die in die Küche führen, aus einer großen offenen Grillmulde krachende Flammen lodern, so daß Schatten über den Wandschmuck aus Stroh und geschnitzten Masken huschen und Irrlichter über die schwitzenden schwarzen Gesichter der Köche tanzen. Der Küchenchef ist ein hagerer Belgier, den man zwischen den Mahlzeiten immer mit Leidensmiene an der Bar sitzen sieht, wenn er sich nicht gerade in klagendem Tonfall mit einer der missionarisch-adretten einheimischen Frauen unterhält, die am Empfang arbeiten. Montagabends wird immer ein Barbecue veranstaltet, während der Mahlzeit tritt ein Calypsosänger auf, und anschließend wird zu elektrisch verstärkten Marimbas getanzt; aber alle sechs Urlauber aus Diamond County stellen übereinstimmend fest, daß sie erschöpft sind von dem Abend im Spielkasino und früh ins Bett gehen wollen. Nachdem er um ein Haar in Cindys Armen ertrunken wäre, war

Harry am Strand eingeschlafen und dann auf ein Schläfchen nach drinnen gegangen. Während er schlief, trommelte minutenlang ein heftiger tropischer Wolkenbruch auf sein Blechdach; als er aufwachte, war der Regen vorüber, und die Sonne versank in einem orangefarbenen Streifen an der Öffnung der Bucht. Seine Gefährten hatten seit dem Schauer vor einer Stunde in der Bar miteinander geklönt. Irgend etwas ist im Busch. Die Gesichter der drei Frauen wirken sehr weich im Licht der Kerze, die in einer kleinen roten vergitterten Sturmlaterne auf dem Tisch steht, zwischen papierenen Blumen, die verwelkt sein werden, bevor die Mahlzeit zu Ende ist. Sie berühren einander immer wieder, bestärkt und animiert in ihrer Schwesterlichkeit hier unten. Cindy trägt an diesem Abend eine gelbe Hibiskusblüte im Haar und diesen arabischen Fummel, zur Hälfte aufgeknöpft. Mehr als einmal greift sie vorbei an Webbs Drink und seinen sehnigen braunen Händen, die lässig auf dem Tischtuch liegen, nach Janices Handgelenk und erzählt ihr von «diesem frechen farbigen jungen Burschen hinter der Bar heute, ich habe ihm gesagt, daß ich mit meinem Mann hier wär, und er hat bloß mit den Schultern gezuckt, als spielte das absolut keine Rolle!»

Webb wirkt weise, läßt die Ströme an sich vorbeiziehen, und Ronnie verschlafen und aufgedunsen, aber doch in seiner grimmigen Spielmacherart zu jedem Blödsinn aufgelegt. Harry und Ronnie waren drei Jahre zusammen in der Basketball-Schulauswahl von Mt. Judge gewesen, und mehr als einmal hatte Rabbit gegen das Gefühl ankämpfen müssen, daß er zwar der Star war, daß Trainer Tothero aber Ronnie besser leiden konnte, weil er nie aufsteckte und sich körperlich härter einsetzte am Brett. Die Welt wird von Ellenbogen regiert. Rabbit hatte immer gefunden, wenn etwas nicht von allein passierte, lohnte es sich nicht, es mit Gewalt herbeiführen zu wollen. Aber trotzdem, diese Cindy. Für eine Portion von ihr konnte ein Mann schon einen Mord begehen. Hineinpumpen und sterben wie eine männliche Spinne. Der Calypsosänger kommt an ihren Tisch und singt ein langes unanständiges Lied über einen Big Bamboo. Harry versteht nicht alle Anspielungen, aber die Damen kichern entzückt nach jeder Strophe. Der Sänger lächelt, und das Lied lächelt, aber seine blutunterlaufenen Augen glitzern wie die einer Eidechse, die wie erstarrt an einer Mauer sitzt, und wenn er sich über die Gitarre beugt, werden auf seinem Kopf kleine graue Kringel sichtbar. Eine aussterbende Kunst. Harry weiß nicht, ob es üblich ist, ihm ein Trinkgeld zu geben oder nur Beifall zu klatschen. Sie klatschen, und blitzschnell wie die Zunge einer Eidechse zuckt seine Hand vor und greift nach der Banknote, die Webb, lässig zurückgelehnt, dargeboten hat. Der alte Sänger geht weiter an den nächsten Tisch und stimmt den Song mit Rücken an Rücken und Bauch an Bauch an. Cindy lacht leise, berührt Janice am Unterarm und sagt: «Ich wette, die Leute zu Hause in Brewer glauben, wir haben hier unten Partnertausch gemacht.»

«Na, dann sollten wir vielleicht», sagt Ronnie, dem ein ermatteter Rülpser entschlüpft.

In der gutturalen reifen Frauenstimme, die Zigaretten und Alter ihr verliehen haben, die Harry aber immer wieder mit Erstaunen an ihr hört, fragt Janice Webb, der neben ihr sitzt: «Was hältst denn du von sowas, Webb?»

Der alte Fuchs weiß, daß er das kostbarste Tauschobjekt besitzt und läßt sich Zeit, er stemmt sich in seinem Stuhl hoch, um einen Zipfel seines Jacketts zu lüften, auf dem er sitzt – ein dunkelblauer Blazer mit speichenbesetzten Messingknöpfen –, und zieht sich ein Päckchen Marlboro Lights aus der Tasche. Rabbits Herz klopft so rasend, daß er auf den Tisch hinunterstarrt, wo die blutigen Knochen, Rippen und Wirbelstücke ihrer Grillmahlzeit darauf harren, abgeräumt zu werden. Webb sagt bedächtig: «Also, nach zwei Ehen, die man vermutlich nicht gut als vollen Erfolg bezeichnen könnte, und nach allem, was ich davor und danach und zwischendrin so erlebt und getan habe, muß ich zugeben, ein kleiner Tausch unter Freunden wäre nicht übel, vorausgesetzt allerdings, daß Zuneigung und Respekt im Spiel sind. Respekt ist dabei das Schlüsselwort. Alle Beteiligten, ich meine jeder einzelne muß es wirklich wollen, und es müßte von vornherein unmißverständlich klar sein, daß nichts, was auch passieren mag, über diese eine spezielle Gelegenheit hinausgeht. Heimliche Affären, das ist es, was eine Ehe kaputtmacht. Wenn die Leute romantisch werden.»

Kein Romantiker, der König der Polaroid-Schwänze. Harrys

Gesicht glüht. Vielleicht liegt es an den Gewürzen in dem Grillbraten, der sich in ihm setzt, oder an der Länge von Webbs Vortrag, oder es ist ein Erröten aus Dankbarkeit gegenüber den Murketts, weil sie das alles arrangiert haben. Er sieht im Geist sein Gesicht zwischen Cindys Schenkeln, versucht, sich ihre schwarze Muschi vorzustellen, wie ein geschwungenes dichtes Büschel Augenbrauenhaare, flachgedrückt und süß duftend von der wärmenden Verpackung im Schlüpfer und eingerahmt von den weißen Rändern, die der Bikinizwickel anstandshalber bedecken mußte. Er wird an ihrer Spalte hinunterwandern mit der Zunge, ihre Beine werden auseinandergleiten, mit der gleichen schlüpfrigen Schwerelosigkeit, die er heute unter Wasser spürte, hinunter und hinein und um die Ecke, vor seiner Nase der ganze herrliche süße Hintern, den er schon tausendmal schwabbeln sah, wenn sie sich nach dem Schwimmen im Becken des Flying Eagle unter dem flauschigen Schatten des Mt. Pemaquid abtrocknete. Und ihre Brüste, die vorwärtsfallen, wenn sie sich gehorsam vornüberbeugt. Etwas tut sich in seiner Hose, ähnlich dem Schattenzucken des Staubgefäßes in einer dieser erschlafften Blüten auf dem Tischtuch im flackernden Schein der Kerzenlampe.

«*Down the way*», singt der Sänger, schon wieder an einem anderen Tisch, «*where the nights are gay, and the sun shines daily on the mountaintop.*»

Schwarze Hände kommen und räumen geschickt die dunklen Knochen ab und verteilen Dessert-Speisekarten. Es gibt hier einen Walnußkuchen, den Harry besonders gern mag, obwohl nichts speziell Karibisches daran ist, vermutlich wird er aus Fort Lauderdale eingeflogen.

Thelma, die ein seidiges durchsichtiges Oberteil trägt, durch das man ihren kakaobraunen Büstenhalter sehen kann, starrt in mittlere Ferne, wie eine Lehrerin, die über die Köpfe ihrer Klasse hinweg spricht, und sagt: «. . . schlichte weibliche Neugier. Das ist etwas, was kaum in all den Artikeln über die weibliche Sexualität zur Sprache kommt, aber ich glaube, das ist es, was hinter der männlichen Stripperei steckt, mehr als irgendein wirkliches Verlangen der Frauen, mit diesen Burschen ins Bett zu steigen. Sie sind einfach neugierig, wie die Penissse aussehen. Und sie sehen *bestimmt* sehr unterschiedlich aus, nehme ich an.»

«Geht's dir auch so?» fragt Harry Janice. «Bist du neugierig darauf?»

Sie senkt die Augen auf die spuckende Sturmlampe. «Natürlich.»

«Also ich nicht», sagt Cindy, «nicht auf die Form. Ich glaube nicht. Nein, wirklich nicht.»

«Du bist noch sehr jung», sagt Thelma.

«Ich bin dreißig», protestiert sie. «Ist das nicht angeblich meine sexuelle Blütezeit?»

Als würde er sich unter Wasser mit ihr wiedervereinen, versucht Harry, ihr beizuspringen. «Sie sind häßlich wie die Nacht. Jedenfalls die meisten Schwänze, die ich gesehen habe.»

«Du siehst sie nicht erigiert», bemerkt Thelma sanft.

«Gottlob», sagt er, entsetzt, wie schon so manchesmal, über das unflätige Volk, mit dem er zusammen ist.

«Und trotzdem liebt er seinen», sagt Janice in dem gleichen leichten und kühlen und irgendwie wissenschaftlichen Tonfall, der sich in dem stiller werdenden Speisesaal auf sie herabgesenkt hat. Der Sänger hat aufgehört. An den anderen Tischen stehen die Leute auf und gehen zu den kleineren Tischen am Rand der Tanzfläche neben dem Swimmingpool.

«Ich liebe ihn nicht», widerspricht er flüsternd. «Ich muß mich damit abfinden.»

«Er ist ein Stück von dir», sagt Cindy leise zu ihm.

«Nicht nur die Schwänze», stellt Thelma klar. «Der ganze Mann muß einen doch reizen. Die Art wie er sich gibt. Seine Stimme, seine Art zu lachen. Aber letzten Endes läuft doch alles darauf hinaus.»

Schwänze. Ist das die Möglichkeit? Sie lassen das heikle Thema ruhen, als das Dessert und der Kaffee kommen. Wiederbelebt vom Essen und von der Nacht beschließen sie, sich doch noch mit ihren Stingers nach draußen zu setzen und eine Weile beim Tanzen zuzusehen, unter den Sternen, die Harry an diesem Abend wie Juwelen in einer Uhr vorkommen, die sich mit aufreizender Langsamkeit bewegt, die Minuten durchmessend, bis er sich endlich in Cindy versenkt, als fiele ein Stern vom Himmel und tauchte zischend in dieses Schwimmbecken von olympischem Ausmaß. Einmal, auf einer fernen verlorenen

Sommerwiese seiner Kindheit, hatte ihm jemand gesagt, es muß seine Mutter gewesen sein, obwohl er ihre Stimme nicht hören kann, wenn man in den Nachthimmel blickt und dabei bis hundert zählt, würde man garantiert eine Sternschnuppe sehen, denn so häufig sind sie in Wirklichkeit. Doch obwohl er sich jetzt von dem Stinger und dem Glastisch und dem tröstlichen verschwörerischen Getuschel seiner Freunde zurücklehnt, bis sein Nacken schmerzt, bleiben alle Sterne über ihm regungslos in ihren Fassungen hängen. Webb Murketts kollernde Stimme knurrt: «Also, Kinder. Als der Älteste in der Runde erlaube ich mir zu verkünden, daß ich müde bin und ins Bett möchte.» Und als Harry sein Gesicht von den himmlischen Gefilden abwendet, passiert es, stürzt in einer Ecke seines Blickfeldes, blitzartig aufleuchtend wie ein angezündetes Streichholz, eine Sternschnuppe in das Meer aus Tinte. Die Frauen erheben sich und raffen ihre Röcke um sich; die Marimbas legen nach ein paar fragenden flatternden und wieder verklingenden Tönen los mit «Where are the Clowns?» Die klagenden Klänge verlieren sich hinter ihnen, während sie am Rand des Schwimmbeckens entlang und am Empfang vorbeigehen, wo der verhärmte, alkoholsüchtige Hotelmanager versucht, telefonisch nach New York durchzukommen, und dann den Verkehrsknotenpunkt der Hotelanlage mit den Bordsteinen aus weißgetünchtem Korallenstein überqueren, um in das schattige Reich der Zementwege zwischen Büschen aus schlafenden Blumen einzutauchen. Die Palmen über ihnen fangen an zu rascheln, während die Musik erstirbt. Das *Schuusch* der Brandung rückt näher. An dem vom Mond beschienenen Punkt, wo der Pfad sich dreiteilt, werden nervös Gutenachtwünsche ausgetauscht, aber niemand bewegt sich; dann greift eine Frauenhand sanft nach dem Handgelenk eines Mannes, der nicht ihr Ehemann ist. Die anderen tun es ihr nach, keiner sieht den anderen an, ein verschämtes, wortloses Zerren, um die Partner zu trennen und über die jeweiligen Pfade zu den Bungalows der Frauen zu lotsen. Harry hört Cindy in einiger Entfernung kichern, denn es ist nicht ihre Hand, die ihn mit so sanfter Entschlossenheit abführt, sondern Thelmas.

Sie hat sein Stocken gespürt und packt fester zu, schweigend. Er sieht, daß eine Gruppe von Urlaubern Drinks und eine Sturmlaterne mit an den Strand genommen hat; die Lampe und ihre Zigaretten glühen rot auf im schattigen Dunkel, während die See dahinter sich milchigbleich jenseits der schwarzen Silhouette eines großen Segelschiffs, das in der Bucht vor Anker liegt, ausbreitet, über ihr der auf den Rücken gekippte Halbmond. Thelma läßt seinen Arm los, um in ihrer paillettenbesetzten Tasche nach den Bungalowschlüsseln zu fischen. «Du kannst Cindy morgen abend haben», flüstert sie. «Das haben wir so ausgemacht.»

«Na, prima», sagt er matt und, wie er hofft, nicht beleidigend. Er nimmt an, das bedeutet, daß Cindy dieses Schwein von Harrison wollte und daß Janice Webb abbekommen hat. Er hatte sich vorgestellt, daß Janice Ronnie nehmen müßte und schon Mitleid mit ihr gehabt, obwohl es so ausgesehen hatte, als ob er bald einschlafen würde, und daß Webb und Thelma sich zusammentun würden, beide gelbliche sehnige Typen. Thelma schließt die Bungalowtür hinter ihnen und knipst eine Kugellampe aus Stroh über dem Bett an. Er fragt sie: «Sag mal, sind eigentlich die heutigen Männer die erste Wahl von euch Damen, oder wollt ihr bloß die zweite Wahl zuerst hinter euch bringen?»

«Sei nicht so ehrgeizig, Harry. Das ist als liebevolles Teilen unter Freunden gedacht, du hast ja gehört, was Webb gesagt hat. Über eines sind wir uns absolut einig, daß wir nichts davon mit nach Brewer zurücknehmen werden. Mehr von der Kinderei wird es nicht geben, und wenn es uns umbringt.» Sie baut sich ziemlich herausfordernd in der Mitte der Strohmatte vor ihm auf, eine schmalgesichtige, farblose Frau, die er kaum kennt. Nicht nur ihre Nase ist rosa infolge ihres Sonnenbrandes, sondern auch die Partien unter ihren Augen, eine Art Schmetterling sitzt auf ihrem Gesicht. Harry denkt, daß er sie küssen sollte, aber sein Schritt nach vorn wird vereitelt, da sie unbeirrt fortfährt: «Aber eines will ich dir sagen, Harry Angstrom. Du bist *meine* erste Wahl.»

«So, wirklich?»

«Natürlich. Ich bete dich an. *Bete* dich an.»

«Mich?»

«Hast du das denn nie gespürt?»

Statt zuzugeben, daß er es nicht gespürt hat, steht er dumm herum.

«So ein Mist», sagt Thelma. «Janice hat es gespürt. Warum sonst, dachtest du, sind wir nicht zu Nelsons Hochzeit eingeladen worden?» Sie dreht ihm den Rücken zu und fängt an, die Ohrringe vor dem Spiegel abzunehmen, der genau wie der in seinem und Janices Bungalow mit geflochtenen Bambusstreifen umrahmt ist. Die Batik, die hier an der Wand hängt, zeigt einen tropischen Sonnenuntergang mit einer Palme im Vordergrund anstelle der schwarzen obstverkaufenden Mammy, die er und Janice haben, aber der Batikhersteller ist derselbe. Die Koffer sind die der Harrisons, ebenso die Kleider auf der bemalten Stange, die als Kleiderschrank herhält. Thelma fragt: «Würde es dir was ausmachen, Ronnies Zahnbürste zu benutzen? Ich werd eine Weile brauchen da drin, du gehst besser als erster ins Bad.»

Im Badezimmer stellt Harry fest, daß Ronnie Rasiercreme der Marke Gillette Foamy aus einer Treibgasdose benutzt, die Sorte, die das Ozon auffrißt, so daß unsere Kinder eines Tages bei lebendigem Leib gebraten werden. Und diesen neuen Typ von Rasierapparat mit der schmalen Klinge mit nur einer Schneide, die in der Fernsehwerbung mit einem Klicken ein- und ausrastet. Harry sieht nicht ein, was das soll, es ist bloß noch mehr Vergeudung, er benutzt noch seinen rostigen alten Sicherheitsrasierer mit zwei Schneiden, den er für $ 1.99 vor rund sieben Jahren gekauft hat, und seift sich mit einem alten ausgefransten Pinsel aus imitiertem Dachshaar und Schaum vom nächstbesten Seifenstück ein. Er hat sich vor dem Abendessen nach dem Mittagsschlaf rasiert, das kann er sich jetzt sparen. Die Harrisons benutzen außerdem Crest-Zahncreme mit Chlorophyll, in einer von den Riesentuben, die sich immer verbiegen und einreißen, wenn er und Janice schon mal ein paar Pfennige sparen wollen und sich eine kaufen. Er fragt sich, was wohl aus Ipana geworden ist, was hatte noch in einer der letzten Ausgaben von *Consumer Reports* zum Thema Zahnpasta gestanden, möglicherweise hatten sie für Natron plädiert, das hatten er und Mim immer nehmen müssen, weil Mom die Theorie vertrat, daß Geschmackszusätze in der Zahnpasta die Zahnsteinbildung fördern. Das Dumme am aufgeklärten Verbraucherdasein ist, daß die lieben Nachbarn einem auf dem Gebiet immer etwas vorauszuhaben scheinen. Allein die Badezimmerutensilien der Harrisons machen ihn neidisch. Unauffälig wie sie ist, hat Thelma eine stattliche Reiseapotheke bei sich und Schönheitspflegemittel und obendrein eine Lichtschutzlotion namens Eclipse und Solarcaine. Auch Vaseline, aus irgendeinem Grund. Und eine größere Packung Tampax, als Janice sich je gekauft hat. Jede Menge Schmerzmittel, Aspirin in verschiedenen Ausführungen und Darvon und überhaupt mehr Medikamente in kleinen beschrifteten Fläschchen, als er erwartet hätte. Die Leute sind immer ein bißchen kränker, als man ahnt. Harry überlegt hin und her, ob er im Sitzen pinkeln soll, um Thelma das gemeine Geplätscher zu ersparen, und verwirft den Gedanken, denn schließlich ist sie diejenige, die mit ihm schlafen will. Es strömt geräuschvoll in die Schüssel, scheinbar endlos, peinlich, die vielen Drinks zum Abendessen. Dann setzt er sich doch noch auf die Brille, um ein bißchen Luft abzulassen. Zuviel Schellfisch. Er bildet sich ein, das Krebsfleisch vom Vortag riechen zu können, und prüft im Stehen mit einem Finger, ob er da unten stinkt. Er findet ja. Eine kleine Wäsche wäre angebracht. Er überlegt lange, welcher Waschlappen wohl Ronnies ist, der blaue oder der braune. Er entscheidet sich für den braunen und schrubbt das, worauf es ankommt. Sich für den Auftritt vorbereiten. Er tilgt seinen Geruch, indem er den Waschlappen gründlich spült, gleichgültig, wem er gehört.

Als er wieder ins Zimmer tritt, ist Thelma ausgezogen bis auf die Unterwäsche, kakaobrauner BH und schwarzes Höschen. Das hatte er nicht erwartet, auch nicht, daß ihn ihr Anblick so berühren würde. Es ist etwas Merkwürdiges mit Brüsten: manche wirken in Kleidern größer, als sie sind, und manche kleiner. Thelmas gehören zu der zweiten Kategorie; ihr Büstenhalter ist hübsch ausgefüllt. Ihr ganzer Körper hat sich, bis in die Vierziger hinein, die adrette neutrale Tauglichkeit bewahrt, mit der Krankenschwestern und Grundschullehrerinnen einen unter ihren sachlichen Gesichtern überraschen. Sie lacht und breitet die Arme aus wie eine Fächertänzerin. «Da bin ich. Du siehst ganz entgeistert aus. Du bist so rührend prüde, Harry – das ist eine der Eigenschaften, die ich so schrecklich mag. Ich bin in fünf Minuten wieder da. Versuch, nicht vorher einzuschlafen.»

Klug von ihr. Bei dem Schlafdefizit, das sie alle hier unten ansammeln, und dem ständigen Schwips und dem Trauma im Wasser heute – sein Kopf war untergegangen und eine bodenlose gallegrüne Masse hatte an seinen Beinen gesogen – war er tatsächlich erschöpft. Er fängt an, sich auszuziehen und weiß nicht, wo er aufhören soll. Es gibt eine Menge Feinheiten, die sich zwischen einem Mann und seiner Frau im Laufe der Jahre einspielen, bei einer fremden Frau aber plötzlich wieder problematisch werden. Würde Thelma ihn gern nackt im Bett vorfinden? Oder obendrauf? Weniger nackt zu sein als sie, wenn sie aus dem Badezimmer käme, schiene ihm taktlos. Andererseits möchte er nicht, wenn er so demonstrativ daliegt unter dem strohbeschirmten Licht, das grell über dem Bett schwankt, daß sie meint, er hielte sich für einen Pinup-Mann aus *Playgirl*. Er ist sich darüber im klaren, daß er dreißig Pfund abnehmen könnte und noch immer einen Wanst hätte. In Unterhosen geht er zu der bambusverzierten Kommode im Raum und knipst dort die Lampe an, deren billiger Holzständer mit winzigen aufgeklebten Muscheln besetzt ist. Er zieht die Unterhose aus. Der Gummi an der Taille ist ausgeleiert, die einzig vernünftige Marke dieser Art ist Jockey, aber die Billigpreisläden in Brewer führen sie nicht, Qualität ist überall im Schwinden. Er knipst das Licht über dem Bett aus und legt sich im schattigen Halbdunkel der Länge lang oben auf die Bettdecke, so wie er ist, wie er war, wie er sein wird, bis die Leichenbestatter ihn zum letztenmal ankleiden, er hat nicht mal einen Ehering, um seine Blöße zu mildern, als er und Janice heirateten, war es nicht üblich, daß Männer Eheringe trugen. Er schließt die Augen, um sie ein paar Sekunden in der roten Leere unter seinen Lidern ausruhen zu lassen. Er muß das hier durchstehen, vielleicht will sie ja nichts weiter als reden, und muß sich dann irgendwie wirklich ausruhen für morgen abend. *Bald ist es soweit* . . . Diese glitschige Unterwasserumarmung . . .

Thelma ist mit erdbebenartigem Gepolter aus dem Badezimmer gekommen. Sie hält ihre Unterwäsche vor sich und sortiert mit dem Rücken zu ihm die Hose auf den Haufen schmutziger

Wäsche, den die Harrisons neben der Kommode hinter dem geflochtenen Papierkorb haben, und legt den Büstenhalter, der noch sauber genug ist, zusammengefaltet zurück in die Schublade. Dies ist das zweite Mal auf dieser Reise, denkt er schläfrig, daß er ihren Hintern gesehen hat. Als sie sich umdreht, verdunkelt ihr Körper die Lampe auf der Kommode, und auf ihrer Vorderseite sammelt sich Schatten; sie macht zaghaft einen Schritt vorwärts, als wate sie ins Wasser. Ihre Brüste schwingen nach vorn, als sie sich bückt, um das Licht, das er ausgeknipst hatte, wieder einzuschalten. Sie setzt sich auf die Bettkante.

Sein Schwanz ist noch schläfrig. Sie nimmt ihn in die Hand. «Du bist nicht beschnitten.»

«Nein, anscheinend war das damals im Krankenhaus nicht üblich. Oder vielleicht hatte meine Mutter da so ihre Theorie. Ich weiß es nicht. Ich habe nie danach gefragt. Tut mir leid.»

«Er ist wunderschön so. Als hätte er ein Häubchen.» Nackt wirkt sie biegsamer, als sie ihm in Kleidern vorkam. Sie beugt sich über ihn und nimmt seinen Schwanz in den Mund. In dem Lampenlicht ist ihr Körper ein blasses Patchwork aus zarter Bräune und abblätterndem Rosa und ihrer natürlichen gelblichen Hautfarbe. Ihr Bauch runzelt sich zu flachen Falten, wie aufgestapelte Zeitungen, und der Rücken ihrer Hand, die seinen Schwanz mit zwei Fingern an der Wurzel umfaßt, weist dunkle Blitze aus blauen Adern auf. Aber ihr Atem ist warm und feucht, und als er im Lampenlicht die vereinzelten weißen Haare sieht, die sich wie angesengt durch die Masse stumpfen Brauns schlängeln, möchte er am liebsten die Hand ausstrecken und ihren Kopf streicheln oder die rhythmische Höhlung in ihrer Wange berühren. Er fürchtet jedoch, die Empfindungen zu unterbrechen, die sie ihm verschafft. Sie hebt rasch die Hand, um eine Haarsträhne zurückzustreichen, als wollte sie ihm das Zusehen erleichtern.

Er murmelt: «Schön.» Er wird dick und lang, aber noch immer drängt sie ihre Lippen bis hinunter zu den Fingern, die ihn an der Wurzel umgreifen. Um es sich bequemer zu machen, spreizt sie die Beine; zwischen ihren Beinen, das eine schräg über die Bettkante hängend, sieht er aus einem Schamhaarbusch, der duftiger ist und mehr ins Rötliche geht, als er gedacht hatte, einen kurzen weißen Faden hängen. Thelmas Muschi ist nicht dicht behaart wie bei Janice oder wie er es sich bei Cindy vorgestellt hat; ein transparenter Flaum liegt über den Labien, die die Färbung einer Quetschwunde haben und mit dem Zünglein aus weißer Schnur so bedürftig und schutzlos aussehen, daß Harry weinen könnte. Auch sie ist den Tränen nahe, vielleicht weil sie sich so anstrengt, nicht zu würgen. Sie lehnt sich zurück und starrt auf das starre Auge seiner Eichel, die aus der Vorhaut hervorgeschwollen ist. Sie zieht das Häubchen wieder hoch und sagt zärtlich und scherzend: «So ein ernstes kleines Gesicht.» Sie küßt sie leicht, einmal, zweimal, fährt mit der Zunge darüber, dann ruckt sie wieder auf und ab, bis sie nach Luft schnappen muß. «Gott», seufzt sie, «das habe ich mir schon so lange gewünscht. Deinen Schwanz in den Mund nehmen. Komm. Komm. Harry. Komm in meinen Mund. Komm in meinen Mund und spritz es mir über das ganze Gesicht.» Ihre Stimme klingt heiser und wie besessen, als sie das sagt, und währenddessen läßt sie seinen kleinen Schlitz nicht aus den Augen, in dem jetzt eine einzelne wolkige Träne erschienen ist. Sie leckt sie ab.

«Hast du mich wirklich schon eine ganze Zeitlang gemocht?» fragt er schüchtern.

«Jahre», sagt sie. «Jahre. Und du hast es nie gemerkt. Du Mistkerl. Immer unter Janices Fuchtel und hinter der albernen Cindy hergeschmachtet. Na, du weißt ja, wo Cindy jetzt ist. Sie wird von meinem Mann gebumst. Er wollte eigentlich gar nicht, er sagte, er würde lieber mit mir ins Bett gehen.» Sie schnieft in einer bitteren Anwandlung von Selbstverachtung und stürzt ihren Mund wieder über ihn, und in der qualvoll aufsteigenden Erregung, als er sich gegen die Öffnung ihres Schlundes gedrängt fühlt, fragt er sich, ob er ihre Einladung annehmen soll.

«Warte», sagt Harry. «Soll ich nicht erst mal was für dich tun? Wenn ich komme, ist alles vorbei.»

«Wenn du kommst, dann kommst du eben später nochmal.»

«Nicht in meinem Alter. Das glaube ich nicht.»

«Du mit deinem Alter. Andauernd redest du von deinem Alter.» Thelma bettet ihr Gesicht auf seinen Bauch und blickt unverwandt zu ihm auf, zum erstenmal verspielt, ihre Augen in einem irritierenden rechten Winkel zu den seinen. Er hatte früher noch nie auf ihre Farbe geachtet: sie haben den unbestimmten Ton, den man haselnußbraun nennt, aber in dem starken Deckenlicht und aufgehellt durch ihr hingebungsvolles Blasen haben sie jetzt eine bernsteinfarbene Blässe, eine trunkene animalische Transparenz. «Ich bin zu aufgeregt, um zu kommen», sagt sie ihm. «Und außerdem habe ich meine Periode, Harry, und die ist manchmal wirklich blutig. Ich habe Angst, herauszufinden, woran es liegt. In den Monaten dazwischen habe ich bloß schreckliche Krämpfe und blute kaum.»

«Red mal mit einem Arzt», schlägt er vor.

«Ich rede dauernd mit Ärzten, es ist nutzlos. Ich muß sterben, das weißt du doch, oder nicht?»

«Sterben?»

«Na, vielleicht ist das ein zu dramatischer Ausdruck. Niemand weiß, wie lange es noch dauern wird, und viel hängt von mir selber ab. Das einzige, was ich unter keinen Umständen tun darf, ist in die Sonne zu gehen. Ich war verrückt, hierherzufahren. Ronnie hat versucht, es mir auszureden.»

«Und weshalb hast du es getan?»

«Rat mal. Ich sag dir ja, ich bin verrückt, Harry. Ich muß irgendwie von dir loskommen.» Und es scheint, als wollte sie wieder diesen verächtlichen, bitteren Schluchzer von sich geben, aber sie richtet den Kopf auf und betrachtet seinen Schwanz. All das Gerede über den Tod hat ihn wieder halb einschlafen lassen.

«Ist das dieser Lupus?» fragt er.

«Mhm», sagt Thelma. «Sieh mal. Siehst du den Ausschlag?» Sie schiebt die Haare an beiden Seiten zurück. «Hübsch, nicht? Das kommt von meiner dämlichen Sonnenbaderei am Freitag. Ich wollte so schrecklich gern wie ihr anderen sein, kein Invalide. Es war entsetzlich am Samstag. Die Gelenke tun einem weh, und die Innereien funktionieren nicht mehr. Ronnie hat mir angeboten, mich nach Hause zu bringen, damit ich mir eine Cortisonspritze geben lassen kann.»

«Er ist sehr nett zu dir.»

«Er liebt mich.»

Sein Schwanz ist wieder steif geworden und sie beugt sich

darüber. «Thelma.» Es ist das erste Mal an diesem Abend, daß er sie mit ihrem Namen anredet. «Laß mich auch was für dich tun. Ich meine, gleiche Rechte und so weiter.»

«Du willst doch wohl nicht in all das Blut da rein?»

«Dann laß mich an diesen niedlichen Dingern nuckeln.» Ihre Brustwarzen sind nicht huckelig wie Janices, sondern vollkommen glatt wie die Daumenkuppen eines Babys. Da es jetzt seine Runde ist, greift er mit gutem Gewissen nach oben und knipst das Licht über dem Bett aus. In der Dunkelheit verschwindet ihr Ausschlag, und er sieht sie lächeln, während sie es sich bequem macht, um seine Aufmerksamkeiten zu genießen. Sie hockt im Schneidersitz, wie Cindy neulich auf dem Boot, Frauen, das geschmeidige Geschlecht, und legt sich ein Kissen in den Schoß für seinen Kopf. Sie steckt einen Finger in seinen Mund und spielt mit ihrer Brustwarze und seiner Zunge zugleich. Ein Zittern durchläuft sie wie ein Radio, das noch nicht ganz schweigt. Seine Hand findet ihren Hintern, seine warmen Mulden; Thelmas Haut hat eine glasartige Textur, dort, wo Janices Haut sich wie feines, feines Schmirgelpapier anfühlt. Sein Schwanz, an dem sie leicht mit den Fingernägeln spielt, hat sich wieder ansehnlich aufgerichtet. «Harry.» Ihre Stimme drängt sich in sein Ohr. «Ich möchte etwas für dich tun, damit du mich nicht vergißt, etwas, was du noch nie mit einer anderen gemacht hast. Ich nehme an, mit dem Mund haben andere Frauen es auch schon bei dir gemacht?»

Er nickt zustimmend mit dem Kopf und zerrt dabei am Fleisch ihrer Brüste.

«Wie viele hast du schon in den Hintern gefickt?»

Er läßt ihre Brustwarze aus dem Mund schlüpfen. «Keine. Noch nie.»

«Und Janice?»

«O nein. Das ist uns noch nie in den Sinn gekommen.»

«Harry, du willst mir doch kein x für ein u vormachen?»

Wie rührend das klang, ihr altmodisches «ein x für ein u vormachen». Das kam davon, weil sie dauernd mit diesen Drittklässlern reden mußte. «Nein, wirklich nicht. Ich dachte, nur Schwule . . . Macht ihr das, du und Ronnie?»

«Dauernd. Na, jedenfalls öfter. Er hat das sehr gern.»

«Und du?»

«Es hat seinen Reiz.»

«Tut es nicht weh? Ich meine, er ist ziemlich groß.»

«Zuerst ja. Man nimmt Vaseline. Ich hole unsere.»

«Thelma, warte mal. Bin ich dazu imstande?»

Sie lacht eine Silbe. «Du bist imstande.» Sie entschlüpft ins Badezimmer, und während sie draußen ist, bleibt sein Ständer enorm. Sie kommt wieder und salbt ihn gründlich ein, mit eisiger geübter Hand. Harry erschauert. Thelma legt sich neben ihn und dreht ihm den Rücken zu, dann krümmt sie sich zusammen, als sollte sie aus einer Kanone abgeschossen werden, und greift nach hinten, um ihn zu führen. «Sanft.»

Es scheint, als ginge es nicht, aber plötzlich geht es doch. Der medizinische Geruch verschmierter Vaseline steigt ihm in die Nase. Der Zugriff ist fest an der Wurzel, aber dahinter, wo eine Möse ganz und gar saugende Liebkosung ist, spürt man nichts: eine Leere, ein bloßer schwarzer Behälter, ein Schrein des vollkommenen Nichts. Er ist in diesem Nichts, hinter ihrem engen Muskelring. Er fragt: «Kann ich kommen?»

«Ja, bitte.» Ihre Stimme klingt schwach und gebrochen. Ihr Rückgrat und die Schulterblätter sind angespannt.

Er braucht nur ein paar Stöße, während er mit der einen Hand ihre Kopfhaut massiert und mit der anderen ihre Hüfte umklammert. Wo wird sein Saft hingehen, wenn er kommt? Nirgendwohin, er wird sich mit ihrer Scheiße vermischen. Mit der süßen Scheiße der süßen Thelma. Sie bleiben schweigend und regungslos beieinander liegen, bis sein langsam schrumpfender Schwanz herausrutscht. «Okay», sagt er. «Danke. Das werde ich bestimmt nicht vergessen.»

«Bestimmt nicht?»

«Es ist mir peinlich. Was bringt es dir?»

«Es gibt mir das Gefühl, voll zu sein von dir. In den Hintern gefickt zu werden. Von meinem geliebten Harry Angstrom.»

«Thelma», gesteht er, «ich kann es nicht fassen, daß du mich so gern hast. Womit habe ich das verdient?»

«Mit deiner bloßen Existenz. Mit deiner Ausstrahlung. Ist dir nie aufgefallen, auf Parties oder im Club, daß ich immer an deiner Seite bin?»

«Nun, eigentlich nicht. So viele Seiten habe ich auch wieder nicht. Ich meine, wir sehen dich und Ronnie –»

«Janice und Cindy ist es aufgefallen. Sie wußten, daß du es warst, den ich wollte.»

«Äh – ich will das jetzt nicht ausschlachten, aber was ist es eigentlich, was dich an mir reizt?»

«Ach, Liebling. Alles. Deine Größe und die Art, wie du dich bewegst, als ob du noch immer ein magerer Fünfundzwanzigjähriger wärst. Daß du dich zum Beispiel nie irgendwo hinsetzt, ohne dich vorher zu vergewissern, ob es einen Ausgang gibt. Dein kleines vorbeugendes Lächeln, wie ein kleiner Junge auf einem Kinderfest, wo jeden Augenblick böse Buben über ihn herfallen könnten. Deine gute Laune. Du hältst so viel von den Menschen – Webb zum Beispiel, du trinkst seine Worte, wo sonst keiner zuhört, und Janice, du bist so stolz auf sie, es ist zum Heulen. Dabei *kann* sie ja eigentlich überhaupt nichts. Selbst ihr Tennis, Doris Kaufmann hat uns neulich gesagt, wirklich –»

«Ach, es ist schön zu sehen, daß ihr etwas Spaß macht, sie hat ein ziemlich trostloses Leben gehabt.»

«Siehst du? Du bist einfach schrecklich gutmütig. Du bist so dankbar, irgendwo dabei zu sein, du meinst, dieser miese Club und das scheußliche Haus von Cindy wäre das Paradies. Es ist wunderbar. Du bist so froh, am Leben zu sein.»

«Na, wenn ich an die Alternative denke –»

«Es macht mich fix und fertig. Ich liebe das so *sehr* an dir. Und deine Hände. Ich hab deine Hände schon immer geliebt.» Sie hat sich inzwischen auf die Bettkante gesetzt und nimmt seine linke Hand, die müßig daliegt, und küßt die großen weißen Monde an jedem Fingernagel. «Und dann dein Schwanz mit der kleinen Haube. O Harry, und wenn es mich das Leben kostet, daß ich mit hierhergefahren bin, dieser Abend ist es wert.»

Diese Leere in ihr. Seine Gedanken kreisen ständig um das, was er entdeckt hat, dieses Nichts, das sein Auge da unten erlebt hat. Im Halbdunkel, während feuchtes blaues Mondlicht und das Rascheln von Palmen durch die Jalousien neben dem Bett tröpfeln, vertraut er sich ihr an, als spräche er ein Gebet, erzählt ihr von sich selbst, wie er noch nie mit jemandem geredet hat: spricht von Nelson und von dem, was er dem Jungen nicht verzeiht, und dem, was der Junge ihm nicht verzeiht, und von seiner Tochter, der Tochter, die er zu haben glaubt, die erwachsen ist und nichts von ihm ahnt. Er wagt es, sich Thelma zu offenbaren, weil sie sich zum Beweis ihrer Liebe von ihm in den Hintern ficken ließ, sagt, daß es ihm wie ein Wunder vorkommt, er selbst zu sein, er selbst und nicht jemand anders, spricht von seiner dunklen Ahnung, die jetzt in der Energiekrise schwächer wird, daß es irgend etwas gab, was von ihm gefunden werden wollte, daß er in einer Art Auftrag auf der Erde war.

«Wie schön, sich das vorzustellen», sagt Thelma. «Das gibt dir etwas» – das Wort ist schwer für sie zu finden – «Strahlendes. Und Trauriges.» Sie gibt ihm in manchen Dingen Ratschläge. Sie meint, er sollte Ruth ausfindig machen und sie ganz offen fragen, ob es seine Tochter ist, und wenn ja, ob er irgendwie helfen kann. Im Hinblick auf Nelson meint sie, die Probleme des Jungen könnten eine Ausweitung von Harrys eigenen Problemen sein; fühlte er sich nicht schuldig an Jills Tod und davor an Rebeccas, würde er sich von Nelson weniger bedroht fühlen und besser und liebevoller mit ihm umgehen können. «Vergiß nicht», sagt sie, «er ist nur ein junger Mann, wie du früher, der seinen Weg sucht.»

«Aber er ist nicht wie ich!» protestiert Harry, der endlich Gehör findet bei einem Wesen, das den ganzen Schrecken dieser Wahrheit, diesen tiefen Fall versteht. «Er ist ein gottverdammter kleiner Springer, durch und durch.»

Thelma meint, daß er Harry ähnlicher ist, als dieser weiß. Daß er Drachenfliegen lernen wollte – erkannte Harry sich darin nicht selbst wieder? Und die Geschichte mit den zwei Freundinnen, gleichzeitig. War er nicht vielleicht ein bißchen eifersüchtig auf Nelson?

«Aber ich hatte nie den Drang, Melanie zu bumsen», bekennt er. «Und Pru auch nicht, nicht besonders. Sie sind beide irgendwie nicht von dieser Welt.»

Natürlich, sagt Thelma. «Auf die sollst du ja auch nicht scharf sein. Sie sind deine Töchter. Das gilt auch für Cindy. Auf *mich* solltest du scharf sein. Ich gehöre zu deiner Generation, Harry.

Ich nehme dich wirklich *wahr*. Für diese Küken bist du bloß ein leerer alter Geldsack.»

Und als sie im Gespräch von seinen Lebensumständen abkommen, beschreibt sie ihm ihre Ehe mit Ronnie, seine Unsicherheiten und Sorgen hinter seinen großmäuligen Manieren, von denen sie weiß, daß sie Harry stören. «Er ist nie ein Star gewesen wie du, nicht einen einzigen Moment.» Sie lernte ihn kennen, als sie schon weit über zwanzig war und sich fragte, ob sie wohl als altjüngferliche Lehrerin sterben würde. Auf Grund ihres Alters und der Erfahrungen, die sie mit Männern gemacht hatte, und auf Grund einer gewissen Fähigkeit, sich treiben zu lassen, amüsierte sie sich über seine Einfälle. Beim ersten Frühstück in den Flitterwochen ejakulierte er in die Rühreier, und sie aßen sein gebratenes Sperma einfach mit. Wenn man mit dieser Seite von Ronnie etwas anfangen kann, ist er wunderbar zuverlässig und gefügig, könnte man sagen. Er interessiert sich nicht für andere Frauen, das weiß sie mit Bestimmtheit und findet es beinahe seltsam in Anbetracht der männlichen Natur. Er ist ein idealer Vater. Als er bei Schuylkill Mutual noch weiter unten auf der Stufenleiter stand, nahm er zwanzig Pfund ab, weil er nächtelang aufblieb und sich sorgte. Erst in den letzten paar Jahren hat er wieder zugenommen. Als der Lupus bei ihr diagnostiziert wurde, nahm er es in gewisser Weise schwerer als sie. «Für eine Frau über vierzig, Harry, wenn man Kinder gehabt hat . . . Wenn irgendein Nazi zu mir käme oder sonstwer und sagen würde: entweder du oder der kleine Georgie – er ist derjenige, der immer am meisten Fürsorge gebraucht hat, deshalb fällt er mir als erster ein –, würde mir die Entscheidung nicht schwerfallen. Für Ronnie, glaube ich, wäre es schwer. Mich zu verlieren. Er glaubt, daß nicht jede Frau so viel für ihn tun würde wie ich. Ich vermute, daß er unrecht hat, aber es ist eben so.» Und sie bekennt, daß sie seinen Schwengel mag. Aber, was Harry als Mann vielleicht gar nicht abschätzen kann, ist, daß einer von Ronnies Format gar nicht so viel größer wird, wenn er steif ist, bloß der Winkel ändert sich. So einer wird nicht, von einem kleinen bemützten schlafenden Baby zu einem großen stürmischen Soldaten wie dieser hier. Sie hat ihn, absichtslos spielend, während sie spricht, wieder hochgekriegt; die Nacht draußen vor dem Fenster mit den Jalousielamellen ist vollkommen still geworden, der letzte trunkene Ruf, der letzte Fetzen Musik längst erstorben, nichts regt sich mehr außer dem unaufhörlichen Seufzen der See und dem Zirpen einer schrillen Zikadenart, die hier unten zu Hause ist. Galant bietet er ihr an, sie durch ihr Blut hindurch zu vögeln, aber sie lehnt mit fast jungfräulichem Entsetzen ab, so daß er sich fragt, ob sie ihm nicht unter dem Vorwand ihrer Blutung diesen Teil ihrer selbst vorenthält, sich vor ihrer Liebe und Schamlosigkeit bewahrt, sich rein erhält für ihre Ehe.

Sie hat ihm erklärt: «Als ich merkte, daß ich mich in dich verliebte, habe ich mich schrecklich geärgert über mich, ich meine, es konnte doch nichts dabei rauskommen. Aber dann ist mir klargeworden, daß zwischen mir und Ronnie irgend etwas fehlen muß, oder vielleicht im Leben jedes Menschen, und von da an habe ich versucht, es anzunehmen, und es sogar insgeheim genossen, wenn ich dich bloß beobachten konnte. Mein kleines Pelztier.» Er hat sie noch nicht auf den Mund geküßt, aber jetzt, als er zu erraten glaubt, daß sie sich ihm schuldbewußt verweigert, tut er es. Ihre Lippen fühlen sich kühl und trocken an, erstaunlich. Da sie ihn nicht an ihre Möse lassen will, streichelt er sie als Kompromiß, während er sich über ihr Gesicht hockt, froh, daß er daran gedacht hat, sich da zu waschen. Ihre Zunge tastet umher, und ihre Finger, die sich so kühl anfühlen, als wären sie noch immer mit einem Film von Vaseline überzogen, führen seine Finger, die das kleine kapuzenbedeckte Zentrum, *ihr* Zentrum, finden und wieder verlieren und wiederfinden. Sie kommt mit einem erstickten Schrei und bäumt den Rücken so auf, daß die Schwärze in der Mitte ihrer blassen und glatten und fremden Gestalt sich hungrig unter seinen Augen hebt, eine Wolke mit einem Mund, ein Fisch, der hoch aus dem Wasser schnellt. Sie schöpft Luft und erwidert die Aufmerksamkeit und beobachtet zusammen mit ihm, wie die weißliche Flüssigkeit aufsteigt und in sämigen Strängen über ihre Hand fällt. Sie reibt sich sein Sperma ins Gesicht, wo es glänzt. Die Stille draußen fängt an, sich aufzuhellen, jedes Blatt scharf konturiert in der weichen Luft. Trunken vor Müdigkeit und Selbstenthüllung bittet er sie, ihm zu sagen, was er für sie tun kann, das Ronnie noch nie getan hat. Sie klettert in die Badewanne und läßt ihn auf sie herunterpinkeln. «Es ist ja heiß!» ruft sie, während Figuren, wie Männer und Jungen sie in den Schnee gravieren, auf ihre bläßliche Haut prasseln. Sie kehren das Experiment um, Thelma geht ungelenk über ihm in die Hocke und sucht, über ihre eigene Impotenz lachend, nach dem richtigen Auslaß in dem Irrgarten ihrer weiblichen Weichteile. Während er wartet, empfindet er ihren Busch über sich als etwas männlich Ragendes, aber als ihr Strom kommt, tröpfelt alles daneben; Frauen können nicht *zielen,* wie er sieht. Und ihre Behauptung, daß es heiß sei, kommt ihm übertrieben vor; es ist eher wie Kaffee oder Tee, den man zu lange an der Schreibtischkante kühl werden läßt und dann in wenigen Schlucken hinunterschütten muß, eher lauwarm. Nachdem sie gemeinsam versucht haben, den Ammoniakgeruch des Urins von ihren Körpern zu duschen, schlafen Thelma und Harry ein, inmitten der Streifen der Morgendämmerung, die jetzt durch die Jalousien quellen, als lägen nicht nur ein paar gestohlene Stunden, sondern ein ganzes Eheleben voller gebilligter Intimität vor ihnen, bis zu ihrem Tode.

Ein wütendes Rütteln an der Tür. «Thelma. Harry. *Wir* sind's.» Thelma zieht einen Bademantel an, um aufzumachen, während Rabbit sich unter dem Laken versteckt und darunter hervorlinst. Webb und Ronnie stehen da im gleißenden Licht eines neuen Tages. Webb sieht blendend aus in einem weinroten Alligator-Hemd und kobaltblauen karierten Golfhosen. Ronnie hat noch seine Abendgarderobe an und muß zum Umziehen herein. Thelma schließt die Tür und versteckt sich im Badezimmer, während Harry den zerknitterten Anzug des gestrigen Abends anzieht und sich nicht die Mühe macht, die Krawatte zu knoten. Er meint, noch immer nach Urin zu riechen. Er läuft zu seinem eigenen Bungalow, um die Kleider zu wechseln. Summende schwarze Mädchen, umflattert von gelben Vögeln, tragen klirrende Frühstückstabletts über die Zementwege. Janice ist im Badezimmer und läßt Badewasser ein.

Er ruft hinein: «Alles okay?»

Sie ruft zurück: «Genauso okay wie bei dir», und läßt sich nicht blicken.

Im Hinausgehen stopft Harry sich ein ungebuttertes Hörnchen in den Mund und stürzt ein paar brühheiße Schlucke Kaffee hinunter. Die papiernen, orange- und fuchsienroten Blumen neben der Tür verursachen ihm Kopfschmerzen. Webb und Ronnie warten auf ihn, wo die grünen Zementwege sich treffen. Zwischen den drei Männern herrscht viel Gefrotzel und gute Laune, während sie sich durch ihre Golfrunde kämpfen, aber es gibt wenig Blickkontakte. Als sie gegen ein Uhr vom Golfplatz zurückkehren, sitzt Janice in dem weinroten Gabardinekostüm, das sie auf der Herreise im Flugzeug trug, neben dem olympischen Schwimmbecken. «Harry, Mutter hat angerufen. Wir müssen zurück.»

«Soll das ein Witz sein? Wieso?» Er ist groggy und hatte sich vorgenommen, einen langen Mittagsschlaf zu machen, um für heute abend in Form zu sein. Auch war seine Vorhaut nach den Verausgabungen der letzten Nacht empfindlich und fühlte sich wund an, wenn er ausholte und dabei an Cindy dachte und hoffte, daß ihre Vagina reibungsfrei sein würde. Sein Golfspiel, durchwirkt von lebhaften Nachbildern von Thelmas Unterleib und dem prickelnden Bewußtsein, daß seine geschäftsmäßig auftretenden Partner sich genau wie er im stillen mit eigenen Phantasien trugen, war merkwürdig gut, sein Treibschlag praktisch einwandfrei, bis die Erschöpfung ihn am fünfzehnten Loch übermannte, wo er drei Bälle nach einer gleichbleibenden himmlischen Flugbahn in das von Kakteen und Korallen und Gestrüpp bestandene Aus verzog. «Was ist passiert? Das Baby?»

«Nein», sagt Janice, und da ihr die Tränen locker sitzen, ahnt er, daß sie bereits den ganzen Vormittag mit kleinen Unterbrechungen hier draußen in der Sonne geweint hat. «Es ist wegen Nelson. Er ist abgehauen.»

«Was? Ich muß mich hinsetzen.» Zu dem schwarzen Kellner, der zu ihnen an den Glastisch unter dem fransenbesetzten Sonnenschirm kommt, sagt er: «Piña Colada, Jeff. Bring besser gleich zwei. Janice?» Sie nickt verschwiemelt, obwohl bereits ein leeres Glas vor ihr steht. Harry blickt rundum in die Gesichter ihrer Freunde. «Jeff, vielleicht solltest du lieber gleich sechs bringen.» Er kennt sich mittlerweile aus in den hiesigen Gepflogenheiten. Die anderen Leute, die um den Swimmingpool herumsitzen, sehen blaß aus, frisch aus dem Flugzeug herbeigeschafft.

Cindy ist gerade aus dem Becken gestiegen, ihre Schultern sind blauschwarz, die Windelform ihres Bikiniunterteils klebt ihr naß am Leib. Sie zupft am Stoff, um den blassen Hautstreifen oben und unten zu bedecken. Sie wird von Tag zu Tag fetter. Er muß sich beeilen, sagt er sich. Aber es ist zu spät. Sie rubbelt sich den Rücken, und als sie sich ihnen zuwendet mit einer Verrenkung, die beinahe die eine Brust aus der dreieckigen Trage herausplumpsen läßt, macht sie ein ernstes Gesicht. Sie und Thelma haben Janices Geschichte bereits gehört. Thelma sitzt am Tisch, in dem knöchellangen Kimono, das gleiche schmutzige Rosa wie ihre Nase, den sie hier unten zusammen mit dem breitrandigen Strohhut gekauft hat. Die riesige braune Sonnenbrille, die sie von zu Hause mitgebracht hat, mit der dunkler getönten oberen Hälfte, macht ihr Gesicht ausdruckslos. Harry setzt sich auf den Stuhl, der neben ihr am Tisch steht. Sein Knie berührt versehentlich eines der ihren; sie zieht es sofort weg.

Janice berichtet ihm unter Tränen: «Er und Pru haben Samstag abend Streit gehabt, er wollte nach Brewer zu einer Party bei diesem komischen Slim, und Pru hat gesagt, sie sei schon zu schwanger und könne die Treppe nicht mehr verkraften, und da ist er allein hingegangen.» Sie schluckt. «Und dann ist er nicht zurückgekommen.» Ihre Stimme krächzt von den vielen salzigen Tränen, die sie geschluckt hat. Unter lautem Scharren, das Harry Kopfschmerzen bereitet, ziehen Webb und Ronnie sich Stühle an den Tisch in das enge Schattenrund. Als Jeff ihre Getränke bringt, unterbricht Janice ihre schreckliche Geschichte, und Ronnie verhandelt wegen der Speisekarten zum Lunch. Er trägt wie seine Frau eine Sonnenbrille. Webb trägt keine, er vertraut auf seine buschigen Augenbrauen und die Runzeln um seine kieselgrauen Augen, die unverwandt auf Janice gerichtet sind, wie ein wohlmeinender väterlicher alter Fuchs.

Ihre Wangen sind verschmiert von den Schlieren des Leids, und Harry muß sie um ihrer Häßlichkeit willen lieben. «Ich habe dir ja gesagt, daß der Junge eine miese Ratte ist», sagt er zu ihr. Er fühlt sich rehabilitiert. Und sogar erleichtert.

«Er ist nicht wiedergekommen», Janice schreit fast und sieht nur ihn an, nicht Webb, mit diesem verheulten verlorenen bockigen Ausdruck, an den er sich noch so gut aus ihren ersten Zeiten erinnert, bevor sie selbstbewußt und frech wurde. «Aber Mutter wollte uns nicht im Urlaub damit b-belemmern, und P-Pru dachte, er müßte bloß mal Dampf ablassen und hat so getan, als mache es ihr nichts aus. Aber am Sonntag, nachdem sie mit Mutter in der Kirche war, hat sie diesen Slim angerufen, und dabei kam raus, daß Nelson überhaupt nicht dort gewesen ist!»

«Hat er ein Auto bei sich?» fragt Harry.

«Deinen Corona.»

«O Mann.»

«Ich glaube, für mich nur Rühreier», sagt Ronnie zu der Kellnerin, die an den Tisch gekommen ist. «Locker. Verstehen Sie? Nicht so fest.»

Diesmal versucht Rabbit absichtlich, Thelmas Knie unter dem Tisch mit seinem zu berühren, aber ihr Knie steht ihm nicht zur Verfügung. Wie Janice ist sie hier unten eine atmosphärische Störung geworden. Die Kellnerin steht hinter seiner Schulter, und er überlegt, ob er sich noch ein Krabbensalat-Sandwich genehmigen oder mit einem Schinken-Sandwich mit Salat und Tomaten auf Nummer sicher gehen soll. Janices Gesicht, das der Lauf der Sonne oben aus dem Schatten heraushebt, geht um Augen und Mund in die Breite, als könnte sie jeden Moment anfangen zu kreischen. «Harry, du *kannst* jetzt nicht zu Mittag essen, du mußt dich umziehen, wir müssen weg! Ich habe schon alles für dich gepackt, bis auf den grauen Anzug. Die Frau am Empfang hat fast eine Stunde für mich rumtelefoniert, um einen Rückflug nach Philadelphia für uns zu bekommen, aber es ist unmöglich um diese Jahreszeit. Es gibt nicht mal einen nach New York. Sie hat zwei Plätze in einem kleinen Flugzeug nach San Juan für uns reserviert und ein Zimmer im Flughafenhotel, damit wir gleich morgen früh einen Flug aufs Festland erwischen. Nach Atlanta und dann nach Philadelphia.»

«Wieso tut es eigentlich nicht unser regulärer Flug am Donnerstag? Was bringt es denn, wenn wir einen Tag gewinnen?»

«Ich habe ihn annullieren lassen. Harry, du hast nicht mit Mutter gesprochen. Sie ist völlig verstört, ich habe sie noch nie so erlebt, du weißt ja, sie verliert sonst nicht so leicht den Kopf. Ich habe zurückgerufen und ihr die Ankunftszeit der Maschine am Mittwoch durchgesagt, aber sie meinte, sie könnte nicht durch den Stadtverkehr in Philadelphia fahren, um uns abzuholen, und ist in Tränen ausgebrochen und sagte, sie wäre zu alt.»

«Annulliert.» Er fängt an zu begreifen. «Du meinst, wir können heute nicht mehr hierbleiben, wegen irgendwas, was Nelson angestellt hat?»

«Erzähl deine Geschichte zu Ende, Jan», drängt Webb. Jan nennt er sie jetzt? Plötzlich haßt Harry Leute, die etwas zu *wissen* scheinen; sie wollen uns blind machen für die Tatsache, daß es nichts zu wissen gibt. Jeder von uns ist erfüllt von vollkommener Schwärze.

Janice schluckt wieder und schnieft, besänftigt von Webbs Stimme. «Es gibt nichts weiter zu erzählen. Er ist weder am Sonntag noch am Montag zurückgekommen, und keiner von den Freunden, die sie in Brewer haben, hat ihn gesehen, und Mutter hat es schließlich nicht mehr ausgehalten und heute morgen angerufen, obwohl Pru ihr immer wieder gesagt hat, sie soll uns nicht damit stören, er wäre ihr Mann, und sie würde die Verantwortung übernehmen.»

«Armes Ding. Wie du sagtest – sie dachte, sie könnte Wunder bewirken.» Dann sagt er: «Ich will nicht vor heute abend abfahren.»

«Dann bleib hier», sagt Janice. «Ich fahre.»

Harry blickt hilfesuchend zu Webb hinüber, bekommt aber nur eine überlegene und nutzlose Nicht-mein-Bier-Grimasse zu sehen. Er sieht Cindy an, aber sie blickt wie gebannt in ihre Piña Colada hinunter, ihre Wimpern gestochen scharf. «Ich verstehe noch immer nicht, was die Hektik soll», sagt er. «Es ist schließlich niemand gestorben.»

«Noch nicht», sagt Janice. «Muß das deiner Meinung nach erst passieren?»

Ein Seil windet sich in seiner Brust, bis es einen Knoten wirft. «Beschissener Dreckslümmel», sagt er, steht auf und stößt mit dem Kopf an den fransenbesetzten Saum des Sonnenschirms. «Wann, sagst du, geht das Flugzeug nach San Juan?»

Janice schnüffelt diesmal schuldbewußt. «Erst um drei.»

«Okay.» Er seufzt. Auf eine Art ist es eine Erleichterung. «Ich ziehe mich um und hole die Koffer. Könnte einer von euch mir wenigstens einen Hamburger bestellen? Cindy. Thel. Bis nachher.» Die beiden Damen lassen sich von ihm küssen, Thelma sittsam auf die Lippen, Cindy auf ihre apfelknackige Backe, die von der Sonne geröstet ist.

Während der ganzen vierundzwanzigstündigen Heimreise weint Janice. Während der Taxifahrt, vorbei an den alten Zuckerfabriken und durch die Ziegenherden und die verzettelten schwarzen Ortschaften und die Luft, die ihnen Kußhändchen zuzuwerfen scheint; während des fünfundvierzigminütigen Katzensprungs nach Puerto Rico in einem schwankenden zweimotorigen Propellerflugzeug über weiches grünes Wasser, unter dessen funkelnder Glasur verborgene Riffe und Haifischschwärme lauern; während der Zwischenlandung in San Juan, wo alle echte Puertorikaner sind; während der langen benommenen Nacht mit porösem Schlaf in einem Hotel, das sehr an das Motel an der Route 422 erinnert, in dem Mrs. Lubell vor so langer Zeit war; und in der Frühe: zwei Plätze in einem Düsenflugzeug nach Atlanta und dann nach Philly – während alledem sitzt Janice mit lasierten Backen neben ihm, die Augen starr geradeaus gerichtet, die Augenwimpern mit winzigen Taukügelchen gesäumt. Es ist, als hätte der Kummer, der ihn bei Nelsons Trauung durchflutete, nun endlich Janice erreicht, und er fühlt sich ruhig, ausgeleert, kalt wie das Nichts, das unter dem bebenden Flugzeug hängt wie eine riesige Frucht. Er fragt sie: «Ist es nur wegen Nelson?»

Sie schüttelt den Kopf so heftig, daß die Ponyfransen tanzen. «Das Ganze», stößt sie so laut hervor, daß er fürchtet, die Köpfe, die nur andeutungsweise auf den Sitzen vor ihnen sichtbar sind, könnten sich herumdrehen.

«Die Tauscherei?» fährt er leise fort.

Sie nickt, weniger heftig, und kneift die Unterlippe nach innen zu einer Art Schildkrötenmaul, das ihre Mutter manchmal macht.

«Und wie *war* Webb?»

«Nett. Er ist immer nett zu mir gewesen. Er hat Daddy sehr geschätzt.» Das setzt den Tränenfluß wieder in Gang. Sie holt tief Luft, um sich wieder zu fangen. «Du hast mir so leid getan, weil du Thelma erwischt hast, wo du dir so sehr Cindy wünschtest.» Jetzt sind die Tränen nicht mehr aufzuhalten.

Er tätschelt ihre Hände, die auf ihrem Schoß locker um ein feuchtes Kleenex geballt sind. «Hör zu, ich bin sicher, daß es Nelson gutgeht, egal, wo er steckt.»

«Er» – sie scheint zu ersticken, eine Stewardess blickt flüchtig im Vorbeigehen herunter, das ist peinlich – «*haßt* sich selber, Harry.»

Er versucht, darüber nachzudenken, ob das stimmt. Er lacht schnaubend auf. «Na, jedenfalls hat er mich ganz schön verarscht. Gestern abend hatte ich mein Traum-Rendezvous.»

Janice schnieft und wischt sich jedes Nasenloch mit dem Kleenex ab. «Webb sagt, sie ist gar nicht so umwerfend. Er hat viel über seine ersten beiden Frauen gesprochen.»

Unter ihnen, hinter dem zerkratzten Plexiglasoval, liegt der Süden, unregelmäßige Felder und trockene braune Wälder, mehr Wald, als er erwartet hätte. Früher hatte er davon geträumt, in den Süden zu fahren, um sein zerquältes Herz inmitten endloser Baumwollfelder auszuruhen, und jetzt liegt er unter ihm wie die gewürfelte Flanke eines einzigen großen Berges, den sie langsam erklimmen, Felder und Wälder und Städte an den Biegungen und Mündungen von Flüssen, Straßen, die sich in Grün hineinfressen, Amerika entwürdigt und ausgedörrt, um seine Geiseln trauernd. Sie fliegen zu hoch, als daß er Golfplätze ausmachen könnte. Hier unten spielen sie den ganzen Winter über, leicht und locker. Die gigantischen Motoren, die ihn tragen, heulen. Er schläft ein. Das letzte, das er wahrnimmt, ist Janice, die hellwach geradeaus starrt, die Wölbung der Hornhaut überlagert von einer gewölbten Tränenschicht. Er träumt von Pru, die platzt, während er sich an ihren Beinen zu schaffen macht, das Wasser nimmt überhand und er bekommt einen panischen Schrecken. Sein Gewicht verlagert sich, und davon wacht er auf. Sie sinken. Er denkt an seine Nacht mit Thelma, und sie scheint aus demselben Stoff zu sein wie der Traum. Nur

Janice ist wirklich, die irgendwie unheilschwangeren Falten ihres Gabardineärmels und die wabblige Linie ihres Kinns, der Kopf zur Seite gesackt wie von einem gebrochenen Genick. Sie ist eingeschlafen, dieselbe Zeitschrift, die sie auf der Hinreise gelesen hat, liegt offen auf ihrem Schoß. Sie gehen über Maryland und Delaware herunter, wo Pferde traben und die Du Ponts regieren. Reiche Frauen mit kleinen fipsigen Brüsten, die in hohen schwarzen Stiefeln von der Jagd zurückkommen. Reitgerten schnippend schreiten sie am Butler vorbei in lange Flure mit Marmortischen. Frauen, die er nie vögeln wird. Er ist so hoch aufgestiegen, wie er kann, solche Frauen entrücken seiner Reichweite wie so viele andere Möglichkeiten. Er sinkt. Kein Schnee bestäubt die trockene Erde unten, Dachgiebel und Felder und Straßen, auf denen Fahrzeuge dahinkriechen wie aufgezogene Spielzeugautos auf unsichtbaren Schienen. Und doch meinen die Insassen schnell dahinzubrausen und fühlen sich frei. Der Fluß läßt seine Metallfolie aufblitzen, das Flugzeug neigt sich beängstigend, die Luftdüsen, die über ihm zischen, sind möglicherweise das Letzte, was er zu hören bekommt, Janice ist aufgewacht und sitzt kerzengerade da. *Vergib mir*. Fort Mifflin türmt sich unter dem Fahrwerk auf, ihre Geschwindigkeit ist gigantisch. *Bitte, lieber Gott*. Janice sagt ihm etwas ins Ohr, aber das Rumpeln des Fahrwerks überdröhnt es. Sie sind unten und rollen. Er drückt Janices feuchte Hand, die er festgehalten hatte, ohne es zu merken. «Was hast du gesagt?» fragt er sie.

«Daß ich dich liebe.»

«Wirklich? Na, ganz meinerseits. Die Reise hat Spaß gemacht. Ich bin zufrieden.»

Während sie endlos und langsam zu ihrem Flughafeneingang rollen, fragt sie ihn schüchtern: «War Thelma besser als ich?»

Er ist zu dankbar, wieder unten zu sein, um zu lügen. «In gewisser Hinsicht. Und was ist mit Webb?»

Sie nickt und nickt, als wollte sie die letzten Tränen aus den Augen schütteln.

Er antwortet für sie: «Der Halunke war großartig.»

Sie lehnt den Kopf an seine Schulter. «Was meinst du denn, weshalb ich die ganze Zeit geweint habe?»

Schockiert gesteht er: «Ich dachte, es wäre wegen Nelson.»

Janice schnieft noch einmal, so laut, daß ein Mann, der bereits steht und sich eine sibirisch wirkende Pelzmütze auf den sonnenverbrannten Glatzkopf stülpt, kurz herüberstarrt. Sie räumt ein: «War es auch, größtenteils», und sie und Harry fassen einander wieder an den Händen, Verschwörer.

Am Ende des kilometerlangen Flughafenkorridors steht Ma Springer, abseits vom Pulk der übrigen Abholer. In den futuristischen Fluchten dieses Flughafens wirkt sie verschrumpelt und gebeugt, sie trägt ihren zweitbesten Mantel, nicht den Mink, sondern einen schwarzen Tuchmantel mit Silberfuchsbesatz und einen kleinen kirschroten randlosen Hut mit zurückgeschlagenem Schleier, der in Brewer noch angehen mochte, hier aber drollig wirkt zwischen den Cowboys und den schlanken jungen Leuten unbestimmten Geschlechts, deren Haare nach Punkart zu pastellfarbenem Gefieder gestutzt sind, und zwischen den schwarzen jungen Dingern, deren krause Haare zu Gebilden wie dreidimensionale Mickymausohren aufgetürmt sind. Als er sie umarmt, spürt Rabbit, wie klein die alte Dame, einst der Schrecken seiner jungen Mannesjahre, geworden ist. Ihr früheres Aussehen, prall gefüllt mit Koernerschem Hochmut und unterschwelliger Entrüstung, ist geschwunden, jetzt ist ihre Haut zusammengeschrumpft zu wirren Falten und blutleer.

Sie hat tiefe gelbliche Ringe unter den Augen, und der lappige Hals kommt ihm vor wie ein widerwärtiges Wrack aus Fleisch.

Sie kann es kaum erwarten, zu Wort zu kommen, tritt einen Schritt zurück, damit ihre Stimme genügend Raum hat, um sich zu entfalten. «Das Baby ist heute nacht gekommen. Ein Mädchen, etwas über sieben Pfund. Ich habe kein Auge zugetan, nachdem ich sie ins Krankenhaus gebracht hatte und dann auf den Anruf des Arztes wartete.» Ihre Stimme vibriert vorwurfsvoll. Die Lautsprechermusik, eine Melodie, auf den Saiten vieler aufeinander abgestimmter Geigen gezupft, untermalt ihre Erklärung mit so triumphierenden Rhythmen, daß Harry und Janice ein Lächeln unterdrücken müssen und nicht einmal wagen, in dem Gedränge und Geschiebe auf sie zuzugehen, in so kindlichem Eifer giert die alte Dame danach, ihre Botschaft loszuwerden. «Und dann, auf dem Highway, haben mich die Laster dauernd angehupt mit diesen riesigen Nebelhörnern, die sie jetzt alle haben. Als ob ich woanders hingekonnt hätte; ich konnte doch den Chrysler nicht von der Straße runterfahren», sagt Bessie. «Und daß ich hinter Conshohocken auf der Schnellstraße nicht umgekommen bin, ist ein wahres Wunder. Ich habe noch nie so dichten Verkehr gesehen, dabei hatte ich gedacht, daß es mittags nachlassen würde, und die Schilder, wißt ihr, die sind alles andere als klar, selbst wenn man gute Augen hat. Die ganze Strecke am Fluß entlang habe ich zu Fred gebetet, und ich glaube ehrlich, daß er mich hierher geleitet hat, allein hätte ich es nicht geschafft.»

Und, das drückt ihr Gebaren unmißverständlich aus, sie wird sich nie wieder auf etwas Derartiges einlassen; Janice und Harry erleben sie hier am Endpunkt der letzten großen Anstrengung ihres Lebens. Von nun an begibt sie sich ganz in ihre Hände.

V

Dennoch hatten die Ereignisse Ma Springer nicht völlig kopflos gemacht, denn immerhin kam sie auf die glorreiche Idee, Charlie Stavros anzurufen und ihn in die Firma zurückzuholen. Der Gesundheitszustand seiner Mutter hatte sich im Dezember verschlechtert – ihre ganze linke Körperhälfte fühlt sich taub an, so daß sie sich selbst mit Stock davor fürchtete, zu laufen –, und wie Charlie prophezeit hat, ist seine Cousine Gloria nach Norristown zu ihrem Mann zurückgegangen, obwohl Charlie der Sache kein Jahr gibt; daher war er ziemlich gebunden. Diesmal ist es Harry, der braungebrannt zurückkommt. Er drückt Charlie zur Begrüßung beide Hände, so froh ist er, ihn wieder bei Springer Motors zu sehen. Charlie sieht nicht gerade berückend aus: die Reisen nach Florida waren nicht viel mehr als Tünche. Er ist blaß. Er sieht aus, als würde er, wenn man ihn in die Haut piekste, grau bluten. Er steht vornübergebeugt da und zieht die Brust ein, als hätte er sein Leben lang drei Päckchen pro Tag geraucht, obwohl Charlie wie die meisten dieser mediterranen Typen nie wirklich die selbstzerstörerischen Gewohnheiten gehabt hat, die man bei Nordeuropäern und Negern feststellt. Noch vor einer Woche hätte Harry ihn nicht so rückhaltlos herzlich begrüßt, aber seit er Thelma in den Hintern gefickt hat, fühlt er sich freier, liebt er das Leben wieder mehr.

«Diese alten *mastoras*. Du siehst großartig aus», schwindelt er überschwenglich.

«Ich habe mich schon besser gefühlt», sagt Charlie ihm. «Gottseidank haben wir bisher noch keinen nennenswerten Winter gehabt.» Harry sieht durch die Schaufensterscheibe eine schneelose, blattlose Landschaft, der Staub sämtlicher Jahreszeiten wirbelt und treibt umher, vermischt mit Papierabfällen von dem Imbißwagen drüben an der Route 111. Ein neues

Transparent wirbt: DIE COROLLA-ÄRA. *Toyota = Totale Wirtschaftlichkeit*. Charlie meint: «Es ist schon verdammt deprimierend, mit ansehen zu müssen, wie es mit *Manna mou* abwärts geht. Sie steht bloß noch aus dem Bett auf, um aufs Klo zu gehen, und erzählt mir dauernd, daß ich heiraten soll.»

«Gar kein so schlechter Rat, vielleicht.»

«Naja, ich hab mal ein bißchen bei Gloria vorgefühlt in dieser Richtung, und es kann sein, daß ich sie damit in die Arme ihres Mannes zurückgescheucht habe. Dieser Bursche ist so ein Scheißkerl. Sie kommt garantiert wieder.»

«War das nicht eine Cousine von dir?»

«Um so besser. Feuer unterm Hintern. Zirka einsfünfzig, ein bißchen schweres Fahrgestell, nicht rassig genug für dich, alter Freund. Aber niedlich. Du müßtest sie mal tanzen sehen. Ich war jahrelang nicht mehr bei diesen Samstagstreffen meiner griechischen Landsleute, sie hat mich dazu überredet. Hat Spaß gemacht, zu sehen, wie sie sich ausgetobt und geschwitzt hat.»

«Du sagst, sie wird wiederkommen.»

«Ja, aber nicht meinetwegen. Den Dampfer hab ich verpaßt.» Er fügt hinzu: «Ich hab eine Menge Dampfer verpaßt.»

«Wer hat das nicht?»

Charlie rollt einen Zahnstocher in der Mulde auf seiner Unterlippe hin und her. Harry will nicht zu genau hinsehen; Charlie ist einer von den komischen alten Käuzen von Brewer geworden, die in Tabakläden gehen, zehn Dollar fürs Lotto einzahlen und am Zeitschriftenstand herumhängen und auf ein Gespräch lauern. «Na, ein paar hast du ja erwischt», wagt er zu Harry zu sagen.

«Na hör mal zu, Charlie. Mir geht es ganz schön dreckig. Ein Sohn, der getürmt ist, und ein neues Haus ohne Möbel.» Aber eigentlich sind diese Tatsachen, Ausdruck von Leere und Neubeginn, eher erregend und erfreulich für ihn.

«Der Junge wird schon wieder auftauchen», sagt Charlie, «der läßt bloß Dampf ab.»

«Das sagt Pru auch. Unglaublich, wie gelassen sie ist, unter diesen Umständen. Wir sind gestern abend gleich nach der Rückkehr von den Inseln in die Klinik gefahren und, großer Gott, die ist vielleicht glücklich über das Baby! Man könnte meinen, sie wär die erste Frau, in der Weltgeschichte, die so etwas zuwege gebracht hat. Ich glaube, sie hat sich Sorgen gemacht, daß das Gör nicht normal sein könnte nach dem Sturz, den sie neulich gebaut hat.»

«Sie hat sich wohl eher Sorgen um sich selber gemacht. Für ein Mädchen wie sie, das schon viel mitgemacht hat im Leben, ist Kinderkriegen die beste Art, sich selber zu beweisen, daß sie Menschen sind. Wie soll es denn heißen?»

«Sie will es nicht nach ihrer Mutter nennen, sie will es nach Ma nennen. Rebecca. Aber sie will abwarten, was Nelson dazu sagt, weil das, wie du weißt, der Name seiner Schwester war. Die als Säugling gestorben ist.»

«Ja, klar.» Charlie versteht. Sowas bringt Unglück. Das Geräusch von Mildred Krousts Schreibmaschine überbrückt ihr Schweigen. In der Werkstatt hämmert einer von Mannys Leuten auf einem widerspenstigen Stück Metall herum. Charlie fragt: «Was habt ihr mit dem Haus vor?»

«Einziehen, sagt Janice. Es hat mich überrascht, wie sie mit ihrer Mutter geredet hat. Gleich im Auto auf der Heimfahrt vom Flugplatz. Sie hat ihr gesagt, sie könnte gern zu uns ziehen, aber sie sähe nicht ein, wieso sie kein eigenes Haus haben soll wie andere Frauen in ihrem Alter auch, und da Pru und das Baby notgedrungen dableiben müßten, wollte sie nicht, daß sie sich in ihrem eigenen Haus eingeengt fühlt. Bessie, meine ich.»

«So. Wird ja auch Zeit, daß Janice lernt, auf eigenen Beinen zu stehen. Ich frage mich nur, mit wem sie sich in letzter Zeit unterhalten hat.»

Mit Webb Murkett, fällt Harry ein, in einer tropischen Liebesnacht; aber er und Charlie kommen immer am besten miteinander aus, wenn sie sich nicht zu sehr auf Janice einlassen. Er sagt: «Das Problem mit dem Haus ist, daß wir keine eigenen Möbel haben. Und es kostet alles ein Heidengeld. Eine simple Matratze mit Sprungfedern und Stahlgestell drunter – sechshundert Dollar; wenn du ein Kopfende dazunimmst, macht das nochmal sechshundert; und Teppiche! Drei-, viertausend für einen kleinen Orientfummel, und dann kommen sie alle noch aus dem Iran oder Afghanistan. Der Händler hat mir gesagt, sie wären eine bessere Geldanlage als Gold.»

«Gold macht sich ziemlich gut», sagt Charlie.

«Besser als wir, was? Hast du schon Gelegenheit gehabt, einen Blick in die Bücher zu werfen?»

«Die haben schon besser ausgesehen», gibt Charlie zu. «Aber das kriegen wir mit ein bißchen Inflation schon wieder hin. Dienstag, gleich am ersten Tag nach Bessies Anruf, kam ein junges Pärchen und hat ein Corvette Cabrio gekauft. Das hatte Nelson noch angenommen. Sie sagten, sie wollten ein Cabrio und hätten sich gedacht, daß man sowas am besten im tiefsten Winter kauft. Kein Altwageneintausch, sie waren nicht mal an einer Finanzierung interessiert, sie haben mit Scheck bezahlt, ganz normales Scheckkonto. Wo haben die das Geld her? Von den beiden war bestimmt keiner über fünfundzwanzig. Am nächsten Tag, gestern, kam ein junger Bursche in einem GMC-Pritschenwagen und sagte, er hätte gehört, wir hätten einen Motorschlitten zu verkaufen. Wir haben eine Weile gebraucht, bis wir den da hinten fanden, aber als wir ihn dann hatten, bekam er ganz leuchtende Augen, und da hab ich erst mal zwölfhundert verlangt, und dann haben wir uns auf neunhundertfünfundsiebzig geeinigt. Ich sagte zu ihm: Es ist doch gar kein Schnee da, und darauf hat er gesagt: Das macht nichts, er will nach Vermont raufziehen und da oben das Atominferno überdauern. Er sagte, seit Three Miles Island hätte er die Nase voll. Ist dir schon mal aufgefallen, daß Carter ‹nuklear› nicht richtig aussprechen kann? Er sagt immer ‹nuukier›.»

«Du hast wirklich den Motorschlitten losgekriegt? Ich kann's kaum glauben.»

«Die Leute halten nichts mehr vom Sparen. Die Ölmultis haben den Kapitalismus verraten und verkauft. Was der Zar mit den Russen gemacht hat, machen die Ölmultis mit uns.»

Harry hat heute nicht die Muße, über Wirtschaftsprobleme zu fachsimpeln. Er sagt entschuldigend: «Charlie, theoretisch habe ich noch Urlaub bis Ende der Woche, und Janice will sich in der Stadt mit mir treffen, wir müssen tausend Sachen erledigen wegen ihres verfluchten Hauses.»

Charlie nickt. «Schieb ab. Ich muß selber hier erst mal klar Schiff machen. Eins kann keiner Nelson nachsagen, daß er ein Ordnungsfanatiker ist.» Er ruft Harry, der im Flur Hut und

Mantel holt, hinterher: «Sag Oma einen schönen Gruß von mir.»

Langsam dämmert Harry, daß er damit Janice meint.

Er verdrückt sich in sein Büro, wo der neue Firmenkalender für das Jahr 1980 mit einem Foto des Fudschijama an der Wand hängt. Er nimmt sich vor, nicht zum erstenmal, daß etwas mit den alten Zeitungsausschnitten passieren muß, die draußen an der Trennwand hängen, sie werden zu gelb, angeblich gibt es ein Verfahren, Reproduktionen von alten Aufnahmen zu machen, die weiß aussehen wie neu und zu jedem Format vergrößert werden können. Er kann ruhig ein großes Format nehmen, es ist eine Geschäftsausgabe. Von dem schweren alten Eichenkleiderständer des alten Springer mit den vier kleinen Stummelbeinen nimmt er den Lammfellmantel, den Janice ihm zu Weihnachten besorgt hat, und den kleinen dazu passenden Wildlederhut mit der schmalen Krempe. In seinem Alter trägt man einen Hut. Er hat den ganzen letzten Winter ohne Erkältung überstanden, weil er sich angewöhnt hat, einen Hut zu tragen. Und Vitamin C hilft auch. Als nächstes wird er dann Geritol brauchen. Er hofft, daß er nicht zu kurz angebunden zu Charlie war, aber er fand das Gespräch mit ihm heute ein bißchen bedrückend, der Knabe ist in einer Sackgasse angekommen und wird langsam wunderlich. Die Großen wissen genausowenig, was gespielt wird, wie die Kleinen.

Aber von Harrys gegenwärtiger hohen Warte aus wirkt vermutlich jeder klein und schrullig. Er hat abgehoben; er will hoch hinaus, zu einer Insel seines Lebens. Er nimmt eine Rolle Life Savers aus der oberen linken Schreibtischschublade, um seinen Atem zu würzen, falls er geküßt werden sollte, und verläßt den Laden durch den Hinterausgang. Er paßt auf mit dem Aufprallschutz: schon eine Spur Schmieröl auf dem Lammfell bekommt man nicht mehr weg.

Da Nelson mit seinem Corona abgehauen ist, hat Harry sich einen taubenblauen Celica Supra zugeteilt, die «Krone der Toyotas», mit gepolstertem Armaturenbrett, elektrischem Tourenzähler, 3-Wellen-Transistorradio nach dem neuesten Stand der Technik mit vier Lautsprechern, Digital-Quarz-Uhr, automatischem Getriebe mit Overdrive, elektronisch gesteuerten Stoßdämpfern, Zehn-Zoll-Scheibenbremsen vorn und hinten und Quarz-Halogen-Aufblendscheinwerfern. Er liebt diese gleichmäßig laufende Maschine. Der Corona war bei all seinen zuverlässigen Eigenschaften ein schwerfälliger kleiner Käfer, während dieser blaue Bussard Rasse hat. Die Schwarzen unten an der Weiser Street hatten gestern nachmittag große Augen gemacht, als er damit nach Hause fuhr. Nachdem er und Janice Ma im Chrysler (den tatsächlich sogar Harry, nachdem er sich eine Woche lang in Taxis auf der verkehrten Straßenseite hatte spazierenfahren lassen, nicht so leicht zu fahren fand) in die Joseph Street 89 gebracht hatten, schickten sie sie zu Bett und fuhren im Maverick in die Stadt, Janice ganz aufgeputscht, nachdem sie sich wegen des Hauses auf die Hinterbeine gestellt hatte, zum Möbelhaus Schaechner, wo sie sich Betten und häßliche Sessel ansahen und Parsons-Tische, wie die Murketts einen hatten, allerdings nicht so hübsch wie ihrer, die Holzmaserung war nicht schachbrettartig gemustert. Sie konnten sich zu nichts entschließen; als die Ladenschlußzeit näherrückte, fuhr sie ihn zu Springer Motors hinüber, damit er sich einen Wagen holen konnte. Er suchte sich dieses Modell mit dem fünfstelligen Preis aus. Unter den Neonleuchtschildern JIMBO*'s Friendly Lounge* und LIVE ENTERTAINMENT und ADULT ADULT ADULT starrten ihn Schwarze an, als er in jungfräulichem Taubenblau vorbeiglitt; er hatte Angst, ein paar von den Burschen, die in der Kälte herumlungerten, könnten sich an einer Ampel auf ihn stürzen und die Kühlerhaube mit einem Schraubenzieher zerkratzen oder die Windschutzscheibe mit einem Hammer einschlagen, um sich für ihr Leben zu rächen. An etliche Hauswände in diesem Stadtteil ist gesprüht: SKEETER LIVES, aber es steht nicht dabei wo.

Er hat Charlie angeschwindelt. Er trifft Janice erst um ein Uhr dreißig, und jetzt ist es erst 11 Uhr 17 nach der Quarzuhr des Supra. Er fährt nach Galilee. Er stellt das Radio an, und der Klang ist sogar noch zündender, voller, nuancenreicher und vielschichtiger als der des Radios in dem alten Corona. Obwohl er die ganze Skala von rechts nach links und wieder zurück absucht, kann er nirgends Donna Summer finden, sie ist mit den siebziger Jahren in der Versenkung verschwunden. Statt dessen singt irgendein Knabe Kirchenlieder und wringt das Wort «Jesus», bis es trieft. Das Ganze ist unterlegt mit dem süßlichen gemischten Chorgesang wie auf den Schallplatten, an die er sich noch aus seiner Zeit in der Highschool erinnert: die Musikautomaten, in denen man die Platte herunterfallen sah, und der lackglänzende raschelnde Stoff, Taft oder was auch immer, in dem die Mädchen damals zum Tanzen gingen, mit dem angesteckten Sträußchen, das man ihnen geschenkt hatte. Die Sträußchen wurden zerdrückt, wenn enger getanzt wurde, der Duft des Parfums der Mädchen fing an, zwischen ihren pudrigen Brüsten aufzusteigen, während ein Partner nach dem anderen ihre Körper wärmte und an sich preßte im violetten Licht der verdunkelten Turnhalle, wo schlaffe Kreppapierschlangen von oben herunterhingen und die Ringe der Basketballkörbe mit Papierblumen umkränzt waren, diese vielen warmen Körper, die sacht aneinanderstießen in Erwartung der kalten Luft, die sich draußen in den Autos gestaut hatte, die kleinen Lämpchen, die am Armaturenbrett glühten, die Körperwärme, die die Innenflächen der Windschutzscheibe beschlug, der Taft verrutscht und zerknautscht, eisige Finger, die sich durch die Mäntel und Hosen und Schlüpfer wühlten, die Kleider ein System von Tunnels, Mary Anns Körper, der sich seinen Händen entgegenkuschelte, die Stelle zwischen ihren Beinen so anders und sanft und duftend und geborgen, eine Welt für sich. Und jetzt die Kurznachrichten. Die junge Frau mit der schnoddrigen Stimme ist längst nicht mehr bei diesem Regionalsender, Harry fragt sich, wo sie wohl jetzt steckt, ob sie sich als Go-Go-Girl verdingt oder als stellvertretende Vizepräsidentin bei Sunflower Bier. Der neue Sprecher hört sich an wie Billy Fosnacht, dicklippig. Präsident Carter hat öffentlich kundgetan, daß er persönlich für einen Boykott der Olympischen Spiele 1980 in Moskau eintritt. Die Reaktion der Sportler ist gemischt. Indiens Premierministerin Indira Gandhi hat sich von der gestrigen offenkundig prosowjetischen Stellungnahme zu Afghanistan distanziert. Auf einer der übervollen Wahlkampfveranstaltungen hat der Abgeordnete Philip Crane aus Illinois den Vorschlag von Senator Edward Kennedy aus Massachusetts, das geplante

Atomkraftwerk von Seabrook, New Hampshire, in ein Kohlekraftwerk umzuwandeln, als «töricht» bezeichnet. In Japan ist Ex-Beatle Paul McCartney wegen des Besitzes von acht Unzen Marihuana angeklagt und inhaftiert worden. In der Schweiz ist es Wissenschaftlern gelungen, Bakterien so zu programmieren, daß sie das seltene menschliche Protein Interferon produzieren, ein Präparat zur Bekämpfung von Viren, dessen künstliche Herstellung unter Umständen den Beginn einer Ära signalisiert, die sich für die Menschheit als ebenso segensreich erweisen könnte wie die Entdeckung des Penizillins. Wenn unterdessen die Füllungen beim Zahnarzt immer teurer werden, liegt es daran, daß der Goldpreis heute in New York City bei achthundert Dollar je Feinunze angelangt ist. Mist. Er hat zu früh verkauft. Achthundert mal dreißig macht vierundzwanzigtausend, beinahe zehn Tausender mehr als vierzehntausendsechshundert, wenn er doch bloß noch ein bißchen gewartet hätte, dieser verfluchte Webb Murkett mit seinem Silber. Und die 76er führen ihren Siegeszug fort, 121 zu 110 gegen die Portland Trail Blazers gestern abend im Spectrum. Die armen alten Eagles, weg vom Fenster; Jaworski hatte bis zum Ende gekämpft wie ein Löwe. Und jetzt, in Fortsetzung unseres Programms «Nette Musik für nette Leute», die bekannte Weise «Savior, Keep a Watch Over Me». Harry stellt ab und fährt weiter, nur noch vom Schnurren des Supra begleitet.

Jetzt kennt er den Weg. Vorbei an dem überdimensionalen Amish-Mann, der zu der Natursteinhöhle weist, durch die enge langgezogene Ortschaft mit dem Purina-Viehfutterschild und dem alten Gasthaus und der neuen Bank und den Pferdepflöcken und der Traktorenvertretung. Die Felder starren von blassen Maisstoppeln, das Gold völlig ausgebleicht. Der Ententeich hat gefrorene Ränder, aber eine große schwarze Wasserfläche in der Mitte, so milde war der Winter bisher. Er verlangsamt das Tempo, als er an den Briefkästen der Blankenbillers und Muths vorbeifährt und biegt an dem Briefkasten mit der Aufschrift BYER in den Zufahrtsweg ein. Seine Nerven sind so angespannt, daß nichts seiner Wahrnehmung entgeht, die vorstehenden Steine in den zwei ausgefahrenen rötlichen Spuren, die die alte Straße bilden, der Saum verdorrter Unkräuter, jedes einzelne noch immer in der Form, zu der es in seiner Vegetationszeit im vergangenen Sommer herangereift war, die abblätternde kürbisfarbene Schulbushülse, eine rostende Egge, ein kleines Kühlhaus mit uralter weißer Tünche, und dann die schäbigen Farmgebäude, der Maisspeicher, der Schuppen und das Natursteinhaus, denen er sich aus einem ungewohnten Winkel nähert, zum erstenmal von vorn. Er fährt den Celica auf die freie Fläche aus festgebackter Erde, wo er damals den Corolla vorfahren sah; als er den Motor abstellt und aus dem Wagen steigt, sieht er die Bodenwelle, von der aus er heruntergespäht hatte, eine ferne stachlige Linie aus Vogelkirschen und Amberbäumen, kaum erkennbar durch die Apfelbäume im Obstgarten und weiter weg, als es ihm vorgekommen war, höchstwahrscheinlich hatte ihn nie jemand gesehen. Das hier ist verrückt. Lauf weg.

Aber wie beim Sterben gibt es einen Moment, den es durchzustehen gilt, eine Scheibe Zeit, durchsichtiger als Schaufensterglas; es liegt vor ihm und er tut den Schritt beherzt durch die liebevolle Leere, die Thelma ihm anvertraut hatte. In seinem Lammfellmantel und dem albernen kleinen Gnomenhut und dem dreiteiligen Anzug aus Nadelstreifenkammgarn, den er erst im November bei Webbs Schneider an der Pine Street gekauft hat, geht er über die Erde, auf den lehmverkrusteten flachen Sandsteinen, die einst Gehweg waren. Es ist kalt, ein Tag, der Schnee bringen könnte, ein Tag, der ihm hohl vorkommt. Obwohl es beinahe Mittag ist, kommt die Sonne nicht durch, nicht einmal ein Silberfleck am Himmel verrät ihren Standort, eine einzige lange geriefte bauchige Schicht tiefhängender grauer Wolken. Ein schmutziggrauer hoher strohiger Winterwald ragt zu seiner Rechten empor. Aus der anderen Richtung, jenseits des Horizonts, kommt ein Geräusch, das sich anhört, als hätte sich eine Motorsäge festgefressen. Noch bevor er einen Handschuh ausgezogen hat und mit der bloßen Hand an die Tür klopfen kann, von der giftgrüne Farbe in langen gekrümmten Spänen abschilfert, hat der Hund im Inneren des Hauses seine Schritte auf dem Stein scharren hören und fängt an, ohrenbetäubend zu bellen.

Harry hofft, daß der Hund allein und seine Herrin ausgegangen ist. Im Freien ist kein Auto zu sehen, auch kein Pritschenwagen, aber es könnte einer im Schuppen oder in der ziemlich neu aussehenden Garage aus Zementbausteinen mit dem Dach aus Kunstharz stehen. Im Haus brennt, soweit er sehen kann, kein Licht, aber schließlich ist Mittag, obwohl der Tag diesig ist und es bereits dunkel wird. Er späht durch die Tür und sieht sich mit hellem Hut widergespiegelt in einer weiteren Tür, sehr ähnlich wie diese, mit zwei hohen Glasscheiben, etwa die Dicke der Steinmauer von ihm entfernt. Hinter den alten Scheiben führt ein Flur mit einem verschlissenen gestreiften Läufer in unbeleuchtete Tiefen. Während er die Augen anstrengt, um tiefer hineinzusehen, spürt er an der Nase und an der unbehandschuhten Hand die beißende Kälte. Er will gerade kehrtmachen und ins warme Auto zurückgehen, als im Innern des Hauses eine Gestalt auftaucht und wutschnaubend auf ihn zueilt. Der schwarzhaarige Collie springt wie besessen wieder und wieder gegen die innere Tür und versucht, ins Glas zu beißen. Was für häßliche kleine Vorderzähne Hunde haben, mörderisch, und die gespaltene schwarze Lefze und das lavendelfarbene Zahnfleisch, irgendwie unappetitlich. Harry ist starr vor Faszination; er sieht die große Gestalt erst hinter Fritzie auftauchen, als eine Hand an der inneren Türklinke rüttelt.

Mit der anderen Hand hält die dicke Frau den Hund am Halsband; Harry hilft nach, indem er die grüne Außentür selbst öffnet. Fritzie erkennt seinen Geruch wieder und hört auf zu bellen. Und Rabbit erkennt Ruth wieder, begraben unter Fett und Falten, aber mit den vertrauten, vor Leben sprühenden Augen. Inmitten des Tumults aus Schwanzwedeln und winselndem Hundeverlangen nach Begrüßung eines alten Freundes stehen die beiden ehemaligen Liebenden einander gegenüber. Vor zwanzig Jahren hatte er mit dieser Frau zusammengelebt. Von März bis Juni. Acht Jahre danach hatte er sie einen Augenblick lang im Kaufhaus Kroll gesehen, und sie hatte nur ein paar bittere Worte für ihn übrig, und seither sind ein Dutzend Jahre über sie beide hinweggespült und haben ihre Schäden angerichtet. Ihr Haar, das früher einen melierten feurigen Ingwerton hatte, ist jetzt abgestumpft zu metallenem Grau und nach hinten geknotet zu einem Dutt, wie ihn die Mennoniten tragen. Sie hat weite Drillichhosen an und ein rotkariertes Männerhemd unter einem schwarzen Pullover mit aufgeribbelten Ellenbogen und Hundehaaren und Holzspänen, die sich in den schmuddeligen Maschen verfangen haben. Und doch ist es Ruth. Ihre Oberlippe schwillt noch immer ein bißchen vor wie bei einer beginnenden Blase, und ihre flachen blauen Augen in den eckigen Höhlen starren ihn noch immer mit einer Feindseligkeit an, die ihn amüsiert. «Was willst du?» fragt sie. Ihre Stimme klingt belegt wie von einer Erkältung.

«Ich bin Harry Angstrom.»

«Das sehe ich. Was willst du hier?»

«Ich wollte dich fragen, könnten wir vielleicht ein bißchen miteinander reden? Ich möchte dich unbedingt etwas fragen.»

«Nein, wir können nicht ein bißchen miteinander reden. Verschwinde.»

Aber sie hat das Halsband des Hundes losgelassen, und Fritzie schnuppert an seinen Fußgelenken und zwischen seinen Beinen und zappelt vor Verlangen hochzuspringen, die kaum erträgliche Freude mitzuteilen, die in ihrem schmalen Schädel hinter den vorquellenden Augen eingeschlossen ist. Das kranke Auge sieht noch immer entzündet aus. «Gute Fritzie», sagt Harry. «Ab. Ab.»

Ruth muß lachen, ihr kurzes schepperndes Lachen, wie Münzen, die auf einen Ladentisch geworfen werden. «Rabbit, du bist ein Gauner. Woher hast du ihren Namen?»

«Ich habe mal gehört, wie ihr sie gerufen habt. Ich war mehrere Male hier, da oben hinter den Bäumen, aber ich habe nicht den Mumm gehabt, näherzukommen. Blöd, was?»

Sie lacht wieder, eine Spur weniger scheppernd, als sei sie wirklich amüsiert. Obwohl ihre Stimme heiserer geworden ist und ihr Körperumfang sich verdoppelt hat und sich ein Flaum mit ein paar dunklen Haaren dazwischen über die Wangen bis zu den Mundwinkeln zieht, ist dies wirklich Ruth, eine Wolke, die sich, von seinem Leben durchquert, wieder zusammengeballt hat. Sie ist noch immer groß im Vergleich zu Janice, im Vergleich zu sämtlichen Frauen in seinem Leben, abgesehen von Mim und seiner Mutter. Sie hatte schon immer zuviel gewogen, gleich am ersten Abend, als er sie hochhob, hatte sie spöttisch gesagt, das könne ihn außer Gefecht setzen, ein Gewicht, das ihn abstieß und gleichzeitig etwas war, das ihn festhielt, eine Art Bereitwilligkeit, mitzuspielen in dem beengten Raum, den sie hatten, obwohl ihnen wenig Zeit zur Verfügung stand. «Du hast also Angst vor uns gehabt», sagt sie. Sie bückt sich leicht, um mit dem Hund zu reden. «Fritzie, sollen wir ihn einen Moment reinlassen?» Daß die Hündin ihn mochte, in einem schwachen Funken hündischen Erinnerungsvermögens mit dem Schwanz wedelte, hat den Ausschlag gegeben.

Der Flur innen riecht entschieden nach Vergangenheit, nach Art dieser alten Bauernhäuser. Äpfel im Keller, Zimt im Essen, ein Mischmasch aus altem Putz und Tapetenkleister, er weiß es nicht. Verdreckte Stiefel stehen in einer Ecke des Flurs auf Zeitungen, die dort ausgebreitet liegen, und er bemerkt, daß Ruth in Strümpfen herumläuft – dicke graue Männerarbeitssocken, aber trotzdem sexy, die Geräuschlosigkeit ihrer Schritte, obwohl sie so gewaltig ist. Sie führt ihn nach rechts in ein kleines Wohnzimmer mit einem ovalen Teppich aus geflochtenen Flicken auf dem Boden und einem Gartenliegestuhl aus Holz, mitten unter den anderen Möbeln. Das einzig moderne Stück ist der Fernseher, sein beherrschendes rechteckiges Auge reglos. Ein kleines Holzfeuer glimmt in einem Sandsteinkamin. Harry sieht prüfend seine Schuhe an, bevor er auf den Flickenteppich tritt, um sicherzugehen, daß er keinen Schmutz hereinschleppt. Er nimmt sein schickes Lammfellhütchen ab.

Als bedauere sie es alles schon, sitzt Ruth ganz vorn auf der Kante ihres Stuhls, eines Bambusschaukelstuhls, den sie vorwärts kippt, so daß ihre Knie fast den Boden berühren und ihre Arme leicht nach unten reichen können, um Fritzies Nacken zu kraulen und sich zu beruhigen. Harry nimmt an, daß er ihr gegenüber Platz nehmen soll, auf einer rissigen schwarzen Ledersitzbank unter zwei bedrückenden sepiagetönten Porträtaufnahmen, mindestens hundert Jahre alt müssen sie sein, in zwei identisch geschnitzten Rahmen, von einem bärtigen Mann und seiner zugeknöpften Frau, beide längst zu Staub zerfallen in ihren Särgen. Aber bevor er sich hinsetzt, sieht er im Licht eines Fensters, dessen tiefer Sims überquillt von Usambaraveilchen und den breitblättrigen Topfpflanzen, die die Leute immer am

Muttertag verschenken, eine eher zeitgenössische Sammlung von Fotografien, Farbaufnahmen, die ein Fach eines Bücherregals säumen, in dem reihenweise Taschenbuchkrimis und Liebesromane stehen, die Ruth früher immer las und offensichtlich immer noch liest. Das hatte ihn in den Monaten mit ihr immer gekränkt, wie sie sich in einen dieser Schundromane vertiefen konnte, die in England oder Los Angeles spielten, obwohl er da war, leibhaftig. Er geht hinüber zu dem Bücherregal und sieht sie, jünger, aber bereits korpulent, vor einer Ecke dieses Hauses stehen, im Arm eines Mannes, der älter, größer und noch korpulenter ist als sie: das muß Byer gewesen sein. Ein großer einfältiger Farmer in unbequemem Sonntagsstaat, der ins Sonnenlicht blinzelt mit einem Ausdruck, der dem der großen alten Porträts ähnelt, ein nachdenklicher Zug um den Mund, um der Kamera zu genügen. Ruth sieht belustigt aus, die Haare zu einer bauschigen Frisur hochgesteckt und noch ingwerbraun, belustigt darüber, daß sie für diesen beschützenden Mann eine Trophäe ist. Für einen Augenblick, so kurz wie das Klicken eines Kameraverschlusses, ist Rabbit neidisch auf dieses Leben, das andere führten: dieses korpulente einfache Paar vom Lande, das sich neben einer bröckelnden, mit braunem Putz beworfenen Hausecke aufgebaut hat, auf einem Boden, dessen grünende Grasnarbe auf März oder April schließen läßt. Die Natur, unermüdlich zu Tricks aufgelegt. Es sind noch mehr Fotos da, Farbabzüge von ordentlich gekämmten, lächelnden Halbwüchsigen in diesen Passepartouts aus Pappe, in denen Highschoolfotos immer stecken. Ehe er sie näher betrachten kann, sagt Ruth schneidend: «Wer hat dir erlaubt, die anzusehen? Laß das.»

«Das ist deine Familie.»

«Das kann man wohl sagen. Meine und nicht deine.»

Aber er kann sich nicht losreißen von den Blitzlichtfarbbildern dieser Kinder. Sie sehen nicht ihn an, sondern an seinem rechten Ohr vorbei, alle von dem Fotografen, der Jahr für Jahr im Mai die Runde durch die Schulen machte, in ein und dieselbe Position gerückt. Ein Junge und das Mädchen in etwa demselben Alter – das Foto aus der Abschlußklasse – und dann in einem kleineren Format ein jüngerer Bursche mit dunklerem Haar, das länger ist und auf der anderen Seite des

Kopfes gescheitelt als das seines Bruders. Alle haben blaue Augen.

«Zwei Jungen und ein Mädchen», sagt Harry. «Welches ist das älteste?»

«Das geht dich einen Dreck an. Großer Gott, ich hatte schon vergessen, was für ein aufdringlicher Widerling du bist. Alles dreht sich bloß um dich, von der Wiege bis zum Grab.»

«Ich schätze, daß das Mädchen die Älteste ist. Wann hast du sie gekriegt, und wann hast du diesen alten Knaben geheiratet? Wie kannst du es überhaupt aushalten, hier draußen im Busch?»

«Ich halte es prima aus. Es ist mehr, als irgend jemand sonst mir geboten hat.»

«Ich hatte damals niemandem viel zu bieten.»

«Aber seither hast du dich ganz nett gemacht. Du bist aufgetakelt wie eine Tunte.»

«Und du bist abgetakelt wie ein Kanalarbeiter.»

«Ich habe Holz gesägt.»

«Du kannst mit einer Motorsäge umgehen? Mein Gott, hast du nicht Angst, dir einen Finger abzusägen?»

«Nein, hab ich nicht. Das Auto, das du Jamie verkauft hast, läuft gut, falls es das ist, was du wissen willst.»

«Seit wann weißt du, daß ich bei Springer Motors bin?»

«Ach, schon seit ewig. Außerdem stand es in der Zeitung, als der alte Springer starb.»

«Warst du das, die in dem alten Kombi an der Kirche vorbeifuhr, als Nelson geheiratet hat?»

«Kann sein», sagt Ruth und lehnt sich in ihrem Schaukelstuhl zurück, so daß er in die andere Richtung kippt. Fritzie hat sich lang hingelegt und schläft. Das Holzfeuer spuckt. «Wir fahren ab und zu durch Mt. Judge. Es ist noch immer ein freies Land, oder nicht?»

«Warum solltest du so etwas Verrücktes tun?» Sie liebt ihn.

«Ich sage ja nicht, daß ich es getan habe. Woher hätte ich wissen sollen, daß Nelson ausgerechnet in dem Moment getraut wurde?»

«Du hast es in der Zeitung gelesen.» Er merkt, daß sie ihn auf die Folter spannen will. «Ruth, das Mädchen. Sie ist meine Tochter. Sie ist das Baby, das du unter keinen Umständen abtreiben lassen wolltest. Du hast es gekriegt, und dann hast du dir diesen alten Holzkopf von einem Farmer geschnappt, der froh war, ein junges Weibsstück zu bekommen, und hattest mit ihm noch die beiden anderen Kinder, bevor er ins Gras gebissen hat.»

«Sei nicht so grob. Damit beweist du mir gar nichts, höchstens, was für ein trauriger Fall ich gewesen sein muß, daß ich dich überhaupt mitgenommen habe zu mir. Du bist eine einzige Katastrophe, ehrlich. Für dich gibt es nur eins: ich, ich, ich und haben, haben. Als ich noch was zu geben hatte, hab ich's dir gegeben, obwohl ich wußte, daß ich nie was dafür kriegen würde. Jetzt hab ich, Gottseidank, nichts mehr zu geben.» Sie deutet mit einer matten Geste auf das zusammengestoppelte Mobiliar des kleinen Raumes. Ihre Stimme hat in all den Jahren die bäuerliche Bedächtigkeit angenommen, das dickköpfige Phlegma, mit dem das Land verweigert, was die Stadt will.

«Sag mir die Wahrheit», bittet er.

«Die hab ich dir eben gesagt.»

«Über das Mädchen.»

«Sie ist jünger als der ältere Junge. Scott, dann Annabelle und dann Morris, 1966. Er war ein Nachzügler. Am 6. Juni 1966. Vier Sechsen.»

«Weich nicht aus, Ruth, ich muß zurück nach Brewer. Und schwindle nicht. Du kriegst ganz nasse Augen, wenn du schwindelst.»

«Meine Augen sind naß, weil sie deinen Anblick nicht ertragen können. Ein richtiger Brewerer Schnösel bist du. Eine Krämerseele. Genau das, was dich früher angekotzt hat, weißt du noch? Und fett. Als ich dich kennenlernte, hattest du wenigstens noch Figur.»

Er lacht, die Unverfrorenheit macht ihm Spaß; die Nacht mit Thelma hat seinen Körper abgehärtet gegen Beleidigungen. *«Du»,* sagt er, «willst *mich* fett nennen?»

«Allerdings. Und wovon bist du so rot im Gesicht?»

«Das ist Urlaubsbräune. Wir sind gerade erst von den Antillen zurückgekommen.»

«Ach, du lieber Gott, von den Antillen. Und ich dachte schon, du wärst kurz vor einem Schlaganfall.»

«Wann ist dein Alter abgekratzt? Was hast du mit ihm angestellt, ihn zu Tode gebumst?»

Sie starrt ihn eine Zeitlang stumm an. «Du gehst jetzt besser.»

«Gleich», verspricht er.

«Frank ist im August 76 gestorben, an Krebs. Dickdarm. Er hat noch nicht mal das Rentenalter erreicht. Als ich ihn kennenlernte, war er jünger als wir jetzt.»

«Ach so, tut mir leid. Hör zu, Ruth, reiz mich nicht so, daß ich mich wie eine Kanaille benehme, erzähl mir lieber was von unserer Tochter.»

«Sie ist *nicht* unsere Tochter, Harry. Ich habe *doch* abgetrieben. Meine Eltern haben mir einen Arzt in Pottsville besorgt. Er hat es gleich in der Praxis gemacht, und etwa ein Jahr danach starb ihm ein Mädchen an Komplikationen, und da haben sie ihn ins Gefängnis gesteckt. Heutzutage legen sich die Mädchen einfach ins Krankenhaus.»

«Und erwarten, daß der Steuerzahler blecht», sagt Harry.

«Dann bekam ich einen Job als Tagesköchin in einem Restaurant drüben Richtung Stogey's Quarry, östlich von hier, und Franks Cousine war zu der Zeit dort Hostess, und so kam ziemlich schnell eins zum anderen. Wir haben Scott Ende 1960 gekriegt, er ist gerade letzten Monat neunzehn geworden, eins von diesen Christkindern, die immer zu kurz kommen mit Weihnachtsgeschenken.»

«Und wann kam das Mädchen? Annabelle.»

«Im Jahr danach. Er hatte es eilig mit einer Familie. Seine Mutter hatte ihn nie heiraten lassen, solange sie am Leben war, oder jedenfalls hat er ihr die Schuld in die Schuhe geschoben.»

«Du lügst. Ich habe das Mädchen gesehen; sie ist älter, als du sagst.»

«Sie ist achtzehn. Willst du die Geburtsurkunde sehen?»

Das muß ein Bluff sein. Aber er sagt: «Nein.»

Ihre Stimme wird sanfter. «Warum bist du überhaupt so versessen auf das Mädchen? Wieso bildest du dir nicht ein, der Junge wäre dein Sohn?»

«Ich habe einen Sohn. Er ist eine» – die Floskel rutscht ihm heraus – «einzige Katastrophe.» Er fragt unvermittelt: «Wo stecken sie eigentlich? Deine Söhne.»

«Was geht das dich an?»

«Nicht viel. Ich habe mich bloß gefragt, wie es kommt, daß sie nicht hier sind und dir ein bißchen unter die Arme greifen.»

«Morris ist in der Schule, er kommt erst nach drei mit dem Bus nach Hause. Scott hat einen Job in Maryland, er arbeitet in einer Baumschule. Ich habe beiden, ihm und Annie, gesagt: Haut ab hier. Das hier ist ein guter Unterschlupf für mich gewesen, aber für euch junge Leute ist das hier nichts. Als sie und Jamie Nunemacher den Plan faßten, wegzugehen und in Brewer zusammenzuleben, konnte ich nicht Nein sagen, obwohl seine Familie strikt dagegen war. Wir hatten eine Mordsdiskussion, und ich habe ihnen gesagt, daß es eben heutzutage bei jungen Leuten gang und gäbe ist, zusammenzuleben, und daß ich das eigentlich ziemlich gescheit finde. Sie wissen ohnehin, daß ich früher auf den Strich gegangen bin, es ist mir scheißegal, was sie denken. Die Nachbarn haben sich nie um uns gekümmert, und wir haben uns nicht um sie gekümmert. Frank und der alte Blankenbiller haben fünfzehn Jahre lang kein Wort miteinander gewechselt, als Frank anfing mit mir auszugehen.» Sie merkt, daß sie abgeschweift ist und sagt: «Annabelle wird nicht ewig mit dem Jungen zusammenbleiben. Er ist ja ganz nett, aber . . .»

«Der Meinung bin ich auch», sagt Rabbit, als sei er um seine Meinung gefragt worden. Ruth ist einsam, das spürt er, und so gesprächig, daß ihm ungemütlich wird. Er verlagert das Gewicht auf dem alten schwarzen Sofa. Die Sprungfedern quietschen. Der Wind draußen ist umgesprungen, und eine Fallbö wirbelt den Qualm des feuchten Feuers in den Raum.

Sie blickt flüchtig zu dem toten Paar in den Bilderrahmen, diesen geschnitzten Totenschreinen über seinem Kopf, und offenbart ihm: «Sogar als Frank noch gesund war, mußte er die Busse fahren, um über die Runden zu kommen. Jetzt verpachte ich die großen Äcker und versuche nur noch zu verhindern, daß das Gestrüpp überhandnimmt. Das Gestrüpp und die Ölrechnungen.» Und in der Tat ist dieses Zimmer so kalt, daß er gar nicht auf die Idee gekommen ist, seinen schweren Mantel auszuziehen.

«Ja», sagt er seufzend, «es ist schon hart.» Fritzie, durch eine

Wendung in ihrem Traum, der ihre Pfoten zum Zucken brachte, aufgewacht, erhebt sich und kommt geduckt auf ihn zu, als wollte sie bellen, läßt sich statt dessen aber wieder auf den Teppich fallen und rollt sich vertrauensvoll zu seinen Füßen zusammen. Mit seinem langen Arm greift er ins Bücherregal und nimmt das Foto der Tochter heraus. Ruth erhebt keinen Einspruch. Er betrachtet das blasse, hell ausgeleuchtete Gesicht in dem Rahmen aus kastanienbraunem Pappkarton: vor einem seltsamen Hintergrund aus streifigem Blau, der wie ein künstlicher Himmel aussieht, starrt das Mädchen an ihm vorbei in die Ferne. Rund und blankpoliert wie eine Frucht durch den glatten Seidenglanz des Abzugs, wird der Kopf, anstatt sein Geheimnis preiszugeben, noch rätselhafter, eine Gestalt, die ebenso fremdartig ist wie die Formen der angestrahlten Meereslebewesen unter dem Steg beim Spielkasino. Den Mund hat sie von Ruth, diese Oberlippe, die ihm schon im Geschäft auffiel. Und das Kantige um die Augen, obwohl der Brauenbogen runder ist als bei Ruth, und ihr Haar, in das fotogener Schimmer hineingebürstet ist, weniger widerspenstig. Er sieht sich das Ohr an, ob es einen Knick am Rand hat wie bei Nelson, aber dazu müßte man ihre Haare hochheben. Ihre Nase ist so zierlich und klein – durch die leichte Stupsnase kann man die Nasenlöcher sehen –, daß die untere Gesichtshälfte plump wirkt, noch babyhaft. Die leuchtend weiße Haut und die frostige Helligkeit der Augen könnte von diesen Schweden in ihrer Schneewelt stammen, denen er sekundenlang im Badezimmerspiegel bei den Murketts begegnet war. Sein Blut. Harry durchlebt mit Annabelle noch einmal den Augenblick, als sie in der ungebärdigen Schülerschlange an die Reihe kam, hinter den Vorhang zu treten, der eine Ecke der Turnhalle abtrennte, und sich, plötzlich geblendet, in Positur zu setzen für die Nachwelt, fürs Schuljahrbuch, für Freund und Mutter, für die Zeit selbst, die sich achtlos weiterdreht: dies ist der Moment, das Gesicht der Leere entgegenzuhalten und, wenn man die richtigen Gedanken denkt, ein Star zu werden. «Sie sieht mir ähnlich.»

Ruth muß lachen. «Du siehst Gespenster.»

«Ungelogen. Als sie damals zum erstenmal ins Geschäft kam, ist mir irgend etwas aufgefallen, ihre Beine vielleicht, ich weiß es nicht. Es sind auf jeden Fall nicht deine Beine.» Die dick gewesen waren und wie weiße Flammen züngelten, wenn sie nackt in ihrem Zimmer umherlief.

«Also, Frank hatte auch gute Beine. Bis er aus dem Leim ging, war er eher lang und dünn. Über einsachtzig, wenn er sich geradehielt. Ich falle anscheinend immer auf die Großen rein. Aber keiner von den beiden Jungen hat seine Länge geerbt.»

«Ja, Nelson hat meine auch nicht abgekriegt. Eine halbe Portion wie seine Mutter.»

«Du bist noch immer mit Janice zusammen. Du hast sie damals immer ein armes Huhn genannt», erinnert ihn Ruth. Sie hat es sich inzwischen in der Situation gemütlich gemacht, lehnt sich im Schaukelstuhl zurück und schaukelt, ihre bestrumpften Füße heben sich auf die Zehenspitzen, senken sich auf die Fersen und gehen wieder zurück auf die Zehenspitzen. «Wieso erzähl ich dir eigentlich alles über mein Leben, wo du nicht ein Wort über deines sagst?»

«Es ist ziemlich durchschnittlich», sagt er. «Nimm's mir nicht übel, daß ich bei Janice geblieben bin.»

«Ach du liebe Güte, nein. Ich habe bloß Mitleid mit ihr.»

«Eine Schwester», sagt er und lächelt.

Das Fett hat sich in Ruths Gesicht nicht in geschmeidigen Schichten angesetzt, sondern in Klumpen, so daß seine Konturen, wenn sie den Kopf hebt, ausgezackt aussehen wie von zusätzlichen Knochen. Sie hat den Kopf in einer spöttischen Anwandlung gehoben. «Annie war hingerissen von dir», eröffnet sie ihm. «Sie hat mich mehrmals gefragt, ob ich schon von dir gehört hätte, von diesem Basketballstar. Ich hab ihr gesagt, wir seien nicht auf dieselbe Schule gegangen. Sie war enttäuscht, daß du nicht da warst, als sie und Jamie wieder hingefahren sind, um das Auto abzuholen. Jamie hatte mehr zu einem Fiesta geneigt.»

«Du glaubst also nicht, daß Jamie die Ideallösung für sie ist?»

«Im Moment vielleicht. Aber du hast ihn ja gesehen! Er ist so alltäglich.»

«Ich hoffe, daß sie nicht –»

«Auf meine Bahnen gerät? Nein, da ist keine Gefahr. Es gibt keine Huren mehr, bloß noch gesunde junge Frauen. Ich hab sie sehr unschuldig erzogen. Ich hatte immer das Gefühl, daß ich selbst im Grunde sehr unschuldig war.»

«Das sind wir alle, Ruth.»

Es gefällt ihr, daß er ihren Namen ausspricht, er sollte vorsichtig damit sein. Er stellt das Foto zurück und betrachtet es an seinem Platz, Annabelle zwischen ihren Brüdern. «Wie steht's mit Geld?» fragt er und versucht, es in einem unbefangenen Ton zu sagen. «Würde ihr ein bißchen Geld nützen? Ich könnte es dir geben, damit es nicht aus heiterem Himmel käme, weißt du. Wenn sie eine Ausbildung braucht, zum Beispiel.» Er errötet, und Ruths Schweigen hilft ihm nicht weiter. Der Schaukelstuhl hat aufgehört zu schaukeln.

Endlich sagt sie: «Ich nehme an, das ist das, was man eine Nachzahlung nennt.»

«Es ist nicht für dich, es wäre ja für sie. Ich kann nicht viel geben. Ich meine, so reich bin ich nicht. Aber wenn ein paar Tausender ihr etwas nützen würden . . .»

Er läßt den Satz in der Luft hängen, auf eine Unterbrechung gefaßt. Er kann sie nicht ansehen, dieses fremde, in die Breite gegangene Gesicht. Ihre Stimme hat, als sie schließlich spricht, die verächtliche selbstbewußte Heiserkeit, die er schon vor Ewigkeiten im Bett von ihr gehört hatte. «Keine Angst, ich werde nicht darauf zurückkommen. Wenn ich je wirklich in Schwierigkeiten kommen sollte hier draußen, kann ich ein Stück Land an der Straße verkaufen, fünftausend bringt jetzt hier in der Gegend ein halber Hektar ein. Übrigens, Rabbit, du kannst mir glauben, sie ist nicht von dir.»

«Na gut, wenn du es sagst.» In einer Aufwallung von Erleichterung steht er auf.

Auch sie steht auf, und während sie gemeinsam aufstehen, ist es, als fiele das aufgedunsene Fleisch von ihnen ab; der junge Mann und die junge Frau, die einst im ersten Stock an der Summer Street, gegenüber einer großen Kalksteinkirche, zusammenlebten, stehen sich wieder nahe, abgeschieden von der Welt, und wie damals gehört das Zimmer ihr. «Hör zu», zischt sie zu ihm hinauf, frohlockend wie ihm scheint, ihr verzerrtes Gesicht leuchtet. «Ich würde dir nicht die Genugtuung gönnen, daß das Mädchen von dir ist, auch nicht, wenn es um eine

Million Dollar ginge. Ich habe sie großgezogen. Sie und ich haben hier zusammen eine Menge Zeit und Kraft investiert, und wo zum Henker warst du? Du hast mich seinerzeit im Kaufhaus Kroll gesehen, aber du bist der Sache nicht nachgegangen, ich habe in all den Jahren gewußt, wo du warst, und du hast dich einen Dreck darum gekümmert, was aus mir oder meinem Kind geworden ist, oder sonstwas.»

«Du warst doch verheiratet», sagt er milde. *Meinem Kind:* irgend etwas stimmte da nicht.

«Allerdings war ich das», redet sie schnell weiter. «Mit einem besseren Mann, als du es je sein wirst, rümpf die Nase, soviel wie du willst. Die Kinder haben einen großartigen Vater gehabt, und das wissen sie. Als er starb, haben wir einfach so weitergemacht, als wäre er noch da, so eine starke Ausstrahlung hatte er. Aber ich habe keinen blassen Schimmer, was du da oben in Mt. Judge mit deinem bißchen Leben anfängst –»

«Wir ziehen um», teilt er ihr mit. «Nach Penn Park.»

«Na prima. Genau da gehörst du auch hin, zu diesen Angebern. Du hättest dein armes Huhn vor zwanzig Jahren verlassen sollen, das wäre für sie und für dich besser gewesen, aber du hast es nicht getan, und jetzt kannst du in deinem eigenen Saft schmoren; schmor du ruhig, aber *laß meine Annie in Frieden.* Mich schaudert, Harry. Wenn ich mir vorstelle, du denkst, sie sei deine Tochter, ist mir, als würde sie durch die Scheiße gezerrt.»

Er seufzt. «Du hast noch immer eine reizende Ausdrucksweise», sagt er.

Sie ist verlegen; das eisengraue Haar steht vom Kopf ab, und sie drückt es mit den Handballen flach, als wollte sie irgend etwas innen in ihrem Schädel zermalmen. «Ich sollte sowas nicht sagen, aber es ist erschreckend, daß du in deinen piekfeinen Sachen hier aufkreuzt und Anspruch auf meine Tochter erhebst. Wenn ich denke, daß vielleicht alles, wenn ich nicht abgetrieben hätte, wenn ich meinen Eltern gegenüber nicht nachgegeben hätte, ganz anders gekommen wäre, daß wir jetzt tatsächlich eine Tochter *haben* könnten . . . Aber du –»

«Ich weiß. Du hast das Richtige getan.» Er spürt, wie sie gegen den Drang ankämpft, ihn zu berühren, sich an ihn zu klammern, sich wie schon einmal in seinen linkischen Armen erdrücken zu lassen. Er sucht nach einem letzten Gesprächsthema. Unbeholfen fragt er: «Was willst du eigentlich machen, wenn Morris erwachsen ist und von zu Hause weggeht?» Er erinnert sich an seinen Hut, greift danach und kneift mit drei Fingern in das weiche neue Kopfteil.

«Ich weiß es nicht. Noch eine Weile hier ausharren. Was auch geschieht – Grund und Boden verliert nicht an Wert. Jedes weitere Jahr, das ich hier durchhalte, ist bares Geld.»

Er seufzt wieder durch die Nase. «Na gut, Ruth. Wenn die Dinge so liegen. Dann werde ich mal abhauen. Und mit dem Mädchen – ist da wirklich nichts dran?»

«Natürlich nicht. Denk doch mal logisch. Angenommen, sie *wäre* von dir. In diesem Stadium würde sie das bloß durcheinanderbringen.»

Er stutzt. Ist das ein Eingeständnis? Er sagt: «Ich konnte nie besonders gut logisch denken.»

Ruth sieht lächelnd auf den Fußboden. Die fast quadratische Einbuchtung über ihren Backenknochen, so von oben gesehen, war eines der ersten Dinge, die ihm an ihr aufgefallen waren. Kantig und hart, aber gutmütig, irgendwie. Eine mitmenschliche Seele, die ihm am ersten Abend ihrer Begegnung, draußen neben den Parkuhren im Neonlicht, eröffnete, er hätte was von einem großen Kaninchen. Damals fuhr noch die Eisenbahn durch die Innenstadt von Brewer. «Das brauchen Männer auch nicht», sagt sie.

Der Hund war unruhig geworden, als sie beide aufstanden und Ruths Stimme lauter und ärgerlich wurde, und jetzt geleitet Fritzie sie aus dem Zimmer und wartet mit fragend wedelndem Schwanz, die Nase am Spalt der Tür, die nach draußen führt. Ruth öffnet sie und die Windfangtür gerade so weit, daß der Hund hinauskann, aber nicht Harry. «Willst du einen Kaffee?» fragt sie.

Er hatte sich mit Janice um ein Uhr bei Schaechner verabredet. «O Gott, nein, danke, ich muß wieder an die Arbeit.»

«Bist du bloß wegen Annabelle hergekommen? Willst du nichts über mich wissen?»

«Ich habe eine Menge über dich erfahren, oder nicht?»

«Ob ich einen Freund habe oder nicht, ob ich noch an dich gedacht habe?»

«Ja, schon, das wäre bestimmt interessant. So, wie es sich anhört, hast du es ja phantastisch getroffen. Frank und Morris und – wie heißt der andere noch mal?»

«Scott.»

«Richtig. Und der ganze Grund und Boden, der dir gehört. Tut mir leid, weißt du, daß ich dich damals in so einem Schlamassel sitzenließ.»

«Ach», sagt Ruth mit einer Bedächtigkeit, hinter der er meint, ihren verstorbenen Mann zu hören. «Ich nehme an, wir brocken uns unseren Schlamassel selber ein.»

Sie kommt ihm jetzt nicht nur dick und grau vor, sondern ratlos: Sägespäne auf dem Pullover, Haare auf den Backen. Ein struppiges Ungetüm, einsam. Er sehnt sich danach, draußen vor der Doppeltür zu sein, in der Winterluft, wo nichts mehr wächst. Einst war er entwischt, indem er ihr sagte: *Ich komme gleich wieder,* aber jetzt kann er nicht einmal das sagen. Beide wissen, was Leute nie wissen sollten, daß sie einander nicht wiedersehen werden. Er bemerkt an der einen Hand, die den Türgriff umklammert, einen dünnen Goldring, der fast völlig im Fleisch eines Fingers verschwindet. Sein Herz rast, in der Falle.

Sie hat Erbarmen mit ihm. «Mach's gut, Rabbit», sagt sie. «Ich hab bloß Spaß gemacht wegen deines Aufzugs, du siehst gut aus.» Harry duckt den Kopf, als wollte er sie auf die Backe küssen, aber sie sagt: «Nein.» Als er den ersten Schritt von der Betonveranda herunter gemacht hat, ist ihr Schatten schon vom schwarzen Glas der Doppeltür verschwunden. Das Grau des Tages hat sich verdichtet und entläßt wenige trockene Schneeflocken, kaum der Rede wert, die nach der Seite wegtreiben. Aschestäubchen. Fritzie trottet neben ihm zu dem hochglanzpolierten taubenblauen Celica, und er muß sie davon abhalten, auf den Rücksitz zu springen.

Als er endlich unterwegs ist, aus dem Zufahrtsweg heraus und an den Briefkästen vorbei, auf denen BLANKENBILLER und MUTH steht, steckt Harry sich einen Life Saver in den Mund und fragt sich, ob er ihren Bluff mit der Geburtsurkunde nicht hätte aufdecken sollen. Oder angenommen, Frank hatte noch eine

Frau gehabt und Scott war sein Kind aus dieser Ehe? Wenn das Mädchen so jung war, wie Ruth behauptete, müßte sie dann nicht noch in der Highschool sein? Aber nein. Laß gut sein. Gott hatte nicht gewollt, daß er eine Tochter hatte.

Janice, die im überheizten Empfangsraum bei Schaechner auf ihn wartet, umgeben von schicken neuen Möbeln, wirkt zierlich und wohlhabend und mit ihrer karibischen Bräune jünger als vierundvierzig. Als er sie küßt, auf die Lippen, sagt sie: «Mmm. Nelken. Was hast du zu verbergen?»

«Zwiebeln vom Mittagessen.»

Sie schnuppert flüchtig an seinem Revers. «Du riechst nach Rauch.»

«Äh, Manny hat mir eine Zigarre angeboten.»

Sie hört kaum auf seine Ausreden, sie ist außer Atem und fiebert vor eigenen Neuigkeiten. «Harry, Melanie hat Mutter aus Ohio angerufen. Nelson ist bei ihr. Es ist alles in Ordnung.»

Als Janice weiterredet, kann er sehen, wie ihr Mund sich bewegt, ihr Pony bebt, ihre Augen sich weiten und verengen und ihre Finger erregt an der Perlenkette zupfen, die zwischen ihren Mantelaufschlägen hervorlugt, aber Rabbit ist abgelenkt vom genauen Sinn dessen, was sie sagt, weil er an das Glitzern denken muß, daß er, als er das Gesicht im Licht der Tür nahe zu Ruths Gesicht hinunterbeugte, dort, auf der müden Haut unter ihren Augen sah, und er wird den idiotischen Gedanken nicht los, den er sich patentieren lassen sollte, daß unsere Tränen immer jung sind, das Salzwasser bleibt dasselbe von der Wiege, wie sie sagte, bis zum Grab.

Das kleine Natursteinhaus, das Harry und Janice für $ 78 000 mit einem Eigenkapital von $ 15 600 gekauft haben, steht auf einem tausend Quadratmeter großen buschigen Grundstück, versteckt am Ende einer asphaltierten Sackgasse hinter zwei größeren Exemplaren dessen, was man am Ort als Penn Park Prunk- und Protzstil bezeichnet: das eine ist eine große Villa im nachgemachten Tudor-Stil mit spitzen Giebeln und rotgedeckten Dächern und Klinkerbausteinen, die in grotesken stumpfen Winkeln vorstehen, das andere so etwas wie ein neokolonialistisches Pfarrhaus aus schönen schmalen Backsteinen in blassem

Limonadengelb mit einer verglasten Sonnenveranda und einer Reihe klassizistischer Fenster auf der anderen Seite, wo Harry das Eßzimmer vermutet. Er war draußen und hat seinen Besitz inspiziert und nach einem sonnigen Fleckchen Ausschau gehalten, wo sich im Frühjahr ein Garten anlegen ließe. Die Stelle hinter Ma Springers Haus an der Joseph Street war zu schattig gewesen. Er findet einen Winkel, der sich eignen könnte, wenn man ein paar Eichenäste zurückschneidet, die seinem Nachbarn gehören. Die Erde in diesem üppig begrünten kultivierten Vorort ist gut beschattet; sein Rasen besteht zur Hälfte aus Moos, das dieser milde Winter getrocknet hat, aber ungeschützt ließ, und noch elastisch. Er findet auch einen kleinen zementierten Fischteich mit blaugestrichenem Grund, trocken und mit Tannennadeln vollgeweht. Irgend jemand hat einst Meeresmuscheln in den nassen Zement des schrägen Randes gedrückt. Die Dinge, die man miterwirbt, wenn man ein Haus kauft. Türgriffe, Fenstersimse, Heizkörper. Alles seins. Wenn er ein Fisch wäre, könnte er, wenn der Frühling kommt, in diesem Teich schwimmen. Er versucht, sich den Augenblick vorzustellen, als, wer auch immer es war, Mann, Frau oder Kind, oder alle drei, diese Muscheln hier einsetzte, im Sommerschatten von Bäumen, die damals noch etwas niedriger waren als diese jetzt über ihm. Das fahle Winterlicht fällt überall hin in seinen Garten, der durchwirkt ist von den Schatten blattloser Zweige. Als er da steht, spürt er einen Schlick der Anhänglichkeit, der sich von Käufer zu Käufer angesammelt hat. Das Haus wurde in dem krisenreichen, aber gewissenhaften Jahrzehnt gebaut, in dem Harry auf die Welt kam. Feiner grauer Kalkstein aus den Steinbrüchen im hohen Norden von Diamond County wurde hierher transportiert und behauen und eingepaßt von Männern, die sich die Zeit nahmen, gute Arbeit zu leisten. Später, nach dem Krieg, durchbrach irgendein Eigentümer die rückwärtige Hauswand und errichtete einen Anbau aus Holzschindeln und weißfleckigem Backstein. Von den Holzschindeln unter den Andersen-Fenstern des Raumes, der jetzt Janices Küche ist, schilfert die Farbe ab. Harry merkt sich im Geist vor, die Zweige zu stutzen, die bis ans Haus reichen, um die Feuchtigkeit einzudämmen. Es sind sogar einige Bäume da, die man ganz zu Feuerholz machen könnte, aber erst, wenn sie im Frühjahr ausschlagen, kann er mit Sicherheit sagen, welche fallen müssen. Das Haus hat zwei offene Kamine, einen in dem großen langen Wohnzimmer und den anderen, an denselben Zug angeschlossen, in dem kleinen Raum dahinter, den Harry sich als sein Zimmer vorstellt. Seine Höhle.

Er und Janice sind gestern eingezogen, an einem Samstag. Pru kam mit dem Baby aus der Klinik nach Hause, und wenn sie nicht mehr dort wohnten, konnte sie das Schlafzimmer mit dem eigenen Bad haben, das an der straßenabgewandten Seite lag. Außerdem dachten sie, über dem Durcheinander könnte Janices Mutter den Kummer über ihre Flucht vergessen. Webb Murkett und die anderen waren Donnerstagabend wie geplant aus der Karibik zurückgekehrt, und am Samstag vormittag rückte Webb mit einem seiner Dachdeckerlastwagen mit beidseits vertäuten Schiebeleitern an und half ihnen umziehen. Ronnie Harrison, dieser Drückeberger, hatte gesagt, er müßte ins Büro und den Aktenberg aufarbeiten, der sich während des Urlaubs angehäuft hatte, er hätte am Freitag abend bis zehn Uhr gearbeitet; aber Buddy Inglefinger kam zusammen mit Webb, und die drei Männer brauchten nicht mehr als zwei Stunden, um den Umzug der Angstroms zu bewerkstelligen. Es war nicht viel Mobiliar da, das sie ihr eigen nennen konnten, in der Hauptsache Kleidung und Janices Mahagonikommode und einige Pappkartons mit Küchengeräten, die gerettet worden waren, als das frühere Haus, das sie ihr eigen nannten, im Jahre 1969 abgebrannt war. Nelsons Sachen ließen sie alle zurück. Eins von den Mannweibern kam auf die Veranda und winkte ihnen zum Abschied; also sprechen sich Neuigkeiten doch in der Nachbarschaft herum, auch wenn die Leute keinen freundschaftlichen Umgang pflegen; Harry hätte sie schon immer gern gefragt, wie das war, und warum sie so waren. Er kann verstehen, daß jemand Männer nicht mag, er mag sie selbst nicht besonders, aber warum sollte man Frauen lieber mögen, wenn man selbst eine war? Besonders Frauen, die die ganze Zeit herumhämmern, genau wie Männer.

Von Schaechner bekamen sie am Freitag geliefert, was er und Janice am Donnerstag gekauft hatten: einen neuen Sony Farbfernseher (es widerstrebt Rabbit, noch mehr Geld in japanische

Taschen zu stecken, aber aus *Consumer Reports* weiß er, daß auf diesem speziellen Sektor qualitativ niemand an sie herankommt) und zwei große gepolsterte rosasilberne Ohrensessel (er hatte sich schon immer einen Ohrensessel gewünscht, er haßt Zugluft im Nacken, es sind schon Leute von Zugluft im Nacken gestorben) und eine französische Matratze und einen Sprungfedereinsatz in einem Metallrahmen ohne Kopfende. Dieses Bett tragen er und Webb und Buddy hinauf in das rückwärtige Zimmer, das eine zum Teil schräge Decke hat, aber an der leeren Wand neben der Schranktür ist Raum für einen Spiegel, wenn sie einen wollen, und die Stühle und der Fernseher kommen nicht ins Wohnzimmer, das zu groß ist, um schon jetzt möbliert werden zu können, sondern in den viel gemütlicheren Raum gleich daneben, in die Höhle. Schon immer hat er sich ein Zimmer für sich gewünscht, eine gemütliche Bude, in der die anderen ihn nicht so ohne weiteres belästigen konnten. Was er besonders liebt an diesem kleinen Raum, abgesehen von dem Kamin und den Einbauregalen, in denen man entweder Bücher unterbringen kann oder Mas Nippsachen und ihr Porzellan, wenn sie stirbt, und in deren Unterschränken Platz ist für alkoholische Getränke und sogar für einen kleinen Kühlschrank, wenn sie einmal soweit sind, das ist der Auslegeteppich in einem grün-orange melierten Ton, der ihn an die Troddeln der Cheerleader erinnert, und dann die kleinen hohen Schiebefenster, die man rauf- und runterkurbeln kann und die aus bleigefaßten rautenförmigen Scheiben zusammengesetzt sind wie die Fenster in Märchenbüchern. Er denkt, daß er in diesem Raum anfangen könnte, Bücher zu lesen statt nur Zeitschriften und Zeitungen und sich beispielsweise mit Geschichte zu befassen. In dieses Zimmerchen muß man hinuntersteigen, vom Hartholzparkett im Wohnzimmer führt eine Stufe nach unten, und dieser kleine Niveauunterschied deutet für ihn die Stabilisierung seiner Verhältnisse an und die vielen Veränderungen, die jetzt in seinem Leben möglich sind, wie neue Triebe an einem zurückgeschnittenen Baum.

Franklin Drive heißt die elegante Straße, von der ihre Sackgasse abzweigt; 14 ½ Franklin Drive ist ihre Postanschrift, der kleine Weg selbst hat keinen Namen, sie sollten ihn Angstrom

Way nennen. Webb schlug Angstrom Alley vor, aber Harry hat genug von Alleys aus seinen Jahren in Mt. Judge und verübelt Webb seine Bemerkung. Zuerst rät er dir, dein Gold zu früh zu verkaufen, dann vögelt er deine Frau, und jetzt macht er dir dein Haus madig. Harry hat noch nie eine so niedrige Hausnummer gehabt. Er war mit Pop und Mom und Mim an der Jackson Road 303 aufgewachsen, die Bolgers bewohnten die Nummer 301, das Eckhaus mit der Lampe. Die Wohnung an der Wilbur Street, an die er sich kaum noch erinnern kann, hatte eine hohe Hausnummer, ganz oben am Berg, 447, Apt. Nr. 5, im dritten Stock. Die Anschrift des Ranchhauses in Penn Villas war Vista Crescent Nr. 26, die von Ma Springer Joseph Street Nr. 89. Obwohl das Haus Nummer 14 ½ einen zünftigen Annäherungsschlag vom Franklin Drive entfernt liegt, weiß der Postbote in seinem kleinen rot-weiß-blauen Jeep, wo sie sind. Sie haben bereits Post bekommen hier draußen: Wurfsendungen an die Einwohner von Penn Park, die sich angesammelt haben, während sie in der Karibik waren, und am Samstag gegen ein Uhr dreißig, nachdem Webb und Buddy gegangen waren, klapperte der Briefkastendeckel, als Janice und Harry gerade in der Küche Löffel und Pfannen einräumten, von denen sie vergessen hatten, daß sie sie besaßen, und eine Postkarte und ein weißer Umschlag lagen auf dem nackten Dielenfußboden. Der Umschlag, einer der langen schlichten Freiumschläge, die man bei der Post kaufen kann, hatte keinen Absender und trug den Poststempel von Brewer. Er war an MR. HARRY ANGSTROM adressiert, in den gleichen schrägen Blockbuchstaben wie im vergangenen April der Zeitungsausschnitt über Skeeter. Der Ausschnitt in diesem neuen Umschlag war sehr klein, und in der gleichen gestochenen Handschrift, die den Umschlag adressiert hatte, stand mit Kugelschreiber am oberen Rand: AUS *Golf Magazine, Jahresrückblick*. Die Notiz lautete:

> KOSTSPIELIGER BIRDIE
> Dr. Sherman Thomas mußte sich arg rupfen lassen, nachdem er eine Kanadagans im Congressional Country Club tötete. Das Gericht verhängte für die Tat eine Geldbuße von $ 500.

Janice, die neben ihm stand und mitlas, rang sich ein Lachen ab, das durch den leeren Flur hallte, der durch einen weißen Torbogen in das lange Wohnzimmer führte.

Er sah schuldbewußt zu ihr hinüber und stimmte ihrem unausgesprochenen Gedanken zu. «Thelma.»

Ihre Farbe hatte sich vertieft. Noch einen Augenblick zuvor waren sie vor Rührung ganz aus dem Häuschen gewesen über einen alten Mixmaster, der, als sie ihn nach zehn Jahren Pause auf Ma Springers Dachboden wieder einsteckten, anfing zu surren. Jetzt sagte sie ärgerlich: «Sie wird uns nie in Ruhe lassen. Nie.»

«Thelma? Natürlich wird sie das, das war doch die Bedingung. Da war sie ganz kategorisch. Du nicht auch gegenüber Webb?»

«Na, selbstverständlich, aber Worte sind doch Schall und Rauch für eine verliebte Frau.»

«Wer in wen? Du in Webb?»

«Nein, du Esel. Thelma. In dich.»

«Sie hat mir gesagt, sie liebt Ronnie. Allerdings ist mir schleierhaft, wie sie das kann.»

«Er verdient die Brötchen für sie. Du bist ihr Traummann. Du reizt sie wirklich sehr.»

«Das klingt, als wunderte dich das», sagte er vorwurfsvoll.

«Ach, nicht, daß du mich nicht reizt, ich versteh schon, was sie an dir findet, es ist bloß . . .» Sie wandte sich ab, um ihre Tränen zu verbergen. Wo er auch hinsah, weinende Frauen. «. . . diese Aufdringlichkeit. Der Gedanke, daß sie es war, die damals, vor Ewigkeiten, dieses andere Ding an dich geschickt hat, der Gedanke, daß sie uns die ganze Zeit belauert und bloß darauf wartet, sich auf dich zu stürzen . . . Diese Leute sind schamlos, Harry. Ich will sie beide nie mehr sehen.»

«Ach, komm.» Er muß sie an sich drücken, dort in der leeren Halle. Es gefällt ihm jetzt, wenn sie sich erhitzt und entrüstet und ihr Atem heiß und irgendwie gepreßt wird vor Gram; dann scheint sie ihm am meisten zu gehören, der Schlußstein seines Reichtums. Als sie früher einmal in diesem Zustand war, steckte ihre Furcht ihn an, und er lief davon; aber in diesen mittleren Jahren ist es ihm so klar, daß er nie davonlaufen wird, daß er über sie lachen kann, seine widerspenstige Prämie. «Sie sind genau wie wir. Das war doch nur ein Urlaub. Im wirklichen Leben sind sie höchst bieder.»

Janice war aufgebracht. «Ich bin so *sauer* auf sie, daß sie sich so einen Flirt erlaubt, so kurz danach. Sie werden uns nie in Ruhe lassen, nie, jetzt wo wir ein Haus haben. Solange wir noch bei Mutter wohnten, waren wir geschützt.»

Und es stimmte, die Harrisons und die Murketts und Buddy Inglefinger samt seiner langen neuen Freundin mit ihren gekrausten Haaren, die jetzt zu einer Afrofrisur mit Yuyuperlen hochfrisiert sind, kamen tatsächlich am gestrigen Abend, dem ersten Abend der Angstroms in ihrem neuen Haus, mit Sekt- und Branntweinflaschen beladen an und blieben bis zwei Uhr früh, so daß der Sonntag mit saurem Nachgeschmack und schlechtem Gewissen anfängt. Harry hat noch keine Gewohnheiten in diesem Haus; ohne Gewohnheiten und Mas alte Möbel, die ihn umpolsterten, ist sein Leben leer nach allen Seiten hin, und ihm scheint, gleichgültig in welche Richtung er sich auch bewegt, er wird zwangsläufig abstürzen.

Die andere Postsache, die am Samstag ankam, die Postkarte, stammte von Nelson.

> *Hallo Mom & Dad –*
> *das Frühjahrssemester fängt am 28. an, also alles in Butter. Brauche beglaubigten Scheck über $ 1087 (397 Unterrichtsgebühren, 90 allgemeine Gebühren, 600 Aufschlag für auswärtige Studenten) plus Unterhaltskosten. $ 2000–2500 müßten reichen. Ich rufe an, sobald Ihr Telefon habt. Melanie läßt grüßen. Alles Liebe, Nelson.*

Auf der Rückseite der Karte war ein modernes Backsteingebäude abgebildet, mit großen lamellenbesetzten Gebilden auf dem Dach, wie Warmluftschlitze, das sich als *Kent State University,* Verwaltungskomplex, auswies. Harry fragte: «Was ist mit Pru? Der Junge ist Vater, aber das scheint er vergessen zu haben.»

«Er hat es nicht vergessen. Er kann bloß nicht alles auf einmal machen. Er hat zu Pru am Telefon gesagt, daß er herkommt, sobald er eingeschrieben ist, und sich das Baby ansieht und uns das Auto daläßt, das er mitgenommen hat. Obwohl – vielleicht sollten wir es ihm fürs erste noch lassen, Harry.»

«Das ist *mein* Corona!»

«Er tut bloß, was du immer von ihm wolltest, er studiert weiter. Pru kapiert das.»

«Sie hat kapiert, daß sie sich auf einen hoffnungslosen Versager eingelassen hat», sagte Harry, aber es kam nicht aus vollem Herzen. Der Junge war zur Zeit keine Bedrohung für ihn. Harry war Herr im Hause.

Und heute ist Superpokalsonntag. Janice versucht, ihn aus dem Bett zu bringen für die Kirche, sie will ihre Mutter hinfahren, aber er ist viel zu verkatert und sehnt sich in die warme Kuhle seines Traums zurück, eines Traums von einem Mädchen, einer ihm völlig unbekannten jungen Frau mit dunklem Haar, irgendwie haben sie sich auf einer Party kennengelernt und sind zusammen in einem kleinen Badezimmer, sie sprechen nicht, aber zwischen ihnen ist ein Verhältnis, als hätten sie gerade miteinander geschlafen oder seien drauf und dran, sie beide, ja, Sex zwischen ihnen beiden, ganz sicher und zwanglos, aber es geschieht nicht eigentlich, der Fußboden aus vielen kleinen quadratischen Fliesen unter ihnen ist geneigt, der kleine Raum umschließt sie wie die kleine Chromschale die Flamme des immer brennenden Zigarrenanzünders in dem alten Tabakwarenladen unten in der Stadt, die Seligkeit einer neuen Beziehung, er wünscht sich, daß es immer weitergeht, aber er ist wach und kann nicht weiterträumen. Dieses Schlafzimmer mit der hellen schrägen Decke ist ihm fremd. Sie müssen sich bald Gardinen besorgen. Ob Janice dazu imstande ist? Das arme Huhn, sie hat noch nie viel zu tun gehabt. Er macht sich Frühstück, so gut es geht, eine einzige Orange in dem beinahe leeren Kühlschrank, dazu ein paar Salznüsse, die von der Party gestern abend übriggeblieben sind, und eine Tasse Pulverkaffee, den er in heißem Wasser direkt aus dem Wasserhahn auflöst. Auch dieses Haus hat, wie Webbs Haus, diese Einhebelmischer, in der Form eines schlanken Penis, den an der Spitze eine Biene gestochen hat. Der Kühlschrank, der zum Haus gehörte, verfügt über eines der Dinge, die ihn bestachen: über einen automatischen Eisbereiter, der eimerweise halbmondförmige Eisstückchen produziert. Obwohl der alte Mixmaster noch funktioniert, hat er sein Versprechen, Janice einen Cuisinart zu kaufen, nicht vergessen. Vielleicht lag es an Ma Springers altmodischer Küche, daß es ihr bisher so schwerfiel, anständige Mahlzeiten auf den Tisch zu bringen. Er streift durch sein Haus und genießt bedächtig die gußeisernen Heizkörper, die Fenstergriffe aus Messing, die schmucken kleinen achteckigen Badezimmerfliesen und die Türen mit den verschließbaren Drehgriffen; alle diese Einzelheiten seines neu erstandenen Besitzes springen in den unmöblierten Räumen noch ins Auge, bald werden sie untergehen, vom Alltag verschlampt. Noch sind sie nackt und ursprünglich.

Im Obergeschoß, in einem abgeschrägten Einbauschrank vor einem Raum, der vermutlich einmal ein Jungenschlafzimmer war – die Wände sind von Dutzenden von Reißnagellöchern zerstochen und mit Klebstreifen zur Befestigung von Postern verunstaltet –, findet er ganze Stapel alter Ausgaben von *Playboy* und *Penthouse* aus den frühen siebziger Jahren. Er holt von draußen neben der Küchentreppe unter dem langsam kreisenden Stromzähler eine der großen grünen Plastikmülltonnen, die er und Janice gestern im Shur Valu gekauft haben; aber bevor er die Hefte wegwirft, blättert Rabbit jedes einzelne durch und fahndet nach den Faltbildern in der Mitte und verfolgt, wie Monat für Monat und Jahr für Jahr die Retusche mehr in den Hintergrund tritt und das Schamhaar erst zaghaft, dann immer frecher hervorschäumt und diese jungen Frauen, so vollkommen gebaut wie Autokarosserien, ihre Négligés vorn auseinanderklaffen lassen und sich so auf ihren Leopardenfellkanapés räkeln, daß die Augen der Abonnenten sich endlich an der unverhüllten Fülle ihrer Scham und ihres Schatzes sattsehen können. Eine unsichtbare Kraft drückt die makellosen Schenkel von Monat zu Monat im Wechsel des Jahres sachte immer weiter auseinander, bis in den Ausgaben irgendwann um den zweihundertsten amerikanischen Nationalfeiertag herum das neue Grundrecht auf Freizügigkeit der Möse Triumphe feiert und die Mädchen aus Texas und Hawaii und South Dakota den Scheinwerfern und Fotografenlinsen eine senkrechte rote Öffnung überlassen, die, zusätzlich zu den staunenden Augen, den starren Blick des Betrachters zu erwidern scheint, aus einer durchbluteten Unterwelt, wenig schön, ein Äußerstes, das dennoch eine Schranke vor etwas Geheimem dahinter bleibt, innen, noch immer unenthüllt, während das Winterlicht an dem stillen Fenster sich wandelt. Von draußen beobachtet ihn ein Eichhörnchen, den grauen Rücken zum Buckel gekrümmt, das schwarze Auge wachsam. Die Natur, sieht Harry, ist überall. Der Baum mit den Ringen in der Rinde, der so nah ans Haus reicht, ist ein Kirschbaum, denkt er. Das Eichhörnchen, selbst belauert, huscht davon. Die volle Zeitschriftenladung macht die Abfalltonne fast zu schwer zum Heben. Er schleift sie die Treppe hinunter. Janice kommt nach zwei Uhr zurück. Sie hat mit ihrer Mutter und Pru und dem Baby zu Mittag gegessen.

«Sie haben alle einen vergnügten Eindruck gemacht», berichtet sie, «das Baby eingeschlossen.»

«Hat das Baby schon einen Namen?»

«Pru hat Nelson gefragt, was er von Rebecca hält, und er hat gesagt, das käme nicht in Frage. Jetzt denkt sie an Judith. So heißt ihre Mutter. Ich hab ihnen gesagt, Janice sollten sie vergessen, ich hab den Namen selber nie besonders gemocht.»

«Ich dachte, sie haßt ihre Mutter.»

«Sie haßt sie nicht, sie schätzt sie nur nicht besonders. Ihren Vater haßt sie. Aber er hat ein paarmal am Telefon mit ihr gesprochen und sei sehr, wie sagt man noch mal, verbindlich gewesen.»

«Na bestens. Vielleicht kann er kommen und uns helfen, den Laden zu schmeißen. Er kann bei uns die Schlosserarbeiten machen. Was sagt Pru denn dazu, daß Nelson direkt vor der Geburt getürmt ist?»

Janice nimmt ihre Kopfbedeckung ab, eine flauschige violette grobgestrickte Baskenmütze, die sie im Winter trägt und mit der sie, zusammen mit dem Lammfellmantel, wie ein braungesichtiger knabenhafter Soldat aussieht, der in den Krieg zieht. Ihre Haare stehen elektrostatisch geladen ab. In dem leeren Wohnzimmer kann sie ihre Mütze nirgends hinlegen und wirft sie auf eine weiße Fensterbank. «Ja», sagt sie, «sie hat da einen ganz witzigen Standpunkt. Im Moment, sagt sie, ist es ihr ganz lieb, daß er nicht da ist, er wäre für sie nur eine zusätzliche Belastung. Insgesamt gesehen findet sie, daß er es machen mußte, um zu Potte zu kommen – so hat sie sich ausgedrückt.

Ich glaube, sie ist sich darüber im klaren, daß sie ihn dazu gedrängt hat. Wenn er erst sein Diplom hat, glaubt sie, wird er sich viel wohler in seiner Haut fühlen. Sie scheint sich überhaupt nicht zu sorgen, daß sie ihn für immer verlieren könnte, oder so.»

«Ach. Was muß man eigentlich heutzutage noch alles anstellen, um für etwas beschimpft zu werden?»

«Sie gehen sehr tolerant miteinander um», sagt Janice, «und das finde ich schön.» Sie strebt nach oben, und Harry folgt ihr dicht auf dem Fuße, aus Furcht, er könnte sie in der weitläufigen Neuheit ihres Hauses verlieren.

Er fragt: «Hat sie eigentlich vor, hinzufahren und in einem Apartment mit ihm zu wohnen, oder was?»

«Sie meint, wenn sie jetzt mit dem Baby dort hinführe, würde ihn das nur in Panik versetzen. Und für Mutter wäre es natürlich viel netter, wenn sie bliebe.»

«Ist Pru eigentlich überhaupt nicht eingeschnappt wegen Melanie?»

«Nein, sie sagt, Melanie paßt für sie auf ihn auf. Sie haben sich nicht so mit Eifersucht wie wir – wenn man ihnen glauben kann.»

«Wenn.»

«Apropos.» Janice läßt ihren Mantel aufs Bett fallen und beugt sich vor, den Hintern in die Höhe gereckt, um die Reißverschlüsse an ihren Stiefeln zu öffnen. «Thelma hat Mutter gebeten, uns zu fragen, ob du und ich auf ein leichtes Abendessen zu ihnen kommen und mit ihnen den Superpokal ansehen wollen. Ich glaube, die Murketts werden auch da sein.»

«Und was hast du gesagt?»

«Ich hab gesagt: Nein. Keine Bange, ich war sehr liebenswürdig. Ich habe gesagt, wir hätten Mutter und Pru eingeladen, sich das Spiel mit uns auf unserem neuen Sony anzusehen. Stimmt auch. Ich habe sie eingeladen.» Sie steht in Strümpfen da, die Hände in die Seiten ihres schwarzen Kirchenkostüms gestemmt, als wollte sie ihm nicht raten, zuzugeben, daß er lieber ausgehen und mit dieser miesen Muschpoke zusammen sein würde, als den Abend zu Hause mit seiner Familie zu verbringen.

«Schön», sagt er. «Ich habe eigentlich schon lange nicht mehr –»

«Ach, und noch was ziemlich Trauriges. Mutter hat es von Grace Stuhl erfahren, die anscheinend gut mit Peggy Fosnachts Tante befreundet ist. Während wir da unten waren, ist Peggy zur Vorsorgeuntersuchung bei ihrem Arzt gewesen, und der hat sie noch am Abend ins Krankenhaus eingewiesen und ihr eine Brust abnehmen lassen.»

«Mein Gott.» Eine Brust, an der er gesaugt hatte. Arme alte Peggy. Weggeschnippt von Gottes Fingernagel mit dem großen Mond. Das Leben geht am Ende doch über unsere Kräfte.

«Sie haben natürlich behauptet, sie hätten alles weggekriegt, aber das sagen sie ja immer.»

«In letzter Zeit schien sie geradezu in ihr Unglück zu rennen.»

«Sie hat sich unmöglich gemacht. Ich sollte sie anrufen, aber nicht heute.»

Janice zieht sich alte Sachen zum Putzen an. Sie sagt, die Leute hätten das Haus in einem säuischen Zustand hinterlassen, aber er merkt nichts davon, abgesehen von den *Playboys*. Sie war nie ein Putzteufel gewesen, wo immer sie bisher auch gewohnt hatten. Unverhängtes Winterlicht, das von den nackten Böden und leeren Wänden abprallt, verwandelt ihre Unterwäsche in Silber und gibt ihren Schultern und Armen die Quecksilbrigkeit von fliegenden Fischen, ehe sie in einem alten Hemd von ihm und einem mottenzerfressenen Pullover verschwinden. Hinter ihr das neue Bett, ungemacht, noch nicht eingeweiht. Sie waren zu betrunken und erschöpft letzte Nacht. Tatsächlich haben sie seit der Nacht auf der Insel nicht mehr miteinander geschlafen. Er fragt sie gereizt, was mit *seinem* Mittagessen sei.

Janice fragt: «Ach, hast du nichts im Kühlschrank gefunden?»

«Da war eine einzige Orange drin. Die habe ich zum Frühstück gegessen.»

«Ich habe doch Eier und Schinken gekauft, aber wahrscheinlich haben Buddy und diese – wie heißt sie noch . . .»

«Valerie.»

«War ihre Frisur nicht irre? Glaubst du, daß sie Rauschgift nimmt? Wahrscheinlich haben sie alles in dem Omelette aufgegessen, das sie nach Mitternacht gemacht haben. Ist das nicht auch ein Anzeichen für Drogenkonsum, eine abnorme Freßlust? Ich weiß, daß noch ein bißchen Käse da ist, Harry. Könntest du dich nicht mit Käse und Kräckern begnügen, bis ich nachher für Mutter einkaufen gehe? Ich weiß nicht, was hier in der Gegend sonntags offen ist, ich kann doch nicht dauernd in die Superette nach Mt. Judge rüberflitzen und Benzin verfahren.»

«Nein», stimmt er zu und begnügt sich mit Käse und Kräckern und einem Schlitz-Bier, das noch von den drei Sechserpackungen übrig ist, die Ronnie und Thelma mitgebracht hatten. Webb und Cindy hatten den Brandy und den Sekt mitgebracht. Den ganzen Nachmittag über hilft er Janice beim Saubermachen, putzt die Fenster mit Windex und wischt Holzverkleidungen ab, während sie die Fußböden moppt und sogar die Waschbecken in der Küche und in den Badezimmern scheuert. Sie haben hier ein Gästebad im Erdgeschoß, aber er weiß nicht, wo es mit Comic Strips bedrucktes Klopapier zu kaufen gibt. Janice hat im Maverick die Bohnermaschine ihrer Mutter und etwas Butcher's Bohnerwachs mitgebracht, und er verteilt das Bohnerwachs auf dem langen naturfarbenen Holzfußboden im Wohnzimmer, jede Windung in der Maserung, jeder vorstehende Nagel und jeder alte Streifen von einem Gummiabsatz sein Eigentum, sein Haus. Während er das Wachs mit kreisenden Strichen aufträgt, wälzt Rabbit unentwegt dieselben wenigen Gedanken in seinem Hirn, blöde wie Gehirne sind, wenn man körperlich arbeitet. Gestern abend hatte er sich immer wieder gefragt, ob die beiden anderen Paare weitergetauscht hatten, ob Ronnie und Cindy es ein zweites Mal miteinander getrieben hatten, nachdem er und Janice abgefahren waren, und sie taten wirklich sehr intim, als seien sie vier der innere Kreis in der Gruppe, und die Angstroms und der arme Buddy und diese ausgehungerte Valerie seien irgendwie zweite Wahl oder Drittweltler. Thelma betrank sich ganz nett für ihre Verhältnisse, ihre fahle Haut fing an zu glänzen und erinnerte ihn an Vaseline, obwohl sie, als er sich bei ihr für den Zeitungsausschnitt über die Gans bedankte, erst ihn und dann kurz Ronnie und dann wieder ihn anstarrte, als hätte er nicht alle Tassen im Schrank. Er nimmt an, daß schon noch alles herauskommen wird, was sich da unten nachher noch abgespielt hat, die Leute können ja nichts für sich behalten, aber es berührt ihn schmerzlich, sich auszumalen, daß Thelma Webb womöglich alles mit sich machen ließ, was sie beide gemacht hatten, oder daß Cindy wirklich noch ein zweites Mal mit Ronnie gehen wollte und ihre schwere Brust mit mütterlicher Hand hochhob, damit das dämliche Großmaul daran saugen und dann damit herumtönen konnte – das reinste Baby, dieser Harrison mit seinem nackten Schädel. Es ist sinnlos, Geheimnisse zu hüten, wir werden alle bald genug tot sein, schon jetzt sind wir Überlebende, die Jungen sind überall, geben den Ton an, beherrschen die Szene. Seit der Begegnung mit Ruth fühlt er sich amputiert, eine ganze Welt, nur halb aus dem Augenwinkel wahrgenommen, ausgelöscht. Janice und die Bohnermaschine heulen und poltern hinter ihm, und während seine Gedanken weiterwandern, fällt ihm ein Artikel ein, den er im letzten Jahr in der Tageszeitung oder in *Time* gelesen hat, über die Theorie irgendeines Professors aus Princeton, wonach die Götter im Altertum direkt durch die linke, oder war es die rechte, Gehirnhälfte mit den Menschen gesprochen hätten, sie waren wie Roboter, mit Radios in den Köpfen, die ihnen genau sagten, was sie tun sollten, und dann, um die Zeit der alten Griechen oder Assyrer, versagte das System irgendwie, vielleicht waren die Batterien zu schwach, um die Weisungen zu empfangen, obwohl es noch einen schwachen Schimmer davon gibt, und das ist der Grund, weshalb wir in die Kirche gehen, und mit all den Schwarzen und Schwulen, die mit ihren Minirekordern und Kopfhörern in der Gegend herumrollern, kommen wir langsam wieder darauf zurück. Wie er abends, kurz bevor er wegdämmert, immer Moms Stimme, klar wie ein Flüstern, aus der Zimmerecke *Hassy* sagen hört, ein Name, der so tot ist wie der Junge, der so genannt wurde. Vielleicht sind die Toten Götter, auf jeden Fall haben sie etwas Gütiges an sich, ihre Art, Platz zu machen für uns. Was wir verlieren, wenn wir alt werden, sind die Zeugen, diejenigen, die von Anfang an zugesehen haben und Anteil nahmen, wie ein eigener kleiner Kreis von Zuschauern. Mom, Pop, der alte Springer, die kleine Becky, die gute alte Jill (vielleicht hatte dieser Traum mit der Zeit zu tun, in der er sie so plötzlich bei sich aufnahm, nur daß ihr Haar nicht dunkel war, er war so stark, der Traum, nichts geht über eine neue Beziehung), Skeeter, Mr. Abendroth, Frank Byer, Mamie Eisenhower erst neulich, John Wayne, LBJ, JFK, Skylab, die Gans. Und Charlies Mutter und Peggy Fosnacht auf dem besten Wege. Und seine Tochter Annabelle Byer, mitsamt ihrer ganzen Welt, die er aus dem Augenwinkel beobachtet hatte, ausgelöscht, wie die Planeten in *Krieg der Sterne*. Je mehr Tote man kennt, desto mehr Lebende scheint es zu geben, die man nicht kennt. Ruths Tränen, als er sich verabschiedete: vielleicht ist Gott im Universum, wie das Salz im Ozean ist, und gibt ihm Würze. Er hat nie verstanden, warum manche Leute kein Salzwasser trinken können, es kann nicht schlimmer sein, als Coca-Cola zu Kartoffelchips zu trinken.

Hinter sich hört er, wie Janice die Bohnermaschine bei jedem Schwenk schwerfällig an die Fußbodenleisten rumst, und dabei wird ihm bewußt, warum sie so geschäftig sind, sie beide, sie versuchen, nicht in Panik zu geraten in diesem Haus, in dem sie eigentlich nicht sein dürften, so weit weg von der Joseph Street. Verloren im Weltall. So etwa müssen Seelen sich fühlen, wenn sie weit weg vom Himmel im Körper eines Babys erwachen: nicht nur verängstigt, so daß sie schreien, sondern schuldig, schuldig. Ein gewaltiges Loch, das gefüllt werden muß. Das Geld, das es kosten wird, diese Räume mit Möbeln zu füllen, und dabei hatten sie bisher alles umsonst gehabt: er hat sich ruiniert. Und die Hypothekenkosten: $ 62,400 zu 13 ½ Prozent, das macht beinahe $ 8,500 allein an Zinsen, das heißt $ 700 im Monat, die zwanzig Jahre lang an der Substanz nagen werden, bis er 66 ist. Was hatte Ruth noch über ihren Jüngsten gesagt, 6. 6. 66? Es ist komisch mit Zahlen, sie lügen nicht, aber sie können uns narren. Unser Leben währet siebzig Jahre – all die Dinge, die ihm jetzt nicht mehr vergönnt sein werden: Cindy dazu bringen, sich in der Pose einer dieser *Penthouse*-Schlampen auf einem Leopardenfell aufzubauen und vor ihr auf alle viere zu gehen und bloß noch fressen, fressen, fressen.

Gestern abend wandte sich Buddy, der so betrunken war, daß seine silbergerahmte Brille beschlug, an ihn und sagte, er wüßte, es sei verrückt, er wüßte, was die Leute über sie redeten, daß sie zu groß für ihn sei und drei Kinder hätte und so, aber Valerie würde es ihm wirklich bringen. Sie ist *die* Frau für mich, Harry. Mit Tränen in den Augen sagte er das. Die große Neuigkeit aus dem Flying Eagle war, daß Doris Kaufmann vorhatte, wieder zu heiraten. Einen Burschen, den Rabbit flüchtig von früher kannte, Don Eberhardt, der dadurch reich geworden war, daß er Grundstücke in der Innenstadt aufgekauft hatte, als niemand sie wollte, noch vor der Benzinkrise. Es ist eine Lust zu leben, wie es so schön heißt.

Licht liegt noch in den Fenstern, auf den weißen Simsen, als sie um fünf Uhr fertig sind, die Tage werden um diese Jahreszeit wieder länger, ob man will oder nicht. Die Planeten ziehen ihre Bahn, egal was wir tun. In dem frisch gebohnerten Flur am Fuß der Treppe faßt er Janice unters Kinn, dort wo das Fleisch weich, aber nicht abstoßend ist, und schlägt ihr ein Mittagsschläfchen oben vor, aber sie gibt ihm einen Kuß, warm und kompetent, die Kompetenz hebt die Wärme wieder auf, und meint: «Ach Harry, das ist lieb von dir, aber ich habe keine Ahnung, wann sie kommen, es war alles so durcheinander, Mutter wollte noch ein Nickerchen machen, sie kommt mir jetzt wirklich klappriger vor, und dann die Stillzeiten für das Baby, und ich habe noch nichts eingekauft. Hat denn das Pokalspiel noch nicht angefangen?»

«Erst um sechs, sie spielen drüben an der Westküste. Es gibt ein Vorprogramm, ab halb fünf, aber das ist alles nur Rummel, das kann man nicht lange mitansehen. Ich wollte mir um halb drei die Übertragung vom Golfturnier aus Phoenix ansehen, aber du warst so versessen aufs Putzen, bloß weil deine Mutter kommt.»

«Hättest du doch was gesagt. Ich hätte es auch allein machen können.»

Während sie im Maverick losfährt, geht er nach oben, weil er sich unten nirgends hinlegen kann. Er hofft, das Eichhörnchen noch einmal zu sehen, aber das Tier ist verschwunden. Er hatte gedacht, Eichhörnchen hielten Winterschlaf, aber vielleicht ist dieser Winter zu ungewöhnlich. Er hält die Hand über einen Heizkörper, seinen Heizkörper, und fühlt voller Stolz und Befriedigung, daß er Wärme atmet. Er legt sich auf das neue Bett mit der Amish-Steppdecke, die sie aus Mt. Judge mitgebracht haben, und schläft fast ohne Übergang ein. Im Traum haben er und Charlie Ärger in der Autovertretung, irgendwelche entscheidenden Papiere mit Zahlen sind verlorengegangen, und wo die neuen Autos im Ausstellungsraum stehen sollten, sind nur zerklüftete Krater im Betonfußboden, sorgfältig mit Streifen und Sternen bemalt. Er wacht auf in dem Bewußtsein, daß ihm Angst im Nacken sitzt. Es gibt noch eine Explosion, dumpf: Janice macht unten die Haustür zu. Es ist nach sechs. «Ich mußte bis fast zum Baseballplatz rausfahren, bis ich einen MinitMart fand, der offen war. Sie hatten natürlich nichts Frisches, aber ich habe vier chinesische Tiefkühlmahlzeiten ergattert, die Bilder auf der Verpackung sahen ganz gut aus.»

«Ist das Zeug nicht vollgepumpt mit Chemikalien? Du wirst doch nicht Prus Milch vergiften wollen.»

«Und für dich habe ich jede Menge Salami und Eier und Käse und Kräcker gekauft, also hör auf mit dem Gemecker.»

Nach dem Aufwachen war ihm zuerst zumute gewesen, als hätte ihm jemand ein Knäuel nasser Kleider ins Gesicht geklatscht, aber langsam breitet sich die Ruhe wohlig in seinen Knochen aus und macht ihn munter. Schwarze Nacht hat die neugierig starrende Tiefe des Tages ausgelöscht; die Fenster könnten gerahmte schwarze fotografische Platten sein. Thelma und Nelson kreisen da draußen und lauern auf eine Gelegenheit, hereinzukommen. Janice hat für dreißig Dollar im MinitMart eingekauft, und während sie den hell erleuchteten Kühlschrank einräumt, entdeckt er in einer Ecke noch zwei Dosen Bier, die den Aasgeiern letzte Nacht entgangen sind. Sie hat ihm sogar ein Glas gesalzene Erdnüsse für ganze $ 1.29 als Proviant für die Fernsehübertragung gekauft. In der ersten Halbzeit wogt das Spiel hin und her. Er ist dafür, daß die Steelers verlieren, er nimmt ihnen übel, was sie mit den Eagles gemacht haben, und sowieso hat er nichts übrig für Favoriten; er steht auf der Seite der Rams, genauso wie er auf der Seite der afghanischen Rebellen und gegen die sowjetische Militärmaschinerie ist.

Eine Menge Mädchen in bunten Kostümen und Burschen, die in ihren gestreiften Trikots wie Schwule wirken, hüpfen während der Halbzeit auf dem Spielfeld herum, während an die tausend kalifornische Blechbläser mißtönend den alten Big Bands nacheifern; diese Küken versuchen, Jitterbug zu tanzen, aber ihnen fehlt der Swing, dieses Innehalten einen Beat lang, hinten auf den Fersen, und dann erst die wirbelnde Drehung.

Statt dessen viel Discogezappel. Dann singt so ein kleiner sonniger Käfer mit einem Pagenkopf im Stil der Andrew-Sisters «Sentimental Journey», aber ihr fehlt es an Soul, diesem Doris Day-Kriegspathos der vierziger Jahre – woher sollte sie die auch haben? Kaum zu glauben, diese Kinder sind alle erst um 1960 herum geboren und, was noch schlimmer ist, bereits geschlechtsreif. Beim «a-all aboard» bilden sie alle eine lange Schlange, die vermutlich den Chattanooga Choochoo darstellen soll, und schwenken drüben im wolkenlosen Kalifornien blinkende Streifen, wie Alufolie, die Sonnenkollektoren symbolisieren sollen. «Die Energie sind die Menschen», singen sie. «Die Menschen sind En-er-gie!» Was brauchen wir Khomeini und sein Öl? Was brauchen wir Afghanistan? Scheiß auf die Russkis. Und auf die Japaner auch. Wir schaffen es allein von einem schimmernden Ozean zum anderen.

Als er genug davon hat, allein mit hundert Millionen anderer Hohlköpfe in seinem Zimmer vor der Mattscheibe zu hocken, geht Harry in die Küche und holt sich das zweite Bier. Janice sitzt an einem Kartentisch, von dem ihre Mutter sich widerwillig als Leihgabe getrennt hat, obwohl sie nie Karten spielt, außer in den Poconos. «Wo sind unsere Gäste?» fragt er.

Janice leistet den chinesischen Schnellgerichten beim Aufwärmen im Backofen Gesellschaft und schmökert dabei in einer Ausgabe von *House Beautiful,* die sie im MinitMart erstanden haben muß. «Sie sind wohl eingeschlafen. Sie sind oft nachts stundenlang auf, in gewisser Weise ist es ein Segen, daß wir nicht mehr da sind.»

Er stellt seine Lippen auf den bitteren Geschmack des Biers ein. Verdorbene Gerste. Die Menschen lieben ihr Gift. «Na, ich nehme an, das Zusammenleben mit dir in diesem Haus ist für mich die ideale Methode abzunehmen. Ich kriege nie was zu essen.»

«Du kriegst gleich was zu essen», sagt sie und blättert eine glatte, glänzende Seite um.

Eifersüchtig auf die Zeitschrift, auf die Liebe zu diesem Haus, die er in ihr aufkeimen spürt, klagt er: «Genauso gut könnte ich auf ein Wunder warten.»

Sie wirft ihm einen dunklen, aber nicht feindseligen Blick zu.

«Meiner Meinung nach hast du in letzter Zeit soviel Wunderbares erlebt, daß es für die nächsten zehn Jahre reichen sollte.»

Ihrem Tonfall entnimmt er, daß sie auf Thelma anspielt, aber das lag ihm vollkommen fern, in diesem Augenblick.

Ihre Gäste kommen erst kurz nachdem das vierte Viertel angefangen hat, kurz nachdem Bradshaw in der Verzweiflung Stallworth einen langen Paß zugeworfen hat; Fänger und Verteidiger gehen zusammen in die Höhe, und der Glückspilz macht einen zirkusreifen Fang. Rabbit meint immer noch, daß die Rams gewinnen werden. Janice ruft, daß Ma und Pru da seien. Ma Springer schwatzt wie ein Wasserfall im Flur, während sie ihren Mink ablegt, über die Fahrt durch Brewer, wo kaum ein Wagen auf der Straße war, wegen des Spiels, wie sie vermutet. Sie bringt Pru gerade bei, den Chrysler zu fahren, und Pru macht ihre Sache sehr gut, nachdem sie beide herausgefunden hatten, wie man den Fahrersitz nach hinten verstellt: es war ihr noch gar nicht bewußt gewesen, was für lange Beine Pru hat. Pru, die, aus der Kälte kommend, ein rosig verpacktes Bündel eng an die Brust preßt, sieht erschöpft und mager aus im Gesicht, aber irgendwie aufgeräumter, wie ein glattgezogenes Bett. «Wir wären schon früher hiergewesen, aber ich habe einen Brief an Nelson getippt und wollte ihn gern fertigschreiben», sagt sie entschuldigend.

«Was mich bedrückt», fährt Ma fort, «früher sagte man immer, es bringt Unglück, ein Baby irgendwohin mitzunehmen, ehe es getauft ist.»

«Ach, Mutter», sagt Janice; sie ist begierig, ihrer Mutter das frisch geputzte Haus zu zeigen, und führt sie nach oben, obwohl die einzigen Lichtquellen ein paar 40-Watt-Wandleuchten im Neokolonialstil sind, in denen die ehemaligen Eigentümer viele von den Birnen einfach ausbrennen ließen.

Als Harry es sich in einem seiner silbrig glänzenden rosafarbenen Ohrensessel vor dem Spiel wieder gemütlich macht, hört er die alte Dame auf ihren schmerzgeplagten Beinen direkt über seinem Kopf herumtrampeln, während sie alles besichtigt und das Zimmer erkundet, in das sie womöglich eines Tages für immer einziehen muß. Er nimmt an, daß Pru bei ihnen ist, aber die Schritte, die über ihm durcheinanderklingen, sind nicht so zahlreich, und Teresa kommt leise die eine Stufe herunter in sein Zimmer und legt etwas in seinen Schoß, worauf er schon lange gewartet hat. Das Baby, ein länglicher kleiner Gast im Kokon, bietet blind sein Profil dar in den wabernden Farbblitzen, die aus dem Sony zucken, die winzige stichlose Naht des geschlossenen Augenlids eine schräge Linie, die Lippen unter der gekringelten Nase geschürzt wie in vornehmer Verachtung, sie weiß, daß sie gut ist. An der Rundung der Hirnschale fühlt man, daß sie weiblich ist, das zeigt sich vom ersten Tag an. Durch alles hat sie sich durchgeboxt, um hier zu sein, auf seinem Schoß, in seinen Händen, ein wirkliches Wesen, fast gewichtslos, aber lebendig. Unterpfand des Glücks, Herzenssehnsucht, eine Enkeltochter. Seine. Noch ein Nagel zum Sarg. Seinem.

John Updike

Pulitzer-Preis 1982
und
National Book Critics Circle Award 1982
für Bessere Verhältnisse

«Von Updike ließe sich sagen, daß er mit gewöhnlichen Mitteln Ungewöhnliches zeigt. Das soll heißen: Seine künstlerischen Ausdrucksmittel sind (in der Regel) traditionell, seine Reaktion auf die Umwelt ist modern. Sinnliche Wahrnehmung und bohrende Intelligenz interessiert das Alltägliche, ihn irritiert das Unscheinbare und das Beiläufige. Nichts zeigt er lieber als das der Sache nach Altvertraute, dessen Verlauf jeder schon kennt oder zumindest ahnt. Aber seine Prosa, die also ‹eigentlich langweilig sein müßte›, gehört zum Unterhaltsamsten, was sich in der Weltliteratur unserer mageren Jahre finden läßt . . .»

Marcel Reich-Ranicki, FAZ

Die beiden vorangegangenen Romane der Rabbit-Trilogie:

Hasenherz

Roman. Deutsch von Maria Carlsson
398 Seiten. Gebunden

Unter dem Astronautenmond

Roman. Deutsch von Kai Molvig
400 Seiten. Gebunden und
als rororo 4151

Rowohlt

John Updike

Das Fest am Abend

Roman. Deutsch von Maria Carlsson
230 Seiten. Gebunden und als rororo 1625

Der Zentaur

Roman. Deutsch von Maria Carlsson
324 Seiten. Gebunden und als rororo 4421

Auf der Farm

Roman. Deutsch von Fritz Lorch
204 Seiten. Gebunden

Ehepaare

Roman. Deutsch von Maria Carlsson
490 Seiten. Gebunden und als rororo 1488

Der Sonntagsmonat

Roman. Deutsch von Kurt Heinrich Hansen
210 Seiten. Gebunden und als rororo 4676

John Updike

Heirate mich!

Eine Romanze. Deutsch von Angela Praesent
300 Seiten. Gebunden und als rororo 4982

Der Coup

Roman. Deutsch von Jürgen Abel
320 Seiten. Gebunden

Der weite Weg zu zweit

Szenen einer Liebe. Deutsch von Maria Carlsson,
Inge Friederich, Karin Polz und Hermann Stiehl
240 Seiten. Gebunden

Werben um die eigene Frau

Gesammelte Erzählungen
Deutsch von Maria Carlsson,
Susanna Rademacher und Hermann Stiehl
319 Seiten. Gebunden

E. L. Doctorow

Ragtime

Roman. Deutsch von Angela Praesent
287 Seiten. Gebunden

«Doctorow liefert eines der wichtigsten und zugleich witzigsten Stücke von US-Literatur der letzten Jahre: einen wahren Butterberg erzählerischer Episoden aus der, wie er sie nennt, ‹Ära des Ragtime›, mithin der Zeit, als in Amerika die Bilder laufen lernten . . .»
Der Spiegel

Sterntaucher

Roman. Deutsch von Jürgen Abel
280 Seiten. Gebunden

Joe, der Herumtreiber – Strandgut der Weltwirtschaftskrise –, begegnet dem abenteuerlich reichen Dollarfürsten F. W. Bennet. Haß, Niedertracht und Abhängigkeit führen sie zusammen, ändern ihr Leben, ihr Schicksal. – Der Kampf der Insider gegen die Outsider –, am Ende wirkungslos und nichts bewegend –, das ist Doctorows Amerika in diesem Jahrhundert.